Ronald Nitz

Present in the Past

Erzählung

Imprint
Present in the Past
Ronald Nitz

Bild im Innenteil: Rinaldo Loacker
Umschlaggestaltung: Erik Kinting / buchlektorat.net

Druck: epubli
www.epubli.de
Ein Service der neopubli GmbH, Berlin

2035 n.Chr. Beginn der Dürrezeit

Allmählich brach Chaos aus in Österreich. Einst eines der wasserreichsten Staaten der ganzen Welt, und wo die Menschen zu jeder Tages- und Nachtzeit bestes, unbehandeltes Trinkwasser aus dem Wasserhahn genießen konnten. Die Trinkwasserreservoirs in den meisten Gemeinden in Vorarlberg, das westlichste Bundesland Österreichs, neigten sich langsam aber sicher dem Ende zu. Mancherorts gab es zwar noch Trinkwasser, doch wurde dessen Gebrauch streng reglementiert. Wer beim Autowaschen, beim Gießen des Rasens und Gartens, oder gar beim Befüllen eines Swimmingpools erwischt wurde, musste mit drakonischen Strafen rechnen. Diese Strafen waren in Vorarlberg Gemeindesache, und je nach Gutdünken der Gemeindeväter reichten die Strafen von finanziellen Bußen bis zu Freiheitsentzug. Jeder Haushalt wurde kontrolliert ob die Toilettenanlage deinstalliert und auf eine Trockentoilette umgestellt wurde. Diese Toiletten funktionierten ohne Wasserspülung, bei der die Fäkalien direkt in einen mit Sägemehl, Stroh oder mit ähnlichen Materialien gefüllten Behälter geleitet und dort kompostiert wurden. Die Ausscheidungen wurden biologisch nutzbringend als Kompostdünger oder zur Herstellung von Biogas verwendet. Die Baufirmen hatten Hochkonjunktur in dieser Zeit. Jeder Haus- oder Wohnungseigentümer war verpflichtet diese Umbauten der Toilettenanlagen durchzuführen. Auf dem Land waren diese Umbaumaßnahmen relativ einfach und mit geringem Kostenaufwand durchführbar, doch in den Städten und in Gemeinden mit größeren Wohnanlagen waren diese Umbauten sehr kostenintensiv. Vor allem an heißen Tagen war der Gestank in diesen Ballungszentren kaum auszuhalten, was dazu führte, dass viele Menschen die sich einen Umzug leisten konnten, aufs Land zogen. Die Landbevölkerung wehrte sich vehement gegen diesen unkontrollierten Zuzug von Menschen, da es nicht lange dauerte, bis immer öfter auch über dem Land der allgegenwärtige Geruch von Fäkalien lag. Das Geld nahmen sie aber alle gerne, da die Mieten, auch und vor allem in den abgelegensten Winkeln, wo früher niemand freiwillig hingezogen wäre, unverschämt hoch waren. Jeder Haushalt in Vorarlberg hatte eine eigene Wasseruhr, die exakt den Verbrauch von Trinkwasser anzeigte. Da es vorerst noch Wasser gab, wurden die Abgabemengen an Trinkwasser pro Haushalt und Kopf genau vorgeschrieben. Die damit zusammenhängenden Kontrollaufgaben wurden von Arbeitslosen verrichtet, von denen es mehr als genug gab zu dieser Zeit. In den Jahren vor 2035 kam es noch gelegentlich vor, dass manche Haushalte die zugestandenen Wassermengen deutlich überschritten, was zur Folge hatte, dass ihnen das Wasser abgedreht wurde. Wem dieses Missgeschick, aus welchen Gründen auch immer, einmal passierte, machte diesen Fehler kein zweites Mal, da die Leute sehr schnell begriffen was es bedeutet kein fließendes Wasser im Haus oder in der Wohnung zu haben. Später wurden Überbezüge von Wasser unter Strafe gestellt. Nach all den Kinderkrankheiten, die natürliche Folgen der vielfältigen und tiefgreifenden Umstellungen waren, wurden die neuen Regeln und Normen von der Bevölkerung erstaunlich schnell akzeptiert und umgesetzt.

Severin Freud, ein 50 Jahre alter Österreicher aus dem Rheintal in Vorarlberg, hatte schon vor 2035 mehrmals erlebt wie das Wasser in manchen Jahren im Sommer knapp wurde. In diesen niederschlagsarmen Sommer kam es nicht selten vor, dass die Vorgärten und Rasenflächen der Häuser verdorrten. Selbst auf vielen der höher gelegenen Almen versiegten in diesen heißen Sommer die Wasserquellen, sodass das Wasser für das Vieh angeliefert werden musste. Wenn das nicht möglich war, musste das Vieh ins Tal gebracht werden, was nicht weiter tragisch war, da es im Tal immer genügend Wasser und Futter gab. Vor dem Beginn der Dürrezeit konnte man sich aber immer darauf verlassen, dass nach einem niederschlagsarmen Sommer ausgiebig Regen fiel, der die Wasserreservoirs wieder auffüllte.

Für manche Länder des europäischen Kontinents wie Österreich, Schweiz, Deutschland, Norditalien, Teile von Frankreich und andere Länder, war dies eine noch nie da gewesene Herausforderung, weil sie immer ausreichend Wasser zur Verfügung hatten. Die Alpen, einer der ältesten Gebirgszüge der Welt, sind ein gigantischer Regenspeicher, der das lebensnotwendige Wasser über Jahre hinaus speichern kann. Der Regen versickert in den Sedimentschichten, und es dauert mitunter bis zu einem Jahr bis dieses Wasser an die Quelle gelangt, die Menschen seit jeher eingefasst haben um ihre Trinkwasserversorgung abzudecken. Diese Quellen waren nun versiegt, und die meisten Trinkwasserbehälter waren leer, was die Existenz von mehreren Millionen Menschen bedrohte. Es gab zwar zwischendurch immer wieder Regen, doch viel zu wenig und viel zu selten. Die schneereichen Winter blieben völlig aus. Das bisschen Schnee das auf Vorarlbergs Bergen ab 1500 Meter liegen blieb, schmolz spätestens zu Frühlingsbeginn. In diesen paar Tagen der Schneeschmelze führten höher gelegene Bäche und Flüsse Wasser, doch dieses Wasser versickerte in den ausgetrockneten Bach- und Flussbetten und erreichte nur sehr selten den Rhein. Selbst dieses hohe Aufkommen von Wasser während der Schneeschmelze reichte nicht aus um die Wasserbehälter zumindest zeitweise zu füllen.

Das Jahr 2035 war der offizielle Beginn der Dürrezeit, nicht nur auf dem europäischen Kontinent, sondern auf der ganzen Welt. in diesem Jahr mussten die Bauern im Vorarlberger Rheintal zum ersten Mal Wasser zukaufen. Kleinmengen an Trinkwasser zu kaufen war für Menschen in vielen Ländern der Welt erschwinglich und alltäglich, doch Trinkwasser für Vieh zu kaufen war eine ganz andere Sache. Aus den Bächen konnten die Bauern kein Wasser mehr holen, weil sie ausgetrocknet waren. Selbst der Rhein, einer der größten Flüsse Europas war ausgetrocknet. Aus den Seen, die in Vorarlberg alle Trinkwasserqualität hatten, durften nur noch die Feuerwehr, manche Firmen und Bauern Wasser abpumpen. Firmen aus der Lebensmittelbranche und manche Bauern, die für die Versorgung der Bevölkerung mit Lebensmittel beauftragt wurden, und das waren nur die Wenigsten, durften streng reglementierte und kontrollierte Mengen Wasser abpumpen. Leute die ohne Bewilligung bei Nacht und Nebel versuchten aus den Seen Wasser abzupumpen, wurden sofort verhaftet oder von aufgebrachten, selbsternannten Hüter des Wassers zusammengeschlagen. Die Wasserhüter gingen sogar soweit, dass sie Wasserdiebe umbrachten. Es gab massenhaft Arbeitslose, weil viele Firmen die keine überlebenswichtigen Waren produzierten und Firmen die Wasser zur Herstellung ihrer Waren brauchten, ihre Angestellten entlassen und den Betrieb einstellen mussten. Firmen die Brunnenbohrungen anboten, schossen wie Pilze aus dem Boden. Für sie herrschten wahrlich goldene Zeiten, denn sie schlossen sich zusammen und einigten sich auf horrende Preise für eine Brunnenbohrung, die zumindest am Anfang der Dürrezeit vielen Menschen Zugang zu Trinkwasser ermöglichte. Wenn die Legislative versuchte den Wucherpreisen per Gesetz Einhalt zu gebieten, stellten die Bohrfirmen ihre Tätigkeit ein, was den Gesetzgeber dazu zwang seine Beschlüsse wieder aufzuheben, sodass die Bohrfirmen weiterhin sukzessive die Preise in die Höhe treiben konnten. Ihre Unverfrorenheit und ihre maßlose Gier büßte so mancher Arbeiter und Chef einer Bohrfirma mit dem

Leben. Menschen die sich keine Bohrung leisten konnten, blitzten mit dem Ansuchen um eine Bohrung auf Ratenzahlung bei den Bossen ab, und rächten sich in manchen Fällen höchst unangemessen, indem sie den Arbeitern oder den Chefs auflauerten und sie kurzerhand umbrachten. Viele Menschen verloren ihre Hemmungen und wurden zu reißenden Bestien, die nur noch darauf aus waren zu überleben. Wobei die Brunnen zu Beginn des Dürrezeitalters gar nicht überlebenswichtig waren, denn in jedem Lebensmittelladen konnte man Wasser zu erschwinglichen Preisen kaufen. Es war zwar mittlerweile kein Gebirgsquellwasser mehr sondern entsalztes Meerwasser, aber immerhin konnte man mit diesem Wasser überleben. Gebirgsquellwasser konnte auch nicht importiert werden, weil die Länder ihr Wasser für sich behielten. Selbst im Himalayagebiet behielt das jeweilige Land das Wasser für ihre eigene Bevölkerung zurück, und stellte den Export des Wassers ein, obwohl sie damit ein Vermögen hätten verdienen können. Doch in Asien und auch auf anderen Kontinenten wo es gebietsweise noch genug Wasser gab, kam der Export von Wasser deshalb zum Erliegen, weil allerorts die Angst grassierte, dass die eigene Bevölkerung irgendwann kein Wasser mehr haben würde. Dieses Szenario war durchaus nicht abwegig, sondern vielmehr grausame Realität, was auch durchaus sein Gutes mit sich brachte. Die Industrienationen der Welt warfen vor der Dürrezeit ein Drittel der Lebensmittel in den Müll, was mittlerweile, zumindest den Medien zufolge, nicht mehr vorkam. Viele Menschen armer Länder starben zwar nach wie vor an Hunger, doch konnten sich die Menschen der reichen Industrienationen nun von ihren Schuldgefühlen befreien, die sie jahrzehntelang unterdrückt hatten, weil sie so viel Lebensmittel zur Verfügung hatten, dass sie den Überschuss auf den Müll werfen mussten. Mittlerweile hatte sich die Lage drastisch geändert, denn aufgrund des massiven Rückgangs der Nutzviehhaltung und der Landwirtschaft, war es vorbei mit der Verschwendung von Lebensmitteln. Diejenigen die am Meer wohnten waren zu Beginn der Dürrezeit die großen Verlierer, weil durch das Abschmelzen der Gletscher der Meeresspiegel anstieg und Millionen von Menschen ihr Zuhause verlassen mussten. Doch allzu weit entfernten sich die Menschen nicht vom Meer, weil in der Mitte der Dreißigerjahre des 21. Jahrhunderts beinahe alles Überlebenswichtige aus dem Meer kam. Fische, Algen als Futter für die Nutztiere, Strom aus den Tidenhubwerken, und das Allerwichtigste, entsalztes Wasser zur Trinkwasserversorgung. Es ging eigentlich ziemlich schnell, dass aus den Verlierern Gewinner wurden. Die Machtverhältnisse auf der Erde wendeten sich für viele Länder zum Besseren und für andere zum bedeutend Schlechteren, wie für viele mitteleuropäischen Länder. Für Binnenstaatbewohner brachen bittere Zeiten heran. Die Bauern mussten ihren Tieren statt Heu und Grassilage nun getrocknete Algen verfüttern, und nicht wenige Bauern mussten sogar entsalztes Meerwasser zukaufen, weil die Menge an Wasser die sie den Seen entnehmen durften immer weniger wurde. Der Import von entsalztem Meerwasser wurde zwar staatlich subventioniert, doch Fleisch von Tieren die dieses Wasser tranken und getrocknete Algen fraßen, schmeckte nicht mehr wie Rind-,Schweine-,oder Hühnerfleisch wie es bis anhin geschmeckt hatte. Das Fleisch schmeckte irgendwie nach Hühner-, Schwein- und Rindfisch. Aber viele Menschen wollten nicht auf Fleisch verzichten, auch wenn das Fleisch alles andere als gut war. Sie konnten auch nicht darauf verzichten, denn sie mussten nehmen was da war. Alles wurde zunehmend überlebenswichtig, nicht nur Wasser und Nahrungsmittel, alles. Abgesehen vom Beginn des Industriezeitalters am Ende des 18. Jahrhunderts gab es wahrscheinlich in keiner Zeitepoche so viele Veränderungen wie zu Beginn des Dürrezeitalters im Jahre 2035. Selbst die Coronavirus Pandemie im Jahre 2020 und 2021 hatte nicht derart drastische Veränderungen mit sich gebracht wie die Dürrezeit. Der Verbrennungsmotor hatte ausgedient, erstaunlich viele alternative Energiequellen wurden entdeckt, die Menschen schütteten gewaltige Inseln auf dem Meer auf um sie zu bewohnen und sie unternahmen unzählige Flüge ins All um neue Lebensräume zu entdecken. Die Menschheit, mit zu vielen Ausnahmen, wurde auf dramatische Art und Weise in vielerlei Hinsicht sehr viel bewusster. Ressourcen wurden umweltschonend abgebaut, der Verbrauch von Wasser und Lebensmittel wurde auf ein Minimum reduziert, riesige Hallen wurden gebaut in denen Algen, Weizen, Mais und dergleichen mehr angebaut wurden, allerdings nicht immer mit Erfolg. Nach wie vor mussten Unmengen an

Getreide und Futter für die Nutztiere, hauptsächlich Algen, importiert werden. Heizanlagen wurden größtenteils mit alternativen Energien betrieben oder aufgrund der Schließung vieler Betriebe einfach abgeschaltet. Das Internet, Handys, alle Arten von Computer und Server mit ihren riesigen Kühlanlagen, Klimaanlagen und alle erdenklichen elektrischen und elektronischen Geräte wurden optimiert. Diese Geräte konnten aber nicht flächendeckend auf alternative Energien umgestellt werden, da ihr Stromverbrauch enorm war, obwohl vielerorts Stromverbraucher jeglicher Art einfach wegrationalisiert wurden. Der Mensch musste sich damit auseinandersetzen, dass das Computerzeitalter unaufhaltsam zu Ende ging, was vor allem den alten Leuten nicht so viel auszumachen schien wie den jungen Leuten. Die Luftverschmutzung wurde stetig weiter reduziert. Die Menschen wurden dankbar für das was sie hatten, sie waren sich zwar immer noch selbst die nächsten, doch unter den vorherrschenden Umständen war dies eine durchaus verständliche Verhaltensweise.

Sowie sich im 3.Jahrhundert durch die Einführung des Christentums der Vielgottglaube allmählich in einen Glauben an einen einzigen Gott gewandelt hatte, so wandelte sich allmählich der Eingottglaube in einen Glauben an mehrere Gottheiten. Die Menschen hatten Angst, es kam wie schon seit der Frühzeit der Menschheit zu einer Verehrung der Erde, des Wassers, der Luft, in seltenen Fällen sogar des Feuers, als eigene Gottheiten. Die Erde wurde mittlerweile von den meisten Menschen als das gesehen und geschätzt was sie war und ist, nämlich die Spenderin allen Lebens. Der ungezügelte Diebstahl von Eis auf den Polkappen der Erde und in Gletscherregionen führte zu länderübergreifenden Auseinandersetzungen und Krieg. Die sogenannten Supermächte und jede Nation die es sich leisten konnte und über den nötigen militärischen Rückhalt verfügte, sprengten große Eismassen ab und schleppten sie mit ihren Schiffen in ihre Heimat. Diese Schiffe wurden von Kriegsschiffen und Abfangjäger begleitet und beschützt. Die Folge dieses Raubbaus an Gletschereis war verheerend, und leitete unaufhaltsam das neue Dürrezeitalter auf der ganzen Welt ein. Einzig die Urwald- und Gletscherregionen, die flächenmäßig stetig und unaufhaltsam weniger wurden und Länder mit Hochgebirge, wie die Länder am Himalaya, in den Rocky Mountains, den Anden und diverse andere Länder mit ausgedehnten Gebirgsregionen, wo es noch regelmäßige Niederschläge gab, blieben vorerst von der Dürre verschont. Die Trockenheit vielerorts beherrschte schon seit mehreren Jahren die Medien auf der ganzen Welt. Das Thema war allgegenwärtig, deshalb schenkten die Menschen den Nachrichten allmählich keine Aufmerksamkeit mehr, zumal ihre Trinkwasserversorgung vorerst gesichert war, und stetig konsumierte Negativschlagzeilen und Weltuntergangsmeldungen den Menschen empfindlich aufs Gemüt schlugen. Dabei war das Thema hochbrisant, und der Untergang der Menschheit ein durchaus realistisches Szenario. Selbstverständlich machten sich viele schlaue und besorgte Menschen Gedanken zu dieser bevorstehenden Realität und versuchten diesem Alptraum entgegenzuwirken. Am 12. August 2028 wurde das letzte auf der Welt betriebene Kohlekraftwerk in China abgeschaltet, und dies auch nur auf Druck der Russen und Amerikaner. Zum ersten Mal verfolgten die Supermächte ein gemeinsames Ziel, die Abschaffung der Emissionen auf der Erde. Autos mit Verbrennungsmotoren gab es schon vor 2030 so gut wie keine mehr. Außer den Militärs der Supermächte, wurde der Zivilverkehr erstaunlich schnell auf Solarenergie, Wasserstoff oder sonstige Energiequellen, die nur wenig Emissionen produzieren, umgestellt. Bei der Entsorgung von kaputten Akkus der Elektroautos, ging man mit größter Achtsamkeit vor. Der Flugbetrieb wurde deutlich reduziert, da Reisen nur noch für wenige Menschen leistbar war. Selbst Flugzeuge und Schiffe mussten auf Alternativenergien umstellen, doch das endete in vielen Fällen mit Katastrophen, weil die Technik für Flugzeug-Bahn und Schiffsantriebe nicht so reibungslos funktionierte wie bei den Autos. Nur mit Solarenergie war es unmöglich diese Verkehrsmittel anzutreiben, und meist gab es kombinierte Wasserstoff-Solarantriebe die oft in einer gewaltigen Explosion endeten. Dennoch waren die Ingenieure und Techniker höchst effektiv in ihrem Schaffen. In allen Küstenstaaten der Welt entstanden neue Tidenhubwerke, in vielen Länder der Welt entstanden Solar- und Windparks zur Herstellung von Strom. Selbst in den Alpenländern wurden Windräder und Solaranlagen gebaut, was in den Hochzeiten des Schitourismus undenkbar gewesen wäre. Immer wieder hörte man, dass Wissenschaftler neue, saubere Energiequellen entdeckt hatten, aber auch bisher ungenannte und übersehene Treibhausgasemittenten wurden entlarvt, nämlich die Atmer. Tiere und Menschen die atmen, stoßen enorme Mengen an CO_2 aus, doch laut Aussagen der Wissenschaftler hatten sie auch für dieses Problem in naher Zukunft eine Lösung parat. Wie diese jedoch aussehen sollte, wurde den Menschen vorerst noch vorenthalten. Die Menschen brauchten vorerst noch keine Angst davor zu haben, dass sie wegrationalisiert werden, da die Pflanzen eine gewisse Menge an CO_2 für die Photosynthese und der damit verbundenen Produktion von Sauerstoff und zum Aufbau der Biomasse benötigen. Einem anderen tragisch unterschätzten Verursacher von schädlichen Emissionen, sollte es laut Medien bald an den Kragen, oder vielmehr ans Hinterteil gehen. Wissenschaftler hatten darauf hingewiesen, dass das Nutzvieh kein unerheblicher Verursacher der Luftverschmutzung war, und stellten einen Katalysator vor, der diesem Übel entgegenwirken sollte. Die Anwendung dieser Katalysatoren steckte allerdings noch in den Kinderschuhen. Dennoch blieb das Thema in den Medien präsent, obwohl die Nutzviehhaltung, zumindest in Österreich, auf ein Minimum reduziert wurde.

Severin begrüßte diese Entwicklung, obgleich er ein bekennender Fleischesser war und immer noch ist. Auch er machte es sich zur Pflicht seinen Lebensmittelkonsum auf das Notwendigste zu beschränken. Diese Maxime hatten sich viele Menschen auferlegt, was deutlich zur

Reduktion der Emissionen beitrug und vor allem der Verschwendung von Lebensmitteln Einhalt gebot. In Vorarlberg wurden Restaurants, Hotels, Imbissbuden, Kantinen und Großküchen regelmäßig kontrolliert ob in irgendeiner Weise Lebensmittel verschwendet wurden. Der Begriff Lebensmittel umfasst als Oberbegriff sowohl das Trinkwasser als auch die Nahrungsmittel. Das war natürlich schwer zu kontrollieren, doch musste sich jeder der genannten Betriebe jederzeit auf eine unangemeldete Kontrolle gefasst machen. Diejenigen Betriebe denen das Vergehen der Lebensmittelverschwendung nachgewiesen werden konnte, mussten, ohne eine zweite Chance zu erhalten, ihren Betrieb von einem auf den anderen Tag zusperren. Die Behörden kamen den Betrieben insoweit entgegen, dass sie unsinnige EU-Richtlinien kurzerhand aufhoben. Manche Erneuerungen wurden einfach von irgendwelchen Amtsträgern beschlossen, ohne dass es dafür eine rechtliche Grundlage gab. Im umgekehrten Fall wurden erlassene Gesetze, wie zum Beispiel das Verbot, dass Betriebsküchen ihre Lebensmittelabfälle nicht an Bauern abgeben dürfen, kurzerhand aufgehoben. Es gab viele Beispiele für solche unsinnigen Gesetzeserlässe aus Vorzeiten, die von vielen Betriebsleitern anarchistisch ignoriert und kaum jemals von der Exekutive geahndet wurden. Selbstverständlich gab es genug Menschenschafe die obrigkeitshörig waren, und es nicht wagten Entscheidungen zu ihrem eigenen Wohle zu treffen. Und lustiger Weise traf es bei diesen Kontrollen genau diese Schafe am härtesten, da man ihnen in vielen Fällen

Lebensmittelverschwendung nachweisen konnte. Sie glaubten sich rechtfertigen zu können da sie sich ja an das Gesetz gehalten hatten, doch wurden sie auf unsanfte Art auf die vorgenommenen Erneuerungen und Gesetzesnovellierungen hingewiesen, indem ihre Betriebe dicht gemacht wurden. Dieses „Schafsverhalten“ oder „behaviour of the sheeps“ wirkte sich bei den Gegnern der Raucher genau gegenteilig aus. Hatten sie in Österreich, das eine der letzten Bastionen in Europa war in der man bis zum Sommer des Jahres 2019 noch in Restaurants rauchen durfte, schwer zu kämpfen für ihre angenommenen Ansichten, so waren sie plötzlich eine nicht zu unterschätzende Übermacht. Den wenigen Raucher die es noch gab und sich beim Rauchen erwischen ließen, drohten vielfältige Strafen, von Geldstrafen über Zusammenschlagen, ja sogar Tote hatten die Schafe nun auf dem Gewissen, nach dem Motto „lieber ein toter Raucher als eine Rauchwolke die die Luft verschmutzt“. Diese Raucher waren selbst schuld und starben aus Dummheit, weil sie sich zu spät auf die Veränderungen eingestellt hatten. Früher war eine Herde Schafe einfach nur eine dumme Herde Schafe die blökend einem einzigen Schaf nachrennt. Im Dürrezeitalter wurden diese Schafe zu Wölfen, weil es sie in Massen gab und die Lebensumstände aus kleinkarierten, unbedeutenden Menschen etwas machte, das endlich gebührenden Respekt erhielt und sich bedeutend fühlen konnte. In Severins Augen waren sie Menschen zweiter Klasse. Er hatte erlebt wie im Jahre 2020 seine Eltern das Restaurant, das seit 3 Generationen in Familienbesitz war, zusperren musste. In seiner Heimatgemeinde mit ca. 3500 Einwohnern gab es zu viele Raucher, die sich nach dem erlassenen Rauchverbot nicht mehr im Restaurant blicken ließen. Eine Kompensation durch Nichtraucher trat auch nicht ein, und so wurde Severins Familie aufgrund eines diskriminierenden Erlasses die Lebensgrundlage entzogen. Severin kannte Rauchergegner, die nur in der Masse ihr Blökkonzert anstimmten, und verabscheute sie alle mehr denn je. Er hatte kein Problem damit dass Rauchen mittlerweile verpönt war, vielmehr litt er unter den Schafen. Es war für ihn schlichtweg unverständlich wieso es den Wirtshausbetreibern nicht freigestellt war, sich als ein Raucher- oder Nichtraucherlokal zu deklarieren. Seine Devise war, wer in kein Raucherlokal gehen möchte, soll in ein Nichtraucherlokal gehen. Eine Bedienung die nicht in einem Raucherlokal arbeiten möchte, sollte sich ihren Lebensunterhalt in einem Nichtraucherlokal verdienen. Die Mächtigen wollten den Menschen immer schon vorschreiben was sie tun und lassen sollen. Aber dass im 21. Jahrhundert nach der Aufklärungs- und Selbstverwirklichungsepoche und Nazideutschland das Schafsverhalten immer noch derart präsent war bei den Menschen, war für Severin unerklärlich. Er war ein einfach gestrickter Handwerker der als gelernter Tischler in vielen Bereichen im Bau- und Baunebengewerbe arbeitete. Severin war Vater von vier Kindern, ledig, solo, Wohnungseigentümer, schuldenfrei, mit einer optimistischen Lebenseinstellung gesegnet und er hatte einen unstillbaren Drang nach neuen Erfahrungen und Erkenntnissen. Für ihn war das Jahr 2035 der Beginn von etwas ganz Neuem. Wie alle anderen auch hatte er Angst vor all diesen vielen, einschneidenden Veränderungen. Es war nicht einmal so sehr die Angst vor der Lebensmittelknappheit, den vielen Gesetzesänderungen oder gar die Angst um seine Kinder. Es bereitete ihm Angst, dass bei ihm persönlich eine drastische Veränderung passierte, und dies gleich in mehrerlei Hinsicht. Nach der Trennung von seiner damaligen Lebensgefährtin im Jahre 2031 und die damit einhergehende Trennung von den Kindern, lebte er ein relativ bescheidenes, unaufgeregtes Leben. Er war kein klassischer Einzelgänger, hatte aber eindeutig die Tendenzen einer zu werden, weil er das Alleinsein zunehmend liebte. Als Jugendlicher und junger Mann war er gesellig, umgänglich und herdenkonform, doch schon als 30-Jähriger wurden ihm Feste jeglicher Art zunehmend lästig. Er entwickelte Charakterzüge und Eigenschaften die man gemeinhin als seltsam erachtet, wie etwa das Bedürfnis nach dem herrlich harmonischen allein sein wollen, was für viele Menschen eine schreckliche Vorstellung ist, weil sie nicht allein sein können. Er hatte zunehmend das Bedürfnis nach Rückzug, Abschottung, ein Leben in einer stressfreien Umgebung, das Bedürfnis nach Harmonie im Berufs- und im Privatleben. Hin und wieder machte er eine Weiterbildung, einen Kurs, ging auf einen Vortrag oder besuchte ein Konzert. Geburtstags-, Nikolaus-, Weihnachts-, Hauseinweihungs- oder sonstige Feiern versuchte er standhaft zu meiden. Im Jahr 2030 war Severins letzter Freund gestorben, und die einzigen engen Beziehungen die er noch hatte, waren die zu seinen zwei ältesten Töchtern, zu seiner Mutter und seinen Geschwistern. Die dritte Tochter und sein Sohn wollten nichts mehr mit ihm zu tun haben, und so stellte Severin irgendwann seine Versuche zur Kontaktaufnahme mit ihnen ein.

Eine Freundin oder Lebensgefährtin hatte er schon seit einigen Jahren nicht mehr, doch der Wunsch nach einer Beziehung mit einer Frau war bei Severin stetig präsent und immer lebendig. Nur ergab es sich eben nie, weil er auf dem Gebiet der Partnersuche nie den aktiven Part übernommen hatte, was sich mangels gesellschaftlicher Interaktion als Nachteil erwies. Bei seinen Wanderungen in der Natur, meist im Wald, traf er so gut wie nie eine potenzielle Partnerin. Severin war in vielerlei Hinsicht ein zwiespältiges Wesen der seine eigenen Widersprüche manchmal nur schwer aushalten konnte. Eigentlich wollte er den Menschen Wohlwollen entgegenbringen, doch sobald ihm jemand zu nahe kam und die Interaktion zu kontrovers wurde, zog er es vor den nervigen Menschen aus dem Weg zu gehen. Severin war konfliktscheu, ging aber keinem Kampf aus dem Weg, er war harmoniebedürftig, brauchte aber von Zeit zu Zeit das Chaos um sich lebendig zu fühlen. Er liebte alles Schöne und sehnte sich nach Liebe und Veränderung. Seine Vorstellung von einer passenden Lebensgefährtin hatte sich während seines Singledaseins konkretisiert. Seine zukünftige Partnerin sollte seine widersprüchlichen Charakterzüge und Verhaltensweisen aushalten können, sie sollte eine Bereicherung für sein Leben sein und auf körperlicher, spiritueller und emotionaler Ebene kompatibel sein. Severin spürte es tief in sich, dass die Zeit für umfassende Erneuerungen gekommen war. Er spürte den Wind der Veränderung. Das Jahr 2035 war genau die richtige Zeit um eine Zwischenbilanz zu ziehen, sich Gedanken zu machen was er wollte und was nicht, und diese Wünsche versuchte er so genau wie möglich zu formulieren. Eine Partnerin die den Haushalt macht, gut kochen kann und gut im Bett ist, aber ihn sonst den ganzen Tag nur nervt hatte er schon einmal und wollte er nie wieder. Da zog er es lieber vor alleine zu bleiben und das Beste daraus zu machen. All diese Gedanken und noch mehr gingen ihm durch den Kopf als er an einem herrlich warmen Sommertag durch sein Dorf Richtung Wald wanderte. Die Gedanken bedrängten ihn aus allen Richtungen, und er spürte instinktiv, dass ihm eine Veränderung bevorstand. Nur wusste er nicht welcher Art sie sein würde. Im Wald würde er die Ruhe finden um sich seinen stürmischen Gedanken einem nach dem anderen anzunehmen. Was ihn jedoch mehr als alles andere in den Wald trieb, war diese unerklärliche Angst. Er konnte sie zwar soweit begreifen, dass etwas Neues auf ihn zukam das ihm Angst machte, aber was? Veränderungen gab es zuhauf in den Dreißigerjahren des 21. Jahrhunderts, und er wünschte sich ja auch Veränderung. Zwar nicht das Ausbleiben des Regens und der damit einhergehenden Dürre und all der Folgeerscheinungen, aber eine Veränderung die ihn bereichert und Abwechslung in seinen Alltag bringt, wollte er unbedingt. Abgesehen von einer Lebensgefährtin, wünschte er sich eine neue Aufgabe, vielleicht auch einen Ortswechsel, ein finanzieller Segen, oder war es nur die Angst davor, dass sich vielleicht gar nichts in seinem Leben ändern würde. Die Gedanken und die Angst quälten ihn. Es war Zeit sich an Gott zu wenden, und während er sich in Gedanken versunken immer tiefer in den Wald treiben ließ, kam er an ein Flussbett. Severin wusste wo er war, er kannte sich aus in dieser Gegend, doch wie er hier her kam war neu für ihn. Er hatte einen neuen Weg durch den Wald gefunden, und stand nun in einem ausgetrockneten Bachbett in einem Talkessel, der von den Einheimischen besonders in sehr heißen Sommertagen aufgesucht wurde. An der Stelle wo er sich befand, konnte er etwa 150 Meter in Richtung Osten, und nicht ganz so weit in die entgegengesetzte Richtung blicken. Das Bachbett war relativ eben an der Stelle wo er stand, und weckte viele schöne Erinnerungen. Früher, als es noch genügend Wasser gab, war er an heißen Sommertagen oft mit seiner Familie hier. An vielen Stellen entlang des Flusses konnte man baden und sich in der wunderschönen Natur vom stressigen Berufsalltag erholen. Der Fluss war früher mit wenigen Ausnahmen in beide Richtungen begehbar. Eine Flusswanderung in der Saiblach war ein Abenteuer, ein Hochgenuss für alle Sinne, einfach wunderschön. Und nun war hier nur noch eine trockene Steinwüste. Vor 3 Jahren, im Jahre 2032 führte die Saiblach zum letzten Mal oberirdisch Wasser. Als die Wasserspeicher der am Fluss liegenden Gemeinden allmählich zur Neige gingen, kamen viele Menschen mit Pickel und Schaufel, mit kleinen Handpumpen und Fässern auf dem Rücken ins Saiblachtal. Sie gruben überall entlang dem Flussbett Löcher und entnahmen dem Fluss das letzte noch verbleibende Wasser. Die Menschen nahmen gewaltige Strapazen auf sich und schleppten ihre Werkzeuge und Wasserkanister immer weiter den Talkessel hinein bis wenige Kilometer vor den Ursprung des Flusses. Als die Leute bemerkten, dass sie durch Trinken und Schwitzen mehr Wasser verbrauchten als sie dem Fluss entnehmen konnten, stellten sie das Graben ein. Viele Menschen kamen auch nachts an den Fluss um das Wild zu schießen, das im ausgetrockneten Flussbett vergeblich nach Wasser suchte. Eigentlich war es Wilddieberei, worauf in Vorarlberg hohe Geldstrafen standen. Die Jagdpächter und ihre angestellten Jäger wurden jedoch der vielen Wilddiebe nicht Herr, und in ihrem eigenen Interesse verzichteten die Jäger darauf die Wilddiebe mit Waffengewalt zu vertreiben. Zudem war es äußerst schwierig die Wilddiebe zu stellen, weil sie von den unmöglichsten Stellen in den Talkessel eindrangen und sich in der Nähe vom Flussbett gut versteckten. Die Jäger wussten, dass verzweifelte Menschen unberechenbar sind. Die Wilddiebe wollten ihre Familien ernähren, und da sie alle bewaffnet waren, ließen sich die Jäger immer weniger blicken, zumal die Wilddiebe auf ihresgleichen losgingen und sich gegenseitig die Beute abnahmen, was nicht selten in einer tödlichen Schießerei endete. Auch

Severin hatte in der Nähe das ein oder andere Wild erlegt, und obwohl er die Gegend besser kannte wie die meisten anderen, wurde ihm die Jagd am Fluss zu gefährlich. Manche Wilddiebe waren mit Nachtsichtgeräten ausgerüstet, und dagegen war man machtlos, es sei denn man legte sich selbst ein Nachtsichtgerät zu, was bedeutete, dass man sich auf einen Krieg einließ der in diesem Talkessel einige Tote forderte. Als dann das Wild nicht mehr kam, war es schnell vorbei mit diesem hinterhältigen Guerillakrieg, und es kehrte wieder Ruhe ein im Talkessel. Während er im trockenen Bachbett dahinwanderte gingen Severin unzählige Gedanken und Erinnerungen durch den Kopf. Erinnerungen an das ausgelassene Planschen seiner Kinder im Wasser, der Geruch von Lagerfeuer, die vielen Schüsse der Wilderer die ihm Talkessel hallten, das Anpirschen auf das Wild und später das Verstecken vor den Wilddieben. Wie sollte es im Beruf weitergehen? Viel zu lange schon machte er seinen Job als Tischler. Wie oft nahm er sich vor eine andere Ausbildung zu machen. Doch anfangs war es die Familie die er verhalten musste und die Schulden auf sein Haus die er abbezahlen musste, und ihn von einer beruflichen Veränderung abhielten. Nach der Trennung von seiner Frau waren es die monatlichen Alimente die er für seine Kinder zahlen musste, die es ihm unmöglich machten Geld anzusparen um eine andere Ausbildung zu machen, aber welche? Danach war es das Alter, und die damit einhergehende Bequemlichkeit die ihn seine Veränderungsabsichten unterdrücken ließen. Seit Jahren schon lebte er in derselben 3-Zimmer Wohnung im selben Ort wo er immer schon lebte. Gewiss, vielen Leuten war ein schlechteres Los beschieden als ihm, ein viel schlechteres. Aber viele Leute führten auch ein abwechslungsreicheres, interessanteres und liebevolleres Leben als er. Warum bedauerte er sich plötzlich nur so sehr? Warum wollten seine Kinder keinen Kontakt mehr mit ihm? Er liebte sie doch, oder liebte er sie zu wenig? Severin drehte sich um, um nachzusehen ob niemand in der Nähe war, denn die ersten Tränen rannen ihm über die Wangen, und er konnte nichts dagegen tun. Was war nur los mit ihm, er hatte doch sein Leben im Griff, er fühlte sich stark, gereift, liebevoll. Den Trennungsschmerz hatte er doch schon längst überwunden, er hatte gelernt sich selbst zu lieben und für seine Lebensumstände dankbar zu sein. Sein Leben hatte er auf einem stabilen Fundament Stück für Stück errichtet, und nun fühlte es sich für ihn an als würde dieses Leben wie ein Kartenhaus in sich zusammenstürzen. Immer tiefer versank er in Selbstmitleid, Selbstzweifel, Scham, Angst und Trauer. Nichts fühlte sich mehr gut an, die Tränen flossen wie Bäche aus seinen Augen über die Wangen und trübten seine Sicht, er wurde durchgeschüttelt von Weinkrämpfen wie er sie noch nie zuvor hatte. Immer wieder, wie Wellen brachen die Tränen aus seinem Inneren hervor. Unkontrollierbare Trauer und Verzweiflung erschütterten sein Selbstbild. Er weinte laut, erbärmlich und herzzerreißend, und er konnte nichts dagegen tun. Völlig entkräftet sackte er in sich zusammen, und lag wie ein Häufchen Elend auf den harten

Steinen im Flussbett. Severin gab seine Selbstkontrolle auf, er ließ es zu, dass sich der Herzschmerz in jede Zelle seines Körpers ausbreitete und vollständig die Kontrolle übernahm, bis er glaubte, dass nichts mehr von ihm übrig war. Wie lange er so auf dem Flussbett lag, wusste er im Nachhinein nicht mehr. Es dauerte eine gefühlte Ewigkeit in der er dem Nichts immer näher kam. Wie ein Phönix verbrannte er vor Schmerz und Trauer, bis er spürte wie allmählich, wie ein unscheinbares Licht in der Ferne, die Kraft wieder in seinen Körper zurückkehrte, und er sich aus der unbequemen Lage erheben konnte. An einer uneinsichtigen Stelle am Abhang setzte er sich auf einen Stein, blickte erneut in alle Richtungen ob irgendjemand in der Nähe war und seinen Schwächeanfall mitbekommen hatte. Aber es war niemand zu sehen, und so ließ er die letzten Wellen der Tränen über sich ergehen, die sich nun nicht mehr wie Schmerzen anfühlten. Vielmehr fühlte er sich gereinigt. Die Gedanken die ihn so sehr bedrängten waren weg und alles fühlte sich zunehmend leicht an, als hätte er sich verliebt. Nun grämte er sich nicht mehr wegen seinen Kindern die ihn ignorierten. Eine völlig neue Erkenntnis breitete sich wie ein weiches, buntes Tuch über sein Herz, weil er seine Kinder als Engel sah, die ihm beibrachten sich selbst zu lieben, anstatt ihnen nachzutrauern. Diese Erkenntnis fühlte sich unbeschreiblich tröstend und bereichernd an. Es drängte sich ihm der Vergleich mit einer Batterie auf, was soeben mit ihm geschehen war. Er wurde förmlich bis zur Neige leer gemacht und ausgequetscht, und nun wurde er wieder auf wundersame Weise aufgeladen. Severin fühlte sich immer stärker, liebevoller, mit sich und der Welt im Reinen. Er wollte sich wieder bewegen, und so ging er leicht und beschwingt weiter dem Flussbett entlang, ohne darauf zu achten, dass die Zeit unaufhaltsam voranschritt. Er schwelgte in seinem Hochgefühl und wollte es in dieser wunderschönen Umgebung bis zur Neige auskosten. Nur zögernd drang die Tatsache in sein Bewusstsein durch, dass es allmählich dunkel wurde. Severin erholte sich zunehmend von seinem Gefühlsrausch, und realisierte seine prekäre Lage. Es war zu gefährlich den Heimweg durch das Flussbett anzutreten, weil es bald dunkel werden würde und er keine Taschenlampe bei sich hatte. Überhaupt war er nicht ausgerüstet um im Freien zu übernachten. Er hatte kein Feuerzeug, keinen Schlafsack, nichts zu essen und zu trinken dabei, und doch war es ihm egal. Er würde die Nacht im Freien überstehen, dessen war er sich sicher, und so überwand er sehr schnell den Schock der ihn kurzzeitig überkam. Da er keine Angst vor unerwartet auftretenden Wassermassen haben musste, machte er sich entspannt auf die Suche nach einem geeigneten Schlafplatz. Während er so dahin ging, nahm er wahr wie sich das Flussbett veränderte. Jedes Mal wenn er hier entlang ging, sah die Umgebung ein bisschen anders aus, mal mehr mal weniger, je nachdem wie viele Erdrutsche sich von den Hängen lösten und wie groß sie waren. Vor einigen Jahren löste sich weiter taleinwärts eine riesige Mure die den ganzen Fluss wie ein Staudamm aufstaute. Als die ersten am Fluss ansässigen

Betriebe kein Wasser mehr zur Produktion ihrer Ware und zur Kühlung der Maschinen hatten, machten sich 3 Männer auf den Weg entlang des Flusses, um nachzusehen was geschehen war. Alle 3 Männer kamen während ihrer lebensgefährlichen Erkundungstour ums Leben. Während sie immer weiter hochgingen in Richtung Quelle, barst der Erdwall der das Wasser staute, und durch den gewaltigen Druck des aufgestauten Wassers, brauste das Wasser mit enormer Geschwindigkeit Richtung Tal. Die Dorfbewohner erzählten sich immer noch wie schrecklich es damals geklungen hatte, als die Wassermassen ins Tal stürzten. Wie ein minutenlanges, ohrenbetäubendes Donnergrollen habe es geklungen, und von den drei Männer wurde nur noch einer mehrere Kilometer weiter unten gefunden. Zumindest ging man damals davon aus, dass die unkenntliche und unidentifizierbare Leiche einer der drei Männer war. Dieses Schicksal würde Severin mit Sicherheit nicht ereilen, dessen war er sich sicher. Doch allmählich drängte die Zeit, und es wurde immer dunkler. Nach einer weiteren Flussbiegung sah Severin zu seiner Rechten einen abgegangenen Erdrutsch, der eine Höhle im Felsen freilegte. Während all der Jahre die er in diesem Flussbett unterwegs war, hatte er noch nie eine Höhle im Felsen entdeckt. Von Neugier getrieben kletterte an der Geröllhalde hinauf, und spähte in das Innere der Öffnung. Die Dunkelheit ließ es nicht zu die Höhle weiter als 5 Meter zu erkunden. Severin befand den Platz oben auf der Geröllhalde für perfekt um darauf zu übernachten. Er entfernte die größeren Steine und ebnete sich mit dem feineren Geröll einen Platz auf dem er, so bequem wie es den Umständen entsprechend möglich war, schlafen konnte. Hier war er auch sicher vor Steinschlägen und Erdrutschen. Severin legte sich hin und fühlte sich sicher und wohl in seiner Haut. Den tragischen Unfall der drei Männer blendete er aus, und übergab sich wieder dem Hochgefühl seiner kürzlich erfahrenen Läuterung, Reinigung und der erhebenden Einsichten. Es war nicht nur die Einsicht dass seine Kinder Engel waren die ihn ein Stück auf seinem Lebensweg begleitet haben und ihm etwas beibrachten, es war auch die Einsicht, dass sein Leben einen Sinn hatte, dass alles was geschah richtig war und dass er nichts zu bereuen hatte. Er selbst war völlig in Ordnung, alles fühlte sich richtig an, und er war genau so wie Gott ihn haben wollte. Erhabene Gedanken, die wunderbare Gefühle in ihm auslösten.

Mit unter dem Kopf verschränkten Armen stellte sich Severin vor, wie er auf einer grünen mit Blumen bewachsenen Wiese liegt. Hinter ihm hörte er das Rauschen der Bäume die sich träge im sanften Wind bewegen, und vor ihm dehnt sich das Meer unendlich weit aus. In seinem Wachtraum hörte er die regelmäßig anbrandenden Wellen und das leise Flüstern des Windes der durch die Gräser streicht. In diesem Hochgefühl und den wunderschönen Bildern im Kopf fiel Severin in einen tiefen und festen Schlaf.

Zeitreise in ein unbekanntes Land, oder doch nur ein Traum?

Als Severin aufwachte fühlte er sich wie neu geboren, voller Energie und Tatendrang. Dass man so überschwänglich einen neuen Tag begrüßt, kannte er eigentlich nur als eine schwer umsetzbare Empfehlung aus den Selbsthilfebücher, die er regelmäßig las um seine Gedanken positiv auszurichten. Jetzt musste er sich nicht überwinden um den neuen Tag zu begrüßen, das funktionierte in dieser traumhaft schönen Umgebung wie von selbst. Plötzlich konnte er sich wieder erinnern, dass er mit diesen Bildern im Kopf und im Herzen einschlief. Also schloss er die Augen, da er glaubte, dass er sich immer noch in einem Traum befand. Nach einer Weile war sich Severin ganz sicher, dass er nicht mehr schlief, und öffnete erneut die Augen. Er war sich sicher, dass er nicht mehr träumte, und doch bot sich ihm derselbe Anblick wie zuvor. Er fühlte das Gras auf dem er lag, er nahm das Gras in die Hand und zog daran, bis einige Halme abrissen und sich manche Halme mitsamt der Wurzel aus dem Erdreich lösten. Gras, wie lange hatte er schon kein grünes Gras mehr gesehen geschweige denn angefasst. Aber wie war das möglich, wieso lag er in einer Blumenwiese, welche Umstände führten ihn an diesen traumhaften Ort mit einem türkisblauen Meer, einem weißen Sandstrand, grüne Bäume, Wolken am Himmel. Was in Gottes Namen war mit ihm geschehen? Die Wahrnehmung seiner neuen Situation bewirkte bei Severin einen Realitätsschock, der alle seine Körperfunktionen verlangsamte, ihn abrupt schwächte und ihn zwang mit Ruhe und Bedacht seine Lage zu analysieren und vorsichtig die neue Umgebung zu erkunden. Er erhob sich unter Aufbringung all seiner Kraft und machte langsame, kleine Schritte auf der Wiese. Das platt gedrückte Gras auf dem er gelegen hatte war keine Illusion. Keine Frage, das alles war echt. Das Gras fühlte sich wie Gras an, die Luft roch salzig und frisch. Der tieferliegende Strand und das Meer sahen genauso aus wie er es ein paar Stunden zuvor in seinem Wachtraum gesehen hatte. Dann drehte er sich um und blickte auf einen gesunden Wald hinter dem sich ein durchgehender Gebirgszug erhob. Obwohl der Strand und das Meer ihn lockten, wollte er zuerst zu den Bäumen landeinwärts gehen, er wollte sie berühren, daran rütteln um sicher zu gehen, dass, was eigentlich? Das alles war mit Sicherheit echt, aber sein Verstand weigerte sich vorerst anzuerkennen, was nun mal eindeutig klar war. Er war verreist! Hatte er eine Zeitreise gemacht, war er in einem Paralleluniversum, oder war er vielleicht tot und befand sich nun im Paradies? Vielleicht hatte sich in der Höhle doch ein Stein oder ein Felsen gelöst und ihn während des Schlafs erschlagen. Die Idee dass er im Paradies war gefiel ihm. Der Schock löste sich allmählich auf und er spürte wie Kraft, Freude und Begeisterung sich in ihm ausbreiteten. Er war bereit für neue Taten, für Erkundungen, Expeditionen in die unbekannte Umgebung. „Gott existiert, er hat meine Wünsche, die ich gar nie richtig formuliert habe, von der Seele abgelesen und ihn ins Paradies geführt. Gottes Wege sind wirklich unergründlich“, dachte er bei sich, und strahlte förmlich vor Freude und Seligkeit. Es war Severin egal, dass er als Mensch gestorben und sich nun als Geistwesen im Himmel befand, so was von vollkommen scheißegal. Das hier war einfach nur, WOW!!!, großartig, vollkommen, genau sein Ding, seine neue Heimat, seine Spielwiese, sein eigenes Paradies. Severin war in seinen Ferien schon in ähnlichen Gegenden gewesen, mit einem Meer wo das Wasser sauber war und man bis auf den Grund sehen konnte und mit Klippen zum runterspringen. Neben dem Sandstrand sah er von seinem Standpunkt aus eine weitere kleine Bucht mit einem Kiesstrand, der durch einen ins Meer ragenden Felsen vom Sandstrand abgeschnitten wurde. Zwei derartig unterschiedliche Strände in unmittelbarer Nähe zueinander hatte er noch nie irgendwo gesehen. Die Kiesel erzeugten einen ganz eigenen Klang wenn das Meer in stetig gleich bleibendem Rhythmus ein- und ausatmete, und die Wellen kraftvoll über die Kiesel rauschten. Die grasbewachsene, fast ebene Anhöhe auf der er stand, war etwa 5 Meter oberhalb des Meeresspiegels und breitete sich nach links, rechts und nach hinten Richtung Wald etwa 300 Meter, circa 3 Fußballfelder weit aus. Nach vorne hin Richtung Meer fiel der Abhang in flachem Winkel ab. Mancherorts sah er einen Felsen aus dem Abhang ragen, doch größtenteils war die ganze Fläche des Abhangs ein leicht abschüssiger Sandstrand. Eine so kitschig schöne, idyllische Landschaft hatte Severin wahrscheinlich noch nie gesehen, weder in einem Prospekt noch im Fernsehen. Dies musste definitiv das Paradies sein. Er hatte ungehinderten Zugang zum Strand, nirgendwo gab es einen Zaun und weit und breit war keine Menschenseele zu sehen. Die Ausdehnung der vor ihm liegenden Meeresbucht die durch die Gebirgsausläufer eingegrenzt war, war schwer abzuschätzen. Severin schätzte, dass sie sich von links nach rechts circa einen halben bis einen Kilometer ausdehnte. Links und rechts ragten die nur spärlich mit Gras bewachsenen Felsen bogenförmig in das Meer hinein, wobei die linke Felsflanke weiter ins Meer hinaus ragte, sodass keine Öffnung aufs Meer hinaus erkennbar war. Aber es musste wohl eine Öffnung geben, da es sonst keinen Wellengang gegeben hätte. Schiffe könnten hier wohl keine in die Bucht einfahren, dachte sich Severin. Wenn überhaupt, könnte nur ein kleines Ruder- oder Motorboot um die vielen in der Meeresbucht aufragenden kleineren und größeren Felsen herum manövrieren, falls es überhaupt möglich war durch den von hier aus nicht sichtbaren Eingang in die Meeresbucht zu gelangen. Um dies herauszufinden hatte Severin noch genug Zeit, eine Sehenswürdigkeit nach der anderen würde er genauestens erkunden. Es gab sogar Vögel, und das Kreischen der Möwen passte perfekt zu dieser Idylle, die ihn immer mehr faszinierte. Die Ausdehnung der Meeresbucht vom Strand bis hin zur Öffnung bei den Felsen schätzte Severin auf höchstens 100 Meter. Die Felsen welche die Meeresbucht begrenzten sahen aus wie zwei Hände die nach vorne gerichtet sind und sich bogenförmig ineinander verschränken, ohne dass sie sich gegenseitig berühren. Alles fühlte sich echt an, selbst die Uhr an seinem Handgelenk, die stehen geblieben war, was bis jetzt dreimal vorkam, und das auch nur weil die Batterie leer war. Die Batterie hatte er erst vor einem Monat, im Juni als er Geburtstag hatte, wechseln lassen. Severin konnte es nicht leiden wenn seine Uhr nicht funktionierte. Er hätte gerne gewusst wie spät es ist. Die Sonne stand in Blickrichtung nach vorne relativ hoch am Himmel, was bedeutete, dass vor ihm Süden und ungefähr Mittagszeit war, was er sofort mit Mittagessen assoziierte. Aber im vermeintlichen Paradies spielt die Zeit wohl keine Rolle, und Engel, oder was auch immer er jetzt war, brauchten seines Wissens nichts zu essen. Doch Severin spürte den Hunger und Durst sehr deutlich. Seit er von zuhause aufbrach und durch den Wald und das ausgetrocknete Flussbecken zu der Geröllhalde wanderte, auf der er eingeschlafen war, hatte er nichts mehr gegessen und getrunken. Um 15 Uhr marschierte er von zuhause los, und jetzt war es ungefähr 12 Uhr Mittag. Also hatte er mehr als 20 Stunden nichts mehr zu sich genommen, was eine gute Erklärung für seinen Mordshunger und seinen großen Durst war. Folglich war er doch nicht im Paradies, und offensichtlich auch nicht gestorben. Eine Einsicht die Severin glücklich stimmte, weil der Gedanke auf diesem Stückchen Erde lebendig zu sein, überaus reizvoll für ihn war. Doch darüber würde er sich später den Kopf zerbrechen, jetzt galt es vorrangig Trinkwasser zu suchen, wofür die Aussichten im Wald hinter ihm wahrscheinlich besser standen als unten am Meer. Andererseits würde er wahrscheinlich eher unten bei den Felsen etwas zum Essen finden als im Wald. Kleine am Felsen festsitzende Muscheln oder Muscheln vom Strand könnte er bestimmt roh essen, zumal es nicht so aussah als ob hier Abwasser ins Meer geleitet werde. Das Meerwasser schien auf den ersten Blick klar und sauber zu sein. Wasser war wichtiger, und da seine Kräfte bald schwinden würden, trottete er gemächlich Richtung Wald, den Blick immer am Boden umherschweifend falls er auf ein Vogelnest mit Eiern darin stoßen sollte. Wie ein halbrunder Zaun wurde diese fast gänzlich ebene Wiese von einem sanft ansteigenden waldbewachsenen Hügelring eingefasst. Wobei es von hier nicht möglich war einzuschätzen ob dies wirklich ein Hügel war, denn hinter den Bäumen ragte ein Gebirge auf, das ebenso gut in seiner Heimat in Vorarlberg hätte sein können. Ein Gebirge, das war eindeutig gut für ihn, denn wo ein Gebirge ist, gibt es meistens auch einen Fluss. Er würde Wasser finden, dessen war er sich fast sicher. Jedoch musste er darauf achten mit seinen Kräften hauszuhalten. Bei seinen Wanderungen in seiner Heimat hatte er sich oft genug verlaufen. Bei diesen Irrwegen folgte er meistens begehbaren Wildwechseln die in einer Sackgasse endeten oder er folgte Pfaden die in einem Tobel endeten. Um aus diesen Tobeln rauszukommen musste er oft gefährliche Abhänge hinauf klettern, was dumm und fahrlässig war. Nicht selten hängte er in einer Wand und hatte Angst davor weiter hinauf und noch mehr Angst davor wieder hinunter zu klettern. Es kam nicht oft vor, dass er sich in so gefährliche Situationen brachte, aber Severin wusste um die Unberechenbarkeit der Natur und um seine vergangenen Fehleinschätzungen die er mit Glück korrigieren konnte. Ein guter Kletterer war er bestimmt nicht, und mit seinen 50 Jahren musste er auch nicht mehr jeden unbekannten Winkel erforschen. Dennoch würde es immer eine seiner großen Leidenschaften bleiben Naturlandschaften die ihm gefallen zu erkunden, in neue ihm unbekannte Gegenden vorstoßen um Neues zu sehen, riechen, hören und fühlen. Und was für das Außen galt, musste auch für sein Inneres gelten. Severin gefiel es neue Seiten an sich zu entdecken, neue Methoden und Praktiken, sofern sie nicht zu exzessiv waren, auszuprobieren und kennenzulernen. In spirituell esoterischen Kursen und Ausbildungen fand und entdeckte er immer wieder neue Aspekte des Lebens, konnte neue Gefühle wahrnehmen und spüren, Erklärungen finden, Antworten auf seine Fragen finden, sich geistig und emotional weiterbilden. In seiner Heilpraktikerausbildung fand er einen neuen, intensiveren und direkten Zugang zu Geistwesen, zu seinem Schutzengel, zum Geistführer und vor allem zu Gott, der wirklich wie verheißen in seinem Inneren war und mit dem er Kontakt aufnehmen konnte wann immer ihm danach war. Bei einer schamanischen Ausbildung unternahm er Reisen in sein Unterbewusstsein, das ihm immer wieder Neues enthüllt, und er lernte dabei sein Krafttier und andere Geistwesen kennen. Bei angeleiteten und allein durchgeführten Visionssuchen bekam er Einsichten über sein Leben, die er im Alltag niemals entdeckt hätte. Severin war kein Gefangener der spirituell esoterischen Ausbildungsindustrie. Es konnten auch Jahre vergehen, bis ihn aus der Zeitung oder im Internet ein Kurs oder eine Ausbildung ansprach, die er dann auch machte. Diese Ausbildungen kosteten zum Teil viel Geld, doch wie andere Leute viel Geld für teure Autos, Reisen oder dergleichen ausgeben, so leistete sich Severin hin und wieder eine Ausbildung für seinen Geist, sein Herz, seine Seele und nicht zuletzt auch für seinen wissbegierigen Verstand. Severin empfand diese Ausbildungen stets als eine Bereicherung, die zu einem stetig veränderten Selbstverständnis beitrugen, das er gut aushalten konnte. Nichts bleibt wie es ist, und schon gar nicht wenn ständig neue Eindrücke, Erkenntnisse und Lebensinhalte in das eigene Leben einfließen. Das war auch der Grund wieso er sich beruflich und privat eine Veränderung herbei sehnte, und nun war sie da. Rund um ihn herum breitete sich diese Veränderung aus, und zwar in einem Ausmaß das er gar nicht richtig einordnen konnte, und ihm doch ein wenig Angst machte. Es war weniger die Angst vor Durst oder Hunger zu sterben, vielmehr war es die Angst vor der Ungewissheit und die Angst vor seinem Kontrollverlust. Plötzlich vermisste er auch Menschen die ihm nahestanden, oder überhaupt jemand mit dem er sich austauschen, jemand mit dem er sein neues

Schicksal gemeinsam tragen konnte. Während er auf der Wiese ging und seinen Gedanken nachhing, die offensichtlich an keinem Ort auf Gottes Welt zur Ruhe kommen, erreichte er die ersten Bäume. Es war ein Mischwald, er sah Buchen, Eichen, Eschen, Föhren, Weißtannen, Birken und vor allem Fichten. Severin liebte Fichtenwälder, weil er oft und gerne Pfifferlinge und Steinpilze suchte die mehrheitlich dort zu finden sind wo Nadelgehölze wachsen. Wenn an heißen Tagen die Sonne auf lichte Fichtenwälder scheint, breitet sich ein betörender Duft aus der mit nichts vergleichbar ist, außer einem Schaumbad mit Fichtennadelduft. Vielleicht war er Nachtgewandelt, erhob sich aus seinem Schlaflager und wanderte im Wald umher. Doch bei ihm zuhause in Vorarlberg gibt es kein Meer, im Paradies war er auch nicht, also musste er wohl noch auf der guten alten Mutter Erde wandeln, aber wo? Er würde die Antwort noch finden, dessen war er sich sicher. Jetzt galt es Wasser zu finden, und wo Gras und Bäume wachsen gibt es auch Wasser. Als er auf dem Waldboden entlang ging, knackten brechende Zweige unter seinen Füßen. Am Anfang des Waldes war der Waldboden mit Moos bewachsen und mit Tannennadeln übersät und gab unter seinem Gewicht nach. Je tiefer Severin in den Wald hinein kam, umso mehr Hindernisse musste er umgehen. Der Wald wurde eindeutig nicht bewirtschaftet. Überall lagen Äste, umgestürzte Bäume und Felsbrocken in unterschiedlicher Größe. Im Boden taten sich Löcher auf und von manchen Bäumen hingen geisterhaft meterlange Flechten und

Moose. Manche dieser Löcher waren so groß, dass man darin ein Auto hätte versenken können. Trotz der geisterhaft wilden Atmosphäre fühlte sich Severin auf Anhieb wohl und sicher im Wald. Er musste daran denken wie er zuhause unzählige Male im Wald ein Feuer machte, und eine Wurst auf einem Holzspieß zum Grillen ins Feuer hielt. Solche Gedanken musste Severin aber schnell unterdrücken, weil sich dadurch sein Hunger schmerzhaft meldete. Mehr noch als der Hunger quälte ihn allmählich der Durst, doch daran durfte er einfach nicht mehr denken. Wer weiß wie lange er noch unterwegs sein muss, um seinen Hunger und seinen Durst zu stillen. Ein freches Eichhörnchen huschte 10 Meter vor ihm vorbei und kletterte einen Baum hoch. In der Mitte des Baumes hielt es noch einmal inne um neugierig den Eindringling in seinem Revier zu erkunden, bis es schließlich weiter kletterte und Severins Blick entschwand. Es gab auch Vögel im Wald. Der Eichelhäher hatte schon nach den ersten Schritten die Severin im Wald gemacht hatte mit seinem ratschenden Alarmruf die Waldbewohner über einen Neuankömmling informiert und gewarnt. Der Häher war nicht gleich zu sehen, erst als er zwischen den dicht stehenden Bäumen umher flog und angeberisch mit seinen Flugkünsten durch das dichte Astwerk manövrierte, waren seine unverkennbaren blau schimmernden Federchen zu sehen, die charakteristisch für den Eichelhäher sind. Bestimmt gab es auch Meisen, Eulen, Rehe, Spechte, Fuchs und Hase. Was für eine unverhoffte und höchst willkommene Überraschung! Gibt es hier vielleicht auch

Wölfe oder gar Bären? Der plötzliche Gedanke an diese Wildtiere behagte Severin nicht besonders, und so achtete er auch aufmerksam auf Spuren am Boden. Einem Angriff von Wölfen oder von einem Bären könnte für ihn höchst ungünstige wenn nicht sogar tödliche Folgen haben. Offensichtlich war der Tod auch hier allgegenwärtig, doch da er bis vor kurzem davon ausgegangen war, dass er tot war, gelang es ihm die Gedanken an die Fleischfresser, ans Verhungern und Verdursten und allgemein an den Tod zu verdrängen. Wieso sollte ihn, welche Macht auch immer, hier her führen nur um dann irgendeines Todes zu sterben. Nein, der Tod konnte ihn mal kreuzweise, oder besser, ihn vielleicht vorübergehend oder zumindest einstweilen an ihm vorüber gehen. Schließlich wollte er sich nicht unbedingt mit dem Tod anlegen, das wäre doch ein wenig vermessen gewesen. Severin schritt wohlgemut voran bis ein riesiger Felsblock ihn am Weitergehen hinderte. Er musste links an ihm vorbei gehen, wobei er sich vorstellte wie dieser gewaltige Felsen irgendwo im Gebirge abgebrochen und mit donnerndem Lärm und erderschütternd bis hier her gerollt war. Welch ein gewaltiges, grandioses Spektakel musste dieser Felsen veranstaltet haben. Eigentlich war der Waldstreifen gar kein Hügel, wie er zuerst annahm. Es war ein relativ ebener Wald der sich zwischen zwei Wiesen erstreckte. Nachdem er den großen Felsen passierte, konnte er durch die Lücken der Bäume das Gebirge sehen, das nicht mehr allzu weit weg war. Den Wald hatte er in etwa einer halben Stunde durchquert, was bedeutete, dass der Wald an der Stelle wo er ihn durchquert hatte, ungefähr 2 Kilometer breit war. Der Marsch zehrte immer mehr an seinen Kräften und bisher hatte er weder etwas Essbares noch Wasser gefunden. Als er aus dem Wald trat, erstreckte sich vor ihm eine ausgedehnte, unebene Grasfläche auf der kleine Büsche wuchsen und auf der überall unterschiedlich große Steine und Felsbrocken lagen. Wie eine Weide auf einer Gebirgsalm mutete das Gelände an, und erneut drängte sich Severin der Vergleich mit Gegenden in seiner Heimat auf. Sogar die Berge waren grasbewachsen, zum Teil bis hinauf zu den Gipfeln. Das unebene Gelände erstreckte sich über einige hundert Meter bis zum Fuße der Berge, die unterschiedlich hoch aber an keiner Stelle, soweit er es von seinem Standpunkt aus beurteilen konnte, einfach zu überqueren waren. Severin ließ sich treiben und wanderte möglichst kräftesparend nach rechts. Um den Steinen, Gräben und Büschen auszuweichen, ging er am Waldrand entlang, der relativ gut begehbar war. Er konnte nirgends eine besondere Veränderung der Vegetation oder des Geländes entdecken, die auf ein Wasservorkommen, einen Bach, einen See, ein Tümpel oder dergleichen hingewiesen hätte. Auch akustisch gab es keinerlei Hinweise auf Wasser. Umso erstaunter war Severin als sich plötzlich vor ihm unzählige Wasserrinnen befanden. Die Wasserläufe waren alle unterschiedlich breit, die einen waren nur wenige Zentimeter breit und andere bis zu einem Meter. Beim erst besten breiteren Wasserlauf tauchte Severin seinen Kopf in das unbeschreiblich herrlich kühle Nass. Solch ein

Einblick bot sich ihm schon viele Jahre nicht mehr. Frei zugängliches und verfügbares Gebirgsquellwasser, das unvergleichlich schmeckte und ihn zutiefst demütig machte. Wieso war ausgerechnet ihm das Glück beschieden solch eine Wonne erleben zu dürfen? Das Wasser schmeckte ausgezeichnet, es breitete seine wohltuende Wirkung in kürzester Zeit in seinem ganzen Körper aus. Er spürte ein unbeschreibliches Prickeln, als würden all seine Zellen mit neuer Energie aufgeladen und all seine Lebensgeister zu neuem Leben erwachen. Wegen seiner anerzogenen Schamhaftigkeit blickte Severin in alle Richtungen und versicherte sich, dass ihm niemand zusieht, dann zog er sich nackt aus und legte sich der Länge nach in einen breiten Wasserlauf. Die Kälte des Wassers machte ihm nichts aus, er wälzte und räkelte sich darin wie ein unbefangenes Kind, das viel zu lange auf das lebendig machende Wasser verzichten musste. Als er seinen Durst gelöscht und sich gewaschen hatte, stieg er aus dem Wasser, und erstarrte vor Dankbarkeit, Demut, Liebe und Ehrfurcht vor dem Leben. Er wünschte sich, dass all die verzweifelten Menschen in seiner Heimat, die in letzter Zeit immer mehr wurden, auch hier sein könnten um sich an dem Wasser des Lebens zu laben. Nicht aus Einsamkeit sondern zum Wohle seiner Mitmenschen hegte er den Wunsch, und dass sie gemeinsam mit ihm hier im Paradies sein könnten. Natürlich war dies nicht möglich. Zum einen wäre dieses Idyll viel zu klein für all die Menschen, und zum anderen wusste er nicht wie sie überhaupt hier her kommen sollten. Er wusste ja nicht einmal wie er selbst hier her gekommen war. Doch dem auf den Grund zu gehen war nicht vordringlich. Nachdem er sich in aller Demut bei Gott für all das Schöne und Erhabene um ihn herum bedankt hatte, wusch er seine Wäsche und hängte sie auf die Zweige der umstehenden Fichten. Einen Wasservorrat brauchte er sich nicht zulegen, vorerst noch nicht, da die Wasserstellen leicht und schnell erreichbar waren, egal an welchem Ort auf dieser Landfläche er sich gerade befand. Severin schätzte, dass der weitest entfernte Punkt nicht weiter als 3 Kilometer weit weg war, egal ob er sich am Meer oder an der entferntesten Gegend des Waldes oder der Wiese befand. Seltsam war es schon, dass die vielen kleinen und größeren Wasserläufe nicht in einen Bach mündeten. Der Waldgürtel war wie ein natürlicher Staudamm und er konnte nirgends entdecken dass ein Bach in den Wald mündete. Wie es schien, versickerte das Wasser in dieser weit ausgedehnten alpähnlichen Landschaft. Aber was würde passieren wenn es regnet oder sich das Schmelzwasser hier ansammelt, würde dann die ganze Gegend überschwemmt, und das ganze Gebiet ein einziger Sumpf sein? Wie auch immer, Severin wollte es nicht zulassen, dass sich solche Gedanken in seinem Bewusstsein festsetzten. Er wollte sein Dasein genießen, sich um nichts und niemand Sorgen machen, einfach sich am Leben erfreuen und das beste erwarten und so wie es aussah, hatte er auch allen Grund dazu. Die Temperatur war angenehm, nicht zu heiß und nicht zu kalt. Vielleicht war hier Sommer und vielleicht wachsen hier auch Beeren.

Bisher hatte er zwar keine gefunden, nicht einmal eine leere Heidelbeerstaude, doch möglich wäre es allemal dass hier Beeren wachsen, und so zog er weiter in die Richtung in die er vorher gegangen war. Irgendwann würde er an die Küste gelangen. Sollte er bis dahin nichts zu essen gefunden haben, konnte er sich immer noch an den Muscheln laben. Der Gedanke daran war zwar nicht sehr erbaulich für ihn, doch um zu überleben würde er selbstverständlich auch Muscheln essen, sofern er sie bei sich behalten konnte. Es machte ihm Spaß über die vielen kleinen und großen Wasserrinnen zu gehen und zu springen. Die Grasflächen hielten seinen 90 Kilo stand, er sank nirgends ein. Das Gelände war kein Sumpf, vielmehr eine gut durchwässerte Wildwiese auf der Blumen, Stauden und Büsche wuchsen. Severin war kein Bauer, doch seiner Einschätzung nach wäre es hier ideal um Viehzucht und Ackerbau zu betreiben, nur mit was? Und plötzlich sah er sie, es waren eindeutig Heidelbeerstauden, an denen zwar noch viele grüne aber auch schon einige reife Früchte hangen. Vor ihm im Wald breiteten sich unzählige Heidelbeersträucher aus, so weit das Auge reichte. Dies war einst ein gewohntes Bild in Vorarlbergs Wäldern. Er fand es nur ungewöhnlich, dass er auf dem Herweg keinen einzigen Heidelbeerstrauch und keine Pilze gesehen hatte, und hier war alles voll mit Beeren und vereinzelt sah er auch ihm bekannte Pilze, die er vorerst unberührt ließ. Wie ein Verhungernder, im wahrsten Sinne des Wortes, machte er sich über die Heidelbeeren her. Sein Mund und seine Hände nahmen in kürzester

Zeit eine blauviolette Farbe an. Mehr als genug Beeren waren reif und einfach herrlich, wunderbar, saftig, süß und köstlich. Nachdem sich Severin ungezügelt den Magen vollgestopft hatte, setzte er sich auf den Waldboden und machte eine Pause. Die Muscheln konnten also noch warten. Da Heidelbeeren nicht sonderlich kalorienhaltig sind und kein Fett haben, würde er bald wieder hungrig sein. Also zog er seine Socken aus, stülpte das Innere nach Außen und füllte die Socken randvoll mit Heidelbeeren. Während des Pflückens fand er an lichten Stellen auch ein paar Walderdbeeren, die noch süßer und um eine Haube besser waren als die Heidelbeeren. Severin wollte nicht wählerisch sein, doch die Walderdbeere war und würde immer seine Lieblingsbeere sein. Noch einmal ging er zurück zu den Wasserläufen und wusch sich den Beerensaft so gut es ging von den Händen und vom Gesicht. Er nahm noch einige Schlucke Wasser und ergötzte sich an dem kühlen, erfrischenden Nass, indem er sich mit sauberem Wasser bespritzte. Dann nahm er seine Kleider auf und ging zurück zum Wald. Um nicht auf den Heidelbeersträuchern herum zu trampeln, ging er wieder ein Stück zurück in die Richtung aus der er gekommen war. Da er nun nicht mehr darauf fixiert war Wasser und Essbares zu finden, war er offen für andere Sinneseindrücke. Er hörte das unverkennbare Kreischen von Raben, er entdeckte Pilze, Beeren die er nicht kannte, Buchäcker die ihm später eine willkommene Mahlzeit sein würden, Amseln, der wehmütige Ruf von Raubvögeln die hoch über ihm mühelos durch die Luft schwebten. Er entdeckte

Löcher im Boden die wahrscheinlich Fuchs- oder Dachsbaue waren. Große, weitläufige Farnbeete, einen mächtigen Ahornbaum, zierliche weiße Birken, herumliegende kleine Bäume und Äste in allen Größen mit denen er später einen Unterstand bauen würde. Dabei wurde ihm schmerzhaft bewusst, dass er weder ein Feuerzeug noch ein Messer bei sich hatte. Seine spärliche Bekleidung genügte ihm völlig bei Tag, doch was würde sein wenn die Nacht hereinbricht. Würde er dann frieren, und wie sollte er sich gegen die Kälte schützen? Feuer machen ohne Feuerzeug oder Feuerstein war nicht sein Ding. Das hatte er schon mehrfach probiert, doch hatte er nie die Geduld aufgebracht einen trockenen Ast so lange zwischen den Handflächen zu drehen, dass die trockenen Gräser und der Bast von Bäumen, die er auf ein flaches Holz gelegt hatte, zum Brennen kamen. Er war stets ein Outdoortyp, kein Survivaltyp. Er liebte es im Freien zu übernachten, aber immer mit einer Isomatte und einem Schlafsack. Beim geringsten Anzeichen von Frieren packte er sein Zeug zusammen und machte sich auf den Heimweg und schlief in seinem Bett. Feuer machte er mit einer Anzündhilfe die er mit einem Feuerzeug anzündete, und nicht mit sich schnell drehenden Ästen und dergleichen. Er verschmähte zwar nie die reifen Beeren die er fand, war aber auch nie darauf aus sie extra im Wald zu suchen, weil er Essen und Trinken stets bei sich hatte, wenn er länger als ein paar Stunden in der Natur unterwegs war. Gejagt hatte er auch schon lange nicht mehr und vom Fallenstellen hatte er keine Ahnung wie auch vom Bauen von Unterkünften ohne geeignetes Baumaterial und Werkzeug. Soweit er sich bis jetzt ein Bild von seiner Situation machen konnte, hatte er nicht nur keinerlei Ausrüstung, geschweige denn Werkzeug bei sich, es sah definitiv so aus, als lebte in dieser Gegend keine Menschenseele, von der er sich irgendetwas ausleihen hätte können. Hier ist das Paradies, und niemand bewohnt diesen außergewöhnlichen, wunderschönen Flecken Erde, wunderte er sich. Das konnte doch nicht möglich sein! Vielleicht war es auch nur das Ferienidyll eines reichen Menschen, oder gar ein Naturschutzreservat indem er sich nun illegal aufhielt. Und wenn schon, falls er hier entdeckt und des unbefugten Betretens eines Naturschutzgebietes beschuldigt würde, so hätte er zumindest menschliche Interaktion, und einsperren würden sie ihn wohl kaum wegen eines derartig harmlosen Vergehens. Wer weiß, vielleicht war dieser Flecken Erde eine Insel auf der er strandete. Fehlte nur noch ein Freitag, oder besser noch, eine Freitagin. Welch eine verlockende Aussicht, eine von ihrem Stamm ausgestoßene junge, vollbusige Mitbewohnerin. Er würde sie Monday oder Sunday taufen, falls sie eine andere Sprache sprechen sollte. Na ja, Träume sind erlaubt, dachte er sich. Überleben würde er hier, genau wie Robinson Crusoe, das stand für Severin fest. Er kam der Küste immer näher, und seiner Einschätzung nach, war er nicht mehr weit entfernt von dem Platz auf der Wiese wo er aufgewacht war. Wieder blickte er auf die Uhr, nur um erneut festzustellen, dass sie stehen geblieben war. Severin hatte ständig das Bedürfnis zu wissen wie spät es ist. Er wollte wissen wie lange er brauchte um von A nach B zu kommen und um welche Zeit die Sonne auf und unter geht. Seine trivialen Gewohnheiten meldeten sich und wollten befriedigt werden. Ihm war durchaus bewusst, dass er seine Gewohnheiten in seiner Situation nicht befriedigen konnte. Dennoch hatte er das Bedürfnis nach Orientierung und Struktur. Er wollte wissen wie lange etwas dauert oder wann Essenszeit ist. Nur widerstrebend befasste er sich mit dem Gedanken, dass er sich anderweitig orientieren musste. Er würde lernen müssen mit den Entbehrungen umzugehen und auf seine Instinkte zu vertrauen, sofern es diese Instinkte überhaupt gab. Wie kann ein Instinkt, eine Ahnung, ein Bauchgefühl vertrauenswürdig sein, wenn man es nie oder nur selten braucht, fragte er sich während er auf der Wiese dahin marschierte. Als er den Platz mit dem niedergedrückten Gras erreichte an dem er aufgewacht war, blieb er stehen und blickte mit einer Mischung aus angstvoller Unsicherheit und fassungslosem Staunen auf das unendlich weite silbern glitzernde Meer. Die stundenlange Wanderung, das viele Grübeln und die Wechselbäder seiner Gefühle hatten ihn müde gemacht. Da er immer noch nackt war, zog er seine noch feuchten Kleider und seine Schuhe an, und legte sich auf das von der Sonne aufgewärmte Gras. Er verschränkte die Hände hinter seinem Kopf und ließ sich von der stetigen, lauwarmen Meeresbrise die Gedanken aus seinem Kopf wehen. Über ihm zogen vereinzelte Wolken über den klaren, blauen Himmel. In diesem Moment fühlte sich

Severin frei, glücklich, zufrieden, völlig im Reinen mit sich und der Welt, genau so wie gestern, als er in der Höhle einschlief. Die rauschende Meeresbrandung mit ihrem regelmäßigen, trägen Rhythmus wiegten Severin in einen tiefen und festen Schlaf.

Vorarlberg

Als er mit schmerzenden Gliedern aufwachte, lag er im Eingang der Höhle auf dem Plateau der Geröllhalde, genau an derselben Stelle an der er am Tag zuvor eingeschlafen war. Severin brauchte eine Weile um sich dessen bewusst zu werden, und an der neuen, alten Wirklichkeit anzuknüpfen. Es konnte unmöglich sein, dass dies alles nur ein Traum war, und doch deutete alles darauf hin. Einen derartig realistischen Traum hatte er sein ganzes Leben noch nie. Welch eine enttäuschende Erkenntnis, dass er all diese Erlebnisse und Eindrücke von der unvergleichlichen Natur die er mit all seinen Sinnen wahrgenommen hatte, nur ein Traum waren. Dennoch war es tausendmal besser als nichts. Der Traum war erfrischend, berauschend und er fühlte sich kraftvoll und mit sich im Reinen. Statt enttäuscht zu sein, entschloss sich Severin dankbar zu sein, dass er das alles erleben durfte, auch wenn es nur ein Traum war. Und wenn schon, für ihn fühlte sich der Traum echt an. Gott gewährte ihm einen Ausblick aufs Paradies, was für ihn eine riesengroße Bereicherung war, die ihm höchst willkommen war. Severin stand auf, warf noch rasch einen Blick in die Höhle die er sehr bald genauer erkunden würde. Auf den ersten Blick gab sie nicht viel her. Es war noch zu dunkel um jede

Vertiefung in der Höhle erkennen zu können. Es schien nicht so als würde sie weit in den Felsen hinein ragen, dennoch erschrak er als er erkannte, dass der Höhlenboden mindestens 5 Meter unter ihm war. Wenn er sich nur drei oder viermal während des Schlafs umgedreht hätte, wäre er über die Geröllhalde entweder in die Höhle oder vorne ins ausgetrocknete Bachbett gerollt. Gott sei Dank war er kein Schlafwandler, und so machte er sich mit den Eindrücken der vergangenen Nacht frohgemutes auf den Heimweg. Im Zwielicht der Morgendämmerung konnte er genug sehen um zu erkennen wohin er seine Füße setzte. Während er durch das Bachbett wanderte und unbeschwert mit frohem Herzen über die Steine balancierte, gingen ihm allerlei Gedanken durch den Kopf. Severin verspürte das dringende Bedürfnis mit jemandem über seinen Wahnsinnstraum zu sprechen, aber mit wem? Mit seinen Verwandten die ihm momentan am nächsten standen wollte er nicht unbedingt über das Erlebte sprechen, dazu war ihre Beziehung zu oberflächlich. Aber wieso eigentlich nicht? Wer eine Veränderung in seinem Leben herbeiführen möchte, muss auch die nötigen Taten folgen lassen. Severin war bereit für Veränderungen, obwohl, ausgerechnet mit den Verwandten anfangen? Wenn überhaupt, dann würde er zuerst mit seinen beiden ältesten Töchtern reden. Abgesehen davon war ja nichts Weltbewegendes geschehen. Es war ja nur ein Traum.

Wie triste und öd war die Landschaft hier im Vergleich zu derjenigen aus seinem Traum. Ein staubtrockenes Flussbett, an den Hängen auf beiden Seiten lagen überall umgestürzte, entwurzelte, tote Bäume. Als er weiter talauswärts einen Hang hinaufstieg um durch den Wald nachhause zu gehen, drängte sich ihm erst recht der Vergleich mit dem Wald aus dem Traum und seinen Erinnerungen auf. Nur noch wenige Fichten trugen vereinzelt noch grüne Nadeln. Wahrscheinlich konnten die Bäume die Luftfeuchtigkeit absorbieren um so am Leben zu bleiben. Mit ihren Wurzeln konnten sie keine Feuchtigkeit mehr aufnehmen. Es gab noch viele grün belaubte Büsche, die offensichtlich nicht so viel Wasser brauchten wie die Bäume. Ein Feuer würde hier verheerende Folgen haben, was in der näheren Vergangenheit vielerorts der Fall war. Wer dabei erwischt wurde wie er im Freien, auf welche Weise auch immer, ein Feuer machte, auch wenn es nur das Anzünden einer Zigarette war, wurde schwer bestraft. Auch in diesen Fällen griffen die Menschen mittlerweile auf Selbstjustiz zurück, was seines Erachtens durchaus akzeptabel war, da Pyromanen in der Vergangenheit enorme Schäden angerichtet hatten. Viele von Pyromanen gelegte Feuer aber auch Feuer die aus Unachtsamkeit entstanden wie beispielsweise ein weggeworfener Zigarettenstummel, wurden aufgrund des Wassermangels nicht gelöscht, wodurch viele Menschen ihr Zuhause verloren. Erstaunlicherweise kamen viele dieser zwanghaften Brandstifter aus den Reihen der Feuerwehr, und die meisten aus Unachtsamkeit entstandenen Feuer gingen auf das Konto der Raucher. Kinder und Jugendliche waren ebenfalls eine Risikogruppe, weil sie die Folgen ihres Handelns, trotz unzähliger Hinweise, einfach nicht abschätzen konnten oder wollten. In Bezug auf Brandstiftung wurde der Kinder-und Jugendschutz nahezu aufgehoben, und auch minderjährige Brandstifter wurden beinahe wie Erwachsene behandelt und bestraft. Eltern deren Kinder Feuer legten, waren, wie vorher auch schon, für die Taten ihrer Sprösslinge verantwortlich, und wurden demzufolge auch eingesperrt, was am Anfang, als das neue Gesetz gegen Brandlegung beschlossen wurde, sehr häufig vorkam. Jugendliche galten nicht mehr erst ab dem 14. Lebensalter als Jugendliche, sondern in Einzelfällen schon mit 9 oder 10 Jahren, und ab dem 14. Lebensjahr als Erwachsene. Die Lehrer mussten diese ständigen Gesetzesänderungen ihren Schülern mitteilen. Auch Kindergärtnerinnen wurden dazu angewiesen ihre Schützlinge mit dem Inhalt des neuen Unterrichtsfachs „Sozialkunde" vertraut zu machen. Obgleich die Lehrer sich zu Beginn gegen die Veränderung sträubten, waren sie relativ schnell von der immensen Bedeutung ihrer neu auferlegten Pflicht überzeugt, und vermittelten den Inhalt der Sozialkunde mit großem Eifer. Nahezu jeder Bürger hatte jemanden in der Familie oder kannte irgendjemanden der direkt oder indirekt mit den Folgen eines Feuers konfrontiert wurde. Von seiner Tochter die mit ihren 23 Jahren längst berufstätig war, wurde er über neue Entwicklungen auf dem Laufenden gehalten. Die Tochter ihrerseits hatte die Informationen von ihren schulpflichtigen Geschwistern und ihren Arbeitskollegen. In Severins Firma fand zu Beginn der ganzen Erneuerungen auch ein reger Austausch statt, doch da manche Arbeitsplätze wegen der tristen Auftragslage wegrationalisiert wurden, hatte jeder Mitarbeiter Angst vor einer Kündigung, und konzentrierte sich ausschließlich auf die Arbeit. Severin kam zugute, dass er schon mehr als 20 Jahre bei der Firma arbeitete. Er war ein kompetenter Fachmann auf seinem Gebiet, stets bereit Überstunden zu machen und stand immer loyal zu seinem Chef. Er war mit seinen 50 Jahren noch gut im Schuss, er war zuverlässig und konnte seine Aufträge selbstständig ausführen. Einen besseren Arbeiter hätte sich sein Chef kaum wünschen können. Zum Glück verstand es Severin immer sehr gut seine Veränderungsabsichten für sich zu behalten. Österreich war zwar ein verlässlicher Sozialstaat indem man einigermaßen gut über die Runden kommen konnte, doch auch das änderte sich zunehmend, sodass viele Menschen gezwungen waren sich auf ihre Familien zu verlassen, was auch erstaunlich gut funktionierte. Trotz zahlloser Konflikte kümmerten sich die Familienverbände in der Regel um ihre Angehörigen, die arbeitslos oder sonst auf irgendeine Weise bedürftig wurden und keine Sozialhilfe bekamen. Diejenigen die noch einen bezahlten Job hatten, genossen mittlerweile mehr Ansehen als je zuvor. Viele einst gut bezahlte Berufsgruppen wie beispielsweise Anwälte, Leute aus der Werbung, Physiotherapeuten, Autohändler, Versicherungen, viele Bauern und Handwerker, Militärbedienstete, allgemein viele Mitarbeiter öffentlicher Einrichtungen und natürlich sämtliche Schiliftbedienstete und Bademeister, mussten sich auf andere Weise Ihren Lebensunterhalt verdienen. Der Schwarzhandel und gesetzeswidrige Handlungen aller Arten hatten Hochkonjunktur, und die wohl einzige Berufsgruppe die immer größer wurde, war, trotz aller Kontrolldienstleister und Bürgerinitiativen, die Polizei.

Als sich Severin noch im Wald befand, meldete sich plötzlich und unerwartet sein Handy. Jetzt hatte er wieder ein Netz, aber einen fast leeren Akku. Er hatte drei Anrufe in Abwesenheit, und eine SMS von seinem Chef. Severin öffnete die SMS, und reagierte erstaunlich gelassen auf die Frage seines Chefs wo er sei. Was sollte er ihm antworten? Eigentlich wollte er zu irgendjemandem der ihm nahe stand, auf keinen Fall zur Arbeit. Lügen war nicht so sein Ding, doch heute würde er eine Ausnahme machen. Das Problem war nur, dass er noch ein gutes Stück von seiner Wohnung weg war, und die Möglichkeit dass ihn jemand sieht, war durchaus vorhanden. Aber er musste seinem Chef irgendetwas sagen, und zwar gleich. Kurz entschlossen benutzte er seine Tochter als Vorwand. Er rief seinen Chef an und setzte ihn darüber in Kenntnis, dass er heute nicht zur Arbeit kommen könne, weil es seiner Tochter schlecht geht und ihn um seine Hilfe bat. Um was es genau geht, wisse er selber noch nicht, und es tue ihm Leid da es ihm aus gegebenem Anlass nicht möglich war sich frühzeitig abzumelden. Er würde sich wieder melden, sobald seine Anwesenheit nicht mehr erforderlich ist. Damit war alles gesagt, und sein Chef hakte auch nicht weiter nach. Ins Lebensmittelgeschäft konnte er jetzt nicht mehr gehen, da die Gefahr von einem Mitarbeiter gesehen zu werden zu groß war. Also würde er mit den Vorräten zurechtkommen müssen die er noch zuhause hatte. Der Weg nachhause den er schon unzählige Male gegangen war, kam ihm vor wie ein Spießrutenlauf. Sollte ihn doch irgendjemand aus seiner Firma oder sonst jemand sehen und dies seinem Chef zutragen, käme er in Erklärungsnotstand. Bei einer Konfrontation würde er einer Lüge überführt, für die er sich schämen würde. Außerdem könnte ihn seine Unlust zu arbeiten den Job kosten. Also entschied er sich die Wahrheit für sich zu behalten. Niemand sollte ihm seinen erlebten Traum zerstören oder ihn mit irgendwelchen Konsequenzen trüben.

Endlich erreichte Severin seine Wohnung, und soweit er es registriert hatte, wurde er von niemandem auf der Straße erkannt. Da er nicht übermäßig extrovertiert war, kannten ihn auch nicht viele Leute. Falls er doch von jemandem damit konfrontiert würde, dass er ihn auf der Straße gesehen hatte, würde er einfach sagen, dass es wahrscheinlich einer seiner Brüder war.

In seiner Wohnung fühlte er sicher vor fremden Blicken. Um seine Arbeit wollte er sich jetzt keine Gedanken mehr machen. Jetzt wollte er auch mit niemandem mehr reden. Er steckte sein Handy ans Ladekabel, stellte es auf lautlos und versuchte den Alltag auszublenden. Er konnte es kaum mehr erwarten erneut in den Traum einzutauchen, kurbelte die Rollläden herunter, ließ sich erschöpft auf seine gemütliche Couch fallen und schloss die Augen. Er hoffte darauf, dass sich seine Nachbarn wie gewöhnlich ruhig verhalten, und kehrte mit freudiger Erwartung zurück in seinen Traum. Es dauerte nicht lange bis er sich auf der Wiese liegen sah, vor ihm das rauschende Meer, die frische Luft und das euphorisierende Gefühl frei und unabhängig zu sein. Überall um ihn herum gab es unzählige Möglichkeiten Neues zu entdecken und erfahren. Mühelos gelang es ihm die im Traum so real erlebten Eindrücke in sein Bewusstsein zu holen. Es störte ihn auch nicht weiter, dass sich einige wichtige Gedanken in seinen Traum schlichen. Vor zwei Wochen hatte er den fünfzigsten Geburtstag. Ein halbes Jahrhundert Lebenserfahrung das die meisten Menschen mit ihren Liebsten feiern wollen. Severin feierte mit niemandem, auch nicht mit sich alleine. Er war seit etwa 20 Jahren ein Geburtstagsflüchtling. Die Gründe waren ihm nicht ganz klar wieso er Feste zunehmend vermied. Vielleicht war es die Vielzahl der Feste mit seiner Lebensgefährtin und den gemeinsamen 4 Kindern. Immer gab es einen Anlass den es zu feiern gab. Nikolaus, Weihnachten, Ostern, eine endlose Abfolge von Geburtstagen, Feste in der Schule und im Kindergarten, Erstkommunion, Hochzeiten, Feste im Dorf, bei Arbeitskollegen und dergleichen mehr. Irgendwann war Severin die Lust vergangen an Festlichkeiten jeglicher Art teilzunehmen. Dieser Prozess begann schleichend, aber unaufhaltsam, und er war auch nicht erpicht darauf diesen Prozess zu stoppen. Erst seit ein paar Monaten, als er letztes Jahr zum ersten Mal Weihnachten und vor kurzem seinen 50. Geburtstag alleine verbrachte, machte er sich Gedanken über sein Verhalten. Als Mensch ist er doch auf Interaktion mit anderen Menschen angewiesen, oder etwa nicht? Ein gewisses Maß an Konformität wurde von ihm erwartet, das merkte er an den Reaktionen seiner engeren Verwandten als er ihre Einladungen ausschlug, um Weihnachten nicht in der Gruppe verbringen zu müssen. Dass er an seinem 50. Geburtstag anstatt ein Fest zu organisieren nach Italien reiste, trug wahrscheinlich dazu bei, dass er innerhalb seiner Herkunftsfamilie nun endgültig den Status des Sonderlings hatte. Er konnte beinahe hören wie seine Geschwister, seine Schwägerinnen und sonstigen Verwandten, Anverwandten und Bekannte hinterrücks über ihn lästerten. Konformität war etwas das ihm zunehmend abhanden kam, ob er wollte oder nicht. Sein Individualisierungsprozess hatte immer schon stattgefunden, doch führte ihn dieser Prozess in den letzten Jahren immer wieder an einen Punkt, an dem er sich wirklich als ein Sonderling, ein Eigenbrötler und Außenseiter fühlte. Die Teilnahme an besonderen Anlässen wie Weihnachten und hohe runde Geburtstage sind Indikatoren für die Herdenzugehörigkeit und Gruppenkonformität, und so wie es aussah, wurde er immer mehr zum Außenseiter. Seine Kinder ließen es nicht zu seinen Vaterpflichten nachzukommen. Sie hatten sich nach der Trennung nicht nur räumlich von ihm distanziert, und seine unzähligen Bemühungen eine anständige, wünschenswerte Beziehung zu seinen Kindern zu pflegen, wurden von seinen Kindern grausam torpediert. Wie schrecklich fühlte sich Severin immer, wenn er mit einem oder mehreren seiner Kinder etwas ausgemacht hatte, sie abholen wollte, und im letzten Moment von ihnen unter allen möglichen Vorwänden versetzt wurde. Oder die vielen Male die er sie anrief, und sie seine Anrufe einfach ignorierten. Das waren äußerst schmerzvolle Erfahrungen. Irgendwann musste Severin aus Selbstschutz akzeptieren, dass er wahrscheinlich nie wieder die Beziehung zu seinen Kindern haben würde die er sich wünschte. Das war eine bittere Erkenntnis, die ihm ein stetiger Dorn im Herzen war. Wie oft gab es Familienzusammenkünfte mit seinen Geschwistern deren Familien intakt waren, und er war als Einzelperson ohne eine Begleitung mitten unter ihnen. Irgendwann wollte sich Severin dieser Pein nicht mehr aussetzen, und so beschloss er, Festen so gut es ging fern zu bleiben. Was wäre es wohl für ein Geburtstagsfest geworden, auf dem die eigenen Kinder höchstwahrscheinlich nicht erschienen wären. Niemand an seiner Seite, keine Freundin, höchstens noch drei gute Bekannte, ein paar Arbeitskollegen und sonst nur Verwandte. Das hätte seinen Sonderlingstatus nur verstärkt, und dem wollte er sich definitiv nicht mehr aussetzen. Er musste aufhören sich ob seiner gesellschaftlichen Stellung zu grämen und an sich selbst zu zweifeln, wieso auch? Er war frei, musste sich um nichts und niemanden kümmern. Er hatte seine Ruhe und genoss das Alleinsein, und er wusste mit Sicherheit, dass ihn viele darum beneideten. Sie wussten aber nicht, dass sie das Alleinsein, so wie Severin es zu der Zeit lebte, nicht aushalten würden. Menschen sind nun mal Herdentiere, die meisten zumindest, deshalb können sie auch gar nicht alleine leben. Severin jedoch kam gut zurecht mit seinem Singledasein, obgleich sich die Sehnsucht nach einer kompatiblen Lebensgefährtin regelmäßig bei ihm meldete. Sein Leben hatte durchaus seine Vorteile. Er könnte von einem auf den anderen Tag sofort alles stehen und liegen lassen und in ein neues Leben eintauchen. Er hatte keine Verpflichtungen, außer seinem Job, und den wäre er jederzeit bereit aufzugeben, wenn sich ihm nur ansatzweise eine Möglichkeit böte eine reizvolle Veränderung in sein Leben zu bringen. Aber wozu eigentlich? Wenn er auf sein Leben zurückblickte, sah er nur eine Abfolge von Ereignissen. Schöne, weniger schöne, schwere, geile, komplizierte und tausend andere. Sie waren alle vergangen, verschwunden und hallten höchstens noch in seinen Erinnerungen nach. Selbst das was er mit seinen Händen geschaffen hatte, sogar das Haus das er selbst gebaut und mit seiner Familie bewohnt hatte, war nur noch ein Erinnerungsfetzen in seinem Bewusstsein. Was damals eine große Sache war, war nur noch eine schöne Erinnerung. Er war Besitzer eines eigenen Hauses in dem er sich mit seinen Kindern die er über alles liebte und seiner Lebensgefährtin wie ein König in seinem eigenen Königreich fühlte. Sie gaben ihm das Gefühl komplett und ganz zu sein. Er verwirklichte und lebte den Vorarlberger Traum, mit seiner Familie in seinem Eigenheim leben, viele Jahre lang. Selbst diese Episode war unwiederbringlich dahin. Der Traum vom eigenen Häuschen mit Familie war ausgelebt und das Leben schob ihn erneut in eine ganz andere Richtung. Lange hatte er sich dagegen gewehrt sich von seiner Lebensgefährtin zu trennen, doch irgendwann sah er ein, dass er dem Wind der Veränderung nicht mehr standhalten konnte. Er liebte seine Lebensgefährtin auch nicht mehr. Immer kam es zwischen ihnen zu Streitigkeiten, und ein Zusammenleben zum Wohle der Kinder war eine Mähr an die er nicht glaubte und unter der alle nur gelitten hätten. Nach der ausgesprochenen Trennungsabsicht ging es sehr schnell, dass seine Lebensgefährtin mit den Kindern aus dem Haus auszog. Die Trennung kostete ihn eine ordentliche Stange Geld und die Unterhaltszahlungen für die Kinder machten es ihm unmöglich auch noch die Schulden für sein Haus abzubezahlen. Kurz nach der Trennung verkaufte er im Alter von 43 Jahren sein Haus, kündigte seinen Job und machte eine 8 monatige berufliche Auszeit in der er viele Länder bereiste und sich mehr als einmal fragte, was das Leben mit ihm vorhat. Er glaubte an die Metapher, dass wenn eine Türe zu geht sich eine andere öffnet. Auf seiner Reise öffneten sich ihm viele Türen, doch zu welchem Preis? Er gab die Sicherheit und Geborgenheit innerhalb eines Familienverbandes auf für ein Leben in Freiheit und ohne Verpflichtungen. Ohne ein Zuhause, ohne Job und ohne seine Kinder lernte er mühsam sein neues Leben zu schätzen und zu genießen. Als er von seiner Reise zurückkehrte, konnte er wieder bei seiner alten Firma anfangen zu arbeiten und fand sehr schnell seine jetzige Wohnung. Severin fragte sich ob das Leben wirklich nur eine Abfolge von Ereignissen ist, die alle irgendwann verblassen und an Bedeutung verlieren, die einen früher die anderen später. Taten von bedeutenden Menschen und Kulturen wie beispielsweise Buddha, Jesus, die Römer, Elvis und viele andere hinterließen für die Nachwelt ihre Spuren, doch für Normalsterbliche wie ihn würde mit dem Tod alles vorbei sein. Dass Severin in seinen Kindern weitererlebt oder irgendetwas Dauerhaftes für die Nachwelt hinterlässt, war für ihn nicht wichtig. Für ihn stellte sich nur die Frage wofür er sich entscheiden sollte, welche Einstellung zum Leben die richtige für ihn ist. 15 Jahre weiterarbeiten bis zu seiner Pensionierung, vielleicht hin und wieder einen Kurs besuchen und darauf hoffen, dass ihm die Liebe seines Lebens über den Weg springt und sich selbst suggerieren, dass er ein erfülltes und interessantes Leben gelebt hat, oder … oder was eigentlich, welche Möglichkeiten hatte er denn noch? Das wusste er eben selbst nicht. Ihm war nur klar, dass wenn er weiterhin tun würde was er schon kann, würde er das bleiben was er immer schon war. Severin war ein Handwerker, kein Mensch der mit besonderen Talenten oder Begabungen wie beispielsweise große Künstler, Sportler, Schauspieler oder dergleichen ausgestattet sind. Nur eines stand für Severin fest, dass er in seinen Gedanken immer ein Künstler, ein großer Liebhaber, Schauspieler, Sänger und dergleichen mehr sein würde. Und vielleicht war genau das seine große Begabung, sein besonderes Talent, in seinen Gedanken sein zu können wer immer und wie immer er auch sein wollte. Diese Gedanken- und Herzenskraft hatte er immer schon, und besitzen wahrscheinlich die meisten Menschen. Die Frage war ihm jetzt klar, denn er musste sich entscheiden ob er diese Kräfte weiterhin gebrauchen sollte, auch wenn sie keine großen Veränderungen in seinem Leben bewirken. Obwohl, so verlief sein Leben durchaus nicht. Es verlief nie für lange Zeit in die gleiche Richtung. Als er nun von seinem vergangenen Traum abgelenkt war und auf sein Leben zurückblickte, gab es immer Veränderungen, und er erkannte auch, dass sein Unglück meistens sein größtes Glück war. Es waren die letzten fünf Jahre die ihn resignieren ließen, weil ihm das Leben keine Überraschungen mehr bot. Der einzige Gedanke, der ihm Vitalität und die Kraft zur Hoffnung verlieh war der, dass wenn der Tod ihn holen kommt, er nichts zu bereuen haben würde. Weder eine Schandtat noch irgendeine Möglichkeit die er aus Bequemlichkeit und Gleichgültigkeit achtlos an ihm vorbei ziehen ließ, würde er im Angesicht des Todes bedauern müssen. Dabei kamen ihm die Worte von Mark Twain in den Sinn: *„In 20 Jahren werden sie eher von den Dingen enttäuscht sein die sie nicht getan haben, als von denen , die sie getan haben. Lichten sie also die Anker und verlassen sie den sicheren Hafen. Lassen sie den Passatwind in die Segel schießen. Erkunden sie. Träumen sie. Entdecken sie.“*

So sollte es sein, nichts bereuen, träumen und entdecken. Er würde es halten wie Alexis Sorbas. Wenn der Tod ihn holt, sollte er nicht mehr als eine abgebrannte Kerze erhalten.

Die lauwarme Meeresbrise neckte ihn, holte ihn zurück in sein Traumland, und da er ganz und gar bereit war sich seinem Traum hinzugeben, spürte er das Gras unter seinen Handflächen und roch die salzige Meeresluft.

Der Traum offenbarte ihm all seine bewussten und wahrscheinlich auch seine unbewussten Sehnsüchte, Erwartungen und Hoffnungen in einzigartigen, virtuellen Eindrücken, die in ihm Gefühle jeglicher Art auslösten. Severin wollte mehr von diesen Gefühlen. Freude, Erfüllung, Begeisterung, Staunen, das Gefühl lebendig und agil zu sein und die alles überflügelnde Liebe zum Leben. Er war in einer Goldgräberstimmung, bereit für das große Abenteuer, auch wenn es nur in seinen Tagträumen stattfinden sollte. Alles war erlaubt, nichts verboten, nichts unmöglich. Er hatte sein eigenes Traumland gefunden, sein Paradies, sein Eldorado, deshalb wollte er auch einen Namen für seinen Garten Eden. Einen Namen der noch nicht vergeben war und für ihn alles ausdrücken sollte was das Traumland für ihn bedeutete. Temira, eine Zusammensetzung der lateinischen Wörter terra und miraculum. Land und Wunder, Temira, so wollte er sein neues Traumland nennen, das ihm niemand je wegnehmen würde, und wann immer ihm danach war seine Zuflucht, sein Zuhause sein sollte. Angesichts der immer prekärer werdenden Situation in seiner Heimat und den benachbarten Länder, und der damit einhergehenden allgemein spürbaren, sich über alles ausbreitende Depression, kam Temira für Severin genau zur rechten Zeit. Er erhob sich vom Gras und wollte den Strand näher erkunden. Obwohl er in seinem Traum letzte Nacht keinen Fuß auf den Sandstrand und ins Meer gesetzt hatte, gelang es ihm in seiner Phantasiereise auf Anhieb. Er fühlte den Sand unter seinen Fußsohlen und sah beim Zurückschauen die Fußabdrücke die er im Sand hinterließ. Der Strand war etwa 10 bis 15 Meter breit. Der Sandstrand war mehrheitlich weiß und ging an manchen Stellen in ein helles Braun über, und war übersät mit kleinen Muscheln. Obwohl an manchen Stellen Treibgut wie Bretterabfälle, ein kleines zerrissenes Fischernetz, einige Wurzeln und Knollen angeschwemmt wurden, wirkte der Strand sauber. Das Wasser fühlte sich zuerst kalt an, doch je weiter er hineinging desto mehr gewöhnte er sich an das kühle Wasser und empfand es als angenehm und erfrischend. Der Sand verlief in einer sanften Neigung ins Meer. Severin konnte etwa 20 Meter weit ins Meer hinein gehen bis ihm das Wasser zu tief wurde. Weit und breit gab es keine Seeigel und keine scharfkantigen Steine, sodass er ungehindert in alle Richtungen auf dem weichen Sand gehen konnte. Severin musste sich anstrengen um durch das Wasser zu waten das ihm bis zur Brust reichte. Die leichten Wellen schwappten ihm über die Brust bis zum Hals und manchmal wurde er auch von einer größeren Welle neckisch überspült. Fische konnte er bis jetzt keine entdecken, doch Muscheln waren auf der Oberfläche des Sandes genug zu sehen. Während auf dem Strand die leeren Muschelschalen lagen, gab es im Meer viele geschlossene Muscheln in unterschiedlichen Größen, die gekocht wahrscheinlich gut schmecken würden. Es war herrlich durch das klare, türkisblaue Meer zu pflügen und den Möwen zuzusehen wie sie mit ihrem grellen Gekreische das Meeresfeeling vervollständigten. Immer weiter watete er nach Westen auf den Felsen zu der die Bucht westseitig eingrenzt. Severin wollte herausfinden wie groß die Öffnung aufs offene Meer hinaus ist. Da er Angst davor hatte so weit hinaus zu schwimmen, versuchte er über Land einen Weg zu finden. Der Sandboden fiel ungleichmäßig ab und schon bald musste Severin einige Schritte zurück Richtung Strand gehen, weil er in immer tieferes Wasser kam. Der Untergrund wurde zunehmend felsiger und steiler, bis er endgültig aus dem Wasser steigen musste. Der abrupte Übergang vom Sandstrand auf die Felsen war nicht unangenehm. Der Felsen war barfuß gut zu begehen. Es gab kein scharfkantiges Gestein das ihn am Weitergehen hinderte. Leichtfüßig überquerte er Felsspalten, kletterte über große Felsauskragungen und kam gut voran, bis er … von der Türklingel unsanft aus seinem Traum gerissen wurde.

Severin war unsicher ob er die Haustüre öffnen sollte, doch da er vorgab sich um seine Tochter zu kümmern, verhielt er sich ruhig, um eventuelle Peinlichkeiten zu vermeiden. Es kam ohnehin nur selten vor, dass er willkommenen Besuch bekam, und auf irgendwelchen banalen Smalltalk mit Nachbarn oder auf unerwünschte Spendensammler hatte er keine Lust. Also blieb er auf der Couch liegen, und bemerkte so nebenbei, dass er immer noch seine Schuhe anhatte. Entgegen seinen Gewohnheiten hatte er sich ohne große Umschweife auf die Couch gelegt, ohne sich vorher zu waschen, ohne zu essen und ohne sich die staubigen Schuhe abzuziehen. Als er daran dachte, fühlte er sich schmutzig, und es passte ihm überhaupt nicht, dass er sich nicht bewegen durfte bis der

Besucher weg war. Es klingelte ein zweites Mal an der Haustüre, und sein Gehirn spielte alle möglichen Varianten durch wer zum Teufel ihn um diese Zeit nervte. In die Stube konnte man von außen nicht hinein sehen, doch zu hören wäre er mit Sicherheit gewesen, auch wenn er noch so leise zur Tür gegangen wäre. Also wartete er ab. Dumm wäre es gewesen wenn seine älteste Tochter draußen geklingelt hätte und er von irgendjemand darauf angesprochen würde. In früheren Zeiten wäre ihm dieser Umstand egal gewesen, doch aufgrund der hohen Arbeitslosigkeit herrschte mittlerweile allerorts ein Denunziantentum wie in den besten DDR Zeiten. Wie auch immer, der lästige Besucher musste sich inzwischen längst schon verzogen haben. Seit dem letzten Klingeln waren mindestens 5 Minuten vergangen, und so erhob sich Severin, ging zur Haustüre, öffnete sie und blickte verstohlen auf den Gang hinaus. Es war niemand zu sehen, und da seine beiden Nachbarn die links neben ihm wohnten die Haustüre auf der gleichen Seite hatten, konnten sie ihn auch nicht durch den Türspion sehen. Er machte die Haustüre zu und schaute auf sein Handy ob ihn irgendjemand angerufen hatte. Das Display zeigte keine Anrufe in Abwesenheit an und auch keine SMS. Alles war in Ordnung. Wer auch immer an der Türe war, konnte ihm gestohlen bleiben. Severin zog die Schuhe aus, und hielt plötzlich inne. Er war barfuß! Niemals hätte er ohne Socken die Wanderschuhe angezogen, außer zu Zeiten als der Fluss noch Wasser führte. Während der Flusswanderungen die er hin und wieder machte, musste er den Fluss mehrmals überqueren, und da er nicht ständig die Schuhe aus- und anziehen wollte, behielt er sie an. Es hätte keinen Sinn gemacht Socken anzuziehen, da sie ohnehin nass geworden wären. Doch Flusswanderungen konnte man schon lange keine mehr machen in der Saiblach, und er hätte unter keinen Umständen darauf verzichtet Socken anzuziehen. Also, wo waren seine Socken? Hatte er sie vielleicht in der Höhle abgezogen, doch wozu? Um dann wieder die Schuhe ohne Socken anziehen? Niemals! Und dann begriff er endlich. Er hatte auf Temira die Socken abgezogen um sie mit den Heidelbeeren zu füllen. Er hatte sie mitgenommen, bis zu dem Platz im Gras wo er auf Temira eingeschlafen war. Um die Beeren nicht zu zerdrücken hatte er sie neben sich gelegt. Alles andere, seine Schuhe und Kleider hatte er noch bei sich als er in der Höhle aufwachte, weil er mit den Sachen in Berührung war. Also war es kein Traum. Temira war Wirklichkeit. Oder etwa doch nicht? Gab es vielleicht eine andere Erklärung für seine fehlenden Socken, eine plausible, absurd naheliegende Erklärung? Wenn ja, welche? Wenn er wirklich die Socken auf Temira vergessen, oder liegen gelassen hatte, würde das bedeuten, dass er eine Zeitreise oder eine Reise in eine andere Dimension gemacht hatte. Oder war er vielleicht der geistigen Umnachtung anheim gefallen oder irgendeiner Degeneration des Gehirns oder einer sonstigen unnatürlichen, widersinnigen Absurdität? Severin war schockiert von all diesen verrückten Kopfgeburten. Bevor er sich weiterhin den Kopf über diese grotesken Möglichkeiten zerbrach, wollte er sich duschen, um einen klaren Kopf zu bekommen. Er ging ins Badezimmer und schaute in den Spiegel um sicher zu gehen, dass ihm sein Spiegelbild bekannt vorkommt. Was er sah, beseitigte jeden Zweifel ob er noch ganz dicht war. Allzu deutlich war die blauviolette Farbe um seinen Mund, auf seiner Zunge und sogar auf den Zähnen erkennbar. Als er genauer auf seine Hände schaute, konnte er an den Fingerkuppen und an den Handinnenflächen noch deutlich erkennbare Spuren vom Saft der Heidelbeeren erkennen. Die Erkenntnis traf ihn wie einen Schlag auf den Kopf. Ihm wurde schwindlig, sein Kopf konnte keinen klaren Gedanken mehr fassen. Er war hin und hergerissen von sich widersprechenden Gefühlen und Gedanken, von Zweifel, unerschütterlicher Erkenntnis, Unglaube, Freude, Begeisterung, Angst, Unsicherheit. Er war tief erschüttert ob seiner fantastischen Reise, und den noch völlig unsortierten Möglichkeiten und Veränderungen die eine erneute Reise mit sich brächten. Wäre es überhaupt möglich noch einmal nach Temira zu reisen? Es kostete Severin ungeheuer viel Kraft all diesen Eindrücken standzuhalten. Er fühlte sich wie von einer Lawine überrollt von all den Gedanken und Gefühlen die ihn wie eine Flut überschwemmten. Severin schwankte in sein Schlafzimmer, er hielt sich mit beiden Händen den Kopf, weil er Angst hatte dass er explodiert. Immer noch ungewaschen und schwindlig ließ er sich in sein Bett fallen, und wünschte sich mehr als jemals zuvor, dass ihm irgendjemand hilft das Geschehene zu verarbeiten. Am liebsten hätte er laut geschrien, doch soweit hatte er sich noch unter Kontrolle, um möglichst keine ungewünschte Aufmerksamkeit auf sich zu lenken. Obwohl sich sein Köper müde und abgespannt anfühlte, war an Schlaf nicht zu denken. Er hatte eine Reise gemacht, vielleicht wurde er von jemandem in eine andere Gegend gebeamt, vielleicht war er durch ein Wurmloch gefallen und auf einem erdgleichen Planeten gelandet, oder durch Quantenverschränkungen, was auch immer das ist, nach Temira versetzt. Oder vielleicht hatten sich zu seinen phantasievollen Gedanken die entsprechenden Gefühle und Sinneseindrücke gesellt, wodurch eine wirklichkeitsgestaltende Vorstellung in Gang gesetzt wurde, die eben Temira erschuf. Vielleicht ist das Quantenverschränkung, dachte sich Severin. Doch mit solchen Dingen sollten sich andere, intelligentere Leute abgeben. Er hatte sich schon so oft Dinge oder Ereignisse vorgestellt und seine Vorstellungen mit intensiven Gefühlen angereichert, doch viel zu oft entstand daraus einfach nichts. Er kannte diese Theorie aus spirituellen Ratgebern und Lebenshilfebücher. Den Versuch war es wert diese Theorie auszuprobieren, doch Severin glaubte nur bedingt an die Tatsache, dass er sein Leben selbst nach Belieben gestalten kann, und damit war er auch einverstanden. Es gab nur eine Möglichkeit dem Wie auf die Spur zu kommen. Er musste noch einmal zur Höhle. An die Gedanken, Bilder und Gefühle vor dem Einschlafen konnte er sich noch gut erinnern. Vor dem Einschlafen war er völlig mit sich im Reinen, seine Gedanken verstummten, er fühlte wie sich tiefe Zufriedenheit und Liebe in ihm ausbreitete und er sah ein klares Bild von der Umgebung vor seinem inneren Auge. Alles andere erledigte der Schlaf. Was während des Schlafs geschah war ein Geheimnis das er nicht begreifen konnte, und das musste er auch nicht. Es war ein Wunder, und sollten sich mehr solche Wunder in seinem Leben ergeben, würde er immer und jederzeit Ja dazu sagen. Die Zeit die er auf Temira verbrachte, stimmte ungefähr überein mit seinem Fehlen oder nicht Vorhandensein hier in seiner Heimat. Also musste er sich Zeit verschaffen. Sollte er erneut auf Temira erwachen, dann wollte er nicht gleich wieder zurück, und er würde auf jeden Fall viel besser ausgerüstet sein.

Severin stand auf, nahm das Handy und telefonierte seinen Chef an. Mittlerweile war es schon Nachmittag, und es dauerte eine Weile bis sein Chef endlich das Telefon abnahm. Ohne Umschweife erklärte Severin seinem Chef, dass er dringend eine Woche Urlaub braucht um private Angelegenheiten zu regeln. Er wollte nicht darüber sprechen um was es im Detail geht, das würde er seinem Chef bei Zeiten erklären, aber jetzt noch nicht. Severin hörte am Tonfall seines Chefs, dass er nicht sonderlich begeistert war über sein Ansinnen, deshalb betonte Severin noch einmal, dass sein Anliegen wichtig ist und für ihn Priorität vor allem anderen hat, und er bat seinen Chef um Verständnis und sein Entgegenkommen. Er brachte seinem Chef in Erinnerung, dass er während all der Jahre die er bei ihm arbeitete noch nie mit einer solchen Bitte an ihn herangetreten war, doch nun sei es für ihn von existenzieller Bedeutung, dass er eine Woche frei bekommt. Darauf hatte sein Chef nicht viel zu erwidern, und so willigte er ungern seiner unwillkommenen Forderung ein und wünschte seinem Mitarbeiter aufrichtig, dass er sein persönliches Anliegen, was auch immer das ist, zum besten Wohle aller regeln kann. Severin bedankte sich bei seinem Chef und war erleichtert, dass die erste Hürde geschafft war ohne seinen Chef anlügen zu müssen. Das mit der existentiellen Bedeutung war zwar ein bisschen dick aufgetragen aber keine Lüge. Sollte wirklich mehr aus seinem Abenteuer werden, würde er seinen Job ohnehin aufgeben. Auf Temira würde er kein geregeltes Einkommen brauchen, und sein Dasein als Tischler mit einer geregelten 5 Tage Woche hatte er bis zur Neige ausgelebt. Es war nicht so dass er seine Arbeit widerwillig gemacht hätte, meistens war das Gegenteil der Fall. Severin fand Erfüllung und Sinn in seiner Arbeit mit Holz. Er wollte eigentlich nie etwas anderes als Handwerker sein, zumal er auch nichts anderes konnte.

Severin nahm erneut das Handy zur Hand und informierte per SMS seine 4 Kinder und seine Mutter, dass er ab morgen eine Woche Urlaub machen würde, wo wisse er noch nicht, und dass er während dieser Zeit nicht erreichbar ist. Als er die SMS abgesetzt hatte, wurde ihm wieder einmal bewusst, dass es in seinem Leben sehr wenige enge Beziehungen gab. Er hätte auch seine Geschwister informieren können, doch das hatte er vorher auch nie gemacht wenn er verreist war. Dabei fiel ihm ein, dass er sein Testament brauchte. Severin wollte seinen bescheidenen Nachlass geregelt wissen. Während seiner Beziehung mit seiner ehemaligen Lebensgefährtin, die auch die Mutter seiner 4 Kinder ist, hatte er mit ihr und einer Anwältin ein Testament aufgesetzt indem im Falle seines Todes seine Lebensgefährtin die Begünstigte sein sollte, und umgekehrt. Sollte sie sterben, würde er der Begünstigte sein. Im Falle dass beide Elternteile sterben sollten, würde das Erbe unter den 4 Kinder zu gleichen Teilen aufgeteilt werden. Also rief er die Anwältin an und bat sie um Zusendung seines Testaments, was sie innerhalb von 5 Minuten kostenlos erledigte. Severin startete seinen Computer, der auf Anhieb funktionierte, was in letzter Zeit eher die Ausnahme war, und wartete auf die Email. Währenddessen nahm er einen Zettel und einen Stift und begann mit der Erstellung einer Liste für die Ausrüstung. Die Liste sollte soviel wie nötig und so wenig wie möglich beinhalten, da er ja nicht wusste ob es überhaupt möglich sein würde das ganze Zeug mitzutransportieren. Es sollte gerade soviel Zeug sein um einen 70 Liter Rucksack zu befüllen, den er eng umschlungen hoffentlich auf die Reise mitnehmen könnte.

- Kleidung: 2 Unterhosen, Badehose, 2 Paar Socken, Wanderhose, T-Shirt, Hemd, Regenjacke, Regenhose, Daunenjacke, Mütze, Handtuch, Crocks
- Sonnenbrille, Sonnencreme, Sonnenhut, Zahnbürste, Zahncreme, Seife, Klopapier
- 3 Feuerzeuge und Anzündhilfen
- Taschenmesser, Gabel, Schere, Taschen- und Stirnlampe mit Ersatzbatterien

- Kochgeschirr (Gaskocher, 2 Töpfe, eine Blechtasse)
- Trinkflasche, Faltkanister
- Verpflegung (Nudeln, Pasta, Öl, Salz, Brot, Speck, Käse, Haferkleie, Teebeutel,1 Paar Würste, Dosenwurst, Suppenwürfel, 5 Energieriegel, Traubenzucker, Kochlöffel)
- Nicht: Kaffee, Zucker, Eier, Bier, Schnaps
- Verbandszeug, Schmerztabletten
- Nadel und Faden
- Aufblasbare Matte, Flickzeug, Schlafsack
- 2 Planen (2x3 und 4x5 Meter)
- Seil 20 Meter, dünne Schnüre, Draht, Nägel, 3 große Müllsäcke, Plastiksäcke in verschiedenen Größen
- Kleines Beil, Klappsäge, Klappspaten
- Panzertape, Beißzange
- Feldstecher, Jagdgewehr und Munition, Silch und Angelhaken, Nachtsichtgerät
- Wenn noch Platz: Taucherbrille mit Schnorchel, Taucherflossen)
- Goldbarren, Silberbarren, einen 100 Euro Schein

Brot, Energieriegel und Traubenzucker würde er noch besorgen müssen, später auch noch Munition, da er nur noch 5 Patronen hatte, alles andere hatte er vorrätig. Severin war schon öfters für mehrere Tage im Wald und hortete seine Ausrüstungsgegenstände sehr sorgfältig. Seitdem man im Talkessel nicht mehr jagen konnte, weil es kein Wild mehr gab, lag seine ganze Ausrüstung unberührt in seinem Kellerabteil in einem Kasten. Sein Jagdgewehr, ein Repetierer mit Zielfernrohr und Platz für 4

Kugeln im Magazin, das er seinem ehemaligen Nachbarn abgekauft hatte, nahm er zwei oder drei Mal im Jahr heraus um es auseinander zu nehmen, zu putzen und zu ölen. Sein Nachbar stellte nicht viele Fragen beim Verkauf was Severin nur recht war, da er keine Waffenbesitzkarte besaß und auch nie im Sinn hatte eine zu erwerben. Er sah es als sein Recht an zu kaufen was er wollte. Da damals Wild eine willkommene Abwechslung auf dem beschränkten Speiseplan der Bevölkerung war, nahm sich Severin auch das Recht zu wildern, auch wenn dies verboten war. Nach dem Motto, wo kein Kläger da kein Richter, wurde Severin nie wegen seiner Abschüsse behelligt. Kaum jemand kannte sich im Wald so gut aus wie er, auch nicht die Jäger. Er war immer äußerst vorsichtig, und da er kein Wichtigtuer war und seine Taten für sich behielt, wussten nur seine Brüder und seine Mutter von seinen Abschüssen, die ja auch nicht allzu häufig vorkamen. Das Wild brachte er in sein Elternhaus. Im Keller hatte sein Vater, der schon seit vielen Jahren tot war, so lange Severin denken kann Tiere getötet und zerlegt. Als Severin noch ein Kind war, hielten sie Schweine und Stiere in einem angemieteten Stall der direkt neben seinem Elternhaus stand. Von Zeit zu Zeit wurde zuhause im Keller geschlachtet, was für Severin stets ein verstörendes Erlebnis war, vor allem als die Tiere durch einen Schussapparat getötet wurden. Die Tiere waren nicht immer sofort tot, sondern zappelten noch eine Weile in ihrem Todeskampf herum, bis sie schließlich reglos am Boden lagen. Das Schlachten war immer ein großes Ereignis, dem er sich stets zu entziehen versuchte, weil ihm vor dem ganzen Prozedere schauderte. Doch in seinem Elternhaus mussten alle Geschwister mithelfen egal ob bei Holz-, Schlosser- oder diversen anderen handwerklichen Arbeiten und eben auch beim Zerlegen der Tiere. Davon hatte Severin nicht viel Ahnung, deshalb rief er immer seinen älteren Bruder an um das Wild das er erlegt hatte zu zerlegen und das Fleisch unter der Familie aufzuteilen. Es wurde kein großes Aufheben um die ganze Sache gemacht. Nicht einmal die Frauen seiner Brüder wussten wo das Fleisch herkam. Seine Brüder hielten es ebenso, und nicht selten bekam auch Severin frisches Wildfleisch von seinen Brüdern geschenkt, die ebenso wie viele andere auch hin und wieder ihren Speiseplan mit Wildbret ergänzten.

Als die vielen selbsternannten Jäger aus der Umgebung immer öfter Nachtsichtgeräte verwendeten, was auch auf ihn selbst zutraf, sah Severin die Zeit gekommen seine Zeit als Jäger zu beenden. Am Anfang war er völlig fasziniert von dem Nachtsichtgerät das ihm ein ehemaliger Arbeitskollege günstig verkaufte, weil alles Lebendige im Wald in der Nacht sichtbar wurde, auch er selbst. Es wurde schlichtweg zu gefährlich, und er hatte keine Lust wegen Wilderei und unerlaubtem Waffenbesitz eingesperrt oder von einem Jäger erschossen zu werden. Das Gewehr war in einer wasserfesten gepolsterten Ledertasche gut aufbewahrt und würde er hoffentlich nie brauchen da er nicht vorhatte auf Temira auf die Jagd zu gehen und unnötige Aufmerksamkeit auf sich zu ziehen.

Severin wollte das Gewehr bei sich haben, weil er sich damit verteidigen kann und er sich mit einer Waffe wesentlich wohler fühlen würde, in einer Gegend die einen idyllischen Eindruck auf ihn machte, wo aber eine Vielzahl unbekannter Gefahren lauern könnten. Lieber hätte er eine Pistole mitgenommen, eine Automatik mit möglichst viel Patronen im Magazin doch diese Dinger waren schwer zu bekommen. Um für die nächste Reise vorzusorgen, rief er seinen Bruder an und bat ihn darum sich umzuhören wie man am besten an eine solche Waffe kommt, vorzugsweise an eine Glock. Mit dieser Pistole hatte Severin schon mehrmals auf einem Schießstand geschossen und kam gut damit zurecht. Sein Bruder fragte ihn für was er das Ding braucht worauf ihm Severin kurz und bündig erklärte, dass er die Waffe für den Selbstschutz braucht und er sein Möglichstes tun solle um eine solche Waffe zu besorgen. Da er auf keine längere Diskussion eingehen wollte, bedankte sich Severin bei seinem Bruder und verabschiedete sich unter dem Vorwand es eilig zu haben.

Die Email der Anwältin war längst schon angekommen. Er öffnete das Dokument und las das Testament aufmerksam durch. Es gab nichts Wichtiges hinzuzufügen oder zu entfernen. Im Falle seines Todes würde seine Ex alles bekommen, seine Wohnung, sein Auto und Zugriff auf sein Konto. Er vertraute ihr, dass sie seine Habe gut verwalten oder veräußern würde um es unter den Kindern aufzuteilen. Severin hatte 2 Konten, eines davon war ein Onlinekonto das er noch am selben Tag auflösen und für den Großteil der angesparten 20.000 Euro kleine Gold- und Silberbarren kaufen wollte. Severin ließ alles stehen und liegen, und fuhr mit dem Auto zur Bank. Sein Bankbetreuer war zwar nicht da doch ein gelangweilter Bankangestellter nahm sich sofort seiner an. Severin erklärte ihm die Dringlichkeit seines Anliegens, worauf der Bankangestellte alles Erforderliche sorgfältig, ruhig und kompetent in die Wege leitete. Der Bankangestellte betonte immer wieder, dass große Barren viel billiger wären als die kleinen 1 und 2 Gramm Goldbarren die Severin kaufen wollte. Doch er blieb dabei, denn sollte er auf Temira auf Zivilisation stoßen, würde auch dort Gold und Silber als Tausch- oder Zahlungsmittel anerkannt, und dann wollte er nicht mit größeren Goldbarren protzen sondern einfach nur dezent liquide sein. Sollte er auf keine Menschen dort antreffen, würde er das Gold und Silber behalten. Auf jeden Fall wollte er kleine Barren, und so kaufte er 100 Stück 1 Gramm Goldbarren um 5900 Euro und 50 Stück 2 Gramm Goldbarren um 5150 Euro. Für die 50 Stück 100 Gramm Silberbarren, die kleinsten Barren die es auf der Bank gab, bezahlte er 4000 Euro. Die Silberbarren würde er mit dem Beil zerkleinern falls dies notwendig werden sollte. Die Bank hatte die Silberbarren zwar nicht vorrätig, doch stellte der Bankangestellte Severin einen Beleg aus mit dem er auf der Hauptbank die Silberbarren ausgehändigt bekam. Alles lief wie am Schnürchen. Nachdem er die Barren, die erstaunliche 5 kg wogen, in der 20 Kilometer entfernten Hauptbank abgeholt hatte, kaufte er das Brot, die

Energieriegel und Traubenzucker ein, und fuhr zu seiner Mutter um bei ihr den Reserveschlüssel für seine Wohnung zu hinterlassen. Severin erklärte seiner Mutter, dass er für eine Woche verreisen will und dass, falls er nicht wieder zurückkommt, den Schlüssel seiner Ex geben sollte. Um seine Mutter nicht unnötig zu beunruhigen setzte er sarkastisch hinzu, dass man ja nie genau weiß wenn Gott seine Schäfchen heimholt. Außerdem hatte er es während seines Singledaseins immer schon so gehandhabt dass er seiner Mutter einen Wohnungsschlüssel hinterließ, falls irgendetwas Unvorhergesehenes passieren sollte. Deshalb wurde seine Mutter auch nicht argwöhnisch und stellte auch keine Fragen. Da sie nur einen halben Kilometer von ihm entfernt wohnte und Severin ihr uneingeschränkt vertraute, war sie während seiner Abwesenheit die Hüterin seiner Wohnung. Um seine Mutter nicht anzulügen, sagte er ihr nur, dass er eine Wanderung ins Saiblachtal machen und dort irgendwo ein paar Tage übernachten würde, was ja auch der Wahrheit entsprach. Bei der Rückfahrt nachhause rief er seine Kinder an, die sich allesamt nicht meldeten. Er hatte ihnen zwar eine SMS geschickt und sie darüber informiert, dass er eine Weile weg sein würde, doch hätte er gerne noch einmal ihre Stimmen gehört. Da er es eh schon gewohnt war, dass die Kinder seine Anrufe meistens ignorierten, fiel es ihm umso leichter sich auf sein Vorhaben zu konzentrieren. Es traf ihn zwar nach wie vor, dass nicht eines seiner Kinder mit ihm reden wollte, doch jetzt war keine Zeit für Selbstmitleid oder für Selbstvorwürfe. Seine 3

Töchter und sein Sohn waren alt genug um eigene Entscheidungen zu treffen, und da sie sich dazu entschlossen ihn zu ignorieren oder mit Nichtbeachtung zu strafen, blieb ihm nichts weiter übrig als ihre Entscheidung zu respektieren und ihnen in Gedanken seine Liebe zu schicken. Noch vor einem Jahr hatte er sich furchtbar gegrämt über die Ignoranz seiner Kinder, doch irgendwann entschied sich Severin dazu besser auf sein eigenes Wohlergehen zu achten und seine Kinder loszulassen. Dieser Prozess war sehr schmerzvoll und würde auch weiterhin andauern, doch er kam immer besser mit seinem Alleinsein zurecht, und er bedauerte nichts.

Als er zuhause angekommen war, holte er seine Ausrüstung und begann zu packen. Das meiste Zeug fand im und am großen Rucksack Platz. Zusätzlich konnte ein kleiner Tagesrucksack auf der Rückseite des großen Rucksacks festgemacht werden. Die Planen, die Matte, den Schlafsack, die Taucherflossen und das lange Seil band er außen am Rucksack fest und den Rest sortierte er in das große Hauptfach und in die außenliegenden Einzelfächer. Auch bei Dunkelheit hätte Severin jederzeit gewusst wo etwas im oder am Rucksack zu finden ist. Und obwohl er dieses Mal sehr viel mehr Ausrüstung dabei hatte als sonst, konnte er alles irgendwie verpacken. Selbst die sperrige Taucherausrüstung fand noch Platz in seinem Gepäck. Die meisten Kleider würde er sich in der Höhle anziehen damit er mehr Sachen im Rucksack verstauen kann. Man konnte nie wissen ob er mit all den am Rucksack festgebundenen Sachen während der Reise nicht irgendwo streifen und aus seiner Flugbahn geworfen und statt auf Temira an einem weit unbehaglicheren Ort landen würde. Als er alles gepackt hatte, überlegte er sich ob er einen Abschiedsbrief verfassen sollte, falls er, aus welchem Grund auch immer, nicht mehr von seiner Reise zurückkehren sollte. Seine Angehörigen hatten ein Recht darauf zu erfahren wo er sich aufhält. Doch angesichts der Tatsache dass nur eine Handvoll Personen, zu denen seine eigenen Kinder nicht gehörten, sich vielleicht um ihn sorgen und ihn eine Weile lang vermissen würden, hatte er keinen Bock darauf einen Abschiedsbrief zu schreiben. Er druckte das Testament aus und legte es zusammen mit drei der 5 kg Silberbarren, die restlichen 5000 Euro von seinem aufgelösten Konto, seine Geldtasche, den Pass, die Schlüssel von seinem Auto, den 3. Ersatzwohnungsschlüssel und seinen Aktenordner auf den Küchentisch, damit seine Angehörigen nicht lange würden suchen müssen um seinen Nachlass zu regeln, falls er das Zeitliche segnen sollte.

Sollte er wirklich nicht zurückkommen, was würde dann passieren? Auf diese Frage fand Severin schnell eine Antwort. Das Leben würde weiter gehen, ohne dass er durch sein Fehlen oder Nichtvorhandensein allzu viel Chaos anrichtete. Es gab nichts mehr zu klären oder zu regeln. Er war so bereit wie man nur sein konnte. Noch vor Einbruch der Dunkelheit würde er losmarschieren und sich von niemandem auf dem 2,5 stündigen Marsch aufhalten lassen, auch nicht vom Revierjäger, der das Recht hatte Leute aufzuhalten und zu befragen, vor allem wenn sie ein Jagdgewehr bei sich haben, das Severin nicht im Rucksack verstecken konnte. Sollte ihn dieser aufgeblasene, wichtigtuerische Idiot wirklich aufhalten wollen, würde er ihn niederschlagen oder erschießen, sofern es nötig sein sollte. Es war unmöglich sich auf alle Eventualitäten einzustellen, deshalb kontrollierte er noch einmal die Ausrüstungsgegenstände und überlegte ob er nichts Wichtiges vergessen hatte. Er wollte nicht zu früh und nicht zu spät losgehen. Bei der Ankunft in der Höhle sollte es schon möglichst dunkel sein, um geschützt vor neugierigen Blicken auf der Geröllhalde einzuschlafen.

Am späten Nachmittag des 3. August 2035, genau um 17:30 Uhr erhob sich Severin Freud von seiner Couch, zog seine Kleider und die frisch eingefetteten Bergschuhe an, schulterte seinen schweren Rucksack, hängte sich das Gewehr um und verließ frohen Mutes seine Wohnung, und brach auf in eine ungewisse Zukunft. Bei der Wohnanlage und auf dem Weg durchs Dorf redete ihn niemand an. Ohne irgendwelche Zwischenfälle erreichte er den Wald wo er von niemandem mehr gesehen werden konnte. Im Wald fühlte sich Severin sicher und so verlangsamte er allmählich seine zügigen Schritte und genoss die Abgeschiedenheit in der Natur. Jetzt konnte er seine Gedanken loslassen, die mühsamen Vorstellungen von Treffen mit Menschen und dem taktvollen Ausweichen von Konversation, je nachdem wer ihm begegnet wäre. Severin hatte sich zwar vorgenommen nicht an solche Begegnungen zu denken, doch sobald er auf der offenen Straße war, brachen seine Vorsätze wie ein Kartenhaus in sich zusammen. All die Verstandeskonstruktionen waren umsonst, und verbrauchten unnötig viel Energie. Im Wald verschonte ihn sein Verstand mit unnötigen Gedanken die in keiner Weise hilfreich waren. Severin hatte das Gefühl als wären seine Sinne noch nie so scharf gewesen wie an diesem Tag. Er vernahm jedes Geräusch und versuchte trotz seines sperrigen Gepäcks so leise wie möglich zu sein. Er durchquerte den Wald ohne Zwischenfälle und als er den Waldrand vor der Schlucht erreichte hielt er inne um die Lage zu sondieren. Severin nahm sein Fernglas zur Hand und suchte damit den gegenüberliegenden Hang der Schlucht ab und vergewisserte sich dass niemand ihn sehen konnte. Als sich Severin sicher war, dass auf allen Seiten, soweit er sehen konnte, niemand zugegen war, trat er aus dem Wald und ging schwerfällig den Abhang hinunter zum Flussbett. Aufgrund seines Gewichtes trat er immer wieder Steine los, die laut durch die Talschlucht hallten. Der Lärm machte Severin nervös, er ließ ihn immer wieder innehalten, doch es gab untertags keine andere Möglichkeit zur Höhle zu kommen als auf diesem Weg. Um den Lärm zu vermeiden hätte er nicht durch den Wald gehen dürfen, sondern vor dem Wald dem Schotterweg weiter folgen, der mitten durch eine große Zementfabrik führt. Er kannte einige Leute die in der Zementfabrik arbeiteten, und natürlich wollte er ein Zusammentreffen mit ihnen unbedingt vermeiden. Also blieb ihm nichts anderes übrig als durch den Wald zu gehen. Der Lärm der hinunter rollenden Steine war ihm lieber als eine unliebsame Begegnung mit einem Bekannten. Als er im ausgetrockneten Bachbett ankam suchte er noch einmal mit dem Fernglas die Umgebung ab. Da niemand zu sehen war, setzte er seinen Weg zur Höhle fort. Es war das erste Mal dass Severin mit einem schweren Rucksack durch das Bachbett ging. Es gab hier keinen Weg, den musste man sich selber suchen und im Bedarfsfall machen um eine unpassierbare Stelle zu überqueren. Er hatte sein Gepäck nicht gewogen, doch waren es mit Sicherheit 30 kg wenn nicht gar 40 kg die er zusammen mit seinen 90 kg über die vielen großen und kleinen Hindernisse balancieren musste, was ihn an manchen Stellen ungemein viel Kraft kostete. Vor allem wenn er an einer Passage hinauf und wieder hinunter klettern musste, war es nicht nur mühsam sondern auch gefährlich. Er unterschätzte manchmal das zusätzliche Gewicht das er mit sich führte, und mehr als einmal verlor er auf dem unwegsamen Gelände das Gleichgewicht und stürzte. Dabei zog er sich nur oberflächliche Schürfwunden zu, doch an manchen Stellen hatte Severin richtig Angst. Eine gröbere Verletzung wäre hier fatal gewesen, da sie sein bevorstehendes Unterfangen abrupt beendet oder im schlimmsten Fall seinen Tod bedeutet hätte. Als er nach mehr als 2 Stunden endlich die Höhle entdeckte, spürte Severin wie sich neue Kräfte in ihm entfalteten. Er setzte seine Füße zielsicher auf und erreichte die Geröllhalde gerade noch rechtzeitig vor Einbruch der Dunkelheit. Mühsam versuchte er mit dem schweren Rucksack und dem Gewehr auf dem Rücken die Geröllhalde hinauf zu klettern, doch er rutschte immer wieder ab auf dem losen

Geröll und verausgabte sich dabei zusehends. Nach dem dritten vergeblichen Versuch nahm er den schweren Rucksack ab, holte das Seil heraus und band den Rucksack damit fest. Ohne Gepäck war es für Severin ein leichtes die Geröllhalde zu erklimmen. Als er oben ankam, zog er den Rucksack mit dem Seil über die Geröllhalde herauf ohne dass dabei etwas kaputt ging. Er klopfte den Dreck vom Rucksack und den daran befestigten Gegenständen, packte die Kleider aus, zog sie bis auf die Ersatzunterhose und das zweite Paar Socken alle an und stopfte die außen am Rucksack festgebundenen Gegenstände so gut es ging in den Rucksack hinein. Die schweren und weniger sperrigen Sachen wie die Silberbarren, Messer, Taschenlampe, Feldstecher, Besteck und ein paar andere Sachen stopfte er sich in die Hosen- und Jackentaschen oder unter seine Jacke. Die ebene Fläche auf der Geröllhalde fand er genauso vor wie am vorigen Tag. Da er genug Kleider anhatte und dementsprechend gut gepolstert war, legte er sich den nun um einige Kilo leichteren Rucksack auf den Bauch und probierte aus ob er in dieser unbequemen Stellung einschlafen könnte. Der Rucksack drückte ihn zwar in das zurecht gemachte Kiesbett doch es war aushaltbar, und Severin war sich sicher, dass er in dieser unbequemen Position würde einschlafen können. Nach dem Probeliegen rollte er den Rucksack auf die Seite, nahm das Gewehr ab und nahm die Taschenlampe aus seiner Hosentasche. Von der Anhöhe der Geröllhalde aus leuchtete er in jeden Winkel der Höhle, die höchstens 7 oder 8 Meter weit in den Felsen ragte. Es war gut zu sehen dass die Höhle rundum geschlossen war und dass es eigentlich nicht viel darin zu erkunden gab. Also verzichtete er darauf die Geröllhalde auf der Innenseite der Höhle hinunter zu steigen. Severin war dankbar und zufrieden dass er heil und ganz hier angekommen war. Seine spontanen Pläne und Vorbereitungen hatte er im Eiltempo umgesetzt. Noch einmal ließ er sich alles durch den Kopf gehen ob er auch nichts Wichtiges vergessen hatte, doch dem war nicht so. Er war bereit für seine zweite Reise nach Temira. Severin stand auf der Ebene und ließ seinen Blick über das ausgetrocknete Bachbett und die gegenüberliegenden Abhänge gleiten, die mittlerweile nur noch schemenhaft zu erkennen waren. Sein Timing war perfekt. Die Dunkelheit hüllte ihn ein wie einen schützenden Mantel. Severin fühlte sich sicher, er war zufrieden, glücklich und mit freudiger Erwartung erfüllt, und er war hundemüde. Er hängte sich den Rucksack wie ein übergewichtiges Kleinkind über die Brust, hängte sich das Gewehr über die Schulter und legte sich auf das Kiesbett. In seinem Bewusstsein kreierte er das Bild wie er auf Temira auf der herrlich grünen Wiese liegt. Er sah vor sich die geschützte Bucht mit dem türkisblauen Meer, hörte die Wellen rauschen, sah den blauen Himmel und die Sonne, fühlte wie der Wind zärtlich über seine Haut strich, und schlief mit diesen Gefühlen und den Bildern im Kopf irgendwann ein.

Temira

L. Rinaldo 2021

Als Severin erwachte war er tatsächlich wieder auf Temira. Auf seinem Bauch fühlte er das Gewicht des Rucksackes, den er abnahm und neben sich ins Gras legte. Mit seinen Händen streifte er über das Gras und sah vor ihm wie die Sonne am Horizont aus dem Meer auftauchte. Er roch die frische würzige Luft und ließ sich von den Sonnenstrahlen seinen Körper, sein Herz und seine Seele wärmen. Es fühlte sich alles echt an. Temira war definitiv kein Traum, es war eine Offenbarung, ein Privileg hier zu sein, ein Wunder. Severin wurde von tiefer Dankbarkeit und Liebe durchflutet. Gott, wer oder was sonst, gewährte ihm, jemand der kaum wahrgenommen wurde, der nichts Großartiges geleistet oder vollbracht hatte, eine kaum vorstellbare Gnade. Severin beschloss, dass Gott ab sofort sein neuer bester Freund ist. Von den wenigen Freunden die er hatte waren die meisten schon tot und die anderen meldeten sich nicht mehr als sie sich aus den Augen verloren. Seit sein bester Freund vor 3 Jahren an Krebs gestorben war, traten keine neuen Freunde mehr in sein Leben. Jetzt aber schon, jetzt hatte Severin wieder einen Freund, und zwar den besten den er sich vorstellen konnte. Er würde immer für ihn da sein, ihn nie im Stich lassen, ihm zuhören und ihm nie lästig sein. Das hoffte er zumindest. Tränen der Freude und der Dankbarkeit flossen ungehindert über seine Wangen. Es war ihm egal dass er weinte, im Gegenteil, in seinem Leben hatte er viel zu wenig geweint, dabei war es so befreiend, reinigend und erfüllte ihn mit Lebendigkeit und neuer Energie. Severin wischte sich mit dem Ärmel seiner Jacke die Tränen aus dem Gesicht, und checkte sein Gepäck. Erleichtert stellte er fest, dass alle Sachen die er bei und auf sich trug vollständig auf Temira angekommen waren. Als er sich umdrehte, sah er in unmittelbarer Nähe von seinem Schlaflager seine beiden mit Heidelbeeren gefüllten Socken. Er hatte gar nicht mehr daran gedacht, doch eigentlich waren es die Heidelbeeren die ihm Gewissheit verschafften, dass er wirklich auf Temira gewesen war. Und jetzt war er erneut hier auf diesem außergewöhnlich schönen Flecken Erde, und konnte es kaum fassen. Durch eine unbedachte Bewegung musste er auf einen der Socken getreten oder etwas hinauf gelegt haben, da die Beeren zerdrückt waren und der ganze Socken blau violett verfärbt war. Ohne sich zu zieren, stülpte er den Socken um und aß genüsslich das Beerenmus zum Frühstück. Die Beeren im anderen Socken waren noch ganz und nahm sie als willkommenen Lebensmittelvorrat mit sich. Severin ging ein paar Schritte Richtung Wald, merkte aber bald, dass ihn das ganze Zeug in den Hosen- und Jackentaschen am Gehen hinderte. Also nahm er den Rucksack ab, band die kleinere Plane los und breitete sie am Boden aus. Dann legte er das sperrige Zeug in die Mitte der Plane, zog den Rucksack wieder an, schulterte das Gewehr, nahm die 4 Ecken der Plane und wuchtete sie über seine Schultern. Severin kam sich vor wie ein Packesel, doch er wollte den Weg in den Wald an diesem Tag nur einmal zurücklegen, da er einen straffen Tagesplan hatte. Er musste sich ein Lager einrichten das ihm als vorübergehendes Feriendomizil und natürlich als schützende Unterkunft dienen sollte. Er musste auch nicht lange überlegen wo er sein Lager errichten sollte, denn beim letzten Aufenthalt hatte er mitten im Wald einen großen Felsen gesehen hinter dem er den Lagerplatz errichten würde. Mühsam stapfte Severin über die blumengesäumte saftig grüne Wiese, auf der er nun vieles sah was ihm beim letzten Mal gar nicht aufgefallen war. Löwenzahn mit seinen dottergelben Blüten, Maulwurfhügel, ein Vogelnest, Klee, Liliengewächse, Margeriten und unzählige andere Pflanzen. Je höher die Sonne aufstieg umso aktiver wurden die Möwen und segelten kreischend durch die Luft. Manche Gräser waren noch feucht vom Morgentau oder von der hohen Luftfeuchtigkeit. Einige Blumenblüten hatten ihre Pracht bereits entfaltet, andere Blüten waren noch geschlossen oder waren gerade dabei sich zu öffnen. Nie zuvor hatte Severin die Pracht der Natur so intensiv wahrgenommen, was vor allem der Tatsache geschuldet war, dass diese Pracht in seiner Heimat schon seit Jahren verschwunden war. Die Vegetation zuhause war nur noch öde, schmucklos, staubig, hart, dürr und farblos. Hier auf Temira war die Vegetation wie in seiner Heimat vor einer gefühlten Ewigkeit.

Das Gewicht das er schleppte, drückte immer schwerer auf seine Schultern, doch die Schmerzen würde er aushalten bis er an seinem Zielort ankam. Abwechselnd warf er sich die Plane von einer auf die andere Schulter und der Wald kam immer näher. Die Wiese war eine leicht ansteigende Ebene auf der noch gut seine Spuren vom letzten Marsch zu sehen waren. Das niedergetretene

Gras bildete einen Pfad dem er unbeirrt folgte und abrupt im Wald endete. Vom Waldanfang war es nun nicht mehr allzu weit bis zum Felsen, und Severin hoffte, dass er ihn wiederfinden würde. Im Wald war es nicht mehr so einfach zu gehen wie auf der Wiese. Mit dem schweren und sperrigen Gepäck war es ungleich mühsamer sich fortzubewegen als auf der Wiese. Er musste vielen Hindernissen ausweichen, über umgestürzte Bäume klettern, große Löcher in der Erde umgehen, Büschen, kleinen Sümpfen und Bäumen mit tief herabhängenden Ästen ausweichen und vor allem musste er ganz genau darauf achten wo er hintrat. Ein falsch gesetzter Tritt könnte schnell eine Verletzung zur Folge haben, vor allem mit dem schweren Gepäck auf dem Rücken. Severin kam an einigen Stellen vorbei die für ein Lager ideal gewesen wären. Ebene, weiche Waldböden auf denen nur spärlich Bäume wuchsen doch er wollte unbedingt zu dem großen Felsen der ihm zumindest auf einer Seite Schutz bieten würde. Sein Orientierungssinn ließ ihn nicht im Stich denn plötzlich sah er etwa 100 Meter direkt vor ihm den Felsen. Mächtig, wie ein Bollwerk war er irgendwie in einer Umgebung gelandet, wo es außer ein paar vereinzelten Steinen keinen anderen Felsen wie diesen gab.

Zumindest hatte er bis jetzt keinen annähernd so großen Felsen im Wald gesehen. Der Felsen wirkte in dieser Umgebung wie ein Fremder, genau wie Severin, der eine Affinität zu Steinen hatte, und natürlich auch zu Holz. Der Felsen der vor ihm aufragte war etwa 10 Meter lang und 3 Meter hoch. Als er den Felsen umging, konnte er auch die Breite einschätzen. Der Felsen war in etwa gleich breit wie hoch und wirkte auf Severin wie ein kleines Haus, das ihm ein optimaler Wind- und Sichtschutz sein würde. Hinter dem Felsen war der Platz perfekt um ein Lager aufzuschlagen. Er ließ die schwere Plane über seinen Rücken hinunter auf den Boden, nahm den Rucksack ab und lehnte das Gewehr an den Felsen. Auf einem umgestürzten Baum in der Nähe setzte er sich hin und genoss die Erleichterung von seinem Gepäck und dass er auf Anhieb einen tollen, sehr speziellen Platz für sein neues vorübergehendes Zuhause gefunden hatte. Severin schloss die Augen und sog bewusst die klare frische Waldluft ein, die sich in seinem ganzen Körper wohltuend ausbreitete. Die Luft roch nach Freiheit, nach Abenteuer, nach Verheißung und nach Erneuerung. Körper, Geist und Seele verschmolzen zu einer Einheit die ihm wunderschöne Gefühle bescherten. Severin liebte dieses Fleckchen Erde schon beim ersten Aufenthalt, und jetzt fühlte er es wieder. Die Leichtigkeit, die Unbekümmertheit, die Sorglosigkeit, die Liebe zur Schöpfung und die Harmonie der Elemente. Feuer, Erde, Wasser und die Luft waren hier rein und lebensspendend. Alles um ihn herum war lebendig, gesund, saftig, grün und unbelastet. Nirgendwo anders hätte er in diesem Moment sein wollen. Einzig das aufflackernde Bedürfnis diese Eindrücke mit jemandem zu teilen, trübten sein Dasein in diesem vermeintlichen Paradies ein wenig. Wie neidische, missgünstige Spielverderber drängten sich unaufhaltsam immer mehr negative Gedanken in sein Bewusstsein. Wo

Licht ist, ist auch Schatten. Wo so viel Schönheit ist, muss es auch eine hässliche Seite geben. Sein Verstand gewann zusehends die Oberhand und führte ihm unerbittlich seine bisherigen Erfahrungen vor Augen. Alles Gute und Schöne war in seinem Leben nicht lange von Dauer. Die Dualität war in seinem bisherigen Leben eine fixe Konstante, der er sich nicht verschließen konnte. Doch mit dem ganzen leidlichen Ying Yang Zeug wollte sich Severin nicht auseinandersetzen, nicht hier und nicht jetzt. Sollte die Realität ihn hier einholen, sofern das Gesetz der Polarität auf Temira überhaupt gelten sollte, so würde er sich damit abfinden und versuchen das Beste daraus machen, wie immer. Um nicht weiterhin von seinen negativen Gedanken drangsaliert zu werden, begann Severin damit sein Lager aufzubauen. Er nahm das lange Seil und spannte es auf gut 2 Meter Höhe zwischen zwei ungefähr 10 Meter auseinander stehenden Bäumen, so dass das Seil fast parallel zum großen Felsen hing. Über das Seil warf er die große Plane die als Dach dienen sollte und verspannte sie auf alle Seiten, bis das Dach aussah wie ein ungleichseitiges Giebeldach. Severin kletterte auf den Felsen, fand Risse und Spalten in die er kurze daumendicke Äste mit dem kleinen Beil hinein schlug. An diesen Ästen verspannte er die Plane, und da sich beinahe die ganze Oberfläche des Felsens leicht auf die von seinem Lagerplatz entgegengesetzte Richtung neigte, würde er von der Südseite her vom Regen und anderen Unannehmlichkeiten geschützt sein. Alle anderen Seiten waren offen, was den Vorteil hatte, dass er den Regen sah, den

Wind spürte und alles wahrnehmen konnte was um ihn herum vor sich ging. Der Nachteil dieser Konstruktion war der, dass dieser offene Unterstand kaum Schutz bot. Severin konnte nicht wissen welche Tiere hier nachtaktiv waren und sich an seinen Sachen oder an ihm selbst zu schaffen machen würden. Neugierige Kleintiere würde er ohnehin nicht fernhalten können, doch gegen größere Tiere oder gar Menschen wollte er Vorkehrungen treffen, indem er in etwa 5 Meter Abstand zur Plane mit Ästen, die zu Genüge in der unmittelbaren Umgebung am Boden lagen, eine Art Zaun machte. Vorübergehend sollte es nur ein loser Wall mit übereinander geworfenen Ästen sein. Falls er es irgendwann für nötig erachten sollte sich besser zu schützen, würde er ohnehin eine Hütte bauen. Es dauerte seine Zeit bis Severin endlich soviel Äste zusammen getragen hatte, bis sein Lager allmählich Gestalt annahm und seinem Schutzbedürfnis aber auch seinem Bedürfnis den Elementen ausgesetzt zu sein entsprach. Im Liegen wurde sein Blick durch den Zaun zwar begrenzt, doch im Stehen konnte er gut drüber hinweg sehen, und die nähere Umgebung gut im Auge behalten. Nach Osten hin auf der Seite des Felsens ließ er einen Durchgang frei, den er mit einem mit Draht zusammen gebundenen kompakten Astbündel ohne große Umstände verschließen und öffnen konnte. In dieser kralähnlichen Anlage standen 4 kleine, verkümmerte Bäume, zwischen denen er Schnüre spannte die dazu dienten Wäsche, den Schlafsack und sonstiges Zeug aufzuhängen. Unter dem großen Dach legte er die kleine Plane am Boden aus die ihm als Unterlage für die aufblasbare Isomatte diente, auf der er sich ein wenig ausruhte. Das Gröbste hatte er geschafft. Jetzt musste er nur noch die Feuerstelle einrichten, einen Holzvorrat sammeln, Wasser holen und falls er noch Lust und Laune haben sollte, würde er sich ein Abendessen kochen, oder was viel wahrscheinlicher war, eine Wurst grillen. Um keine wilden gefräßigen Tiere anzulocken würde er weiträumig verkohlte Stücke Holz auslegen, und seinen Lebensmittelvorrat abseits von seinem Lager mit einer Schnur auf einen Baum hängen. Im Wissen dass er in der Nacht mit seinem Nachtsichtgerät jeden Fress- oder sonstigen Feind erkennen würde und ihm mit seinem Gewehr im Notfall einen Schrecken einjagen könnte, döste Severin auf seinem bequemen Outdoorbett ein. Bevor er jedoch in Morpheus Armen versank, riss ihn ein verstörender Gedanke aus seinem Schlummer und machte ihn wieder hellwach. Was würde geschehen wenn er hier einschläft? Es könnte ja gut möglich sein, dass wenn er einschläft, er wieder in der Höhle im Saiblachtal aufwachen würde, genau wie beim letzten Mal. Oder vielleicht würde er ganz irgendwo anders aufwachen, weil dies ja nicht der gleiche Schlafplatz war. Bei den letzten Reisen war er vorne auf der Wiese zweimal aufgewacht und einmal dort eingeschlafen. Vielleicht war dort, und nur dort, der einzige Reiseterminal auf dem er wieder nachhause, nach Vorarlberg kommen würde. Der Gedanke dass er womöglich ganz irgendwo anders aufwachen könnte war Severin sehr unangenehm und machte ihm Angst. Schließlich könnte ja alles möglich sein, je nachdem welche Bilder, Gedanken und Gefühle er vor dem Einschlafen haben würde. Da er sich vorgenommen hatte eine Woche auf Temira zu bleiben, durfte er vor dem Einschlafen nur an das Hier und Jetzt, an Temira denken. Zudem würde er, zumindest die erste Nacht, mit seinem mit den nötigsten Sachen gefüllten Rucksack auf dem Bauch einschlafen. Schwere Gegenstände würde er wieder in seine Kleider stopfen. Er würde genauso wie beim letzten mal verreisen nur mit weniger Gepäck. Somit hatte Severin einen Plan der ihn beruhigte und seine Angst, im Schlaf an einem fremden Ort zu landen, beschwichtigte. Die Aufregung hatte ihn wieder munter gemacht, und so schulterte Severin das Gewehr und machte sich mit der Flasche und dem Faltkanister auf den Weg zu der Stelle wo er letztes Mal Wasser gefunden hatte. Auf dem Weg zu den Wasserläufen bei der Weide kam er an Stellen vorbei an denen er eindeutige Spuren von Leben fand. Severin sah Spinnennetze die sich in ihren Formen kaum oder gar nicht von den vielen verschiedenartigen Spinnennetzen in seiner Heimat unterschieden. Er sah einen kleinen und einen großen Ameisenhaufen, Reste von Eierschalen, Federn von verschiedenen Vögeln und einige ausgebleichte Knochenreste. Er sah Vögel und hörte die gleichen Geräusche wie bei seinem letzten Aufenthalt. Er fand keine Anzeichen von großem Raubwild, was irgendwie beruhigend war. Dennoch schloss Severin die Möglichkeit nicht aus, dass es hier auf Temira Wölfe, Bären oder Pumas gab. Für kurze Zeit erschauerte er bei dem Gedanken an diese Fleischfresser, doch mit dem Gewehr fühlte er sich sicher und schüttelte die Gedanken an diese Tiere ab. Nicht lange nachdem er das Lager verlassen hatte, stieß Severin auf vereinzelte Heidelbeerbüsche, die zunehmend mehr wurden und sich vor ihm wie ein einziges dicht bewachsenes Heidelbeerfeld ausbreitete. Er umging das Feld um die Beeren nicht zu zertrampeln und fand am Ende des Waldes den ersten Wasserlauf. Severin stieg über die Wasserläufe die sich zunehmend vor ihm nach Osten hin in alle Richtungen ausbreiteten, bis er einen Wasserlauf fand in dem er ein erfrischendes Bad nehmen konnte. Severin legte das Gewehr, die Flasche und den Kanister im Gras ab, entledigte sich seiner Kleidung und tauchte genüsslich in das herrlich klare Wasser. Mit großen Schlucken stillte er seinen Durst, und es fühlte sich an als hätte er noch nie in seinem Leben etwas so Köstliches getrunken. In den letzten paar Jahren verschlechterte sich die Qualität und der Geschmack des Wassers in seiner Heimat dramatisch. Es machte keine Freude mehr seinen Durst zu stillen, vielmehr wurde es zu einer schlichten Notwendigkeit. Hier auf Temira hingegen war es ein vorzüglicher Genuss den Durst mit herrlich schmeckendem Wasser zu stillen. Mit dem frischen Wasser breitete sich gleichzeitig Freude, Zufriedenheit und Liebe in seinem ganzen Körper aus. Erfüllt von Dankbarkeit und tiefer Demut, dass ausgerechnet er sich an diesem Wasser des Lebens laben durfte, schickte er ein Gebet an seinen besten Freund und bedankte sich bei seinem Schöpfer für all diese wundervollen Bescherungen die ihm in letzter Zeit zuteil wurden. Severin füllte die Flasche und den Kanister mit Wasser, nahm seine Kleider und das Gewehr auf und lief barfuß über die Weide und durch den Wald zurück zu seinem Lager. Die Müdigkeit holte ihn langsam wieder ein, doch bevor er sich hinlegte, wollte er sich noch einen Vorrat an Brennholz zulegen. Der Tag war schon weit fortgeschritten, und da seine Uhr wie beim letzten Mal während der Reise stehen geblieben war, konnte er die Zeit nur anhand des Sonnenstandes ungefähr einschätzen. Seiner Schätzung nach musste es gegen 8 Uhr abends sein, und aufgrund der milden Temperaturen am Morgen und der angenehm warmen Temperatur während des Tages nahm er an, dass auf Temira ebenfalls Sommer war. Folglich hatte er noch ein bis zwei Stunden Sonnenlicht, bis dahin wollte er die wichtigsten Aufgaben erledigt wissen. Severin zog sich wieder an und sammelte Brennholz. Dieses mal musste er weitere Wege zurücklegen da er das herum liegende Holz in der näheren Umgebung für den Zaun brauchte. Doch an Brennholz würde es ihm hier nicht mangeln, und wenn nötig würde er Bäume fällen um sich einen ordentlichen Holzvorrat zuzulegen, was vorerst nicht notwendig war, da er kein Feuer brauchte um sich zu wärmen. Er brauchte das Holz nur zum Kochen und hin und wieder für ein romantisches Lagerfeuer. Unter der Plane gut geschützt vor Regen stapelte er das Feuerholz auf, das er krachend in gleich lange Teile auseinander brach. Daneben errichtete er mit drei Steinen eine Kochstelle auf die er einen Topf stellen und dazwischen mit fingerdicken Ästen ein Kochfeuer schüren konnte.

Die brennenden Äste nahm er aus einem Lagerfeuer das er neben der Kochstelle entzündete. Diese Art des Feuermachens und Kochens hatte sich schon mehrfach bewährt wenn er zuhause für ein paar Tage im Wald campierte. Severin konnte sich gar nicht mehr genau daran erinnern wann er das letzte Mal im Wald campierte. Es musste inzwischen mindestens 5 Jahre her sein dass er auf diese Weise Feuer machte. In seiner Heimat war es viel zu gefährlich ein kontrolliertes Feuer zu machen, abgesehen davon hätte er mit drakonischen Strafen rechnen müssen falls ihn jemand beim Feuermachen gesehen hätte. Diese Gefahr bestand hier auf Temira nicht, und so schichtete er lageweise dünnes und dickeres Brennholz aufeinander, nahm sein Feuerzeug, zündete eine Anzündhilfe an und legte diese unter das Brennholz das sogleich Feuer fing und sich gierig ausbreitete. Severin wollte zwar nicht kochen, doch er wollte die Bewohner auf Temira mit dem Feuer informieren, dass sie einen neuen Mitbewohner hatten, der sich die Freiheit nahm auf einem kleinen Platz sein Revier abzustecken. Mit Sicherheit hatten die Tiere längst schon registriert, dass ein Zweibeiner in ihr Revier eingedrungen war, doch mit dem Feuer wollte er sie ganz offiziell davon in Kenntnis setzen. Zudem war Severin begierig darauf endlich wieder einmal an einem Lagerfeuer zu sitzen, an nichts zu denken und einfach nur ins Feuer zu schauen und sich in das stetig ändernde Spiel der Flammen zu versenken. Das Feuer hatte für Severin etwas Hypnotisches, etwas Kraftvolles und war für ihn neben seiner Nützlichkeit eine

Quelle der Freude, der Wärme und der Liebe. Severin legte sich auf seinen Schlafplatz und schaute andächtig ins Feuer. Die Elemente fügten sich zusammen. Jedes Element war hier verfügbar, die fruchtbare Erde, ausgezeichnetes Wasser, herrlich frische Luft und Feuer. Immer tiefer zogen ihn die Flammen in der beginnenden Dämmerung in seinen Bann, bis er die Augen nicht mehr aufhalten konnte und Severin in einen tiefen und festen Schlaf fiel.

Als Severin aufwachte war es stockdunkel, und augenblicklich wurde ihm bewusst, dass er eingeschlafen war ohne vorher die Notausrüstung herzurichten und den Rucksack und das übrige Zeug an sich zu nehmen. Sofort tastete er mit den Händen die Umgebung ab. Die Matte, die Plane waren da, doch die hätten ebenso gut mit auf Reisen gehen können, da er ja mit den Gegenständen in Berührung war. Er hatte es auch verabsäumt seine Sachen so herzurichten, dass er immer wusste an welchem Platz sich alles befand. Das Feuer war längst schon abgebrannt. Es war auch keine Glut mehr zu sehen auf das er dünne Äste hätte legen können um ein neues Feuer zu entfachen. So musste er blind herum tasten um seine Taschen- oder Stirnlampe zu suchen. Das war dumm von ihm, sehr dumm. Severin machte sich Vorwürfe weil er gestern sträflich fahrlässig war und sich gehen ließ. Was wenn sich ein Tier an seinen Vorräten zu schaffen machte oder irgendjemand seine Ausrüstung mitgehen ließ oder er im Schlaf verreist und im Suppentopf eines Eingeborenenstammes gelandet wäre? Dabei wurde ihm gewahr, dass dieser Gedanke gar nicht so abwegig war, denn offensichtlich ist es wichtig mit welchen Gedanken und Gefühlen er in der Höhle oder vorne auf der Wiese einschläft, da diese Kombination von klaren Gedanken und starken Gefühlen die Orte kreieren an denen er aufwacht. Das letzte an das er dieses Mal vor dem Einschlafen dachte und sich darin vertiefte war das Feuer, und er fühlte sich sehr gut dabei. Er war in Frieden und in Harmonie mit sich und der Welt vor einem Lagerfeuer eingeschlafen. Folglich hätte er durchaus in einem Feuer aufwachen können, zumindest lehrte ihn das seine bisherige Erfahrung. Diese verstörenden Gedanken halfen ihm dabei einen eisernen Vorsatz zu schmieden, „nie wieder würde er unvorbereitet an einem unbekannten Platz einschlafen und ohne Notausrüstung auf Reisen gehen“. Offensichtlich waren nur die Höhle zuhause im Saiblachtal und der Flecken Wiese vorne beim Strand Portale oder Reiseterminals. Vielleicht gibt es noch viel mehr solche „Abflughäfen“, doch damit wollte er sich jetzt nicht mehr auseinander setzen. Beim Abtasten des Bodens stieß er an sein Gewehr das am Felsen lehnte. Als Severin den großen Felsen spürte, wurde ihm leichter ums Herz, weil ihm klar wurde, dass er mit ziemlicher Sicherheit immer noch auf Temira war. Etwa ein Meter neben dem Gewehr ertastete er den Rucksack und kramte die Stirnlampe und die Taschenlampe aus dem rechten Seitenfach heraus. Mit der Taschenlampe leuchtete er seinen Kral ab, und verschaffte sich einen Überblick. So wie es aussah war alles noch an seinem Platz. Der Plastiksack mit den Lebensmitteln hing unbeschadet am selben Baum an dem er ihn aufgehängt hatte. Severin leuchtete den Boden nach Spuren ab, doch es waren keine zu sehen. Nichtsdestotrotz würde er die Lebensmittel zukünftig außerhalb vom Lager aufhängen, um Fressfeinde möglichst draußen zu halten. Dann holte er aus dem Rucksack das Nachtsichtgerät, setzte es sich auf den Kopf, schaltete es ein und ging langsam am Zaun entlang und spähte die Umgebung aus. Es war eine sternenklare Nacht mit genügend Restlicht das vom Nachtsichtgerät wie von Zauberhand verstärkt wurde. Jedes mal wenn er das Ding benutzte war er fasziniert vom Anblick der Umgebung. Selbst nachdem sich seine Augen an die Dunkelheit gewöhnten, konnte er mit freiem Auge keine 5 Meter weit sehen. Mit dem Nachtsichtgerät hingegen konnte er bis auf circa 50 Meter Bäume, Sträucher, den Waldboden und natürlich jedes Lebewesen in deutlichen Schwarzweißbildern erkennen. Der Blick nach Süden war ihm durch den Felsen verstellt. Von Osten über Norden nach Westen ließ er seinen Blick in einer 180 Grad Panoramaschau über die Landschaft gleiten. Dabei entdeckte er eine Wildkatze, 2 Eulen, einen anderen Vogel und ein kleines Tier am Boden das er nicht genau identifizieren konnte, weil es nicht lange genug in seinem Blickfeld war. Die Tiere waren besonders faszinierend, weil ihre Körper gespenstisch leuchteten und ihn im ersten Moment als sie in sein Blickfeld kamen wie Gespenster erschienen und ihn erschreckten. Severin hatte noch nie unangenehme Erfahrungen mit nachtaktiven Tieren gemacht. Da er immer darauf achtete, dass er sein Lager nicht in unmittelbarer Nähe eines Baus oder einem anderen von Tieren reich frequentierten Platz aufschlug, ließen sie ihn immer in Ruhe. Um sich einen vollständigen Überblick von seiner Umgebung zu verschaffen, öffnete er das Tor im Zaun, ging ein paar Schritte vor den Felsen und schaute sich auf der Südseite um. Auch hier waren keine großen Tiere und keine Menschen zu sehen, was ihn sehr beruhigte. Severin ging zurück, schloss das Tor wieder und entfachte ein neues Feuer. Die Arbeit an der frischen Luft kostete Substanz und mittlerweile hatte er einen Bärenhunger. Beim Gedanken an eine gegrillte Wurst lief ihm das Wasser im Mund zusammen. Er holte seinen Proviantsack, spießte eine Wurst auf einen zugespitzten Ast und hielt sie ins Feuer bis sie schön gleichmäßig braun war. Er setzte sich auf einen Holzklotz und ließ sich die Wurst mit einem Kanten Brot schmecken. Keinem anderen Gericht hätte er den Vorzug gegeben. Am Lagerfeuer zubereitetes Essen, sofern es nicht verbrannt oder verkocht ist, war für Severin ein Hochgenuss und mit nichts vergleichbar. Nach dem Hauptgang genehmigte er sich eine Handvoll Heidelbeeren und spülte das Essen mit bestem Quellwasser hinunter. Nach dem Essen hängte er den Proviantsack wieder am selben Ort auf, weil er zu faul war ihn außerhalb des Lagers mit einer Schnur an einem Ast hochzuziehen, und so wie es aussah, war dies auch nicht notwendig. Sorgfältig richtete er den Rucksack und das Gewehr neben seinem Schlafplatz um alles sofort griffbereit zu haben. Er breitete den Schlafsack auf der Matte aus, zog die Schuhe und die Kleider aus, verstaute sie unter der Plane und schlüpfte mit der Taschenlampe in der Hand in den Schlafsack. Da er keine Vorkehrungen für eine Reise treffen musste, konnte er befreit von allem Ballast daliegen, ins Feuer schauen und eintauchen in die friedvolle, romantische Lagerstimmung ohne befürchten zu müssen, dass ihn irgend jemand entdecken und seine Nachtruhe stören würde. Was für ihn besonders wohltuend war, war die Gewissheit dass er keinen Zeitplan einhalten musste. Er konnte schlafen wann immer ihm danach war und solange er wollte. Er war ganz im Hier und Jetzt, frei von allen Verpflichtungen und nur für sich selbst verantwortlich. Severin ließ seine Gedanken vorbei ziehen und genoss sein unbeschwertes und freies Dasein als Abenteurer. Nachdem er sich ausgiebig der Muse hingegeben hatte, nahm er sich doch die Zeit um sich einigen Gedanken anzunehmen. Er wollte den kommenden Tag planen, nicht nur um seinen Aufenthalt angenehmer zu gestalten, sondern auch um Vorkehrungen für eventuelle Unannehmlichkeiten zu treffen. Als erstes würde er die ausgekühlte Asche und die verkohlten Holzreste etwa 20 Meter von seinem Schlafplatz entfernt verstreuen und in den nächsten Tagen den Kreis aus Asche und Holzkohle, mit dem er sein Revier eingrenzen wollte, vollenden. Das war jetzt sein Revier, und die Tiere sollten das wissen. Damit bei Regen das Wasser gut abfließt, würde er auf der Seite der Dachschräge einen Graben ziehen. Damit würde er sich zwar eine potenzielle Stolpergefahr errichten, doch er nahm sich fest vor nicht in den Graben zu steigen. Was

Unfälle anging, musste Severin vorsichtig sein. Hier auf Temira gab es keinerlei ärztliche Versorgung, und jede gröbere Verletzung könnte hier tödlich für ihn enden, dessen war er sich bewusst. Mit einem gebrochenen Fuß würde er hier sterben. Auch wenn er es mit einem verletzten Fuß bis zum Terminal vorne bei der Wiese schaffen könnte, den Bachlauf entlang des Flussbettes bis nachhause würde er niemals mit einem verletzten, geschweige denn mit einem gebrochenen Fuß gehen können. Also war Vorsicht angesagt, und den Graben würde er mit Ästen auffüllen um nicht zu stolpern. Auch sonst würde er einige Verbesserungen am Lager vornehmen. Mit der Säge würde er ein Stück von einem mindestens 30 cm dicken Baumstamm, die zu Genüge hier herum liegen, abschneiden um eine anständige Sitzgelegenheit zu haben. Mit Ästen würde er sich einen Tisch machen und so für ein gewisses Maß an Komfort beim Essen sorgen. Essen kochen, abwaschen, den Schlafplatz bzw. den „Abflugterminal" vorne bei der Wiese mit Pfählen markieren, die Angelschnur mit einem Köder im Meer auslegen, Muscheln sammeln und den Eingang der Bucht erkunden. Das war zwar viel Programm für den kommenden Tag, doch wäre es auch nicht weiter tragisch das eine oder andere Vorhaben auf den nächsten Tag zu verschieben, oder gar nicht zu machen. Auch diese Freiheit wollte er sich zugestehen. Keine Pläne, einfach so in den Tag hinein leben, und sollte ihm doch langweilig werden, so würde er mit Sicherheit eine Aufgabe finden. Was er jedoch unbedingt machen wollte, war herausfinden ob hinter den Bergen Menschen leben. Er würde keinesfalls davon ablassen einen Weg zur anderen Seite zu finden, entweder über die Berge oder schwimmend der Küste entlang. Bis jetzt hatte er noch keine Möglichkeit gesehen dieses Vorhaben zu realisieren, doch er hatte Temira auch noch nicht vollständig erkundet, und irgendeinen Weg musste es geben. Wobei die Tatsache, dass er kein Anzeichen menschlichen Lebens hier auf Temira entdeckt hatte, nicht unbedingt für seine Annahme sprach. Wieso nur waren hier keine Menschen? Nicht dass er sie vermisst hätte, noch nicht, doch warum lebte hier auf diesem paradiesischen Fleckchen Erde niemand? Hier war alles vorhanden was man zum Leben braucht. Hier gab es keine Dürre, keine Gesetze an die er sich halten musste, keinen Job dem er nachgehen musste um seinen Lebensunterhalt zu verdienen, keinen Leistungsdruck, keine ständige Berieselung von Negativmeldungen, kein tristes, depressives Massenbewusstsein wie bei ihm zuhause wo die Lebensumstände immer unerträglicher wurden. War er vielleicht wirklich an einem menschenfreien Ort gelandet? Severin war nicht unbedingt ein großer Menschfreund, aber der Gedanke daran, dass es hier keine Menschen gab, stimmte ihn traurig. Er war eben doch ein Mensch und als solcher, ob er es wahrhaben wollte oder nicht, auf den Umgang mit Menschen angewiesen. Das war für ihn eine bittere aber annehmbare Erkenntnis. Falls er hier keine Menschen finden sollte, würde er eben jemand von zuhause mit hier her bringen. Aber wen? Um das herauszufinden würde er noch genügend Zeit haben. Severin schlüpfte aus dem Schlafsack, legte Holz auf das ausgehende Feuer und kroch wieder in seinen Schlafsack. Schnell züngelten die Flammen hoch am neuen Holz und verschlangen es gierig, bis ein wunderschönes Lagerfeuer brannte. Das Feuer zog ihn in seinen Bann und verscheuchte seine zahlreichen Gedanken. Es dauerte nicht lange bis Severin die Augen zu fielen und einschlief.

Einige Male wachte er in der Nacht wegen einem Geräusch auf das er nicht einordnen konnte. Doch jedes Mal wenn er kurz davor war aus seinem Schlafsack zu kriechen um nachzusehen woher das Geräusch kam, wurde es still. Er verzichtete darauf mit der Taschenlampe die Gegend abzusuchen, da er ohnehin nur freie Sicht bis zum Zaun hatte und die Geräusche von weiter weg kamen. Außerdem hatte er schon oft die Erfahrung gemacht, dass die Geräusche im Wald in der Nacht nicht dieselben sind wie am Tag, weil die nachtaktiven Tiere unterwegs sind. Severin ging davon aus, dass die Tiere neugierig waren und nachsehen wollten wer sich da in ihrem Territorium breit gemacht hatte und was da vor sich ging. Solange ihm kein Tier zu nahe kam, bestand für ihn keine Notwendigkeit aktiv zu werden. Außerdem war er zu faul um aufzustehen und die Gegend abzusuchen. Dazu hätte er unnötigerweise sein behagliches Schlafgemach verlassen müssen, das er mit keinem Bett auf der Welt eingetauscht hätte. Nachdem er aufgewacht war, schlief er meistens gleich wieder ein und hatte wunderbare Träume. Er konnte sich zwar kaum mehr an die Träume erinnern als er aufwachte, doch allein die Tatsache dass er überhaupt träumte und mit einem guten Gefühl aufwachte, war für Severin ein Segen. Er liebte es zu träumen, und erst hier auf Temira wurde ihm bewusst, dass er zuhause kaum noch Träume hatte, geschweige denn dass er sich an sie erinnern konnte. Auch das war ein Grund wieso er in der Nacht nicht aufstehen wollte. Er wollte in seinen Träumen verweilen, ihnen nachspüren, sich erinnern und versuchen herauszufinden was die Träume ihm sagen wollten, herausfinden welche Botschaften sie ihm vermitteln wollten. Severin war im Alltag ein leistungsfähiger, nüchterner und erfahrener Mann der den Herausforderungen des Alltags gewachsen war, doch während der Nacht und in seiner Freizeit war er ein unverbesserlicher Träumer dem jede Abwechslung willkommen war. Als er wieder aufwachte und es schon hell war, konnte sich Severin noch genau an seinen letzten Traum erinnern. Er sah sich im Traum auf der anderen Seite der Berge, wie er eine Szene aus dem Alltagsleben der dort wohnenden Menschen beobachtete. Es war ein Dorf mit vereinzelten einfachen Holzhütten. Die Menschen die er dort sah waren mittelalterlich gekleidet. Die Frauen trugen Hauben, Röcke und Schürzen und gaben sich ihrer Hausarbeit hin. Die Kinder trugen keine Kopfbedeckung, sie tollten herum und hatten Zeit und Gelegenheit zu spielen. Männer sah er nicht viele und wenn dann waren es alte, gebrechliche Männer die irgendwelche Arbeiten verrichteten. Obwohl es hell war, wollte Severin in diesem Traum verweilen. Die Geschehnisse darin waren wie ein Film der sich sehr real vor seinen Augen abspielte, und er spielte eine Rolle in diesem Film. Was für ein wunderschönes Erlebnis konnte so ein Traum sein, und stets aufs Neue fragte er sich wie diese Träume entstehen. In diesem Fall konnte er seinen Traum noch nachvollziehen, da er am gestrigen Abend der Vorstellung nachhing, was sich wohl hinter den Bergen abspielte und dass er vorhatte die Gegend dort zu erkunden. Also hatte sein Unterbewusstsein, oder was auch immer, eine sehr reale Szenerie mit Bildern erschaffen, die er schon oft in Büchern oder Filmen gesehen hatte. Was für ein fantastischer Vorgang, dachte sich Severin. Er wollte auch nicht weiter mit seinem Verstand in dem Wie und Warum solche Träume entstehen herum stochern und damit den Träumen seinen Zauber nehmen. Durch allzu vieles Grübeln und Analysieren kann man schnell etwas Fantastisches in etwas ganz Banales verwandeln, und banale Dinge und Ereignisse gab es in Severins Leben zu Genüge. Deshalb ließ er es auch gerne zu dass Träume, Gott, Engel, Geister und dergleichen ein Teil seines Lebens waren, und sein Leben mit ihrer Existenz bereicherten. So einfach war das, Gott, sein Schutzengel, seine Geistführerin, sein Krafttier und die Geistwesen an die er glaubte, bereicherten sein Leben. Sie gaben ihm einen Sinn, waren Weggefährten, Freunde und Wohltäter. Der Glaube an diese Geistwesen entstand schon damals als er noch Familie hatte und sehr herdenkonform lebte. Der Glaube an sie entstand nicht dadurch dass er jetzt, abgesehen von seinem Job, ein zurückgezogenes Leben führte mit immer weniger werdenden menschlichen Interaktionen, sondern weil er sich dafür entschieden hatte an sie zu glauben. Weil sie ihm Hilfe und Unterstützung, Führung und Sicherheit, Freude und Unterhaltung boten, und zwar mehr als Menschen dies je tun könnten, und dafür war er sehr dankbar.

Nachdem der Traum allmählich verblasste, kroch Severin aus seinem Schlafsack um sein Tagewerk zu verrichten. Es war wieder ein wunderschöner, wolkenloser und angenehm warmer Tag, ein typisches Temirawetter, bis jetzt zumindest. Schon am Morgen war es so warm, dass ihm ein T-Shirt reichte. Es musste so um die 20 Grad haben und in der Nacht war es auch nicht wesentlich kälter. Die Temperatur war ideal um seine Vorhaben umzusetzen, und Severin liebte es wenn es nicht zu heiß und nicht zu kalt war. Was er heute vorhatte war kein Job sondern eine Arbeit die er gerne und lustvoll machte. Niemand trug ihm auf dieses oder jenes zu tun, er alleine entschied was und wann er etwas machte. Diese Freiheit tun und lassen zu können was er wollte, verleitete ihn zwar dazu sich sofort wieder hinzulegen und seinen Gedanken nachzuhängen, doch seine Vorhaben musste er umsetzen und er wollte es auch. Also zog er sich an, nahm einen Topf und füllte ihn mit der Asche und den verkohlten nicht ganz abgebrannten Ästen und verstreute sie in kleinen Haufen etwa 20 Meter entfernt rundum sein Lager. Die Asche und die verkohlten Äste reichten bei weitem nicht aus um sein Revier zu markieren doch er würde noch mehrere Feuer machen und die Markierung nach und nach vollenden. Mit Laub wischte er den Topf aus und begann mit dem Klappspaten einen Graben zu ziehen, um das Regenwasser abzuleiten. Severin grub insgesamt ungefähr einen 10 Meter langen und 30 Zentimeter breiten Graben entlang der Außenseiten der großen Plane. Um den Graben aufzufüllen sammelte er gerade Äste und legte sie im Graben aus. Diese Arbeit nahm viel Zeit in Anspruch weil er immer weiter vom Lager weg gehen musste um Äste am Boden zu finden. Als er fertig war entfachte er ein neues Feuer, stellte den Topf mit ein wenig Wasser auf die Kochstelle und schüttete Haferkleie für zwei Mahlzeiten hinein. Er nahm ein paar brennende Äste aus dem Feuer und legte sie unter den Topf der auf den drei Steinen stand. Als das Wasser zu kochen begann rührte er solange mit dem Kochlöffel um bis eine weiche Pampe entstand. Um dem garstigen Haferschleim einen besseren Geschmack zu verleihen, gab er eine Handvoll Heidelbeeren dazu. Die Haferkleiepampe gehörte nicht unbedingt zu seinen bevorzugten Mahlzeiten, doch sie stärkte ihn und machte ihn für eine Weile satt. Überhaupt musste er hier bei vielen Gerichten dem Zweck beim Kochen den Vorzug vor dem Geschmack geben und auf einiges verzichten, weil er zuhause ohnehin schon Mühe hatte all die notwendigen Sachen in seinem Rucksack zu verstauen. Den Rest der Pampe stellte er auf die Seite. Im anderen Topf brachte er noch einmal Wasser zum Kochen und machte sich einen Tee. Eine Tasse voll trank er gleich und den Rest schüttete er in seine Flasche. Jetzt bereute Severin, dass er keinen Zucker mitnahm, weil der Haferschleim und der Tee mit Zucker um einiges besser geschmeckt hätten. Nach dem Brunch machte er sich daran mit der Säge von einem in der Nähe umgestürzten Baum ein 50 Zentimeter langes Stück abzusägen, das ihm zukünftig als Stuhl dienen sollte. Mit der Klappsäge war dies ein mühsames Unterfangen, doch diese Mühe nahm er gerne auf sich weil er es nicht ausstehen konnte unbequem auf dem Boden zu sitzen. Der Baum war noch nicht faul und lieferte ihm auch die passenden Äste um sich einen Tisch zu machen und den „Abflugterminal" vorne bei der Wiese mit 4 Pflöcken zu markieren. Er schleppte das Baumaterial in seinen Kral und zimmerte notdürftig einen Tisch zusammen den er unter der Plane aufstellte. Der Tisch durfte nur nicht wackeln und er musste darauf einen Teller, eine Tasse und einen Topf stellen können damit er, wenn schon nicht immer gut, wenigstens komfortabel essen konnte. Die Tasse konnte er nicht überall auf dem Tisch abstellen da die Äste nicht alle gleich dick waren und es nicht viele ebenen Stellen auf dem Tisch gab um eine Tasse abzustellen ohne dass sie umkippte. Nach ein paar Optimierungsarbeiten war alles so wie er es haben wollte. Er hätte den Tisch und den Baumrundling der ihm als Stuhl diente lieber im Freien aufgestellt doch falls es regnen kommen sollte, würde er unter der Plane besser aufgehoben sein. Somit war der Platz unter der großen Plane mit dem Bett, mit der Feuer-und Kochstelle, dem Tisch und dem Stuhl vollständig belegt und all seine Habe war vor Regen geschützt. Der Proviantsack der draußen am Baum hing war aus Plastik und der Inhalt vor Nässe gut geschützt. Severin hatte jetzt schon ein anständiges Tagewerk vollbracht und war mit seiner Arbeit sehr zufrieden.

Mittlerweile war es schon weit über Mittag und höchste Zeit für ein kurzes Nickerchen. Er hängte seinen Schlafsack draußen über die Leine zum Auslüften, zog die kleine Plane auf der die Matte lag auf den freien Platz im Kral damit er freie Sicht auf den Himmel hatte, und legte sich mit einem Freudenseufzer auf die Matte. Völlig tiefenentspannt holte er sein Versäumnis nach und betete. Severin bedankte sich bei Mutter Erde, bei Sonne Mond und Sternen, der Luft, dem Wasser, und bei all seinen Begleiter aus der geistigen Welt für den vergangenen und den kommenden Tag. Er bedankte sich dass er genug zu essen und trinken hatte, dass er gesund, geschützt, geführt, und dass er zufrieden und glücklich war. Er hatte lange genug das Wesentliche des Lebens als selbstverständlich betrachtet, doch damit war es schon seit vielen Jahren vorbei. Er fühlte sich nicht dazu verpflichtet dem Leben Dankbarkeit und Liebe entgegen zu bringen. Es war viel mehr eine bewusste Entscheidung aus der Einsicht geboren, dass Dankbarkeit und Liebe gegenüber dem Leben dazu führen, dass sich sein Leben ausdehnte, größer, spannender, facettenreicher und liebevoller wurde. Severin hatte nach wie vor Wünsche und Bedürfnisse die nicht alle erfüllt wurden, doch der Glaube dass ihm zur rechten Zeit seine Wünsche erfüllt würden, war in ihm unerschütterlich vorhanden. Und das war nicht immer so. Viele Jahre war Severin ein kleingläubiger stets fordernder Materialist der sich immer nach etwas sehnte, aber nie wusste wonach und nie zufrieden war. Bis sich ihm die geistige Welt zunehmend offenbarte, seine leere

Seele füllte und sein stets forderndes Herz mit Frieden und Freude erfüllte. Mit diesem versöhnlichen Rückblick auf sein Leben döste Severin ein und verschlief beinahe den ganzen Nachmittag. Als er aufwachte streckte er sich und vollendete gut ausgeruht und aufgetankt mit neuer Energie seine restlichen Vorhaben. Er verstreute erneut die Asche vom längst abgebrannten Feuer, genehmigte sich ein Stück Brot mit Speck und machte sich auf in Richtung Küste. Zuvor grub er außerhalb von seinem Kral ein paar Löcher um dort nach Würmer zu suchen als Köder für die Fische. Der Waldboden war kein bevorzugter Aufenthaltsort von Würmern doch er fand 2 mittelgroße Regenwürmer und spießte sie auf den Angelhaken der an einem 10 Meter langen Silch festgemacht war. Severin war nicht oft fischen, doch die Theorie wie man einen Fisch fängt war ihm geläufig. Er packte den Spaten, 4 Pflöcke, zwei kleine Plastiksäcke, das Fernglas, eine Taschenlampe, sein Messer, den Silch mit dem Haken und die Wasserflasche in den kleinen Rucksack und marschierte zügig durch den Wald. Als er aus dem Wald trat sah er den Pfad in der Wiese und folgte ihm bis zum „Abflugterminal". Ein besserer Name fiel ihm nicht ein für den Flecken Wiese auf dem er einschlief und aufwachte und ihn von Temira nachhause beförderte. Der Abflugterminal war immer noch gut erkennbar, und so schlug er an den Ecken wo das Gras plattgedrückt war mit dem Spaten die Pflöcke in die Erde. Mit dieser Maßnahme wollte er sicherstellen, dass er diesen Platz jederzeit wieder finden würde. Dann nahm er sein Fernglas und spähte in alle Richtungen. Er hatte einen guten Überblick über die Bucht die mehr eine Lagune war. Da das Wasser so klar war, war der Meeresboden von seiner erhöhten Position aus gut zu erkennen, was bedeutete, dass der Wasserstand nicht allzu tief sein konnte und hier definitiv keine Schiffe einfahren würden. Zudem war die Lagune durchsetzt mit einzelnen Felsen in unterschiedlicher Größe und Höhe. Hier könnten lediglich kleine Motor- oder Ruderboote einfahren, doch würden sie mindestens 10 Meter vor dem Strand auf Grund laufen. Severin hatte keine Ahnung von der Schifffahrt und dem ganzen Wasserverkehrswesen, doch seiner Einschätzung nach müsste hier ein idealer Platz für Piraten sein um ihre Beute zu verstecken. Von der Seeseite war Temira nicht einsehbar, aber mit einem kleinen Boot durchaus gut erkundbar. Der Ort hier war ein ideales Versteck. Auch mit dem Fernglas konnte er nicht erkennen wo die Öffnung der Lagune auf das Meer hinaus war. Die Lagune schien vollständig von Felsen eingefasst zu sein, doch eine Öffnung musste irgendwo sein, sonst hätte es in der Lagune keinen Wellengang gegeben. Das war selbst für ihn als Landratte vollkommen logisch. Auf dem herrlich Sandstrand lagen lediglich vereinzelt herum liegendes Strandgut, das zerrissene Fischernetz, Muscheln, angespültes Seegras, einige Äste und sonst nichts. Die kleinere angrenzende Bucht mit dem Kieselstrand war von einem ins Meer ragenden Felsen abgetrennt. Der Felsen war glatt, an keiner Stelle höher als 2 Meter und wohl der schönste und chilligste Liegestuhl den Severin je gesehen hatte. Wenn man weiter ostwärts von der Wiese herunter kommt würde man übergangslos auf dem Felsen bis ins Meer laufen können, und Severin freute sich jetzt schon darauf auf dem Felsen mit seiner bequemen Matte die eine oder andere kurze Siesta abzuhalten. Severin ging hinunter zum Strand entledigte sich seiner Kleider und stürzte sich in freudiger Erwartung in das herrlich türkisblaue Meer. Am Anfang erschauderte Severin weil das Wasser kalt war, doch nach einigen kräftigen Schwimmzügen entspannte er sich und gewöhnte sich sehr schnell an die Temperatur des Wassers. Er war schon viele Jahre nicht mehr im Meer gewesen, doch er erinnerte sich wieder daran wie erfrischend und welch grandiose Glücksgefühle das Meer stets in ihm auslöste, und dieses Mal war es genauso schön wenn nicht besser. Obwohl es kaum Wellengang gab, spürte er die ungeheure Kraft des Meeres, und die Beschaffenheit des Untergrunds war genauso wie er es zuhause geträumt hatte. Der Sandstrand fiel in leichtem Gefälle ins Meer ab. Es gab keine Seeigel, Steine oder andere Hindernisse, nur kleine Muscheln und vereinzelt ein paar Büschel Seegras am Boden. Auch der Strand sah genauso aus wie er es geträumt hatte. Die Wonne die sich in ihm ausbreitete weckte in ihm einen kindlichen Übermut dem er sich uneingeschränkt hingab. Severin drehte sich auf den Rücken und ließ sich vom Wasser tragen und von den Wellen sanft auf und ab schaukeln. Es fühlte sich so an als würde sich das Wasser über seine Anwesenheit freuen und wie im Traum neckte ihn das Wasser und schwappte hin und wieder über seinen Kopf hinweg.

Mit langsamen Armbewegungen schwamm er gemächlich Richtung Westen auf den ins Meer hinaus ragenden Felsen zu. Zwischendurch drehte er sich im Wasser, tauchte entlang dem Meeresboden bis ihm die Luft ausging und fühlte sich dabei wie der reichste und glücklichste Mensch auf Gottes Erden. Die Sonne stand schon weit im Westen und in den nächsten zwei Stunden würde es dunkel werden. Severin ließ seine Uhr, die erneut stehen geblieben war, im Rucksack und versuchte seinem Gespür für die Zeit zu vertrauen. Er wollte seine Sinne schärfen und im Einklang mit der Natur und den Elementen seinen kurzen Urlaub so intensiv wie möglich genießen. Nach wie vor war keine einzige Wolke am Himmel zu sehen und die Temperatur war immer noch angenehm warm. Mit der Zeit fühlte sich das Wasser immer wärmer an und am liebsten hätte er noch stundenlang im Meer herum getollt. Sein Kind im Manne wurde immer lebendiger, und um nichts in der Welt wollte er seinem inneren Kind die Freude nehmen sich zu entfalten und unbeschwert in den Tag hinein zu leben. Doch dazu würden sich ihm im Laufe der Woche noch viele Gelegenheiten bieten. Severin legte einen Zahn zu beim Schwimmen und stieß schon bald auf den Felsen der im Westen ins Meer hinaus ragte und die Lagune begrenzte. Eine Zeit lang war Severin verwirrt weil die Realität und sein Traum identisch waren. Im Traum stieß er beim Schwimmen ebenfalls auf den Felsen und überhaupt spielte sich sein Strand- und Meerausflug genauso ab wie im Traum. Die Wunder hörten also nicht auf und nach wie vor fand Severin keine Erklärung dafür, was ihn nicht weiter störte. Entlang dem Felsen pflügte er mit weit ausholenden Schritten und vorgebeugtem Oberkörper durch das Wasser zurück zum Strand und holte bei seinen Habseligkeiten den Angelsilch mit dem Wurm am Haken. Als er den Felsen erreicht hatte ging er vorsichtig an der Felsflanke entlang bis an die Stelle wo der Fels ins Meer mündete. Die Beschaffenheit des Felsens war rauh aber nicht scharfkantig, an manchen Stellen glatt aber nicht rutschig sodass er ohne große Mühe gut vorwärts kam, obwohl er im Adamskostüm war und in einer Hand den Angelsilch hielt. Am Ende des Felsens band er den Silch um einen Felsvorsprung, rollte ihn aus und warf ihn ins Meer. Da er in der Lagune keine Fische gesehen hatte, dachte er sich, dass seine Chancen einen Fisch zu fangen an dieser Stelle erheblich größer sein würden. An dieser Seite zum offenen Meer hinaus gab es soweit er sehen konnte keinen Strand. Das Meer war so tief dass er den Meeresboden nicht mehr sehen konnte. Hier am Ende des Felsens der sich bananenförmig nach Osten erstreckte befand sich die Öffnung zur Lagune. Der gegenüber liegende Felsen der die Lagune eingrenzte bog sich in ungefähr gleichem Radius von Osten nach Westen und endete höchstens 10 Meter weit entfernt genau gegenüber von seinem Standpunkt. Zwischen dieser Öffnung konnte er die Ausläufer der beiden Felsen sehen die sich fast berührten und bei Ebbe mit Sicherheit aus dem Meer ragen würden. Zumindest nahm Severin an dass Flut war, weil er am Strand im Sand keine Wasserlinie erkennen konnte.

Die der Öffnung in der Lagune vorgelagerten Felsen verhinderten von Süden her eine freie Sicht auf den Strand. Somit war dieses Rätsel gelöst wieso es in der Lagune einen Wellengang gab. Richtung Osten war ihm die Sicht durch den Felsen versperrt und nach Westen sah er nur einen langen Felsen der steil ins Meer abfiel. Falls er keinen Weg über die Berge auf die andere Seite finden sollte, müsste er wohl auf dieser Seite entlang Richtung Westen schwimmen, was ihm nicht sehr geheuer war. Der Felsen könnte sich kilometerlang Richtung Westen erstrecken ohne eine Möglichkeit an Land zu gehen. Severin nahm sich vor morgen eine ausgedehnte Expedition zu machen um sowohl auf der Ostseite als auch hier auf der Westseite die Möglichkeiten auszukundschaften irgendwie hinter die Berge ins Landesinnere vorzustoßen. Diese Feststellung war nicht unbedingt das was er sich erwartet hatte, doch zu einem richtigen Abenteuer gehörten Herausforderungen, und diese war definitiv eine nicht zu unterschätzende Herausforderung die ihn nicht sonderlich zuversichtlich stimmte. Aber wer weiß, vielleicht würde sich ihm ein Weg auf die andere Seite über Land erschließen, dann könnte er auf die Wasserexpedition verzichten, deren Ausgang höchst ungewiss wenn nicht gar lebensgefährlich sein könnte. Seine dilettantische Angelausrüstung ließ er hängen wo sie war, vielleicht würde ja bis morgen ein Fisch anbeißen. Severin ging vorsichtig entlang dem Felsen zurück zum Strand und musste erneut feststellen, dass es auch hier auf der Westseite keine Möglichkeit gab über den Felsen, der mehr ein kompaktes Bergmassiv war, auf das dahinter liegende Land zu gelangen. Ein guter Kletterer hätte diese Aufgabe mit Sicherheit bewerkstelligen können, doch Severin gehörte eher zu der Kategorie „gWmbK“, guter Wanderer mit bescheidenen Kletterkenntnissen. Er wollte sich jedoch durch diese trüben Aussichten nicht die Freude verderben lassen, und so schlenderte er ausgelassen und splitternackt spielerisch den Wellen ausweichend zurück zu seinem Rucksack. Er nahm einen kleinen Plastiksack heraus und suchte nach Muscheln die in ausreichender Menge vorhanden waren. Die Suchaktion entlang dem Strand im kniehohen Wasser war eine Freude ganz besonderer Art. Severin hatte zwar schon Muscheln gegessen und er mochte sie auch, doch selbst hatte er noch nie essbare Muscheln gesammelt. Kurz ging ihm der Gedanke durch den Kopf, dass er darauf verzichten sollte falls die Muscheln giftig wären. Doch die Muscheln die hier halb im Sand vergraben herum lagen, ähnelten denen die er bis jetzt gegessen hatte und so setzte er unbekümmert die Muschelsuche fort und erfreute sich daran wie ein kleines Kind. Es war fast so wie Pilze sammeln. Mein Gott, wie lange war das schon her, dass er im Wald nach Pilzen suchte und dabei alles um sich herum vergaß, alle Sorgen von ihm abfielen und ganz im Hier und Jetzt aufging. Der Vergleich passte, nur dass sich beim Gedanken ans Pilze sammeln eine Wehmut in sein Gemüt drängte, die er sofort wieder verdrängte. Hier auf Temira hatte Severin keine Lust Trübsal zu blasen und der Vergangenheit nachzutrauern. Als er genug Muscheln gesammelt hatte, nahm er seine Kleidung und stopfte sie bis auf die Schuhe in den Rucksack. Er nahm ein paar Schlucke Tee aus der Flasche, zog den Rucksack an, band die Schuhe an den Schnürsenkel zusammen und hängte sie über die Schultern. Er bedankte sich bei Mutter Erde und beim Meer für die unbeschreiblichen Wonnen die er genossen hatte und für das Essen, und schlenderte mit frohem Herzen über die Wiese zurück zu seinem Lager. Beim Gehen spürte er nach wie es sich anfühlte barfuß auf dem Sand und auf dem Felsen zu gehen was ohnehin schon ein purer Genuss war, doch als er jetzt das saftig grüne Gras unter seinen Fußsohlen spürte, jubelte sein ganzer Körper. Ein Wohlgenuss der für ihn als Kind und als Jugendlicher nichts Besonderes war und den er sich als Erwachsener völlig versagte. Schon seltsam wie sich manche Dinge in seinem Leben veränderten. Um nicht gedanklich abzudriften lenkte Severin seine Aufmerksamkeit wieder auf das Gras das für ihn ein weiteres Wunder war, dessen Bedeutung sich ihm auf geradezu magische Art offenbarte. Es fühlte sich so frisch, zart, weich und belebend an auf dem Gras zu gehen, dass er es fast bedauerte als er in den Wald kam und sich der Boden abrupt änderte. Nicht dass es unangenehm gewesen wäre barfuß auf dem Waldboden zu laufen, doch die Beschaffenheit des Bodens forderte seine Aufmerksamkeit ungleich mehr als auf dem Gras zu laufen. Er musste aufpassen dass er nicht auf Steine, Äste oder in ein Loch stand und sich dabei verletzte. Hier im Wald musste er einen Gang zurück schalten, und so konnte er auch hier auf dem Waldboden das Barfußlaufen genießen. Noch bevor er das Lager erreichte wurde ihm bewusst, dass er sich wohl zu ausgiebig dem genüsslichen Barfußlaufen hingegeben hatte. Das Gehen auf dem Sand, dem Felsen, dem Gras und auf dem Waldboden hatte seine Fußsohlen gereizt und schmerzten mittlerweile mehr als dass sie sich der vergangenen Wonnen erfreuten. Wie hätte es auch anders sein sollen? Severin lief so gut wie nie barfuß und das heute war einfach der Wonnen zu viel gewesen. Eigentlich wollte er noch zu den Wasserläufen gehen um sich zu waschen, doch dazu hatte er nun keine Lust mehr. Er zog die Kleider, die Socken und die Schuhe an, was seine Schmerzen vorübergehend deutlich linderte. Als er sich auf seinen Stuhl setzte und sich den Haferbrei mit viel Einbildungskraft schmecken ließ, spürte er ein ziehen auf der Haut das ihm durchaus bekannt vorkam. Offensichtlich galt auch hier auf Temira das Gesetz der Polarität. Wo viel Sonne ist, gibt es auch viel Schatten. In seinem Fall war es kein Schatten sondern Schmerzen. Severin hatte sich einen Sonnenbrand eingefangen, obwohl er eine vollständige Sonnenschutzausrüstung nach Temira mitschleppte. Dass er diese unbenützt ließ, würde er die nächsten Tage bitter büßen müssen, das war ihm jetzt schon klar. Severin ärgerte sich über sein Versäumnis und seine Gedankenlosigkeit. Umso mehr als das Ziehen auf seiner Haut allmählich zu einem Brennen wurde, für das er kein Mittel zur Verfügung hatte um die Schmerzen zu lindern. Wieso hätte er auch ein Mittel gegen Sonnenbrand mitnehmen sollen, hatte er doch alles dabei um einen solchen zu verhindern. Diesen Fauxpas positiv zu sehen war schlichtweg nicht möglich. Wenn es Winter gewesen wäre dann hätte sein gegrillter Körper ihn warm gehalten, doch im Sommer konnte er beim besten Willen nichts Positives an einem Sonnenbrand finden. So musste sich wohl ein Brite nach seinem ersten Urlaubstag in einer warmen Gegend nach einem sonnigen Tag fühlen. Krebsrot am ganzen Körper weil er ja so an intensive Sonnenbestrahlung gewöhnt war, und dazu noch von jedermann belächelt wurde. Wenigstens dieser Schmach musste er sich hier zum Glück nicht aussetzen. Doch vor allem anderen Ungemach, den zunehmenden Schmerzen beim Stehen, Sitzen und Liegen, die abschälende Haut, das unerotische Blassrosa der neuen Haut, der ständige Aufenthalt im Schatten und das zukünftige paranoide sich Schützen vor jeglichen Sonnenstrahlen würde Severin nicht verschont bleiben. Das Essen passte genau zur Stimmung, Haferschleim und Sonnenbrand, toll. Viel schlimmer wäre ein wirklich gutes Essen und Sonnenbrand, das hätte er unmöglich genießen können, und somit hatte er den einzigen positiven Aspekt seines dämlichen Fehlers gefunden.Gleichzeitig zu der einkehrenden Dunkelheit nahmen auch seine Schmerzen am ganzen Körper zu. Sein Verdruss wurde immer größer, und es kam sogar soweit dass er Stimmen von Menschen hörte die ihn ermahnten dass er trinken muss, „du musst viel trinken", „du musst Wasser trinken". Wäre einer von denen hier gewesen, hätte er ihn oder sie erschossen. Er trank, viel sogar, doch das hatte zur Folge, dass er sich vom Lager entfernen musste um zu pinkeln. Mittlerweile halfen auch die Socken und die Schuhe nicht mehr gegen die ebenfalls zunehmenden Schmerzen an seinen Fußsohlen, so dass ihm jeder Schritt Schmerzen bereitete. „Du musst trinken“! Er flehte Gott an diese Stimmen aus seinem geplagten weich gekochten Hirn zu verscheuchen. Die Gedanken an seine restlichen Urlaubstage hatten sich innerhalb kürzester Zeit dramatisch ins Gegenteil verkehrt. Anstatt ausgelassener, erwartungsvoller Abenteuerstimmung standen ihm mindestens 2 vielleicht auch 3 qualvolle Tage bevor, und das in seiner Urlaubswoche auf die er sich so sehr gefreut hatte und die so genial begonnen hatte. Selbst das Sitzen bereitete ihm Schmerzen weil auch sein Hintern zu viel Sonne abbekommen hatte. Da er so gut wie nie, eigentlich gar nie, nackt in der Sonne herum sprang, war sein Hintern nicht an intensive Sonnenbestrahlung gewöhnt. Fehlte nur noch, dass auch sein bestes Stück einen Sonnenbrand abbekommen hatte, doch vorher beim Pinkeln war sein Freund schmerzfrei und Severin hoffte inständig dass dies so bleiben würde. Egal welche Position er einnahm, ob Stehen, Sitzen oder Liegen, die Schmerzen waren allgegenwärtig und keine Position war besser als die andere. Mittlerweile war es dunkel und ihm graute vor einer höchst wahrscheinlich schlaflosen unendlich langen Nacht. Wie ein Hohn vernahm Severin das dumpfe Grollen und Donnern das unzweifelhaft und glaubwürdig ein Gewitter ankündigte. Noch war das Donnergrollen weit weg, doch er war sich sicher, dass bei seinem momentanen Lauf das Gewitter auch ihn treffen würde. Die aufzuckenden Blitze erzeugten einen Stroboskopeffekt wie ein Blitzlicht in einer Disco, und die Donnerschläge kamen unaufhaltsam näher und wurden immer lauter. Das lange Bergmassiv warf die Schallwellen zurück und verstärkten das Krachen des Donners und der Blitze, sodass Severin glaubte er sei in einem Kriegsgebiet. Allmählich fielen auch die ersten Tropfen, worauf er schnell einige längere Äste aus dem das Lager eingrenzenden Astzaun zog um die 5 Meter lange Plane zu unterstützen. Jetzt war sich Severin zu 100 Prozent sicher, dass sich seine Prophezeiung erfüllen würde. Er kontrollierte ob er wirklich alles unter Dach gebracht hatte, und wartete auf den Regen und darauf ob sein Lager wind- und wetterfest war. Er musste nicht lange darauf warten bis ein kräftiger Windstoß unter die Plane fuhr und sie kräftig durchschüttelte. Sollten die Ösen ausreißen würde sie wie ein Spielzeugdrachen weggerissen werden. Der Regen prasselte immer stärker auf die Plane und kam einmal von oben dann wieder von der Seite. Durch die Plane wurde das Geräusch des Regens verstärkt und es klang in seinen Ohren als ob es hageln würde. Seine Idee vor dem großen Felsen sein Lager aufzubauen war gut, weil ihm der Felsen Schutz bot vor dem heranstürmenden Gewitter, doch die Plane hätte er oben auf dem Felsen auf ganzer Länge mit Steinen beschweren müssen, weil der Wind der an Heftigkeit zunahm unter die Plane fuhr und jeden Moment die Gefahr bestand, dass er bald schon obdachlos sein würde. Severin nahm die kleine Plane und legte alle seine Habseligkeiten die vor Regen geschützt werden mussten in die Mitte der Plane. Er selbst kauerte sich ebenfalls darauf, nahm die zwei außen liegenden Enden der Plane in die Hände und zog sie sich über den Kopf. Durch den Felsen war er vor dem von Süden heranstürmenden Orkan geschützt und so wie die große Plane flatterte würde es nur eine Frage der Zeit sein bis sie weggerissen würde. Severin blieb nichts anders übrig als sich in sein Schicksal zu fügen. Zum Glück bestand nicht die Gefahr von einem umstürzenden Baum erschlagen zu werden, weil der Wald an dieser Stelle sehr licht war und der aus Süden heranfegende Sturm keine Möglichkeit hatte Bäume umzuknicken die ihm gefährlich werden konnten. Gefährlicher wäre es gewesen wenn der Sturm aus einer anderen Richtung gekommen wäre. Aus jeder anderen Richtung hätten ihm mehrere Bäume auf den Kopf fallen können. Gott sei Dank war dem nicht so. Bevor er das Gewitter kauernd unter der Plane würde aussitzen müssen, entledigte er sich seiner Kleider, und trat hinaus in den heranpeitschenden Regen. Nun war er im wahrsten Sinne des Wortes den Elementen ausgesetzt und erhielt als Zugabe ein sehr spezielles Hilfsmittel gegen seinen schmerzenden Sonnenbrand mit dem er eigentlich nicht gerechnet hatte. Der Regen verschaffte seiner verbrannten Haut augenblicklich Linderung. Severin spürte die ungeheure Kraft des Windes dem er kaum widerstehen konnte und die unglaublichen Wassermassen die den ganzen Waldboden in kürzester Zeit in einen Morast verwandelten. Er machte sich zunehmend Sorgen über die Unmengen von

Wasser die wie aus Kübeln vom Himmel fielen. Die Weide oberhalb des Waldes würde das viele Wasser schon sehr bald nicht mehr aufnehmen können und falls es sich aufstauen sollte, würde er vom Element Wasser mehr abbekommen als ihm lieb war. Sollte dieses Szenario Realität werden, würde er einfach die Plane schnappen und sich vor den Felsen kauern. Keine Wasserfluten und kein Orkan würden diesen Felsen auch nur einen Zentimeter verschieben, dessen war er sich sicher. Da er nun das Worst-Case-Sezenario und den Notfallplan im Kopf durchgespielt hatte, konnte er sich befreit von allen Sorgen uneingeschränkt dem Scheißwetter, dem er sich kraftvoll entgegen stellte, hingeben. Er hatte die Wahl was er aus der Situation machen sollte. Entweder sah er sie als eine Katastrophe die er unter der Plane aussitzen musste, oder aber als eine Naturgewalt der er sich bewusst aussetzte um die gewaltigen Kräfte die auf ihn einwirkten ansatzweise zu absorbieren. Severin entschied sich für die zweite Variante, und da die Temperatur immer noch gut aushaltbar war, spürte er wie sich eine unbändige Kraft in ihm ausbreitete. Die Schmerzen an seinen Fußsohlen versuchte er zu ignorieren, schließlich hatte er schon jahrelang keinen richtigen Regen mehr erlebt. Mit seitwärts ausgestreckten Händen drehte er sich im Kreis, dann blieb er stehen und stellte sich dem fauchenden Orkan mit vorgebeugtem Oberkörper entgegen und fühlte sich dabei unverwundbar und unzerstörbar. Bis zu dem Moment als ein Blitz ganz in der Nähe mit einem ohrenbetäubendem Krachen in einen kaum 10 Meter entfernten Baum einschlug. Das Spektakel fand unmittelbar vor seinem Blickfeld statt und erschütterte sein Selbstvertrauen und seine Kraft augenblicklich. Wie ein kleiner Feigling raste er hinüber zur Plane und zog beide Enden der Plane fest über seinen Kopf. Es ging sehr schnell dass er sich klein und unbedeutend fühlte und aus der Not heraus die letzte ihm zur Verfügung stehende Variante wählte. Inbrünstig flehte er Gott an er möge den außer Kontrolle geratenen Elementen Einhalt gebieten, ihn beschützen und ihn dieses katastrophale Scheißwetter überleben lassen. Mit einem lauten Knall riss die große Plane, auf der Seite die am Felsen festgemacht war, ab und hing jetzt über dem dicken Seil das dem Sturm noch standhalten konnte. Der Orkan peitschte auf die Plane ein die geräuschvoll Richtung Norden flatterte, aber immer noch auf dem Seil hing. Noch nie war Severin so unmittelbar und brutal den Elementen ausgesetzt gewesen. Er bekam eine Überdosis Regen, Luft, matschige Erde und im schlimmsten Fall Feuer in Form eines Blitzes ab, dann hätte er nicht nur einen Sonnen- sondern auch einen Blitzbrand den er wahrscheinlich nicht überleben würde. Es machte auch keinen Sinn wegzulaufen in der Hoffnung dass ihn der Blitz nicht erwischen würde. Der Blitz könnte ihn nämlich überall erwischen, weil es nach wie vor rundum ihn herum donnerte, knarrte, krachte, rauschte, toste, heulte und blitzte. Sollte er diesen Ausbruch der Hölle überleben, würde er wieder nachhause gehen, in sein geschütztes kleines aber feines Heim, demütig seiner Arbeit nachgehen und bis ans Ende seiner Tage dankbar für sein wunderschönes Leben sein.

Veränderungen in seinem Leben hatte er sich zwar gewünscht aber nicht dass er auf Temira in einem Unwetter sterben würde. Unwetter dieser Art kannte er höchstens von Berichten aus den Medien, und nun war er selbst mittendrin und bangte um sein Leben. Severin war ganz flau im Magen, die Schmerzen spürte er längst nicht mehr weil er viel zu sehr damit beschäftigt war ans Überleben zu denken. Die Elemente waren im Aufruhr und als er dachte es könne nicht mehr schlimmer kommen hörte er starr vor Schrecken wie am Bergmassiv donnernd eine Mure abging. Er war zwar bestimmt mehr als zweihundert Meter weit vom Berg entfernt, doch er hatte selber schon gesehen wie weit Muren sich ausbreiten können und auf ihrem Weg alles niederreißen das ihnen im Weg steht. Severin war vor Angst wie gelähmt. Der Unheil verkündende Murenabgang dauerte eine gefühlte Ewigkeit und das markerschütternde Grollen kam immer näher. Mit aller Geistesgegenwart und Kraft die er noch aufbringen konnte, wehrte er sich gegen seine Panik, packte die Plane an allen vier Ecken, warf sie sich über die Schultern und versuchte auf die andere Seite des Felsens zu gelangen. Auf der windgeschützten Seite des Felsens kam er gut voran, doch als er um die Ecke bog riss ihn der wütende Orkan beinahe von den Füßen. Mit aller Kraft stemmte er sich in gebückter Haltung mit dem schweren Packen auf dem Rücken gegen die erbarmungslose Naturgewalt. Auf dieser Seite des Felsens bekam er die volle Wucht des Orkans ab und schon sehr bald bereute er seine Entscheidung den geschützten Platz auf der

Nordseite verlassen zu haben. Immer mehr Äste und Laub türmten sich dort wo er stand vor dem Felsen auf. Mit einer Hand hielt er den Packen fest und mit der anderen zog er mehrere Äste aus dem Haufen bis eine Lücke frei wurde. Er kauerte sich direkt am Felsen auf den Boden und steckte seinen Kopf unter schräg am Felsen liegende Äste von denen er sich Schutz vor herum fliegenden Geschossen aller Art erhoffte. Unerschütterlich hielt er die Plane an allen 4 Enden fest über seinem Kopf damit sie ihm Schutz bot und um seine Habseligkeiten vor Nässe zu schützen. Äste in allen Größen wurden vom Orkan an den Felsen geschleudert und einige fielen auf ihn herab. Manche trafen ihn mit voller Wucht und ließen ihn vor Schmerz aufheulen. Spätestens jetzt war ihm bewusst, dass er sich freiwillig vom Regen in die Traufe begeben hatte und fing an bitterlich zu weinen. Alles schmerzte ihn, sein Körper, sein Herz und seine Seele. Er grämte und bedauerte sich nicht nur wegen seines zerschundenen Körpers der immer mehr Schläge abbekam von herum fliegendem Zeug, weitaus schlimmer fühlte sich sein seelischer Schmerz an. Sein ganzes Glaubensgebilde stürzte in sich zusammen und hinterließ ein Chaos, Sinnlosigkeit, Schmerzen, Resignation und bittere Enttäuschung in seinem Inneren. Eine verheerende Einsicht breitete sich in ihm aus, dass er aus purem Zufall auf die Erde geworfen wurde und nichts und niemand, weder in der realen Welt der Erscheinungen noch in der von ihm kreierten Geisterwelt mit Gott, Jesus, den Engeln, den Geistern der Elemente und dergleichen, sich auch nur einen Deut um ihn scherten. Jahrelang hatte er an sich gearbeitet bis sein Glaube allmählich zu einem stabilen Wertmaßstab, seinem inneren Zuhause gefüllt mit Liebe, Wärme und Dankbarkeit wurde. Jetzt lag alles in Trümmer und Severin fühlte sich elend, verraten und gedemütigt. Er hatte nie an das Naturgesetz „Das Überleben des Stärkeren“ geglaubt, weil Gott und Konsorten darin keine Rolle spielen, was für ihn eine langweilige, uninteressante und sinnlose Lebensmaxime war, weil es immer einen Stärkeren, einen Besseren gibt. Doch ausgerechnet jetzt drang ihm dieses Naturgesetz völlig unerwartet in sein Bewusstsein, obwohl rund um ihn herum die Hölle ausbrach und sich austobte. Das Überleben des Stärkeren!? Der Gedanke an dieses Naturgesetz machte ihn wütend, packte ihn am Schopf und zog ihn aus dem Sumpf seines jämmerlichen Selbstmitleids und schürte seinen Zorn gegen seine verräterischen, machtlosen und falschen Geisterfreunde. Voller Wut schrie Severin seine Anklage gegen dieses Pack in das Tosen das ihn von allen Seiten umgab. „Wieso lässt ihr mich im Stich. Gott, du und deinesgleichen und das ganze falsche Geisterpack, wieso habt ihr mir was vorgemacht, wieso habt ihr mich in den Himmel gehoben, nur um mich danach wieder wie ein unbedeutendes Nichts in den Dreck zu werfen? Ich scheiße auf deine unergründlichen Wege. Ihr könnt mich alle zusammen mal am Arsch lecken. Ich habe euch Respekt, Wertschätzung, Dankbarkeit und Liebe entgegen gebracht, dir Wind du verdammter Höllenhund, dir Wasser du launenhaftes Luder, dir Feuer du hinterhältiger

Bastard und dir Erde du blöde Kuh. Euch alle habe ich verehrt ...". Severin brachte den Satz nicht mehr fertig, seine Wut war verraucht, seine Kraft versiegt und die Hölle hörte und hörte nicht auf zu wüten und zu toben. Kaum hatte er seine klägliche Schimpftirade beendet, hörte er das Grollen der nächsten Mure die Unheil verkündend nieder ging. Severin hatte keine Kraft mehr sich an die Hoffnung zu klammern und weinte bittere Tränen. Im Angesicht seines bevorstehenden Todes warf er sich vor, dass er den geschützten Platz hinter dem Felsen verlassen hatte, und er dachte an seine Kinder.

Wie blöd er war die windgeschützte Seite des Felsens zu verlassen um sich dieser Tortur auszusetzten. Noch während seiner sinnlosen Selbstvorwürfe begann es zu hageln. Hagelkörner so groß wie Taubeneier trommelten erbarmungslos auf ihn nieder und als ob die heran fliegenden Äste noch nicht genug wären, erwischten ihn unzählige Hagelkörner an den Füßen und an den Händen mit denen er die Plane festhielt. Erneut stöhnte er vor Schmerzen auf und krümmte sich noch mehr zusammen um unter seinem Packen Schutz zu finden. Manche Hagelkörner prallten jedoch an Ästen ab und trafen ihn, wenn auch nicht mit voller Wucht aber dennoch sehr schmerzhaft am ganzen Körper. Severin schloss seine Augen und konnte mittlerweile an nichts und niemanden mehr denken. Sein Körper schaltete auf Überlebensmodus, seine Gedanken verstummten und seine Tränen versiegten. Wie ein Häufchen Elend kauerte er auf dem Boden zwischen den aufgetürmten Ästen unter der Plane die immer schwerer wurde und ihn in die aufgeweichte Erde drückte. Dass die Hagelkörner inzwischen so groß wie Tischtennisbälle wurden und die Luft erfüllt war mit lebensbedrohlichem Lärm vom niedergehenden Hagelschauer, vom tosenden Orkan, dem Ächzen und Krachen der Bäume und abgerissenen Äste, dem Flattern der Plane und dem dumpfen Grollen der Muren registrierte Severin gar nicht mehr. Er hatte auch nicht mehr die Kraft die Plane festzuhalten. Völlig entkräftet ließ er sie los und fiel mit dem Gesicht auf den matschigen Boden. Severin lag nun in einer bedauernswerten Embryohaltung blutend, dreckig und mehr tot als lebendig am Boden. Sein ganzes System kam zum Erliegen was ihn davor bewahrte bewusst dem Schrecken dieser Horrornacht ausgeliefert zu sein.

Als Severin wieder zu sich kam war es taghell, friedlich und ruhig. Er war nicht in der Lage sich zu bewegen, sein ganzer Körper fühlte sich klamm, verletzt, kalt und kraftlos an. Einzig die Augen konnte er öffnen und sah direkt vor sich und durch einige Lücken zwischen dem aufgetürmten Ast- und Laubhaufen nur weißen Waldboden. Der Hagel hatte den ganzen Boden mit weißen Eiskugeln bedeckt. Wie es schien hatte die Hölle ihre Pforten wieder geschlossen, nachdem sie sich gründlich ausgekotzt hatte.

Sein Gehirn produzierte allmählich wieder Gedanken die wirr und chaotisch durch seinen Kopf stolperten. Severin hätte nicht sagen können wie lange er in dieser Position im Dreck gelegen hatte. Der Intensität der Sonnenstrahlen nach mussten es aber mehrere Stunden gewesen sein und er wunderte sich, dass er überhaupt noch lebte. Ganz langsam und vorsichtig versuchte er seine Extremitäten zu bewegen. Seine Zehen, die Füße, die Finger und seine Arme, alle seine Gliedmaßen reagierten auf seine Befehle und bewegten sich. Mit der Bewegung kehrten aber auch die Schmerzen zurück und ließen ihn in seinen Bewegungsversuchen innehalten, worauf sein ganzer Körper heftig zu Zittern begann. Es war nicht nur die Kälte der Hagelkörner die ihn erzittern ließen. Es war auch sein Bewusstsein das allmählich wieder die Kontrolle über seinen Körper über sein Denken und Fühlen übernahm. Seine Lebensgeister erwachten aus ihrer Starre und verliehen ihm neue Kraft um aus dem Asthaufen heraus zu kriechen. Als er sich daraus befreit hatte drehte er sich am Boden liegend auf den Rücken und sah an sich herab um seinen Körper auf Verletzungen zu untersuchen. Immer noch zitterte er am ganzen Körper, seine Füße waren auf allen Seiten übersäht mit roten Dellen und kleinen Wunden die zum Glück nicht mehr bluteten. Die Hagelkörner und die Äste die von allen Seiten auf ihn einschlugen hatten auch seine Rippen, seine Hände und Arme, sein Gesäß und seine linke Schläfe erwischt. Doch nach sorgfältiger Begutachtung seines Körpers stellte er fest, dass er sich keine gröberen Verletzungen zugezogen hatte. Unter Aufbringung seines Willens und all seiner Kraft stand Severin auf und erinnerte sich wieder wie er sich nackt dem Sturm entgegen stellte und nicht mehr dazu kam sich anzuziehen. Langsam drehte er sich um seine Achse und sah die Verwüstungen die der Orkan angerichtet hatte. Obwohl die Kraft der Sonne die Hagelkörner schmelzen ließ, war der ganze Waldboden so weit er sehen konnte wie in einer surrealen Winterlandschaft weiß bedeckt. Die umgeknickten, abgebrochenen und auch entwurzelten Bäume und die überall herum liegenden großen Äste die vom Hagel nicht bedeckt wurden, ragten geisterhaft aus diesem weißen Eisteppich. Viele Bäume lehnten an anderen Bäumen und wurden dadurch am Umfallen gehindert. Die meisten Bäume die noch standen waren arg zerzaust oder völlig kahl wie nach einem Waldbrand. Die Plane die er nicht mehr halten konnte lag mit den anderen Sachen verstreut in dem Astgewirr das sich am Felsen auftürmte.

Severin ging vorsichtig ein paar Schritte um nachzusehen wie es in seinem Lager auf der anderen Seite des Felsens aussah. Das erste was ihm sofort ins Auge stach, war die ca. 10 Meter breite Mure die eine ebenso breite Schneise im Wald hinterließ und sich bis 2 Meter vor seinen mühsam errichteten Zaun, von dem nicht mehr viel übrig war, geschoben hatte. Aus der Oberfläche der Mure ragten unterschiedlich lange Baumwipfel in alle Richtungen. Alle Bäume die der Mure im Weg waren konnten dem enormen Druck nicht standhalten und wurden samt der Wurzel weggefegt. Dennoch wäre Severin nichts passiert wenn er auf dieser Seite geblieben wäre, doch er erkannte auch, dass seine Instinkte gut funktionierten und er trotz allem richtig gehandelt hatte. Dieser Gedanke war tröstlich obwohl der Anblick dieser Gerölllawine ehrfurchtgebietend war und die Mure einen verheerenden Schaden anrichtete. Das Geröll lag an manchen Stellen bis zu zwei Meter hoch auf der ganzen Länge bis zum Berg und hätte ihn für alle Zeiten konserviert wenn er auf dieser Seite geblieben wäre und die Mure sich ein paar Meter weiter vorgeschoben hätte. Der Tisch und die Sachen die er darunter stellte waren so wie es aussah unversehrt. Das Werkzeug, die zusammen gefaltete Schlafmatte die er mit zwei Tischbeinen beschwerte und das Gewehr in der wasserdichten Tasche lagen noch unter dem Tisch, das Besteck, die Töpfe, die Schnorchelausrüstung und alles andere was er nicht in der Plane verstaut hatte wurden vom Sturm weggefegt, obwohl dies die windgeschützte Seite des Felsens war. Vom Sack mit dem Proviant hingen nur noch die Haltegriffe am Baum. Die große Plane hing wie ein Laken über dem starken Seil. Die meisten Ösen waren zwar überall ausgerissen vor allem diejenigen mit denen er die Plane am Felsen festgemacht hatte, doch ansonsten war die Plane unversehrt, da sie dem Sturm keine große Angriffsfläche bot. Es fiel ihm wieder ein wie die Plane geräuschvoll im Sturm herum flatterte und mit einstimmte in das abscheuliche Getöse der vergangenen Nacht. Er stellte den umgefallenen Stuhl auf und setzte sich auf seinen schmerzenden Hintern um über das Vorgefallene nachzudenken. Als erstes bekam er endlich eine Antwort auf seine Frage wieso hier niemand lebte, wobei der Orkan der sich in der vergangenen Nacht hier auf Temira austobte eine Ausnahme war, sonst hätte er irgendwo Spuren früherer Verwüstungen gesehen. Dennoch war dies ein trügerischer Ort der schnell zu einer Falle werden konnte. Davon abgesehen war sein Proviant weg und manche seiner Sachen würde er wohl nie wieder finden. Severin wusste noch genau was er sich während des Orkans vorgenommen hatte. Sollte er diese Hölle überleben würde er nachhause gehen. Er hatte sie überlebt, und nun saß er da ohne gröbere Verletzungen, die Sonne schien und sein Lebensmut und die Lebensfreude kehrten zurück und ließen ihn in seinem Vorhaben wanken. Noch so ein Orkan würde er wahrscheinlich nicht überleben, doch dafür könnte man Vorkehrungen treffen, abgesehen davon könnte ihn der Tod überall aufsuchen, auch innerhalb seiner gemütlichen 4 Wände zuhause. Die Entscheidung ob er hier auf Temira bleiben oder nach Hause zurückkehren sollte würde er auf später verschieben. Das wollte er auch davon abhängig machen ob er hier etwas zu essen finden würde. Eine Option wäre natürlich auch nachhause zu reisen und neuen Proviant holen. Severin musste sich also nicht entscheiden zwischen entweder oder. Er hatte mehrere Wahlmöglichkeiten, und das gab ihm zusätzlich Auftrieb um einen neuen Anfang auf Temira zu machen. Gestärkt mit neuer Zuversicht und Energie stand er auf, bewegte sich ganz vorsichtig weil ihn immer noch die Fußsohlen schmerzten, schob mit den Füßen die Hagelkörner weg um nicht auszurutschen und ging langsam wieder zurück auf die andere Seite des Felsens. Zaghaft und unter großen Schmerzen zog er die Äste weg um an seine Habseligkeiten zu kommen. Er wollte endlich wieder Kleider und vor allem die Schuhe anziehen. Die Äste hatten sich fest ineinander verhakt und Severin musste mehr oder weniger den ganzen Haufen auseinander nehmen um an seine Sachen zu kommen. Die Anstrengung kostete Energie und es war nicht sicher ob er auch den Proviant wieder finden würde. Im Notfall könnte er aber jederzeit nachhause gehen, fliegen, reisen oder was eigentlich? Severin entschied sich für reisen, weil sich reisen für ihn einfach besser anhörte.

Die kleine Plane war nur an manchen Stellen eingerissen und hatte ein paar Löcher doch sie würde ihm auch weiterhin gute Dienste erweisen. Der Sack mit den Kleidern war völlig zerrissen und die Kleider lagen verstreut, dreckig und nass zwischen den Ästen. Severin tadelte sich weil er nicht daran dachte einen wasserdichten und reißfesten Aufbewahrungssack anzuschaffen, dann hätte er sich diese Arbeit sparen können. Vorsichtig zog er seinen Schlafsack und die Kleider Stück für Stück aus dem Astgewirr und legte sie auf die Plane. Auf den ersten Blick war alles vorhanden und ganz. Severin zog die nassen Schuhe an nachdem er sie vom ärgsten Schmutz gereinigt hatte, und fühlte sich wieder ansatzweise wie ein kultivierter Mensch. Er nahm die Plane an allen 4 Ecken, warf sie sich über die Schultern und ging auf die andere Seite des Felsens wo sein Rucksack unversehrt am Rande des Felsens stand. Die Regenhülle des Rucksacks erfüllte seinen Dienst was ihn erneut ärgerte da der Inhalt des Rucksacks der mit einer Regenhülle vor der Nässe gut geschützt war, vollkommen trocken und ganz war.

Die großen Hagelkörner konnten dem Rucksack und dem darin befindlichen Inhalt nichts anhaben, und das Nachtsichtgerät, das Fernglas, die Lampen und das andere Zeug waren unversehrt. Immerhin, dachte sich Severin und nahm seine Toilettensachen aus dem Rucksack und legte sie in die Plane. Immer noch vorsichtig gehend stakste er wie ein Storch über den verhagelten Waldboden in Richtung der Wasserläufe oben bei der Weide. Die Sonne nahm an Kraft zu und die Hagelkörner wurden immer kleiner und weniger. Als Severin aus dem Wald trat stieß er schon bald auf einen kleinen Bach der am Waldrand entlang Richtung Osten floss. Das Wasser darin war bräunlich vom Schlamm das er mit sich führte doch für Severin war das Wasser sauber genug um seinen Durst zu löschen. Dann wusch er seine dreckigen Sachen und am Schluss sich selbst an einer Stelle wo das Wasser klarer war. Beim Trinken des braunen Wassers dachte er nicht daran dass er davon Durchfall bekommen könnte, sondern stellte sich vor, dass er gutes Wasser mit vielen gesunden Mineralstoffen zu sich nahm. Dann ging er zu dem großen Heidelbeerfeld und bediente sich an den wenigen Beeren die noch an den Sträuchern hingen und vom Hagel verschont blieben. Nachdem er sich einigermaßen gestärkt hatte ging er wieder zurück zum Lager und hielt dabei am Rande der Mure angestrengt Ausschau nach seinen fort gewehten Sachen. Das einzige was er fand waren zwei Energieriegel die er sich gut für den Rest des Tages einteilen wollte. Im Lager zog er sich Hemd und Hose an, entfernte eine Schnur von der großen

Plane und spannte sie zwischen zwei kleinen Bäumen die arg zerzaust aber immer noch gut verwurzelt da standen. Auf die gespannte Schnur hing er seine nassen Sachen zum Trocknen auf und leerte den Inhalt des Rucksackes auf die kleine Plane. Jede Bewegung schmerzte ihn, doch er nahm sich vor die Zähne zusammen zu beißen und das Beste aus seiner Lage zu machen. Seine Gedankenlosigkeit am gestrigen Tag war ihm eine Lehre. Er zog den Sonnenhut an, setzte sich die Sonnenbrille auf, hängte sich das Fernglas um den Hals, nahm den Rucksack auf die Schultern, und machte sich auf um die Gegend bis zum Gebirge weiträumig nach seinen Habseligkeiten abzusuchen. Gut geschützt vor der trügerischen und intensiven Sonnenbestrahlung suchte er systematisch den Waldboden ab, auf dem sich der weiße Hagelteppich zusehends auflöste. Nicht weit vom Lager entfernt zwischen einem Asthaufen fand er die Plastikflasche mit dem Öl. Der Waldboden war übersät von Ästen, Laub, Tannenzapfen und umgestürzten Bäumen. Ohne es zu wollen erreichte er die Stelle im Wald wo er bei seinem ersten Aufenthalt auf Temira die vielen Buchäcker sah und mit denen er sich nun, zwischen den noch übrig gebliebenen Hagelkörner herum wühlend, in mühevoller Kleinarbeit seine Hosensäcke vollstopfte. Während des Sammelns aß er so viel von den Nüssen dass er satt wurde und dadurch immer besser zu Kräften kam.

Auf seiner ausgedehnten Suche fand er seine Wasserflasche, das die Sonnenstrahlen reflektierende Besteck, den Faltkanister, den eingeschweißten Speck, seine komplette Schnorchelausrüstung, einen Kochtopf und einige herum liegende aufgeweichte Nudeln die er Stück für Stück einsammelte bis er genügend beisammen hatte um sich eine Mahlzeit zu kochen. Die Blechtasse und die Dosenwurst hätte er niemals gefunden wenn das Blech die Sonnenstrahlen nicht reflektiert hätte. Somit war seine Ausrüstung bis auf einen Topf und einige Lebensmittel wieder vollständig. Bei seiner mehrere Stunden dauernden Suche hörte und sah er kein einziges Tier, was wahrscheinlich daran lag, dass er voll und ganz auf die Suche nach seinen Habseligkeiten konzentriert war. Vielleicht lag es auch daran dass die Tiere die selben oder ähnliche Qualen durchstehen mussten wie er, und sich nun neu orientieren und sich von dem Sturm erholen mussten. Auf seinem ausgedehnten Streifzug ging er auch am Fuße des Gebirgszuges entlang wo er mehrere kleine und größere Muren überqueren musste. Bei jeder abgegangenen Mure suchte er die Berghänge mit dem Fernglas ab ob ein begehbarer Weg über die Berge entstanden war, doch Severin konnte nichts dergleichen entdecken. Für einen oder gar mehrere Überquerungsversuche über das Gebirge auf die andere Seite würde er Energie brauchen, doch seine Lebensmittelvorräte sehr beschränkt. Als er die Weide unterhalb des Gebirges von Norden Richtung Westen überquert hatte, gelangte er wieder in den Wald und fand überall dieselben Spuren der Verwüstung vor. Von seinen Habseligkeiten war ihm schon lange nichts mehr unter die Augen gekommen da er in die Richtung ging von wo der Orkan kam. Da er diese Seite des Gebirges noch nicht ausgekundschaftet hatte konzentrierte er sich nicht mehr auf die Suche nach herum liegenden Ausrüstungsgenständen sondern darauf einen möglichen Weg über das Gebirge zu finden. Die Suche war allerdings vergeblich, und so überquerte er enttäuscht die zerzauste Wiese, dessen Gras vom Hagel platt gedrückt wurde und auf der keine einzige Blume mehr zu sehen war, bis er die herrlich türkis schimmernde Lagune erreichte. Er nahm seinen Rucksack ab und ging vorsichtig am Felsen entlang zu der Stelle wo er gestern den Angelsilch mit dem Köder auswarf und am Felsen festmachte. Erstaunlicherweise hing der Silch noch da, und noch erstaunlicher war es, dass ein circa 30 Zentimeter langer Fisch am Haken hing der sich kaum mehr wehrte als er ihn mit der Angelschnur an Land zog. Severin war entzückt und freute sich über die Maßen über seinen Fang, obgleich er nicht wusste ob der Fisch genießbar sein würde. Er nahm den Fisch und erlöste ihn durch einen Schlag auf eine Felskante von seinem kräfteraubenden Überlebenskampf. Mit dem Messer schlitzte er den Fisch auf, entfernte den Haken der tief im Schlund des Fisches festsaß, entnahm seine Eingeweide und schnitt mit dem Messer ein Stück Fleisch und ein Stück der Schwanzflosse ab und spießte sie auf den Haken den er wieder zurück ins Meer warf. Severin wagte kaum zu hoffen, dass ihm erneut das Angelglück hold sein würde, vor allem nicht mit dieser dilettantischen Fischerausrüstung und seinen unzulänglichen Fischerkenntnissen. Doch angesichts der vergangenen Vorfälle hatten sich die Erwartungen gekehrt. Severin wusste eindeutig mehr darüber wie man ein Lager errichtet als übers Fischen, und nun hatte er einen Fisch gefangen und sein Lager war zerstört. Das Leben war doch immer für eine Überraschung gut, und nichts schien in seinem Leben sicher zu sein.

Die Sonne stand hoch am Himmel und längst schon waren alle Hagelkörner geschmolzen. Das Meer kräuselte sich friedlich in sanften Wellen. Die Lagune war mit ihrem türkisblauen Wasser ein wunderschöner Anblick. Noch nie in seinem Leben, weder im Fernseher noch in einer Zeitschrift, hatte er so etwas Schönes gesehen. Von der Stelle aus an der er sich befand, hatte er freie Sicht auf das unendlich große silbern glitzernde Meer. Severin empfand bei diesem Anblick Demut und eine tiefe Ergriffenheit die ihm Achtung und Respekt vor der gewaltigen und einzigartigen Schönheit der Natur abforderte. Sogar die Liebe konnte er wieder empfinden, obwohl er in der Nacht windelweich geprügelt und fast gestorben wäre. Unterschiedlicher hätte sich ihm die Natur innerhalb kürzester Zeit gar nicht zeigen können. Seit er hier auf Temira war fühlte sich Severin zuerst wie im Himmel, wurde kurz darauf in die Hölle hinab gestoßen und in ebenso kurzer Zeit wieder in den Himmel erhoben. Diese Abfolge von absolut gegensätzlichen Ereignissen, Gedanken und Gefühlen einzuordnen und zu verarbeiten war sehr schwer für Severin. Sich dem Leben wieder hinzugeben und zu vertrauen würde ihm wohl nicht so schnell gelingen, falls er überhaupt jemals wieder Vertrauen ins Leben und in die Elemente finden sollte. Die Natur und das

Leben allgemein würde sich niemals seinem Willen beugen und seinen Wünschen entsprechen. Aber er wollte auch nicht daran glauben, dass das Leben nur aus Zufällen besteht denen er schutzlos ausgeliefert war. Auch wenn er in der Nacht Gott und die Elemente beleidigte und im Inneren verstoßen hatte, so wollte er sich doch nicht völlig von ihnen lossagen. Vielmehr war er gewillt, angesichts all der vielen Schönheiten um ihn herum, Gott und all den Geistwesen an die er glaubte zu verzeihen und sie bitten sich seiner wieder anzunehmen. An Zufälle wollte er nicht glauben, weil er darin keinen Sinn fand und dies höchst wahrscheinlich auch nie tun würde. Die ganze Bilderbuchatmosphäre in der er sich befand erfüllte ihn mit Frieden, Freude und Liebe. Der Zorn und die Enttäuschung über sein erlittenes Ungemach waren vergeben, aber nicht vergessen. Ein kleines Hühnchen würde er noch rupfen müssen mit Gott und seinen Gesellen, aber nicht hier in dieser idyllischen, liebreizenden Gegend wo er gerade wieder in den Himmel erhoben und von seiner Seelenpein befreit wurde.

Mit dem Fisch in der Hand und dem Rucksack auf dem Buckel ging Severin über den Felsen zurück bis er den Strand erreichte. Er entledigte sich all seiner Sachen, rannte über den Sandstrand, machte einige lange Schritte im Wasser und tauchte voller Elan und Begeisterung ein in das herrliche Meer das ihm am Tag zuvor unbeschreibliche Wonnen beschied. Als er aus dem Salzwasser auftauchte blieb er abrupt mit schmerzverzerrtem Gesicht im hüfthohen Wasser stehen und fühlte sich als ob er verbrennen würde. Seine offenen Wunden, Blessuren und vor allem sein Sonnenbrand reagierten auf das Salzwasser höchst empfindlich und sandten an sein Gehirn erneut Schmerzensappelle die vom Gehirn sofort erhört wurden. Unwillkürlich spannte Severin seinen Körper an und watete so schnell er konnte durch das Wasser, das sich wie Salzsäure auf der Haut anfühlte, zurück an den Strand. Ohne sich abzutrocknen zog er seine Kleider an um sich vor der intensiven Sonnenbestrahlung zu schütten. Die Kleider klebten an seinem Körper und fühlten sich an als hätte er sich mit Schleifpapier eingewickelt. Dennoch war ihm bewusst, dass sie auch das Salz auf seiner Haut konservieren würden welches ein altbekanntes Hausmittel gegen allerlei Gebrechen ist. Falls dies ein Irrglaube sein sollte, den er angenommen hatte, würde er nachher wenn er an die Wasserläufe bei der Weide gelangte mit dem inzwischen hoffentlich sauberen Wasser das Salz abwaschen und seine Verletzungen an der Luft ausheilen lassen. Severin nahm den Rucksack auf den er nur mit dem Bauchgurt fest machen konnte weil die Trageriemen ihn zu sehr an der Schulter schmerzten, und wanderte am Strand entlang auf dem allerlei Unrat lag. Da der Strand viel größer war als die letzten Male und die Wasserlinie im Sand gut zu sehen war, wusste er dass Ebbe herrschte, was ein glücklicher Umstand war, da die tosende See manch brauchbares Zeug an Land spülte. Da er die am Vortag gesammelten Muscheln in seinem Lager nicht mehr finden konnte, sammelte er erneut so viele geschlossenen Muscheln ein dass sie für eine ausgiebige

Mahlzeit reichten. Nachdem er ein Außenfach des Rucksackes mit den frischen Muscheln füllte, schaute er sich am Strand um was er von dem angespülten Unrat gebrauchen könnte. Das zerrissene feinmaschige Fischernetz lag immer noch am Strand und nach genauerer Begutachtung befand er es für noch brauchbar und legte es zusammen mit drei krummen, verzogenen und abgebrochenen Brettern auf die Wiese oberhalb vom Strand. Ein blauer 20 Liter Kanister mit Resten einer ihm unbekannten Flüssigkeit darin, ein etwa 5 Meter langes Tau, eine gut 3 Quadratmeter große Plastikfolie und einen zerrissenen Fetzen Segeltuch legte er ebenfalls zu den anderen Sachen auf die Wiese. Falls erneut ein Sturm aufkommen sollte, würde das Zeug Richtung Lager geweht. Sollte der Wind jedoch von Norden kommen, würde das gesammelte Treibgut zurück ins Meer geweht werden, was ihm jedoch egal war. Severin wunderte sich wie das ganze Zeug durch die enge Öffnung der Lagune den Weg hier her fand. Obwohl er das Zeug wahrscheinlich nie brauchen würde, fand er Gefallen an der vermeintlichen Schatzsuche. Er kam sich vor wie Robinson Crusoe, ausgesetzt auf einem unberührten, wunderschönen Flecken Erde weit weg von jeglicher Zivilisation. Genauso wie Crusoe würde er sich hier ein Zuhause schaffen zumal er, im Gegensatz zu Crusoe, die Möglichkeit hatte jederzeit seine selbst gewählte Isolation zu verlassen. In der Nacht hatte er sich zwar vorgenommen nachhause zurückzukehren doch er fand wieder zunehmend Gefallen an dem Gedanken sich auf Temira sesshaft zu machen.

Da Severin zunehmend durstiger wurde, brach er seine Schatzsuche ab und ging oberhalb des Strandes auf der Wiese weiter Richtung Osten. Auf dem Kiesstrand lag ebenfalls Treibgut doch da er auf den ersten Blick nichts Brauchbares entdecken konnte, entschied er sich weiter zu gehen und den Kiesstrand am nächsten Tag zu inspizieren. Bevor er jedoch weiter ging labte er sich noch einmal an dem atemberaubenden Ausblick auf die Lagune und auf das unendlich weite Meer das ihn seine Schmerzen vergessen ließ und sein Inneres mit erhabenen und wunderschönen Gefühlen ausfüllte. Als er sich an dem einzigartigen Naturwunder satt gesehen hatte, ging er mit federnden Schritten gut gelaunt und voller Zuversicht weiter Richtung Osten. Auf diesem Abschnitt von Temira war er bis jetzt noch nie gewesen, und anders wie auf der Westseite endete der breite Waldstreifen nicht in einem Gebirgshang sondern schob sich bis zur Küste vor. Überraschenderweise wurde plötzlich ein dritter Strand sichtbar. Nachdem er das Felsmassiv das den Kiesstrand begrenzt passiert hatte, entdeckte er hinter dem Felsmassiv den Sandstrand, der ihm bis jetzt verborgen blieb. So wie es aussah hatte Severin nun 3 Strände zur Verfügung die allesamt einen wunderschönen Blick auf die Lagune boten. Auch an diesem Strand lag Treibgut herum, doch da keine Flaschenpost oder gar ein Boot dabei war, würde er auch diesen Strand an einem anderen Tag genauer inspizieren. Genauso wie der Strand im Westen wurde auch dieser Strand vom halbkreisförmigen Gebirgszug der Temira vom Hinterland abschnitt abgegrenzt. Severin durchstreifte den Wald der an dieser Seite um einiges schmaler war, und stieß am Ende des Waldes auf einen Bach der das Wasser von den Bergen und von der Weide direkt ins Meer transportierte. Severin wunderte sich wieso er den Bach nicht schon vorher gesehen hatte als er an den Wasserläufen badete und daraus getrunken hatte, doch das war viel weiter Richtung Westen. Wahrscheinlich führte der Bach auf seinem kurzen Bachlauf nur jetzt so viel Wasser weil es in der Nacht unglaubliche Massen an Niederschlag gegeben hatte. Auf jeden Fall fand er nun eine Erklärung dafür wie das Wasser von den Bergen auf der Weide entwässert wurde. Der Bach führte immer noch braunes Wasser mit sich, doch angesichts der Tatsache dass Severin vom Wasser das er am Morgen getrunken hatte keinen Durchfall bekam und auch nicht kotzen musste, stillte er an Ort und Stelle ausgiebig seinen Durst und füllte die Wasserflasche und den Faltkanister mit Wasser. Er entledigte sich seiner Kleider, wusch die Salzrückstände aus seinen Kleidern und wusch anschließend sich selbst mit einem frisch gewaschenen Socken den er sich über die Hand stülpte. Dann packte er die nassen Sachen in seinen Rucksack und ging nackt durch die vom vielen Regen sumpfig gewordene Weide zurück Richtung Lager. Auf dem Rückweg stellte Severin fest, dass auch auf diesem Abschnitt von Temira Muren unterschiedlicher Größe abgegangen waren, sodass er mehrmals den Muren entweder ausweichen oder über sie drüber klettern musste. Severin hatte Hunger und beschleunigte seine Schritte. Da er ohnehin nicht mehr daran glaubte dass er eine Route über die Berge auf die andere Seite finden würde, hätte er beinahe eine Schneise übersehen, die sich bis hinauf zu einem Bergsattel keilförmig ausdehnte. Severin nahm den Rucksack ab, holte das Fernglas raus und untersuchte die Schneise genauer. Auf dem ganzen Bergmassiv waren Schneisen zu sehen, doch diese eine erstreckte sich vom Fuße des Berges bis weit hinauf unter einen Bergsattel. Die abgegangene Mure hinterließ eine steile Rampe und bildete so eine komfortable Aufstiegsmöglichkeit, zumindest für die ersten 20 Meter. Von dort wo die aufgeschüttete Geröllhalde endete, wand sich die Schneise im Zickzack hinauf zum Bergsattel. Mit dem Fernglas konnte er bis auf wenige Stellen genau erkennen, ob er an der Schneise hinauf klettern könnte. Seiner ersten Einschätzung nach wäre es definitiv möglich. Nach ausgiebiger Betrachtung sah er in dieser Schneise die einzige Möglichkeit nach oben zu kommen. Augenblicklich bereute Severin dass er nie gelernt hatte mit Seil und Haken zu klettern. Bei seinen vielen Wanderungen abseits der Wanderwege hatte er des Öftern klettern müssen, und genau zweimal kam er in eine Situation in der er an einem Felsen hing und weder hinauf noch hinunter weiter klettern konnte. Mit zittrigen Füßen rührte er sich nicht vom Fleck und musste sich aus Angst vor einem Absturz fast übergeben. Beide Male musste er lange am Felsen ausharren bis das nähmaschinenartige Zittern der Füße endlich aufhörte und er sich so weit beruhigte, dass er es schaffte am Felsen wieder hinunter zu klettern. Ohne Schutzengel hätte Severin diese Situationen nicht überlebt, dessen war er sich immer bewusst, und so verzichtete er darauf sein Schicksal weiter herauszufordern. Seitdem hatte er nie wieder versucht einen Felshang zu besteigen bei dem er nicht hundert prozentig sicher war, dass er es schaffen würde daran hoch- und wieder herunterzuklettern. Bei dieser Schneise bestand ebenfalls die Gefahr, dass er festsitzen und nicht mehr weiter klettern könnte. Ein Sturz aus großer Höhe würde tödliche Folgen haben oder im günstigsten Fall eine schwere Verletzung nach sich ziehen. Beide Varianten waren eine schreckliche Vorstellung die Severin schnell wieder aus seinem Bewusstsein verdrängte. Dennoch würde er höchste Vorsicht walten lassen müssen um hier an dieser Stelle hoch zu klettern. Vielleicht wäre es auch eine Option nachhause zu reisen und einen Kletterer fragen ob er mit ihm hier her kommt und ihm dabei hilft auf den Berg rauf und auf der anderen Seite runter zu klettern. Das war nämlich das nächste Problem, auf der anderen Seite wieder hinunter zu klettern, was meistens gefährlicher ist als hinauf zu klettern. Einen Kletterer anzuheuern wollte er als allerletzte Option stehen lassen und vorerst davon absehen. Die Gedanken rasten in seinem Kopf hin und her, und kaum dass er ein Problem überdachte, stürmte die nächste Herausforderung auf ihn ein, obwohl er gerade erst einem Orkan ausgesetzt war und beinahe drauf gegangen wäre. Aber Severin war im Fieber. Je öfter er mit dem Fernglas an der Schneise hoch sah, umso zuversichtlicher wurde er, dass er es schaffen könnte alleine ohne Seil und Haken hinauf zu klettern. Sollte er in den

Kehren, deren Beschaffenheit er auch mit dem Fernglas nicht sehen konnte, wirklich nicht mehr weiter kommen, so würde er wieder rückwärts nach unten steigen. Der Anstieg war zwar steil, doch die Mure hatte viel Gestein mit sich gerissen und so eine akzeptable Aufstiegsmöglichkeit geschaffen. Zudem hatte der Hagel lockeres Gestein gelöst und der heftige Regen hatte die Schneise gut ausgewaschen. Als Severin zu dieser Einsicht kam musste er lachen, weil es ohne den heftigen Orkan wahrscheinlich gar nie zu einem Murenabgang gekommen wäre, der ihm nun eine Möglichkeit offenbarte auf die andere Seite zu gelangen. Aber warum eigentlich wollte er so unbedingt auf die andere Seite, fragte er sich. Wieso sollte er sich der Gefahr aussetzen beim Klettern abzustürzen, oder wenn er es auf dem Seeweg versuchen würde, die Gefahr in Kauf zu nehmen im Meer zu ersaufen? Welche Zivilisation könnte es Wert sein diese Gefahren einzugehen? Mit diesen Fragen im Hinterkopf ging Severin weiter in Richtung der Wasserläufe wo er hoffte gegenüber im Wald noch ein paar Heidelbeeren zu finden. Auf dem Weg zurück sah er, dass die ganze Weide von unterschiedlich breiten Gräben durchzogen war, die alle Wasser führten und in den Bach mündeten der wiederum ins Meer mündete.

Als Severin an der Stelle ankam die er „die Wasserläufe“ nannte, bog er links in den Wald hinein und zupfte gierig Heidelbeeren von den Sträuchern. Erfreut stellte er fest, dass er auch die nächsten Tage trotz des Hagels noch genügend Beeren finden würde um sich ausgewogen zu ernähren. Was dem ganzen die Krone aufsetzte war, dass er inmitten der vielen Heidelbeerstauden den zweiten Kochtopf und den verbeulten aber vollen Pack Tomatensauce wiederfand. Hoch erfreut über seinen unerwarteten Fund schlenderte er zurück zum Lager, zog die inzwischen trockenen Kleider an, band den Faltkanister an einen Baum, wusch sich die Füße, trocknete sie mit einem T-Shirt ab und zog frische Socken und seine Crocs an. Mit den frischen Kleidern am Laib fühlte sich Severin wie ein neuer Mensch.

Er zog die Matte unter dem Tisch hervor und versuchte ein wenig zu schlafen, was ihm nicht so recht gelang. Sein bevorstehendes Unterfangen, in der Schneise entlang auf den Bergkamm zu klettern, bedurfte der ausführlichen Planung. Gleichzeitig wollte er sein Lager wieder aufbauen, was sich allerdings mit dem Plan das Gebirge zu überqueren nicht vereinbaren ließ. Auf die Expedition würde er das lange Seil mitnehmen das er jedoch brauchte um die große Plane darüber zu hängen, um erneut einen vor Regen geschützten Unterstand zu errichten. Wobei sich Severin bewusst war, dass die Plane im Falle eines Sturms erneut weggefegt würde. Abgesehen davon war er hier auf Urlaub und nicht um sich waghalsige und unnötige Aufgaben aufzubürden und sich abzurackern. Seine Gedanken ließen ihn nicht zur Ruhe kommen, und da er nicht einschlafen konnte obwohl er sich innerlich ausgezehrt und müde fühlte, stand er wieder auf um sich eine Mahlzeit zu kochen. Das viele Wasser war im Waldboden schnell versickert und die Sonne hatte während des

Tages viel Oberflächenwasser verdunstet. Dadurch war der Boden nicht mehr so matschig, was die Zubereitung des Essens um vieles angenehmer gestaltete. Die Anzündhilfen waren im Rucksack trocken geblieben und Brennholz hatte er nun in Hülle und Fülle zur Verfügung. Beim Anzünden entstand durch das noch feuchte Holz eine riesige Rauchwolke. Der Rauch brannte ihn in den Augen, doch das Feuer breitete sich schnell aus, wurde immer stärker und gieriger und verdampfte das Wasser im Holz in kürzester Zeit. Obgleich es sehr warm war, genoss Severin das fröhliche Spiel der Flammen das ihn in seinen Bann zog und seine aufbegehrenden und unsortierten Gedanken zum Schweigen brachte. Severin nahm einige brennende Holzstücke, legte sie zwischen die drei Steine, stellte einen Topf darauf, füllte ihn halbvoll mit Wasser und als es kochte warf er die aufgeweichten Nudeln hinein. Den zweiten Topf füllte er ebenfalls halbvoll mit Wasser und stellte ihn in das große Feuer. Als das Wasser kochte gab er die Muscheln hinein und rührte sie mit einem Holzstecken um. Als sich die Muscheln öffneten, nahm er das Besteck und hob den heißen Topf aus dem Feuer und stellte ihn beiseite. Da die Nudeln schon mehrere Stunden aufgeweicht waren, brauchten sie nicht lange bis sie gar waren. Nachdem die Töpfe abgekühlt waren, schüttete er das Wasser ab und leerte die Muscheln in den Topf mit den Nudeln und stellte ihn auf den Tisch. Die Muscheln ließen sich gut aus der Schale puhlen und schmeckten einigermaßen gut. Die Nudeln jedoch schmeckten fade und waren ohne Biss. Das braune

Wasser das er dazu trank tat sein übriges dazu, dass ihm sein Essen wie eine Sträflingsmahlzeit vorkam. Da ihm die Gewürze abhanden gekommen waren, stellte er sich vor, dass er eine ausgefeilte Diätkost zu sich nahm, die ihm gut tun würde. Seine Einbildungskraft half ihm dabei die schlichte Mahlzeit mit wenigstens ein bisschen Genuss und Freude zu sich zu nehmen, außerdem würde sie ihn eine Weile satt machen. Nachdem er sein Mahl beendet hatte, nahm sich Severin vor, beim nächsten Mal Salzwasser aus dem Meer zum Kochen zu verwenden und die öde, langweilige Diätkost wieder abzusetzen. Nach dem Abwasch stellte er die Töpfe an den Felsen und entdeckte dabei verärgert den Pack mit der Tomatensauce, die seiner Mahlzeit eindeutig mehr Geschmack verliehen hätte. Das Essen hier auf Temira war bisher keine vergnügliche Angelegenheit, eher eine Notwendigkeit um seinen Hunger zu stillen. Den Fisch würde er am Abend grillen und ihm hoffentlich mehr Genuss bescheiden als seine bisherigen Mahlzeiten. Doch immerhin wurde er satt und so legte er sich erneut auf die bequeme Matte und schlief sofort ein. Mitten in der Nacht wachte er nach einem tiefen, erholsamen und traumlosen Schlaf auf, bereit die kommenden Aufgaben erneut zu überdenken. Bevor er sich jedoch daran machte Pläne zu schmieden, wurde ihm bewusst, dass er keinerlei Vorkehrungen für einen erneuten Sturm getroffen hatte. Außerdem drang ihm eindeutig ein Fischgeruch in die Nase. Es dauerte eine Weile bis sich Severin an den Fisch erinnerte den er gefangen hatte. Er hatte zwar keinen Hunger, doch er wollte auf keinen Fall den ersten Fisch den er seit Jahrzehnten gefangen hatte verderben lassen. Also nahm er die Taschenlampe aus seinem Hosensack, entzündete ein neues Feuer und steckte den säuberlich abgeschuppten Fisch auf einen langen Spieß. Mit einem armdicken Holzprügel zerdrückte er einige Buchäcker, röstete sie in einem Topf mit etwas Öl kurz an und zerrieb sie erneut, bis eine ölhaltige Paste entstand die er auf der Innenseite des Fisches gleichmäßig verteilte. Als das Feuer aufhörte zu qualmen, rollte er den Holzrundling der ihm als Stuhl diente in die Nähe des Feuers, setzte sich darauf und hielt den Spieß mit dem Fisch über die Flammen. Zwischendurch legte er den Spieß auf die Seite und warf kleine Tannenzweige in das Feuer. Unmittelbar nachdem die Tannennadeln zischend verbrannten, hielt er den Fisch wieder über die Flammen, und wiederholte diese Prozedur einige Male. Als die Haut gleichmäßig braun und knusprig war, streifte er den Fisch vom Spieß in den Topf, wälzte ihn in der restlichen öligen Buchäckerpaste und erhitzte den Fisch auf beiden Seiten noch einmal kurz über dem Feuer. Dann setzte er sich mit dem herrlich duftenden Fisch an den Tisch und verspeiste ihn genüsslich im romantischen Lichtschein des Feuers. Severin war nie ein begeisterter Fischesser und noch nie hatte er die Haut eines Fisches gegessen, doch diese war ein Gaumenschmaus sonders gleichen. Die Aromen des brennenden Holzes und der Tannennadeln verliehen der Haut einen herb würzigen Geschmack der ideal mit dem zart weichen Fischgeschmack kombinierte und seine Lust und Gier nach mehr, viel mehr entfachten. Das Fleisch stach er mit der Gabel vorsichtig in kleinen Stücken ab und untersuchte es auf Gräten. Da der Fisch keine Gräten hatte, konnte er uneingeschränkt und hingebungsvoll seine Mahlzeit genießen. Als er den ersten Bissen Fleisch in den Mund nahm schloss Severin die Augen und konzentrierte sich langsam kauend auf den außergewöhnlichen Geschmack des Fisches. Ohne Übertreiben war dies der beste Fisch den er je gegessen hatte, und keine Beilage und kein Gewürz, außer vielleicht ein bisschen Salz, hätte den Geschmack verbessern können. Nach der Haferpampe und dem tristen Nudelgericht war dies ein Gericht für Könige. Severin war sehr stolz auf seine kreative Kochmethode mit der er irgendwann seine nächsten Verwandten beglücken würde. Die Gedanken an die Menschen zuhause die er mochte drangen ungewollt in sein Bewusstsein. Es fehlte ihm seine Freuden mit irgendjemand zu teilen, und genau deshalb musste er auf die andere Seite der Berge gelangen. Er war nicht nur neugierig darauf was sich auf der anderen Seite abspielte, er wollte auch Unterhaltung, Gefährten, Interaktion mit Menschen, sich mit jemand austauschen und natürlich erhoffte er sich auch einen Hinweis darauf zu bekommen wo er sich befand. Dass ihm diese Bedürfnisse so unmittelbar bewusst wurden wunderte ihn, weil er zuhause eigentlich kaum das Bedürfnis hatte sich mit Menschen zu treffen. Zuhause war er auch oft alleine, doch das hier auf Temira war noch einmal eine ganz andere Dimension des Alleinseins. Er war noch nicht lange hier, doch allein die Tatsache dass er das einzige menschliche Wesen auf Temira war, machte ihn ein wenig melancholisch. Doch das hatte auch sein Gutes, weil er sich zuhause leichter dafür entscheiden könnte jemanden zu finden der mit ihm hier her reisen würde. Und dass es zuhause genügend Leute gab die ohne zu zögern mit ihm mitgehen würden, davon war er fest überzeugt. Bis es soweit war, musste er das Beste aus seiner Situation machen, und nach diesem wunderbaren und einzigartigen Gaumenschmaus fiel es ihm leicht diesen Vorsatz umzusetzen. Doch was sollte das Beste sein? Seine Schmerzen wurden ganz eindeutig weniger, seine Haut juckte ihn am ganzen Körper, doch das war ein gutes Zeichen dafür, dass sich seine von der Sonne verbrannte Haut regenerierte. Die Fußsohlen schmerzten noch ein bisschen, doch um auf den Berg zu klettern musste er völlig schmerzfrei sein. Severin entschied sich dazu die Expedition auf die andere Seite solange zu verschieben, bis er wieder 100 prozentig leistungsfähig sein würde. Für den kommenden Tag nahm er sich vor nach dem Aufwachen einen neuen Unterstand zu bauen, das Lager in Ordnung bringen, das Geschirr abzuwaschen, seine Essensvorräte aufzustocken und viel Zeit am Strand im Schatten zu verbringen und sich auszukurieren. Diese Vorhaben umzusetzen würde einige Zeit in Anspruch nehmen, doch davor scheute er sich nicht, im Gegenteil, Severin freute sich eine Aufgabe zu haben und sie auszuführen. Zufrieden mit sich selbst breitete die kleine Plane am Boden aus, legte die Matte darauf und kuschelte sich in den trockenen Schlafsack. Mit hinter dem Kopf verschränkten Armen lag er in seinem warmen Nest und ließ den Tag Revue passieren. Es war viel passiert, ganz eindeutig. Von allem hatte er bis zu Genüge abgekommen. Die Empfindungen seines Körpers, seine Gedanken und Gefühle hätten unterschiedlicher nicht sein können, und auch hier auf Temira blieb er nicht davon verschont ständig Entscheidungen treffen zu müssen. Alle oder zumindest fast alle Aspekte seines Daseins hatten zwei Seiten. Sollte er hier auf Temira bleiben und einer ungewissen Zukunft entgegen sehen, oder sollte er nachhause gehen und sein vermeintlich sicheres und ihm bekanntes Leben weiterführen wie bisher? Gewiss, er hatte die Möglichkeit zwischen Temira und seinem Zuhause in Vorarlberg hin und her zu reisen, doch früher oder später würde er sich für eine der beiden Möglichkeiten entscheiden müssen. Severin hatte keine Ahnung worauf sich dieses Wissen begründete, doch er spürte es tief in seinem Inneren, dass der Tag kommen würde, an dem er sich für Temira oder Vorarlberg würde entscheiden müssen. Er wusste jedoch nicht ob dieser Tag in einer Woche in einem Monat oder erst in ein paar Jahren kommen würde. Um an diesem Tag eine Entscheidung treffen zu können, musste er wissen ob es auf der anderen Seite Zivilisation gibt. Auf Dauer wollte er keinesfalls alleine bleiben. Auch wenn Temira noch so wunderschön und bezaubernd war, irgendwann würde er sich an Temira satt gesehen und satt gelebt haben. Seine Heimatgemeinde in Österreich war kein lebenswerter Ort mehr, doch dort hatte er immerhin ein soziales Netzwerk, ein bescheidenes zwar aber ein gut funktionierendes. Die Frage ob er längerfristig oder gar für immer darauf verzichten könnte, beantwortete er sich mit einem ganz klaren Nein. Er würde herausfinden müssen was und wer sich auf der anderen befindet, und nun verstand er auch wieso dieses Vorhaben von Anfang an als klares Ziel in seinem Inneren verankert war. Im Traum hatte er Menschen auf der anderen Seite gesehen, klar und deutlich, und obgleich er seinen Träumen nicht traute, war es eine innere Gewissheit, dass er auf die andere Seite des Gebirges musste. Als er an diesen lebhaften Traum dachte, kam ihm ganz unverhofft eine unglaubliche und doch naheliegende Idee in den Sinn. Vielleicht wäre es möglich vom Abflugterminal aus auf die andere Seite zu gelangen. Mit seiner ausgeprägten, starken Imaginationskraft könnte er vielleicht dort hin reisen, womit sich die anstrengende und gefährliche Klettertour erübrigen würde. Dieser plötzliche Einfall machte ihn ganz euphorisch und beinahe wäre er aus dem Schlafsack gesprungen. Severin war nun so aufgedreht und in freudiger Erwartung wie ein kleines Kind zu Weihnachten vor der Bescherung. An die anfallenden Arbeiten um sein Lager auf Vordermann zu bringen konnte er nun nicht mehr denken, dafür war er viel zu nervös und fahrig. Seine bisherigen Reisen von der Höhle im Saiblachtal nach Temira und umgekehrt funktionierten genau auf diese Weise. In einer meditativen Stimmung musste er sich mit einem klaren Bild vom Ankunftsort vor dem inneren Auge auf die Abflugterminals legen, einschlafen und SCHWUPPS … war er da. Severin beschloss sofort, dass er es probieren würde. Um das zu tun, musste er sich noch einmal in seinen Traum hinein versetzen und die Bilder, vor allem die landschaftliche Beschaffenheit der Gegend, erneut in seinem Kopfkino abspielen. Severin gelang es auf Anhieb den Traum vollständig aus seiner Erinnerung in allen Details zu reproduzieren. Er sah die Frauen, die Kinder, die alten Männer und vor allem sich selbst wie er gut versteckt im höher gelegenen Wald auf das Dorf hinunter blickte. Was noch nicht passte war sein Gemütszustand, zumindest nahm er das an, denn er war immer noch in einer unausgeglichenen Stimmung. Er war viel zu fröhlich, zu aufgekratzt, zu begeistert und in einer überdrehten Erwartungshaltung. So würde es mit dem reisen wohl nichts werden, dachte sich Severin. Doch diesen Umstand würde er sehr schnell korrigieren, und so beschloss er, jetzt sofort Nägel mit Köpfen zu machen. Severin setzte sich die Stirnlampe auf, schlüpfte aus dem Schlafsack und zog sich an. Erneut schüttete er den Inhalt des Rucksackes auf die kleine Plane und rüstete sich für die Reise ins Hinterland. Alles was er nicht brauchte, legte er auf die Plane, zog sie an den 4 Ecken zusammen, schob sie unter den Tisch und beschwerte die Ecken mit einem Tischbein und dem schweren Holzrundling. Als alles soweit wetterfest und sturmsicher verstaut war, zog Severin den Rucksack an und schulterte das Gewehr. Anstatt der Stirnlampe setzte er das Nachtsichtgerät auf um keine unnötige Aufmerksamkeit auf sich zu ziehen. Durch das Packen kam er allmählich wieder zur Ruhe und fühlte sich bald ausgeglichen und zufrieden. Da nach dem tosenden Sturm viele umgestürzte Bäume und abgerissene Äste auf dem Waldboden lagen, ging er sehr vorsichtig auf jeden Schritt achtend durch den Wald, überstieg die Hindernisse oder wich ihnen aus und hielt immer wieder inne um sich umzusehen. Mit großer Freude stellte er fest, dass wieder Tiere auf Temira zu sehen waren. Er sah ein neugieriges Eichhörnchen, mehrere Vögel und ganz unverkennbar einen Fuchs, der mit der Nase am Boden den Wald auf der Suche nach Fressen durchstreifte und plötzlich inne hielt. Als der Fuchs ihn wahrnahm, hastete er in die entgegengesetzte Richtung davon. Mit Sicherheit würde der Fuchs das Skelett des Fisches und die leeren Muscheln die er eingegraben hatte finden. Sollte sich der Fuchs an seiner Dosenwurst oder an der Tomatensauce zu schaffen machen, so würde er ihm den Garaus machen. Einen Fressräuber konnte er hier nicht gebrauchen, und er hoffte inständig, dass er den Fuchs nicht würde erschießen müssen. Als Severin den Wald verlassen hatte, hoffte er, dass der Fuchs mit seiner feinen Nase irgendwann seine verschollenen Lebensmittel, vor allem die Wurst und den Käse findet, obwohl er gar nicht wusste ob Füchse überhaupt Käse essen. Außerdem konnte er sich nicht erklären wieso hier überhaupt ein Fuchs lebte. Als Revier war Temira viel zu klein für den Fuchs, es sei denn, dass er hier über genügend Nahrungsquellen verfügte. Aber welche könnten das sein? Mäuse oder Ratten und dergleichen hatte er, bisher zumindest, noch keine gesehen. Vielleicht aber war es ein sehr verwegener Fuchs der über das Meer hier her schwamm, und sich Temira als sein Revier auserkoren hatte. Zum Fressen würde er einfach wieder zurück schwimmen, wohin auch immer. Das war nicht abwegig, weil Füchse schwimmen können, das hatte er selbst schon gesehen. Vielleicht kam der Fuchs aber auch nur ganz zufällig hier vorbei? Wie auch immer. Hier und heute würde er nichts über die Lebensgewohnheiten des Fuchses herausfinden, und so beschloss er sich wieder auf sein Vorhaben zu konzentrieren. Der Mond war zunehmend und in ein paar Tagen würde Vollmond sein. Da der Mond und die Sterne so viel Licht ausstrahlten dass er die Umgebung gut sehen konnte, zog er das Nachtsichtgerät von seinem Kopf und ergötzte sich an der mondhellen, sternenklaren und lauwarmen Nacht. Mit zügigen Schritten überquerte er die Wiese bis zum Abflugterminal. Severin nahm sein Gepäck ab und schaute wie hypnotisiert auf das weite Meer hinaus. Der Mond erzeugte von Osten her einen langgezogenen breiten Silberstreifen quer über das ganze Meer. Die See war zwar ruhig aber der stetige Wellengang bewegte diesen Silberstreifen der an einer Stelle zauberhaft glitzerte und sich an anderen Stellen wie ein glattes Silbertuch wellenförmig bewegte. Das Glitzern und die glatten, sanften Silberwellen wechselten sich ständig ab, vertauschten ihre Plätze, gingen ineinander über und bildeten zusammen mit dem Geräusch der gleichmäßigen Brandung eine wunderschöne bezaubernde Symbiose aus Klang und sich anmutig bewegenden Bildern. Severin starrte eine gefühlte Ewigkeit hinaus aufs Meer und ließ sich von dem eindrücklichen Naturschauspiel tief in seinem Inneren berühren.

Begleitet vom Geräusch der gleichmäßig anbrandenden Wellen bereitete sich Severin auf die Reise vor. Er band die Matte vom Rucksack los, blies sie auf, zog die Regenkleider an, legte die Schnorchelausrüstung ein Stück weit entfernt beiseite, verstaute die Gold- und Silberbarren in einer Innentasche seiner Jacke und legte sich hin. Den Rucksack legte er über seinen Bauch, schlüpfte mit den Armen in die Tragegurte und legte sich die Tasche mit dem Gewehr wie eine Geliebte an seine Seite die er mit einer Hand festhielt. Berauscht von den Schönheiten dieser Nacht begab er sich in seinen Traum, dessen Bilder klar und deutlich in ihm lebendig wurden. Die gleichmäßige Brandung zog ihn zunehmend in seinen Bann und ließ ihn sein Vorhaben hier einzuschlafen vergessen. Völlig tiefenentspannt schlief Severin irgendwann in der Nacht ein.

Als er aufwachte war es taghell, und die Sonne stand etwa einen Meter über dem Horizont und zauberte einen gold orangenen Lichtstreifen auf das Meer, der Severin unwiderstehlich in seinen Bann zog. Anfangs wusste er gar nicht wo er sich befand. Ihm war heiß von den vielen Klamotten die er angezogen hatte, und plötzlich fiel ihm ein was er hier an diesem Ort vorhatte. Severin stand auf, drehte sich einmal rundum, und wusste, dass er immer noch auf Temira war. Es hatte nicht geklappt, doch seine Enttäuschung hielt sich in Grenzen. Er hatte es probiert und sein Bestes gegeben, mehr konnte er von sich nicht verlangen. Außerdem hatte er nun die Gewissheit, dass er von diesem Abflugterminal nur nach Vorarlberg reisen konnte. Oder vielleicht auch nirgendwo hin? War es vielleicht jetzt schon vorbei mit dem Hin- und Herreisen? Dieser Gedanke erschreckte ihn so sehr, dass er ein ganz flaues Gefühl im Magen bekam, und zusehends deprimierter wurde. Das wäre eine Katastrophe gewesen wenn er jetzt schon nicht mehr nachhause hätte reisen können. Doch gegen diese Gedanken musste er sich wehren, weil sie ihn unnötig schwächten. Außerdem gab es nur eine Möglichkeit herauszufinden ob der Transfer nach Vorarlberg noch funktionierte.

Spätestens in 4 Tagen würde er wissen ob er wieder zurück nach Hause reisen oder ob er für immer würde auf Temira bleiben müssen. Severin fiel es schwer in seiner Panik ruhig und objektiv zu bleiben. Am liebsten hätte er noch am selben Tag ausprobiert ob der Transfer in die Höhle noch funktioniert, doch dabei würde er einen Tag seines wertvollen Urlaubs einbüßen. Also verwarf er diesen Gedanken wieder. Eine gute Methode um sich abzulenken und wieder zur Ruhe zu kommen war für Severin immer die Arbeit gewesen oder eine Wanderung durch den Wald. Dabei entsann er sich, dass er seine Essensvorräte aufstocken wollte, und machte sich sogleich an die Arbeit. Rasch zog er seine Kleider aus die er an Ort und Stelle liegen ließ und wanderte Richtung Westen um nachzusehen ob erneut ein Fisch angebissen hatte. Während er auf der Wiese dahin marschierte, torpedierten ihn eine Vielzahl lästiger Gedanken, die er nur unter Aufbringung all seiner Willenskraft verdrängen konnte. Um nicht einzuknicken und den lästigen Gedanken die Oberhand zu überlassen, schmiedete er Pläne für den kommenden Tag und versuchte sein Dasein so ausgiebig wie möglich zu genießen. Es war wieder ein wunderschöner, wolkenloser Tag und angenehm war. Eine sanfte Brise wehte aus dem Osten und trieb harmlose Wellen vor sich her. Er hörte eine Möwe kreischen, konnte sie aber nirgends sehen. Als er die Wiese überquert hatte zog er die Schuhe aus, setzte sich auf einen Felsvorsprung und ließ sich von den friedlichen Elementen vereinnahmen. Severin spürte die Mutter Erde unter seinem Hintern und sah bewundernd ihre einmalige Schöpfung. Er atmete die frische wohltuende Meeresluft tief in seine Lungen, spürte das erfrischend kalte Meerwasser an den Füßen und genoss die gemütsaufhellenden Sonnenstrahlen. Severin konnte gar nicht anders als sich mit den Elementen zu versöhnen und sie wieder als seine Freunde anzusehen. Er wusste um ihre dunkle, gefährliche ja sogar todbringende Seite, doch damit musste er sich wohl oder übel abfinden. Die Intensität der Sonnenstrahlen würde schon bald zunehmen und Severin beeilte sich seine Vorhaben, die er nicht im Schatten erledigen konnte, zügig umzusetzen. Nach der erfrischenden Pause ging er mit gewandten Schritten an der Felsflanke entlang bis zum Ende, zog die Angelrute aus dem tiefen Felseinschnitt und spürte sofort einen Widerstand und heftige Bewegungen. Was auch immer er am Haken hatte musste definitiv viel größer sein als der andere Fisch den er am Tag zuvor gefangen hatte. Um dem Fisch ein schnelles Ende zu bereiten, packte er die Angelschnur mit beiden Händen, und ging ohne stehen zu bleiben am Felsen entlang zurück und ein gutes Stück weiter die Wiese hinauf, bis sein Fang an Land war. Zögernd näherte er sich und stellte fest, dass er eine gar nicht nett aussehende fast 2 Meter lange Muräne gefangen hatte, die sich wild schlängelnd und kampflustig seinem Schicksal entgegen stellte. Am liebsten hätte er dieses schwarzgrau getupfte Ungeheuer wieder zurück ins Meer geworfen, doch mit dem Haken im Körper würde die Muräne elendig verrecken. Also würde sie wohl oder übel seine nächste Mahlzeit sein und sein Überleben sichern. Es war notwendig dass er sich seine Situation bewusst machte damit er entschlossen handeln konnte. Severin ging in sicherem Abstand an dem Ungeheuer vorbei, kehrte um und pirschte sich vorsichtig von hinten an die sich heftig windende unterarmdicke Muräne heran. Noch zwei Schritte dann würde er Gefahr laufen von dem teuflisch aussehenden Raubfisch gebissen zu werden. Entschlossen nahm er sein scharfes Messer in die rechte Hand, ging zwei Schritte weiter und stand mit all seiner Kraft hinter dem Kopf auf die Muräne. Unmittelbar danach rammte er ihr das Messer in den Hals und sprang schnell von der tödliche verletzten aber immer noch gefährlichen Muräne weg. Mit ihrem offenen Maul sah sie aus wie ein Ungeheuer, jederzeit bereit zuzubeißen. Es sah lange nicht so aus als ob das Biest sterben würde, im Gegenteil, die Muräne bewegte sich immer näher zum Wasser hin. Das durfte er auf keinen Fall zulassen, da sonst sein einziges Messer auf Nimmerwiedersehen mitsamt seiner spärlichen Angelausrüstung verschwinden würde. Severin schalt sich dafür dass er keinen Ast mitgenommen hatte um dem Seeungeheuer mit einem kräftigen Schlag auf den Kopf ein schnelles Ende zu bereiten. Da sich die Muräne immer näher zum Wasser hin wand, machte er ein paar schnelle Schritte und sprang der Muräne zielsicher mit der ganzen Wucht seiner 90 Kilo hinter dem Messer auf den Rumpf. Augenblicklich hörten die Fortbewegungen auf und die Muräne hatte ausgezuckt. Nur die Schwanzflosse bewegte sich noch langsam hin und her, bis sich die Muräne ihrem Schicksal beugte, und starb. Severin wunderte sich dass der Silch gehalten und die Muräne mit ihren gefährlich aussehenden scharfen Zähnen den Silch nicht durchbeißen konnte. Erfreut stellte er fest, dass seine Angelausrüstung doch nicht so dilettantisch war wie er dachte. Sicherheitshalber zog Severin das Monstrum mit der Angelschnur bis zum Treibgut das er am Vortag gefunden hatte. Dort legte er die Muräne in den Schatten und bedankte sich demütig beim Tier und dem Meer. Bevor er sich dem Ausweiden des Fisches widmen würde untersuchte er das Fischernetz ob es ihm dienlich sein könnte. Mit dem Messer schnitt er ein Stück vom Netz ab, das er später noch brauchen würde, und steckte es sich in den Hosensack. An manchen Stellen hatte das rechteckige Netz größere Löcher, doch wenn er es geschickt irgendwo zwischen zwei Felsen anbringen könnte und sich die Fische darin verfangen, wäre sein Nahrungsnachschub gesichert. Also nahm er das dicke Tau das er am Vortag am Strand gefunden hatte, dröselte die ineinander verflochtenen Stränge auf und nahm einen einzelnen Strang den er ebenso aufdröselte bis er mehrere dünne Schnüre beisammen hatte. Dann zog er sich bis auf die Badehose aus, band sich ein Seil mit einer daran befestigten Plastiktasche um den Bauch und hängte sich das Netz und die Schnüre um den Hals. Dann zog er die Taucherbrille mit einem daran befestigten Schnorchel an, nahm die Taucherflossen in die Hand und stakste mit weit ausholenden Schritten ins Meer. Am Anfang brannte ihn erneut das Salzwasser auf der Haut, die sich an manchen Stellen bereits abschälte, doch schon nach kurzer Zeit hörte das Brennen auf und das kühle Nass fühlte sich herrlich und erfrischend an. Im hüfthohen Wasser zog er die Taucherflossen an und ließ sich ins Meer gleiten. Mit der Taucherbrille konnte er den Untergrund und die vielen Fische in der Lagune genau sehen. Zielsicher griff er nach Krebsen und Muscheln und gab sie in den Sack. Mit den Taucherflossen konnte er sich schnell vorwärts bewegen, und so hatte er schon bald einen großen Teil der Lagune abgesucht. Bei der Öffnung ins Meer hinaus hätte es mehrere Stellen gegeben an denen er das Netz festbinden hätte können, doch würde er jedes Mal weit hinaus schwimmen müssen um das Netz einzuholen und seinen vermeintlichen Fang an Land zu bringen. Obgleich Severin Angst davor hatte, dass die Sonne seine Haut erneut verbrennen würde, nahm er sich die Zeit um einen besseren Platz zu suchen um das Netz aufzuhängen. Doch bevor er wieder durch die Lagune den Rückweg zum Strand antrat, schwamm er zwischen den Felsen durch die enge Öffnung ein Stück weit ins

Meer hinaus. Als er weit genug draußen war und glaubte einen guten Blick auf die Küste zu haben, drehte er sich um und nahm die Taucherbrille ab. Was er sah löste allerdings keinen Freudentaumel bei ihm aus. In Richtung Westen gab es soweit er sehen konnte nur gleichmäßig hohe, senkrechte, unüberwindliche Klippen. Auf der Ostseite sah es nicht viel besser aus, wobei sich irgendwo weit entfernt eine Lücke abzeichnete oder zumindest etwas das eine Lücke im senkrecht aufragenden Felsen vermuten ließ. Um dort hin zu gelangen und die Stelle genauer zu untersuchen müsste er weit Richtung Osten schwimmen, unmöglich einzuschätzen wie weit. Auf dem Seeweg ins Hinterland zu gelangen war also eine zu vernachlässigende Option, die er als Landratte wohl kaum in Betracht ziehen würde. Also schwamm er wieder durch die Lagune zurück Richtung Strand immer in respektvollem Abstand vor den Felsen um nicht von den Verwandten und Bekannten der Muräne gebissen zu werden. Bei dem Gedanken von so einem Biest gebissen zu werden, wurde im ganz mulmig, und so legte er einen Zahn zu um schneller an Land zu kommen. Severin war heil froh dass er seine Badehose anhatte, nicht aus Prüderie, sondern weil er Angst davor hatte dass Raubfische sein bestes Stück als Köder ansehen, danach schnappen und ihn entmannen könnten. Jedes mal wenn er im Meer war wurde er von dieser schrecklichen Vorstellung heimgesucht. Um die grausige Vorstellung wieder aus seinem Kopf zu bekommen, schwamm er direkt auf das Felsmassiv zu, das den Kiesstrand vom östlichen Sandstrand abgrenzte.

Schon von Weitem sah er eine Felssäule die kegelförmig etwa drei Meter von dem Felsmassiv entfernt in der Lagune stand. Die Spitze der Säule reichte bis knapp unter die Wasseroberfläche und würde bei Ebbe aus dem Wasser ragen und vom Strand aus sichtbar sein. Nachdem er sich vergewisserte dass nirgendwo eine Muräne aus einer Felsspalte heraus schaute, nahm er das Netz und band es auf der einen Seite oben und untern an der Felssäule und auf der anderen Seit an Vorsprüngen auf dem Felsmassiv fest. Das Netz unten am Felsmassiv festzubinden war eine einzige Mutprobe. Mit der Hand musste er Spalten und Löcher abtasten um ein Seil durchzuziehen und festzumachen. Bis er endlich einen geeigneten Felsvorsprung fand um das untere Ende des Fischernetzes festzumachen, musste er mehrere Male auftauchen und Luft holen, immer darauf hoffend dass diese Mutprobe bald ein Ende haben würde. Mit dem Ergebnis war Severin sehr zufrieden. Er blieb vor Angriffen von Raubfischen verschont und das Netz hing tadellos zwischen der Felssäule und dem Felsmassiv im Meer, und war vom Strand her schnell und gut erreichbar. Dort wo das Ende des Felsmassivs war, änderte sich plötzlich und unerwartet die Beschaffenheit des Meeresbodens. Wo vorher überall Sand mit einigen heraus ragenden Büscheln Seegras war, war der Boden nun mit einem bunten Kieselteppich bedeckt. Severin war es unerklärlich wie das möglich sein konnte. Doch da er kein Geologe war, gab er sich damit zufrieden dass es den Kies gab und dachte nicht weiter darüber nach. Als er in kniehohes Wasser kam, zog er seine Taucherflossen ab und ging auf dem knirschenden Kies zurück an den Strand, den er nun genauer nach brauchbaren Materialien absuchte. Das einzige was er mitnahm waren zwei Bambusstangen, ein Stück Styropor und ein Silchknäuel. Als er bei seinen Sachen angekommen war, legte er das Zeug auf den Treibguthaufen, nahm den Kanister und ging an den Strand zurück. Er gab einige Handvoll Sand in den Kanister und ging zum Kiesstrand wo er ebenfalls einige Handvoll Kies in den Kanister füllte. Dann gab er Meerwasser hinzu und schüttelte den Kanister mehrere Male und schwenkte mit kreisenden Bewegungen das Sandkiesgemisch solange, bis sich der Schmutz im Kanister löste. Danach schüttete er das dreckige Zeug aus und spülte den Kanister mehrere Male mit Meerwasser aus. Als der Kanister sauber genug war, füllte er ihn halbvoll mit Meerwasser und schleppte ihn zum Platz wo seine Sachen lagen. Da er schon viel zu lange der Sonne ausgesetzt war, zog er sich an, packte sein Zeug zusammen und machte sich auf den Rückweg zu seinem Lager. Als er in den Wald kam musste er sich die Muräne, die er bisher auf der Wiese am Boden nach sich gezogen hatte, über die Schulter werfen um nicht den Silch abzureißen. Kurz bevor er das Lager erreichte, hielt er konzentriert Ausschau nach dem Fuchs, da er befürchtete, dass er sich über seine verbliebenen Lebensmittel hergemacht hatte. Im Lager fand er jedoch alles genau so vor wie er es hinterlassen hatte. Die Tomatensauce war noch da und das Erdreich wo er die Fischreste vergraben hatte blieb unberührt. Nach der Inspektion leerte er das braune Wasser der Trinkflasche und dem Faltkanister aus, packte die Behältnisse in den Rucksack und ging damit zum Bach der inzwischen wieder klares und sauberes Bergwasser führte. Die Muräne die er ebenfalls mitgenommen hatte, den Rucksack und die Schuhe legte er am Ufer des Baches ab und ließ sich mitsamt den Kleidern ins Wasser fallen. Mit ein paar kräftigen Schlucken stillte er als erstes seinen Durst, dann zog er sich nackt aus und wusch seine Kleider, sich selbst und putzte sich die Zähne. Dann füllte er die Wasserflasche und den Kanister mit frischem Wasser und machte sich anschließend daran die Muräne zu zerlegen. Mit dem Messer säbelte er ihr den Kopf ab, zog ihr die Haut ab und nahm sie aus. Die Fischabfälle warf er in den Wald als Futter für den Fuchs. Er wusste dass es keine gute Idee war den Fuchs anzufüttern, doch sein Bedürfnis etwas weiterzugeben und nicht nur zu nehmen war stärker als die Ungewissheit vor möglichen Konsequenzen. Der Fuchs war ein Lebewesen wie er und war, bis jetzt zumindest, noch nicht in sein Revier eingedrungen. Das Fleisch der Muräne war weiß, von fester Konsistenz und würde ihn mindestens 3 Tage lang wenn nicht mehr satt machen. Doch der Gedanke daran 3 Tage lang Muräne zu essen behagte Severin nicht sonderlich. Sollte ihm weiterhin das Fischerglück hold sein, dann würde der Fuchs ganz bestimmt nicht verhungern. Er zog seine Schuhe wieder an und ging mit dem Fernglas Richtung Osten um noch einmal die Schneise ausgiebig zu begutachten. Als er jeden Teilabschnitt genau inspiziert hatte kam er zu dem Entschluss, dass ein Auf- und Abstieg zu 95 Prozent möglich wäre. Die restlichen 5 Prozent der Schneise waren auch mit dem Fernglas nicht einsehbar, doch er war sehr zuversichtlich dass er auch an diesen Teilstücken hinauf und hinunter klettern könnte. Voller Zuversicht und nahezu schmerzfrei machte sich Severin auf den Rückweg. Auf seinem Weg durch die Weide riss er verschiedene Pflanzen aus und roch daran. Severin war sich sicher, dass er bei der Vielfalt an Pflanzen irgendwelche Kräuter finden würde die sein Essen schmackhafter machen. Nach vielen vergeblichen Versuchen fand er ein Kraut das nach Knoblauch und ein Gewächs das nach Lauch roch. Mit diesen Kräutern, falls sie überhaupt welche waren, würde er die Muräne einigermaßen bekömmlich zubereiten können. Beim Bach nahm er seine Sachen auf und ging im Schatten des Waldes weiter Richtung Westen und suchte nach schmackhaften Pflanzen. An der Waldgrenze fand er eine Pflanze mit einem länglichen hohlen Stiel und einem Schirm aus vielen einzelnen violetten Blüten die wie eine Zwiebel roch. Mit dem Messer schnitt er ein Bündel ab und hoffte dabei, dass keine der Pflanzen die er bei sich hatte giftig ist. Während er entlang der großen Mure, die sich bis zu seinem Lager ausdehnte, durch den Wald ging, entdeckte er kleine Pilze die er jedoch nicht kannte und lieber die Finger davon ließ. Er war sich sicher, dass alle Pilze vom Hagel zerstört wurden, doch als leidenschaftlicher Pilzsucher wusste er auch, dass Pilze schnell nachwachsen, und er früher oder später ihm bekannte essbare Pilze finden würde.

Severin bedauerte es dass er kein Brot und kein Mehl mehr hatte um daraus eine anständige Beilage zu machen. Mittlerweile hatte er schon eine ausgiebige Liste von Sachen in seinem Kopf die er beim nächsten Aufenthalt in seiner Heimat besorgen würde. Als er im Lager ankam schaute er erneut nach ob sich der Fuchs in sein Revier gewagt hatte, stellte aber fest dass alles unverändert war. Er hängte die nassen Kleider auf die Wäscheleine und zog frische Kleider an. Anschließend machte er Feuer und brachte in einem Topf Wasser zum Kochen. Währenddessen nahm er das Stück Fischernetz aus seinem Hosensack und zwei große Steine die beim Ausläufer der Mure haufenweise herum lagen. Die Steine legte er zwei Handbreiten auseinander und legte das Fischernetz darüber das er mit Steinen beschwerte. Dann goss er aus dem blauen Kanister so viel Salzwasser in den Topf bis das Wasser ausreichend salzig war, wartete eine Weile bis das Wasser erneut kochte und schüttete die Krebse und die Muscheln ins Wasser. Als sich die Muscheln öffneten und die Krebse rot waren, schüttete er den Inhalt über das aufgespannte Fischernetz das ihm nun als Küchensieb diente, stellte den Topf wieder auf das Kochfeuer und gab einen Schuss Pflanzenöl hinein. Auf einem kurzen glatten vom Meer abgeschliffenen Brett das er am Vortag auf dem Strand gefunden hatte, schnitt er einige der Kräuter auf und streifte sie mit dem Messer in das zischende heiße Öl. Mit einem Stecken rührte er die Kräuter um und gab anschließend Wasser und einen Schuss Salzwasser dazu. Als der Kräutersud kochte gab er die Krebse und die Muscheln dazu und ließ sie kurz aufwallen. Danach nahm er den Topf von der Kochstelle, stellte den größeren Topf darauf und ließ die Meeresfrüchte im Kräutersud 5 Minuten ziehen. Währenddessen schnitt er mit dem Messer mehrere 2 cm dicke Stücke vom weißen Muränenfleisch ab, stapelte die Filets übereinander und schnitt daneben die restlichen Kräuter klein. Inzwischen war sein Essen abgekühlt und bereit zum Verzehr. Er nahm den Topf mit zum Tisch, setzte sich auf seinen Stuhl und war gespannt was er da zusammen fabriziert hatte. Zuerst war ihm beim Anblick der Muräne der Hunger vergangen, doch nachdem er sie ausgenommen hatte und nur noch das weiße Fleisch übrig war, kehrte sein Hunger zurück und wurde immer stärker. Mit den Fingern nahm er einen Krebs aus dem Topf und pulte umständlich das herrlich zarte weiße Fleisch aus dem Panzer, das er gierig kaute, und köstlich schmeckte. Auch die Muscheln schmeckten ihm um einiges besser als diejenigen die er tags zuvor kochte. Zwischendurch setzte er den Topf an den Mund und trank von dem exquisiten Meeresfrüchtesud. Sein Heißhunger machte ihn ungeduldig und am liebsten hätte er die Krebse samt der Schale verdrückt. Es war nicht viel Fleisch dran an den Krebsen und es dauerte lange bis Severin halbwegs satt wurde und er sich mit dem Essen mehr Zeit zum Genießen lassen konnte. Als er die ganzen Meeresfrüchte, die normal für 2 Personen gereicht hätten, gegessen und den Sud leer getrunken hatte, war er pappsatt, seelig und zufrieden mit sich und der Welt. Gut gelaunt und stolz auf seine unerwarteten Kochkünste legte er sich auf die Matte und machte eine verspätete Siesta.

Im Zwielicht der Abenddämmerung erwachte er aus seinem Tiefschlaf und fühlte sich pudelwohl. Er hatte wieder denselben Traum wie am Vortag, und die Erinnerung daran war noch sehr lebendig. Im Traum sah er sich selbst wie er auf der anderen Seite des Gebirges von einer höheren Position aus mit dem Fernglas Menschen im Tal beobachtete. Die meisten Leute des tiefer gelegenen Dorfes gingen ihren Alltagsbeschäftigungen nach. Die Szenerie war unspektakulär, friedlich und harmonisch, was er als gutes Omen für seine bevorstehende Expedition deutete. Als er sich von seinem Nachtlager erhob und sich langsam aufsetzte, erschrak er im ersten Moment, weil der ausgewachsene Fuchs direkt in seiner Blickrichtung stand und ihn in gebührendem Abstand beobachtete. Der Fuchs musste ebenso erschrocken sein wie er, denn als sich ihre Blicke trafen, machte er einen Satz zur Seite und rannte zwischen den Bäumen davon. Severin stand auf und folgte dem Fuchs mit seinen Blicken bis er ihn nicht mehr sehen konnte. Vielleicht war es doch keine so gute Idee den Fuchs zu füttern, falls er die Fischabfälle überhaupt angerührt hatte. Wie auch immer, sollte der Fuchs sein Revier nicht respektieren, würde er ihm mit dem Gewehr eins auf den Pelz brennen, was ihm eigentlich zuwider war. Als Präventivmaßnahme wollte er aber dem Fuchs eine Chance geben, und so ging er etwa 20 Meter vom Lager weg und markierte bei der Stelle wo der Fuchs stand an einem Baum sein Revier. Diese Prozedur würde er in den kommenden Tagen regelmäßig in gleichem Abstand rundum sein Lager wiederholen. Es gefiel ihm eindeutig besser an einen Baum zu pissen als rundherum Asche zu verstreuen. Um den Fuchs nicht unnötig zu verführen grub er die Fisch- und Muschelabfälle wieder aus und warf sie zusammen mit den Resten seiner letzten Mahlzeit etwa 30 Meter weit weg vom Lager auf den Boden. Als er zurück kam stellte er erfreut fest, dass die Muränenfilets noch vollzählig auf dem Brett lagen. Auch der Rest der Muräne lag noch unberührt daneben auf den Tannenzweigen. Um noch das restliche Licht des Tages zu nutzen bereitete er seine nächste Mahlzeit vor. Er nahm die Töpfe, wusch sie mit Wasser aus dem Faltkanister aus und streute die Hälfte der klein geschnittenen Kräuter in beide Töpfe und verteilte sie darin. Dann legte er die Filets so aus dass sie den Boden der Töpfe nahezu vollständig bedeckten, streute die restlichen Kräuter darüber, goss gerade so viel Öl darüber dass das Fleisch mit Öl bedeckt war, stellte die Töpfe beiseite und deckte sie mit Tannenzweigen ab. Um die marinierten Muränenfilets am nächsten Tag über dem Feuer zu grillen musste er noch mit dem Draht einen Rost machen und die Feuerstelle mit Steinen einfassen um den Rost darauf zu legen. Mit der Taschenlampe suchte er große Steine aus die kompakt und nicht von irgendwelchen Quarzadern durchzogen waren und der Hitze des Feuers standhalten konnten. Severin hatte schon öfters schlechte Erfahrungen mit nassen oder aderdurchzogenen Steinen am Lagerfeuer gemacht, die plötzlich und völlig unerwartet explodierten. Ein abplatzender Steinbrocken könnte im wahrsten Sinne des Wortes ins Auge gehen, deshalb hatten die Steine die er aussuchte eine gleichmäßig kompakte Struktur und würden der Hitze des Feuers in jedem Fall standhalten. Dann sägte er mit der scharfen Klappsäge 4 gleich lange Äste ab und nagelte sie wie einen Rahmen zusammen. Nun fand er auch eine Verwendung für den Draht den er von zuhause mitgeschleppt hatte. Im Abstand von 2 Zentimeter spannte er starke Drähte über den Astrahmen. Damit die Zwischenräume kleiner wurden, flechtete er im selben Abstand von der anderen Seite Drähte ein und machte sie fest, bis schließlich ein netzartiger stabiler Grillrost entstand. Als er mit seinem Werk fertig war wurde ihm bewusst wieviel Zeit für das Essen drauf ging. Hier auf Temira brauchte er ungleich mehr Zeit um seinen Hunger zu stillen als zuhause. Diesen Faktor würde er beim Planen seiner Vorhaben unbedingt berücksichtigen müssen. Hier konnte er nicht einfach in einen Supermarkt marschieren und Lebensmittel einkaufen oder irgendeinen Schrank öffnen und etwas zum Kochen heraus nehmen. Hier musste er zuerst nach etwas Essbarem suchen, es fangen, abnehmen oder erlegen, die Lebensmittel säubern, ausnehmen, konservieren, Holz richten, Feuer machen, Reste entsorgen, Abwaschen, und all das benötige ungeheuer viel Zeit. Als ihm der zeitintensive Essaufwand bewusst wurde, kam ihm in den Sinn, dass er die Muräne nicht einfach so liegen lassen konnte. Also beschloss er neben ausreichend Lebensmittel auch einen gasbetriebenen Kühlschrank auf die Besorgungsliste zu nehmen. Doch bis dahin musste er sich auf andere Weise zu helfen wissen, und so nahm er den Klappspaten, stellte das Blatt im rechten Winkel zum Stiel und hackte einen Graben in die Mure, die aus beinhartem Steinmaterial bestand. Dennoch sah er darin vorläufig die beste Methode seine Lebensmittel aufzubewahren und vor Fressfeinden zu schützen. Als er den spatenbreiten, einen halben Meter tiefen und ein Meter langen Graben fertig hatte, legte er die Muräne einfach auf das Gestein und warf ein paar Äste darüber. Morgen bei Tageslicht würde er den provisorischen Kühlschrank vergrößern und eine Abdeckung machen damit die Lebensmittel bei den warmen Temperaturen nicht so schnell verderben. Eigentlich sollte sein Tagewerk an diesem Tag auch die Instandsetzung seines Lagers beinhalten, doch er war nicht dazu gekommen, nicht einmal ansatzweise. Er war zwar ausgeruht und gut im Schuss, doch in der Dunkelheit hatte er keine Lust im Licht der Stirnlampe herum zu werkeln und so zog er sich aus, richtete den Schlafsack und legte sich hin. Severin nahm sich vor die Zeit besser zu nutzen indem er besser plant und sich überlegt wie er Arbeiten effizienter machen könnte. Sein Verstand arbeitetet schnell, innovativ und ein bisschen verrückt. Sollte der Transfer nach Vorarlberg und zurück nach Temira noch funktionieren, dann könnte er alles mögliche heranschaffen. Eine Motorsäge, ein Kanister mit Benzin und Öl, Schaufel, Spitzhacke, Rechen, Spaten, Schubkarre, Schlägel, Keil, einen Bagger, eine ferngesteuerte Drohne, vielleicht auch ein Motorrad um nicht immer soweit laufen zu müssen. Mit einem Bagger könnte er hier … graben!? Sein Kopf produzierte im Sekundentakt neue Ideen, die nicht schlecht waren. Aber er musste es langsam angehen … aber wieso eigentlich? Wieso sollte er in mühevoller Handarbeit Steine für den Hausbau aus der Mure graben, wenn er es mit einem Bagger tun könnte. Den Bagger könnte er mieten und sich mit einem Hubschrauber bis vor die Höhle im Saiblachtal fliegen lassen. Dort könnte er auch gleich den Geröllhaufen abtragen und einen ebenen Zugang zur Höhle schaffen. Dann könnte er sich auch Balken und Bretter anfliegen lassen, sie in die Höhle tragen, darauf einschlafen, und SCHWUPPS … hätte er ordentliches Material für den Hausbau auf Temira. Die Möglichkeiten für einen Materialtransport wären nahezu unbegrenzt, und würde seine Arbeit immens erleichtern. Mit diesen Aktionen würde er zuhause zwar Aufmerksamkeit erregen, doch wenn er die richtigen Leute, zum Beispiel seine Brüder, in die Sache involvierte, könnten sie es so einrichten, dass niemand checkt was da vor sich geht. Sollte doch jemand neugierig werden, könnte er oder sie die Art und Weise wie man nach Temira kommt niemals nachvollziehen, unmöglich. Wobei möglich wäre es vielleicht schon, aber dann müsste es ein ganz ausgefuchster Hund sein um die Reisemethode herauszufinden. Ungeachtet der vielen Möglichkeiten musste er seine ausschweifenden Gedanken zügeln und sich auf das nächst liegende Ziel konzentrieren. Da ihm während seines Brainstormings die Idee kam ein Haus zu bauen, musste er seine Pläne für den Lagerwiederaufbau vorläufig verschieben, weil als einziger Platz für ein Haus nur der hier hinter dem Felsen in Frage kam. Also würde er sich für das Lager einen anderen Platz suchen müssen, doch dafür musste er sich Zeit nehmen und sich vorerst mit diesem provisorischen Lager zufrieden geben. Im Falle eines erneuten Sturms würde er einfach die große Plane über sich und seine Sachen ziehen und sich keinen Zentimeter von der Stelle rühren. Im Falle eines gewöhnlichen Dauerregens müsste er die Plane wie vorher so gut wie möglich verspannen und unter dem Dach ausharren bis das Wetter wieder besser wird. Mit dem vielen Holz das in der unmittelbaren Umgebung herum lag würde er schon irgendwie einen regensicheren Unterstand zusammen schustern. Nach diesen Überlegungen war sein Kopf wieder frei für sein nächstes Vorhaben. Glücklicherweise hatte sich sein Körper schneller als erwartet regeneriert. Er spürte zwar noch das Ziehen und Jucken auf seiner von der Sonne verbrannten Haut, doch psychisch und seelisch war er wieder voll auf dem Damm. Die Fußsohlen schmerzten ihn auch nicht mehr womit einer Expedition auf die andere Seite des Gebirges so gut wie nichts mehr im Wege stand. Im Kopf stellte er sich eine Ausrüstungsliste zusammen und entschied sich dazu beim ersten Tageslicht die riskante Klettertour in Angriff zu nehmen. Das einzige was sein Plan vereiteln könnte war, abgesehen von den unbekannten Teilabschnitten der Schneise, das trügerische Wetter. Seit er auf Temira war erlebte er zwar nur ein einziges Unwetter, doch das war verheerend. Sollte ihn ein ähnliches Sauwetter während der Klettertour überraschen, würde er sich wohl keine Gedanken mehr machen müssen, über gar nichts mehr. Zum Zahnarzt müsste er dann auch nicht mehr, nie wieder. Während er im Dunkeln so vor sich hindöste verscheuchte er die unheilvollen Gedanken an seinen möglichen Tod und stellte sich vor wie der kommende Tag ablaufen würde. Dabei kam ihm in den Sinn, dass er vergessen hatte die Angel im Meer auszuwerfen. Da er aber noch genügend Vorrat an Fisch hatte, nahm er sich vor, am nächsten Tag nach der Klettertour den weiten Weg bis zum Felsvorsprung am Ende der Lagune auf sich zu nehmen. Als Köder würde er Würmer benutzen damit nicht erneut ein derartiges Seeungeheuer am Haken hängt. Das Feuer war längst schon abgebrannt, die Sterne über ihm funkelten wie Diamanten und erhellten die Dunkelheit mit ihrem sanften Licht. Auch der Mond schien inzwischen kräftig und hell doch er konnte ihn nicht sehen weil die Bäume ihm die Sicht verstellten. Durch den Wald drangen Geräusche die er nicht einordnen konnte aber nicht bedrohlich klangen. Da der Astzaun vom Sturm weggefegt wurde, war er ungeschützt in seinem kleinen Revier. Er war noch nicht lange auf Temira, doch schon jetzt fühlte er sich wie ein Teil davon. Abgesehen von ein paar schrecklichen Stunden fühlte er sich auf Temira geborgen, akzeptiert und willkommen. Die angenehmen Temperaturen, das herrliche Wetter und die wunderschöne Natur die gut für ihn sorgte machten sein Urlaubsidyll zum schönsten Platz auf der Welt. Das Wetter würde zwar nicht immer so bleiben das war ihm bewusst, doch er hätte nirgendwo anders sein wollen. Außerdem stellte er verblüfft fest, dass es hier keine lästigen Insekten gab, zumindest hatte er bis jetzt noch keine gesehen, gehört oder erschlagen. Aber es musste Insekten auf Temira geben, wie sonst hätte die Natur eine solche Pracht und Vielfalt erschaffen können. Wie auch immer, die Tatsache dass er vor Mücken und anderen Plagegeister verschont blieb, war ihm nur recht. So trübte nichts und niemand die Schönheit dieser wunderbaren Nacht, was er erneut als gutes Omen für den bevorstehenden Tag ansah. Obwohl er am späten Nachmittag geschlafen hatte wurde er schnell wieder müde was er sich damit erklärte, dass sein System die vielen neuen Sinneseindrücke verarbeiten und sein Organismus sich auf eine vielfältige, lebendige und fruchtbare Umgebung einstellen musste. Er würde seinem Organismus die Zeit geben um sich auf die vielen Veränderungen einzustellen und auf seine Signale hören. Mit einem Gebet bedankte er sich beim großen Chef für all die Privilegien die ihm so unerwartet zuteil wurden. Noch während seiner Andacht, als Severin sich bei Gott und den Elementen bedankte, schlief er ein.

Einmal wachte er mitten in der Nacht auf als ein Geräusch ganz in der Nähe in sein Bewusstsein drang und ihn hellhörig werden ließ. Es klang wie brechende Zweige und um sich zu vergewissern was die Ursache des Geräusches war, setzte er sich das Nachtsichtgerät auf, schaltete es ein und suchte die Gegend ab. Da er aber nichts entdecken konnte nahm er das Nachtsichtgerät wieder ab und legte sich hin. Für sein bevorstehendes

Abenteuer würde er Kraft brauchen und so verschwendete er keine weitere Energie auf die wahrscheinlich vergebliche Suche nach irgendwelchen ungewissen Geräuschquellen. Mit dem ausgeklappten Spaten, dem Beil, dem Messer unter seiner Matte und dem Gewehr in seiner Nähe fühlte er sich sicher und schlief bald wieder ein. Im Morgengrauen wachte er auf und wühlte mit seinem Verstand in den bruchstückhaften Erinnerungen an seinen vergangenen Traum. Er sah sich wieder auf der Anhöhe wie er die Bewohner des Dorfes beobachtete. Das Umfeld war dasselbe wie immer nur hatte sich dieses Mal etwas Bedrohliches in den Traum geschlichen, dessen Quelle er nicht ums Verrecken erkennen konnte. Angestrengt zerpflückte er den Traum in einzelne Sequenzen die ihm aber keinen Aufschluss über die Bedrohung gaben. Dennoch überlegte er sich ob er das Gewehr auf die Klettertour mitnehmen sollte um für alle Eventualitäten gerüstet zu sein. Noch in derselben Minute als ihm diese Idee in den Sinn kam, verwarf er sie wieder. Er erinnerte sich wie er nicht nur in dieser Nacht wegen einem Geräusch erschrocken aufwachte und glaubte er sei in Gefahr oder dass sich ein Tier über seine Lebensmittelvorräte hermacht. Seine Befürchtungen hatten sich aber nie bewahrheitet, kein einziges Mal. Was sollte ihm schon groß passieren auf dem Berg? Außerdem würde ihn das Gewehr nur behindern beim Klettern. Damit war das Thema Bedrohung für Severin vorläufig erledigt. Er stand auf, legte Holz auf die Feuerstelle und zündete ein Feuer an. Sein provisorischer Kühlschrank und die Töpfe waren immer noch mit Ästen abgedeckt. Kein Tier hatte sich daran zu schaffen gemacht, was er respektvoll anerkannte. Am Himmel war keine einzige Wolke zu sehen. Es war windstill und schon am frühen Morgen angenehm warm. Einzig die Rauchschwaden des Feuers die ihn in den Augen brannten trübten die Aussichten auf einen herrlich schönen Sommertag. Doch schon bald hatte das Feuer genügend Kraft und die Feuchtigkeit des Holzes war schnell verdunstet. Mit dem Grillen der Muränenfilets wollte er sich allerdings noch Zeit lassen, weil er unmöglich als Frühstück eine Muräne essen konnte. Also packte er seinen Rucksack und füllte die Wasserflasche mit dem Wasser aus dem Faltkanister. Dann nahm er die große Plane das über dem Seil hing herunter, legte sie zusammen und band das Seil los. Ein Ende des Seils zog er unter den Armen über den Brustkorb und knöpfte es vorne an der Brust zusammen. Im Falle dass er sich würde abseilen müssen, wollte er wissen wie es sich anfühlt wenn er mit seinem ganzen Gewicht im Seil hängt. Den Rest des Seiles wickelte er auf, suchte einen geeigneten Baum, warf das Seil über einen dicken Ast und zog mit aller Kraft am Seil. Sofort zog sich die Schlaufe um seinen Brustkorb zusammen, presste ihm die Luft aus den Lungen und das Seil schnitt in seine Achselhöhlen. Sollte er im Falle eines Sturzes mit seinem ganzen Gewicht in das Seil fallen, würde er Schmerzen haben, große Schmerzen. Der Knopf den er gemacht hatte hielt, und das 12 Millimeter dicke Seil war stark genug um sein Gewicht zu tragen. Auch wenn er aus hundert Metern

Höhe abstürzen sollte, das Kunststoffseil würde auf jeden Fall halten, dessen war er sich sicher. Selbstironisch stellte er fest, dass seine erste Sicherungsübung mit einem Seil sehr dilettantisch war, was ihm jedoch egal war, da er ja keine Klettermeisterschaft gewinnen musste. Dann wickelte er das 20 Meter lange Seil auf und stopfte es in den Rucksack. Nach einer ausgiebigen Morgentoilette und nachdem er sich mit Sonnencreme eingeschmiert hatte, legte er seinen selbstgebastelten Rost über die Glut und grillte widerwillig die Muränenfiltes. Das Öl mit dem er die Filets übergossen hatte tropfte zischend auf die heiße Glut und entfachte einzelne Feuerfontänen die ihn in den Augen brannten. Mit der Gabel drehte er das Fleisch mehrmals um bis beide Seiten schön braun und die Filets gut durch waren. Die Filets dufteten herrlich und verlockend, doch er war nach wie vor unfähig und zu wenig hungrig um am frühen Morgen ein Stück Fisch zu essen. Stattdessen aß er die restlichen Heidelbeeren und spülte sie mit ein paar Schlucken Wasser hinunter. Ein Muränenfilet warf er weit in den Wald hinein um auch den Fuchs oder ein anderes Tier an seiner Mahlzeit teilhaben zu lassen. Als die Filets abgekühlt waren, legte er sie vorsichtig eins nach dem anderen in einen Plastiksack den er im Rucksack verstaute. Nachdem er alles gepackt hatte, machte er die Sachen die er im Lager ließ regenfest und hängte den Grillrost abseits vom Lager auf einen Baum den er zuvor mit seinem Urin markiert hatte. Die Intensität der Sonne hatte schnell zugenommen, sodass er sich am liebsten ausgezogen hätte, doch er musste sich nach wie vor mit langen Kleidern und einem Sonnenhut vor der Sonne schützen. Severin sah aus wie ein Tourist, und eigentlich war er das ja auch, allerdings der einzige auf Temira. Auf dem Weg zur Schneise wählte er eine andere Route als bisher durch den Wald, und entdeckte dabei völlig überraschend kleine Pfifferlinge und 2 mittelgroße Steinpilze die er beim Rückweg mitnehmen würde. Als er zum großen Heidelbeerfeld kam, nahm er ein paar reife Früchte ab und verzehrte sie genussvoll. Da er das Heidelbeerfeld weitläufig umgehen hätte müssen um nicht auf die Beeren zu stehen, stakste er wie ein Storch mit weit ausholenden Schritten vorsichtig mitten durch das Feld. Dabei hatte er einige Stauden niedergetrampelt, doch die Pflanzen würden sich schnell wieder aufstellen. Als Severin aus dem Wald trat und an den Bach kam der von vielen Wasserläufen gespeist wurde, trank er noch einmal ausgiebig vom köstlichen Wasser. Mit einem Sprung war der Bach an dieser Stelle leicht zu überqueren, weiter vorne Richtung Meer war der Bach um einiges breiter. Außerdem sah Severin dass der Bach nicht auf direktem Weg ins Meer floss, sondern einige kleine Kurven machte was ihm bis anhin gar nie aufgefallen war. Irgendwann würde er auch den Fluss genauer untersuchen müssen, könnte ja sein dass es am Fluss auch Fische gibt, dachte er sich. Obwohl er eigentlich von Fischen jetzt schon genug hatte. Dennoch waren die Fische eine zuverlässige und die einzig ergiebige Nahrungsquelle auf Temira. Entschlossen überquerte Severin die Weide und die steil ansteigende Geröllhalde bis zum

Einstieg in die Schneise. Ehrfürchtig blieb er eine Weile bei der Schneise stehen und blickte nach oben. Dann zog er den Becken- und Brustgurt vom Rucksack fest, kontrollierte seine Schnürsenkel und blendete alles andere aus. Jeder Schritt musste sitzen, er durfte keinen Fehler machen, und keine Angst haben! Er war jetzt ein Bergsteiger, alles was zählte war er und der Berg, nichts und niemand sonst. Leichtfüßig hantelte er sich in der Schneise hoch die ihm für die Hände und Füße ausreichend Halt bot. Er kam zügig vorwärts und gelang bald schon an die Stelle an der sich die Schneise gut 50 Meter im Zickzack nach oben wand. Erfreut stellte Severin fest, dass er an den ersten Stellen, die er mit dem Fernglas nicht sehen konnte, überall guten Halt fand. Kein einziges Mal musste er sich bisher überlegen wo er sich festhalten oder wo er seinen Fuß aufsetzen sollte. Seine Bewegungen waren entschlossen, sicher und flüssig, sodass er den Zickzackweg bald hinter sich ließ und an den letzten Abschnitt kam wo sich die Schneise verzweigte. Von hier aus hatte er drei Möglichkeiten auf den Bergkamm zu gelangen. Mit dem Fernglas hatte er zwar nur zwei Abzweigungen gesehen, doch eigentlich spielte es keine Rolle, denn die breiteste der drei Abzweigungen schien ihm die beste und die einfachste Route zu sein. Von der Stelle an der er stand zog sich die Schneise weitaus weniger steil nach oben als auf dem unteren Abschnitt. Die ausgewählte Route war einfach zu begehen, und er hatte die Passage schnell und ohne großen Kraftaufwand passiert. An manchen Abschnitten konnte er einfach hochgehen ohne sich mit den Händen festhalten zu müssen. Das änderte sich jedoch als die Schneise plötzlich 10 Meter unter einem breiten Bergsattel endete. Gerade nach oben zu klettern war nicht möglich, weil es viel zu steil war. Wenn er es überhaupt schaffen würde nach oben zu kommen, hätte er seitlich an der Bergflanke hoch klettern müssen, doch diese Option schien ihm viel zu gefährlich. Mit Glück hätte er es schaffen können an dem steilen Felsgrat nach oben zu klettern, doch auf sein Glück wollte er sich nicht verlassen, obwohl es nur noch 10 Meter waren die er zurücklegen hätte müssen. Enttäuscht und frustriert musste er die bittere Pille der Erkenntnis schlucken, dass er Angst davor hatte an der gefährlichen Stelle hochzuklettern, die ein guter Kletterer auch ohne Seil und Haken absolviert hätte. Das Seil nützte ihm auch nichts, und so blieb ihm nichts anderes übrig als umzukehren. Nach einer ausgiebigen Rast in der er sich der Realität hingab und seinen Frust in den Griff bekam, trat er hochkonzentriert den Rückzug an. Ohne Schwierigkeiten kam er relativ schnell an die Stelle an der sich die Schneise verzweigt. Auch an den beiden anderen Schneisen konnte er nicht bis zum Grat hoch sehen. Da die mittlere Schneise die steilste war entschied er sich an der rechten Schneise hochzusteigen. Ohne lange zu zögern machte er sich auf den Weg und kam zügig voran. Genauso wie auf der anderen Seite bot ihm auch diese Route genügend Möglichkeiten um sich mit den Händen festzuhalten und seine Füße sicher aufzusetzen. Als er zu der Stelle gelangte von wo aus der weitere Verlauf der Route von unten nicht mehr einsehbar war, stellte er ernüchtert fest, dass auch hier der Anstieg auf einen Bergsattel kaum bis gar nicht möglich war. Die Situation ähnelte der vorangegangenen in vielerlei Hinsicht. Severin stand wieder nur wenige Meter unter einem Bergkamm vor einer Bergflanke die von mehreren Rinnen durchzogen war. Die Rinnen waren schmale Schneisen in denen loses Gestein lag das vom Regen und dem Hagel nicht weggeschwemmt wurde und den Aufstieg zu einer gefährlichen Angelegenheit machten. Aufmerksam inspizierte Severin jede einzelne Rinne. Die meisten jedoch konnte er als Aufstiegsrouten sofort ausschließen. Am aussichtsreichsten schien ihm eine Stelle zwischen zwei Rinnen die sich wie ein langgezogener Felsbuckel bis direkt unter den Bergsattel ausdehnte. Der Felsbuckel war nur die ersten 5 Meter sehr steil und stieg dann in flachem Winkel an bis zum Bergsattel. Obwohl er unbedingt nach oben kommen wollte, durfte er sich keinen Druck machen. Jeder Fehler hätte ihn hier das Leben kosten können. Nachdem er den Bergbuckel genauestens untersucht und sich mehrere Minuten in eine kontemplative Versenkung begeben hatte, entschied er sich schließlich an dieser Stelle hochzuklettern. Durch die Meditation kam er zu der nötigen Gewissheit und Selbstsicherheit um sich der Herausforderung zu stellen. Severin nahm den Rucksack ab, stellte ihn auf einem Felsvorsprung ab und nahm das Seil heraus. Ein Ende des Seils machte er am Haltegriff vom Rucksack fest und das andere Ende band er sich um den Bauch. Entschlossen hantelte er sich Stück für Stück an dem steilen Felsen empor. An manchen Stellen konnte er lediglich einen schmalen Streifen von seinem Schuh oder nur die Schuhspitzen aufsetzen und sich nur mit den Fingerspitzen festhalten. Mit einer Hand und einem Fuß hatte er aber immer festen und sicheren Halt. Als er das steile Stück absolviert hatte, blickte er voller stolz und Freude an dem steilen Abhang hinunter und realisierte augenblicklich, dass er an dieser Stelle niemals hinunterklettern würde. Ebenso schnell wie sie gekommen waren verrauchten sein Stolz und seine Freude. Severin ließ sich aber nicht davon beirren und entmutigen. Irgendeine Lösung würde er finden. Im Notfall würde er das Seil oben festmachen und sich abseilen. Dann hätte er zwar kein Seil mehr um die große Plane darüber zu hängen, aber das könnte er verkraften. Umständlich löste er die Knoten des Seiles das er sich um seinen Bauch gewickelt hatte, und zog den Rucksack über den Felsen hoch. Dann wickelte er das Seil auf und stopfte es wieder in den Rucksack. Mit wenigen Schritten gelangte er sicher und unbeschadet auf den Bergsattel. Jetzt hatte er wirklich allen Grund stolz auf sich zu sein und sich seiner Freude hinzugeben. Severin hatte es geschafft! Wie lange er für den Aufstieg gebraucht hatte konnte er unmöglich sagen. Das Klettern erforderte all seine Aufmerksamkeit und die Zeit und alles andere hatte er dabei vergessen. Er schätzte, dass er etwa 2 Stunden für den Aufstieg brauchte inklusive dem Umweg, aber es hätten genauso gut nur eine oder fünf Stunden sein können. Die Klettertour war Meditation in reinster Form. Körper Geist und Seele harmonierten perfekt miteinander. Severin spürte nach wie er während des Kletterns eine Verbindung zum Berg herstellte und in seinem Tun völlig aufging. Während des Kletterns hatte er keine Sekunde daran gezweifelt, dass er scheitern könnte, und die unerklärliche Symbiose mit dem Berg rührte ihn beinahe zu Tränen. Als er seinen Blick über die grandiose Landschaft schweifen ließ die sich bei klarer Sicht unter ihm ausbreitete, rannen ihm in stummer Bewunderung Tränen über die Wangen. Noch nie bot sich Severin ein Anblick wie dieser.

Das Hinterland

Um seine Neugierde endlich zu stillen, betrachtete er zuerst das Hinterland von Osten über Norden nach Westen. Außer einem langgezogenen hohen Felsmassiv im Nordwesten erstreckte sich ein schier unendlich großer Wald mit vielen Erhebungen in allen möglichen Größen und Formen soweit sein Auge reichte. Das Gebirge auf dem er stand war, außer dem Felsmassiv, das einzige weit und breit. Die Ausmaße des Felsmassivs waren schwer einzuschätzen. Severin erkannte nur, dass das Felsmassiv höchstens halb so hoch war wie das Gebirge auf dem er sich befand und vielleicht 200 Meter lang. Was sich direkt hinter dem Felsmassiv befand konnte er nicht erkennen. Auf der Ostseite zwischen Wald und Meer war ein Streifen kahler Küstenlinie zu sehen. Von seiner Position aus konnte er nicht sehen dass diese Küstenlinie in Wirklichkeit steile Klippen waren. Das wusste er weil er sie gesehen hatte als er ein Stück weit ins offene Meer rausgeschwommen war. Dabei fiel ihm die weit entfernte Einkerbung bei den Klippen ein die er für eine Bucht gehalten hatte. Aber auch von hier oben konnte er nicht erkennen ob diese Einkerbung wirklich eine Bucht war von der aus er ins Hinterland gelangen könnte. Um das herauszufinden würde er noch genügend Gelegenheit haben, vielleicht auch nicht. Vorerst war es wichtiger sich mit seiner aktuellen Situation auseinanderzusetzen und sich einen Überblick zu verschaffen.

Die Waldfläche bestand hauptsächlich aus Fichten und von oben sah man nur die Wipfel der Bäume die nahezu die ganze Fläche in ein kräftiges und fruchtbares Dunkelgrün verwandelte. Dieses einheitliche Grün wurde von wenigen Laubbäumen mit ihren verschiedenen Grüntönen aufgelockert, doch die Laubbäume waren eindeutig in der Unterzahl. Einige Seen in unterschiedlicher Größe und einige Flüsse schimmerten bläulich und hoben sich deutlich vom Grün der Vegetation ab. Die größeren Dörfer waren mit freiem Auge nur als braune Flecken zu sehen an denen dünne Rauchsäulen aufstiegen. Wesentlich besser erkannte Severin die symmetrisch von den Bauern angelegten Felder in ihren unterschiedlichen Braun- und Grüntönen. Straßen oder Wege schlängelten sich ganz unscheinbar und kaum sichtbar durch den Wald und hörten abrupt irgendwo auf. Hochhäuser, Kirchen, sonstige archetektonischen Besonderheiten und vor allem Menschen waren keine zu sehen. Später, an einem besseren Platz würde er mit dem Fernglas nach ihnen Ausschau halten. Als er seine Neugierde nun endlich befriedigt hatte, ließ er seinen Blick von Westen über Süden nach Osten schweifen, und dabei stockte ihm fast der Atem. Über die Berggipfel hinweg sah er von ungefähr 1000 Meter Höhe auf das unendlich weite Meer. Als er sich weiter in Richtung Süden drehte sah er unter ihm ganz Temira. Er, der Herr von Temira stand zwischen zwei Berggipfel und hatte nun freie Sicht Richtung Süden. Aus dieser Perspektive bekam er einen besseren Eindruck über die wahre Größe von Temira. Zusammen mit der von den Felsen eingerahmten türkisblauen Lagune und dem unendlich weiten Meer im Hintergrund sah seine vorübergehende Wahlheimat wie ein Naturwunder aus. Erneut war er so dermaßen ergriffen von diesem Anblick dass ihm das Herz weh tat. Der überwältigende Anblick löste in ihm etwas aus das ihn tief bewegte und ihm erneut die Tränen in die Augen trieb. Severin wusste nicht wieso er weinte und es war ihm auch egal. Wie hypnotisiert bewunderte er Gottes wunderschöne Schöpfung, das saftige Grün der Wiesen, die von den Felsen begrenzte traumhafte Lagune deren Türkisblau durch die erdfarbenen Felsen wie ein großer Edelstein funkelte und das friedliche blaue Meer das aus dieser Höhe noch gewaltiger und viel größer wirkte als von unten. Gefangen in diesem spektakulären Anblick wäre Severin beinahe gestolpert und unvermittelt riss ihn der Schrecken aus seinem tranceartigen Zustand. Severin wischte sich die Tränen aus dem Gesicht, setzte sich den Rucksack auf und überquerte den gut begehbaren Bergkamm in Richtung Westen bis er an eine Stelle unter einem Berggipfel kam wo er sich gemütlich hinsetzen konnte um zu essen und zu trinken. Als er auf dem harten Felsen saß und über den Bergkamm blickte, wurde ihm bewusst, dass er um ein Haar abgestürzt wäre. Der trapezförmige Bergkamm war an der Stelle wo er gestolpert war höchstens einen Meter breit und links und rechts fiel er steil ab. Severin ermahnte sich erneut zur Vorsicht, verabsäumte es aber nicht Gott, seinem Schutzengel und seiner Geistführerin zu danken und bat sie alle im Rahmen ihres Möglichen um ihre weitere Unterstützung und Hilfe. Nach dem Dankgebet stillte er ausgiebig seinen Durst und probierte zaghaft ein Stück von dem kalten Fisch. Anfangs erschauerte er bei dem Gedanken kaltes Fleisch von einem Seeungeheuer zu essen, umso erstaunter stellte er fest, dass ihm die Muräne recht gut schmeckte. Beim Essen musste er zwar aufpassen und einige Gräten aus dem Fleisch heraus ziehen, doch dessen ungeachtet schmeckten die Muränenfilets ausgezeichnet, was wahrscheinlich daran lag, dass er einen Mordshunger hatte und Hunger bekanntlich der beste Koch ist.

Abgesehen davon hatte er wieder gut gekocht, wofür er sich ohne falsche Bescheidenheit ausgiebig selbst lobte. Wahrscheinlich wäre der Fisch ohne die Kräuter, das Öl, das mehrstündige Einlegen im Kräuterölgemsich und dem Grillen über der Holzglut nicht annähernd so gut geworden. Während seiner Selbstbeweihräucherung stellte er zudem mit großer Freude fest, dass die Kräuter die er gesammelt hatte ungiftig waren. Ganz im Gegenteil, die Kräuter hatten einen vorzüglichen Eigengeschmack und würden auch in Zukunft ein fixer Bestandteil seiner spartanischen Outdoorküche sein. Nachdem er seinen Gipfelschmaus beendet hatte, nahm er das Fernglas aus dem Rucksack und suchte das Hinterland nach Menschen ab. Da er nun eine gute Fernsicht hatte, fiel ihm sofort auf, dass die Rauchsäulen nicht von Kochfeuern stammten sondern von schwelenden Glutnester. Bei einigen dieser qualmenden Aschehaufen waren noch deutlich Flammen zu sehen. Schlagartig wurde ihm bewusst, dass die Gebäude, Häuser, Zelte oder Hütten der Dorfbewohner abgefackelt wurden. Severin konnte mit dem Fernglas nur zwei Dörfer gut sehen, die anderen waren zu weit weg, doch auch dort wo er bei den vereinzelten braunen Aussparungen im Dunkelgrün der Fichten Siedlungen vermutete, waren eindeutig Rauchsäulen zu sehen. Mit dem angesetzten Fernglas ließ er seinen Blick wieder zurück zu der Siedlung schweifen die ihm am nächsten war. Ganz deutlich konnte er 12 Rauchsäulen sehen. Ein Gebäude welcher Art auch immer konnte er keines sehen. Die Aschehaufen lagen weit auseinander, was eindeutig auf Brandstiftung schließen ließ. Jemand hatte die Gebäude vorsätzlich angezündet. Aber warum? Vielleicht grassierte eine Seuche oder marodierende Banditen, Gangster oder ein ähnliches feiges Lumpenpack hatten die Dörfer gebrandschatzt. Als er keine Menschenseele sehen konnte, ging er unvermittelt hinter einem Felsvorsprung in Deckung. Falls die Bewohner nicht alle getötet wurden, was er für sie hoffte, und einigen von ihnen die Flucht gelang, würden sie sich jetzt irgendwo verstecken. Und wo bringt man sich am besten in Sicherheit? Dorthin wo man ihnen auch mit Hunden nicht folgen kann, und das wäre irgendwo in der Nähe eines Flusses, an einem Bach oder an einem See. Aber vielleicht flüchteten einige Leute auch auf einen steilen Berg! Diese Annahme war gar nicht so abwegig. Was gegen diese Annahme sprach war die Tatsache, dass auf Temira keinerlei Spuren von Menschen zu sehen waren, und mittlerweile hatte er sich einen guten Überblick über Temira verschaffen können. Aus irgendeinem Grund hatten die Menschen aus dem Hinterland nie das Gebirge überquert. Wieso sollten sie auch? Dort unten im Hinterland gab es Wasser, Holz, Wild und die Menschen hatten das Land urbanisiert. Sie hatten Waldflächen gerodet, Felder angelegt, wahrscheinlich betrieben sie auch Viehzucht und Bergbau und sie waren ihre eigenen Herren, bis jetzt zumindest. Mit Entsetzen dachte er daran wie er zuvor eine kleine Ewigkeit für jedermann gut sichtbar auf dem Bergkamm gestanden hatte. Das war dumm von ihm, sehr dumm. Severin überschüttete sich mit Selbstvorwürfen, dass er jegliche Vorsicht in seiner Verzückung fahren ließ und sich an einer exponierten Stelle wie ein Tor zur Schau stellte. Mit grimmiger Mine kauerte Severin hinter dem Felsvorsprung und überlegte angestrengt was er jetzt tun sollte. Umkehren wollte er definitiv nicht, zumindest nicht sofort. Dafür hatte er zu viel Energie und Herzblut investiert um sich jetzt feige aus dem Staub zu machen. Von seiner Position aus hatte er einen ungehinderten Blick auf die rechte Seite vom Gebirgszug und er konnte auch mit Sicherheit bestimmen dass es auf der rechten Seite keine Möglichkeit für einen Abstieg ins Hinterland gab. Zumindest nicht auf dem Abschnitt den er überblicken konnte und vor allem für ihn nicht. Um an diesem Abschnitt an irgendeiner Stelle hinunter zu klettern hätte er ein viel längeres Seil gebraucht. Sein Seil war aber nur 20

Meter lang. Also kroch er langsam und vorsichtig hinter dem Felsvorsprung hervor und blickte an der Felsflanke hinunter ins Hinterland. An der Stelle an der er sich befand war der Bergkamm zu Ende und vor ihm erhob sich ein Berg der ein Weitergehen auf die linke Seite Richtung Westen zu keiner unmöglichen aber zu einer äußerst riskanten Angelegenheit machte. Abgesehen davon wäre er weithin sichtbar wenn er den Berg überqueren würde, vor allem am Gipfel. Den Berg an seiner Flanke queren wäre eindeutig eine bessere Option. Allerdings käme eine Querung nur auf der Temira zugewandten Bergflanke in Frage, weil er dort für die Menschen vom Hinterland unsichtbar bliebe, es sei denn dass ihn jemand von der Meerseite her beobachten würde. Doch er hatte weit und breit kein einziges Schiff oder ein Boot gesehen. Da sich der geschlossene Gebirgszug bananenförmig von der Küste im Osten bis zur Küste im Westen ausdehnte und so eine natürliche Abgrenzung zwischen Temira und dem Hinterland war, könnte ihn nur jemand sehen der sich ebenfalls auf dem Gebirge befand. Um nach einer Möglichkeit zu suchen ins Hinterland abzusteigen, musste er sich nach Westen bewegen, eine andere Option gab es nicht. Die Bergflanke dehnte sich weit aus und durch die Krümmung der Bergflanke konnte er nicht sehen wie und ob er überhaupt auf die andere Seite des Berges gehen konnte. Der vor ihm liegende Teil der Bergflanke den er sehen konnte, war jedoch relativ gut begehbar. Es lag kein loses Geröll herum und die Unebenheiten des Felsens würden ihm ausreichend Halt bieten. Das einzige was ihn zögern ließ war der Blick in die Tiefe. Sollte er nur einen einzigen Fehler machen würde er auf direktem Weg hinunter nach Temira rollen. 1000 Meter auf einem harten Felsen hinunter rollen, wäre selbst für den besten Stuntman ein Unfall mit garantierter Todesfolge. Wäre der Berg nur 10 Meter hoch würde er auf einem Bein hinüber hüpfen, aber die Angst vor dem Fallen erschütterte seine Selbstsicherheit. Severin setzte sich und schloss die Augen. Er lauschte auf die Stille die in dieser Höhe herrschte und versuchte sich zu beruhigen. Dabei wunderte er sich, dass er keine Schreie hörte, kein Brüllen, keine Hilferufe, kein Schuss, kein Blöken, kein Muh und kein Mäh, nichts. Was war da unten geschehen, und wo waren die Menschen und die Tiere? Angetrieben von seiner unwiderstehlichen Neugierde schulterte er den Rucksack und machte sich daran die Bergflanke zu überqueren. Einmal als er einen guten Stand hatte blieb er kurz stehen und wagte es einen Blick auf den Abhang zu werfen. Dabei wurde ihm übel und er musste seinen Blick sofort wieder abwenden. Plötzlich fing sein linker Fuß an unkontrolliert zu zittern. Severin musste sich so gut wie möglich an den Felsen drücken und mit Entsetzen stellte er fest, wie sich die Angst wie ein lähmendes Gift in ihm ausbreitete. Er spürte dass er kurz davor war sich zu erbrechen, und nachdem er mehrere Minuten wie ein zitterndes Häufchen Elend am Felsen kauerte, musste er sich übergeben. Da er mit der linken Wange am Fels klebte und sich nicht traute seine Stellung zu ändern, kotzte er sich selbst an. Das Erbrochene rann ihm über seinen Oberkörper und sammelte sich bei seinem angezogenen rechten Fuß. Mehrere Male würgte er in kurzen Abständen seinen Mageninhalt hervor bis nur noch Galle hoch kam. Das Zittern breitete sich auf seinen ganzen Körper aus und eine furchtbare Angst überkam ihn. In seiner Todesangst war er unfähig sich zu bewegen, und einzig sein zaghafter Widerstand gegen das todbringende Hinunterrollen an der Bergflanke gab ihm die Kraft in seiner Position auszuharren. Er hatte auch keine Kraft mehr um sich Selbstvorwürfe zu machen, alles schien verloren und vorbei. Als er sich in sein Schicksal ergab und bereit war den Löffel abzugeben, hörte das Zittern abrupt auf, und ganz langsam, unendlich langsam kehrte Kraft in seinen Körper zurück. Er musste irgendwie seinen linken Fuß in eine bessere Position bringen da er sonst einen Krampf bekomme würde. Außerdem schmerzte ihn der Knöchel unerträglich. Ganz vorsichtig veränderte er seine Position auf dem Felsen und richtete seinen Blick ganz stur auf den Felsen vor ihm. Es gelang ihm seinen Fuß abzuwinkeln und sich mit seinen Händen abzustützen damit er die Position seiner Füße wechseln konnte. Severin musste seinen Blick auf seine Füße richten auch wenn er dabei Gefahr lief erneut in den schrecklichen Abgrund zu blicken. Die kleinen Senken und Anhöhen des Felsens machten auch seine neue Position zu einer höchst unbequemen Angelegenheit die ihn sehr bald schmerzte. Also blieb ihm nichts anderes übrig als wieder auf die Füße zu kommen. Das versuchte er auch, doch als er aufstehen wollte breitete sich das Erbrochene unter seinen Füßen aus und machte den abschüssigen Felsen schmierig und noch gefährlicher als zuvor. Auf den Zehenspitzen und mit den Händen abgestützt stand er in gebogener Haltung mit ausgestrecktem Hintern am Felsen. Wieder verging eine gefühlte Ewigkeit bis er imstande war seinen rechten Fuß auf trockenen Felsen zu setzen. Als er festen Halt hatte, stellte er auch den linken Fuß auf trockenen Felsen und erhob sich nun zu voller Größe mit dem Blick zur Felswand. Er hatte immer noch Angst weiterzugehen, doch er war sich sicher dass er es schaffen würde. Nur, in welche Richtung sollte er gehen? Sollte er zurückgehen und die Aktion abblasen? Oder sollte er doch versuchen seinen Weg fortzusetzen um die Lage zu sondieren, was ja eigentlich sein Ziel war? Angeekelt schmeckte Severin den widerlichen, stechenden Geruch seiner Kotze im Mund. Er hätte gerne mit Wasser den Mund ausgespült, doch um den Rucksack abzunehmen war er noch zu unsicher. Um wieder in die Gänge zu kommen musste er ein paar Schritte machen, was ihm auf Anhieb gut gelang. Viel schwieriger war es nicht in den Abgrund zu schauen. Aus den Augenwinkeln konnte er den Abgrund immer wahrnehmen. Mit eisernem Willen unterdrückte er diese furchteinflößenden Eindrücke und blickte nur noch stur auf den Felsen direkt vor seinen Füßen. Nach sorgfältigem Abwägen seiner Möglichkeiten entschied er sich dazu die Bergflanke nach Westen hin zu überqueren, um auf der anderen Seite des Berges die Gegebenheiten zu erkunden.

An manchen Stellen wurde das Gehen zu einem Balanceakt der ihn unter anderen Umständen begeistert hätte. An der steilen Bergflanke hingegen war es ein Tanz auf Messers Schneide mit der sicheren Aussicht auf einen schauerlichen Tod. Er vermied es zwar in den gähnenden Abgrund zu blicken, doch das Wissen darum war stets gegenwärtig in seinem Bewusstsein. Mehr als einmal musste er stehen bleiben und sich auf allen vieren am Felsen abstützen um den nächsten Schritt zu planen. Mit seinen Bergschuhen hatte er einen guten Halt am Felsen, doch das unsichere Gehen auf dem schrägen Felsen forderte ihn bis zur Erschöpfung. Seine Bänder an den Außenseiten seiner Füße waren ständig überdehnt und die Hände schmerzten ihn zunehmend vom dauernden Abstützen auf dem Felsen. Einmal als er während einer Rast nach oben auf den Gipfel blickte, wurde ihm zu allem Überfluss bewusst, dass er einem Steinschlag von oben schutzlos ausgeliefert war. Er konnte nur hoffen, dass der starke Regen und der Hagel lose Steine vom Berg weggespült hatten. Als er seinen Blick vom Gipfel abwandte schaute er in den Himmel und stellte erleichtert fest, dass zumindest das Wetter auf seiner Seite war. Der Blick auf das einheitliche helle Blau des Himmels beruhigte ihn und erfüllte ihn mit Frieden und Gelassenheit. Die Überquerung der Felsflanke war zwar eine immense körperliche Herausforderung, doch viel mehr als der Körper war seine Psyche gefordert. Sein Geist bestimmte ob er wankelmütig oder entschlossen war und sein Geist war es auch der ihm die Gefahren vor Augen hielt und ihn dadurch schwach werden ließ. Um die Querung der Bergflanke heil zu überstehen musste er sich zusammen reißen, mehr als jemals zuvor, und mit bedingungsloser Entschlossenheit weitergehen. Das tat er auch. Severin erhob sich, er blendete alle möglichen Gefahren aus. Seine Schmerzen verdrängte er und ging entschlossen ohne ein einziges Mal stehen zu bleiben auf dem schrägen Felsen weiter Richtung Westen. Der letzte Abschnitt der Felsflanke, den er von seiner Ausgangsposition im Osten nicht sehen konnte, endete erneut an einem Bergkamm. Erleichtert ließ er sich auf einem winzigen ebenen Plateau knapp unter dem Bergkamm nieder, nahm die Wasserflasche aus dem Rucksack und spülte den ekligen Geschmack aus seinem Mund. Um schnell wieder zu Kräften zu kommen aß er ein Stück Traubenzucker und einen Energieriegel und trank ausgiebig Wasser. Ganz kurz labte er sich am Anblick auf das weite Meer, auf die türkisblaue Lagune und das satte Grün der Wiesen auf Temira, bis er den Blick unvermittelt abwenden musste. Der Blick in die Tiefe brachte seine Selbstsicherheit gefährlich ins Wanken. Severin änderte seine Sitzposition und konzentrierte sich ausschließlich auf das was vor ihm war. Der Anblick seines vom Erbrochenen nassen Hemdes und der Hose war nicht sehr erbaulich, zumal er keine Kleider zum Wechseln dabei hatte und sich beschmutzt fühlte, doch damit konnte er umgehen. Das war nicht lebensbedrohlich, nur unangenehm. Als er sich erholt hatte nahm er das Fernglas aus dem Rucksack und pirschte sich vorsichtig bis an den Rand des Bergkamms. Um nach unten ins Hinterland sehen zu können musste er auf dem schmalen Kamm ein paar Meter robben bis er hinter einer Felserhebung in gebückter Haltung seitlich vom Felsen nach unten blicken konnte. Bevor er das Fernglas ansetzte sondierte er die Lage mit freiem Auge. Alles war ruhig und auch aus den Augenwinkeln konnte er keine Bewegungen wahrnehmen. Kein Mensch war zu sehen, kein Vogel oder ein anderes Tier bewegte sich in seinem Blickfeld. Kein Kraftfahrzeug am Boden und kein Kondensstreifen von einem Flugzeug am Himmel war zu sehen. Einzig die dünnen Rauchsäulen der schwelenden Aschehaufen stiegen gerade in die Höhe bis sie sich auflösten. Es war vollkommen windstill, ein wunderschöner sonniger Sommertag, und doch war die Gefahr spürbar, genauso wie er es in der Nacht geträumt hatte. Verblüfft erkannte Severin, dass er ein Visionär war der die Zukunft voraussehen kann. Allerdings musste er sich eingestehe, dass er ein lausiger Visionär war, da ihm sein Traum nichts davon offenbarte, dass er auf der Bergflanke Todesängste ausgestanden hatte und sich ankotzte. Vielleicht, dachte sich Severin, könnte er diese Fähigkeit irgendwie ausbauen oder verbessern um zukünftig solche Scheißsituationen zu vermeiden. Während er in Gedanken versunken den Blick weiter Richtung Westen schweifen ließ entdeckte er eine vielsprechende Schneise die schräg nach unten ins Hinterland führte und in einem Waldstück endete. Wie die Route dann weiterging konnte er nicht sehen. In dieser Schneise würde er ein gutes Stück gefahrlos nach unten ins Hinterland absteigen können. Allein diese Aussicht auf einen ungefährlichen Teilabstieg ins Hinterland war die gefährliche Überquerung der Bergflanke wert gewesen. Sein Organismus lief wieder auf vollen Touren. Er war wieder im Entdeckermodus, zuversichtlich, neugierig, gespannt, in freudiger Erwartung etwas Neues zu entdecken und endlich eine Antwort auf seine Frage zu bekommen. Nach wie vor hatte Severin keine Ahnung wo er sich überhaupt befand und in welcher Zeit oder in welchem Universum er gelandet war. Diese Fragen ließen ihm keine Ruhe, doch er musste seine Begeisterung zügeln, da er sonst erneut Gefahr lief Fehler zu machen. Also konzentrierte er sich auf seine unmittelbare Umgebung und versuchte sich einen Überblick zu verschaffen. Der Gebirgszug, soweit er es bis anhin beurteilen konnte, war eine Aneinanderreihung von unterschiedlich hohen Bergen in allen möglichen Formen. Zwischen den Bergen erstreckten sich mehr oder weniger langgezogene Bergkämme und schmale Bergsattel. Es gab keine Anzeichen von irgendwelchen Wegen oder Pfaden. Die Vegetation erstreckte sich bis auf die Gipfel. Nur wenige Berggipfel bestanden aus nacktem Fels, genauso wie der den er gerade gequert hatte. Der Bergkamm auf dem er sich befand war etwa 2 Meter breit, etwa 20 Meter lang mit einigen niedrigen Senken und einigen Erhebungen aus Felsen und Grassoden hinter denen er nur spärlichen Schutz fand. Trotz diesen Senken und Erhebungen hätte man mühelos einen Kinderwagen von einer Seite zur anderen schieben können. Bei seinem ersten Versuch hochzusteigen stand er unter genau diesem Bergkamm circa 10 Meter weiter unten. Da er nicht weiterkam musste er wieder umkehren, und auch von hier oben sah er keine Möglichkeit wo er auf diesen Bergkamm hätte hochsteigen können. Nachdem er sich einen Überblick verschafft hatte, legte sich Severin mit dem Rücken auf den Boden und schloss die Augen, um sich auf die Geräusche zu konzentrieren. Es war nichts zu hören, Totenstille, nur sein regelmäßiges Ein- und Ausatmen konnte er hören. Diese Stille war nicht dieselbe die er schon so oft auf den Bergen abseits der Zivilisation wahrgenommen hatte. Diese Stille war nicht erhaben, friedlich und erfüllend. In dieser Stille spürte er die Schwingungen von Gefahr, Anspannung und Angst. Vielleicht bildete er sich das alles nur ein weil er die Feuer gesehen hatte, und sein voreiliger Verstand ein Schreckensszenario kreierte das ihn zu dieser Annahme verleitete. Nichtsdestotrotz witterte er Gefahr und vertraute seiner Wahrnehmung. Langsam rollte er sich auf den Bauch, robbte langsam weiter nach rechts bis er freie Sicht auf das Hinterland hatte. Mit den Ellbogen stützte er sich auf dem Boden ab, setzte das Fernglas an und inspizierte systematisch das Hinterland von Osten über Norden nach Westen. An den Stellen die sich wie braune Flecken vom Wald abhoben verweilte er länger, bis er sich völlig sicher war, dass überall dort wo er mit seinem freien Auge Rauch aufsteigen sah, Siedlungen gewesen sein mussten. Bei der am nahesten gelegenen Siedlung konnte er sogar Zäune erkennen die vom Feuer verschont blieben, zertrampelte Felder und einige wenige Schornsteine und Ummauerungen von Brunnen denen das Feuer nichts anhaben konnte. Selbst mit dem Fernglas konnte er weder Anzeichen von Leben noch irgendwelche Leichen von Menschen- oder Tierleichen entdecken. Als er versuchte eine Erklärung für diesen sonderbaren Anblick zu finden, kam ihm ein Gedanke der ihn über die Maßen beunruhigte. Vielleicht war er der Grund wieso sich niemand zeigte. Schließlich stand er in voller Größe auf einem Bergkamm, er bewegte sich und war für Jedermann gut sichtbar. Der Gedanke erschreckte ihn zunehmend, und vielleicht waren auch schon die ersten Neugierigen unterwegs um nachzusehen wer sich da auf dem Berg herumtreibt. Die Tatsache dass er keine Straßen, Autos, eigentlich überhaupt keine Anzeichen von Zivilisation erkennen konnte, ließ darauf schließen, dass da unten nur Eingeborene, Wilde, Aussteiger oder dergleichen lebten. Was würden sie wohl denken wenn sie ihn mit dem Fernglas, dem modernen Rucksack, mit den guten Bergschuhen und all den anderen Errungenschaften moderner Zivilisation sehen würden. Wobei seine vollgekotzten Kleider ihren Eindruck von ihm bestimmt relativieren würden. Was sollte er jetzt machen? Zurückgehen nach Temira, hier oben warten oder versuchen der Sache auf den Grund zu gehen? Falls wirklich eine Seuche der Grund dafür war, dass alle Behausungen abgefackelt wurden und die Bewohner ihre Siedlungen verließen, wäre es nicht sehr schlau gewesen wenn er sich in das vermeintliche Seuchengebiet begeben würde. Also entschloss er sich zu warten. Severin setzte das Fernglas ab und robbte langsam rückwärts zu der ebenen Stelle unter dem Bergkamm, und wartete. Nach wie vor konnte er den

Blick auf Temira von seiner Position aus nicht genießen, weil ihm sofort schwindlig wurde und er ein mulmiges Gefühl im Magen bekam. Severin war sich ziemlich sicher, dass er von nun an öfters in diesem Gebirge unterwegs sein würde. Um das Hinterland zu erkunden würde er wohl oder übel das Gebirge mehrmals überqueren müssen, was er nicht sonderlich reizvoll fand. Um sich nicht der ständigen Gefahr und der Anstrengung aussetzen zu müssen, wäre es vielleicht sinnvoller wenn er sich zuhause ein kleines Ruderboot zulegen und nach Temira mitnehmen würde. Mit dem Boot könnte er der Küste entlang rudern und von der Meerseite her ins Hinterland vorstoßen. Der Gedanke gefiel ihm immer besser, obwohl die Unwägbarkeiten auf hoher See ein großer Unsicherheitsfaktor waren. Vielleicht war diese Einkerbung an der Küstenlinie im Osten wirklich eine Bucht, doch von seiner Position aus konnte er die Auskerbung nicht sehen, weil der Bergrücken ihm die Sicht versperrte. Mit Bedauern das schnell in Wut überging, schalt er sich dafür dass er sich nicht mit dem Fernglas vergewisserte ob die Einkerbung eine Bucht war, als er noch die Gelegenheit dazu hatte. Noch einmal würde er auf keinen Fall die Bergflanke queren um sich Gewissheit zu verschaffen. Also musste er sich wohl oder übel damit zufrieden geben, dass er nur über das Gebirge ins Hinterland gelangen würde. Um sich zukünftig schwindelfrei mit der nötigen Selbstsicherheit im alpinen Gelände zu bewegen müsste er sich besser auf das Klettern einstellen und seine ständige Angst vor dem Abstürzen in den Griff bekommen.

Es müsste so funktionieren wie beim Aufstieg, als er eine harmonische Verbundenheit mit dem Berg spürte die ihn tief ergriffen hatte. Als er dann jedoch in schwierigeres Gelände kam war es ganz schnell aus mit dieser Ergriffenheit, und der Berg machte ihm eine Heidenangst. Severin würde lernen müssen eine dauerhafte, tiefe Beziehung mit dem Berg einzugehen, und um das zu tun, würde er den Berg akzeptieren müssen so wie er ist, mit all seinen Tücken und Gefahren. Anfangs hörte sich das in seinem Inneren lächerlich an, mit einem Berg eine Beziehung eingehen, wie sollte das funktionieren? Und doch spürte er, dass etwas dran war an seiner Privattheorie. Um seine Theorie zu überprüfen ließ er seinen Blick erneut über Temira schweifen, bis ihm wieder ganz flau im Magen wurde und er seine Augen schließen musste. Das würde er x-fach wiederholen müssen. An einer exponierten, gefährlichen Stelle in die Tiefe schauen, solange bis ihm nicht mehr schwindlig wird. Vom langen Sitzen auf dem harten Felsen schmerzte ihn allmählich der Hintern, und so begab er sich erneut auf den Bergkamm um mit dem Fernglas die Lage zu sondieren. Dabei konzentrierte er sich hauptsächlich auf die Ufer an den Bachläufen und den Seen. Falls sich wirklich Lebewesen da unten aufhalten sollten, müssten sie früher oder später zu den Wasserstellen kommen, doch es war nach wie vor keine Menschenseele zu sehen. Als ihn die Ellenbogen schmerzten beendete er seine Suche und zog sich langsam zurück. Seiner Schätzung nach war es inzwischen später Nachmittag und somit Zeit um den Rückweg anzutreten.

Um nach unten nach Temira zu gelangen würde er entweder die Bergflanke, auf der er sich übergeben hatte, queren oder sich von der Stelle an der er sich befand abseilen müssen. Einen Schritt entfernt von dem winzigen Plateau auf dem er saß war eine geeignete Felserhebung an der er das Seil festbinden konnte. Der Gedanke dass er sich abseilen musste war für Severin nicht sonderlich erbaulich. Eine andere Möglichkeit wäre gewesen auf dem Bergkamm weiter Richtung Westen zu gehen und sich dort eine Abstiegsmöglichkeit zu suchen, doch so wie er die Lage einschätzte, hätte er sich auch dort abseilen müssen. Also entschied er sich dazu das Seil bei der Felserhebung in unmittelbarer Nähe festzumachen. Noch nie in seinem Leben hatte er sich irgendwo abgeseilt. Für Severin war es ein törichter Akt sein Leben an ein Seil zu hängen, und doch würde ihm nichts anderes übrig bleiben als seine Bedenken über Bord zu werfen und sich der Herausforderung zu stellen. Doch das war leichter gedacht als getan. Die Theorie des Abseilens war ihm bekannt. Er müsste sich im rechten Winkel gegen den Felsen stemmen, das Seil quer über dem Rücken mit der linken Hand links unten und der rechten Hand rechts oben festhalten und sich langsam Stück für Stück 10 Meter in die Tiefe abseilen. Um diese Technik anzuwenden fehlte ihm eindeutig der Mut. Also machte er es auf die dilettantische Hosenscheißerart. Er legte das 12 Millimeter dicke Kunststoffseil um den Felsen, verknotete es sicherheitshalber 5 mal und machte ein paar Tests indem er mehrere Male mit dem Rücken zum Bergkamm mit aller Kraft und seinem ganzen Gewicht daran zog. Als er sich sicher war dass das Seil halten würde, warf er das Seil in die Tiefe, krabbelte auf allen Vieren zu der Stelle an der er das Seil festgemacht hatte, schlang sich das Seil umständlich um seine Taille und ließ sich, mit beiden Händen das Seil festhaltend, in das Seil fallen. Wie ein nasser Sack hing er nun an der Bergflanke und wünschte er wäre nie in dieser Höhle im Saiblachtal eingeschlafen. Seine Hände verkrampften sich und hielten das Seil wie einen Schraubstock fest, unfähig sich auch nur einen einzigen Zentimeter am Seil hinunter zu hanteln. Mit den Schuhspitzen tastete er verzweifelt den Felsen ab um daran Halt zu finden damit er seine Hände entlasten konnte. Severin konnte weder hinauf noch hinunter klettern und er wagte es nicht am fast senkrecht abfallenden Felsen hinunterzublicken um eine Stelle zu finden auf die er seine Füße stellen konnte. In seiner Erstarrung überkam ihn eine lähmende Angst die ihn erneut zum Weinen brachte, was sich allerdings sehr schnell änderte. Als die ersten Tränen über seine Wangen liefen wurde er wütend über sein erbärmliches Verhalten das ihm in keinster Weise hilfreich war. Als sich seine Wut steigerte obsiegte sie gegen die lähmende Angst und gab ihm die notwendige Kraft um seine Hände nach einer gefühlten Ewigkeit abwechselnd vom Seil zu lösen, und sich verbissen über den steilen Felsen abzuseilen, bis er wieder Halt unter den Füßen hatte. Severin blickte an der Felswand hoch und schwor sich nie wieder dieser schändlichen Angst die Oberhand zu überlassen. Dann nahm er das Messer und schnitt das Seil auf Bauchhöhe ab. Bei dem Gedanken daran am Seil wieder hochzuklettern überkam ihn unvermittelt ein heftiger Schauer, den er jedoch entschlossen verdrängte. Er wickelte den Rest des Seils auf und dachte sich dabei, dass es noch lange genug sein könnte um es zwischen den zwei Bäumen aufzuspannen und die große Plane darüber zu hängen. Vorausgesetzt dass er das Seil nicht für eine andere scheiß Kletterpartie brauchen würde. Nachdem er sich ein paar Minuten ausgeruht hatte stieg er an der Schneise hinunter. An einigen Stellen musste er sich umdrehen und die Hände zu Hilfe nehmen, doch im Großen und Ganzen war der weitere Abstieg zwar gefährlich aber dennoch gut machbar. Als er an den Anfang der keilförmigen Geröllhalde gelangte, konnte er endlich wieder in einen zügigen Marschiermodus wechseln und war heilfroh, dass er die halsbrecherische Klettertour heil überstanden hatte. An einem schattigen Ort bei den Wasserläufen nahm er den Rucksack ab, zog sich nackt aus und sprang in das kalte klare Wasser, das ihn augenblicklich von seiner erlittenen Pein befreite. Mit sinnlichem Genuss löschte er seinen Durst, wusch sich den Schweiß und das Erbrochene von seinem Körper und ergötzte sich an einem ausgiebigen Bad im klaren Quellwasser das seine Lebensgeister wieder aufmunterte. Nachdem er auch seine Kleider und den Rucksack gewaschen hatte spazierte er quietschfidel zum Heidelbeerfeld und labte sich an den zuckersüßen Beeren. Jeden Tag reiften neue Beeren an den unzähligen Stauden und boten ihm kostenlos einen unerschöpflichen Vorrat an frischen und gesunden Früchten. Glückselig trat er seinen Rückweg an und bedankte sich in stiller Andacht bei der geistigen Welt, dass sie ihn noch nicht zu sich geholt hatte. Als er ins Lager kam checkte er zuerst ob sich jemand an seinen Lebensmittelvorräten zu schaffen gemacht hatte, was nicht der Fall war. Die Zweige lagen unberührt an derselben Stelle wo er die Muräne deponiert hatte. Dann hängte er seine nassen Kleider zum Trocknen auf und zündete ein Feuer an. Da er einen Bärenhunger hatte wartete er nicht bis das Holz abgebrannt war. Er setzte den Grillrost auf die Steine und legte die restlichen Muränenfilets die er noch im Rucksack hatte darauf. Die hochzüngelnden Flammen erhitzten das Fleisch im Handumdrehen. Gierig verputzte er ein Filet nach dem anderen bis nichts mehr übrig war und wünschte sich, dass er ein Bier, oder besser noch, ein Fässchen Bier mitgenommen hätte. Seit er auf Temira war hatte er nie Lust auf Alkohol verspürt, doch nach der anstrengenden Tour wäre ihm ein Bier höchst willkommen gewesen. Um sich von der verlockenden Vorstellung zu lösen erhob er sich von seinem Stuhl, zog sich trockene Kleider an, packte ein paar Sachen in den Rucksack und spazierte gut gelaunt durch den Wald und die herrlich bunte Wiese bis zu der Stelle wo er das Treibgut auf einen Haufen gelegt hatte. Mit dem Klappspaten grub er solange die Erde um bis er ein paar Würmer fand die er in einen kleinen mit Erde gefüllten Plastiksack gab. Dann setzte er sich hin, nahm das Silchknäuel das er nach dem Sturm am Strand gefunden hatte und versuchte es geduldig zu entwirren.

Dabei stieß er aber sehr schnell an seine Geduldsgrenze und so musste er mehrere Male sein Messer zu Hilfe nehmen. Als er damit fertig war hatte er mehrere unterschiedlich lange Silchstücke von denen er nur zwei gebrauchen konnte. An einem dieser Silche war sogar ein großer Haken mit einem Stahlvorfach festgemacht was ihm sehr gelegen kam, da er nicht daran dachte mehrere Angelhaken mitzunehmen. Er bestückte den anderen Silch mit einem Haken und befestigte ihn an einem Bambusstecken. Den Silch mit dem Stahlvorfach band er ebenfalls an einem vom Meer angespülten starken Bambusstecken fest. Nun hatte er zwei Angelruten deren Haken er mit Würmern bestückte. Dann ging er mit seinen Angelruten zur selben Stelle wo er schon zwei Fische gefangen hatte, steckte zwei Bambusstecken tief in eine Felsspalte und warf die Köder ins Meer. Als stolzer Besitzer von selbstgemachten Angelruten, allerdings ohne Angelrolle, fühlte er sich zum ersten Mal in seinem Leben wie ein richtiger Fischer. Glücklich und zufrieden setzte er sich auf den Felsen und ließ die Füße im erfrischend kühlen Meerwasser baumeln, was eine wahre Wohltat für seine geschundenen Füße war. Die Sonne stand schon ziemlich tief und er würde höchstens noch 2 Stunden Sonnenlicht haben, die er bewusst genießen wollte. Bis jetzt war er während des Tages immer nur in Aktion gewesen, obwohl er sich auf dem schönsten Flecken Erde aufhielt den er sich vorstellen konnte. Severin musste sich allerdings eingestehen dass er kein passiver sondern eindeutig ein aktiver Genießer ist, der es nicht lange aushält ruhig mit einer Angelrute in der Hand herumzusitzen. Es hatte schon seine Richtigkeit dass er nur zwei oder dreimal als Kind Fischen war. Als ihm bewusst wurde dass ihm das langweilige Fischen nicht liegt, machte er noch ein paar Zupfer mit seiner Angelrute und steckte sie dann in einen Felsspalt. Dennoch war er zufrieden mit sich selbst weil er es zumindest probiert hatte sich dem Fischen hinzugeben. Eine halbe Stunde lang hatte es ja auch gut geklappt, bis er es vor Langeweile nicht mehr aushalten konnte, und sein kurzes Anglerintermezzo beenden musste. Mit einem kräftigen Satz machte er einen Kopfsprung ins Meer und schwamm durch die Lagune bis zu dem Felsen der den Sandstrand vom Kiesstrand trennte. Er kletterte an dem flachen Felsen hoch auf dem er eigentlich eine Siesta nachholen wollte, doch auch das war ihm zu langweilig. Severin war nicht in der Stimmung sich der Muse hinzugeben, und so ging er am Kiesstrand entlang bis zu dem Felsplateau an dem er das Fischernetz aufgehängt hatte. Die von der ständigen Brandung glatt geschliffenen Kiesel fühlten sich angenehm an den Fußsohlen an, und vor allem dort wo sie vom Wasser überspült wurden leuchteten die Steine in allen möglichen Farben. Am uferseitigen Strandabschnitt wo die Kieselsteine trocken waren schienen sie matt und farblos. Jedes Mal wenn die Wellen anbrandeten und sich bald darauf wieder zurückzogen war das typische Rauschen und knirschende Rollen der nassen Steine zu hören das man nur auf einem Kiesstrand hören kann und wie Musik in Severins Ohren klang. Trotz der Strapazen des Tages fühlte er sich frisch und munter. Er legte sich parallel zur Wasserlinie auf den Kiesstrand und ließ sich von den Wellen hin und her rollen. Der Wellengang war genau richtig, nicht zu schwach und nicht zu heftig. Jede heran rollende Welle riss ihn aus seiner Position und entlockte ihm ein herzhaftes Lachen. Ausgelassen wie ein kleines Kind gab er sich bis zur Erschöpfung dem Spiel mit den Wellen hin. Severin konnte sich nicht erinnern wann er das letzte Mal soviel Spaß beim Baden hatte. In seinem Überschwang hätte er beinahe vergessen was er eigentlich dort wollte. Severin watete in die Lagune und war mit wenigen Schwimmzügen an der Stelle wo er das Fischernetz zwischen den Felsen aufgehängt hatte. Erleichtert stellte er fest, dass kein einziger Fisch ins Netz gegangen war. Nach dem fröhlichen Spiel mit den Wellen hatte er keine Lust einen Fisch auszunehmen und zu verwahren. Dabei fiel ihm ein dass er eigentlich noch seinen Kühlschrank, indem der Rest der Muräne lag, vergrößern wollte. Da er am Felsen oberhalb der Wasserlinie guten Halt fand zog er sich aus dem Wasser und kletterte leichtfüßig auf das Felsplateau. Mit freiem Auge konnte er von seiner Position aus im Groben erkennen wo er am Vormittag auf das Gebirge hochgestiegen war, wo er den Berg gequert und sich übergeben hatte, die Stelle wo er wie ein wimmernder Sack am Seil hing und den Großteil der Schneise an der er abgestiegen war. Irgendwie kam es ihm so vor als wäre er niemals dort gewesen, als hätte er die Klettertour gar nicht gemacht. Nackt wie er war, stand er auf dem Felsplateau und dachte daran wie er vor wenigen Minuten dem ausgelassenen, kindlichen Treiben mit den Wellen auf dem Kiesstrand frönte. Dass er vor wenigen Stunden auf dem weit entfernten Berg herum kletterte und sich zu Tode fürchtete war eine Tatsache, und dennoch so surreal, so konträr zu seiner jetzigen Situation dass er sich zusammenreißen musste damit ihm nicht schwindlig wurde. Für viele Küstenbewohner mögen diese gegensätzlichen Gegebenheiten etwas ganz Alltägliches sein, für Severin hingegen war es eine ziemlich verrückte Angelegenheit, in die er sich nicht weiter vertiefen wollte. Mit einem eleganten Kopfsprung ins Wasser verscheuchte er die beiden Realitäten die sich in seinem Kopf nicht oder noch nicht vereinbaren ließen und schwamm zurück an den Strand. Severin bedankte sich beim Meer für die Wonnen die es ihm bereitet hatte und schlenderte auf der Wiese zurück zum Lager. Als er am Abflugterminal vorbeikam blieb er stehen und überlegte sich ob er nicht schnell nachhause fliegen sollte um ein paar Bierchen und noch ein paar andere Sachen zu holen. Die Idee war verlockend, aber er verwarf sie bald wieder und setzte seinen Weg fort. Was wäre wenn ihn zuhause jemand sehen würde und er müsste jemandem Rede und Antwort stehen wieso er so rotgebrannt, mit abgeschälter Haut aus dem Wald kommt. Die Vorstellung behagte ihm gar nicht und schüttelte sie schnell wieder ab. Er würde auch ohne Bier eine schöne Zeit auf Temira haben. Bis jetzt war sie es, trotz der Widrigkeiten. Sein bisheriger Aufenthalt auf Temira war wunderschön, bereichernd, lehrreich und unglaublich intensiv. Als er so gedankenversunken auf dem Pfad in der Wiese dahin schlenderte bewunderte er erneut die einzigartige Blütenpracht. Das Gras reichte ihm bis zu den Knien und streichelte ihn sanft im Vorbeigehen. Mit seinen Handinnenflächen berührte er ihm Vorbeigehen die Pflanzen und erinnerte sich mit Wehmut an die Blumenwiesen in seiner Heimat. Damals als es noch genügend Wasser gab, und wie selbstverständlich er die Wunder der Natur sein Leben lang hingenommen hatte, bis sie plötzlich verschwunden waren. Diesen Fehler würde er nicht mehr begehen. Nie wieder würde er der Natur gegenüber gleichgültig und ignorant sein. Noch bevor er den Pfad verließ und in den Wald eintrat, bedankte sich Severin bei Mutter Erde und im Speziellen bei der Wiese und den wunderbaren Blumen, einfach dafür dass sie da waren und sein Herz erfreuten.

Als er durch den Wald ging fiel ihm auf, dass der Eichelhäher die Tiere des Waldes nicht mehr mit seinem rätschenden Gekreische vor einem Eindringling warnte. Er hatte den Vogel auch schon längere Zeit nicht mehr gesehen. Abgesehen von dem Fuchs hatten sich die Tiere auf Temira rar gemacht. Er sah keine Möwen, keine Raubvögel, keine Schmetterlinge oder sonstige Insekten auf der Wiese und der Wald schien nahezu frei von jeglichem Getier zu sein. Selbst bei den einzelnen Klammern- und Ameisenhaufen regte sich nichts. Die Insekten vermisste er nicht unbedingt, doch die nahezu völlige Abwesenheit der Tiere stimmte ihn traurig und erinnerte ihn an seine Heimat. In seiner Heimat war der Bestand der frei lebenden Tiere und die Artenvielfalt dramatisch geschrumpft, und das Aussterben der Tiere ging dort unaufhaltsam weiter. Doch wieso sollte das hier auf Temira ebenso sein? Etwas stimmte nicht auf Temira, ganz und gar nicht. Vielleicht lag es auch daran, dass es ein heißer Tag war und die Tiere sich an einen schattigen Ort zurückzogen. Um keine voreiligen Schlüsse zu ziehen, beschloss er die Fauna im Auge zu behalten. Wenigstens der Fuchs hätte sich blicken lassen können, doch auch der war verschwunden. Als er das Lager erreichte setzte die Abenddämmerung ein, und die schwüle Luft trieb ihm wie in einer Dampfsauna den Schweiß aus allen Poren. Trotz der schwülen Hitze machte sich Severin mit dem Klappspaten daran seinen Naturkühlschrank zu optimieren. Er nahm die Fichtenzweige über dem schmalen Graben in der Mure weg, nahm das immer noch weiße Muränenfleisch in die Hand und roch daran. Da er noch keinen Verwesungsgeruch feststellen konnte, hatte seine Idee mit dem Kühlschrank wohl funktioniert. Also würde es sich auch lohnen den Graben zu vergrößern. Mit gleichmäßigen Schlägen vergrößerte Severin den Graben und zog im Graben und an der Oberfläche der Mure eine Rinne um das Wasser abzuleiten. Die Arbeit war anstrengend und schweißtreibend weil das Geröll kompakt und hart war. Dennoch hatte er ein ansehnliches Loch gegraben das seinen Ansprüchen genügte. Vom Aushubmaterial entfernte er die größeren Steine bis nur noch feines Material übrigblieb. Mit dem Spaten schaufelte er das aussortierte Material auf einen Haufen, machte in der

Mitte eine Mulde und schüttete ausreichend Wasser vom Faltkanister hinein. Dann schaufelte er das Sandkiesgemisch mehrere Male hin und her bis es einen mörtelartigen Brei ergab. Severin hatte zwar keine Bindemittel wie Zement oder Kalk zur Verfügung, doch glaubte er dass das angeschwemmte Material genügend lehmartige Inhaltsstoffe hatte um den Brei wie einen Mörtel aushärten zu lassen. Er schaufelte den Mörtel in den Graben und verstrich ihn sorgfältig mit der Hand am Boden und an den Wänden bis der Kühlschrank sorgfältig verputzt war. Kaum dass er damit fertig war hörte er ein weit entferntes Donnergrollen aus dem Süden, das unverkennbar ein Gewitter ankündigte. Dabei wurde ihm auch schlagartig bewusst, dass er nachlässig war und es verabsäumt hatte die Plane aufzuspannen. Dazu blieb ihm nun keine Zeit mehr, also beeilte er sich mit dem Kühlschrank um wenigstens dieses Projekt abzuschließen. Am Rand der Mure suchte er ein paar Steine die groß genug waren um sie über den Graben zu legen. Mit kleineren Steinen füllte er die Zwischenräume des Steindaches aus, dann nahm er den Fetzen Folie den er vom Strand mitgenommen hatte, breitete ihn über das neue Dach aus und beschwerte die Folie mit so vielen Steinen bis sich Severin sicher war dass das Dach einem Sturm standhalten würde. Weniger sicher war er sich ob der Regen das Geröll der Mure nicht aufweichen und der Kühlschrank in sich zusammenfallen würde. Spätestens morgen früh würde er Gewissheit haben. Vielleicht wäre es besser gewesen wenn er den Kühlschrank erst nachdem das Dach fertig war, verputzt hätte. Als er in den Kühlschrank schaute ärgerte er sich darüber, dass er seinen schönen Verputz versaut hatte. Durch das Auflegen der schweren Steine rieselte Kies über die frisch verputzten Wände und den Boden, was er als professioneller Handwerker unmöglich so sein lassen konnte. Also setzte er sich die Stirnlampe auf, zupfte vorsichtig die herunter gefallenen Kieselsteine aus dem Mörtel und verstrich noch einmal mit der Hand die Innenseiten seines Kühlschranks. Als Kühlschranktüre wollte er den Brocken Styropor verwenden, den er ebenfalls am Strand gefunden hatte, ihn zurecht schneiden und ihn genau an das Loch im Kühlschrank anpassen. Doch dazu kam er nicht mehr da er bereits die ersten Regentropfen spürte. Das Blitzen und Donnern wurde immer heftiger und kam immer näher. Nun musste er schleunigst seine Sachen in die Plane packen und wetterfest verstauen. Die Muräne ließ er liegen wo sie war. Gerade rechtzeitig als er den Rest seiner Sachen auf die große Plane gelegt hatte, ertönte ein ohrenbetäubender Knall und die Schleusen des Himmels öffneten ihre Pforten bis zum Anschlag. In Windeseile kniete sich Severin auf die Plane, schnappte sich die beiden Ecken der Plane und zog sie sich über den Kopf. Da die Plane groß genug war konnte er, bevor es anfing zu schütten, die beiden unteren Enden über seine Habe ziehen und die Enden mit einer Schnur zusammenbinden. Er legte die Plane so aus dass er mit dem Rücken zum Felsen sitzen konnte. Sobald er die Plane anhob um aus seiner beengten Unterkunft dem Treiben des Regens zuzusehen, erwischte ihn eine Gischt aus Wasser, worauf er schnell wieder den Kopf einzog und sich unter der Plane zusammen kauerte. Für den Fall dass es erneut hageln kommen sollte, hatte er vorgesorgt. Seine Isomatte würde ihn vor einem Hagelschlag schützen, und Severin überlegte sich ob er sich die Matte nicht gleich schon über den Kopf legen sollte. Der Regen wurde im stärker und prasselte mit voller Wucht auf seinen Kopf und seinen Rücken was nicht weiter tragisch war. Was ihn beunruhigte war die Tatsache dass die grüne Plane nicht wasserdicht war und an einigen Stellen bereits das Wasser durchdrang. Da er in seiner Bewegungsfreiheit sehr eingeschränkt war und seine Sachen in aller Eile zusammengeworfen hatte, überlegte er angestrengt was von dem ganzen Zeug kaputt gehen könnte falls es nass würde. Erleichtert zog er Bilanz dass der Regen nichts von seiner Ausrüstung kaputt machen könnte, nur nass, was ihn nicht weiter störte. Severin hatte den Regen immer schon geliebt, selbst zu den Zeiten als es in seiner Heimat noch ausgiebig regnete, doch mit wachsendem Grauen erinnerte er sich in aller Deutlichkeit an die Schrecken der vorletzten Nacht. Falls sich das Wetter, das bis jetzt einfach nur ein heftiger Regen war, abermals zu einem gefährlichen Orkan steigern sollte, dann würde er Temira verlassen. Noch während er diesen Entschluss fasste, wurde ihm klar wieso er keine Tiere gesehen hatte. Offensichtlich spürten die Tiere dass ein Unwetter kommen würde, lange bevor Severin das weit entfernte Donnergrollen hörte, und suchten früh genug Schutz in ihren Unterkünften. Severin ärgerte sich ein wenig über sich selbst, weil er die Abwesenheit der Tiere nicht als Zeichen für ein nahendes Gewitter deuten konnte. In Zukunft würde er diese Zeichen nicht mehr übersehen und früh genug handeln, falls er doch auf Temira bleiben sollte. Unaufhörlich prasselte der Regen auf ihn nieder. Angestrengt hörte er auf irgendwelche Anzeichen eines Orkans, auf das Heulen und Pfeifen des Windes, auf umstürzende Bäume, abbrechende Äste und vor allem auf abgehende Muren. Da er keines dieser Gefahr ankündigenden Geräusche wahrnehmen konnte, entspannte er sich unter der Plane und nahm umständlich eine bequeme Sitzposition ein. Ohne diese bedrohlichen Geräusche im Hintergrund konnte er sich besser auf den wunderbaren Klang des Regens konzentrieren. Es war ihm egal dass die Plane immer mehr Wasser durchließ das sich allmählich am Boden sammelte. Erst jetzt wurde ihm wirklich bewusst wie sehr er den Regen vermisste und was für ein unfassbarer lebenspendender Segen gerade über ihm niederging. Obwohl er lange Zeit im Archiv seiner Erinnerungen zurückblätterte konnte er sich ums Verrecken nicht mehr daran erinnern wann es zuhause in Vorarlberg das letzte Mal geregnet oder geschneit hatte. Dabei musste er unwillkürlich an die Wüstenbewohner in Afrika oder Asien denken, deren Heimat sich aufgrund des ausbleibenden Regens von einem fruchtbaren Land in eine karge entbehrungsreiche Wüste verwandelte. Auch seine Heimat, Europa und die meisten Länder auf der ganzen Welt waren von diesem Schicksal bedroht, und nichts sprach irgendwie dafür dass sich diese Situation bald ändern würde. Zusammengekauert unter der Plane erinnerte sich Severin an die unzähligen Diskussionen in den Medien was die Ursachen für die Dürre waren, die sich auf der ganzen Welt rasend schnell ausbreitete. Die Redner und Autoren die zur Ursachenforschung Stellung bezogen benannten unzählige Gründe. Die Kriege, die Ausbeutung der Natur und das ausbleibende Zurückgeben, der unkontrollierte Konsumwahn, die Fleischesser, die Vegetarier und Veganer, die Veränderung der Atmosphäre durch die Emissionen, der Zorn Gottes, die Rache der Mutter Erde, das negative Denken der Menschen, die Massentierhaltung, die Umweltverschmutzung, der Hass, der Neid, die Intoleranz, die Dummheit, die Unbewusstheit der Menschen, die Lügen, die mangelnde Liebe, die Unfähigkeit zur Vergebung, die mangelnde Dankbarkeit, die weltweite Abholzung und vieles mehr war angeblich schuld an der Verwüstung der Erde. Diese Diskussionen nahmen kein Ende, weil auch die Dürre kein Ende nahm. Severin fand es müßig über die Ursachen der Dürre nachzudenken, weil er in allen Argumenten eine Spur Wahrheit finden konnte. Irgendwann entschloss er sich dazu diese Diskussionen nicht mehr anzuhören oder darüber zu lesen. Stattdessen zog er eine nüchterne Bilanz über sein Leben indem er sich selbst hinterfragte. Diese Bilanz hatte viele Einsichten und Erkenntnisse zur Folge und zu einer ganzheitlichen Veränderung in seinem Fühlen, Denken und Sprechen geführt. An den Kriegen auf der Welt konnte er nicht viel ändern, aber er konnte sich dazu entscheiden mehr Liebe in die Welt zu bringen, dankbarer zu sein, zu vergeben, seine Gedanken positiv auszurichten, auf seine Worte zu achten, Strom sparen und in einem Leserbrief den Frauen nahelegen, dass sie nicht soviel Klopapier verwenden sollen um ihren Hintern abzuwischen. Mit einem Schmunzeln erinnerte sich Severin an die vielen Rückmeldungen auf seinen Appell, von dessen Wichtigkeit er zwar überzeugt war, doch eigentlich war es eher als Scherz gedacht. Niemals hätte er gedacht dass sein Leserbrief auf eine so große Resonanz stoßen würde. Da sich seine Erfahrungen auf den Klopapierverbrauch seiner weiblichen Angehörigen die mit ihm im selben Haushalt wohnten beschränkten, hütete er sich davor zu den vielen Rückmeldungen, die gleichermaßen positiv wie negativ waren, Stellung zu beziehen. An diesen Vorfall hatte er schon viele Jahre lang nicht mehr gedacht. Während er unter der Plane darauf wartete dass der Regen aufhört, kamen ihm diese Gedanken ganz spontan in den Sinn. Ereignisse die vor vielen Jahren stattfanden drangen unvermittelt in sein Bewusstsein und vermischten sich mit den Herausforderungen der Gegenwart und der Zukunft. Severin fiel es schwer im Dauerfeuer des prasselnden Regens klare Gedanken zu fassen und Pläne für die Zukunft zu schmieden. Außerdem hatte er allmählich genug davon zusammen gekauert unter der Plane zu verharren. Da kein Wind wehte und keine Gefahr bestand dass die Plane weggeweht würde, zog er die Stirnlampe über den Kopf, stand auf und trat nur mit einer Unterhose bekleidet hinaus in den Regen. Die Plane klappte er wieder zu und beschwerte sie an zwei Ecken mit dem Stuhl und einem Tischbein. Seine Kleider hingen schlaff und schwer auf der Wäscheleine die unter dem Gewicht der mit Wasser vollgesogenen Kleider bedenklich durchhängte. Severin knöpfte ein Ende der Wäscheleine auf, spannte die Leine nach und machte sie wieder fest. Die Kleider schob er von der Mitte weg zu den Bäumen hin damit die Leine nicht irgendwann abreißt. Es war stockfinstere Nacht, der Boden war vollkommen aufgeweicht und matschig doch das war ihm egal, im Gegenteil, das Geknatsche im Matsch gefiel ihm und machte ihm Spaß. Er musste zwar aufpassen wo er hin stand da er barfuß war, doch fühlte sich die nächtliche Regendusche einfach wunderbar an als würde jeder einzelne Regentropfen ihn segnen. Es schüttete nach wie vor wie aus Kübeln aber es war nicht kalt, und die Blitze und der Donner zogen weiter Richtung Norden ins Hinterland. Das Hinterland!? Eigentlich wollte sich Severin dem fröhlichen Aufenthalt im Regen ausgiebig hingeben, ein verhaltenes Regentänzchen auf dem Rücken von Mutter Erde hinlegen, doch die Erlebnisse des vergangenen Tages und die offenen Fragen forderten seine Aufmerksamkeit ein. Da seine Unterhose vom Regen immer schwerer wurde zog er sie aus, hängte sie über die Wäscheleine und kontrollierte danach den Kühlschrank. Allem Anschein nach war das Geröll der Mure so kompakt dass kein Wasser durchsickerte, bis jetzt. Das Dach war dicht und die Rinne die er an der Oberfläche vor der Dachkante des Kühlschranks mit dem Spaten gezogen hatte, führte das viele Wasser einwandfrei ab und verhinderte dadurch das Eindringen des Wassers in den Kühlschrank. Der Verputz war immer noch in einem tadellosen Zustand, aber immer noch weich, sodass er die Muräne auf den Tannenzweigen am Boden liegen lassen musste. Nackt, ganz und gar den Elementen ausgesetzt, ging Severin behutsam am Rand der Mure bis zur Weide die auch an dieser Stelle, soweit er im Lichtschein der Lampe sehen konnte, von vielen unterschiedlich breiten Wasserläufen durchzogen war. Vorsichtig ging er auf der Weide weiter Richtung Norden, weil er sich einbildete, dass er bei den Bergen eine Antwort auf seine Fragen bekommen würde. Nach dem mühseligen Marsch durch die glitschige Wiese auf der er zweimal ausgerutscht und hingefallen war, stand er nun am Fuße des Gebirges. Zwar viel weiter westlich als dort wo er das Gebirge bestiegen hatte, doch glaubte er auch an dieser Stelle eine Verbindung mit dem Berg herstellen zu können. Severin lehnte sich an eine steile Felsflanke die sich im ersten Moment kalt anfühlte, schaltete die Stirnlampe aus, und fragte den Berg, nachdem er glaubte dass die Verbindung mit ihm hergestellt war, was im Hinterland vorgefallen war. Der Regen war sehr hilfreich beim Loslassen seiner eigenen vorgefertigten Erklärungen um so offen wie möglich für die Eingebungen der Natur zu sein. Sicherheitshalber wandte er sich mit seinen Fragen nicht nur an den Berg sondern auch an Mutter Erde, an den Regen, an die Luft und natürlich an Gott. Severin stand lange bewegungslos am Felsen und unterdrückte seinen Wunsch ins Lager zurückzugehen. Das einzige was er in seinem Inneren vernehmen konnte war dieselbe Antwort die er sich selber schon gegeben hatte als er auf dem winzigen Plateau unter dem Bergkamm saß, nachdem er mit dem Fernglas das Hinterland sondierte. Er würde wohl oder übel eine Nacht auf dem Bergkamm verbringen müssen. Vielleicht würde er in der Nacht einen Hinweis darauf bekommen wo und ob überhaupt noch Menschen in dem Tal lebten. Die geistige Welt war an diesem Tag, wie an vielen anderen Tagen zuvor, nicht sehr mitteilsam, und so ging er enttäuscht und beleidigt zurück in sein Lager.

Obwohl die zwei Stürze zuvor auf der Weide keine Folgen hatten, ging er noch vorsichtiger, genau auf jeden Tritt achtend über die Weide. Plötzlich vernahm er aus dem rechten Augenwinkel an einem Wasserlauf oberhalb der Wasserlinie ein gelbliches Schimmern. Der Wasserlauf war deutlich breiter als die anderen und machte an der Stelle wo er das Schimmern gesehen hatte eine Schleife. Unvermittelt beschleunigte Severin seine Schritte und als er bei der Schleife ankam stieg er entschlossen in den Wasserlauf hinein. Es war deutlich zu sehen dass das viele Wasser Erdreich abgetragen hatte, und etwas gelblich Glänzendes zum Vorschein brachte das ihn wie ein Magnet anzog. Entschlossen griff er nach dem glänzenden Klumpen der sich ganz leicht aus dem Erdreich lösen ließ. Der Klumpen war fast so groß wie ein Hühnerei mit einer unregelmäßigen Oberfläche und für seine Größe hatte er ein enormes Gewicht. Severin wagte kaum daran zu glauben dass er höchst wahrscheinlich ein Goldnugget gefunden hatte, und zwar ein wunderschönes. Mit der linken Hand stellte er die Stirnlampe so ein dass sie direkt auf den vermeintlichen Goldklumpen strahlte von dem er zuvor die anhaftende Erde abgewaschen hatte. Der Anblick des Goldes war hypnotisierend und Severin konnte sich lange nicht davon losreißen. War es wirklich möglich, dass er, ausgerechnet er Gold gefunden hatte? Normal haben doch nur andere Leute so ein Glück, dachte sich Severin, und erst nachdem mehrere Minuten vergangen waren und er fasziniert den Klumpen in seiner Hand betrachtete, ließ er seinen Blick an der Böschung entlang des Wasserlaufes schweifen. Als er von seinem Standpunkt aus kein Glänzen mehr sehen konnte, ging er dem Bachlauf entlang weiter, ohne dabei seinen scharfen Blick von der Böschung abzuwenden. Das viele Wasser zerrte an seinen Füßen als ob es verhindern wollte dass Severin ungefragt etwas aus der Erde nahm das nicht ihm gehörte. Doch wieso sollte nicht auch er einmal Glück haben, einmal einen großen Wurf landen, das große Los ziehen, den Jackpot knacken? Nachdem ihm diese Gedanken durch den Kopf gegangen waren, blieb Severin stehen und stieg mit einem entschlossenen Schritt aus dem Wasser, das ihm zunehmend die Wärme aus dem Körper zog. Wieso sollte nicht auch ihm das große Glück beschieden sein, wieso immer nur die anderen? Severin wollte nicht so denken, diese Gedanken erschreckten ihn und verblüfft fragte er sich woher diese Gedanken wohl gekommen waren. War er in seinem tiefsten Inneren wirklich davon überzeugt, dass er nie das große Los gezogen oder den Jackpot geknackt hatte? Das konnte doch nicht möglich sein, das durfte schlicht weg nicht möglich sein! Diesen Gedankengang musste er unbedingt weiterverfolgen, doch während dem Gehen auf der rutschigen Weide wo er ständig über Wasserläufe steigen musste, durfte er sich von seinen Gedanken nicht ablenken lassen. Bei einem erneuten Sturz hätte er sich verletzen und womöglich auch seinen Goldschatz verlieren können, und den wollte er unter allen Umständen sicher ins Lager bringen. Beim Gehen über die Weide schweifte sein Blick automatisch ständig über die vielen Uferböschungen, und mehr als einmal wäre er fast ausgerutscht und gestürzt. Das Gold hatte ihn in seinen Bann gezogen, er wollte mehr, viel mehr, und gegen diesen Rausch, diesen unwiderstehlichen Sog konnte er sich kaum wehren. Bewusst musste er mit all seiner Willenskraft das ständige Abschweifen seines Blickes unterbrechen und seinen Blick von den Uferböschungen losreißen. War er wirklich innerhalb so kurzer Zeit dem Goldrausch verfallen? Severin ahnte dass der Klumpen Gold in seiner Hand nicht nur Gutes mit sich brachte, und doch hätte er es niemals über sich gebracht den Klumpen in den Wasserlauf zurückzuwerfen. Was auch immer das Gold in ihm ans Licht bringen sollte, er würde es ertragen und sich in aller Ernsthaftigkeit damit auseinander setzen müssen. Immer wieder blieb er stehen und blickte wie verzaubert auf das schimmernde Gold in seiner Hand das ihn zum Lachen brachte und mit seinem wunderbaren warmen Glanz sein Herz und seine Seele erfreute. Dabei erinnerte er sich an etwas das er in einem Vortrag oder in einem Workshop über Geomantie aufgeschnappt hatte, dass nämlich Gold und Äpfel göttliche Schwingungen haben. Viele Könige und Königinnen erhalten bei ihrer Inthronisierung einen goldenen Reichsapfel und ein goldenes Zepter als Symbol ihrer göttlichen Königswürde. So oder ähnlich lautete die Erklärung des Vortragenden. Und nun hatte er selbst einen Goldklumpen gefunden, nicht überreicht bekommen, gefunden. Mutter Erde hatte ihm das Gold dargeboten und vielleicht war das eine viel höhere Auszeichnung als jede irdische Krönung, vorausgesetzt das Ding in seiner Hand war wirklich Gold. Severin hatte noch nie in seinem Leben einen Goldklumpen oder ein Goldnugget gesehen, deshalb konnte er sich unmöglich sicher sein. Dennoch, der Klumpen sah aus wie Gold, war schwer und fühlte sich auch goldig an. In seiner Verzückung drang die Tatsache, dass ihm zunehmend kälter wurde erst sehr spät in sein Bewusstsein. Außerdem musste er sich beeilen weil die Batterien seiner Stirnlampe leer werden könnten. Im Dunkeln hätte er unmöglich zurück zum Lagerplatz gehen können, das wäre viel zu gefährlich gewesen. Entschieden riss sich Severin von all seinen Gedanken los und konzentrierte sich wieder auf das Naheliegende. Sicherheit hatte Vorrang vor Gold, König und Äpfel. Sollte er einen Unfall haben würde ihm nichts von alledem helfen können. Die Stirnlampe leuchtete ihm zuverlässig den Weg bis ins Lager wo er als erstes den Kühlschrank inspizierte der nach wie vor in tadellosem Zustand war. Das Dach war dicht und das viele Wasser konnte bis jetzt das komprimierte Geröll nicht durchdringen und floss an der Oberfläche gut ab. Der Verputz war noch weich und die Muräne lag immer noch unberührt auf den Ästen. Um sich zu vergewissern dass das Ding das er gefunden hatte wirklich Gold war, nahm er das Plastiketui mit den Goldbarren darin aus seinem Rucksack, öffnete den Deckel des Etuis und verglich die Goldbarren mit dem Goldklumpen. Die Goldbarren die er vor der Abreise in der Bank gekauft hatte glänzten wunderschön, sie waren rein und hatten eine glatte Oberfläche wohingegen der Goldklumpen eher matt schimmerte und eine ungleichmäßige Oberfläche mit schwarzen Einschlüssen hatte. Der farbliche Grundton war bei beiden gleich golden und sowohl die Barren als auch das Nugget waren für ihre Größe relativ schwer, wobei es durchaus möglich war dass ihn seine Kenntnis, dass Gold schwer ist, zu einer falschen Annahme verleitete. Doch das spielte keine Rolle. Gold ist etwas Wunderschönes, dachte er sich, und nachdem er seinen Schatz ausgiebig im Schein der Lampe betrachtet hatte verstaute er ihn wieder im Rucksack. Da ihn allmählich fröstelte hatte er das starke Bedürfnis sich hinzulegen und geschützt vor dem Regen in seinem gemütlichen Schlafsack einzuschlafen. Doch um das zu tun musste er irgendwo in der Nähe einen geeigneten Platz finden um eine Unterkunft zu bauen.

Also suchte er die nähere Umgebung, soweit es der Schein der Lampe und der Regen zuließen, nach einem neuen Lagerplatz ab. Der Waldboden hatte bis jetzt die enormen Wassermassen gut aufgenommen und abgeleitet. Nirgendwo in seinem näheren Umfeld gab es Sümpfe und es hätte mehrere ebene Stellen mit lichtem Baumwuchs gegeben die ideal gewesen wären um sich einen neuen Lagerplatz einzurichten. Allerdings war an keiner dieser Stellen ein großer Felsen der ihm zumindest von einer Seite Schutz geboten hätte. Also brach Severin die Suche nach einem neuen Lagerplatz frühzeitig ab und entschied sich für den alten. Er nahm das Seil und spannte es auf gut 2 Meter Höhe zwischen den beiden Bäumen wo es vorher schon festgemacht war. Das Seil war gerade noch lange genug dass er es gut an den Bäumen festmachen konnte. Dann legte er im Eiltempo das Zeug das er unter der großen Plane verstaut hatte auf die kleine Plane, schlug sie um und hängte die große Plane über das Seil. Am Boden beschwerte er die Plane mit Steinen und zog mit dem Spaten rundum um seine neue zeltförmige Unterkunft einen Graben um das Wasser abzuleiten. Dann zog er die kleine Plane in sein Zelt, breitete sie am Boden aus und legte die Matte darauf. Den Schlafsack hatte er in weiser Voraussicht in den Rucksack gestopft wodurch er vor Nässe geschützt und trocken blieb. Alles andere wurde unter der Plane klamm und nass, was ihm egal war. Da an der großen Plane das Wasser nun gut abfließen konnte war er vor dem Regen geschützt. Mit einem nassen Hemd wusch er den Dreck von seinen Händen und Füssen und mit einem feuchten T-Shirt trocknete er sich so gut es ging ab. Dann schlüpfte er nackt in den Schlafsack der ihn schnell wieder aufwärmte. Die Luft roch nach nasser Erde, das Prasseln des Regens auf das Zeltdach und auf den Waldboden hörte sich toll an und erzeugte eine romantische Abenteuerstimmung. Severin hätte gerne ausgiebig dem gleichmäßig prasselnden Regen gelauscht, doch der Goldklumpen forderte vehement seine Aufmerksamkeit ein. Mit einem gezielten Griff zog er den Goldklumpen aus der Seitentasche seines Rucksacks und bewunderte ihn im Schein seiner Taschenlampe. Sollte sich herausstellen dass es nur Katzengold oder sonst ein wertloses Irgendwas sein sollte, wäre er bitter enttäuscht. Nachdem er das Gold ausgiebig betrachtet hatte verstaute er es wieder im Rucksack und verschränkte die Hände unter seinem Kopf. Mittlerweile hatte er sich wieder gut aufgewärmt, der Regen klang wie Musik in seinen Ohren, er lag im Trockenen und fühlte sich pudelwohl in seinem kuschlig warmen Schlafsack. Könnte es ein besseres Los geben, wäre ein Jackpot wirklich viel besser als das was er jetzt hatte und fühlte? Er hatte ein Goldnugget gefunden, zumindest hielt er es für ein Goldnugget, er war auf Temira, dem schönsten Flecken Erde den er sich vorstellen konnte, er hatte zu essen und zu trinken, er war gesund, optimistisch, begeistert, zufrieden und dennoch sollte dies nicht das große Los sein, der große Wurf, der Jackpot? Was war nur los mit ihm? Severin konnte es kaum fassen, dass er sein Leben so gering schätzte, und sein Herz wie ein nimmersatter Ozean war. Obwohl seine Eltern ihm nicht viel Liebe und Wärme geben konnten erinnerte er sich an eine ausgelassene und fröhliche Kindheit, an Jugendfreunde, an den ersten Sex, an die Erfüllung mit seiner eigenen Familie, an bereichernde Ausbildungen, an berufliche Erfolge und an die tränenreiche Aussöhnung und Wiedervereinigung mit Gott während seiner Ausbildung zum Heilpraktiker. Das waren alles Jackpots, große Lose die er gezogen hatte und dennoch schien es so als würde sein Herz niemals voll. Sollte es wirklich so sein dass sein Herz wie der Ozean niemals voll wird, obwohl unzählige Flüsse in ihn einfließen? Was für ein betrüblicher Gedanke. Vielleicht, so dachte er, ist der Buddhismus wirklich die einzig erstrebenswerte Religion. Keine Bedürfnisse haben, meditieren, durch die Leere hindurch zur Erleuchtung kommen. Nein, um das zu tun hätte er nicht auf diese Welt kommen müssen, dass hätte er dort wo er hergekommen ist genauso gut wenn nicht besser machen können. Selbst Buddha, zumindest während seines Lebensabschnitts bevor er zum Buddha, zum Erwachten wurde, frönte den vielen Annehmlichkeiten des irdischen Lebens. Das würde niemals sein Weg werden, dazu war er viel zu sehr materialistisch ausgerichtet und zu sehr verliebt in die Vielfalt des Lebens. Alles ist Leben oder Gott, ein Rockkonzert, Meditation, Sex genauso wie Enthaltsamkeit, Fülle und Leere, Dürre und Regen, Goldrausch, Hass und Liebe, Reden und Schweigen, Auto und Esel, Gegenwart und Vergangenheit. Dieses ergebnisoffene Nachdenken führte bei ihm zu einem Fazit das eigentlich gar keines war. Severin kam zu der Überzeugung dass er sein eigenes Leben in der Vergangenheit nur bedingt kontrollieren konnte und das würde sich auch in Zukunft nicht ändern. Zu oft hatte ihn das Leben von hier nach da geschoben, und es würde ihm auch weiterhin nichts anderes übrig bleiben als das Beste daraus zu machen, was auch immer ihm das Leben bieten sollte. Scheiß dich nichts, dann fehlt dir nichts, und sollte ihm das Leben Zitronen geben würde er stets versuchen Zitronenlimonade daraus zu machen. Mehr Fazit war nicht mehr möglich, weil Severin in einen tiefen und festen Schlaf fiel.

Als er aufwachte war es stockdunkel. Die Geräusche der Nacht waren dieselben wie in den Nächten zuvor, nur das HUUHUUU einer Eule übertönte das leise Rauschen der Bäume und das vereinzelte weit entfernte Knistern und Rascheln von Laub und Ästen. Da es aufgehört hatte zu regnen waren die nachtaktiven Tiere wieder unterwegs und stöberten im Unterholz nach Nahrung. Zumindest nahm Severin an dass das Rascheln und Knistern von den Tieren verursacht wurde, die sich aber respektvoll auf Abstand hielten. Der Traum den er hatte war verstörend und verwirrte ihn, da er keinerlei Erklärung für die absurden Traumbilder finden konnte. Er träumte davon wie er als König mit einem goldenen Apfel und einem goldenen Zepter in der Hand auf einem Thron saß und keine Menschenseele nahm davon Notiz. Er war der König von … nichts und niemandem. Ein würdevoller Herrscher der von niemandem als solcher erkannt geschweige denn bewundert wurde. Einerseits war es ihm recht dass er von niemandem bejubelt wurde, doch ein einsamer König von nichts und niemand wollte er auch nicht sein. Das bloße Zur-Schau-Stellen seines Reichtums wirkte lächerlich und auch traurig. Vielleicht interpretierte er seinen Traum aber auch falsch, und die Tatsache dass er ein König in seinem eigenen Reich war genügte vollkommen. Besser ein König von nichts als ein Niemand für alle sein, dachte sich Severin. Mit diesem Gedanken konnte er sich halbwegs anfreunden und seinem seltsamen Traum eine Bedeutung geben. Mehr wollte er in seinen Traum nicht hinein interpretieren. Stattdessen griff er in das Seitenfach vom Rucksack und holte den Goldklumpen hervor. Er richtete den Strahl seiner Taschenlampe auf den Goldklumpen der glänzend das Licht reflektierte. Unwillkürlich verzog sich sein Mund zu einem zufriedenen Grinsen und sein Herz frohlockte ob all der vielen Möglichkeiten die sich ihm eröffnen würden falls er noch mehr Gold finden sollte. Dann könnte er seinen Beruf endgültig aufgeben und ein finanziell unabhängiges selbstbestimmtes Leben führen, was schon seit einigen Jahren sein vordringlichster Wunsch war. Keine Verpflichtungen mehr, kein Leistungsdruck, er müsste dann nur noch seinen eigenen Ansprüchen genügen und aufpassen dass ihn sein neuer Reichtum nicht dazu verleitet den Boden unter den Füßen zu verlieren. Ein Leben in Saus und Braus war für ihn nicht erstrebenswert, doch Severin war sich durchaus bewusst, dass auch er keinesfalls vor den vielen Verlockungen des Lebens gefeit ist. Eigentlich wollte sich Severin gedanklich auf die bevorstehende Klettertour vorbereiten. Auf die Ausrüstung die er auf dem Berg brauchen würde, auf mögliche Gefahren und vor allem darauf ob er an der Schneise die er gesehen hatte ein Stück weit ins Hinterland absteigen sollte oder nicht. Ihm wurde aber schnell klar, dass er innerhalb kürzester Zeit dem Goldrausch erlegen war. Am liebsten wäre er auf der Stelle mit dem Spaten und der Lampe zur Weide gegangen um die Wasserläufe nach Gold abzusuchen, obwohl ihm bewusst war dass er mit seinem Vorhaben bei Tageslicht mehr Erfolg haben würde. Außerdem würden bei der Suche in der Dunkelheit die Batterien bald leer sein, was schlussendlich den Ausschlag dafür gab, dass Severin in seinem Schlafsack liegen blieb. Es hätte aber nicht viel gefehlt dass er dem Ruf des Goldes gefolgt wäre selbst in stockdunkler Nacht. Der Ausblick darauf Gold zu finden und reich zu werden verlieh ihm eine unglaubliche Energie die er kaum zügeln konnte. Für nichts und niemand, außer es wäre ein Notfall, hätte Severin mitten in der Nacht sein warmes Bett verlassen. Jetzt musste er seine ganze Willenskraft einsetzen um liegen zu bleiben und den kommenden Tag möglichst sinnvoll zu planen. Nach dem Frühstück, nein, vor dem Frühstück Gold suchen bei den Wasserläufen, Kräuter sammeln, Kanister mit Wasser füllen, das Fleisch der Muräne marinieren und grillen, Ausrüstung herrichten, am späteren Nachmittag rauf auf den Berg und die Nacht auf dem Bergkamm verbringen. Ein guter Plan, dachte er sich, und um den möglichen Gefahren die ihn vielleicht erwarten würden vorzubeugen, zumindest einigen davon, würde er dieses Mal sein Gewehr mitnehmen.

Im selben Moment als er über mögliche Gefahren nachdachte, setzte er sich im Schlafsack auf, holte das Nachtsichtgerät aus dem Rucksack, setzte es auf und suchte die Umgebung systematisch von rechts nach links ab. Unmittelbar drang die Erkenntnis in sein Bewusstsein, dass einige der Siedler deren Unterkünfte niederbrannten auf das Gebirge oder aber auch nach Temira geflüchtet waren. Vielleicht wurde er sogar von irgendjemandem beobachtet. Ruckartig stand Severin auf und entfernte sich ein paar Schritte von seinem Nachlager. Hochkonzentriert starrte er durch das Objektiv und suchte den Wald nach möglichen Eindringlingen ab. Falls ihn wirklich jemand gesehen hatte mit dem Gold in den Händen, dann wäre sein Schatz nicht mehr sicher. Also ging er zurück und grub im Dunkeln mit dem Spaten in der Nähe der Feuerstelle ein Loch. Da sich mittlerweile das Gewitter verzogen hatte, lichtete sich die Wolkendecke soweit, dass vereinzelt Sterne am Himmel zu sehen waren. Nachdem sich seine Augen an die Dunkelheit gewöhnt hatten, konnte er genug sehen um ohne Lampe, geschützt vor fremden Blicken, das Loch fertig zu graben. Dann holte er die Goldbarren aus dem Rucksack, wickelte sie in einen Plastiksack und legte sie in das Loch. Schnell schaufelte er das Loch wieder zu, stampfte mehrmals darauf herum und streute anschließend Asche und Holzkohlenreste darüber. Soweit er im Dunkeln feststellen konnte, würde niemand merken, dass an der Stelle vor kurzem etwas vergraben wurde. Das Goldnugget behielt er bei sich, falls er aus welchem Grund auch immer ein Zahlungsmittel benötigen sollte. Abgesehen davon fühlte er sich sehr wohl mit dem Goldklumpen. Nachdem er eine ganze Weile regungslos am Felsen saß, inspizierte er erneut mit dem Nachtsichtgerät die Umgebung. Zweimal umkreiste er langsam und leise den großen Felsen und spähte angestrengt in alle Richtungen. Außer einer Silhouette eines katzenähnlichen Tieres am Boden konnte er niemanden sehen. Es war ruhig im Wald und nichts deutete darauf hin, dass ein Fremder auf Temira war. Einigermaßen beruhigt schlüpfte er wieder in seinen Schlafsack und ließ seinen Gedanken, die sich hauptsächlich um Gold drehten, freien Lauf. Alles Mögliche ging Severin durch den Kopf, und es dauerte lange bis er endlich einschlafen konnte.

Es war schon lange hell als Severin von munterem Vogelgezwitscher, das aus allen Richtungen zu hören war, geweckt wurde. In dieser Intensität hatte er diesen Biolärm noch nie wahrgenommen. Das vielstimmige unaufgeregte Trillern, Pfeifen, Piepsen und das unverkennbare Krähen der Raben war ein gutes Zeichen dafür, dass nichts Fremdes auf Temira war. Obwohl er seiner Wahrnehmung noch nicht so ganz traute glaubte er fest daran, dass die Tiere auf welche Art auch immer einen Eindringling angekündigt hätten. Da dem nicht so war erstaunte es ihn umso mehr, dass niemand über das Gebirge kam um hier Schutz zu suchen. Er war froh dass sich außer ihm niemand auf Temira befand, verstehen konnte er es aber nach wie vor nicht. Vielleicht würde sich das im Laufe des Tages ja noch ändern, dachte sich Severin, und schlüpfte aus seinem Schlafsack um sein Tagewerk zu beginnen. Gutgelaunt begrüßte er die Bäume, die Tiere, Mutter Erde und seine geistigen Begleiter die er um Schutz und Führung bat, um seine Vorhaben erfolgreich und vor allem gesund zu überstehen. Er bedankte sich bei Gott, dass er gut schlafen konnte, dass er gesund war und dass er Begeisterung spürte. Als er erfreut feststellte dass der Verputz vom Kühlschrank hart geworden war, bedankte er sich auch für seine handwerklichen Fähigkeiten die ihm, wie schon sooft, gute Dienste leisteten, was für ihn keineswegs selbstverständlich war. Mit dem Messer bearbeitete er den Styroporbrocken solange bis er das Loch im Kühlschrank exakt verschloss. Als provisorischen Griff für die Kühlschranktür nahm er zwei 100er Nägel die er von zuhause mitgebracht hatte, steckte sie schräg in den Styropor hinein, entfernte den Deckel wieder und legte den Rest der Muräne, die keinen frischen Eindruck mehr machte, in den nagelneuen, fertigen Naturkühlschrank. Severin war stolz und sehr zufrieden mit seinem Prototyp, was er als ausgezeichnetes Omen für die anstehenden Unternehmungen ansah. Dabei wurde ihm bewusst, dass er Zuhause in Österreich so gut wie nie irgendetwas als ein gutes Omen oder als ein Zeichen für irgendetwas deklarierte. Auf Temira, so stellte er verblüfft fest, deutete er andauernd irgendetwas als ein Omen oder Zeichen. War dieses Phänomen der Tatsache geschuldet, dass er auf Temira sehr naturverbunden lebte ohne technische Hilfsmittel, ohne Medien, ohne Lärm, ohne Leistungsdruck und mehr als je zuvor seine Sinne und seine Intuition zum Einsatz kamen? Severin fand keine Erklärung dafür wieso er plötzlich so viele Omen und Zeichen sah, dennoch entschied er sich dafür das

Ganze im Auge zu behalten um nicht irgendwann einem mystischen Aberglauben anheim zu fallen. Seine Aufmerksamkeitsspanne war gerade noch groß genug um diesen Gedankengang fertig zu denken, dann verstaute er ein paar Sachen im Rucksack und rannte ausgelassen wie ein Kind das sich auf die Bescherung freut zu dem Wasserlauf, wo er das Gold gefunden hatte. Als er den Wald durchquert hatte und auf die Weide kam, blieb er abrupt stehen, und stellte enttäuscht fest, dass er nicht mehr wusste wo er das Gold gefunden hatte. Die Weide war mit unzähligen Wasserläufen durchzogen die zwar nicht mehr so viel Wasser führten wie am Tag zuvor, dennoch sahen sie alle irgendwie gleich aus. Noch einmal wandte er sich andächtig an seine Geistführerin und bat sie um Führung. Als er glaubte ihre Führung spüren zu können, bewegte er sich Richtung Norden auf das Gebirge zu. Sein Verstand funkte immer dazwischen und gab ihm eine ungefähre Richtung an, dabei war sein Blickfeld gestern im Schein der Lampe auf wenige Meter beschränkt, und er konnte unmöglich rekonstruieren wo genau er das Gold gefunden hatte. Also entzog Severin seinem Verstand die Führungsrolle und versuchte angestrengt seiner inneren Stimme, seiner Geistführerin zu folgen. Irgendwie klappte es aber nicht so ganz mit dem sich führen lassen, weil sein Blick ständig über die vielen Wasserläufe schweifte. Er liebte es sich treiben zu lassen und als erfahrener Pilzsucher und Finder wusste er, dass man Pilze schon von Weitem sehen kann. Was für Pilze galt musste auch und noch viel mehr für Gold gelten, also vertraute er hauptsächlich auf seinen Sehsinn. Mit gemächlichen Schritten suchte er einen ungefähr 50 Meter breiten Weidestreifen systematisch im Zickzack ab. In den schmalen Gräben war kein Wasser mehr, doch von den Gräben die 30 Zentimeter und breiter waren führten die meisten klares Wasser, was die Chancen Gold zu finden eigentlich erhöhen hätte müssen. Severin war voll fokussiert auf sein Blickfeld und nahm nichts und niemanden außerhalb davon wahr. Erst als er nach mehr als einer Stunde enttäuscht und mürrisch den Fuß des Gebirges erreichte blickte er auf und sah sich um. Ungefähr 30 Meter von ihm entfernt in östlicher Richtung stand der Fuchs gut sichtbar mitten in der Weide und sah ihm direkt in die Augen. In dem Augenblick als sich ihre Blicke trafen, drehte sich der Fuchs abrupt um und verschwand im Handumdrehen aus seinem Blickfeld. Severin sah lange in die Richtung wo der Fuchs stand, doch er konnte ihn nicht mehr sehen. Vielleicht war das auch ein Zeichen, aber mit Sicherheit kein gutes. Vielleicht war das abrupte Verschwinden des Fuchses ein Zeichen dafür, dass er kein Gold finden würde. Enttäuscht blickte er zurück über den Abschnitt der Weide den er wie ein lebendes Bodenradar abgesucht hatte. Er war sich auch hundertprozentig sicher dass er den Goldklumpen innerhalb dieses Abschnittes gefunden hatte, nur konnte er unmöglich bestimmen wo genau er ihn gefunden hatte. Mit irgendetwas hätte er die Stelle markieren müssen, mit einem Stein, mit ausgerissenen Grassoden, mit einem Ast oder sonst irgendetwas. Aber noch wollte er die Hoffnung nicht aufgeben. Vielleicht würde er ja auf dem Weg zurück Gold finden. Erfüllt mit neuer Energie nahm er den nächsten Abschnitt ins Visier und durchstreifte abermals einen 50 Meter breiten Weidenabschnitt in die entgegengesetzte Richtung. Als er bereits ein gutes Stück die Weide überquert hatte flatterte plötzlich ein Vogel laut kreischend auf. Severin war sich ziemlich sicher, dass er sich in der Nähe eines Vogelnestes befand. Der verlockende Gedanke an gekochte Eier erzeugte einen Speichelfluss bei ihm und rief ihm unüberhörbar ins Bewusstsein, dass es höchste Zeit war etwas zu essen. Wahrscheinlich war der Fuchs auf der Suche nach Eiern und nun hatte er ihm ungewollt einen Hinweis auf das vermeintliche Vogelnest gegeben. Severin hatte große Lust das Nest zu suchen, und da der Fuchs ohnehin schon genug von ihm zu fressen bekam wollte er die Eier nicht dem Fuchs überlassen. Er wollte der Natur ihren freien Lauf lassen, und da er ja auch ein Teil der Natur war, hatte er jedes Recht die Eier, falls er überhaupt welche finden sollte, für sich zu beanspruchen. Da er schon kein Gold fand, hätte er sich wenigstens eine gute Mahlzeit verdient. Andererseits hatten die Tiere bis jetzt sein Revier respektiert und ihn in Ruhe gelassen, da war es nur fair und richtig wenn er auch dem Vogel seine Ruhe ließ. Was der Fuchs machte, darauf hatte er keinen Einfluss und war ihm auch egal. Großräumig umging er die Stelle wo der Vogel hochgeflattert war und konzentrierte sich weiter auf die Suche nach Gold. Als er nur noch wenige Meter vor dem Wald war, brach er enttäuscht und vergrämt seine Goldsuche ab und schnitt ein paar Büschel von denselben Kräutern ab die er letztes Mal mitgenommen hatte. Dass er sich auf dem Berg übergeben hatte führte er nicht darauf zurück dass die Kräuter mit denen er den Fisch mariniert hatte giftig waren, sondern eindeutig auf seine Höhenangst. Bevor er durch den Wald zu seinem Lager ging ließ er noch einmal seinen Blick über die Weide und über das Gebirge schweifen, doch er sah weder den Fuchs noch den Vogel und leider auch kein Gold mehr. Um sich wieder aufzumuntern zog er den Goldklumpen aus seiner Hosentasche und hielt in mit ausgestreckter Hand vor seine Augen. Im natürlichen Licht der Sonne glänzte der Goldklumpen wunderschön und warm, und trotz seiner Unebenheiten und Einschlüssen von Dreck gefiel ihm dieses Ding ausnehmend gut. Jedes mal wenn er das Nugget betrachtete, zauberte es ein fröhliches Lächeln in sein Gesicht und besänftigte sein mürrisches Gemüt. Vergessen war die Enttäuschung der ergebnislosen Suche, und er war auch bereit seiner unfähigen Geistführerin zu verzeihen, dass sie ihm keinen guten Dienst erwiesen hatte. Obwohl, vielleicht war sie ja gar nicht unfähig, vielleicht konnte er kein Gold mehr finden weil es keines mehr gab. In diesem Falle musste er sich natürlich bei seiner Geistführerin dafür entschuldigen, dass er ihr Unfähigkeit unterstellte, was er auch tat, mit dem Nachsatz, dass sie sich beim nächsten Mal besser bemerkbar machen soll. Noch während er auf dem Weg zu seinem Lagerplatz war, fixierte er die Feuerstelle und hielt Ausschau nach Anzeichen von irgendwelchen Schatzräubern. Als er näher zum

Lager kam stellte er erleichtert fest, dass alles so war wie er es verlassen hatte. Leicht gereizt schüttelte er den Rucksack ab den er die ganze Zeit für nichts und wieder nichts mittschleppte und versuchte ein Feuer zu machen. Da das Holz vom vielen Regen feucht war, musste er die Äste in mühsamer Kleinarbeit mit dem Beil aufspalten. Dennoch gelang es ihm trotz der Anzündhilfe nicht auf Anhieb das Feuer in Gang zu bekommen. Immer wieder musste er sich hinknien und von unten in die spärlichen Flammen blasen bis das Feuer endlich genug Kraft hatte um die Feuchtigkeit des Holzes zu verdunsten und sich auszubreiten. Als er das Feuer sich selbst überlassen konnte, holte er die Muräne aus dem Kühlschrank und schnitt sie in zwei Zentimeter dicke Filets auf. Eigentlich wollte er den Fisch auf die selbe Art zubereiten wie am Tag zuvor, doch der Aufwand war ihm zu groß und sein Hunger auch. Noch bevor das Holz niedergebrannt war legte er den Grillrost auf die Steine, verteilte die Filets darauf und träufelte ein wenig Öl und Salzwasser über die Filets. Das hinunter tropfende Öl und Salzwasser zischte im Feuer und verursachte einen unangenehmen Qualm der ihn in den Augen brannte. Noch bevor das Fleisch braun war, nahm er ein Filet vom Rost und schlang es in drei Bissen gierig hinunter. Dabei hatte er sich den Mund verbrannt und beim letzten Bissen an einer Gräte verschluckt. Hustend und würgend versuchte er die Gräte aus seiner Speiseröhre frei zu bekommen, doch es half nichts. Erst als er einen Bissen vom zweiten Filet schluckte und mit mehreren Schlucken Wasser hinunter spülte, löste sich die Gräte in seinem Rachen. Als alle Filets durch waren, nahm er den Rost von der Feuerstelle und verputzte bis auf drei Stück den ganzen Fisch. Der Fisch schmeckte ihm nicht annähernd so gut wie der marinierte am Tag zuvor, doch er war satt und kam wieder zu Kräften. Der Gedanke daran, dass die drei übrigen Filets sein Abendmahl sein sollten behagte ihm nicht sonderlich, doch er hatte keine Lust etwas anderes zu kochen. Abgesehen davon hatte er ohnehin keine große Auswahl. Noch zwei Tage dann würde er wieder in den Genuss der besten Küche der Welt kommen. Die Zeit bis er wieder nach Österreich zurückkehren würde, wollte er so intensiv wie möglich nutzen und nicht von seinem einseitigen, fischlastigen Speiseplan trüben lassen. Immerhin hatte er zwei exquisite Menüs zubereitet die es in keiner einzigen österreichischen Küche zu finden gibt, und darauf war er sehr stolz.

Als er durch die Baumwipfel blickte, stellte er anhand des Sonnenstandes fest, dass es schon später Nachmittag sein musste. Höchste Zeit um die Sachen zu packen, dachte sich Severin, und begann damit seine Unterkunft abzubauen. Mit dem Fuß rollte er die Steine beiseite mit denen er die große Plane am Boden beschwerte, zog die Plane über das Seil und hängte sie zum Trocken über die Wäscheleine. Dann löste er das Seil, wickelte es auf und stopfte es in den Rucksack. Die restliche Ausrüstung verstaute er ebenfalls im Rucksack oder band sie mit den Gurten außen am Rucksack fest. Als er alles gepackt hatte, schulterte er den Rucksack und das Gewehr und machte sich mit einem Spazierstock, der ihm später als Markierungspfahl dienen sollte, auf den Weg zum Gebirge. Während er durch den Wald marschierte, realisierte er schon nach den ersten paar Schritten, dass ihn das schwere Gepäck beim Aufstieg auf den Berg behindern würde. Mit dem Gewicht der Isomatte, dem Schlafsack, dem ganzen anderen Zeug und vor allem mit dem sperrigen Gewehr auf dem Rücken überkam ihn ein ungutes Gefühl im Hinblick auf den anstrengenden und gefährlichen Aufstieg. Dennoch wollte er nach reiflicher Überlegung auf keinen Gegenstand verzichten, und da er inzwischen die Weide erreicht hatte, verschwendete er keinen weiteren Gedanken mehr an seine Ausrüstung und den Aufstieg. Ungefähr hatte er sich die beiden Weidenabschnitte die er bisher abgesucht hatte eingeprägt, und nahm sich nun den nächsten circa 50 Meter breiten Abschnitt vor. Der Goldrausch zog ihn erneut in seinen Bann und verlieh ihm eine geradezu übermenschliche Energie. Das Gewicht des Rucksacks und des Gewehrs spürte er gar nicht mehr. Severin war im Suchmodus und ließ sich von nichts ablenken. Erneut ging er systematisch im Zickzack Richtung Gebirge und hielt sich dabei an imaginäre Linien die den Abschnitt links und rechts begrenzten. Sein Blick war immer auf die nächsten paar Meter fokussiert, und sein Ziel war Gold zu finden. Selbst wenn in der Nähe nackte Frauen getanzt hätten, hätte er sie nicht wahrgenommen. Severin war im Goldrausch, und das einzige was in seinem Bewusstsein dominierte war Gold. In ungefähr 20 Meter Abstand vom Wald sah er aus den Augenwinkeln in einer unscheinbaren handbreiten Bodenfurche kleine Goldkörner. Augenblicklich änderte er seinen Kurs und steuerte auf den vermeintlichen Goldfund zu. Als er über der Furche stand und die glänzenden Körner genau in Augenschein nahm, war er sich gewiss, dass er erneut Gold gefunden hatte. Sein Körper und sein Geist gerieten in Aufruhr, er zitterte am ganzen Körper und geriet vollends in den unwiderstehlichen Sog des Goldes. Schnell nahm er das Gewehr und den Rucksack ab, und kniete sich auf den Boden. Zuerst pulte er das größte Goldkorn aus dem sandigen Bett, säuberte es mit dem Hemdzipfel und bestaunte das daumennagelgroße, ein Zentimeter dicke Goldnugget das ihm ein breites wohlgefälliges Grinsen in sein Gesicht zauberte. Das war eindeutig viel besser als Pilze finden, konstatierte Severin, und schob sich das Goldnugget in die Hosentasche. Gierig griff er nach den anderen Goldkörnern die nicht annähernd so groß waren, entfernte den Dreck von der Oberfläche und steckte sie ebenfalls in die Hosentasche. Als er bis auf den Goldsand den er später mit einer Goldwaschpfanne aus dem Erdreich filtern würde, alle sichtbaren Goldstückchen aus der Furche genommen hatte, nahm er den Spaten und trug das Erdreich schichtweise ab. Dabei fand er noch mehr Goldkörner von denen aber keines mehr so groß war wie das erste das er gefunden hatte. Der Graben wurde immer tiefer und nachdem er kniend nicht mehr bis zum Boden hinab reichte, trug er das Erdreich an den Seiten ab und wünschte sich dabei, dass er eine richtige Schaufel zur Hand hätte. Mit dem kleinen Spaten konnte er nicht viel Erde bewegen, doch mit der Zeit entstand ein recht ansehnliches Loch. Da aber kein einziges Goldstück mehr zum Vorschein kam, brach er seine Suche ab. Um sich seines Fundes zu vergewissern griff er in seine Hosentasche, stülpte sie heraus und ließ die Goldkörner in seine Hand rieseln. Die Kule seiner linken Handfläche war bis zur Hälfte gefüllt mit unterschiedlich großen Goldkörnern. Mit dem rechten Zeigefinger stocherte und rührte er in seinem Goldschatz und ergötzte sich an dem einzigartigen Anblick. Dann griff er mit der rechten Hand in die andere Hosentasche, nahm das hühnereigroße Goldnugget heraus und legte es auf seinen neuen Fund. Abgesehen von seinen Kindern als sie noch Babys waren und die eine oder andere nackte Frau, hatte er noch nie so etwas Schönes gesehen. Diese Erkenntnis und die Erkenntnis, dass Temira definitiv Goldland ist, brachte sein Herz zum Jubeln. Erst nachdem er das Gold in seiner Hand ausgiebig betrachtet hatte, war er wieder fähig sich aus dem Sog des Goldes zu befreien. Vorsichtig gab er das Gold wieder in seine Hosentaschen und schaute sich nach allen Seiten um ob ihn niemand beobachtet hatte. Auf den ersten Blick konnte er niemanden sehen, dennoch bestand die Möglichkeit, dass er von irgendjemandem bei seinem Treiben beobachtet wurde. Derjenige hätte kein Genie sein müssen um festzustellen, dass er Gold gefunden hatte. Als er am Stand der Sonne realisierte, dass er nicht mehr viel Zeit hatte um auf den Berg zu steigen, löste er sich von seiner Paranoia, markierte mit dem Spazierstock die Fundstelle und marschierte auf geradem Wege weiter Richtung Gebirge. Selbstverständlich hielt er dabei auch weiterhin Ausschau nach Gold. Bis zum Ausläufer der Mure konnte er jedoch kein Gold mehr finden, was es ihm erleichterte die Gedanken an Gold auszublenden und sich mental auf den Aufstieg einzustellen. Den Spaten steckte er gut sichtbar in das Geröll der Mure um keinen unnötigen Ballast mitzuschleppen. Das Gold behielt er vorsichtshalber bei sich, falls ihn doch jemand beobachten sollte. Als Ritual um seinen Weg entschlossen fortzusetzen, fixierte er den Bauch- und den Brustgurt vom Rucksack und zog sie fest. Die in flachem Winkel ansteigende Geröllhalde war relativ leicht zu überqueren doch als er die ersten paar Schritte auf der steilen Schneise zurücklegte, wurde ihm mit Schaudern bewusst, dass er eine Gewalttour vor sich hatte. Mit dem schweren Gepäck auf dem Rücken wurde jeder Schritt zu einer anstrengenden und schweißtreibenden Angelegenheit. Als er an dem Teil der Schneise angelangte der im Zickzack nach oben führt, musste er eine Rast einlegen. Schwer schnaufend setzte er sich auf einen Felsvorsprung und streckte beide Füße fest durch um so einem drohenden Krampf vorzubeugen. Severin war fix und fertig. Verzweifelt versuchte er anhand des Sonnenstandes einzuschätzen wie viel Zeit ihm noch blieb um den Bergkamm zu erreichen. Seiner Schätzung nach hatte er noch eine Stunde im besten Fall zwei Stunden Tageslicht um nach oben zu kommen, und er hatte noch ein gutes Stück vor sich. Jetzt ärgerte er sich darüber, dass er es zuließ sich dermaßen vom Gold vereinnahmen zu lassen und dass ihm während der Goldsuche jegliches Zeitgefühl abhanden gekommen war. Severin war hin und hergerissen weil er sich nicht sicher war ob er den Bergkamm noch erreichen würde. Vor allem das letzte Stück machte ihm Sorgen, weil er sich am Seil würde hochziehen müssen. Andererseits hatte er keine Lust wieder umzukehren, weil er dann den ganzen bisherigen Aufstieg und den bevorstehenden Rückweg umsonst gemacht hätte. Außerdem hatte er es sich als Ziel gesetzt diese Nacht auf dem Berg zu verbringen. Das Wetter war schön, der Himmel wolkenlos und nichts deutete darauf hin dass sich das ändern würde. Natürlich wusste er aus leidvoller Erfahrung dass das Wetter hier unberechenbar und tückisch sein kann, aber die Zeichen standen gut. Im Sitzen drückte der große Goldklumpen unangenehm auf seinen Oberschenkel, also nahm er ihn heraus und starrte ihn freudestrahlend an. Mit der anderen Hand beförderte er das Gold in seiner anderen Hosentasche ans Tageslicht und freute sich noch mehr. Genau das war die Aufmunterung die er jetzt brauchte. Das strahlende Gold in seinen Händen munterte seine Lebensgeister auf und um seinem Körper einen schnellen Energiekick zuzuführen, aß er zwei Taubenzucker die er mit Wasser hinunter spülte. Severin hatte sich entschieden, er war bereit dazu den steilen Weg weiter zu gehen. Mit bedächtigen Schritten quälte er sich die Schneise empor und wünschte sich mehrmals, dass er sich für die andere Variante, fürs Umkehren entschieden hätte. Die Energie vom Traubenzucker war schnell verbraucht. Bei jedem Schritt den er tat, hatte er Angst einen Krampf zu bekommen. Das Hochklettern war entsetzlich mühsam. Bei fast jedem Schritt musste er die Höhe von zwei oder mehr Treppenstufen bewältigen was für ihn, als ungeübten Kletterer mit hohem Eigengewicht und dem schweren Gepäck, eine enorme Belastung war, die ihn völlig auszehrte. Mehrmals musste er stehen bleiben und die Füße durchdrücken damit er keinen Krampf bekam. Ihm war bewusst, dass die ständigen kurzen Pausen für sein Vorwärtskommen hinderlich waren, nicht nur weil er dadurch Zeit verlor sondern weil seine Antriebskraft dadurch immer schwächer wurde. Regelmäßiges langsames Gehen ist effektiver als ein hohes Tempo gehen und zwischendurch immer wieder stehen bleiben, das wusste Severin. Aber er konnte nicht noch langsamer klettern und die Pausen musste er machen, weil er sonst verreckt wäre. Das Gold half ihm auch nicht mehr seine Krise zu überwinden. Einzig sein gestecktes Ziel das ihn nach oben zog und sein Wille vermochten es das Martyrium durchzustehen. Als er nach schier unvorstellbaren, selbstauferlegten Qualen endlich die steile Schneise durchquert hatte, ließ er sich verzweifelt nach Atem ringend und völlig entkräftet auf den harten Felsen fallen. Wie ein Häufchen Elend lag er bewegungsunfähig auf dem Felsen und konnte sich nur schwach daran erfreuen, dass das beschissene Klettern endlich ein Ende hatte. Der Rest würde zähes qualvolles Wandern sein, allerdings nur bis zum Seil. Wie er daran hochklettern oder sich daran hochziehen sollte war ihm völlig schleierhaft. Severin wollte gar nicht hinsehen und blieb regungslos auf dem harten Felsen liegen. Nach einigen Minuten hörte sein Herz allmählich auf zu rasen und die Frequenz seines Atems pendelte sich langsam wieder auf ein normales Niveau ein. Nur zäh und langsam drang die Tatsache in sein Bewusstsein, dass die Dämmerung der Nacht anbrach. Er hatte es bis hier her geschafft und er würde unter keinen Umständen von seinem Vorhaben abweichen. Mit eisernem Willen stemmte er sich hoch, und wäre beinahe rückwärts die Schneise hinunter gestürzt. Als er stand, zog ihn das Gewicht des Rucksackes nach unten. Da seine Beine zu wenig Kraft hatten um sein Eigengewicht und das Gewicht seines Rucksackes abzufangen, bewegte er sich unaufhaltsam dem Abgrund entgegen. Geistesgegenwärtig drehte er sich, während er in Zeitlupe nach hinten torkelte, in die Richtung des aufragenden Felsens und konnte sich gerade noch rechtzeitig mit den Händen festhalten. Es hätte nicht viel gefehlt dann wäre er mit dem Gesicht voraus in der Schneise nach unten gerutscht, und das wäre mit Sicherheit nicht gut ausgegangen. Severin bekam ganz weiche Knie und musste sich schnell hinsetzen um nicht einzuknicken. Er schloss die Augen und versuchte gleichmäßig zu atmen. Um zu Kräften zu kommen, musste er in sich gehen, und erst jetzt wurde ihm gewahr, dass er es verabsäumt hatte mit dem Berg in Verbindung zu treten. Bis jetzt war der Berg nur ein hartes gefährliches Etwas an dem er sich hinauf quälte, und das wollte er ändern. Demütig bedankte er sich beim Berg, dass er hier sein durfte und bat ihn um seinen Schutz und um Beistand für alle

Zeiten die er in seiner Nähe verbringen sollte. Er bedankte sich auch bei seinem Schutzengel und allen Geistwesen die ihm beistanden und ihn vor Ungemach bewahrten. Außerdem bat er sie um Nachsicht da er in seiner Gedankenlosigkeit oft darauf vergaß sich bei ihnen zu bedanken und sie um Hilfe zu bitten. Da dies nun geklärt war, warf er sich erneut einen Traubenzucker ein und stieg schwer keuchend die Bergflanke hoch. Seine Muskeln waren völlig übersäuert und mit jedem Schritt riskierte er einen schmerzvollen Krampf. An der Stelle an der er sich befand war weit und breit keine ebene Stelle wo er hätte übernachten können. Überall war abschüssiges Gelände. Die einzigen Optionen waren Umkehren oder Hochsteigen auf den Bergkamm. Umkehren schloss er definitiv aus, doch der Bergkamm war noch weit weg, und in seinem geschwächten Zustand war er anfällig für Fehler die in alpinem Gelände fatale Folgen haben können. Gerade erst hatten ihn sein Schutzengel und seine Helfer vor einem schweren Sturz bewahrt. Die Gefahr weiterhin herauszufordern war töricht und dumm, dachte sich Severin, doch ihm blieb nichts anderes übrig als weiter, immer weiter nach oben zu steigen. Beim Hochgehen auf der Bergflanke brauchte er weitaus weniger Energie als beim Klettern in der steilen Schneise, doch Severin spürte wie seine letzten Energiereserven sich langsam dem Ende zuneigten. In dieser heiklen Phase brauchte er dringend die Unterstützung von seinem Geist und seinem Willen. Sein Ziel hatte nicht mehr die Kraft ihn nach oben zu ziehen. Die ganze Anziehungskraft war aufgebraucht, und sein Körper würde die Strapazen nicht mehr lange durchstehen können, das spürte er ganz genau. Während er sich im Schneckentempo nach oben quälte, rief er verzweifelt alle ihm wohlgesonnen Geistwesen und Gott an, und bat sie um ihre Hilfe. Als er fast am Ende seiner Kräfte war, kam ihm ausgerechnet die Angst zu Hilfe. Die Angst vor der einziehenden Dunkelheit breitete sich immer mehr aus in seinem Inneren und spornte ihn dazu an das Letzte aus ihm herauszuholen. Nie im Leben hätte er daran gedacht, dass ausgerechnet die Angst ihn aus einer seiner schwersten Lebenskrisen herausführen würde. Die letzten 50 Meter vor dem Seil nahm seine Trittfrequenz sogar zu. Offensichtlich verfügte er über mehr Energiereserven als er dachte, weil er plötzlich neue Kraft bekam und seine Schritte beschleunigen konnte. Als er endlich das Seil in Händen hielt, spürte er, dass er auch die Kraft hatte um den schweren letzten Abschnitt zu bewältigen. Die einziehende Dunkelheit ließ es nicht mehr zu eine Pause einzulegen, außerdem wollte er auf jeden Fall vermeiden von der Stirnlampe Gebrauch zu machen. In der Dunkelheit wäre der Lichtstrahl weithin sichtbar gewesen und hätte womöglich unerwünschte Besucher angelockt. Severin nahm das Gewehr und den Rucksack ab, nahm das Seil aus dem Rucksack und band sich das Seil um den Bauch. Das andere Ende machte er am Rucksack und an der Schlaufe der Gewehrtasche fest. Dann schüttelte er seine Beine, seine Hände und den ganzen Körper um seine Verkrampfungen zu lösen. Ohne den ganzen Ballast fühlte er sich unendlich erleichtert und absolut imstande am Seil hochzuklettern. Seine neu gewonnen Kräfte und sein fühlbar leichteres Gewicht verliehen ihm die nötige Zuversicht um entschlossen zu handeln. Mit einem festen Ruck vergewisserte er sich, dass das Seil hielt. Dann stemmte er seinen linken Fuß im rechten Winkel gegen den Felsen und zog sich am Seil hoch. Severin war verblüfft wie leicht es war an dem fast senkrechten Bergrücken hochzusteigen. Vielleicht war es auch hilfreich, dass es zunehmend dunkel wurde und der gähnende Abgrund nicht mehr so gefährlich und bedrohlich wirkte. Severin begriff schnell dass er Mut brauchte um im rechten Winkel am Felsen hochzusteigen und Kraft in den Händen um sich am Seil hochzuziehen. Verblüfft stellte er fest, dass die Technik eigentlich ganz einfach umzusetzen war und dass ausgerechnet die heikle Kletterpassage vor der er am meisten Angst hatte, der einfachste Abschnitt der gesamten Klettertour war. In kürzester Zeit gelang es ihm am circa 10 Meter hohen Bergrücken hochzuklettern. Als er sich das letzte Stück am Felsen hochzog und endlich sicher auf dem ebenen Plateau unter dem Bergkamm stand war er unendlich stolz, zufrieden und glücklich. Mit ein paar wenigen Handgriffen zog er den Rucksack und das Gewehr mit dem Seil das er sich um den Bauch gebunden hatte nach oben, und stieg mühelos die wenigen Meter hoch zum Bergkamm. Jetzt war er endlich am Ziel und völlig überwältigt vom unerwarteten Ausblick auf die bezaubernde Landschaft und das unendlich weite Meer. Die untergehende Sonne leuchtete nur noch orangefarben und die einziehende Dunkelheit entzog der Welt die Farben. Nur der Bereich um die Sonne leuchtete noch hell und farbenfroh, der Rest der Welt war ein Schwarzgraupanorama das eine ganz eigenartige Stimmung vermittelte. Der Zeitpunkt hätte nicht besser sein können um sein Schlaflager einzurichten. Das spärliche Licht der Sonne war gerade noch hell genug dass Severin genug sehen konnte um ohne Lampe seine Matte aufzublasen und den Schlafsack herzurichten. Er stand nach wie vor sehr exponiert auf dem Bergkamm, doch war er sich sicher, dass ihn in der zunehmenden Dunkelheit niemand sehen konnte. Nur jemand in unmittelbarer Nähe oder jemand mit Eulenaugen hätte ihn wahrnehmen können. Um ganz sicher zu gehen schlug er sein Lager neben der einzigen Felserhebung auf dem Bergkamm auf. Der Felsbuckel war grasüberwachsen und nicht höher als einen Meter. Dennoch war er ein guter Wind- und Sichtschutz. Zudem verhinderte der Felsbuckel, dass er in der Nacht Richtung Süden über den Abhang hinunter rollte. Es war schon vorgekommen, dass Severin auf einem seiner Outdoortrips am Morgen neben seiner Matte aufwachte. Um zu verhindern dass er im Schlaf nicht ins Hinterland hinunter rollen würde, legte er den Rucksack und das Gewehr neben die Matte. Gerade als er sich bückte um sein Essen aus dem Rucksack zu holen, schoss ihm unvermittelt ein Krampf ins linke Bein. Mit schmerzverzerrtem Gesicht streckte er ihm Stehen das Bein durch und hielt sich am Felsen fest. Mit ungeheurer Wucht trat ein was er längst schon befürchtet hatte. Jetzt musste er für die dauerhafte Überbelastung seines Körpers büßen, und als ob der Krampf im linken Bein nicht schon genug war, schoss ein Krampf in sein rechtes Bein, der ihn abrupt auf den Boden fallen ließ. Die Krämpfe dehnten sich durch die Oberschenkel über die Waden bis zu den Fußsohlen aus und bereiteten Severin grauenhafte Schmerzen. Ohne es zu wollen spannte sich sein ganzer Körper wie eine Feder an die kurz vor dem Zerreißen ist. Vom ständigen auf die Zähne beißen verkrampfte sich sein Kiefer und jeder einzelne Zahn tat ihm weh. Unvermittelt trieb es ihm Tränen in die Augen. Das einzige was er noch kontrollieren konnte war sein unwiderstehlicher Drang zu schreien. Das Stöhnen und Wehklagen kam ebenso unkontrolliert aus ihm heraus wie die Krampfwellen die ihn eine gefühlte Ewigkeit mit brennenden, stechenden Schmerzen überrollten. Sein bis aufs Äußerste angespannter Körper zehrte ihn völlig aus und kaum dass er zu hoffen wagte sich nach einer Krampfwelle entspannen zu können, wurde er von der nächsten Welle gepeinigt. Severin lag zuckend mitten auf dem grasbewachsenen Bergkamm und lief ständig Gefahr abzustürzen. Unerbittlich quälten ihn die grauenhaften Krampfanfälle bis sie ebenso unvermittelt wie sie gekommen waren plötzlich aufhörten. Bewegungsunfähig und völlig entkräftet lag Severin auf dem Rücken. Der Körper fühlte sich ausgelaugt, geschunden und gemartert an. Sein Kopf der ständig und immer irgendwelche Gedanken produzierte, fühlte sich leer und hohl an. Das Gesicht war von den Tränen und dem Schweiß ganz nass und kühlte in der Frische der

Nacht langsam ab. Lange starrte er apathisch in den Himmel, bis er irgendwann die vielen Sterne registrierte die wie Millionen kleiner Diamanten am dunklen Himmel funkelten, und sein Gemüt zu besänftigen vermochten. Das zurückkehrende Bewusstsein führte ihm vor Augen was für ein Glück im Unglück er hatte. Wenn die Krampfanfälle beim Klettern am Seil oder in einer der vielen anderen gefährlichen Passagen über ihn gekommen wären, hätte er sterben können. So gesehen musste er froh sein, dass ihn die Krämpfe erst auf dem Bergkamm heimsuchten, obwohl er liebend gerne darauf verzichtet hätte. Severin musste einsehen, dass er zu wenig trainiert und nicht in der körperlichen Verfassung war um ungestraft derartige Strapazen auf sich zu nehmen. Im ersten Moment schien ihm diese Einsicht absurd und sah es als eine doppelte Strafe an. Die erste Strafe waren die elenden Strapazen und Anstrengungen und die zweite Strafe waren die genauso elenden Konsequenzen für diese Strapazen. Dabei graute ihm vor der unvermeidlichen nächsten Strafe für seine Anstrengungen. Mindestens zwei oder mehr Tage würde er einen entsetzlichen Muskelkater haben, und mit einem Muskelkater nach Temira abzusteigen war eine niederschmetternde Option, leider auch die einzige. Um eine höchstwahrscheinliche, selbsterfüllende Prophezeiung abzuwenden, verdrängte er die schauderhaften Gedanken an den bevorstehenden Abstieg und kroch auf allen Vieren zu seinem Schlaflager, und wünschte er hätte zuhause daran gedacht Magnesiumtabletten einzupacken. Zu seiner eigenen Verteidigung konnte er aber anführen, dass er zuhause keinen Moment daran dachte, dass er so blöd sein würde derartige Strapazen auf sich zu nehmen. Beim Sitzen achtete er darauf dass seine Beine ausgestreckt waren, um keinen erneuten Krampfanfall zu riskieren. Umständlich zog er aus dem Rucksack den Plastiksack mit den gegrillten Fischfilets, biss griesgrämig kleine Stücke vom Fleisch ab und achtete dabei auf Gräten, was in der Dunkelheit kein einfaches Unterfangen war. Mit der Zunge und dem Gaumen erspürte er die Gräten im zerkauten Fisch und spukte sie aus. Severin musste gedanklich gegensteuern damit er die 3 Fischfilets wenigstens mit ein bisschen Genuss zu sich nehmen konnte, und segnete sein Essen mit Liebe. Das hatte er schon lange nicht mehr gemacht. Aber warum eigentlich? War er zu faul dafür, oder zu zivilisiert, oder was ..? Severin fand keine Erklärung dafür wieso er plötzlich damit aufhörte sein Essen mit Liebe zu segnen. Dabei fand er dieses schlichte Ritual sehr sinnvoll und verlieh dem Essen eine ganz eigene, gesunde Gewürznote. Sogar der öde Muränenfisch schmeckte mit Liebe gewürzt zumindest ein bisschen besser als zuvor. Von nun an würde er das Segnen-mit Liebe-Ritual wieder fix einführen, beschloss Severin, und nach Möglichkeit auf Menschen und alles was ist ausdehnen. Obwohl, eigentlich war es keine Frage der Möglichkeit, sondern des Wollens, und aus Erfahrung wusste er, dass er davon profitieren würde wenn er nicht nur sein Essen sondern auch die Menschen, Tiere und alles andere hin und wieder mit Liebe segnen würde. Dieses Privileg, diese Fähigkeit ist nicht nur Geistlichen vorbehalten sondern eines jeden Menschen Geburtsrecht. Jeder Mensch trägt Liebe in sich und diese Liebe zu verschenken oder jemanden oder etwas damit zu segnen kann jeder. In einem Anflug von Sentimentalität wünschte sich Severin, dass mehr Menschen dieses Ritual ausüben würden. Kaum hatte er diesen Gedankengang zu Ende verfolgt, sah er weit unten im Hinterland ein oranges Licht in der Dunkelheit schimmern. Das orangefarbene Leuchten war auch ohne optische Hilfsmittel, die ihm in der Dunkelheit ohnehin nichts genützt hätten, mit freiem Auge gut zu sehen. Zweifellos machte irgendjemand ein Feuer im Wald. Als er seinen Blick weiter über das tief unter ihm liegende Meer von Dunkelheit schweifen ließ, entdeckte er weitere orangefarbene Flecken. Mit zunehmender Entfernung schrumpften diese einzelnen Flecken zu winzigen Punkten, die für Severin eindeutige Hinweise auf menschliches Leben waren. Offensichtlich hatten doch einige Menschen die Brandschatzungen überlebt. Vielleicht waren sie auch schon vorher in den Wald geflüchtet, bevor ihre Siedlungen niedergebrannt wurden. Was bedeutete das jetzt für ihn, dass sich da unten Menschen im Wald versteckten? Obwohl die Entdeckung die er gemacht hatte sein Interesse und seine Aufmerksamkeit weckten, konnte er keinen klaren Gedanken fassen. Vom anstrengenden Aufstieg und den Krampfanfällen fühlte er sich völlig ausgezehrt, schlapp und todmüde. Das einzige was ihm klar war, war die Tatsache, dass da unten noch Menschen lebten und dass er in der stockdunklen Nacht nichts unternehmen konnte um der Sache auf den Grund zu gehen. Abgesehen davon war er ohnehin nicht in der Lage irgendetwas zu unternehmen. Mit der letzten Energie die er aufzubringen im Stande war, zog er umständlich seine Kleider aus und kroch in den Schlafsack. Da auf dieser Höhe die Temperatur in der Nacht sehr schnell absank und er dauernd fröstelte, dauerte es lange bis er endlich einschlafen konnte. Die Krämpfe hatten sich gelöst und zum ersten Mal, seit er auf Temira war, konnte er die ganze Nacht durchschlafen.

Beim Einsetzen der Morgendämmerung wachte er auf und schielte verstohlen aus der kleinen Öffnung des Schlafsackes ins Hinterland hinunter. Von den orange leuchtenden Feuern war nichts mehr zu sehen. Mit jeder Minute verwandelte sich das einheitliche Schwarz das sich unter ihm im Hinterland ausbreitete in dunkle Grüntöne die zunehmend heller wurden. Um besser hören zu können streckte er den Kopf aus dem Schlafsack und lauschte auf die Geräusche des Morgens. Anders als unten im Tal hörte er nur eine Vogelart. Vereinzelt klang ein Kreischen hallend aus den Felswänden. Es war unmöglich zu bestimmen woher das Geräusch kam und sehen konnte er den Vogel auch nicht. Die Luft war kalt und frisch. Der Wind strich sanft über die Felsen die mit ihren Senken und Erhebungen, Mulden und Gräten unterschiedliche Klänge erzeugten und die Geräusche des Windes verstärkten. Einmal war der Wind als Pfeifen zu hören. Von der Ostseite des Gebirges drang der Wind als dumpfes Tosen an sein Ohr und in seiner unmittelbaren

Nähe erzeugte der Wind ein kaum hörbares Rascheln der Gräser. Mit seiner Handfläche strich er langsam über das mit Tau überzogene Gras. Der Tau fühlte sich im ersten Moment kalt an, aber es war angenehm wie die zarten, saftig grünen Gräser und Kräuter seine Hände streichelten. Severin genoss die frühmorgendliche Maniküre und bedankte sich bei Gott und Mutter Erde für ihre wunderbare Schöpfung. Mit all seinen Sinnen wollte er den Zauber der Natur in sich aufnehmen, und als er sah wie im Osten die Sonne behäbig aus dem Meer aufstieg, wurde er von einer tiefen Ehrfurcht erfüllt. Das Spektakel des Sonnenaufgangs zog ihn völlig in seinen Bann. Wie eine riesengroße Orange stieg die Sonne am Horizont auf und gab der Erde die Farben zurück, die von der Dunkelheit der Nacht verschluckt wurden. Die Sonne brachte die Felsen zum Leuchten, das bleigraue Meer verwandelte sich zusehends in ein glitzerndes Blau und die Vegetation erstrahlte zunehmend in den unterschiedlichsten Grüntönen. Während er begeistert die Veränderung der Natur beobachtete, tauchten plötzlich Möwen, Raubvögel und Dolen am Himmel auf. Es schien als wollten sie mit ihrem anmutigen Dahingleiten und ihrem aufgeregten Kreischen den anbrechenden Tag begrüßen. Severin war völlig begeistert von dem einzigartigen und vielfältigen Naturschauspiel. Die Kraft der Sonne wurde schnell stärker und schon bald war ihm warm genug um endlich aus dem Schlafsack zu steigen und sich anzuziehen. Dabei stellte er erleichtert fest, dass er keinen Muskelkater hatte, nirgendwo, nichts, nicht einmal ein verdächtiges Ziehen spürte er. In Ermangelung einer anderen Erklärung hielt er seinen ausgiebigen Fischkonsum der letzten Tage für die Ursache seines ausbleibenden Muskelkaters. Allerdings befürchtete er, dass dieser Kelch nicht so ohne weiteres an ihm vorüber gehen würde. Wie auch immer, Severin fühlte sich gut, eigentlich sehr gut und er wollte sich nicht in Eventualitäten verlieren. Jetzt galt es sich möglichst gut zu verstecken und sich für die Expedition vorzubereiten. Severin zog seine Sachen, die er auf die Matte gelegt hatte, hinter den grasbewachsenen Felsbuckel und packte das Notwendigste in den Rucksack. Die Matte und den Schlafsack rollte er zusammen und ließ sie, in der Hoffnung dass sie nicht vom Wind weggeweht würden, an Ort und Stelle liegen. Dann nahm er das Fernglas und spähte hinter dem Felsbuckel ins Hinterland hinunter, wo alles so war wie beim letzten Mal, außer dass keine Rauchschwaden mehr zu sehen waren. Auch in der nächst gelegenen Siedlung konnte er keine Veränderungen wahrnehmen, und nirgends fand er Anzeichen menschlichen Lebens. Mit dem Fernglas konnte er die Rinne die vom Bergkamm hinunter zum Wald führte gut überblicken. Schon als er das erste Mal auf dem Bergkamm war, hielt er die Rinne für die beste Option um ins Hinterland abzusteigen. Nachdem er sich vergewisserte dass ein Abstieg möglich ist, entschied er sich schließlich zu handeln. Mit dem Rucksack auf dem Buckel robbte er langsam über den Bergkamm Richtung Westen. Schon nach den ersten Metern wollte er aufstehen weil der grasbewachsene Bergkamm immer noch feucht vom Tau war und er in kürzester Zeit von der Brust bis zu den Füßen dreckig und nass wurde. Als er mit leicht erhobenem Kopf an sich hinabsah war sein erster Impuls aufzustehen und nach Temira abzusteigen. „Was mache ich hier eigentlich“, fragte er sich mit zunehmenden Selbstzweifel. Severin blieb eine Weile regungslos liegen, weil er erneut seine Motivation für sein Vorhaben überprüfen musste. Eigentlich war er hier her gekommen um Temira zu erkunden und um Urlaub zu machen. Abenteuer hatte er in den letzten paar Tagen schon mehr als genug erlebt. Zudem hätte er bei dem einen oder anderen Abenteuer draufgehen können, und so wie die Dinge standen, versprach das neue Abenteuer nicht viel besser zu werden. Die Menschen versteckten sich im Wald, ihre Siedlungen wurden niedergebrannt, womöglich herrschte eine Seuche und wahrscheinlich trieb sich auch marodierendes Gesindel herum. Es gab genügend Gründe um sofort umzukehren und möglichst unauffällig zu verschwinden. Dass er dreckig und nass war kam zu allen anderen Übel noch hinzu. Andererseits war da seine Neugierde, er wollte unbedingt herausfinden wo er gelandet war und zu welcher Zeit, und dazu musste er Kontakt mit den Leuten herstellen. Also musste er sich hier und jetzt entscheiden zwischen Sicherheit und Gewissheit, zwischen einem einsamen Leben auf Temira und der Möglichkeit für eine zweifelhafte Gewissheit zu sterben. Sterben würde er ohnehin irgendwann, das war ihm bewusst, nur das Wie konnte er ansatzweise beeinflussen. Der Ausgang der Expedition war in keinster Weise absehbar, doch was ist schon absehbar? Mit seinem Verstand kam er auf keinen grünen Zweig. Sein Verstand schwankte zwischen seinem Bedürfnis nach Sicherheit und seinem Drang Neues zu entdecken unentschlossen hin und her. Also hörte er auf sein Herz, das ihm unvermittelt eine klare Antwort gab. Eigentlich hatte er schon damit gerechnet dass ihn sein Herz wieder einmal in eine Richtung stoßen würde, von der er nicht die geringste Ahnung hatte was ihn erwartet. Vorsichtig drehte er sich auf dem schmalen Bergkamm um und robbte zurück hinter den Felsbuckel wo er seine Sachen hatte. Um auch seinen Verstand gebührend zu wertschätzen und zu befriedigen, befestigte er mit Schnüren das Gewehr am Rucksack und robbte über den Bergkamm zurück zur Rinne. Ohne lange zu zögern stieg er entschlossen in die Rinne ein und kletterte auf allen Vieren nach unten. Die Rinne war steil, sehr steil sogar, doch bot sie genügend Möglichkeiten um ohne Schwierigkeiten zügig nach unten zu gelangen. An Wurzeln, kleinen Bäumen, gut verwurzelten Sträucher und Felsvorsprüngen fand er ausreichend Halt und gelangte sicher zu den Ausläufern des Waldes. Er hätte noch weiter in der Rinne absteigen können, doch im Wald, der bis zur Kante der Rinne reichte, fühlte er sich sicherer und war zudem besser geschützt vor fremden Blicken. Bevor er jedoch den Wald erreichte, musste er eine geeignete Stelle finden um an der extrem steilen Flanke der Rinne hochzuklettern. Severin drehte sich um und sah nicht weit entfernt von seinem Standort einen Wildwechsel an dem er mühelos hochklettern konnte. Im Wald war das Gelände extrem abschüssig und Severin rutschte immer wieder auf dem lockeren Waldboden aus. Der Rucksack und das Gewehr verhinderten jedoch dass er sich am Rücken oder am Kopf verletzte, außerdem konnte er sich immer an irgendeinem Baum festhalten. Der Abstieg war extrem mühsam und bald schon war er aufgrund der vielen Rutschpartien von oben bis unten voller Dreck. Als er sich wieder einmal an einen Baum klammerte um nicht unkontrolliert in die Tiefe zu rutschen, nahm er den Rucksack ab und checkte sein Gepäck. Er hätte gerne den Reisverschluss der Gewehrtasche aufgemacht um nachzusehen ob das Gewehr von den vielen Rutschpartien nichts abbekommen hatte, doch die Tasche hing immer noch gut verschnürt am Rucksack. Um das Gewehr herauszunehmen hätte er die Schnüre lösen müssen, doch dazu hatte er kein Lust. Während er am Baumstamm lehnte, blickte er nach oben von wo er gekommen war. Die Aussicht darauf später wieder an derselben Stelle hochzuklettern, erfüllte ihn mit Grausen und ließ ihn daran zweifeln ob er wirklich die richtige Entscheidung getroffen hatte. Nach unten war es ebenso weit und von seiner Position aus konnte er nicht sehen wie weit er noch im Wald absteigen konnte. Severin war auf seinen bisherigen Wanderungen schon zu oft in eine Sackgasse geraten und musste wieder umkehren. In diesem steilen Gelände wollte er aber nicht umkehren um eine neue Route zu finden. Eigentlich wollte er überhaupt nicht mehr weiter. Die Aussichten, ob nach unten oder oben, waren nicht sehr verlockend und äußerst demotivierend. Umso weiter er absteigen würde umso anstrengender würde der Aufstieg werden. Und wenn er jetzt umkehren würde wären seine bisherigen Mühen vergebens gewesen. Unentschlossen und wankelmütig setzte er sich auf den Waldboden und wollte etwas essen, als er plötzlich ein Schreien hörte. Sofort waren alle seine Sinne in Alarmbereitschaft, und sein erster Impuls war sein Gewehr rauszuholen. Doch das Schreien kam von weit unten und das Gewehr hätte ihm höchstens als Wanderstock gedient. Severin war sich nicht sicher, doch er meinte das Schreien einer Frau gehört zu haben. Nicht dass dies ausschlaggebend gewesen wäre, doch nachdem einige Zeit verstrichen war und er nichts Auffälliges mehr wahrnehmen konnte, stand er auf, zog den Rucksack an und bewegte sich vorsichtig quer durch den Wald in Richtung der Rinne. Ein Ast diente ihm als Stütze und verhinderte weitere Stürze die jetzt nicht mehr angesagt waren. Die Entscheidungsfindung und die Motivationsfrage hatten sich abrupt erledigt. Er konnte gar nicht anders als dem Schreien auf den Grund zu gehen. Als er die Kante der Rinne erreichte blieb er erschrocken stehen. Hundegebell drang deutlich an sein Ohr. Die Rinne war wie ein Trichter der Geräusche verstärkt und gut weiterleitet. Es war mehr als ein Hund, und es waren mit Sicherheit keine kleinen Kläffer. Obwohl Hunde über Vierfußantrieb verfügen, war er sich sicher, dass weder in der steilen Rinne noch im steilen Wald ein Vorwärtskommen für die Hunde möglich war. Sollte sich ihm doch ein Hund in feindlicher Absicht nähern, würde er ihn mit einem Tritt nach unten befördern. Seit er das Schreien gehört hatte war sein Körper in Alarmbereitschaft und produzierte Adrenalin in rauen Mengen. Das Zaudern und Zögern wich einer geradezu beängstigenden Entschlossenheit und einem unwiderstehlichen Handlungsdrang. Um auch die nötige Vorsicht walten zu lassen, packte er nun doch sein Gewehr aus und zielte damit auf einen imaginären Feind. Mit aller Ruhe die er aufzubringen im Stande war, nahm er einen weit entfernten hellen Stein ins Visier. Seine Hände hielten das Gewehr fest und sein rechtes Auge, mit dem er durch das Zielfernrohr schaute, leitete die Hände bis er den Stein im Fadenkreuz hatte. In dieser Position harrte er einige Sekunden aus, bis er sicher war dass er das Gewehr im Notfall auch bedienen konnte. Dann legte er die Gewehrtasche vor einem kniehohen Strauch ab, schulterte den Rucksack und das Gewehr und stieg über die mit kleinen Stäucher bewachsene steile Flanke in die Rinne ab. Je weiter er nach unten gelangte umso mehr Vegetation gab es an den Flanken der Rinne an der er Halt finden konnte. Es war wesentlich leichter in der Rinne abzusteigen als im Wald und er kam gut und schnell nach unten. Hin und wieder trat er einen Stein los der geräuschvoll nach unten rollte, doch das machte ihm weniger Kopfzerbrechen als die Tatsache, dass er jeden Moment gesehen werden konnte. Er befand sich zwar nach wie vor in der Rinne weit oberhalb vom Tal, doch irgendwie spürte Severin eine nahende Gefahr ohne sie genauer bestimmen zu können. Immer weiter kletterte er in die Tiefe bis er nur noch etwa 20 Meter weit sehen konnte was sich vor ihm befand. Entweder endete die Rinne dort oder sie machte einen Bogen nach rechts, was er eher für unwahrscheinlich hielt. Als er die 20 Meter zurückgelegt hatte, erreichte er ein fast ebenes Plateau und stellte enttäuscht fest, dass er vor einem gähnenden Abgrund stand. An dieser Stelle war ein weiteres Absteigen unmöglich. Der Felsen fiel deutlich mehr als 10 Meter senkrecht ab. Also nützte ihm auch das Seil nichts das er dabei hatte, weil es kaum mehr als 10 Meter lang war. Severin musste den Blick von dem Abgrund abwenden weil ihm schwindlig wurde. Eilig stieg er wieder in der Rinne hoch bis er eine geeignete Stelle fand um über die Flanke der Rinne zum Wald hochzusteigen. Im Zickzack kletterte er mühsam an der Flanke hinauf bis er die Wurzel eines Baumes ergreifen konnte an der er sich hochzog. Außer Atem lehnte er sich an einen Baum und hörte sein pochendes Herz das auf Hochtouren lief. Als sich sein Herzschlag verlangsamte, hörte er erneut wütendes Hundegebell das nicht weit von ihm entfernt war. Durch den Wald konnte er nicht sehen ob er erneut an einen Abgrund gelangen würde, also ging er weiter schräg nach unten. Severin achtete auf jeden Schritt um nicht auszurutschen und unnötige Aufmerksamkeit auf sich zu lenken. Er war dermaßen auf das Gelände unmittelbar vor ihm fokussiert, dass er beinahe die Lichtung übersehen hätte in die der Wald etwa 50 Meter links unter ihm überging. Schnell drehte er nach links ab und ging auf direktem Weg der Lichtung entgegen. Allmählich nahm die Steilheit des Geländes ab, sodass er sich ungesehen und ohne großen Lärm zu verursachen im Schutze der Bäume der Lichtung nähern konnte. Fünf Meter bevor der Wald aufhörte blieb er stehen und spähte mit dem Fernglas in alle Richtungen. Erst als er sich vergewisserte dass sich niemand auf der Lichtung befand trat er aus dem Wald heraus. Die Lichtung war mit kniehohem Gras, kleinen Fichten und Büschen bewachsen und beinahe eben. In leichtem Gefälle neigte sie sich Richtung Norden ins Hinterland hinunter und war etwa so lang wie 2 Fußballfelder und an der schmalsten Stelle, dort wo er sich befand, etwa 10 Meter breit. Die Lichtung zog sich von Westen schräg nach unten Richtung Osten wo die ebene Lichtung in eine steile Wiese überging. Deshalb konnte er sie vorher im Wald auch nicht sehen. Severin überquerte die Lichtung und begab sich in den Schutz der Bäume die zunehmend weniger wurden. Schon nach wenigen Metern konnte er sehen, dass der spärliche Wald erneut von einer Wiese unterbrochen wurde. Die Wiese die sich vor ihm ausbreitete war deutlich größer als die Lichtung und ebenso mit vereinzelten Fichten und Büschen bewachsen. Die höchsten Bäume waren nicht höher als 10 Meter und legten nahe, dass die Wiese in den letzten paar Jahren nicht bewirtschaftet wurde. Einst mussten diese Wiesen einmal als Heuwiesen oder als Weideland angelegt worden sein, anders konnte sich Severin nicht erklären wieso sich mitten im Wald plötzlich so große Wiesen befinden sollten. Gleiche oder ähnliche Landschaften gab es bei ihm zuhause im Überfluss. Nur wurden damals die Almen, als sie noch mit grünem saftigen Gras bewachsen waren, in den Sommermonaten als Weideflächen genutzt. Hier hingegen gab es keine Alphütten, keine Tränken und keine Zäune. Nichts was darauf schließen ließ, dass die künstlich angelegten Wiesen auch genutzt wurden. Vielleicht irrte er sich auch, und die Wiesen waren natürlichen Ursprungs. Auch das soll es geben, dachte sich Severin, und überquerte die Wiese indem er seinen Blick ständig umher schweifen ließ. Plötzlich erklang von weit her ein markerschütterndes Schreien von einer Frau. Es waren ganz eindeutig Schmerzensschreie die sich für Severin entsetzlich anhörten und denen er instinktiv und entschlossen ein Ende bereiten wollte. Er beschleunigte seine Schritte und gelangte bald an dichtes Buschwerk das die Wiese begrenzte. Energisch zwängte er sich durch die Büsche bis er plötzlich abrupt stehen blieb. Die Büsche gaben unvermittelt den Blick nach unten auf eine Siedlung frei, die um ein Vielfaches größer war als er vermutet hatte. Einen Tag zuvor beobachtete er mit dem Fernglas vom Bergkamm aus die Siedlung, und ging davon aus, dass das was er gesehen hatte die ganze Siedlung war. Jetzt erkannte er, dass das was er mit dem Fernglas gesehen hatte nur der östliche Teil eines großen Dorfes war. Den Rest des Dorfes konnte er gar nicht sehen weil ihm die Sicht versperrt war. Langsam nahm Severin den Rucksack und das Gewehr ab und legte beides auf den Boden. Mit dem Fernglas spähte er in einer gut geschützten Position über das Dorf, das einen ähnlichen Anblick bot wie am Tag zuvor. Alle Häuser waren abgebrannt, kein Mensch und kein Tier waren zu sehen.

Als er sich weiter aus dem Schutz der Büsche nach vorne wagte und mit dem Fernglas nach links schwenkte, hielt er abrupt inne. Was er sah ließ ihn würgen und beinahe hätte er sich übergeben. Etwa 100 Meter von ihm entfernt am linken Dorfrand sah er Rauch aufsteigen. Ein Feuer brannte lichterloh, und inmitten dieses Feuers konnte er einen brennenden Menschen sehen. Jetzt verstand er auch wieso das entsetzliche Schreien so abrupt aufhörte. Diese verdammten Schweine hatten eine Frau bei lebendigen Laibe auf einem Scheiterhaufen verbrannt. Eine Menschenmenge versammelte sich um das Feuer, einige davon waren mit langen Spießen und Schwertern bewaffnet. Der Großteil der Menschenmenge stand zusammengepfercht wie Schafe in einer Umzäunung und wurden von Soldaten und 2 gefährlich aussehenden Hunden in Schach gehalten. Nach genauerem Hinsehen konnte er erkennen, dass es eigentlich gar keine Umzäunung war sondern lediglich ein Seil das an Pfosten festgemacht wurde. Die Umzäunung war eine Art Rondell in der Frauen, Kinder und Männer eingesperrt waren. Die Frauen waren gut an ihren weißen Hauben zu erkennen doch aufgrund der Entfernung konnte er unmöglich ihr Alter einschätzen. Auch die Kinder waren einfach zu erkennen, weil sie viel kleiner waren als die Erwachsenen. Seltsamerweise waren es nur Kleinkinder, größere Kinder oder Jugendliche konnte er keine erkennen. Die Männer schätzte er aufgrund ihrer Körperhaltung als alt und gebrechlich ein, doch sicher war er sich nicht. Einzig die Kleidung unterschied sich deutlich von jener der Frauen.

Die Frauen hatten allesamt Röcke und Hauben an, die Männer trugen dunkle Kleidung, wobei er nicht genau erkennen konnte was genau sie trugen. Während er die eingesperrten Leute beobachtete hatte er ständig das lodernde Feuer im Blickfeld, was ihn zutiefst anwiderte. Er musste sich einen Überblick verschaffen, und mit jeder Beobachtung glaubte er endlich Antworten auf seine Fragen zu bekommen. Die Hunde bellten und knurrten, und schnappten immer wieder nach den Füßen der eingesperrten Leute, ohne dass die Soldaten ihnen Einhalt geboten. Rechts neben dem Rondell standen mehrere gesattelte Pferde in einer Reihe. Die Menschen in der Seilabsperrung wurden von 4 Soldaten bewacht die eindeutig an ihren mittelalterlichen Uniformen, ihren Helmen und ihren Waffen zu erkennen waren. Die Soldaten trugen matt rote Gewänder mit irgendwelchen Symbolen darauf die er nicht erkennen konnte. Unter den ärmellosen roten Gewänder trugen sie etwas metallisch Glitzerndes, wahrscheinlich Kettenhemden die aber nur an den Armen zu sehen waren. Einen Bauchgurt mit einem daran hängenden Schwert trug jeder Soldat, aber nicht jeder hatte einen Spieß oder eine Lanze in der Hand. Alle trugen sie metallene Helme, außer einem. Wenige Meter links von den eingesperrten Leuten saß ein rot gewandeter Mensch auf einem Podest oder einem Thron. Er konnte ihn nicht gleich sehen weil drei Soldaten um ihn herum standen. Die drei Soldaten waren ebenso gekleidet wie die anderen Vier, nur eben dieser eine belaibte Typ auf dem Podest, der ihm auf Anhieb unsympathisch war, trug keinen Helm, kein Kettenhemd und keine Lanze. Um seine Vermutung zu bestätigen ging er zurück und holte sein Gewehr. Er nahm diesen rotgewandeten Wichtigtuer ins Visier, weil er glaubte mit dem Zielfernrohr besser sehen zu können. Severin konnte zwar sehen dass der Mann eine Kette um den Hals trug, aber es war auch mit dem Zielfernrohr nicht zu erkennen ob es ein Kreuz war oder irgendein Symbol eines Amtsträgers. Dennoch war er sich fast sicher, dass der feiste Typ auf dem Thron mit der seltsamen Mütze auf dem Kopf der Anführer der Soldaten und aller Wahrscheinlichkeit nach ein Geistlicher war. Er wollte keine voreiligen Schlüsse ziehen, doch die Tatsache dass mit an Sicherheit grenzender Wahrscheinlichkeit eine Frau auf einem Holzhaufen angebunden und verbrannt wurde, ließ darauf schließen, dass dieser Drecksack tatsächlich ein Geistlicher war. Die Soldaten und die eingesperrten Leute waren altertümlich gekleidet, was wiederum ein Hinweis darauf war, dass er in der Vergangenheit gelandet war. Severin legte das Gewehr beiseite und musste erst einmal in sich gehen und die Erkenntnis verdauen. Was er eigentlich immer schon ahnte wurde auf einmal mit voller Wucht bestätigt. Es bestand zwar die Möglichkeit, dass er Zuschauer in einem Filmset wurde, vielleicht hatte ein Mittelalterverein da unten seine Lager aufgeschlagen oder es gab sonst eine vernünftige Erklärung für das was sich da unten abspielte. Vereine die das Mittelalter hochleben lassen und auch dementsprechend leben, gab und gibt es in Europa zu Genüge. Wobei sie mit Sicherheit nicht so dämlich wären ihre Behausungen abzufackeln und jemanden auf dem Scheiterhaufen zu verbrennen. Ein Filmset war auch keine wirkliche Option, weil er nirgendwo Kameraleute, Licht- und Tonpersonal gesehen hatte. Alles, selbst seine Träume, deuteten darauf hin dass er tatsächlich im Mittelalter gelandet war. Doch damit konnte und wollte er sich nicht abfinden. So etwas gibt es nur im Film und in guten Büchern, dachte sich Severin. Wieso sollte ausgerechnet ihm so ein Scheiß passieren? Ok, er war auf Temira gelandet wo er wahrlich wunderbare Dinge erlebte, und nur in wenigen Stunden eine ansehnliche Menge Gold gefunden hatte. Aber das hier, diese Inquisitionsscheiße oder was auch immer da unten vor sich ging, wollte er schlichtweg nicht wahrhaben. Das alles war zuviel für ihn. Ihm wurde schwindlig von diesen unglaublichen Erkenntnissen, und je mehr er darüber nachdachte umso schlechter ging es ihm. Severin taumelte zurück in den Schutz der Büsche und musste sich hinlegen weil er kaum mehr gerade stehen konnte. Er zog die Knie an seine Brust und hielt mit beiden Händen seinen Kopf fest, nicht weil er körperliche Schmerzen hatte, vielmehr weil er Angst davor hatte dem Wahnsinn anheim zu fallen. Er musste sich festhalten, sich selbst beisammen halten, solange wie nötig, um sich der Realität zu stellen. Doch was zum Teufel ist die Realität? Diese Frage quälte ihn, er wollte sie aus seinem Bewusstsein verbannen, doch sie forderte immer wieder seine Aufmerksamkeit. Trotz all seiner Vorahnungen und Träume gelang es ihm nicht seine beiden Realitäten zusammen zu bringen. Er lebte im 21. Jahrhundert, das war seine bisherige Realität, und jetzt auf einmal sollte er ins Mittelalter hineingefallen sein. Warum, wozu, wieso ich? „Neeeiiiiin, nein, nein, nein!“ Sein Verstand war überfordert mit diesen Fragen, und die einzige Antwort die er darauf geben konnte war NEIN.

Obwohl er sich auf ein neues Abenteuer gefreut hatte wurde er von der neuen Realität völlig unvorbereitet schwer getroffen und niedergestreckt. Nie hatte er sich wirklich damit auseinander gesetzt was es bedeutet in einer anderen Zeit, in einer barbarischen, brutalen Vergangenheit zu landen.

Die Wichser da unten terrorisierten die Leute, was seinen Gerechtigkeitssinn in Aufruhr brachte, ohne dass er gegen die Abscheulichkeiten die da unten im Gange waren etwas tun konnte. Was würde geschehen wenn er den Drecksack von seinem Thron runter schießen würde? Wahrscheinlich zeugte er Kinder oder würde es noch tun. Mit seinem Tod würde er eine ganze Reihe von Nachkommen auslöschen. Wer weiß, vielleicht war er selbst ein indirekter Nachfahre von dem Arschloch. Severin dröhnte der Kopf von all diesen unerwarteten, vollkommen verrückten Begebenheiten. Musste er sich wirklich auf die Zuschauerrolle beschränken um nicht widerrechtlich den Ablauf der Geschichte zu ändern? Das würde bedeuten dass er auf Temira bleiben und von seinem Vorhaben, mit den Leuten Kontakt aufzunehmen, ablassen müsste. Als ihm mit zunehmendem Schrecken schleichend die Tatsache in sein Bewusstsein drang, dass er die

Möglichkeit und die Macht hatte die Geschichte zu beeinflussen, musste er sich beinahe übergeben. Andere würden sich vielleicht über diese Möglichkeit freuen, doch Severin war intelligent genug um zu wissen, dass alles was er tat und je tun würde Konsequenzen nach sich ziehen würde, und über Konsequenzen wollte und konnte er in seinem Zustand nicht nachdenken. Er drückte seinen Kopf fester zusammen weil ihm der Schädel dröhnte. Das Nachdenken tat ihm weh und er wollte aufhören damit, doch so ohne weiteres ließen sich seine Gedanken nicht abstellen. Die Unvereinbarkeit der beiden Realitäten kristallisierte sich in zunehmendem Maße als eine Einsicht heraus die er wohl oder übel akzeptieren musste. Insgeheim freute er sich darauf mit Leuten in Kontakt zu treten, ihre Sprache zu lernen, ihr Essen zu kosten, sich in ihren Lebensstil hinein zu fühlen und sich daran zu laben wie die Fremden die vielen Errungenschaften der modernen Zivilisation bestaunten. Er stellte sich vor wie sie seine Kleider bestaunten, seine Ausrüstung, die Fotos, das Gewehr, das Fernglas und das Nachtsichtgerät. Noch erstaunter wären sie wenn er ihnen auf seinem Handy Autos, Flugzeuge, Züge oder einen Film zeigen würde. Dann würden sie vollends ausflippen und er würde sich erfreuen an ihrem unschuldigen Staunen, an ihren fragenden Blicken und ihrer Bewunderung. Vielleicht wären sie aber genauso entsetzt wie er und würden an einem Kulturschock leiden, genau wie er. All diese spekulativen Gedankengänge machten Severin zu schaffen, doch sie halfen ihm auch seinen Eindrücken, Gedanken und Gefühlen einen Namen zu geben, sie einzuordnen damit er nicht verrückt wurde. Im gleichen Moment als er diese Gedanken zu Ende dachte, wurde ihm bewusst, dass er längst schon verrückt wurde. Er wurde von einer Welt in eine andere verrückt, wodurch das Wort verrückt eine völlig andere Bedeutung bekam. Erleichtert stellte er nach einer gefühlten Ewigkeit fest, dass es sich gar nicht so schlimm anfühlte verrückt zu sein, und so nahm er langsam die Hände von seinem Kopf und setzte sich hin. Eigentlich hatte er gar keinen Hunger mehr, doch für den anstrengenden Rückweg würde er Energie brauchen. Also zwang er sich etwas zu essen. Er holte den Speck aus seinem Rucksack und schnitt sich kleine Stücke ab die er lustlos kaute und mit Wasser hinunter spülte. Plötzlich war erneut ein markerschütterndes Schreien zu hören. Severin verstaute seine Sachen, schnappte das Fernglas und das Gewehr und ging in gebückter Haltung durch die Büsche zum selben Platz wo er vorher war. Er legte sich hin, stützte sich auf die Ellbogen und spähte mit dem Fernglas hinunter ins Tal. Zwei Soldaten zerrten eine Frau in die Nähe des immer noch brennenden Scheiterhaufens. Die Frau wehrte sich, sie stemmte ihre Füße in den Boden und schrie wie am Spieß. Die beiden Männer zogen sie wie eine Puppe mit sich bis vor den Typen auf dem Thron wo sie ein Weile stehen blieben. Die Frau wand sich wie jemand der um sein Überleben kämpft, doch die Soldaten die mindestens einen Kopf größer waren als die Frau hielten sie ohne große Mühe fest. Der feiste Drecksack gestikulierte mit den Händen und Severin vermutete dass er eine Rede hielt oder eine Anklage vorbrachte. Währenddessen stimmten auch die Leute im Rondell die von den Soldaten bewacht wurden in das Schreien mit ein. Das Schreien aus vielen Kehlen drang in unterdrückter Lautstärke zu ihm empor, doch es berührte ihn, mehr als ihm lieb war. Es berührte ihn noch mehr als das Schreien ein abruptes Ende nahm, weil ein Soldat sein Schwert zog und in derselben Bewegung einem Mann den Kopf abschlug. Fassungslos starrte Severin auf das Geschehen, genauso wie die Gefangenen die in ihrer Hilflosigkeit von Entsetzen gepackt wurden und erstarrten. Der Soldat der das Schwert gezogen und den hilflosen Mann mit einem einzigen Streich geköpft hatte, fuchtelte mit dem Schwert vor den Köpfen der Gefangenen herum um sie einzuschüchtern und sie zum Schweigen zu bringen. Sein Verstand weigerte sich zu glauben was er sah, alles kam ihm so unwirklich vor als würde ihn das Ganze gar nichts angehen. Sein Herz jedoch wurde tief berührt und fühlte mit den Leuten die diese schreckliche Willkür und Ungerechtigkeit über sich ergehen lassen mussten. Ein erneutes Schreien riss Severin aus seiner Erstarrung. Aus den Augenwinkeln nahm er Bewegung war und als er mit dem Fernglas nach links schwenkte, erkannte er, dass die beiden Soldaten die Frau zu einem Holzhaufen zerrten. Erst jetzt konnte er dieses braune Gebilde das er vorher schon gesehen hatte als Scheiterhaufen ausmachen. Die Soldaten zogen die Frau mit Gewalt auf den Holzhaufen und drückten sie an eine aufrechte stehend Latte oder Balken. Die verdammten

Schweine waren wirklich wieder drauf und dran die nächste Frau zu verbrennen. Severin weigerte sich lange diese Tatsache zu akzeptieren, doch als die Frau an den Händen hinter ihrem Rücken festgebunden wurde und die Soldaten sich von ihr entfernten, wusste er ganz genau was er zu tun hatte. Scheiß auf die Geschichte, scheiß aufs Karma und vor allem auf diesen elenden Drecksack auf seinem Thron! Er durfte und konnte das nicht zulassen. Wenn er jetzt nicht handelte würde er sich sein Zögern und seine Feigheit bis an sein Lebensende vorwerfen, und das konnte er auf keinen Fall zulassen. Die Konsequenzen waren ihm egal. Blitzschnell liefen diese Gedanken durch seinen Kopf und zeigten ihm eine klare Handlungsanweisung. Severin legte sich ausgestreckt auf den Boden, legte den Rucksack als Stütze für das Gewehr vor sich hin, und nahm den Schweinehund mit dem Gewehr ins Visier. Um den Ablauf der Geschichte nicht zu verändern, zielte er auf seine Füße. Die Distanz schätzte er auf etwas mehr als hundert Meter ein, wobei es genauso gut auch zweihundert Meter hätten sein können. Um das Gelände das sich zwischen ihm und dem Dorf erstreckte einsehen und somit die Distanz besser einschätzen zu können, hätte er seine Deckung verlassen müssen, und das wollte er unter allen Umständen vermeiden. Außerdem blieb ihm keine Zeit sich einen besseren Überblick zu verschaffen. Das Dreckspack konnte jeden Moment den Scheiterhaufen anzünden, und dann könnte er nichts mehr für die Frau tun. Entschlossen entsicherte er das Gewehr, das rechte Auge leitete seine Hände bis er die Oberschenkel des Wichsers im Fadenkreuz hatte. Sein rechter Zeigefinger legte sich auf den Abzug und nachdem er tief ein- und ausgeatmet hatte, drückte er ab. Ein ohrenbetäubender Knall ertönte, von dem er selbst erschrocken zusammen zuckte. Im selben Moment hörte er in unmittelbarer Nähe einen kaum hörbaren menschlichen Laut des Erschreckens. Sofort stand er auf, zog während des Gehens den Repetierverschluss durch um eine neue Patrone vom Magazin in den Lauf zu befördern und bewegte sich mit dem Gewehr im Anschlag zu der Geräuschquelle. Etwa 10 Meter von ihm entfernt lag eine kleine Person kaum sichtbar unter einem Strauch. Severin packte sie am Fuß, zog sie unter dem Strauch hervor und drehte sie um. Auf den ersten Blick konnte er nicht sehen ob es ein Mädchen oder ein Junge war, auf jeden Fall lag der kleine Mensch mit geschlossenen Augen vor ihm und war mehr tot als lebendig. Er schätzte den oder die Kleine um die 10 Jahre ein und wusste instinktiv dass keine Gefahr von dem Kind ausging. Das Gewehr nach wie vor im Anschlag blickte er sich um ob noch mehr Leute da waren, doch alles war ruhig und niemand zu sehen. In gebückter Haltung hastete er zurück, nahm das Fernglas und beobachtete was sich unten abspielte. Schade, dachte sich Severin, weil das Arschloch auf dem Thron nicht mehr zu sehen war. Die Soldaten die ihn beschützten waren ebenfalls verschwunden. Die Leute im Rondell standen noch da und wurden immer noch von den Soldaten bewacht. Es herrschte Totenstille, obwohl er sich sicher war, dass er das Arschloch nicht getötet hatte. In dem kurzen Augenblick nach dem Schuss sah er wie der Oberkörper des Dicken nach vorne sackte. Für einen kurzen Augenblick konnte er hören dass er wie ein Schwein quiekte und zusehen wie er sich mit der Hand an den unteren Fuß griff. Den weiteren Ablauf konnte er nicht mehr sehen weil er sofort handeln und die Geräuschquelle aufspüren musste. Allmählich kam Bewegung in das Dorf, das eigentlich gar keines mehr war. Soldaten zogen Pferde auf den freien Platz und auf einem Pferd lag der Mann den er angeschossen hatte wie ein Sack quer über dem Sattel. Jetzt war sich Severin nicht mehr so sicher dass er ihn nicht getötet hatte. Er ging davon aus, dass die Soldaten ihren Chef nicht so einfach über ein Pferd werfen würden solange er noch am Leben ist. Andererseits ging jetzt alles sehr schnell. Die Soldaten saßen auf die Pferde auf und ritten wie vom Teufel in den Arsch gebissen davon. Zufrieden stellte er fest, dass er genau das erreicht hatte was er wollte. Während einige Gefangene den Davonreitenden nachschauten, machten sich zwei Frauen auf den Weg zu der Frau die auf dem Scheiterhaufen angebunden war. Eine ganze Weile fummelten sie hinter dem Rücken der Angebundenen herum bis sie endlich frei war und in einem Satz vom Scheiterhaufen runter sprang. Severin wartete noch ein Weile bis er sich sicher war dass die Soldaten und auch die Hunde verschwunden und die Leute in Sicherheit waren. Dann stand er auf, schnappte sein Zeug und ging zu dem halbtoten Kind zurück. Behutsam nahm er das Kind in die Hände und fragte es nach seinem Namen.

„Wie heißt du?“ „Kannst du mich hören?“ Severin kam sich im ersten Moment bescheuert vor, weil das Kind mit ziemlicher Sicherheit kein Wort von dem verstand was er sagte. Dennoch redete er in ruhigem und sanften Tonfall weiter mit dem Kind, um es zu beruhigen und ihm ein Gefühl von Sicherheit zu vermitteln. Während er besänftigend mit dem Kind im Arm redete bemerkte er den vor Schmutz starrenden Rock. Die Füße die vom Knie abwärts zu sehen waren, waren ebenso dreckig wie der Rest ihres Körpers und blutverkrustet. Vorsichtig legte er das Mädchen zurück ins Gras und untersuchte die Füße nach Verletzungen. Severin hütete sich davor die Kleine zu entkleiden um sie nicht zu verunsichern und stellte schnell fest, dass das Blut von ein paar Kratzer an den Beinen stammte. Dann zog er sein verschwitztes T-Shirt aus, schüttete Wasser darauf und wusch ihr das Gesicht. Das Mädchen war von oben bis unten voller Dreck, und angewidert drängte sich ihm der Verdacht ins Bewusstsein, dass die Soldaten die Kleine misshandelt hatten. Unversehens stieg Wut in ihm auf, obwohl mehrere Ursachen für den elenden Zustand des Mädchens in Frage kamen. Vielleicht hatte sie sich vor den Soldaten versteckt, und um die Hunde nicht auf ihre Fährte zu locken hatte sie sich im Dreck gewälzt. Wenn dem wirklich so war, dann hielt er ein sehr schlaues Kind in den Händen, aber auch ein halbtotes. Als Severin den gröbsten Schmutz aus ihrem Gesicht, von den Händen und Füßen gewaschen hatte, fühlte er mit seinen Fingern ihren Puls am Hals. Er musste die Augen schließen und völlig zur

Ruhe kommen um überhaupt einen Herzschlag zu erspüren. Zuerst dachte er schon die Kleine wäre in seinen Händen gestorben, bis er schließlich einen schwachen, langsamen Puls fühlen konnte. Mit der linken Hand hob er ihren Kopf an und versuchte ihr Wasser einzuflößen, doch das Wasser rann aus ihren Mundwinkeln heraus weil sie offenbar nicht schlucken konnte, oder nicht schlucken wollte. Um ihr das Wasser ein wenig schmackhafter zu machen bröckelte er den restlichen Traubenzucker in die Flasche und wartete bis er sich aufgelöst hatte. Unterdessen legte er ihr die Hand auf die Brust um ihre Atmung zu kontrollieren. Sie atmete ganz flach, und Severin beschlich das beklemmende Gefühl, dass die Kleine ihren Lebenswillen aufgegeben hatte. Der zuvor abgefeuerte Schuss hatte ihr einen unterdrückten Schrei entlockt, der eigentlich darauf hoffen ließ, dass sie imstande war sich irgendwie mitzuteilen. Severin redete in deutsch und englisch, den einzigen zwei Sprachen die er beherrschte, auf sie ein. Doch egal was er sagte oder tat, das Mädchen gab keinen einzigen Ton mehr von sich. In seiner zunehmenden Verzweiflung schüttelte er sie um ihre Lebensgeister zu wecken, damit sie irgendein Lebenszeichen von sich gab, ein Husten, ein Seufzen, irgendein Anzeichen von Schrecken oder Angst. In diesem Moment wünschte er sich nichts sehnlicher als dass die Kleine irgendeine Regung zeigte. Aber sie lag nur unbeweglich und schlaff in seinen Armen, und das konnte er kaum aushalten. Er musste sie so schnell wie möglich ins Dorf hinunter bringen, dort würde sie bei ihren Leuten

Hilfe bekommen. Als letzten Versuch um der Kleinen Leben einzuflößen, setzte er sie auf den Boden, hielt sie sanft mit einer Hand hinten am Hals fest, so dass ihr Kopf nach hinten kippte, und versuchte ihr erneut das Zuckerwasser einzuflößen. Als das Wasser wieder aus ihren Mundwinkeln rann und sie keinerlei Anzeichen machte das Wasser zu schlucken, hielt er ihr die Nase zu und setzte ihr erneut die Wasserflasche an den Mund. Die Prozedur war nicht einfach weil er sie nun mit seinen Knien am Rücken stützen musste, mit der linken Hand die Nase zuhielt und ihr mit der anderen Hand behutsam in kleinen Schlucken das Wasser einflößte. Severin hatte keine Ahnung ob das richtig war was er tat, doch er konnte und wollte nicht hilflos zusehen wie das kleine Mädchen in seinen Händen den Lebensatem aushauchte. Er hatte Angst, dass sie auf dem Weg nach unten sterben würde, deshalb wünschte er mit der ganzen Kraft seines Herzens, mit all seiner Seelenkraft und der Hartnäckigkeit seines Verstandes dass die Kleine Wasser trank. Nur ein bisschen, nur um ihm zu zeigen dass sie gewillt war zu leben. Hilfesuchend wendete er sich an Gott, an Mutter Erde, die Sonne, an den Geist des Wassers und der Luft, an seinen und ihren Schutzengel und an alle Geistwesen die bereit waren ihm und vor allem dem kleinen Geschöpf in seinen Händen zu helfen. Da auch das Nasezuhalten sie nicht dazu brachte das Wasser zu schlucken, beugte er ihren Kopf langsam nach vorne damit das Wasser wieder aus ihrem Mund rann und sie sich nicht verschlucken konnte. Ein Hustenanfall hätte sie wahrscheinlich vollends entkräftet und das war das Letzte was er wollte. Entschlossen vertrieb er jedes Anzeichen von Schwäche und Negativität aus seinem Bewusstsein und nahm die kleine in beide Arme. Als er sie in seinen Armen hielt und all seine Liebe und Kraft die er aufzubringen imstande war auf sie übertrug, erinnerte er sich an seine eigenen Kinder. Hunderte Male hatte er sie auf diese Weise umarmt als sie noch klein waren, und hatte ihnen alles gegeben wozu er fähig war. Es spielte keine Rolle, dass sie ihn inzwischen mehr oder weniger aus ihrem Leben ausgeschlossen hatten. Die Erinnerung an damals war wunderschön. Die Kinder hatten seine Liebe erwidert, ihn festgehalten und sich zärtlich und liebevoll an ihn geschmiegt. Niemand würde ihm je diese Erinnerungen wegnehmen können, nicht einmal die Kinder selbst mit ihrer Ignoranz und ihrem Desinteresse ihm gegenüber. Als sich diese wenig hilfreichen Gedanken in sein Bewusstsein schlichen, verdrängte er die Erinnerungen an seine Kinder und wandte seine ganze Aufmerksamkeit wieder dem kleinen Mädchen in seinen Armen zu. Bevor er sie ins Dorf zurückbringen wollte, setzte er sie noch einmal auf den Boden und flößte ihr erneut ein wenig von dem Zuckerwasser ein. Mit sanften Worten redete er auf sie ein und ermutigte sie zum Trinken. Und tatsächlich schluckte sie ohne zu husten das bisschen Wasser in ihrem Mund hinunter. Noch zweimal schluckte sie das Wasser das er ihr gab, dann wollte oder konnte sie nicht mehr schlucken. Immerhin, dachte sich Severin, und war unendlich erleichtert dass die Kleine ein Lebenszeichen von sich gab. Nun war er zuversichtlich dass er das Mädchen lebendig nach unten bringen konnte. Er versteckte seinen Rucksack hinter einem Busch und deckte ihn mit Gras und Ästen zu bevor er das Gewehr schulterte und sich auf den Weg ins Dorf machte. Das Mädchen war leicht für ihre Größe, doch schon bald würde er ihr Gewicht schmerzhaft zu spüren bekommen egal wie schwer sie war. Severin war noch keine hundert Meter gegangen da spürte er schon ein unangenehmes Ziehen in den Oberarmen und gerade als er mit einem Ruck die Position der Kleinen verändern wollte, hörte er Hundegebell. Als er abrupt stehenblieb, glaubte er eine Regung der Kleinen gespürt zu haben, die das Bellen der Hunde vielleicht ebenso hörte und wahrscheinlich keine guten Erinnerungen damit verknüpfte. Nur ein zwei Minuten später hörte er etwas Donnerndes näher kommen und es dauerte einige Augenblicke bis ihm bewusst wurde, dass das donnernde Geräusch von Pferden ausging, und zwar von mehreren Pferden. Instinktiv wandte er sich mit der Kleinen nach links in den Schutz der Büsche. Vorsichtig legte er die kleine an einer ebenen Stelle ab und zwängte sich in gebückter Haltung durch die Büsche, bis er freie Sicht auf den Großteil des einstigen Dorfes hatte. Auch ohne Fernglas konnte er erkennen dass die Soldaten zurückgekommen waren, doch dieses Mal waren es eindeutig mehr als vorher. Um besser sehen zu können nahm er das Gewehr und spähte durch das Zielfernrohr. Die Soldaten trieben die Menschen auf dem großen freien Platz zusammen, und töteten mit ihren

Schwertern und Lanzen einen nach dem anderen. Die beiden Hunde verbissen sich in Extremitäten der Leute und versuchten sie mit ihren wilden Bewegungen zu zerfetzen. Das ganze Gemetzel wurde begleitet von einem vielstimmigen Angstgeschrei das immer leiser wurde. Im kürzester Zeit hatten die erbarmungslosen Soldaten deutlich mehr als zehn Personen niedergestreckt. Erst als das Schreien verstummte, nahm er einen Soldaten ins Visier und drückte mit dem rechten Zeigefinger den Abzug, doch das Gewehr war gesichert und Severin konnte sich gerade noch beherrschen und sich zurückhalten. Es hätte nichts gebracht auf die Soldaten zu schießen, weil sie in Bewegung und einfach zu viele waren. Womöglich, oder ziemlich wahrscheinlich sogar würden die Soldaten vor dem lauten Knall nicht mehr flüchten und im schlimmsten Fall die Gegend absuchen. Als ihm dieser Gedanke durch den Kopf ging machte er unverzüglich kehrt und holte das Mädchen. Für sie würde es im Dorf keine Hilfe mehr geben, davon war er überzeugt. Also nahm er sie mit. Durch die schnellen Schritte wurde die Kleine unsanft durchgeschüttelt, doch ihm blieb keine andere Wahl als abzuhauen. Als er bei den Büschen ankam wo er seinen Rucksack versteckt hatte, legte er das Mädchen auf den Boden und war sich nicht mehr ganz sicher wo genau er den scheiß Rucksack versteckt hatte. Alles sah irgendwie gleich aus und er schalt sich dafür dass er wieder darauf vergessen hatte die Stelle zu markieren. Angsterfüllt streifte er hektisch und planlos durch die Büsche bis er endlich den gut getarnten Rucksack fand. Er war schon kurz davor ohne Rucksack Fersengeld zu geben, weil seine Angst vor den Soldaten und den Hunden immer größer wurde. Seine Angst war auch berechtigt denn das Hundegebell und das Hufgetrappel war wieder zu hören und es schien als käme es immer näher. Severin hatte keine Lust darauf zu warten ob sich sein Verdacht bestätigte, also stapelte er seine Sachen auf einer Seite im Rucksack übereinander und stopfte die Kleine umständlich mit den Füßen voraus in den großen Rucksack. Ohne ihre Mithilfe war es ein schwieriges Unterfangen, doch angesichts der drohenden Gefahr ging er nun nicht mehr so zimperlich mit dem Mädchen um. Als er sie einigermaßen gut verstaut hatte, schulterte er den Rucksack und das Gewehr und hastete so schnell er konnte auf die Rinne zu. Rasch hatte er die Wiese, das lichte Waldstück und die Lichtung überquert und glaubte sich im Wald in Sicherheit, als das Donnern der Hufen und das Hundegebell immer näher kam. Außer Atem blieb er kurz stehen um nach den Verfolgern Ausschau zu halten, doch durch die Bäume konnte er niemanden sehen, noch nicht. Die Angst trieb ihn unerbittlich weiter an, doch der steile Wald und das zunehmend schwere Gewicht machten ein Weiterkommen zu einer kräfteraubenden Angelegenheit. Mühsam stapfte er mit vorgebeugtem Oberkörper auf dem rutschigen Waldboden nach oben. Während er sich mühsam nach oben quälte hielt er verzweifelt Ausschau nach Spuren die er beim Abstieg hinterlassen hatte. Er musste unbedingt seine alte Fährte aufnehmen um die Stelle zu finden wo er die Gewehrtasche abgelegt hatte.

Trotz der übermenschlichen Anstrengung war er noch geistesgegenwärtig genug um zu wissen, dass die Verfolger die Gewehrtasche finden und seiner Spur weiter folgen würden. Als er sich an einer Baumwurzel nach oben zog, entdeckte er ober ihm zwei mehrere Meter lange parallel zueinander verlaufende Streifen Erdreich die eindeutig von einer seiner zahlreichen Rutschpartien stammten. Einigermaßen erleichtert ließ er seinen Blick auf dieser Spur kleben und folgte ihr weiter bergauf. Sein Atem rasselte und sein Herz klopfte wie wild, doch er gönnte sich keine Ruhepause und ging immer weiter, bis er völlig erschöpft die Kante der Rinne erreichte wo seine Gewehrtasche lag. Um neue Kräfte zu sammeln ließ er sich schlaff und ausgelaugt mit der Vorderseite seines Körpers der Länge nach auf die Gewehrtasche fallen. Dabei fiel der Kopf der Kleinen mit einem dumpfen Schlag auf seinen Hinterkopf. Severin konnte nur hoffen dass sich das Mädchen dabei nicht verletzt hatte, denn er war außer Stande seine Position zu verändern. Das Gewicht der Kleinen presste ihn auf den Boden, die nahende Gefahr spürte er in seinem Nacken, doch er musste sich unbedingt ausruhen und wieder zu Atem kommen … und nachdenken. Viel Zeit blieb ihm nicht, denn die Hunde würden ihn bald eingeholt haben. In der Rinne würde er sicher sein vor den Hunden, doch was dann? Er konnte sich nicht in Luft auflösen und die Dreckskötter würden seiner Spur folgen und die Soldaten nach Temira führen, dessen war er sich sicher. Die Rinne war zwar steil und die Hunde würden in der Rinne nicht bis nach oben kommen, doch die Soldaten könnten ihm ohne weiteres folgen. Er könnte die Hunde erschießen, doch er hatte schon viel zu viel Aufmerksamkeit auf sich gelenkt. Bei diesem Gedanken drängte sich eine Tatsache in sein Bewusstsein die er nicht wahrhaben wollte. Mit seinem Schuss auf das Arschloch hatte er das Todesurteil der unschuldigen Menschen besiegelt, die von den Soldaten grausam niedergemetzelt wurden. Wenn er nicht geschossen hätte, wäre die Frau auf dem Scheiterhaufen zwar verbrannt, aber die anderen Leute würden noch leben. Diese Tatsache würde er irgendwann mit seinem Gewissen vereinbaren müssen. Vielleicht würde er sich selbst Absolution erteilen können falls er das Kind in seinem Rucksack retten könnte. Die beiden waren also in gewisser Weise aufeinander angewiesen, vielleicht die Kleine mehr auf ihn als umgekehrt, doch irgendwann würde sie der Gradmesser für seine Schuld sein, das wusste er instinktiv. Abgesehen davon würde er sie niemals, Schuld hin oder her, diesen mittelalterlichen, sadistischen Dreckschweinen überlassen. Das Hufgetrappel war nun nicht mehr zu hören, dafür aber das Unheil ankündigende hektische Scharren auf dem Waldboden. Severin setzte sich abrupt auf und nahm eine Bewegung unten im Wald wahr. In fünf Minuten, spätestens in zehn würden die Hunde ihn erreicht haben. Die wenige Zeit die ihm blieb nutzte er um dem Mädchen ihre abgewetzten Lederschuhe auszuziehen. Es war umständlich im Rucksack herumzuhantieren, doch er packte entschlossen zu und hatte bald was er wollte. Schnell packte er das Gewehr in die

Tasche, zog den Rucksack an und stieg schräg nach unten in die Rinne ein. Bei jedem Schritt lief er Gefahr an der steilen Flanke abzurutschen, doch sein Schutzengel leistete ihm wie immer gute Dienste. Als er in der ebenso steilen Rinne sicheren Halt hatte, warf er einen Schuh in Richtung des schmalen Felsplateaus auf dem er beim Abstieg stand und in den Abgrund blickte. Der Schuh blieb etwa fünf Meter vor dem Abgrund in der steilen Rinne liegen, genau dort wo er ihn haben wollte. Dann nahm er das Messer, schnitt sich in den Finger und ließ sein Blut über einen Stein fließen. Den zweiten Schuh platzierte er in einer Wurzel, zog die Schnürsenkel heraus und band sich damit die Wunde ab um kein weiteres Blut mehr zu verlieren. Er wollte eigentlich einige Meter in der Rinne hinunter steigen um sein Blut auf einen Stein tropfen zu lassen und dann schnell wieder hoch steigen, doch inzwischen hatte ein schwarzer Hund die Kante der Rinne erreicht, und bellte ihn geifernd an. Severin spürte wie die Kleine im Rucksack zusammenzuckte, was für ihn ein Beweis war dass sie noch lebte. Es war ein riesen Vieh und genauso erschöpft wie er. Links und rechts hingen lange weiße Sabberfäden aus seiner Schnauze. Der Hund zögerte, doch er war abgerichtet worden um zu töten und das wurde ihm zum Verhängnis. Schon nach den ersten paar Schritten in der steilen Flanke rutschte der Hund mit der rechten Vorderpfote ab und stürzte über felsigen Untergrund in die steile Rinne ab. Der Hund lag nur etwa 5 Meter unter ihm, heulte auf vor Schmerz und winselte, doch nur für kurze Zeit. Er stellte sich auf und versuchte nach oben zu gelangen obwohl er sich beim Sturz schwer verletzt hatte. Bei jedem mühevollen Schritt den er zu machen versuchte winselte er auf und knickte mit den Vorderpfoten ein. Obwohl der Hund wie ein Teufel auf vier Beinen aussah, tat er ihm Leid. Um ihn von seinem Leid zu erlösen nahm er einen großen Stein, die zuhauf in der Rinne lagen, und warf ihn über den Kopf nach unten, genau auf das Rückgrat des schwerverletzten Hundes. Mit einem jammervollen Winseln sackte der Hund zusammen und rutschte in der Rinne nach unten, rollte über das schmale Felsplateau und stürzte zusammen mit dem polternden Stein in die Tiefe. Severin wünschte ihm eine gute Reise in den Hundehimmel, und bedankte sich bei ihm, dass er genau an der Stelle blutete wo er vorher mit seinem eigenen Blut die Verfolger in die Irre führen wollte. Er war nicht stolz auf sich, doch er wusste dass er das Richtige getan hatte. Der Hund wäre wahrscheinlich von den Soldaten seinem Schicksal überlassen worden und elendig in der steilen Rinne zu Grund gegangen. So hatte er immerhin einen schnellen und gnädigen Tod gefunden, was ihm als erbarmungslosen Kampfhund der viel Leid verursacht hatte gar nicht zugestanden war. Nur wenige Sekunden nachdem der eine Hund von der Bildfläche verschwunden war tauchte der andere auf, der noch größer und furchterregender aussah. Auch er stand zögernd an der Kante der Rinne und bellte ihn an, doch anstatt die steile Flanke herunterzuklettern entschied er sich an der Kante weiter nach oben zu gehen um einen besseren Platz für seinen Angriff zu suchen. Im ersten Moment erschrak Severin über den schlauen Hund und holte sofort sein Gewehr aus der Tasche. Langsam drehte er sich um und folgte dem Hund auf seinem Weg nach oben. Zeitweise verschwand der Hund aus seinem Blickfeld, und plötzlich fühlte er sich nicht mehr so überlegen in seiner Position. Sollte dem Hund in seinem Tötungswahn in den Sinn kommen ihn von oben anzuspringen würde er ein Problem haben. Schnell suchte er nach einer Möglichkeit auf der anderen Flanke hochzuklettern um sich vor dem Hund in Sicherheit zu bringen. Doch damit würde er sich nur der Gefahr aussetzen von den Soldaten gesehen zu werden, die mit Sicherheit in den nächsten Minuten auftauchen würden. Also blieb ihm nichts weiter übrig als die Rinne hochzuklettern und den Hund so gut wie möglich im Auge zu behalten. Das war gar nicht so einfach, denn der steile Weg forderte seine volle Aufmerksamkeit, und da seine Kräfte allmählich nachließen könnte ein falscher Schritt für ihn und die Kleine fatale Folgen haben. Er konnte nur hoffen dass der Hund nicht so tollkühn sein würde ihn von der Kante aus anzuspringen und damit seinen eigenen Tod in Kauf nehmen. Ein Sprung aus dieser Höhe würde für alle Beteiligten mit Sicherheit nicht gut ausgehen. Während er mühsam mit Händen und Füßen nach oben kletterte, fragte er sich wie diese Hunde wohl abgerichtet wurden. Der erste Hund war wie ein Terminator, der ohne Rücksicht auf seine eigene Sicherheit einzig seinem Tötungstrieb folgte. Vielleicht war dieser Hund einfach nur intelligenter als der andere. Vielleicht gibt es bei Hunden genauso

Abstufungen von Intelligenz, genauso wie bei den Menschen, und stellen ihre eigenen Interessen vor diejenigen seiner sadistischen Ausbilder. Noch während er versuchte das Handeln des Hundes irgendwie einzuschätzen und vorauszusehen, sah er plötzlich aus den Augenwinkel wie der Hund auf gleicher Höhe ober ihm an der Kante auftauchte und sich mit seinem Oberkörper über die Kante beugte. Das verdammte Raubtier hatte eindeutig die Absicht auf direktem Weg zu ihm herunter zu kommen und ihn anzugreifen. Einzig das kurze Zögern des Hundes, bevor er sich entschloss anzugreifen, verschaffte Severin die nötige Zeit um mit schnellen Schritten und Handbewegungen weiter nach oben zu kommen und seine Position entscheidend zu verbessern. Der Hund konnte in seiner Abwärtsbewegung seinen Kurs nicht mehr ändern und prallte mit seinem massigen Körper gut zwei Meter unter ihm mit voller Wucht in die aufragende Felswand. Der gut ein Meter große Riesenköter wurde durch sein eigenes Gewicht beschleunigt und hatte keine Chance mehr seinen tollkühnen Angriff abzubremsen. Mit einem lauten Winseln prallte er vom Felsen ab und stürzte, ohne jegliche Möglichkeit seinem bevorstehenden Schicksal zu entrinnen, in der steilen Rinne nach unten. Obwohl Severin wusste dass der Hund ihn zerfleischt hätte, empfand er Mitleid als er angewidert zusah wie der große Hund sich mehrere Male überschlug, bis er schließlich in den Abgrund stürzte. Auch ihm schickte er einen schönen Gruß nach, dann drehte er sich um und versuchte weiter nach oben zu klettern. Da geschah es dass ihm, wie bei der Querung der Bergflanke, der rechte Fuß anfing zu zittern. Nähmaschinenartig vibrierte sein Fuß ausgerechnet zu einem Zeitpunkt wo er es am aller wenigsten brauchen konnte. Es war ihm nicht einmal möglich mit den Händen den Fuß zu massieren weil er sonst mit dem Kind auf dem Rücken Gefahr lief abzustürzen und den beiden Hunden in den Abgrund zu folgen. Das hatte er nicht vor, doch wenn er sich nicht bald vom Fleck bewegte, würden die Soldaten ihn und die Kleine erwischen und dann würde ihm mit Sicherheit ein weit schlimmeres Ende bevorstehen. Wieder einmal überkam ihn die Angst wie ein lähmendes Gift. Dieses Mal trieb ihn seine Angst nicht dazu an weiterzugehen sondern ließ ihn, bis auf das Zittern im Bein, bewegungslos erstarren. Um sich zu beruhigen sprach er in sanftem Tonfall mit der Kleinen, was allerdings nicht funktionierte, weil sie mit ein Grund dafür war dass er nicht schneller vorwärts kam. Das Gewicht des Mädchens schränkte seine Bewegungsmöglichkeiten ein, ihr Gewicht zerrte an seinen Schultern die ihn genauso wie sein Rücken zunehmend schmerzten. In seinem Selbstmitleid bereute er es dass er diese schwere Bürde auf sich geladen hatte, die ihn noch eine geraume Zeit in Anspruch nehmen würde. Kaum dass ihm diese Gedanken durch den Kopf gegangen waren, bereute er sie wieder, obwohl er nicht wusste warum. Erst viel später sollte sich herausstellen, dass das Mädchen das er vor dem Tod rettete, auch ihn vor einem tragischen Schicksal bewahren sollte. Verzweifelt hoffte Severin dass nicht noch mehr Hunde seine Spur aufnahmen und die Soldaten ebenso wie er nicht besonders gut trainiert und mit ihrer schweren Ausrüstung nur langsam vorwärts kommen würden. Wobei mit den Hunden war er sich ziemlich sicher dass nicht mehr kommen würden, weil sie sonst längst schon an der Kante aufgetaucht wären. Es sei denn, dass die Soldaten noch schwerere Kampfhunde dabei hatten die langsamer waren. Dann wären sie aber höchst wahrscheinlich noch weniger geländetauglich wie die andern beiden. Von den Hunden drohte ihm also vorläufig keine weitere Gefahr mehr. Um die von den Soldaten ausgehende Gefahr einschätzen zu könne, hörte er angestrengt auf jedes Geräusch in der Umgebung. Wobei er sich in keiner vorteilhaften Position befand um durch den Wald stapfende Soldaten hören zu können. Er konnte die herannahenden Hunde nur im Wald hören. Als er sich in der Rinne mehrere Meter unterhalb des Waldes befand, konnte er die Hunde nicht mehr hören. Sollten die Soldaten seine Spuren im Wald finden, wovon eigentlich auszugehen war, würden sie genau wie er und die Hunde zu der Kante der Rinne gelangen und ihn entdecken. Wenn sich die Soldaten jedoch dazu entschließen würden umzukehren und ihn mit kleineren Hunden und ohne die schwere Ausrüstung weiter zu verfolgen, dann … ja was dann? Während er sich überlegte was er in diesem Falle tun sollte, hörte das Zittern in seinem Bein auf. Sofort kletterte er weiter und versuchte entschlossen so viel Abstand wie möglich zwischen sich und die Soldaten zu bringen. Die Verschnaufpause, während sein Bein kapitulierte, hatte er dringend nötig um wieder zu Kräften zu kommen. Um seine Beine zu entlasten krallte er sich mit den Händen an allem fest was ihm dazu diente sich in der steilen Rinne nach oben zu ziehen. Dennoch war der Aufstieg so kräfteraubend, dass er immer wieder stehen bleiben musste um wieder zu Atem zu kommen. Bei jeder Pause blickte er nach oben und hielt verzweifelt Ausschau nach einer Stelle wo er in Deckung gehen und sich erholen konnte. Solange er sich in der Rinne aufhielt war er weithin für jedermann gut sichtbar, und er musste davon ausgehen dass irgendwann einer dieser erbarmungslosen Mittelalterrecken die Rinne erreichen und ihn sehen würde. Über die Flanke in den Wald hinauf zu klettern und im Schutze der Bäume weiter nach oben zu steigen war keine Option, weil er im losen Waldboden mit Sicherheit irgendwann ausrutschen und Spuren hinterlassen würde. Selbst ein Sehbehinderter würde diesen Spuren folgen können, dazu brauchten sie nicht einmal Hunde. In der Rinne hinterließ er zwar auch Spuren, doch um diese zu erkennen würden sie einen Indianer brauchen, vielleicht aber auch nicht. Auf jeden Fall gefiel ihm der Gedanke besser sich in der Rinne nach oben zu quälen als ihm Wald. Während ihm diese Gedanken während einer seiner Pausen durch den Kopf ging und er nach oben blickte, sah er in etwa 100 Meter Entfernung wie die Rinne eine leichte Kurve machte. In der Kurve war eine Erhebung hinter der er vielleicht Schutz finden würde. Wieder bat er im Stillen all seine geistigen Helfer um Unterstützung um möglichst ungesehen zu dieser Stelle zu gelangen. Er hoffte inständig, dass die schweren Kettenhemden und ihre Waffen die Soldaten daran hindern würden im steilen Wald nach oben zu klettern. Für den Fall dass sie es doch schaffen sollten, bat er Gott darum, dass die Soldaten die Spuren die er hinterlassen hatte in seinem Sinne deuten und ihn für immer in Ruhe lassen würden. Jeder Schritt und jedes Hochziehen mit den Händen tat ihm weh. Sein Herz klopfte wie ein mechanischer Schmiedehammer und seine Lungen schmerzten vom schnellen, tiefen Einatmen durch den Mund. Die vermeintliche Deckung kam immer näher und er konnte nach wie vor kein verdächtiges Geräusch hören. Er wünschte sich beinahe dass seine Verfolger endlich auftauchen und ihm einen Grund geben würden innzuhalten um wieder zu Atem zu kommen. Severin stand kurz davor zu hyperventilieren als er endlich, nachdem er sich vollkommen verausgabt hatte, die Kurve erreichte und hinter der grasbewachsenen Felserhebung in Deckung gehen konnte. Zu seiner unendlichen Erleichterung stellte er fest, dass der Platz hinter der Felserhebung eben und gerade groß genug war um den Rucksack sicher abzustellen und sich in Embryohaltung auf den harten felsigen Boden zu legen. Als er sich in der unbequemen Haltung einigermaßen eingerichtet hatte, hievte er mit letzter Kraft den Rucksack zwischen sich und den Felsen und drückte die Kleine beschützend an seine Brust. Nachdem er wieder einigermaßen zu Atem gekommen war und sein Herzschlag sich beruhigt hatte, setzte er sich auf und flüsterte der Kleinen beruhigend zu, dass sie in Sicherheit sind. Behutsam öffnete er die Abdeckung des Rucksacks, löste die Schnürung und streichelte zärtlich den Kopf des Mädchens das während der ganzen Zeit keinen Ton von sich gab. Als er mit der linken Hand ihren Puls ertastete war er richtig glücklich und auch stolz. Sein Beschützerinstinkt weckte ungeahnte, oder viel mehr längst vergessene Gefühle und Kräfte in ihm. Das Mädchen weckte wundervolle Erinnerungen an seine eigenen Kinder mit denen er die schönste Zeit seines Lebens verbrachte. Da die Kleine die ganze Zeit im Rucksack in derselben Position verharren musste, hob er sie vorsichtig heraus und legte sie sich auf den Schoß. Mit der Wasserflasche flößte er ihr in kleinen Schlucken süßes Wasser ein, das sie zu seiner großen Erleichterung gierig trank. Nachdem sie das Wasser getrunken hatte öffnete die Kleine ihre Augen einen Spalt weit. Als sie im Gesicht des fremden Mannes erkannte, dass keine Gefahr von ihm ausging, öffnete sie ihre Augen ganz und blickte Severin unmittelbar in seine Seele. Er kannte das Gefühl mit jemandem auf der Herz- und Seelenebene zu kommunizieren, ohne Worte zu gebrauchen. Wie damals mit seinen Kindern war er sich sicher dass die Kleine spürte, dass er ihr wohlgesonnen und ihm ihr Wohl am Herzen lag. Diese unausgesprochene Übereinkunft beseitigte jegliche Vorbehalte und Hindernisse zwischen den beiden, und machte sie zu eingeschworenen Vertrauten. Noch während er ihr weiter Wasser einflößte, hörte er plötzlich das Poltern von Steinen und kurz darauf menschliche Stimmen.

Vorsichtig bettete er die Kleine auf seine Regenkleidung, holte das Fernglas aus dem Rucksack und spähte über die Felserhebung nach unten. Dabei schoss ihm der Gedanke durch den Kopf, dass er mit seinen blonden Haaren nicht in die Umgebung passte und von jemandem mit guten Augen unter Umständen gesehen werden konnte. Langsam zog er sich zurück, redete in sanftem Tonfall auf die Kleine ein und zog ihr den Rock aus, was sie widerstandslos über sich ergehen ließ. Dann schmierte er Dreck in sein Gesicht und legte sich, in Ermangelung einer anderen Möglichkeit sich zu tarnen, widerstrebend den vor Dreck starrenden und stinkenden Rock über den Kopf. In Zeitlupe schob er sich auf der Brust und den Schultern in eine geeignete Position um das Treiben unter ihm zu beobachten. Auch ohne Fernglas konnte Severin erkennen, dass mehrere Soldaten an der Waldkante standen. Die Distanz zwischen ihnen schätzte er auf weit weniger als 100 Meter ein, und soweit er feststellen konnte hatten sie keine Hunde mehr dabei. Da er sich nun einen groben Überblick verschaffte setzte er ganz langsam das Fernglas an, und beobachtete das weitere Geschehen. Mindestens zwei Soldaten zogen ihre roten Überröcke aus und streiften umständlich ihre Kettenhemden über den Kopf. Dabei mussten ihnen die umstehenden Soldaten helfen und er meinte sogar das Klirren zu hören als sie die schweren Kettenhemden auf den Boden warfen. In dem Treiben konnte Severin nicht genau sehen wie viele Soldaten es waren, zudem kamen immer mehr von ihnen an die Kante. Dicht gedrängt standen sie da, gestikulierten mit den Händen und sprachen miteinander. Auf diese Entfernung konnte er jedoch nicht sehen ob sie ihre Lippen bewegten und natürlich auch nichts hören, aber ihre Gebärden ließen eindeutig darauf schließen, dass sie sich unterhielten. Wahrscheinlich fragten sie sich was genau geschehen war und wie viele Leute ihnen wohl entkommen waren. Severin fand die ganze Situation beinahe amüsant, da er als Gejagter nun aus einer vorteilhaften Position die Jäger beobachtete. Einzig die ständige Anwesenheit der Gefahr veranlasste ihn seinen Anflug von Überheblichkeit zu unterdrücken und machte ihm bewusst, dass er sich in einer äußerst trügerischen Sicherheit befand. Das Blatt könnte sich jederzeit wieder wenden. Zum Beispiel wusste er nicht ob sich noch weitere Soldaten im Wald befanden und ihren Weg nach oben fortsetzten. Als ihm diese Möglichkeit ins Bewusstsein drang, glitt er langsam vom Felsen herunter und suchte nach Materialien um die Kleine und ihn zu besser zu tarnen. Falls doch Soldaten im Wald ober ihnen auftauchen sollten, wären er und die Kleine gut sichtbar und säßen in der Falle. Die einzige Fluchtmöglichkeit bestünde darin in der Rinne nach oben abzuhauen, doch dazu war er noch nicht imstande. Die kräfteraubende Flucht hatte ihn völlig ausgezehrt. Um neue Kräfte zu sammeln musste er in seinem Versteck bleiben, und so strich er die Kleine und sich selbst mit Dreck ein den er mühsam von den Felsen kratzte. Die wenigen Steine die er im Schutz der Felserhebung finden konnte stapelte er vor dem Kopf des Mädchens auf. Mit dem wenigen Gras das an den Felsflanken wuchs bedeckte er den Körper des Mädchens so gut es ging, und hoffte darauf, dass diese ganze klägliche Tarnaktion umsonst sein würde. Ein vorbeiziehender ausgepowerter Soldat könnte sie eventuell übersehen, aber einem Jäger der nach seiner Beute Ausschau hält, würden sie sofort ins Auge stechen. Wie auch immer, Severin hatte sein Möglichstes getan um für diesen Fall vorzubeugen und widmete sich wieder dem Geschehen unterhalb von ihm. Mit dem Fernglas im Anschlag und dem schmutzigen Rock über seinem Kopf beobachtete er das Treiben der Soldaten. Inzwischen war ein Soldat in die Rinne abgestiegen und untersuchte den Stein auf dem das Blut war. Während er mit einem Finger über den Stein fuhr und an seinem Finger roch, kletterte ein anderer Mann mit freiem Oberkörper die steile Flanke hinunter. Plötzlich hielt er inne, bückte sich und gestikulierte kurz darauf mit erhobener Hand zu den von oben zuschauenden Soldaten. Er hatte eindeutig etwas in der Hand, doch Severin konnte nicht genau sehen ob es wirklich der Schuh war den er zwischen eine Wurzel und den Felsen gesteckt hatte. Erst als der Mann die Hand senkte und mit Schwung etwas nach oben warf, war er sich sicher, dass der Mann den Schuh der Kleinen gefunden hatte. Bei dem Wurf kam der Mann aus dem Gleichgewicht und wäre beinahe in die Tiefe gestürzt. Er konnte sich gerade noch rechtzeitig an etwas festhalten und stieg anschließend sehr langsam zu seinem Kollegen ab. Dieser deutete mit dem Finger auf das Blut, zumindest ging Severin davon aus dass er das tat, denn das Blut war aus der Entfernung selbst mit dem Fernglas nicht zu sehen. Die Stimmen der beiden waren jedoch bis zu ihm herauf wie ein leises Flüstern gut zu hören. Natürlich konnte Severin kein Wort von dem verstehen was die beiden sagten, dennoch lief es ihm eiskalt den Rücken hinunter als er die Stimmen der beiden Soldaten hörte. Trotz der relativ großen Distanz zu seinen Widersachern löste das Hören ihrer Stimmen Panik bei ihm aus. Als einer der Männer plötzlich mit dem Finger zu ihm nach oben zeigte und kurz darauf beide in seine Richtung schauten, hielt er abrupt seinen Atem und kniff die Augen zu. Geistesgegenwärtig bedeckte er mit den Fingern die beiden Objektive damit sie die Spiegelungen im Glas nicht sehen konnten und hoffte inständig, dass es nicht zu spät war. Völlig regungslos verharrte er auf dem Felsen wie ein Toter. Erst als er nach einer gefühlten Ewigkeit wieder wagte einzuatmen, öffnete er die Augen und schielte unter dem Fernglas nach unten. Mit großer Erleichterung sah er wie die beiden im Rückwärtsgang die Rinne hinab stiegen und ihn offenbar nicht gesehen hatten. Die Objektive des Fernglases hielt er nach wie vor mit den Fingern bedeckt, damit auch die Soldaten die an der Kante standen nicht auf ihn aufmerksam wurden. Erst als ihm bewusst wurde, dass die Sonne hinter ihm hoch am Himmel stand und die Gläser des Fernglases das Sonnenlicht gar nicht reflektieren konnten, zog er seine Hände zurück und spähte mit dem Fernglas nach unten. Kurz bevor die beiden Soldaten das schmale Plateau unmittelbar vor dem Abgrund erreichten, erhob sich einer von ihnen und hielt mit einer Hand etwas in die Höhe. Er drehte sich zu seinen Zuschauern an der Kante die in einer Reihe dicht nebeneinander standen und rief ihnen etwas zu. Die Stimme war so deutlich zu hören, dass Severin erneut zusammen zuckte und dermaßen von Angst ergriffen wurde dass ihm beinahe schlecht wurde. Es war ihm bewusst dass die Akustik in der Rinne den Eindruck der Distanz verfälschte, dennoch jagte ihm die Stimme des Mannes unvermittelt einen eiskalten Schauer über den Rücken, worauf er erneut seinen Atem anhielt. Erst als der Mann seine Hand wieder senkte und seinen Weg nach unten fortsetzte wagte er es wieder einzuatmen. Mit einem leichten Schwenker nach rechts visierte er mit dem Fernglas die Soldaten an die alle nach unten zu ihren Kollegen blickten. Es waren 4 Soldaten, zumindest ging er davon aus dass es Soldaten waren. Sie verharrten dicht nebeneinander gedrängt in der Hocke und verfolgten das Treiben ihrer Kollegen. Offensichtlich hatten sie ihn nicht bemerkt da sie keine Anstalten machten weiter nach oben zu gehen. Als er wieder langsam mit dem Fernglas nach links schwenkte, lagen die beiden Männer mit dem Bauch auf dem Plateau und blickten den Abhang hinunter. Severin ging nicht davon aus, dass sie in der Tiefe etwas Bedeutendes sehen konnten weil der Abhang steil abfiel und weiter in eine Rinne mündete die nach wenigen Metern durch die vielen Bäume nicht mehr einsehbar war. Zweifelsohne würden sie aber schon sehr bald die Rinne absuchen und die beiden toten Hunde finden. Die Person zu der die beiden Schuhe gehörten die sie gefunden hatten, würden sie allerdings nicht finden. Logischerweise mussten die Soldaten davon ausgehen, dass das Blut von den

Hunden und wahrscheinlich auch von der Person stammte dessen Schuhe sie gefunden hatten. Der Größe der Schuhe nach musste diese Person ein Kind sein, doch was würden sie tun wenn sie feststellen, dass die Leiche des Kindes verschwunden ist? Würden sie vielleicht davon ausgehen dass ein entflohener Siedler das Kind geborgen hatte und die Angelegenheit auf sich beruhen lassen, oder würden sie im schlimmsten Fall die Suche mit Spürhunden fortsetzen und ihn und die Kleine letzten Endes doch noch finden? Eigentlich wollte sich Severin mit diesen Fragen gar nicht beschäftigen. Er wollte einfach nur dass diese ganze Verfolgungsjagd ein Ende nahm. Die Fragen setzen sich aber fest in seinem Kopf und ließen ihn hin- und her überlegen ohne eine annehmbare Antwort zu finden. Als sich die beiden Männer nach wenigen Minuten wieder erhoben, blickten sie erneut zu ihm hoch, worauf er sofort die Augen zukniff und aufhörte zu atmen. Diesen Psychoterror den die Männer ohne es zu wissen auf ihn ausübten, war für ihn fast schlimmer als die kräfteraubende Kletterei. Erst als seine Lungen nach Luft schrien und zu brennen begannen, wagte er es wieder einzuatmen. Ihm war klar dass dieses Verhalten absurd war, doch es geschah ganz automatisch. Abgesehen davon fühlte er sich in diesem Moment als seine Atmung zum Stillstand kam und nur noch sein Herz arbeitete beinahe unsichtbar. Sein Bewusstsein war vorübergehend wie abgelöscht und nicht existent. Erst als er wieder atmete kehrte auch sein Bewusstsein wieder zurück. Severin konnte sich an keine einzige Situation in seinem

Leben erinnern in der er sich so unlogisch verhalten hatte. Allerdings war er auch noch nie in seinem Leben in eine derartig unglaubliche und gefährliche Situation wie diese geraten. Als er es wieder wagte die Augen zu öffnen, konnte er aus den Augenwinkeln erkennen dass die beiden Männer die Flanke hoch kletterten. Da sie nun nicht mehr zu ihm hoch blickten beobachtete er die Psychoterroristen weiterhin mit dem Fernglas. Dabei unterdrückte er all seine Gedanken um ja niemanden auf sich aufmerksam zu machen. Wer weiß, vielleicht verfügen diese Mittelaltertypen in ihrem vermeintlich reizarmen Leben über telepathische Fähigkeiten und sind dazu fähig seine Gedanken irgendwie zu spüren, dachte sich Severin ängstlich, und verdrängte jeglichen Gedanken aus seinem Bewusstsein.

Die beiden Männer zogen sich wieder an und Severin hoffte inständig, dass sie endlich abziehen und verschwinden würden. Er war dermaßen angespannt, überreizt, voller Hoffnung und Angst dass sein Körper Unmengen an Adrenalin produzierte, was das regungslose Verharren auf dem Felsen zu einer einzigen Qual machte. Genau in dieser Phase der Anspannung gab die Kleine irgendwelche Laute von sich. Sie redete nicht, es war vielmehr ein Phantasieren, ein unverständliches Brabbeln und Genuschel das er fast nicht aushalten konnte. Er wagte sich nicht zu bewegen und sie zu besänftigen, weil die Männer immer noch an der Kante standen und keine Anstalten machten endlich zu verschwinden. Alles was er unterdrückt von sich geben konnte war Schschsch, bschschscht, doch die Kleine hörte nicht auf mit ihrem Gestammel.

In einem Moment als er sich sicher war dass die Soldaten nicht in seine Richtung schauten, zog er sich vom Felsen zurück. Behutsam nahm er die Kleine in seine Arme und wiegte sie langsam vor und zurück als wäre es sein eigenes Kind. „Alles wird gut … du musst keine Angst haben, alles wird wieder gut, ich pass auf dich auf … bschschscht“, sprach er mit all seiner Herzenswärme in sanftem Tonfall auf das Kind ein. Während er diese Worte mehrmals in unterschiedlicher Reihenfolge wiederholte, wich seine Angst, sodass er dem Kind ausschließlich positive, stärkende, liebevolle und tröstende Gefühle spenden konnte. Es dauerte nicht lange bis das Mädchen wieder zur Ruhe kam und schließlich ganz aufhörte mit ihrem Gestammel. Bevor er sich jedoch intensiver um das Mädchen kümmern konnte, musste er sich vergewissern dass die Soldaten abgezogen waren. Langsam schob er sich wieder über den Felsen und spähte mit dem Fernglas nach unten. Da niemand mehr an der Kante zu sehen war, schwenkte er mit dem Fernglas weiter nach rechts um sich zu vergewissern dass die Soldaten nicht im Wald hochgestiegen waren. Aufgrund seiner niederen Position in der v-förmigen Rinne konnte er nicht viel vom höher gelegenen Wald einsehen. Angestrengt lauschte er auf Geräusche die aus dem Wald kamen, doch er konnte keine im Wald hochkletternden Soldaten hören. Sicherheitshalber suchte er noch einmal die Kante von oben nach unten genau ab, bevor er sich vom Felsen zurückzog und leise mit der Kleinen redete. „Ich gehe kurz weg um nachzusehen ob jemand den Wald herauf kommt. Ich bin gleich wieder da“.

Sagte es, und kletterte 2 Meter unter dem Mädchen, damit ihr keine losgetretenen Steine auf den Kopf fielen, an der Felsflanke hoch bis zum Wald. Als er die Kante überquert hatte, hielt er im Schutz eines Baumes inne und suchte sich eine geeignete Stelle von wo aus er einen guten Überblick hatte. Eine mächtige Fichte schien ihm der geeignetste Ort zu sein um in ihrem Schutz auf Beobachtungsposten zu gehen. Also durchquerte er den Wald mit äußerster Vorsicht bis er nach 10 Metern die Fichte erreichte. Ihm war bewusst dass er mit dieser Aktion ein großes Risiko einging. Raschelndes Laub, losgetretene Steine, knackende Äste, sein massiger sich bewegender Körper oder eine Rutschpartie hätten die potentiellen Verfolger auf ihn aufmerksam werden lassen. Als er hinter der Fichte in Deckung ging war er erleichtert, dass die Überquerung im steilen Waldgelände gut gelungen war. Natürlich lief er nicht geräuschlos durch den Wald. Seine Schritte waren nur in der unmittelbaren Umgebung zu hören, und Severin schätzte, dass die Soldaten noch weit unter ihm sein müssten, falls sie ihn überhaupt verfolgten, und genau das musste er herausfinden. Wenn andere Soldaten sich schon vorher auf den Weg nach oben durch den Wald gemacht hätten, dann hätte er sie mit Sicherheit schon längst gesehen oder gehört. Jetzt musste er nur noch herausfinden ob sich zu einem späteren Zeitpunkt Soldaten auf den Weg nach oben gemacht hatten. Vor ihm lag ein beschwerlicher Rückweg nach Temira der ihn viel Kraft kosten würde. Severin war sich sicher dass er während der Flucht nicht nur deshalb enorm viel Kraft und Energie einbüßte weil das Gelände so steil und sein Gepäck so schwer war, sondern weil ihm die Angst ständig im Nacken saß und an ihm zehrte. Er musste sich vergewissern dass er nicht verfolgt wird, um den beschwerlichen Aufstieg und den viel gefährlicheren Abstieg mit der Kleinen zu schaffen. Außer dem sanften Rauschen der Baumkronen konnte er keine verdächtigen Geräusche hören und auch keine Bewegungen wahrnehmen. Er nahm sich vor noch 10 Minuten auszuharren und dann den Rückweg anzutreten. Während dieser Zeit des Wartens drang ihm zunehmend ins Bewusstsein was er längst schon wusste. Er würde höchstens noch 3 Stunden Tageslicht haben, und er befand sich immer noch ein gutes Stück unter dem Bergkamm, allerdings auf der falschen Seite des Gebirges. Severin fühlte sich zwar gut erholt und das Adrenalin rauschte immer noch aufputschend durch seinen Körper, doch er fragte sich wie lange das noch anhalten würde, und vor allem was mit der Kleinen nicht stimmte. Er war heilfroh dass die Kleine endlich Ruhe gab, doch während er sie in seinen Händen wiegte hielt sie ihre Augen geschlossen. Nicht einmal ein Zucken ihrer Augenlider konnte er auf ihrem Gesicht erkennen. Ihr Zustand hatte sich verschlechtert, und er glaubte gespürt zu haben, dass sich ihre Temperatur erhöht hatte. Die Kleine war ihm in der kurzen Zeit immer mehr ans Herz gewachsen, außerdem fühlte er sich für sie verantwortlich. Das kleine Mädchen machte ihm Sorgen, große Sorgen sogar.

Als er meinte dass die 10 Minuten verstrichen waren suchte er noch einmal mit dem Fernglas den Wald unter, neben, und über ihm ab, doch nach wie vor war niemand zu sehen. Kein Soldat und kein Hund hatte seine Verfolgung aufgenommen. Wahrscheinlich hatten die Soldaten seinen Köder geschluckt und gingen nicht davon aus dass jemand weiter in Richtung Berg geflohen war, vorerst zumindest. Das war momentan auch nicht wichtig. Wichtig war jetzt nur, dass er den Rücken frei hatte um nachhause zu gehen. Erleichtert verließ er seinen Beobachtungsposten, durchquerte den Wald und stieg über die Flanke in die Rinne ab. Als er bei dem Mädchen ankam war das erste was er tat mit dem Handrücken an der Stirn und an den Wangen ihre Temperatur zu fühlen. Severin hatte sich nicht geirrt, sie hatte eindeutig erhöhte Temperatur. Behutsam hob er ihren Rücken an und versuchte ihr noch einmal Wasser einzuflößen. Aufmunternd redete er auf sie ein, doch es half alles nichts, die Kleine machte keinerlei Anstalten irgendetwas einzunehmen oder von sich zu geben. Sorgenvoll versuchte er den Puls an ihrem Hals zu fühlen, doch es dauerte eine Weile bis er endlich einen schwachen Puls fühlen konnte. Severin hatte sich so gefreut als die Kleine zuvor gierig getrunken hatte und ging eigentlich davon aus, dass er ihr bald etwas zu essen geben könnte. Nun lag sie erbarmungswürdig wie ein Häufchen Elend da, und er musste sich zusammenreißen dass er nicht weinte. Nicht weil er sich für seine Tränen geschämt hätte, sondern weil er stark sein wollte, für sie. Deshalb packte er unverzüglich den Rucksack, zog der Kleinen den Rock wieder an und stopfte sie umständlich in den Rucksack. Mit einem prüfenden Blick versicherte er sich dass er nichts vergessen hatte, und stapfte entschlossen die Rinne hoch. Aufgeputscht durch das Adrenalin und frei von jeglicher Angst bewältigte er den Aufstieg ohne eine einzige Pause zu machen in einem Durchmarsch. Unversehrt und völlig außer Atem erreichte er endlich den Bergkamm, den er während des ganzen Aufstiegs stets im Blickfeld hatte, und doch nie zu erreichen schien. Allen Gefahren und Erschwernissen zum Trotz hatte er es geschafft, ohne irgendwelche Verletzungen, ohne verfolgt zu werden und erstaunlicherweise auch ohne Krämpfe. In gebückter Haltung ging er über den Bergkamm bis zur Felserhebung hinter der er sich vollends sicher fühlte und endlich den schweren Rucksack und die lästige Gewehrtasche ablegen konnte. Ohne seine Schmerzen im Rücken, in den beiden Schultern und Beinen zu beachten öffnete er rasch den Rucksack und zog das Mädchen heraus. Er ignorierte den Gestank der von ihr ausging und drückte sie eng umschlungen fest an seine Brust. Voller Inbrunst wünschte er sich dass sein schneller Herzschlag auf sie überging und ihre Lebensgeister aktivierte. „Halte durch mein kleines Fräulein, bald haben wir es geschafft, dann kannst du frisches Wasser trinken und dich endlich wieder einmal waschen.“ „Wir gehen zu mir nachhause, dort bekommst du Hilfe und du wirst leben, noch viele viele Jahre, und wenn du es willst werde ich dich auch wieder in dein Dorf zurück bringen, das verspreche ich dir. Du musst nur noch eine Weile durchhalten, bitte!“ Sanft wiegte er sie vor und zurück, und am liebsten hätte er sich sofort an den Abstieg gemacht, doch dazu war viel zu erledigt. Er musste wieder zu Kräften kommen sonst würde er den beschwerlichen und gefährlichen Abstieg auf keinen Fall heil überstehen. Zum Glück war das Wetter stabil und warm. Keine einzige Wolke war am hellblauen Himmel zu sehen. Irgendwie hatte er es Leid sich fortwährend Sorgen zu machen, deshalb dankte er Gott und all seinen geistigen Helfern und legte sein Leben und das Leben des Kindes in ihre Hände. Sein und vor allem das Schicksal der Kleinen lagen nun nicht mehr in seiner Hand, dazu war er schlichtweg nicht mehr imstande. Alles was er der Kleinen zu verabreichen versuchte, konnte sie nicht mehr zu sich nehmen. Das Wasser das er ihr einflößte rann aus ihren Mundwinkeln wieder heraus und den Speck den er ihr hauchdünn und klein aufgeschnitten in den Mund gelegt hatte, ließ sie ohne zu kauen und zu schlucken in ihrem Mund. Severin musste ihren Kopf nach vorne beugen und mit einem Finger den Speck wieder aus ihrem Mund holen damit sie sich nicht daran verschluckte. Es war herzzerreißend und zum Verzweifeln wie sie mit schlaffem Körper in seinen Händen lag und dem Tod näher als dem Leben war. Severin legte sich auf die Matte und konnte nichts weiter tun als sie festzuhalten, sich zu sammeln und warten bis er soweit war den Heimweg anzutreten. Die Aussicht darauf war nicht sehr ermutigend, denn mit dem Abstieg alleine war es noch lange nicht getan. Er würde sie bis zum Abflugterminal tragen müssen, dann den ganzen Weg durch das Saiblachtal bis … ja bis wohin, fragte er sich. Dabei hatte er doch gerade ihr beider Leben in Gottes Hände gelegt, und schon wieder machte er sich Sorgen. Ohne Gottes Hilfe würde er es sowieso nicht schaffen, also ermahnte er sich endlich aufzuhören sich Sorgen zu machen und auf Gottes Führung zu vertrauen. „Wieso nur hast du mir diese Bürde aufgetragen“, wandte er sich in Gedanken an Gott. Dabei wollte er die Kleine gar nicht als Bürde sehen, dennoch war es so. Sie war im wortwörtlichen und im übertragenen Sinn eine Last, und um diese Last besser ertragen zu können, trank er den Rest des Wassers aus der Flasche und aß den Speck auf. Es wurde höchste Zeit aufzubrechen, und so nahm er nach nur wenigen Minuten Pause das Seil, stopfte die Kleine in den Rucksack und band die Matte und den Schlafsack außen am Rucksack fest. Dann ging er schwer beladen zu der Stelle wo er das Seil am Felsen befestigt hatte, löste die Knoten und band beide Seile zusammen. Das eine Ende des Seils band er sich um den Bauch, dann legte er das Seil um die Felserhebung, und seilte sich entschlossen über die steile Felsflanke ab. Wie beim heraufklettern glaubte er sich ohne größere Probleme im rechten Winkel zum Felsen stehend abseilen zu können. Schon nach dem ersten Schritt rutschte ihm das Seil durch die Hände und er wäre beinahe abgestürzt. Die Gravitation zog ihn mit samt seinem Gewicht erbarmungslos nach unten und nur indem er mit all seiner Kraft das Seil in seinen Händen zusammendrückte, konnte er einen tödlichen Absturz verhindern. Das Seil lief wie geschmiert um den Felsen. Erst als der dicke Knoten in der Mitte des Seils genügend Widerstand am Felsen erzeugte, gelang es Severin seinen unfreiwilligen, rasanten Sprint über den senkrecht abfallenden Felsen zu verlangsamen. Kurz bevor ihm das Ende des Seils durch die Finger glitt, kam er auf dem weniger steilen Abhang zum Stehen und fand sicheren Halt unter seinen Füßen. Mit einer Mischung aus Entsetzen und Erleichterung blickte er auf seine wundgescheuerten Hände und sah zu wie sein Blut auf den Boden tropfte. Verwundert fragte er sich wie das nur geschehen konnte. Obwohl er sich das Seil zusätzlich um seinen rechten Unterarm wickelte, vermochte er es nicht das Seil festzuhalten. Das scheiß Seil hatte seine Haut bis auf das Fleisch abgefeilt. „Verdammter Scheißdreck", erzürnte sich Severin lautstark. „Wieso habe ich mich nur dazu hinreißen lassen so früh aufzubrechen anstatt mich, verdammt noch mal, richtig zu erholen und wieder zu Kräften zu kommen", schalt er sich vorwurfsvoll. Zu seinen vielen Schmerzen würden sich schon bald neue gesellen. Außerdem würde er übermorgen ziemlich sicher nicht arbeiten können, ging es ihm durch den Kopf, der sich immer mehr anfühlte wie ein getretener Fußball dem die Luft ausgeht. Im steilen Gelände hatte er keine Möglichkeit den Rucksack abzustellen und das Verbandzeug herauszuholen. Also musste er zusehen wie sich auf seinem rechten Unterarm dunkelrote Striemen bildeten und seine Hände eine einzige Wunde zu sein schienen. Severin war es nicht gewohnt mit soviel Ungemach umzugehen. Er wollte jammern, sich bemitleiden und sich pflegen lassen, und nicht der starke Mann sein an dem alles abprallt. Doch genau das musste er sein, stark und unerschütterlich. Widerwillig musste er die Zähne zusammen beißen, sich beherrschen und sich wieder unter Kontrolle bringen. Die Vorstellung dass er waagrecht über den Felsen runter lief und gerade noch rechtzeitig Halt fand bevor er mitsamt der Kleinen den Berg hinunter stürzte, das Blut das auf den Boden tropfte und seine kaputten Hände versetzten ihn vorübergehend in eine Schockstarre. Erst nach zwei bis drei Minuten gelang es ihm, unter Aufbringung all seiner Willenskraft, sich aus der Starre zu befreien. Mit dem Taschentuch wischte er das Blut mehrmals von den Händen bis die Blutung stoppte. Mit großer Erleichterung stellte er fest dass er keine tiefen Fleischwunden hatte. Dennoch würde er wohl Mühe haben seine Arbeit zu verrichten, doch diese Tatsache schob er schnell wieder von sich. An den Wunden bildeten sich nur noch Blutperlen und Wundwasser, also konnte er sich auch von seiner wenig erfreulichen Vorstellung lösen seine Arme abbinden zu müssen um nicht zu verbluten. Entschlossen zog er das Seil herunter und wappnete sich für den Moment als das Seil um den Felsen rutschte und zu ihm herunter fiel. Die Aktion war nicht ungefährlich denn obwohl das Seil leicht war hätte ihn das herunter fallende Seil leicht aus dem Gleichgewicht bringen können. Kurz bevor der dicke Knoten ihn erreichte griff er zielsicher zu und hielt den Knoten über seinem Kopf fest. Der Rest des Seils fiel über ihn herab ohne irgendeinen Schaden anzurichten. In großen Schlaufen wickelte er das Seil auf, und überlegte sich ob er das Seil nicht an Ort und Stelle zurücklassen sollte, da er keine Gelegenheit hatte es anständig zu verstauen und weil er befürchtete dass ihn das ganze Gepäck bei seinem Abstieg behindern würde. Nachdem er einige Sekunden nach oben blickte wurde ihm schnell klar, dass er an dieser Stelle nicht mehr würde hochklettern können, und auf einem anderen Weg das Hinterland erreichen muss. Severin sträubte sich gegen seine Vorahnung weil er jetzt schon wusste, dass er sich nie wieder in eine solche Gefahr begeben wollte wie er sie in den vergangenen paar Stunden erlebt hatte. Außerdem wollte er keine Spuren hinterlassen und das Seil würde ihm anderswo bestimmt mehr nützen als hier oben. Also schlüpfte er mit der linken Hand durch die Seilrolle und hängte es sich über den Kopf. Während er einige Male tief ein und ausatmete und sich für den Abstieg bereit machte, kam er sich vor wie ein Packesel. Bevor er sich jedoch tapfer an den Abstieg machte, musste er noch ein Wörtchen mit seinem Schöpfer und seinen geistigen Helfern reden. „Wenn ihr eure Arbeit nicht besser macht, wird das nichts mit dem Überleben der Kleinen, also, ein bisschen mehr Einsatz meine Freunde“, sagte es und ging im Zickzack den Berg hinunter. Als er zu der Rinne kam drehte er sich um und kletterte rückwärts hinab. Mehrmals musste er sich mit den Händen irgendwo festhalten was ihn innerlich jedes Mal vor Schmerzen aufstöhnen ließ. Nachdem er öfters qualvoll zugreifen musste überkam ihn zu allem Übel eine Paranoiaattacke. Unwillkürlich wurde er von der Vorstellung gepeinigt, dass der Dreck am Felsen über die Wunde in seine Blutbahn gelangt und ihn langsam vergiftet. Zu seinem Bedauern gelang es ihm nicht auf Anhieb sich von dieser Pein zu befreien was ihn zusätzlich schwächte. Obwohl er noch über genügend physische Kraft verfügte, musste er während des Abstiegs innehalten, weil er sonst befürchtete einen Fehler zu machen. Furchteinflößend drangen die Bilder in sein Bewusstsein als die beiden Hunde sich mehrmals überschlagend den Abhang hinunter stürzten. Nur ein falscher Schritt, und ihn und die Kleine würde dasselbe Schicksal ereilen, ermahnte er sich. Er durfte es nicht zulassen dass sich Nebensächlichkeiten in sein Bewusstsein drängten. Keine Schmerzen, keine möglichen Todesszenarien, keine Bedenken wegen der Arbeit, nichts durfte ihn in seinem Handeln stören. Als er glaubte sich von allen unnötigen Quälgeistern befreit zu haben, setzte er seinen Abstieg fort. In dieser Leere konnte er auch wieder die unerklärliche Nähe zum Berg fühlen. Es war wie ein Verschmelzen. Der Berg war nun nicht mehr ein gnadenloses, hartes Ungetüm das er bezwingen musste. Er war wie ein Wesen mit dem er plötzlich im Einklang war und auf dem er sich zunehmend sicherer fühlte. Sobald sich auch nur ansatzweise ein Gedanke in sein Bewusstsein drängte, blockierte er ihn. Severin wusste instinktiv, dass diese nur mit dem Herzen wahrnehmbare Interaktion mit dem Berg für ihn überlebenswichtig war, und sich großartig anfühlte. Sein Kopf hatte nun Pause. Der weitere Abstieg war ein fließendes Zusammenspiel seines Körpers mit dem Berg. Es gelang ihm zwar nicht seine Schmerzen zu unterdrücken, doch im Großen und Ganzen gelang der

Abstieg völlig reibungslos. Als er heil auf der flach abfallen Geröllhalde ankam, blickte er nach oben und bedankte sich beim Berg und seinen geistigen Helfern und schickte ihnen ein vergnügtes „geht doch, danke, habt ihr gut gemacht“ hinterher. Mit verhaltenem Stolz und Freude ließ er in einem kurzen Augenblick die unglaublichen Ereignisse des Tages im Schnelldurchlauf in seinem Kopf Revue passieren, und konnte nur schwer fassen dass er das alles wirklich erlebt hatte. Nur zu gerne hätte er sich die Zeit genommen um die Ereignisse zu reflektieren, doch das Mädchen auf seinem Rücken forderte seine ganze Aufmerksamkeit. Mit großen Schritten ging er zügig die Geröllhalde hinunter zog den Spaten, den er vor dem Aufstieg zurückgelassen hatte, aus dem Schotter und überquerte die Weide bis zu der Stelle die er die „Wasserläufe“ nannte. Wäre die Situation eine andere gewesen hätte er sich über die Erleichterung gefreut als er endlich die lästige Gewehrtasche, das Seil und den schweren Rucksack abnahm und ihn vorsichtig auf das Gras legte. Seine Schultern entspannten sich augenblicklich doch die Befreiung der Last auf seinen Schultern konnte er nicht lange genießen. Als er den Rucksack öffnete und mit dem Handrücken die Temperatur an der Stirn der Kleinen fühlte, durchfuhr ihn unmittelbar ein Schrecken der ihn umgehend zum Handeln zwang. Eigentlich wollte er die Kleine aus dem Rucksack ziehen, sie waschen und ihr Wasser einflößen doch davon musste er absehen weil er resignierend und hilflos erkannte, dass sie nicht trinken würde weil sie im Sterben lag. Eilig wusch er sein blutiges Taschentuch im klaren Wasser aus und wusch der Kleinen das Gesicht ab. Nachdem er das Taschentuch erneut ausgewaschen hatte legte er es ihr auf die glühend heiße Stirn und hoffte damit ihren Körper abzukühlen und ihr Fieber zu senken. Während er sie für ein zwei Minuten ihrem Schicksal überließ, füllte er seine Trinkflasche und stillte ausgiebig seinen brennenden Durst. Im Normalfall hätte er innerlich gejubelt als das kalte klare Wasser seine ausgetrocknete Kehle befeuchtete und seinen Magen füllte. Die Sorge um das Mädchen brachte aber jeglichen Anflug von Freude in ihm zum Verstummen. Mit mattem Blick schaute er kurz auf seine zerschundenen Hände und tauchte sie anschließend in das Wasser um den Dreck abzuwaschen. Augenblicklich durchfuhr ihn ein brennender Schmerz, den er mit festem Willen zu unterdrücken versuchte. Eigentlich hatte er sich vorgenommen seine Wunden zu versorgen, Desinfektionsmittel über die Wunden zu sprühen und seine Hände zu verbinden, doch davon sah er ab weil er dadurch nur kostbare Zeit verlieren würde. Die Sonne war mittlerweile schon untergangen und entzog der Landschaft zusehends die Farben und das Licht. Um sicher an sein Ziel zu kommen nahm er die Stirnlampe aus dem Rucksack und setzte sie sich auf. Mit einem Ruck hievte er sich erneut den Rucksack auf die Schultern und hängte sich das Gewehr und das Seil um. Seine Schultern reagierten höchst unerfreulich auf die erneute Last. Sie fühlten sich völlig überlastet und wund an, doch darauf nahm er keine Rücksicht. Severin überquerte mühsam die Wasserläufe und stapfte zügig über die Weide wo er mit seinen über hundert Kilo Gesamtgewicht einige Male bis über die Fußknöchel einsank. Mit Mühe musste er seine Füße, jedes Mal wenn er in der sumpfigen Weide einsank, mit einem schmatzenden Geräusch aus dem sumpfigen Erdreich ziehen, bis er schließlich den Wald erreichte und wieder festen, ebenen Boden unter den Füßen hatte. Kaum hatte er im Wald die ersten Meter zurückgelegt musste er die Stirnlampe einschalten. Im Normalfall hätte ihm das spärliche Licht der Sterne und des Mondes gereicht um sich fortzubewegen, doch er wollte und konnte sich kein Straucheln mehr erlauben. Er wusste nicht ob die Batterien den bevorstehenden mehrstündigen Rückweg halten würden, deshalb blieb ihm nichts weiter übrig als möglichst schnell zu gehen und auf Gottes Hilfe zu vertrauen. Den Weg zum Lager hatte er inzwischen schon mehrere Male zurückgelegt. Er kannte die markanten Stellen und er hatte den Pfad durch den Wald der größtenteils entlang der abgegangenen Mure führt in seinem Kopf abgespeichert. Der Lichtkegel der Lampe leuchtete höchstens 7 bis 8 Meter vor ihm aus. Wenn er den Weg nicht gekannt hätte wäre er mit Sicherheit nicht so schnell vorwärts gekommen, und so erreichte er in kurzer Zeit sein Lager. Nachdem er sich vergewissert hatte dass alles im Lager seine Ordnung hatte, streifte er das Seil über den Kopf und warf es unter den Tisch. Dann zog er rasch die Kleider die er zum Trocknen aufgehängt hatte von der Wäscheleine und hängte sie seitlich über die Tragegurte seines Rucksackes. Endlich konnte er sich nun auch von dem lästigen Gewehr befreien und lehnte es an den großen Felsen. Den Rucksack behielt er an, weil er nicht vorhatte sich lange im Lager aufzuhalten. Kurz überlegte er sich ob er noch irgendetwas an Proviant vorrätig hatte, doch er kam schnell zu der ernüchternden Einsicht, dass alle seine Lebensmittel aufgebraucht waren. Er hatte ohnehin keinen Hunger, doch nach all dem was er an diesem Tag erlebt hatte, wollte er sicherstellen dass er genügend Proviant bei sich hat, falls er erneut in eine Notlage geraten sollte. Man kann ja nie wissen, dachte sich Severin. Doch darüber brauchte er sich keine weiteren Gedanken machen, da er die Situation widerwillig akzeptieren musste wie sie nun einmal war. Er hatte keine Vorräte mehr und keine Zeit um nachzusehen ob sich in dem Netz ein Fisch verfangen hatte oder ob an den 2 Angelruten ein Fisch angebissen hatte. Der Gedanke sich ohne Essen auf den Weg zu machen behagte ihm überhaupt nicht. Um sich davon abzulenken begab er sich auf die Rückseite des Felsens, zog ein paar Äste aus dem Asthaufen der von dem wütenden Sturm aufgetürmt wurde und stopfte die Gewehrtasche in einen Spalt der gerade groß genug war um die Tasche vor fremden Blicken zu schützen. Sicherheitshalber legte er die Äste die er heraus gezogen hatte wieder darüber, wandte sich um und ging zügig durch den Wald. Als er die Wiese erreichte schaltete er die Stirnlampe aus, weil der Mond und die Sterne genügend Licht erzeugten um dem gut sichtbaren Pfad zu folgen. Die Wiese bis zum Abflugterminal hatte er schnell überquert. Als er endlich den Rucksack abnehmen wollte stolperte er über einen der Pflöcke mit denen er den Terminal markiert hatte. Fluchend fing er seinen drohenden Sturz noch rechtzeitig mit seinen Händen ab. Dennoch überrollte ihn eine Welle des Schmerzes von seinen Händen bis zu seinem Gehirn, und am liebsten hätte er geweint vor lauter Schmerz und Wut. Kniend blickte er auf seine schmutzigen Hände und ließ nun endlich den Rucksack von seinen Schultern gleiten. Mit gezielten Griffen band er die Matte und den Schlafsack los und breitete beides auf dem Gras aus. Bevor er den Zustand des Mädchens überprüfte, blies er die Matte auf und ließ sich mit einem tiefen Seufzer der Erleichterung auf die bequeme Unterlage fallen. Als er nach einer viel zu kurzen Tiefenentspannung den Deckel des Rucksackes öffnete schlug ihm eine unglaubliche Welle des Gestanks entgegen worauf er sich beinahe übergeben hätte. Schon während der ganzen Zeit als er das Mädchen auf dem Rücken trug waberte ihm der Geruch von Urin und ungewaschenem Körper um die Nase. Doch der Gestank der sich jetzt entfaltete war für ihn kaum zu ertragen. Mittlerweile musste sich die Kleine angeschissen haben, reimte sich Severin zusammen, und wandte sich angewidert mit gerümpfter Nase von der Kleinen ab. Schlagartig wurde ihm bewusst, dass er diesen Gestank keine fünf Minuten mehr würde aushalten können. Dem Mädchen konnte er keinen Vorwurf machen, wie auch, doch die Tatsache dass er die Kleine nun doch noch waschen musste, behagte ihm überhaupt nicht. Er war müde, sein ganzer Körper tat ihm weh und er ekelte sich davor

Scheiße wegzuputzen. Sogar bei seinen eigenen Kinder hatte er sich davor geekelt die vollgeschissenen Windeln zu wechseln, und meistens drückte er sich davor. Doch hin und wieder ließ es sich nicht vermeiden und so tat er mit äußerstem Widerwillen was getan werden musste. Die Scheiße von fremden Kindern hatte er noch nie weggemacht, und dass er ausgerechnet jetzt damit anfangen musste, empfand er als eine harte und ungerechte Strafe. Da außer dem Kind niemand sonst anwesend war sprach er in Gedanken mit Gott. „Also gut, ich mache es. Aber dann sind mir alle Sünden der Vergangenheit, der Gegenwart und der Zukunft für immer erlassen, ok, Gottchen !?“ Mit einem tiefen Seufzer stand er auf, hängte sich den Rucksack auf die rechte Schulter, und ging hinunter zum Felsen der den Sandstrand vom Kiesstrand trennte. Dort zog er das Kind vorsichtig aus dem Rucksack, legte sie auf den ebenen Felsen, schob ihr seine Reservehose unter den Kopf und zog ihr angeekelt den Rock und die vollgeschissene Unterhose aus. Vorsichtig hielt er sie von sich weg, holte weit aus und schleuderte sie mit einem eleganten Schwinger in die Lagune. Dann zog er sich selbst aus, nahm den stinkenden Rock des Mädchens und tauchte ihn ins Meerwasser. Als er sich mit Wasser vollgesogen hatte rieb er den Rock mehrmals am Felsen, vor allem an der Stelle wo die Unterhose Kontakt mit dem Rock hatte. Als er das Gefühl hatte, dass er den ärgsten Dreck weggewaschen hatte, nahm er die Seife aus dem Rucksack, seifte den Rock rundum, innen und außen ein und schrubbte ihn erneut am Felsen.

Die Lampe ließ er ausgeschaltet um Batterien zu sparen. Außerdem war es vielleicht besser dass er nicht alles so genau sehen konnte, dachte er sich mit einem Anflug von Optimismus. Der Felsen stellte sich als guter Waschplatz heraus und so hatte er schneller als gedacht den widerlichen Rock gewaschen. Als er sich im hüfthohen Wasser wieder zu der Kleinen bewegte stieg ihm erneut der unverkennbare Duft von Scheiße in die Nase. Severin schaltete die Lampe ein, drehte die Kleine behutsam um, und stellte mit Schaudern fest, dass sie sich bis über den Rücken angeschissen hatte. Zwar konnte er gut verstehen, dass sich das Mädchen unter den gegebenen Umständen nicht an das übliche Entleerungs- und Scheißritual halten konnte, doch er wollte es schlichtweg nicht wahrhaben. Jetzt musste er sie vollständig entkleiden, ihre Sachen und sie selbst waschen. Wobei ihre Sachen nur noch aus ihrem leinenen Überhemd bestanden. Da er keine Lust hatte das verschissene Hemd zu waschen, zog er es ihr umständlich über den Kopf und schleuderte es soweit er konnte auf den Strand hinauf. Später irgendwann würde er mehr Zeit und Muse haben das Hemd zu waschen. Bevor er sich der Kleinen widmete, wollte er mit seinem Taschentuch den Rucksack waschen. Als er den Inhalt auf dem Felsen ausleerte und das Innenfach reinigen wollte verschlug es ihm erneut den Atem. Mit vor Ekel verzerrtem Gesicht wischte er mehrmals das Innenfach aus. Als der schauerliche Gestank sich noch immer nicht verzogen hatte, benutzte er die Seife und schruppte den Rucksack innen und außen solange ab bis seine empfindliche Nase einigermaßen zufrieden war. Behutsam hob er die Kleine auf und als er sie in das kühle Wasser tauchte, spürte er wie ein Schauer ihren dünnen zerbrechlichen Körper durchzuckte. Severin hielt es für ein gutes Zeichen, dass die Kleine ein Lebenszeichen von sich gab. Er kniete sich in die brandenden Wellen und spürte mit großer Erleichterung wie ihr glühender Körper im Meerwasser allmählich abkühlte. Als er ihren Körper gewaschen hatte, beugte er ihren Kopf nach hinten und wusch ihr verfilztes Haar. Mehrere Male seifte er ihr das Haar ein und spülte es wieder aus bis es sich fein und weich anfühlte und nicht mehr so widerborstig wie zu Beginn der Waschzeremonie. Nachdem er sie fertig gewaschen und die glitschige Seife wieder im Rucksack verstaut hatte, schaltete er die Stirnlampe ein und betrachtete sie einige Sekunden lang. Als der Lichtstrahl in ihre Augen leuchtete zogen sich ihre Pupillen abrupt zusammen, was für Severin erneut ein positives Lebenszeichen war. Ihre Haare reichten ihr nur bis zur Schulter, und er konnte deutlich erkennen, dass ihr Haar von keinem gelernten Friseur geschnitten wurde. Selbst die Stirnhaare waren ungleichmäßig mit vielen Abstufungen abgeschnitten worden. Severin wusste zwar nichts über die Haarmode im Mittelalter, doch selbst er hätte die Haare besser und gleichmäßiger schneiden können. Es schien so als wurden die Haare eilig mit einem Messer abgesäbelt, doch wozu? Schade dachte er sich, denn das Mädchen war auf den ersten Blick schön. Sie hatte ein ebenmäßiges Gesicht und trotz ihres jungen Alters hatte sie volle Lippen. Ihre Augen waren dunkel, doch die genaue Augenfarbe konnte er nicht bestimmen. Sie besaß eine wohlgeformte Nase und schöne weiße Zähne. Ihr Gesicht war nicht das eines 10 jährigen Mädchens, eher das einer gut entwickelten Jugendlichen. Was gegen diese Tatsache sprach war die Tatsache, dass sie noch keine Schambehaarung und eine flache Brust hatte. Vielleicht entwickelten sich die Mädchen im Mittelalter, sofern er sich überhaupt im Mittelalter befand, anders als die Mädchen seiner Zeit, dachte sich Severin irritiert. Vielleicht hatte sie auch das harte entbehrungsreiche Leben gezeichnet und früher als normal altern lassen. Sie erinnerte ihn sofort an eine jüngere Ausgabe einer Mitschülerin vom Gymnasium, an deren Namen er sich aber nicht mehr erinnern konnte. Er hatte auch keine Zeit um weiter darüber nachzudenken. Ihm wurde kalt im Wasser, und dachte sich, dass es wahrscheinlich auch nicht allzu gesund für die Kleine wäre zu lange im Wasser zu verweilen. Also hob er sie auf und legte sie an eine Stelle des Felsens die er vorher mit sauberem Meerwasser abgespült hatte. Mit heftigen Bewegungen schüttelte er das Wasser aus dem Rucksack und trocknete ihn so gut es ging mit seinem Hemd ab. Dann stopfte er eilig sein Zeug in den Rucksack, hängte ihn sich mit einer Schlaufe über die Schulter und trug die Kleine auf den Händen zurück zum Terminal. Als er den Strand überquerte hob er mit zwei Fingern das dreckige Hemd des Mädchens auf und legte es auf die Wiese. Vielleicht würde sie es ja später irgendwann wieder haben wollen, falls sie überhaupt jemals wieder nach Temira zurückkehren sollten. Bis dahin würde der Regen bestimmt den gröbsten Schmutz des konterminierten Hemdes abwaschen. Behutsam legte er die Kleine auf die Matte, trocknete sie mit seinem frischen Hemd ab, wickelte sie in seiner Regenjacke ein und legte sie in den warmen Schlafsack. Den Reisverschluss ließ er offen um später selbst noch ein Stück des Schlafsackes abzubekommen um sich zuzudecken. Anschließend trocknete er auch sich selbst ab nachdem er sich den lästigen Sand von den Füßen gewischt hatte. Dazu musste er mehrmals die Füße im kniehohen Gras hin und her schwenken bis er den klebrigen Sand endlich von seinen Füßen befreit hatte. Während dieser Prozedur schalt er sich selbst lautstark, weil er nicht daran dachte ein paar Schritte weiter zu gehen um auf dem Kieselstrand die ganze Waschprozedur zu vollziehen. Kaum etwas war ihm mehr zuwider als mit Sand an den Füßen in frische Kleidung zu schlüpfen. Dabei musste er grinsen, weil seine Animositäten angesichts der Ereignisse des Tages geradezu lächerlich und blöd waren. Bald schon würde er eine warme Dusche nehmen, sich rasieren, alles essen wozu er gerade Lust hat und sich in sein warmes weiches Bett verkriechen. Und die ganze Welt würde ihn kreuzweise am Arsch lecken können. Er musste nur noch einschlafen und den langen und beschwerlichen Weg nachhause zurücklegen, dann hätte er es geschafft. Mit dieser Aussicht legte er sich seitlich neben die Kleine auf die Matte, drückte sie an sich und deckte sich so gut es ging mit dem Schlafsack zu. Vielleicht wäre er auch eingeschlafen ohne sich zuzudecken, doch er wollte ganz sicher gehen, dass sie gemeinsam in der Höhle ankommen würden. Mit Bedauern wurde ihm bewusst, dass er vor der Waschprozedur auf der Stelle hätte einschlafen können. Das kühle Meerwasser jedoch hatte seine Lebensgeister wieder geweckt, und so lag er nun hellwach neben dem Mädchen und konnte sich kaum rühren. Im spärlichen Licht des Mondscheins und des Sternenlichts schaute er auf er auf das Antlitz des kleinen Mädchens und fragte sich was ihr wohl widerfahren war. Wahrscheinlich wurden die Eltern der Kleinen getötet und die Kleine konnte sich vor dem Eintreffen der Soldaten in Sicherheit bringen. Vielleicht lebten die Eltern auch noch, wer weiß, dachte sich Severin. Wie hatte sie sich wohl gefühlt als sie im Schutz der Büsche regungslos auf dem Boden lag? Wie ist ihr Name? Diese und einige andere Fragen drängten sich zunehmend in sein Bewusstsein, bis er unangenehm die Hitze ihres Körpers spürte und die Sorge um sie all die drängenden Fragen zum Schweigen brachte. Die Abkühlung im Meer hatte sie offensichtlich nicht von ihrem Fieber erlöst. Es wäre auch dumm gewesen davon auszugehen, doch sein Wunsch, dass sie endlich etwas sagt und wieder zu sich kommt war so groß, dass er sich an seiner Hoffnung auf eine spontane Heilung festklammerte. Nun schwand diese Hoffnung zusehends weil er auch kaum mehr das Atmen und den Herzschlag der Kleinen spüren konnte. Ihr Fieber wurde nur kurzfristig von der Kühle des Wassers überdeckt, und schien nun gestiegen zu sein. Severin konnte es nicht mehr aushalten mit ihr unter dem Schlafsack zu liegen. Ihm wurde viel zu heiß, und so deckte er sich ab und rückte ein Stück weit weg von ihr. Er wollte durch den engen Körperkontakt seine spärliche Energie, Kraft und Stärke auf sie übertragen. Stattdessen musste er hilflos anerkennen, dass er nichts für sie tun konnte. Es gelang ihm auch nicht sein Schicksal und das der Kleinen vollends in Gottes Hände zu legen, weil er zu sehr an der Vorstellung festhielt, dass jeder seines eigenen Glückes Schmied ist. *Gott hilft nur denen die sich selbst helfen können* war eine Lebensmaxime die er früh gelernt hatte, und nun keinerlei Gültigkeit mehr hatte. Severin fühlte sich ausgezehrt und wund, hilflos und seinem Schicksal, was auch immer das ist, auf Gedeih und Verderb ausgeliefert. Seine einzige Hoffnung, mit dem Mädchen zurück nachhause zu kommen, verblasste zusehends. Die Tatsache dass er sich weit weg von seiner Heimat in einer anderen Zeitepoche befand, ließ ihn beinahe verzweifeln. Während er sich wehrlos diesen negativen Gedanken hingab, schlich sich unverhofft eine tolle Idee in sein Bewusstsein. Um den langen Weg zu seiner Wohnung abzukürzen, wollte er versuchen mit der visuellen Vorstellung von seinem Schlafzimmer einzuschlafen. Im ersten Moment war er sehr angetan von dieser Idee und verlieh ihm wieder ein wenig Zuversicht. Doch die Ungewissheit ob diese Idee funktionieren würde, ließ ihn schnell von seinem Vorhaben abbringen. Falls die Zeitreise fehlschlagen und er auf Temira aufwachen sollte, könnte das den Tod für die Kleine bedeuten. Dieses Karma wollte er auf keinen Fall auf sich bürden, und so hielt er die Hand der Kleinen fest und band sie sicherheitshalber mit einer Schnur an seinem Arm fest. Mit der rechten Hand zog er den Rucksack zu sich her und schlüpfte in einen der Tragegurte. Entschlossen versuchte er die vielen Fragen, Sorgen und Gedanken aus seinem Bewusstsein zu verscheuchen um Platz zu machen für die einzige Vorstellung die ihn in seine Heimat bringen konnte. Sein Gehirn kreierte mit erstaunlicher Geschwindigkeit und Präzision ein Bild, in dem er mit der Kleinen auf dem Plateau der Geröllhalde in der Höhle des Saiblachtals liegt. Aufdringliche Gedanken brachten dieses Bild zwar mehrere Male für kurze Zeit zum Verschwinden, doch Severin untermalte seine selbst kreierte Vision solange mit Geräuschen von herabstürzenden Steinen, rauschenden Baumwipfel und dem Geruch der Erde und der feuchten Höhle bis kein Gedanke das Bild mehr erschüttern konnte. Mit diesem stabilen Bild vor dem inneren Auge wandte er sich in Gedanken an Gott. Doch schon bald verlieh er seinen Gedanken eine Stimme, weil er glaubte, dass sein Gebet durch gesprochene Wörter verstärkt würde. „Lieber Gott, Schöpfer von allem was ist, ich bitte dich erneut um deine Hilfe. Nicht um meinetwillen, sondern für das kleine Geschöpf hier das du in meine Obhut gegeben hast. Ich weiß, dass du immer bei mir bist und um meine Nöte weißt noch bevor ich sie dir erzähle, aber ich fühle mich einfach besser wenn ich mit dir rede. Bitte siehe es mir nach wenn ich dir mit meinen ständigen Bitten auf den Keks gehe, dass es nicht weit her ist mit meinem Glauben und ich ständig in Zweifel verfalle.

Eigentlich weiß ich ja dass du mich immer geführt hast, aber ich bin nun mal ein Kleingläubiger, und …“ Severin konnte sein Gebet nicht mehr zu Ende bringen, weil er in einen tiefen und festen Schlaf fiel.

Vorarlberg

Als er aufwachte fühlte er sich benommen und wusste im ersten Moment gar nicht was überhaupt los war. Erst als er seinen Arm anheben wollte und dabei spürte dass er mit dem Mädchen zusammen gebunden war, wurde ihm schlagartig seine Situation bewusst. Da es stockdunkel war schaltete er mit der rechten Hand die Stirnlampe ein, und strahlte über das ganze Gesicht. Als er die Schnur löste mit der er die Hand des Mädchens an seinem Arm festgebunden hatte, vergewisserte er sich, dass sein Anhängsel noch am Leben war. Mit sanfter Stimme versuchte er die Kleine zum Durchhalten zu bewegen. „Guten Morgen kleine Außerirdische, wir sind in meiner Heimat. Gut hast du das bis jetzt gemacht, sehr gut. Ich bringe dich jetzt zu einem Arzt, und ich verspreche dir dass ich mich um dich kümmern werde, ok. Von nun an bist du meine kleine Außerirdische, mein Alien, und ich nenne dich ab jetzt Neila. Das heißt rückwärts Alien und bedeutet Fremde, Ausländerin. Eine Außerirdische bist du natürlich nicht, aber mir gefällt der Name. Ich hoffe dir gefällt er auch. Sobald du wieder reden kannst, verrätst du mir deinen richtigen Namen, ok!?“ Severin war sehr zufrieden mit sich, dass er endlich einen Namen für die Kleine gefunden hatte. Er setzte sich auf und war unendlich erleichtert als er die Höhle sah, die Geröllhalde auf deren Anhöhe er sich mit der Kleinen befand und seine Habseligkeiten die mit auf Reise gingen. Die Kleine, der Rucksack, die Matte, der Schlafsack, alle Gegenstände mit dem er in direktem Körperkontakt war, wurden auf wundersame Weise von der Vergangenheit in die Gegenwart verfrachtet. Inzwischen war das seine vierte Reise, und immer noch staunte er über den Vorgang dieser mysteriösen Zeitreise, den er sich nach wie vor nicht erklären konnte. Verblüfft über dieses unerklärliche Phänomen spürte er in sich hinein, um herauszufinden ob diese Reise irgendwelche Auswirkungen auf seine physische und psychische Gesundheit hatte. Auch nach den vorangegangenen Reisen machte er dieses „Körper und Geistscreening", doch er konnte nie irgendwelche Veränderungen an sich feststellen. Wobei er sich dieses Mal nicht so sicher war, weil er am ganzen Körper Schmerzen hatte und er kaum eine Stelle an sich ausmachen konnte die ihm nicht weh tat. Doch abgesehen von seinen körperlichen Schmerzen fühlte er sich gut erholt, hoffnungsvoll, geistig fit und bereit den Heimweg anzutreten. Vorsichtig schob er Neila, die immer noch schlief, in den Rucksack bis nur noch ihr Kopf zu sehen war und schloss das Deckelfach. Als er den schweren Rucksack auf seine Schultern hievte, spürte er augenblicklich heftige Schmerzen. Die Wunden an den Händen wo sich schon ein bisschen Schorf gebildet hatte rissen wieder auf, doch immerhin bluteten sie nicht. Die Schultern und sein Rücken wehrten sich vehement gegen die Last die ihnen erneut aufgebürdet wurde und sendeten heftige Signale ans Gehirn, das unmittelbar mit Weh und Schmerz auf die Signale der Nervenzellen reagierte. Severin war wie erstarrt vor Pein und Leid zu dem sich zu allem Überfluss der längst fällige Muskelkater in seinen Beinen gesellte. Jeder einzelne Muskel von seinen Hüften abwärts fühlte sich verletzt und wund an. Nur durch Aufbringung all seiner Willenskraft gelang es ihm aufrecht stehen zu bleiben. Unter diesen Umständen war es unmöglich die Geröllhalde hinab zu klettern. Um heil über das lose Geröll abzusteigen brauchte er flexible Beine und starke, gut funktionierende Muskeln. Mit seinen vor Schmerzen erstarrten Beinen wäre ein Unfall beim Abstieg von der Geröllhalde gewiss gewesen. Das beste Mittel gegen Muskelkater ist Bewegung, das wusste er aus leidvoller Erfahrung, und so ging er auf der schmalen Ebene mehrere Male im Kreis herum. Als ihm schwindlig wurde machte er Dehnübungen und schüttelte immer wieder die Beine aus um seine Muskeln zu lockern. Den Rucksack behielt er an, weil er sich davor fürchtete erneut von qualvollen Schmerzen gepeinigt zu werden. Jeder Schritt tat ihm weh und jede Zelle in seinem Körper schrie nach einem warmen Bad das seine verspannten Muskeln lockern und seine Schmerzen lindern würde. Nachdem er ein paar Runden auf dem Plateau gedreht hatte, fühlte er sich einigermaßen imstande den Abstieg zu wagen. Entschlossen trat er an den Abhang und suchte mit der Taschenlampe nach der geeignetsten Route. Der Pfad auf dem er bis jetzt an der Geröllhalde auf- und abgegangen war, war unter den gegebenen Umständen eindeutig nicht die beste Option. Erfreulicherweise fand er auf der ostseitigen Felsflanke eine weitaus bessere Möglichkeit abzusteigen. An dieser Stelle war die Geröllhalde zwar ebenso steil wie an allen anderen Stellen, doch sah er zu seiner großen Überraschung am Felsen Erhebungen und Abstufungen von Gesteinsschichten an denen er sich festhalten konnte. Entschlossen machte er sich mit dem Gesicht zum Felsen gewandt an den Abstieg. Noch vor einer Woche hätte er diesen Abstieg nicht gewagt, doch mittlerweile hatte er sich an gefährliche Klettertouren fast schon gewöhnt und ging eindeutig mutiger an die Sache heran als vor ein paar Tagen. Umständlich hantelte er sich am Felsen entlang nach unten. Auf dem losen Geröll fand er keinen sicheren Halt für seine Füße und dreimal musste er mit den Händen sein Gewicht abfangen um nicht zu stürzen. Dabei zuckte er jedes Mal zusammen, kämpfte sich aber weiter tapfer nach unten, bis er sicher im ausgetrockneten Flussbett stand. Als er nach oben blickte wurde ihm sofort klar, dass dieser Abstieg, der unter normalen Umständen leicht zu bewältigen gewesen wäre, beinahe schief gegangen wäre. Mit einem demütigen Kopfnicken bedankte er sich bei seinem Schutzengel und besonders bei seinem Chef, dass sie ihn heil bis hier her geführt hatten. Natürlich konnte er nicht darauf verzichten ihm und seinem Schutzengel noch eine Bitte hinterher zu schicken. „Danke Gott! Hast du wie immer gut gemacht. Und dir danke ich natürlich auch mein Engelchen. Ich bin ziemlich am Arsch. Bitte gebt mir Halt damit ich ohne zu stürzen durch das Flussbett gehen kann, und ohne Hinfallen den Weg durch den Wald schaffe. Danke!“ Sagte es, und wackelte unsicher über das steinerne Flussbett. Während des Gehens lockerten sich seine Muskeln ein wenig auf, doch er war weit davon entfernt mit der gewohnten Selbstsicherheit zu marschieren. Zu allem Übel ermahnte er sich immer wieder, dass er auf keinen Fall stürzen darf, was wie ein Damoklesschwert ständig über ihm schwebte und ihn zusätzlich belastete. Obwohl er wusste dass er sich mit seinen Ermahnungen nur unnötigen Druck machte, gelang es ihm nicht damit aufzuhören. Die Verantwortung für Neila war wie eine zusätzliche schwere Bürde die er nicht ablegen konnte. Als er an die Stelle kam an der er sich entscheiden musste ob er den Rückweg durch den Wald nehmen oder weiter durch das Flussbett bis zum Zementwerk gehen sollte, blieb er stehen und hoffte auf eine göttliche Eingebung. Beide Varianten war er schon gegangen, doch noch nie in der Nacht bei völliger Dunkelheit. Um Batterien zu sparen schaltete er die Stirnlampe aus, setzte sich auf einen großen Stein und wartete. Entschlossen unterdrückte er jeden Gedanken, die Schmerzen, die Sorgen und die Bürde der Verantwortung für Neila, bis er in eine tiefe Kontemplation verfiel. Bedauerlicherweise konnte er diesen Zustand nicht lange aufrecht erhalten, und die Hoffnung auf eine göttliche Eingabe stürzte wie so oft wie ein Kartenhaus zusammen. Schon nach wenigen Minuten drangen seine aufdringlichen Gedanken und Gefühle wieder in sein Bewusstsein, und vergällten ihm jeglichen weiteren Versuch der Introspektion. Welchen Weg sollte er nehmen, fragte er sich erneut, denn eine Risikoabwägung ergab den gleichen Ausschlag auf beiden Seiten der Entscheidungswaage. Beide Wege waren angesichts der Dunkelheit und seiner körperlichen Verfassung mehr als gefährlich. Auf beiden Wegen würde er das Flussbett verlassen und klettern müssen und ihm fielen mehrere Stellen ein an denen ein Weiterkommen höchst ungewiss wäre. Was alles noch erschwerte war die Dunkelheit. In der Nacht sah alles anders aus. Während er im Flussbett noch sicher sein konnte dass er auf dem richtigen Weg war, würde er im Wald Gefahr laufen sich zu verirren, und das konnte er sich auf keinen Fall leisten. Seine Energie war jetzt schon auf ein bedenkliches Niveau abgefallen. Er war hungrig und hatte keine Lebensmittel mehr um wieder zu Kräften zu kommen. Die Option mit dem Schicksal in die Hände Gottes legen hörte sich zwar gut an, und ehrlicherweise musste er sich auch eingestehen, dass sein himmlischer Vater bis jetzt einen guten Job gemacht hatte, doch so ganz konnte er ihm nicht vertrauen. Auf die erhoffte göttliche Eingebung wartete er vergeblich, und natürlich musste er wieder einmal selbst eine Entscheidung treffen. Diese Einsicht enthielt auch einen unausgesprochenen Vorwurf an seinen Schöpfer, der ihm manchmal mit seiner Geheimniskrämerei schwer auf den Senkel ging. Während er im Geiste weiterhin eine Risikoanalyse durchführte, stieß er endlich auf das einzige Argument das ihm half eine Entscheidung zu fällen. Da er nicht wusste wann es wieder hell wird, musste er davon ausgehen dass ihn irgendjemand in der Zementfabrik sehen würde, und das wollte er auf jeden Fall vermeiden. Sollte ihn jemand ansprechen oder jemand bemerken, dass er etwas Verdächtiges in seinem Rucksack herumschleppt, könnte er in Teufelsküche kommen. Irgendwann würden es die Leute erfahren, dass er ein kleines, nacktes Mädchen gefunden hatte. Sollte sich herum sprechen dass er von den Arbeitern der Zementfabrik gesehen wurde wie er mit einem verdächtig aussehenden Rucksack aus dem Saiblachtal marschierte, könnten sich die Leute alles Mögliche zusammen reimen. Nicht dass Severin auf das Gerede der Leute viel gab, aber mit einem nackten Mädchen im Rucksack würde er sehr schnell als Pädophiler denunziert werden, und das wäre sowohl für ihn als auch für seine Familie eine Katastrophe. Wenn er sich für den Weg durch den Wald entscheiden sollte, würde er erst später auf Zivilisation treffen. Allerdings wäre er dann auch viel länger auf unwegsamen Gelände unterwegs, und das könnte ebenso ein ausschlaggebender Faktor für das Gelingen oder Scheitern der Heimkehr sein. Abgesehen davon würde er auf jeden Fall früher oder später von jemandem mit dem Rucksack gesehen werden. Vielleicht machte er sich viel zu viel Gedanken, dachte er sich angesichts seiner mangelnden Fähigkeit zur Entscheidungsfindung. Vielleicht sollte er einfach des Weges gehen, ungeachtet ob ihn jemand sieht oder nicht. Es könnte ja sein dass er das Zementwerk in der Dunkelheit passiert, und ihn gar niemand sieht. Außerdem könnte er jederzeit behaupten dass er das Mädchen im Wald gefunden hatte, was ja auch tatsächlich so war. Die Frage war nur ob die Leute ihm das glauben würden. Auf jeden Fall würde er der Polizei Rede und Antwort stehen müssen, egal welchen Weg er wählen würde. Als Severin von all den Möglichkeiten, Eventualitäten und Risiken die er überdenken musste Kopfweh bekam, stand er mit einem unterdrückten Schmerzensschrei auf und marschierte los Richtung Wald. Er hatte sich für diese Route entschieden um den Leuten im Zementwerk aus dem Weg zu gehen und eine Konfrontation zu vermeiden. Es war unmöglich alle Eventualitäten abzuwägen, und schließlich war die Genesung von Neila sein vordringlichstes Anliegen. Obwohl er sich auf das Gelände konzentrieren und jeden Schritt kontrolliert aufsetzen musste um nicht zu straucheln, ließ ihm der Gedanke an eine Konfrontation mit der Polizei keine Ruhe. Wenn er den Notruf anrufen und Neila von der Rettung abgeholt würde, müsste er der Polizei auf jeden Fall Rede und Antwort stehen. Deshalb brauchte er schleunigst eine plausible Erklärung für seinen Verbleib während der vergangenen Woche. Die Polizei würde schnell herausfinden, dass er unter dem Vorwand sich um seine Tochter zu kümmern, eine Woche Urlaub genommen hatte. Selbstverständlich würden sie bei einer Einvernahme auch herausfinden, dass er keine einzige Minute bei seiner Tochter verbrachte. Also würde er sich einer Lüge bedienen müssen. Auf deren Frage wo er die letzten Tage gewesen war, könnte er ihnen ja kaum die Wahrheit erzählen. Wenn er ihnen erzählen würde dass er eine Zeitreise in die Vergangenheit in ein unbekanntes Land gemacht hatte, wäre ihm ein Aufenthalt in der Klapsmühle gewiss. Andererseits führte kein Weg daran vorbei Neila zu einem Arzt zu bringen, und der hätte die Pflicht einen Fall wie diesen der Polizei zu melden. Es war schlichtweg zum Verzweifeln, und wie auch immer er die Geschichte drehte und wendete, sie hatte immer einen Haken. Nachdem er das Flussbett verlassen und über einen steilen Abhang den Wald erreichte, musste er sein ergebnisloses Nachdenken einstellen, weil er sonst die Orientierung verloren hätte. Obwohl es dunkel war und er sich auf die vor ihm liegenden 5 Meter konzentrierte, nahm er den Unterschied zum Wald auf Temira mit einem Empfinden von Trauer und Bedauern wahr. Der Waldboden war staubtrocken, nur hin und wieder kam er an einem Busch vorbei der spärliche mattgrüne Blätter trug. Die Bäume, hauptsächlich Fichten, waren bis weit in die Baumkronen hinauf kahl und dem Tod geweiht. Die Trockenheit der letzten Jahre veränderte die Vegetation dermaßen, dass er das Absterben der Pflanzen sogar in der Dunkelheit wahrnehmen konnte. Fast bei jedem Schritt knackte, krachte und knirschte es, weil der Waldboden mit dürren Ästen und Laub übersät war. Obwohl er diese Tatsache während seiner Streifzüge durch den Wald schon mehrmals festgestellt hatte, traf ihn der beklagenswerte Zustand des Waldes wie ein Keulenschlag mitten ins Herz. Auf Temira war die Vegetation üppig, saftig und grün. Im Gegensatz dazu wirkte die Vegetation in seiner Heimat wie ein sterbender Organismus dem nichts und niemand helfen kann, außer Regen. Unwillkürlich kam ihm die Nacht in den Sinn als er glaubte auf Temira sterben zu müssen, weil ein Orkan über das Land fegte und der Himmel Unmengen von Wasser entleerte. Aus tiefstem Herzen und mit all seiner Liebe wünschte er sich, dass sich dieselben Wassermengen über seine Heimat ergießen und alles wieder grün werden lässt. Tief berührt von dem schrecklichen Zustand der Natur um ihn herum blieb er bei einer Fichte stehen und umarmte sie. Die Rinde fühlte sich rau an und dennoch schmiegte er sich mit dem Gesicht an sie und fühlte sich tief verbunden mit Mutter Erde. Für einen kurzen Moment vergaß er alle Sorgen, und betete zu Gott, dass er es bald wieder regnen lassen möge. Noch während er in sein Gebet vertieft war, bewegte sich plötzlich Neila im Rucksack. Bald darauf hörte er wie sie unverständlich etwas murmelte, worauf er hastig den Rucksack abnahm und das Deckelfach öffnete. Als der Strahl seiner Stirnlampe in ihre Augen leuchtete drehte sie den Kopf weg und kniff die Augen zusammen. Schnell drehte Severin die Stirnlampe in eine andere Richtung, und konnte es kaum glauben dass sein kleiner Findling endlich wieder ein Lebenszeichen von sich gab. Behutsam zog er sie aus dem Rucksack und drückte sie fest an sich. Während er sie auf seinen Armen trug spürte er, dass sie längst nicht mehr so heiß war wie zuvor. Severin wagte kaum daran zu glauben, dass Neila auf dem Weg der Besserung war, und doch sprach alles dafür. Sie schmiegte sich an seine Brust und murmelte weiter unverständliches Zeug. Ihre hohe kindliche Mädchenstimme klang wie Musik in seinen Ohren und erreichte auf direktem Weg sein Herz. Unwillkürlich rannen ihm Tränen der Erleichterung aber auch der Trauer um die sterbende Natur über seine Wangen. Als er spürte wie die Kleine ihn umarmen wollte es aber nicht konnte weil sie in seiner großen Regenjacke eingehüllt war, hätte er am liebsten geschrien vor Freude. Mehrmals küsste er sie auf den Kopf und auf die Stirn, während er ungeniert weinte, was ihm völlig egal war. Am Tonfall von Neila glaubte er Anteilnahme und Trost heraushören zu können, worauf er die Kleine noch mehr an sich drückte und sie hin- und herwiegte. Als sie plötzlich aufhörte zu murmeln hob er sie erschrocken hoch und schaute ihr in die Augen aus Angst sie könnte wieder in ihren alten Zustand verfallen. Stattdessen hob sie aus eigener Kraft ihren Kopf und blickte ihm direkt in die Augen. Obwohl die Lampe in eine andere Richtung leuchtete konnte er sehen dass Neila ihren Augen offen hielt und bei Bewusstsein war. Um diesen Moment der stillen Übereinkunft auszukosten suchte er einen ebenen Platz, den er schnell gefunden hatte um sich voll und ganz auf die intuitive Kommunikation mit ihr einzulassen. Als er mit ihr auf der Ebene stand ließ er sie langsam hinunter bis sie mit ihren Füßen den Boden berührte. Vorsichtig ging er mit ihr ein paar Schritte in der Hoffnung dass sie versuchen würde ihre Beine zu bewegen. Neila blickte auf den Boden machte aber keinerlei Anstalten ihre Füße zu bewegen. Verständnisvoll und aufmunternd redete er auf Neila in ruhigem Tonfall ein. „Es freut mich so sehr, dass du wieder wach bist. Du hast hohes Fieber gehabt und warst lange nicht bei Bewusstsein. Ich weiß auch nicht wieso du deine Beine nicht bewegen kannst, aber immerhin kannst du wieder sprechen und die Augen aufmachen, das ist toll.“ Bei dieser Bemerkung musste Severin schmunzeln, weil sie ein Klischee bediente das ihn angesichts der vergangenen tristen Situation erheiterte. Das erste was Frauen tun wenn sie aus dem Koma aufwachen ist reden. Was wohl Männer tun wenn sie aus der Bewusstlosigkeit erwachen, fragte er sich, und verzichtete darauf eine Antwort zu finden. Erneut versuchte er sie auf die Füße zu stellen, doch ihre Beine gaben kraftlos nach und knickten ohne erkennbare Gegenmaßnahmen von Neila ein. Um ihr eine weitere Enttäuschung zu ersparen, legte er sie auf den Boden und schob ihr ein Hemd unter den Kopf. Sie hatte aufgehört zu reden und blickte ihm durch die Augen tief in seine Seele. Severin wusste dass er diese Art der Kommunikation mit seinem Verstand nicht entschlüsseln konnte, deshalb versuchte er sein Denken abzustellen. Während er ohne ein Wort zu sagen ihre Blicke erwiderte, spürte er das herrliche Gefühl wenn zwei Menschen sich auf der Herzens- und Seelenebene verstehen. Unwillkürlich öffnete seine Seele erneut den Raum wo die Erinnerungen an seine Kinder abgespeichert waren. Als sie klein waren und noch nicht reden konnten schauten sie sich oft minutenlang in die Augen und kommunizierten miteinander, genau so wie er es jetzt mit Neila tat. Natürlich mischte sich immer wieder sein Verstand ein, der wissen wollte ob ihre Herzen oder ihre Seelen miteinander kommunizieren, doch darauf wusste er auch keine

Antwort. Gefühlsmäßig glaubte er, dass sowohl seine Seele als auch sein Herz an diesem mystischen Austausch beteiligt waren. Wie auch immer, dachte sich Severin, es passiert einfach und es ist einerlei ob die Seele, das Herz oder beide sich an der Kommunikation beteiligen. Auf jeden Fall war es schön, und da er die Sprache von Neila nicht verstand, musste er versuchen sich mit ihr auf diese Weise zu verständigen. Ein anderer Aspekt dieses chiffrierten Informationsaustausches war der Körperkontakt. Zärtlich hielt er ihre Hand fest die sie aus der Regenjacke befreit hatte. Erstaunt stellte er fest, dass sie offenbar herausgefunden hatte wie der Reisverschluss der Jacke funktioniert, da er nicht mehr bis zum Kinn hochgezogen war. Doch wann sollte sie den Reisverschluss geöffnet haben, fragte er sich verwundert, denn wenn sie ihn geöffnet hätte während er wach war, dann hätte er das Geräusch garantiert gehört. Offenbar war das kleine Luder gar nicht so ohnmächtig und weggetreten wie sie es vorgab, stellte er mit einem Anflug von Erheiterung fest. Andererseits könnte sie auch sein Schnarchen geweckt und sie dazu veranlasst haben sich ein wenig Freiraum zu verschaffen. Severin hatte nie Schlafprobleme, im Gegenteil, im Tiefschlaf könnte eine Legion Römer in voller Kampfausrüstung an ihm vorbei marschieren, das würde er gar nicht hören, sagte seine Ex hin und wieder zu ihm. Es war auch einerlei wann und wie sie den Reisverschluss geöffnet hatte, wichtig war nur, dass die Kleine auf dem Weg der Besserung war. Zu seiner großen Freude hielt Neila nun auch seine Hand fest, während sie sich weiterhin tief in die Augen schauten. Zweifellos hatte die Kleine viel mehr Erfahrung damit intuitiv zu kommunizieren, denn allzu lange hielt Severin die Situation nicht aus. Er wollte ihre Bedürfnisse erkennen, er wollte wissen was sie bedrückt, welche Sorgen sie hat, wovor sie Angst hat und was ihr widerfahren war. Er wollte sie wissen lassen dass er sein Möglichstes versuchen würde dass ihr Leben wieder gut wird, und er sich um sie kümmern würde. Wobei er sich nicht mehr so sicher war ob dieses Versprechen das er ihr auf Temira gegeben hatte, würde halten können. Und als er dies dachte, war es vorbei mit der intuitiven Kommunikation. Ihm wurde nur allzu klar dass sich die Behörden dem Kind annehmen würden. Wahrscheinlich würde sie nach der ärztlichen Behandlung in die Obhut der Kinder- und Jugendwohlfahrt kommen, mit denen er nach seiner Trennung von seiner Lebensgefährtin und Mutter seiner Kinder mehrere unliebsame Erfahrungen gemacht hatte. Damals musste er noch für alle vier Kinder Unterhaltszahlungen leisten, was ihn eine Menge Geld gekostet und ihn in die Position eines Bittstellers brachte. Mit einem Anflug von Wut erinnerte er sich daran als er wieder zu seinen Eltern ziehen musste, weil er sich keine eigene Wohnung leisten konnte. Auf seine Bitten die Unterhaltszahlungen zu reduzieren reagierten die Angestellten dieser Behörde mit Herablassung, Kälte und Ignoranz. Ihre Ausrede für ein Entgegenkommen war stets das Gesetz, das ihnen ganz klar vorschrieb wie hoch die Unterhaltszahlungen sein sollten. Severin fühlte sich damals völlig der Willkür dieser Behörde ausgeliefert. Er war wütend über die ungerechte Gesetzesauslegung die für die Situation der Väter niederschmetternd war und mit Gleichberechtigung rein gar nichts zu tun hatte. Ohne es zu wollen steigerte er sich unkontrolliert in die Wut auf diese Behörde hinein, bis Neila ihre Hand wegzog. Erschrocken über seine mentale Entgleisung wollte er im ersten Moment nachfassen und ihre Hand festhalten, doch wurde ihm schnell mit Bedauern bewusst, dass er eine heilige Andacht mit den profanen Gedanken an eine scheiß Behörde unterbrochen hatte. „Tut mir Leid, dass ich unsere Unterhaltung versaut habe. Es ist nur ... ich kann dich wahrscheinlich nicht bei mir behalten. Als alleinstehender Mann über Fünfzig wird mir die Behörde nicht die Obsorge für dich zusprechen. Ich entschuldige mich dafür dass ich dir etwas versprochen habe das ich nicht halten kann. Bitte verzeih mir. Jemand anderer wird sich um dich kümmern. Aber ich bin mir sicher dass du es gut haben wirst“. Und noch während er ihr das sagte rannen ihm die Tränen über die Wangen. Aus Scham wandte er seinen Blick von ihr ab und senkte den Kopf. Er hatte die Kleine lieb gewonnen, er fühlte sich für sie verantwortlich und er war sich sicher für sie sorgen zu können. Während er gramgebeugt vor ihr kniete, spürte er plötzlich ihre Hand an seiner Wange. Zärtlich strich sie mit ihren kleinen Finger über sein Gesicht und murmelte ein paar unverständliche Worte. Als er seinen Kopf hob und ihr wieder in die Augen blickte, erkannte er, dass sie ihn trösten wollte, obwohl doch sie diejenige war die getröstet werden sollte. Severin war tief beschämt von ihrer selbstlosen Geste, und senkte erneut seinen Kopf um seinen Tränen freien Lauf zu lassen. Von einer 10 Jährigen getröstet zu werden war mehr als er verkraften konnte. Obwohl er sich schämte ließ er es doch zu, dass sie ihn im Gesicht berührte und ihm zusah wie er still weinte. Niemals hätte er von einem Mädchen ihres Alters Empathie erwartet, doch die Berührung tat ihm gut, sie linderte seinen Kummer und sein verletztes Ehrgefühl. Hier im Wald waren nur sie beide, niemand sonst konnte sehen dass ein kleines Mädchen einen weinenden erwachsenen Mann tröstet. Als Severin sah wie seine Tränen auf seine Oberschenkel tropften, wischte er sich schnell mit dem Unterarm die Tränen aus dem Gesicht und holte die Wasserflasche aus dem Rucksack. Er war froh dass sein Weinen ein abruptes Ende nahm, und gleichzeitig schalt er sich dafür, dass er nicht schon früher daran dachte ihr etwas zu trinken zu geben. Nach so langer Zeit und dem hohen Fieber das sie hatte, musste sie wohl durstig sein, kam es ihm vorwurfsvoll in den Sinn. Mit einer Hand richtete er ihren Oberkörper auf und setzte ihr die Flasche an den Mund. Gierig trank Neila das Wasser bis nur noch ein Schluck übrig war. Als Severin sie mit einer Bewegung der Hand erneut aufforderte zu trinken, drehte sie ihren Kopf weg, und redete einige Worte die er vom Wortlaut her gut verstehen konnte. Obwohl sie die Worte gut verständlich aussprach, konnte er ihre Sprache nirgends einordnen. Manche Silben und Wortteile klangen irgendwie französisch, aber er meinte auch englische und deutsche Klangfetzen gehört zu haben. Irgendwie war ihre Sprache eine Mischung aus den drei Sprachen. Er verstand zwar nicht was die Worte bedeuteten, doch meinte er am Tonfall und der Geste ihres Kopfes verstanden zu haben, dass er den Rest des Wassers trinken soll. Also setzte er die Flasche an den Mund und leerte sie in einem Zug. Als er seinen Kopf wieder senkte trafen sich ihre Blicke und beide nickten mit dem Kopf. Unwillkürlich mussten die beiden grinsen, weil die intuitive Kommunikation zwischen ihnen, zumindest zeitweise, bestens funktionierte. „Leider kann ich dir nichts zum Essen anbieten. Aber wir sind in ein bis zwei Stunden bei mir zuhause, dann kannst du essen soviel du willst. Übrigens, ich heiße Severin“, stellte er sich vor indem er mit dem Finger auf seine Brust zeigte. In der Hoffnung die erwartete Gegenreaktion zu erhalten wiederholte er seinen Namen noch zweimal, „Severin, mein Name … ist … Severin.“ Doch Neila nickte nur mit ihrem Kopf, und da sie nichts sagte, zeigte er zuerst mit dem Finger auf sich und sagte, „Severin“, dann zeigte er mit dem Finger auf ihre Brust und wartete. Als sie keine Anstalten machte zu antworten wiederholte er das Prozedere, zeigte mit dem Finger auf sich und sagte seinen Namen. Anschließend zeigte er erneut auf ihre Brust und fragte sie nach ihrem Namen, „Dein Name? Wie heißt du? Whats your name?“ Bedauerlicherweise konnte er sie nur in Deutsch und Englisch nach ihrem Namen fragen. Als sie ihren Kopf abwendete hörte er auf sie zu bedrängen. Ein Sprachgenie war er keines, doch irgendetwas sagte ihm, dass sie ihn doch verstanden hatte. „Keine Angst, du darfst natürlich deine Geheimnisse für dich behalten. Du sagst mir deinen Namen wenn du Lust dazu hast, ok!?“ Sarkastisch fügte er hinzu, „ok, da nun alles gesagt ist, machen wir uns lieber auf den Weg bevor es hell wird“. Kommentarlos ohne sich zu widersetzen ließ sie es zu, dass er sie in den Rucksack steckte, den er mit einem Ruck auf die Schultern hievte. Als die Trageriemen seine Schultern berührten gab er unwillkürlich einen unterdrückten Schmerzensschrei von sich und sackte kurz in sich zusammen. Nachdem er sich die Stirnlampe zurecht gerückt hatte setzte er mit einem tiefen Seufzer den Heimweg fort. Der Seufzer war zum einen den Schmerzen geschuldet und zum anderen dem Thema mit dem gebrochenen Versprechen. Mit gemischten Gefühlen stapfte er durch den Wald, und zermarterte sich den Kopf darüber, ob es nicht doch einen Weg geben könnte um Neila bei sich zu behalten. Nicht dass er Angst davor hatte, sie könnte irgendwann irgendjemand das Geheimnis ihrer Herkunft und somit von Temira ausplaudern. Ihm lag vielmehr daran die Kleine irgendwann wieder in ihre Heimat zurückzubringen. In Österreich zu wohnen wäre bestimmt nicht die schlechteste Option für sie, doch angesichts ihrer unterschiedlichen Sprache, Kultur, Religion und all den anderen unterschiedlichen Aspekten ihres Menschseins, wäre sie zuhause wohl besser aufgehoben. Andererseits existierte ihr zuhause höchst wahrscheinlich gar nicht mehr. Es könnte zwar möglich sein dass sie noch Verwandte oder Bekannte hatte die den Soldaten entkommen waren, und vielleicht würden sich diese Bekannten ja irgendwo ein neues Zuhause erschaffen. Angesichts der Vorfälle wäre dieses Szenario zwar höchst unwahrscheinlich, aber durchaus möglich. Während er in Gedanken Rückführungsszenarien für Neila entwarf, ging plötzlich das Licht der Stirnlampe aus. Die kurze Pause nutzte er um sich neu zu orientieren, doch natürlich fand er im Wald bei stockdunkler Nacht nicht den geringsten Bezugspunkt. Selbst als er mit der Taschenlampe, die er vorsichtshalber griffbereit in der Hosentasche gesteckt hatt, die Gegend ableuchtete, kam ihm nichts bekannt vor. Und noch während er die Gegend absuchte, wurde ihm schlagartig bewusst, dass er einen dummen, kaum zu verzeihenden Fehler gemacht hatte. „Es ist Sonntag, und am Sonntag arbeitet niemand in dem scheiß Zementwerk! Gott, bin ich blöd. Apropos, mein lieber Gott, ein kleines Zeichen, einen Hinweis, ein Gedankenblitz, irgend so etwas in der Richtung hättest du mir doch wohl geben können!? Jetzt steh ich in diesem scheiß Wald, und weiß nicht mehr wo vorne und hinten ist. Verdammter, verfluchter Scheißdreck, alle Huren im Himmel sollen Feuer pissen. Kruzifix …“ , und beendete seine Schimpf- und Fluchtirade weil sich Neila zu Wort meldete. Severin war dermaßen aufgebracht, dass er die Kleine beinahe ignoriert und sich weiterhin hemmungslos seinem Wutausbruch hingegeben hätte. Natürlich hielt er sofort den Rand und lauschte auf ihre Worte, die er durch das geschlossene Deckelfach kaum hören konnte. Es war nur ein kurzer Satz den sie von sich gegeben hatte, doch irgendwie hörte er sich an wie, halts Maul und geh weiter, du alter Jammerlappen. „Jaaa … reg dich ab, ich geh ja schon“, erwiderte er eingeschnappt und war wütend auf ihre vermeintliche Aufforderung und seine mangelnde Intelligenz. Severin sah ein, dass er der Hauptschuldige war. Gott konnte er höchstens mangelndes Interesse vorwerfen, was sich für den großen Schöpfer allerdings nicht geziemt, sinnierte er vorwurfsvoll. Doch am schwersten wiegte der Vorwurf an sich selbst. Er hätte daran denken müssen, dass kein Mensch am Wochenende in der Zementfabrik arbeitet. Ok, während seines Aufenthaltes auf Temira hatte er kaum einen Gedanken daran verschwendet welcher Wochentag gerade ist, doch diese Ausrede konnte er nicht als Entschuldigung gelten lassen. Es hätte ihm verdammt noch mal in den Sinn kommen müssen, dass Wochenende ist. Auf dem Weg durch die Schlucht bis zum Zementwerk hätte er sich unmöglich verlaufen können. Stattdessen haderte er nun mit sich selbst, weil er einen unnötigen Weg eingeschlagen hatte, auf dem er im Begriff war sich zu verirren. Wenn nun auch noch die Batterien der Taschenlampe ausgehen sollten, dann wäre er völlig im Arsch. Wobei, so schlimm wäre es auch nicht, fiel ihm ein. Dann müsste er im Notfall ein paar Stunden warten bis die Sonne aufgeht, und könnte dann wieder seines Weges ziehen. Mit diesen Gedanken beschwichtigte er sein aufgebrachtes Gemüt und fügte für sich selbst aufmunternd hinzu, „alles Negative hat ein Geschenk in der Hand.“ Seine Tante pflegte ihm diesen Spruch immer dann unter die Nase zu reiben, wenn er wieder einmal etwas ausgefressen hatte oder wenn er Streit mit seinem Vater hatte. Damals konnte er keinen Funken Wahrheit in diesem Spruch erkennen, geschweige denn in einer scheiß Situation ein Geschenk erkennen. Dennoch schickte er seiner längst verstorbenen Tante einen gut gemeinten Herzensgruß in ihre geistige Heimat, weil er mittlerweile wusste dass der Spruch wahr ist. Allerdings wusste er auch dass sich dieses Geschenk erst viel später offenbart, und so konzentrierte er sich wieder auf seine Aufgabe. Er wollte so schnell wie möglich auf irgendeinen Forstweg gelangen, um Neila möglichst unauffällig zu seiner Mutter zu bringen. Während er sich mühsam durch den abschüssigen Wald quälte, hätte er gerne mit Neila gesprochen, doch dazu fehlte ihm die Luft. Mehr als einmal rutschte er auf den trockenen Tannennadeln aus und befürchtete dass bald die Batterien leer würden. Seine Kraft nahm stetig ab und er verspürte zunehmend einen nagenden Hunger. Er wusste zwar, dass ein Mensch mehrere Tage ohne Nahrung überleben kann, doch glaubte er nicht daran zu diesen Menschen zu gehören. Seit jeher hatte er jegliches Hungergefühl innerhalb von Stunden befriedigen können. Um sich nicht erneut in eine Krise zu manövrieren überlegte er angestrengt wann er das letzte Mal gegessen hatte. Mit reichlich Verzögerung erinnerte er sich, dass er mittlerweile schon … etliche Stunden nichts gegessen hatte. Also würde er so bald nicht sterben, resümierte er. Als er einen wenige Meter hohen Anstieg überwunden hatte, ließ er sich auf die Knie fallen und hielt sich an einem kleinen Baum fest.

Schwer nach Atem ringend harrte er einige Minuten in der Dunkelheit aus, bis sich Neila wieder meldete. Als sie ihr Gemurmel beendete, war er soweit zu Atem gekommen dass er wieder sprechen konnte. „Tut mir leid, ich kann dich nicht herausnehmen aus dem Rucksack. Diese Schmerzen tu ich mir jetzt nicht mehr an. Eine Stunde, vielleicht ein bisschen mehr, musst du noch aushalten, ok!?“ Kaum hatte er diese Sätze an sie gerichtet, meldete sie sich erneut allerdings mit mehr Nachdruck in der Stimme. „Sorry, aber ich verstehe dich nicht. Ich war vorher ein bisschen von der Rolle. Entschuldige dass ich geflucht habe, kommt vielleicht wieder vor. Übrigens, was ich dir vorher schon sagen wollte, vielleicht musst du gar nicht zu einem Arzt. Ich bringe dich zu meiner Mutter, die lebt alleine in einem großen Haus. Wir beide werden uns um dich kümmern, ok!? Vorausgesetzt du kannst laufen. Wenn du deine Beine nicht bewegen kannst, dann muss ich dich zu einem Arzt bringen, und dann werden wir uns vielleicht nicht mehr wieder sehen. Gott, ich wünschte du würdest mich verstehen. Du musst geeehheeen, you must gooo.“ Um sein Anliegen zu untermauern machte er mit 2 Fingern die Bewegung für Laufen, wohlwissend dass Neila seine Geste im Rucksack nicht sehen konnte. Als er seine Botschaft angebracht hatte, zog er sich an dem Baum hoch und stapfte weiter Richtung Süden. Zumindest glaubte er, dass er in diese Richtung unterwegs war. Er hatte noch keine 10 Schritte gemacht, als er spürte wie seine Hose nass wurde. Zuerst glaubte er dass er sich in etwas Nasses gesetzt hatte, doch als ihm der eindeutige Geruch von Urin in die Nase drang, wurde ihm klar was die Kleine vorher wollte. Soviel zum Thema intuitive Kommunikation, dachte er sich angepisst. Bei jedem Schritt tropfte ihm Urin über die Schenkel, und es hörte lange nicht auf. Der Rucksack war aus strapazierfähigem wasserfesten Material und ließ nur tropfenweise Flüssigkeit durch. Eigentlich ging er davon aus dass ausgelaufene Flüssigkeit im Rucksack schneller abrinnt, doch das Material des Rucksacks war anscheinend weder wasserdicht noch das Gegenteil davon. Um seinem aufkeimenden Ärger Luft zu machen, wandte er sich mit einer gehörigen Portion Sarkasmus an Neila. „Danke dass du mich angepinkelt hast! Das nächste Mal wäre ich froh wenn du mir vorher Bescheid sagst!“ Prompt erwiderte die Kleine mit einem kurzen Redeschwall seine Anschuldigung. Sogar durch das geschlossene Deckelfach konnte er den ungehaltenen Tonfall in ihrer Stimme hören, und reagierte darauf sehr verständnisvoll. „Jaja, ich weiß, du hast es mir vorher gesagt, dass du mal austreten musst. Glaube ich jedenfalls. Ist mir schon klar, dass du es da drin nicht so gemütlich hast. Falls du dich schämst, kann ich dich beruhigen. Es ist meine Schuld, dass du in den Rucksack gemacht hast, nicht deine, ok!? Also beruhige dich, und halte durch!“ In den zwei oder drei Wörtern die sie darauf erwiderte, war anhand ihres Tonfalls eindeutig ihr Einverständnis zu hören, dass er an ihrem Pinkelfauxpas die Schuld trug. Damit war die Sache bereinigt, obwohl ihm weiterhin ihr Urin über die Schenkel bis in die Schuhe rann. Normalerweise hätte er sich nicht unerheblich darüber geärgert, doch seit einigen Minuten spürte er, dass mit ihm etwas nicht stimmte. Etwas zehrte an ihm, irgendetwas machte ihn krank. Die Schmerzen im Rücken, in den Schultern, an den Händen und in den Beinen waren ihm mittlerweile vertraut. Auch seinen allgemeinen Schwächezustand konnte er nachvollziehen. Die enormen Anstrengungen der vergangenen 20 Stunden forderten eben ihren Tribut. Auch den Hunger und Durst erkannte er als Ursache für seinen Schwächezustand, doch plötzlich gesellten sich andere Symptome zu seiner ohnehin schon angeschlagenen Gesundheit. Sein Hals, seine Ohren, sogar die Zähne begannen ihn zunehmend zu schmerzen. Sein Körper fühlte sich heiß an. Er hatte plötzlich das dringende Bedürfnis sich zu erleichtern, und da ihm keine Zeit blieb einen geeigneten Platz zu finden, ließ er an Ort und Stelle die Hose hinunter und ging in die Hocke. Kaum war er in Position entleerte sich sein Darm. Anfangs war es ihm peinlich dass Neila die unappetitlichen Geräusche seines Durchfalls hören konnte. Als aber gleich darauf ein Gefühl der Übelkeit in ihm aufstieg, wischte er sich schnell mit Papiertaschentücher den Hintern ab, zog die Hose hoch und marschierte unverzüglich weiter. Irgendeine Krankheit breitete sich in ihm aus, eine Grippe oder so etwas ähnliches, das konnte er genau spüren. Höchst wahrscheinlich hatte er sich bei Neila angesteckt, und das bedeutete nichts Gutes. Er konnte es sich auf keinen Fall leisten mitten im Wald, so kurz vor dem Ziel zu scheitern. Damit würde er nicht nur sich selbst sondern vor allem auch Neila in große Gefahr bringen. Sollte er wie sie einen ganzen Tag bewusstlos darniederliegen und gleich ihr die Beine nicht mehr bewegen können, dann … Diesen Gedanken wollte er nicht zu Ende führen, weil er nicht sehr erbaulich war, und er nun sparsamer als zuvor mit seiner Energie haushalten musste. Wichtig war nur dass er in Bewegung blieb, auf keinen Fall hinlegen, weiter, immer weiter, ermahnte er sich. Das Gelände des Waldes änderte sich ständig. Ebene, gut begehbare Waldstücke wechselten sich ständig ab mit abschüssigen Schrägpassagen, mit Senken und Erhebungen. Irgendwann nach einer gefühlten Ewigkeit gelangte er über einen steilen Hang auf eine Forststraße. Als er endlich auf der geschotterten Straße stand hatte er das dringende Bedürfnis sich hinzulegen und nie mehr aufzustehen. Schwer atmend kniete er sich hin, und musste sich vor lauter Erschöpfung übergeben. Zuerst kotzte er den Mageninhalt aus bis schließlich in mehreren schmerzvollen Schüben nur noch eklige Galle aus seinem Mund tropfte. Neila sprach ein paar Worte, die sich wie durch einen Nebel in sein Bewusstsein drängten. Er hatte keine Ahnung was sie wollte und er verfügte auch nicht mehr über die Kraft darüber nachzudenken geschweige denn ihr zu antworten. Das einzige was ihn vorwärts trieb war sein Verantwortungsgefühl Neila gegenüber. Wenn es nur um ihn gegangen wäre, dann wäre er ohne darüber nachzudenken auf der Straße liegen geblieben. In seinem erbärmlichen Zustand wäre es ihm völlig egal gewesen wenn der Tod ihn von seinem Leiden erlöst hätte. Angetrieben von seinem Verantwortungsgefühl folgte er mit unsicheren Schritten der Forststraße immer weiter abwärts, bis er endlich den Wald hinter sich hatte. Nun konnte er sich endlich wieder orientieren und lenkte seine Schritte zielgewiss in Richtung seiner Wohnung. Die Freude darüber endlich den beschwerlichen Weg hinter sich zu haben währte nur kurz, denn der knappe Kilometer bis zu ihm nachhause schien ihm noch unendlich weit zu sein. Sehnlichst wünschte er sich ein Handy um irgendjemanden anzurufen der sie abholen könnte, doch da er keines bei sich hatte blieb ihm nichts anderes übrig als weiterzugehen. Noch bevor er die ersten Häuser erreichte, spürte er das unmittelbare Bedürfnis sich zu erleichtern. Wenn er nicht sofort die Hosen runter gelassen und in die Hocke gegangen wäre hätte er sich angeschissen. Sein Darm enthielt nur noch ein wenig Flüssigkeit die aber umso dringlicher einen Weg ins Freie suchte. Als er sich völlig entleert hatte, hatte er kaum mehr die Kraft aufzustehen, und nur die unverständlichen aber umso eindringlicheren Worte von Neila gaben ihm den Anstoß aufzustehen, seine Hosen hochzuziehen und weiter zu gehen. Um keine Aufmerksamkeit auf sich zu ziehen schaltete er die Taschenlampe aus und erreichte bald schon die ersten Häuser seiner Heimatgemeinde. Als er das zweite Haus passiert hatte sah er aus den Augenwinkeln ein altes Fahrrad an der Fassade eines Geräteschuppens stehen. Severin war noch geistesgegenwärtig genug um sich zu fragen zu welchem Haus der Geräteschuppen gehörte, ob das Fahrrad funktionstüchtig ist und ob er es unbemerkt ausleihen könnte. Da alles still war und nirgendwo in den Häusern ein Licht brannte, ging er kurzentschlossen durch die Hauseinfahrt, überquerte den gepflegten Rasen und schnappte sich das Fahrrad. Wie ein gelernter Dieb schob er ohne Lärm zu verursachen das Fahrrad über das fremde Grundstück bis er wieder auf der Straße war. So schnell es ihm möglich war entfernte er sich ein Stück weit vom Haus bevor er sich mit zwei Handgriffen davon überzeugte dass genügend Luft in den Reifen war. Das Stehlen des Fahrrades bewirkte einen Adrenalinausstoß in seinem Körper, ohne den er es wohl kaum mehr geschafft hätte unfallfrei zum Haus seiner Mutter zu radeln. Als er sich auf den Sattel gesetzt und die ersten paar Meter gefahren war, konnte er unmittelbar die wohltuende Erleichterung in seinen Beinen spüren. Noch nie in seinem Leben war er vom Fahrradfahren so angetan wie in diesem Moment und empfand es als einen sensationellen Luxus. Ihm wurde auch bewusst dass er das Fahrrad nicht gefunden hätte wenn er den Weg durch die Zementfabrik genommen hätte. Mit einem zufriedenen Schmunzeln nahm er zur Kenntnis dass sich der Spruch seiner Tante, *Alles Negative hält ein Geschenk in seiner Hand,* auf wunderbare Art so schnell bewahrheitet hatte. Es war ihm eine außergewöhnliche Freude dass er trotz seines erbärmlichen Zustandes die Fahrt genießen konnte. Mit erstaunlicher Sicherheit manövrierte er das Fahrrad durch die Straßen, bis er schließlich unversehrt das Haus seiner Mutter erreichte. Wobei dies nicht ganz den Tatsachen entsprach, denn Severin war keineswegs unversehrt. Um keine Zeit zu verschwenden läutete er Sturm bei seiner Mutter. Innerhalb weniger Sekunden brannte Licht im Gang und die Mutter erschien an der Haustüre. „Wer ist denn da draußen“ fragte sie aufgebracht. „Ich bins, Severin.“ Daraufhin sperrte sie die Haustüre auf und hielt ihm die Tür auf. Im ersten Moment war er geblendet vom grellen Licht, doch bald schon konnte er den erschrockenen Gesichtsausdruck seiner Mutter wahrnehmen. Zielstrebig ging er in die Stube, zog den Rucksack von seinen Schultern und legte ihn auf den Boden. „Was ist denn los, ist etwas passiert“, fragte sie sorgenvoll. „Setz dich hin, ich erkläre dir alles. Aber du musst gut zuhören, weil ich vielleicht bald schon nicht mehr bei Bewusstsein sein werde.“ Erschrocken raffte die Mutter ihren Morgenmantel zusammen und setzte sich zögerlich auf die Couch. Dann öffnete Severin das Deckelfach seines Rucksackes, und zog Neila mit letzter Kraft aus dem Rucksack und legte sie auf die Couch. „Du siehst gar nicht gut aus“, stellte seine Mutter fest. „Ich weiß“, erwiderte Severin. „Dieses Mädchen habe ich völlig verdreckt im Wald gefunden. Ich weiß nicht wer sie ist oder wie sie heißt, deshalb habe ich sie vorläufig Neila getauft. Sie war sehr krank, hatte hohes Fieber und war lange Zeit bewusstlos. Wie lange weiß ich nicht. Auf jeden Fall hat es mich auch erwischt, und wenn ich wegtrete, bist du mit der Kleinen allein. Ich vertraue dir dass du das Richtige tust. Nur wenn es dringend nötig ist und dir nichts anderes mehr einfällt, dann ruf die Rettung an. Rede nur mit jemandem aus unserer

Familie, mit keinen Nichten, Neffen, Enkel, Onkeln oder Tanten und auch nicht mit den Schwiegertöchter, ok! Die Kleine, Neila, hat viel durchgemacht in letzter Zeit. Ich möchte nicht dass sich irgendeine scheiß Behörde um sie rangelt. Behalt sie im Haus und kümmere dich um sie. Besorge ihr etwas zum Anziehen. Sie kann zwar sprechen, aber ihre Sprache verstehe ich nicht. Und gehen kann sie auch nicht, vielleicht wegen der Krankheit. Wenn du wirklich keinen anderen Ausweg siehst, dann ruf die Rettung an. Sag ihnen einfach ich hätte sie im Wald gefunden, alles andere kläre ich mit ihnen. Jetzt kommt ein heikler Punkt! Sobald Neila medizinische Hilfe bekommt, muss der Arzt eine Meldung an die Polizei machen, und die müssen selbstverständlich der Sache nachgehen. Sollte die Polizei bei dir auftauchen, dann berichte ihnen einfach was hier vorgefallen ist, das reicht. Du musst denen nur sagen was du weißt. Sollten sie lästig sein, dann verweise sie an mich oder jag sie aus dem Haus. Wichtig ist nur dass Neila gesund wird. Ich weiß, dass war viel auf einmal, aber ich muss jetzt nachhause ein Bad nehmen, frische Kleider anziehen, und dann komme ich wieder zurück.“ Als er dies sagte wandte er seinen Blick Neila zu, die mit weit aufgesperrten Augen auf der Couch neben seiner Mutter lag. Dann blickte er zu seiner Mutter und fragte sie, „schaffst du das?“ „Ich denke schon“, erwiderte sie zaghaft. Natürlich war Severin klar dass sie von der Situation völlig überrumpelt war, und sein Anliegen für eine alte Frau eigentlich nicht zumutbar war. Allerdings wusste er dass sie noch gut im

Schuss war und um ihre enorme innere Stärke, denn sonst hätte sie wohl kaum einen Haufen Kinder wie ihn und seine Brüder großziehen und die Widrigkeiten des Lebens überstehen können. „Wo ist der Wohnungsschlüssel“, fragte er sie. „Auf dem Regal in der Küche, dort liegt auch die Post und deine anderen Sachen.“ Severin hob den Rucksack auf, ging in die Küche und warf seine Sachen in den Rucksack. Dann wartete er eine Weile, und horchte ob Neila irgendwelche Anstalten machte um Protest gegen ihre neue Situation einzulegen. Er hörte nur wie seine Mutter beruhigend auf sie einredete und wie sie versuchte ein Vertrauensverhältnis aufzubauen. Das ist schon mal gut, dachte sich Severin und ging in die Stube. Er beugte sich ebenfalls über Neila und strich ihr zärtlich über den Kopf. „Ich gehe jetzt, Neila. Das ist meine Mutter, Mama“, und zeigte mit dem Finger auf sie. „Bei ihr bist du in guten Händen. Hab keine Angst, hier bist du in Sicherheit, und ich komme bald wieder zurück.“ Schweren Herzens wandte er sich von Neila ab und bürdete seiner Mutter eine zusätzliche Last auf. „Die Kleine muss Schreckliches erlebt haben. Ich glaube sie hatte die meiste Zeit ihres Lebens keinen Zugang zu technischen Geräten und dem ganzen Zeug das für uns selbstverständlich ist. Also, lass den Fernseher und das Radio vorerst ausgeschaltet. Sie könnte einen Kulturschock erleben wenn sie plötzlich mit dem Fernseher, Radio, Herd, Kühlschrank, Föhn, Strom und so Zeugs konfrontiert wird, ok!?“ „Nein, das ist nicht ok. Soll ich etwa ein Feuer machen um zu kochen“, erwiderte seine Mutter energisch. „Nein musst du nicht, aber überfordere sie nicht, ok!? Ich gehe jetzt, Tschüss.“ „Pass auf dich auf“, rief ihm seine Mutter nach, und schloss die Haustüre hinter ihm. Erleichtert dass alles so gut geklappt hatte mit seiner Mutter, schwang er sich wie ein alter Tattergreis auf das gestohlene Fahrrad und fuhr damit zu sich nach Hause.

Obwohl das Licht beim Fahrrad nicht funktionierte sah er aufgrund der Straßenbeleuchtung genug um sicher durch die Straßen zu manövrieren. Ihm wäre wesentlich wohler gewesen wenn das Licht funktioniert hätte, denn das letzte was er wollte war, von der Polizei wegen einem defekten Licht angehalten zu werden. Noch peinlicher würde es werden wenn sie herausfänden, dass er das Fahrrad gestohlen hatte. Der Weg zu ihm nachhause war nicht weit, höchstens einen Kilometer, doch die Erlebnisse, vor allem des vergangenen Tages, gaben ihm keinen großen Anlass zu einer optimistischen Erwartungshaltung. Als er nach nur wenigen Minuten bei sich zuhause ankam, war er heilfroh dass er niemanden auf dem Weg gesehen hatte. Er war sich auch ziemlich sicher, dass auch er von niemandem gesehen wurde. Schnell öffnete er mit dem Schlüssel das Tor zur Tiefgarage, stellte das Fahrrad in sein Kellerabteil und warf eine Decke darüber. Irgendwann würde er das Fahrrad bestimmt zurück bringen, doch an diesem Tag ging es sich beim besten Willen nicht mehr aus. Stattdessen nahm er sein eigenes Fahrrad vom Fahrradabstellplatz und stellte es vor seiner Haustüre ab. Nach einem kurzen Blick in den Briefkasten, der von seiner Mutter bereits geleert wurde, betrat er seine

Wohnung. Obwohl, oder vielleicht weil er alleine lebte und sich mittlerweile daran gewöhnt hatte, war er sofort begeistert als er sein Reich betrat, in dem er der alleinige Herrscher war. Augenblicklich spürte er wie die Geborgenheit, die Sicherheit und Vertrautheit ihn wie einen wärmenden Mantel umhüllte, und eine Last von ihm abfiel die er nicht genau benennen konnte. Es war nicht die Last vom Rucksack, viel eher waren es die belastenden Erlebnisse der letzten paar Stunden die im Schutze seiner Privatsphäre vorerst zumindest von ihm abließen. All das Neue, sowohl das schöne als auch das hässliche das er gesehen, gehört, gerochen und gespürt hatte, all das Fremde, der unerklärliche Vorgang des Zeitreisen, die Strapazen, die vielen überstanden Gefahren, die Verantwortung für Neila, seine Verletzungen, das Gold und die ganze Fülle der wunderbaren Natur auf Temira erfüllten sein Inneres. All diese neuen, erfüllenden Erfahrungen waren noch nicht in seinem System integriert, und lasteten wie ein rotierender Ballast auf seinem Gemüt. Nach den ersten Schritten in seinem kleinen Reich kam dieser innere Ballast zur Ruhe und wich dem angenehm leichten Gefühl des Zuhause- angekommen-Seins. Nachdem er die einengenden Bergschuhe ausgezogen hatte, verspürte er das übermächtige Bedürfnis sich hinzulegen, und alles und jeden außen vor zu lassen. Diesem Bedürfnis wäre er auch mit Sicherheit nachgekommen wenn sich die nasse Hose und die nassen Socken nicht so unangenehm und eklig auf seiner Haut angefühlt hätten. Schnell entledigte er sich seiner Kleider und bewegte sich mit wackligen

Schritten ins Badezimmer. Als er in den Spiegel blickte, erschrak er unvermittelt über sein eigenes Spiegelbild. Auf seinen Schultern zeichneten sich dunkelrote Striemen ab. Als er die Striemen sah verstand er plötzlich warum er jedes Mal einen stechenden Schmerz in den Schultern spürte als die Trageriemen seine Schultern berührten. Seine blonden Haare standen ihm strähnig und ungepflegt in alle Richtungen vom Kopf ab. Seine Augen waren trüb und blutunterlaufen, und das rotbräunliche, unrasierte und krank aussehende Gesicht glich dem eines x-beliebigem Fremden. Sich selbst erkannte er nicht in dem fremden Spiegelbild, doch das spielte keine Rolle. Mit einer Kopfbewegung löste er sich von der zweifelhaften und besorgniserregenden Erscheinung im Spiegel und stellte sich unter die Dusche. Er sehnte sich zwar nach einem heißen Bad und es hätte auch keinerlei Schwierigkeiten wegen der streng reglementierten Wassermengen gegeben, doch in der Badewanne wäre er mit Sicherheit eingeschlafen noch bevor er sich die Haare gewaschen hätte. Dessen war er sich sicher, und so begnügte er sich mit einer heißen Dusche die nicht viel weniger berauschend und genussvoll war als ein Vollbad. Als sich die ersten Wasserfontänen über ihn ergossen sah er auf dem Boden der weißen Duschwanne hellbraunes Wasser das sich wie geisterhafte Schleier auf dem weißen Untergrund bewegte. Immer mehr Dreck löste sich von seinem Körper bis der Duschboden vollständig mit braunem Wasser verfärbt wurde. In diesem Moment war Severin froh dass er einsichtig genug war die Dusche einem

Bad vorzuziehen, weil er sonst in einer Drecksuppe gebadet hätte. Nachdem er sich gründlich eingeseift und abgespült hatte, fühlte er sich wieder sauber und einigermaßen erfrischt. Das warme Wasser lockerte seine verspannten Muskeln in den Schultern, im Rücken und in den Beinen. Selten zuvor hatte er eine simple Dusche so genossen wie an diesem Tag. Als der äußere Dreck abgewaschen war, drängten sich Erinnerungsfetzen in sein Bewusstsein, die nichts Gutes verhießen. Es war nicht das erste Mal, dass das Bild, als der Soldat mit einer einzigen fließenden Bewegung seines Schwertes den Kopf des Gefangenen abtrennte, wie ein kurzer Albtraum vor seinem inneren Auge erschien. Das schreckliche Bild erschien höchstens eine oder zwei Sekunden, doch das genügte um ihm einen Schauer des Schreckens durch sein ganzes Wesen zu jagen. Unmittelbar stieg Wut in ihm hoch weil dieser verdammte Soldat wahrscheinlich nicht nur ihn mit seiner Gräueltat traumatisiert hatte. Angestrengt stellte er sich vor wie das warme Wasser dieses schaurige Erlebnis aus seinem Bewusstsein spülte. Zu seiner großen Erleichterung funktionierte es auch, doch Severin war nicht so naiv zu glauben, dass dieser Effekt sehr nachhaltig sein würde. Irgendwann würden die Erlebnisse des vergangenen Tages ihn wieder einholen, und dann würde er sich ihnen stellen müssen. Genießerisch ließ er den letzten dichten warmen Regen über sich ergehen und löste sich von der belastenden Vorstellung an eine Traumabearbeitung, oder was auch immer. Dann stand er vor den Spiegel, verteilte Rasierschaum auf dem fremden Gesicht und rasierte sich. Severin hatte nur leichten Bartwuchs deshalb dauerte es nicht lange bis er sich rasiert hatte, und ihm sein Spiegelbild wieder vertrauter vorkam. Nachdem er sich die Zähne geputzt hatte, trug er eine Salbe auf die Striemen an seinen Schultern und Händen auf, und zog sich frische Kleider an. Dann telefonierte er seine Mutter an und bat sie für Neila etwas zu essen herzurichten, was sie natürlich längst schon getan hatte. Als er auf dem Display seines Handys sah dass er einige Anrufe in Abwesenheit und 3 Mitteilungen bekommen hatte, steckte er es in die Jackentasche und bedauerte sofort dass er überhaupt nachgeschaut hatte. Das letzte was er gebrauchen konnte waren neue Verpflichtungen einzugehen. Hätte er die Anrufe und Mitteilungen angeschaut, dann hätte er sich auch verpflichtet gefühlt auf die Anrufe und Mitteilungen zu reagieren. Indem er das Handy wegsteckte lief er auch nicht Gefahr sich eine zusätzliche Last aufzubürden. Abgesehen davon konnte er sich nicht vorstellen was so dringend sein könnte, dass er unbedingt darauf reagieren müsste. Irgendwann würde er Zeit finden um die Anrufe und Mitteilungen zu erwidern, aber bestimmt nicht jetzt, dachte Severin entschlossen. Als er sich fertig angezogen und die Schmutzwäsche in den Rucksack gestopft hatte, ließ er mit Bedauern den Blick durch seine übersichtliche und behagliche Wohnung schweifen, und machte sich auf den Weg zu seiner Mutter. Eigentlich wäre er viel lieber in seinem Bett geblieben, zumal er wusste, dass seine Mutter sich gut um Neila kümmern würde. Doch er hatte ihr gesagt dass er gleich wieder zurückkommen würde, und somit war das Thema im eigenen Bett schlafen vorerst erledigt. Abgesehen davon wollte er seine Mutter nicht alleine lassen mit Neila. Er glaubte dass die Kleine ihm vertraute, und sein Nichterscheinen wäre ein unmöglicher Vertrauensbruch gewesen. Also war es für ihn selbstverständlich dass er zu seinem Wort stehen würde, obwohl er sich kaum mehr auf den Beinen halten konnte. Im großen Haus seiner Mutter würde er bestimmt ein gutes Plätzchen zum Schlafen finden, dessen war er sich sicher. Mit seinem Fahrrad hatte er den Weg zu seiner Mutter schnell zurückgelegt. Sicherheitshalber schob er das Fahrrad über die Wiese hinter das Haus und sperrte es ab. Man konnte ja nie wissen ob kein fahrradklauendes Gesindel unterwegs ist, dachte sich Severin mit einem Anflug von Selbstironie und einem Hauch schlechten Gewissens. Gerade als er den Klingelknopf drücken wollte, machte ihm seine Mutter die Türe auf. Sie bat ihn leise zu sein, weil die Kleine vor kurzem erst eingeschlafen war. Severin bewegte sich vorsichtig auf dem Gang entlang ins Wohnzimmer und vergewisserte sich dass es Neila gut ging, und führte mit seiner Mutter ein Gespräch im Flüsterton. „Hat sie etwas gegessen?“ „Und wie“, antwortete seine Mutter. „Ich habe ihr den Braten und die Knödel aufgewärmt die vom Mittagessen übriggeblieben sind. Ich habe sie auf der Couch liegen lassen während ich in der Küche war. Ab und zu habe ich nachgeschaut was sie macht während ich weg war. Sie hat mich zwar gesehen, doch sie hat mich nicht registriert. Mit großen Augen hat sie alles im Wohnzimmer ganz genau inspiziert, als hätte sie noch nie ein Zimmer wie dieses gesehen. Manchmal gab sie auch ein paar Laute von sich. Es waren eher Ausdrücke des Erstaunens, keine richtigen Worte. Zumindest habe ich nichts von dem was sie von sich gegeben hat verstanden. Ich habe sie dann aufgesetzt und ihr den Löffel in die Hand gegeben. Dann hat sie das klein geschnittene Fleisch und die aufgeschnittenen Knödel mit Sauce wie ein Bauarbeiter in sich hinein geschaufelt. Ich wollte ihr noch eine Portion bringen, hab mir dann aber gedacht, dass es ihr vielleicht nicht gut bekommen würde wenn sie auf einmal so viel isst. Als Nachtisch habe ich ihr ein paar Kekse hingestellt, die sie mit großen Augen verputzt hat. Wo hast du die Kleine denn gefunden?“ „Im Wald, ein paar Gehstunden von hier entfernt lag sie gut versteckt unter einem Busch“, erwiderte Severin wahrheitsgetreu. Zumindest war es die halbe Wahrheit. Er konnte ihr wohl kaum erklären, dass er Neila im Zuge einer Zeitreise in einem anderen Land und in einer ganz anderen Zeitepoche gefunden hatte. „Als ich sie fand war sie mehr tot als lebendig. Ich habe sie dann in den Rucksack gesteckt und hier her gebracht. Irgendwann ist sie wieder zu sich gekommen, und bis auf die seltsame Sprache, macht sie mir einen vernünftigen Eindruck. Natürlich ist sie schwer mitgenommen, von was auch immer. Deshalb ist es wichtig, dass sie nicht gleich schon wieder in eine neue Umgebung zu anderen Leuten kommt. Lass sie hier bei dir Mama. Vielleicht kannst du dich ja an den alten pensionierten Gemeindearzt wenden, bei dem du so lange

Stammkunde gewesen bist. Um sie untersuchen zu lassen. Erklär ihm, dass es für sie nicht gut ist wenn sie schon wieder in neues Umfeld kommt. Das wird er sicher verstehen. So, und jetzt muss ich schlafen.“ Willst du nicht noch etwas essen? Ich habe dir extra etwas hergerichtet!“ „Nein, danke. Ich habe keinen Hunger. Kann ich in dem Zimmer nebenan schlafen“, fragte er mit kraftloser Stimme. „Sicher. Du siehst krank aus!“ „Ich weiß. Ich hoffe nur, dass wir dich nicht ansteckt haben. Falls du dich krank fühlst, dann geh sofort zu einem Doktor. Nimm keine Rücksicht auf die Kleine, die wird es überleben wenn sie irgendwo anders hinkommt, ok!?“„Jaja, mach ich. Geh jetzt schlafen und ruh dich aus. Brauchst du noch etwas“, fragte sie und blickte ihn sorgenvoll an. „Ah ja, wäre super wenn du meine Schmutzwäsche waschen könntest. Den Rucksack wasch ich dann selber.“ „Ja mach ich. Ich schlafe bei der Kleinen im Wohnzimmer“, antwortete sie kurz und bündig, und löschte das Licht im Gang. Severin ging in das frühere Schlafzimmer seines jüngsten Bruders, das direkt neben dem Wohnzimmer lag. Er wollte in Neilas Nähe sein falls sie Angst davor hat allein in einem fremden Haus bei fremden Leuten zu sein. Mit großer Überwindung zog er sich die Kleider aus, legte sich in das frisch überzogene Bett und schlief augenblicklich ein.

Krankenhaus

Nach 3 Tagen erwachte Severin völlig verwirrt in einem Krankenhaus. Das Krankenzimmer war angenehm beleuchtet, sodass es ihn nicht blendete als er blinzelnd aus seinem vorübergehenden Koma erwachte. Zumindest ging er sofort davon aus, dass er in einem Krankenhaus lag. Um sich zu vergewissern blickte er sich im Zimmer um. Das spärliche Licht war hell genug um zu erkennen dass er alleine in einem 3 Bett Zimmer lag. Die beiden anderen Betten sahen frisch gemacht und unbenutzt aus. Es lagen auch keine Gegenstände auf den Rollcontainern die neben den beiden Betten standen. So wie es schien war er der einzige Patient in dem Zimmer, das aussah wie viele andere Krankenhauszimmer in denen er schon gewesen mehr. Er war allerdings immer nur als Besucher in diesen Zimmer, noch nie als Patient. An den Wänden hingen einige bunte Bilder die ein wenig Farbe in die Eintönigkeit des Krankenzimmers brachte. Das einzige was auf dem Rollcontainer neben seinem Bett lag, war eine Karte auf die ein Kind etwas gemalt hatte, sonst nichts. Es dauerte einige Minuten bis er sich auf seine neue Situation einen Reim machen konnte. Er hatte eine Maske auf dem Gesicht und er hörte und spürte wie etwas aus dieser Maske in sein Gesicht strömte. Wahrscheinlich Sauerstoff, dachte sich Severin, und korrigierte sich sofort, weil es ganz sicher Sauerstoff war. Was sollten sie ihm wohl sonst zuführen? Beide Hände waren bandagiert, vermutlich wegen den offenen Wunden an den Handinnenflächen die er sich beim Abseilen zugezogen hatte, mutmaßte er. Am Zeigefinger seiner linken Hand war ein Clip angebracht von dem ein dünnes Kabel abging zu einem Apparat der ein regelmäßiges Piep von sich gab. Als er den Ton zum ersten Mal registrierte, wirkte das gleichmäßige Piepen noch beruhigend auf ihn, doch mittlerweile nervte ihn das Gepiepe zunehmend. In seinem linken Unterarm steckte eine Kanüle die mit einem weißen Verband fixiert wurde. Ein dünner durchsichtiger Schlauch ging von der Kanüle weg zu einem Beutel der an einem Chromstahlständer hing. Severin konnte nicht erkennen was drauf stand, und als er versuchte mit seiner Hand den Ständer zu sich heranzuziehen, musste er feststellen, dass er in seiner Bewegungsfreiheit erheblich eingeschränkt war. Natürlich hatte er keine Ahnung wie lange er schon im Krankenhaus lag. Wieso er hier lag, wurde ihm jedoch schnell klar. Es musste etwas mit der Krankheit zu tun haben, die er sich von Neila eingefangen hatte. Als sich die Puzzleteile seiner Erinnerungen in seinem Bewusstsein allmählich wieder zusammen fügten, musste er erschrocken an seine Mutter denken. „Hoffentlich hat es Mutter nicht erwischt“, dachte er vorwurfsvoll. Denn wenn sie ebenfalls darniederliegen sollte, wäre er schuld daran. Er hatte Neila zu ihr gebracht, und sie wissentlich einem großen

Risiko ausgesetzt. Wobei er sich zu dem Zeitpunkt als er Neila zu seiner Mutter brachte, noch nicht mit Sicherheit wissen konnte, dass Neila eine ansteckende Krankheit hatte. Gewusst hatte er es nicht, aber geahnt, konsternierte er. Wie auch immer, er würde bald erfahren was geschehen war, und wie es seiner Mutter ging. Während sein Bewusstsein und sein Verstand immer besser auf Touren kamen, beschloss er diesen Umstand für sich zu behalten. Mit Sicherheit würde ihm jeder abkaufen, dass er sich an nichts erinnern kann. Und genau so würde er es machen, beschloss er mit einem Anflug von Erheiterung. Er würde bestimmen wem er was und wann antwortet, wer auch immer zu ihm kommen und Fragen stellen sollte. Bis dahin versuchte er konzentriert seine Extremitäten zu bewegen. Er erinnerte sich dass Neila nicht laufen konnte, deshalb galt seine Aufmerksamkeit zuerst seinen Beinen. Mit den Zehen fing er an. Das Zusammenziehen und ausstrecken funktionierte bestens. Die Füße konnte er kreisen, die Knie abwinkeln war kein Problem und das Anheben beider Beine war zwar anstrengend, gelang aber auf Anhieb. Severin war zutiefst erleichtert, dass seine Beine funktionierten. Dann machte er weiter mit seinem Körperscan und bewegte seine Hüfte, den Rücken, die Schultern, den Kopf, die … und die Hände. Auch seine Zunge und seine Lippen gehorchten seinen Befehlen, nur nicht die Arme. Mit enormer Kraftanstrengung gelang es ihm seine Arme ein bisschen hin- und herzudrehen, mehr war nicht möglich. Er spürte wie das Blut in seinen Armen floss, er spürte dass Energie in den Armen war, doch er konnte sie verdammt noch mal nicht anheben. Die Hände konnte er in alle Richtungen drehen, die Finger bewegten sich wie bei einem Klavierspieler, nur seine Arme verweigerten ihm den Dienst. „Haaallo … hört mich jemand?“ Es war irgendwie seltsam in dem großen Zimmer seine Stimme, die durch die Maske gedämpft wurde, zu hören, doch er freute sich aus tiefstem Herzen dass seine Stimme bestens funktionierte und er sich mitteilen konnte. Da er den Knopf an dem Gerät nicht drücken konnte das direkt über seinem Gesicht an einem Galgen aus Chromstahl hing, versuchte er erneut auf sich aufmerksam zu machen, und entfernte höchst umständlich an den Schultern die Maske von seinem Gesicht. „Haallo, ist da jemand?“ Er wollte Gewissheit was mit ihm los ist. Vielleicht würde er auch in Erfahrung bringen was mit seiner Mutter und Neila geschehen war. Vor allem aber wollte er, dass das nervige Gepiepe endlich aufhörte, und zwar sofort. „Hiiilfe, es brennt. Hiiiilfe, es brennt, Feuer, Hiiilfe“, rief er mit der ganzen Kraft seiner Stimme, und streifte sich ebenso umständlich mit dem Kinn und den Schultern die Maske wieder auf sein Gesicht, wie es sich für einen guten Patienten gehört. Nach ein zwei Minuten erschien prompt ein Mensch in einem Schutzanzug. Er sah irgendwie aus wie ein Astronaut. Severin konnte im ersten Moment gar nicht erkennen welchen Geschlechts dieser Mensch war. Erst als der Astronaut das Wort an ihn richtete, konnte er hören dass sie eine Frau war. „Wie geht es ihnen Herr Freud“, fragte die Frau mit einer Stimme die durch den Mundschutz gedämpft aber gut verständlich zu ihm durchdrang. „Bitte schalten sie den Piepton aus, sonst werde ich wahnsinnig!“ Als die Krankenschwester seiner Bitte nachkam, bedankte er sich sehr zuvorkommend und höflich. „Danke! Bis auf den Umstand dass ich meine Arme nicht bewegen kann, geht es mir eigentlich … ganz gut würde ich sagen“, und schaute dabei hilflos auf seine Arme. Severin bewegte seine Hände und drehte angestrengt seine Arme hin- und her um der Krankenschwester, sofern es überhaupt eine Krankenschwester war, zu zeigen was genau er meinte. „Wo bin ich hier? Was ist denn los mit mir, und warum tragen sie Schutzkleidung“, fragte er sie besorgt. „Sie sind im Landeskrankenhaus Feldkirch auf der Intensivstation. Sie befinden sich in einem Quarantänezimmer das extra für sie eingerichtet wurde. Vor drei Tagen wurden sie hier eingeliefert, und bis jetzt waren sie ohne Bewusstsein. Ihr Puls und ihre Atmung waren sehr schwach, deshalb haben wir ihnen mit der Maske Sauerstoff zugeführt. Sie hatten bis gestern sehr hohes Fieber. Am ersten Tag haben wir ihnen Blut abgenommen. Die Kanüle haben wir an ihrem Unterarm fixiert um ihnen eine Flüssigkeit zuzuführen die sie wieder aufpeppt, und …“ Die Schwester wollte noch weiterreden, doch Severin fiel ihr unwirsch ins Wort. „Kann ich deshalb meine Arme nicht mehr bewegen? Und wer sind sie eigentlich?“ „Ich bin Krankenschwester, ich heiße Christine. Ich habe bereits den diensthabenden Arzt benachrichtigt. Es dauert seine Zeit bis man den kompletten Schutzanzug angezogen hat, aber er wird bestimmt gleich kommen, dann wird er sie näher informieren. Übrigens glaube ich nicht dass ihre Bewegungseinschränkung etwas mit der Infusion zu tun hat, aber dazu kann ihnen der Doktor besser Auskunft geben als ich. Wie ich bereits erwähnt habe liegen sie in einem Quarantänezimmer, weil ihre Symptome auf eine Infektion schließen lassen. Wir wissen allerdings noch nicht was für eine Infektion sie haben.“ Severin war schon nach dem ersten Satz der Krankenschwester sofort von ihr angetan, beschloss aber vorläufig noch zurückhaltend zu sein mit seiner Begeisterung für sie. Sie zeigte eindeutig Mitgefühl und ehrliches Interesse an seiner Person. Das schloss er aus ihrer Bereitschaft ihm hingebungsvoll mit einem empathischen Unterton seine Situation zu erklären. „Vielen Dank für ihre freundliche Auskunft, Schwester Christine“, erwiderte er im schmeichelhaftesten Tonfall den er zustande brachte. Sofort scannten seine Augen die sympathische Krankenschwester gründlich ab, doch er konnte sich beim besten Willen kein Bild von der Frau machen. Sie war dermaßen verhüllt und eingepackt, dass er nicht einmal die Haarfarbe von ihr erkennen konnte. Das einzige was er trotz der Schutzkleidung feststellen konnte war, dass sie eine angenehme Stimme hatte und über einen recht ansehnlichen Körperbau verfügte. Es war schon lange her, dass er mit einer Frau geflirtet hatte, und diese unerwartete Begegnung schien ihm der passende Moment zu sein um seine eingerosteten Flirtfähigkeiten zu reaktivieren. Mit irgendetwas würde er sich schließlich beschäftigen müssen um seine Genesung voranzutreiben, fiel ihm spontan als Vorwand ein um seine Flirtavancen zu rechtfertigen. Dabei kam ihm die Frage in den Sinn die er sich gestellt hatte als Neila aus dem Koma erwachte, und stellte erheitert fest, dass auch er ein Klischee bediente. Frauen reden wenn sie aus dem Koma erwachen, Männer denken an Sex, in seinem Fall natürlich nur ans flirten. Mit Schmalz überzogener Stimme wandte er sich an die Krankenschwester, „Schwester Christine, können sie mir die Maske abnehmen, und ihre auch, damit ich sie besser hören kann. Meine Ohren wurden wohl auch von der Krankheit befallen“, log er sie schamlos an. „Haben sie bis jetzt alles verstanden was ich ihnen erzählt habe“, fragte sie mit mehr Nachdruck in der Stimme. „Nicht sehr gut, aber …“, antwortete er, und wurde von einem eintretenden Arzt abrupt unterbrochen. Wäre es nach ihm gegangen, hätte sich der Arzt ruhig Zeit lassen können. So musste er sich wieder zusammen reißen um seinen Plan, eine Amnesie vorzutäuschen, nicht zu gefährden. „Wie geht es uns denn heute“, fragte der Arzt ohne sich vorzustellen. „Wer will das von uns wissen“, entgegnete Severin unwirsch, obwohl er sich natürlich denken konnte dass es ein Arzt war. Da er in keinster Weise obrigkeitshörig war, wollte er dem Doktor mit seiner unwirschen Antwort den Wind aus den Segeln seiner vermeintlich höher gestellten Position nehmen, um mit ihm auf Augenhöhe zu reden. „Ich bin Doktor Strolz, der diensthabende Arzt. Ich werde sie so gut wie möglich über ihre Situation aufklären und sie untersuchen“, erklärte er ihm mit weitaus bescheidenerem Tonfall, und entfernte ihm endlich die lästige Maske aus seinem Gesicht. Während er Severin untersuchte, stellte der Arzt zwischendurch immer wieder Fragen. „Haben sie Schmerzen?“ „Nein, bis jetzt spüre ich keine Schmerzen. Wie bin ich eigentlich hier her gekommen“, wollte Severin wissen, in der Hoffnung etwas über Neila und seine Mutter zu erfahren. „Nachdem sie einen ganzen Tag lang geschlafen haben, wollte ihre Mutter sie wecken, doch als sie kaum ein Lebenszeichen an ihnen feststellen konnte und sie geglüht haben vor Fieber, hat ihre Mutter den Notarzt gerufen. Das Kind dem sie das Leben gerettet haben ist auch hier. Nachdem was ihre Mutter uns geschildert hat, mussten wir von einer hoch infektiösen Krankheit ausgehen, und aufgrund der Gesetzeslage die seit der Corona Pandemie gilt, waren wir verpflichtet sie in ein Quarantänezimmer zu verlegen.“ Als der Arzt eine kurze Redepause einlegte während er ihn am Rücken untersuchte, nutzte er die Gelegenheit um sich nach Neila und seiner Mutter zu erkundigen. „Ist meine Mutter auch im Krankenhaus, und wen soll ich gerettet haben?“

„Ihre Mutter musste sich auch in Quarantäne begeben. Sie liegt aber nicht auf der Intensivstation, weil sie bis jetzt noch keine Symptome gezeigt hat. Können sie sich nicht mehr an das Kind erinnern, das sie laut ihrer Mutter im Rucksack zu ihr brachten?“ „Nein“, log Severin eiskalt, „daran kann ich mich nicht erinnern. Wie geht es denn dem Mädchen, lebt sie noch?“ „Ja, sie erfreut sich bester Gesundheit. Und sie kann auch ihre Beine wieder bewegen!“ Wie gerne hätte er seine Freude über diese

Nachricht gezeigt, doch das musste er sich verkneifen. Neila war wieder gesund! Innerlich jubelte er über diese Nachricht, weil es sein vordringlichster Wunsch war, seit er sie fand, dass sie ärztliche Hilfe bekommt und wieder gesund wird. „Hoffentlich lege ich mir mit meiner bescheuerten Lügerei kein Ei“, dachte sich Severin, und versuchte sofort von seinen aufkeimenden Zweifel abzulenken. „Das ist schön“, erwiderte er mit dem richtigen Maß an Emotion in seiner stimme. „Da sie gerade dabei sind mich zu untersuchen, möchte ich sie wissen lassen, dass ich meine Arme nicht mehr bewegen kann!“ „Ok, sehen wir uns das mal an“, reagierte der Arzt der ihm immer sympathischer wurde prompt auf seinen Hinweis. Während er ihn alle möglichen Bewegungen machen ließ, versuchte er unverhohlen mit Schwester Christine Augenkontakt aufzunehmen. Diese Anwandlungen nahm Severin mit Verwunderung zur Kenntnis, denn eigentlich war er in Beziehungsangelegenheiten immer zurückhaltend und reserviert. Umso mehr erstaunte ihn sein mutiges und forsches Gebaren, das sich irgendwie verselbstständigte, doch dagegen gab es aus seiner Sicht nichts einzuwenden. Vermutlich war diese neue Seite die er an sich entdeckte eine Folge seiner Erkrankung. Der Arzt ließ ihm jedoch nicht lange Zeit um sich solchen Spekulationen hinzugeben und forderte seine Aufmerksamkeit ein. „Können sie sich wirklich nicht mehr daran erinnern, dass sie ein Mädchen in ihrem Rucksack zu ihrer Mutter geschleppt haben?“ „Nein“, antwortete er, doch dieses Mal lag weitaus weniger Sicherheit in seiner Stimme als beim ersten Nein. „Den Striemen an ihren Schultern nach muss das ja eine wahre Tortur für sie gewesen sein. Und was haben sie eigentlich mit ihren Händen gemacht?“ Bevor er antwortete senkte er sein Kinn um einen Blick auf seine Schultern zu werfen, doch der Krankenhauskittel verhinderte den Blick auf seine Schultern. Dann blickte er auf seine Hände, drehte sie, und antwortete dem Arzt: „Weiß ich nicht. Ist es schlimm?“ „Nein, die Schürfwunden an ihren Händen sind nur oberflächlich und werden bald wieder verheilen. Genauso die Striemen an ihren Schultern. Hören sie Herr Freud, wie es aussieht sind sie bald wieder auf dem Damm. Wir haben ihnen Blut abgenommen als sie eingeliefert wurden. Die Auswertung ergab keine Anzeichen einer bakteriellen oder viralen Infektion. Wir konnten bis jetzt weder ein Anzeichen von einem Pilz noch eines Entzündungsherdes entdecken. Also, das ganze Krankheitsbild von ihnen und dem Mädchen ist irgendwie mysteriös. Es wurden mehrere Ärzte hinzugezogen um sich ihren Fall anzuschauen, doch anhand der Symptomatik von ihnen, ihrer Mutter und dem Mädchen mussten wir alle uns bekannten Krankheiten ausschließen, bis jetzt. Ihr Blut wurde an ein Speziallabor geschickt, doch es kann mitunter Wochen dauern bis wir das Ergebnis bekommen.“ Als er das hörte unterbrach er den Arzt sofort, „soll das heißen ich muss noch länger hier bleiben?“ „Das entscheiden nicht wir Herr Freud. Ich gehe davon aus, dass diese Entscheidung vom Gesundheitsamt, wenn nicht sogar vom Gesundheitsministerium getroffen wird.“ „Das verstehe ich“, erwiderte Severin kämpferisch, „doch wer auch immer die Entscheidung trifft, wird seine Entscheidung von der Einschätzung der behandelnden Ärzte abhängig machen. Wer ist denn der ranghöchste Arzt der das Gutachten ganz am Schluss absegnen muss?“ „Das ist Primar Platter, er ist unser Chef“, antwortete der Arzt wahrheitsgetreu ohne einen Anflug von gekränktem Stolz. Der Arzt gefiel ihm immer besser, da er sich ganz und gar nicht wie einer dieser überheblichen Götter in Weiß verhielt. Solche Vögel waren ihm aufgrund seiner zahlreichen Sport- und Arbeitsverletzungen zu Genüge untergekommen, umso zufriedener war er, dass er an einen Arzt geraten war der sich nicht über ihn stellte. „Aha, Herr Platter, das muss ich mir merken.“ „Primar Platter“, korrigierte ihn der Arzt der gut zehn Jahre jünger war als er. Unter anderen Umständen hätte sich Severin über diese harmlose Zurechtweisung geärgert, und hätte ihm gesagt, dass ihm Titel jeglicher Art weder imponieren noch interessieren. Sollte jemand darauf bestehen mit seinem Titel angeredet zu werden, würde er diesem jemand mit dem größten Vergnügen diese Ehrerbietung verweigern. Doch auf so einen unnötigen Grabenkampf wollte er sich nicht einlassen, weil er eindeutig der Hilfsbedürftige und auf die Gunst der Ärzte angewiesen war. Außerdem wollte er bei Schwester Christine keinen schlechten Eindruck hinterlassen. „Danke übrigens dass sie sich so gut um meine Mutter, um das Mädchen und mich kümmern. Das halte ich nicht für selbstverständlich. Schwester Christine, würden sie bitte meinen Dank an ihre Kollegen weiterleiten?“ „Ja, sehr gerne“, erwiderte sie mit ihrer honigsüßen Stimme. „Könnten sie bei der Gelegenheit meiner Mutter bitte einen lieben Gruß ausrichten und sie informieren, dass es mir gut geht?“ „Sobald ich in ihre Station komme, werde ich es ihr sagen.“ „Vielen Dank“, erwiderte er, und wünschte sich er könnte Schwester Christine ohne Maske und Schutzanzug sehen. Während dem kurzen Gespräch wollte er sich auf ihre Hände konzentrieren um herauszufinden ob sie verheiratet ist, doch zu seinem Bedauern trug sie Handschuhe, was ihm vorher gar nicht aufgefallen war. Beide trugen Handschuhe, was irgendwie auch logisch war. „Wie geht's jetzt weiter Herr Doktor?“ „Da wir davon ausgegangen sind dass sie eine infektiöse Krankheit haben, aber sie nicht kennen, noch nicht, haben wir ihnen ein Breitbandantibiotikum verabreicht das möglichst großflächig wirkt. Mittlerweile ist ihr Fieber jedoch abgeklungen und sie sind wieder bei Bewusstsein. Die CT die wir bei ihnen durchgeführt haben hat nichts Auffälliges ans Licht gebracht, der Bluttest hat bis jetzt auch nichts ergeben, deshalb werden wir in zwei bis drei Tagen das Antibiotikum absetzen, vorausgesetzt ihr Zustand bleibt stabil. Wir haben bei ihnen einen Venenkatheter gelegt um ihnen Blut abzunehmen und ihnen Infusionen zu verabreichen. Infusionen werden sie voraussichtlich nicht mehr brauchen, deshalb werden wir noch heute spätestens morgen den Katheter entfernen. Wir haben ihnen auch einen Blasenkatheter gelegt, den wir entfernen sobald sie wieder ihre Arme bewegen können. Apropos, um ihre Arme wird sich demnächst ein Neurologe kümmern. Allerdings haben die Neurologen bei dem Mädchen, die ja ähnliche Symptome wie sie hat, beziehungsweise hatte, keinerlei Hinweis auf eine Nervenschädigung gefunden. Allerdings gestaltete sich die Untersuchung als sehr schwierig weil das Mädchen nicht gesprochen hat.“ Das war für Severin sehr viel Information auf einmal, deshalb nutzte er die Redepause des Doktors um Fragen zu stellen. „Wie soll ich denn essen wenn ich die Arme nicht bewegen kann?“ „Eine Krankenschwester wird ihnen dabei behilflich sein Herr Freud.“ Das war eine gute Nachricht, hoffentlich muss mich Schwester Christine füttern, dachte er sich hoffnungsvoll. „Was ist eine CT, warum habe ich so eine Klammer am Finger und was ist ein Blasenkatheter“, wollte er abschließend vom Arzt wissen. „Eine CT ist eine Computertomographie. Sie funktioniert ähnlich wie ein Röntgengerät, doch im Gegensatz zu normalen Röntgenbildern wird bei einer CT der ganze Körper scheibchenweise fotografiert, wodurch man krankhaftes Gewebe oder Infektionsherde besser sehen kann. Die Klammer an ihrem Finger überwacht ihre Vitalfunktionen. Bis morgen werden wir sie sicherheitshalber noch angeschlossen lassen. Und ein Blasenkatheter ist ein dünner Schlauch der durch die Harnröhre bis in die Blase eingeführt wird, und ihren Harn ableitet. Auch dieser Katheter bleibt vorläufig, bis sie ihre Arme wieder bewegen können.“ Severin war wie geschockt als er hörte dass ihm ein Schlauch in die Harnröhre gesteckt wurde, und fragte sich unwillkürlich, wer ihm diesen Schlauch hineingesteckt hatte. Er wollte sich jedoch nicht prüde geben, deshalb behielt er seine Frage vorerst für sich. „Da nur gewisse Personen das Quarantänezimmer betreten dürfen, mache ich mit ihnen die Anamnese und das ganze Aufnahmeprozedere.“ „Heißt das, dass mich hier niemand besuchen darf“, fragte Severin ein wenig aufgebracht. „Nein, tut mir Leid. So lange sie in diesem Zimmer sind, dürfen sie keinen Besuch empfangen, und sie dürfen natürlich auch niemanden besuchen“, erklärte ihm der Arzt ohne Umschweife. „Waass, bin ich etwa hier eingesperrt“, fragte Severin erschrocken. „Ja, das sind sie, vorläufig zumindest. Es tut mir Leid, dass ich ihnen das so direkt sagen muss, aber die Quarantänebestimmungen sind sehr streng.“ Diese Nachricht empfand Severin wie einen Hammerschlag der seine hoffnungsvolle Zuversicht und seine relativ gute Laune augenblicklich erschütterten. Mit großer Bestürzung begriff er sofort, dass er ein Gefangener war. Unwillkürlich geriet er in eine innere Abwehrhaltung, die sehr schnell einer Panik wich, die er nicht zu beherrschen vermochte. Ich bin ein Gefangener, spukte es in seinem Kopf. Solche Dinge passieren normalerweise anderen Leuten, nicht mir, dachte er, und glaubte mit dieser kläglichen Erklärung seiner Realität entfliehen zu können. Seine Gefühls- und Gedankenwelt lief Amok. Wie ein Strudel zogen ihn seine destruktiven Gedanken und Gefühle in die Tiefe, bis er glaubte in diesem tiefen Loch zu ersticken. Das große Krankenzimmer das er ganz für sich allein hatte, wurde plötzlich zu einer Zelle die ihn zu erdrücken drohte. Der Arzt musste wohl erkannt haben dass er in dieses Loch fiel und war geistesgegenwärtig genug ihn mit der nötigen Empathie aufzufangen und ihn mit seinen Fragen aus den Fängen der Panik, der Klaustrophobie, seiner Angst und Depression zu befreien. „Herr Freud, hören sie mich?“ Severin konnte die Frage zwar hören, doch sie wurde von dem Strudel in seinem Inneren mit in die Tiefe gerissen, und blieb unbeantwortet. „Herr Freud, kommen sie zu mir zurück“, forderte der Arzt ihn mit dem nötigen Nachdruck auf. Es dauerte einige Sekunden bis diese Aufforderung in sein Bewusstsein durchdrang, und er imstande war sich zu äußern. „Waass“, war das einzige das er mechanisch von sich gab. „Ich verstehe, dass das ein Schock für sie ist. Vielleicht hilft es ihnen wenn sie sich bewusst machen, dass ihre Situation weit schlimmer sein könnte als diese“, und zeigte mit seiner rechten Hand in den leeren Raum des Zimmers. „Sie verfügen hier über alle Annehmlichkeiten eines modernen Krankenhauses, und sie können jederzeit mit dem Telefon mit ihren Angehörigen kommunizieren. Sie sind kein Gefangener. Ich gebe ihnen mein Wort dass sie nicht länger als nötig hier bleiben müssen. Bitte reden sie mit mir!“ Sie sind kein Gefangener, dieser Satz löste ihn aus seiner inneren Befangenheit und brachte ihn zurück in seine Realität als Patient mit einer ansteckenden Krankheit. Der Nebel in seinem Kopf löste sich allmählich auf sodass er wieder klare Gedanken fassen konnte. „Was sagten sie?“ „Sie sind auf dem besten Weg der Besserung Herr Freud, und ehrlich gesagt glaube ich nicht, dass sie allzu lange hier sein werden. Bitte versuchen sie meine Fragen so gut wie möglich zu beantworten!" „Ok", erwiderte Severin kurz angebunden. Daraufhin bombardierte ihn der Arzt mit allen möglichen Fragen bezüglich seiner Krankheitsgeschichte, sein Gewicht, Alter, ob er raucht und Alkohol trinkt, ob er Medikamente und Drogen nimmt oder genommen hat, ob er im Ausland war, was er in den letzten Tagen zu sich genommen hatte, wer sein Arbeitgeber ist, seine Versicherungsnummer und vieles mehr. Severin empfand diese Fragen zwar als lästig, doch ihm war durchaus bewusst, dass der Arzt und die Krankenhausverwaltung diese Daten brauchten, um ihm bestmöglichst zu helfen. Er beantwortete alle Fragen, bis auf diejenigen die sich auf die vergangene Woche bezogen, möglichst detailliert und wahrheitsgetreu. Dieses Frage-Antwort-Gespräch befreite ihn aus dem tiefen dunklen Loch das ihn zu verschlingen drohte, und half ihm sich seiner Situation zu stellen. Schließlich musste er sich doch eingestehen dass der Arzt Recht hatte. Seine Situation hätte weitaus schlimmer sein können. Diese Einsicht half ihm jedoch nicht über die Tatsache hinweg, dass er gefangen war. Doch er erkannte immerhin, dass seine Chancen, dieser Situation so schnell wie möglich zu entkommen, gar nicht so schlecht waren. Schwester Christine stand mit den Händen auf den Bettrahmen gestützt am Ende des Bettes und sagte kein Wort. Deshalb wirkte sie auch beruhigend auf ihn, und Severin war ihr zutiefst dankbar für ihre moralische Unterstützung. Nachdem der Doktor seine Fragebogen abgearbeitet hatte, führte er noch einige Untersuchungen an ihm durch.

Mit dem Stethoskop lauschte er am Rücken und an seiner Brust nach irgendwelchen Auffälligkeiten, dann fuhr er mit einem Holzstab in seinen Mund und forderte ihn auf Aaaa zu sagen. Die Untersuchung seiner Arme dauerte besonders lange, und Severin hoffte dass die Untersuchung bald ein Ende nahm, doch der Arzt nahm sich jeden Körperteil vor. Seine Ohren wurden untersucht, seine Reflexe wurden getestet, seine Augen begutachtet, und immer wieder fragte ihn der Arzt ob ihm hier oder dort etwas weh tut. Als der Arzt im Begriff war seinen Penis und seine Hoden in der Anwesenheit von Schwester Christine zu untersuchen, hätte er vor Scham im Erdboden versinken können. Mit aller Selbstbeherrschung die er aufzubringen im Stande war, versuchte er seine Scham zu verbergen. Severin blickte teilnahmslos an Schwester Christine vorbei, und sah aus den Augenwinkeln wie sie möglichst unauffällig ihren Blick von seinen Genitalien abwendete und aus dem Fenster blickte, als ob da draußen gerade etwas Interessantes passieren würde. Wahrscheinlich trieb es ihm die Schamesröte ins Gesicht und sie hatte es gemerkt, schlussfolgerte er, und mochte sie wegen ihrer Diskretion umso mehr. „So Herr Freud, scheint alles in Ordnung zu sein bei ihnen. Die Untersuchungen haben nichts Auffälliges ergeben, das ist schon mal gut. Seien sie zuversichtlich, ich bin mir sicher, dass sie auch bald ihre Arme wieder bewegen können. Ich muss jetzt weiter. Freut mich dass ihre Genesung so schnell vorangeht. Ich komme später noch einmal zu ihnen. Wenn sie noch fragen haben wenden sie sich an das Pflegepersonal! Bis später." „Vielen Dank Herr Doktor, bis später." Zu seiner großen Freude verließ der Arzt endlich das Zimmer, sodass er mit Christine alleine im Zimmer war. Als er jedoch zusah wie sie mit etwas in der Hand auf ihn zukam und dann den vollen Harnbehälter, den er gar nicht gesehen hatte, mit einem leeren tauschte, schämte er sich plötzlich und fühlte sich alt. Für die Krankenschwester mochte es etwas Alltägliches sein den Harnbehälter zu wechseln, doch für ihn war es keineswegs alltäglich, dass jemand seinen Urinbehälter auswechseln musste. Durch diesen simplen Vorgang führte ihm die Krankenschwester allzu deutlich vor Augen, dass er hilfsbedürftig und krank war. Noch vor ein paar Tagen hatte er ein Gebirge überquert und einen todbringenden Sturm überlebt, und nun lag er hilflos im Bett und bedauerte sich. Seine Stimmung wechselte plötzlich wieder von zuversichtlich und flirtbereit in seine vorangegangene Niedergeschlagenheit und Depression. Schwester Christine war sensibel genug und registrierte seinen plötzlichen Stimmungsumschwung. Bevor sie das Zimmer verließ, erklärte sie ihm das Gerät das über ihm an einem Galgen hing, und legte es ihm so hin dass er es bedienen konnte. „Brauchen sie noch etwas, Herr Freud?" „Könnten sie mir bitte mein Handy geben, und gibt es hier WLAN?" „Ja, ich bringe es ihnen gleich." Kurz darauf legte sie ihm das Handy in die Hand, erklärte ihm dass der Zugang zum WLAN ohne Passwort möglich sei und verabschiedete sich. Severin bedankte sich bei ihr für ihre Hilfsbereitschaft, und war nun froh dass sie das Zimmer verließ und dass er alleine im Zimmer lag. Das letzte was er gebraucht hätte wäre ein schnarchender Zimmernachbar oder gar zwei von der Sorte. Gewiss, ein Zimmergenosse hätte den Vorteil gehabt, dass er Unterhaltung gehabt hätte, doch darauf legte er keinen Wert. Das Alleinsein fiel ihm nicht schwer, im Gegenteil, die meiste Zeit genoss er das Alleinsein. So gesehen, kam es ihm genau recht, dass er von den anderen Patienten abgesondert und in ein Quarantänezimmer verfrachtet wurde. Wobei ihm ein Zimmergenosse vielleicht helfen hätte können um mit seinen heftigen Stimmungsschwankungen zurechtzukommen. Severin konnte sich beim besten Willen nicht daran erinnern, dass er jemals ein derartiges Wechselbad der Gefühle durchgemacht hatte. Innerhalb einer Stunde wechselte seine Gefühlslage von verwirrt zu gesammelt, von unbefangener Zuversicht zu panischer Angst, von schamhafter Prüderie zu beschwingter Flirtbereitschaft, bis er schließlich teilnahmslos und gleichmütig in seinem Bett lag und an die Decke starrte. Er spürte dass viele Fragen im Begriff waren eine Antwort von ihm einzufordern. Die Frage wie es seiner Mutter und Neila geht, ob sein Chef Bescheid weiß dass er länger nicht zur Arbeit kommen wird, wer ihn angerufen und wer ihm die SMS geschickt hat, was mit seinen Armen los ist, wann er gedenkt die Vorfälle der vergangenen Woche zu reflektieren und viele andere noch undefinierte Fragen. Keine dieser Fragen interessierte ihn. Mit stoischer Gelassenheit hielt er diese vielen Fragen auf Distanz. Er wollte mit niemandem reden und niemanden mehr sehen. Das einzige was er zuließ waren die Bilder und Eindrücke von Temira. Wie ein Rettungsring legten sich die Erinnerungen an die wunderschöne Natur auf Temira um sein Herz, und verhinderte dadurch dass er in das dunkle Loch seiner Trübsinnigkeit abglitt. Als sich gemeinsam mit den bunten Bildern die Klänge des Meeresrauschens und das Pfeifen der Vögel in seinem Inneren manifestierten, fielen ihm die Augen zu und er wurde vom Schlaf aus seiner komplizierten Realität erlöst.

Irgendwann wurde er durch ein Klopfen an der Tür geweckt. Man ließ ihm jedoch keine Zeit um auf das Klopfen zu reagieren. Ohne seine Zustimmung betrat jemand sein Zimmer und schob einen kleinen Wagen vor sich her. „Guten Abend Herr Freud. Ich bringe ihnen ihr Essen.“ An der Stimme erkannte er, dass es eine Krankenschwester war, aber nicht Schwester Christine. Er hatte es immer schon gehasst wenn ihn jemand aus dem Schlaf gerissen hatte. Vielleicht gehört das ja auch zum Krankenhausalltag, dachte er sich, und wäre am liebsten sofort nachhause gegangen. Doch angesichts seiner Situation behielt er seinen Unmut für sich. „Heute bekommen sie wieder feste Nahrung“, meinte sie und hob den Deckel auf dem Teller hoch. „Das ist ja nur eine Suppe“, stellte Severin fest. „Es ist besser wenn sie es langsam angehen mit dem Essen. Falls sie später noch Hunger haben sollten, bringe ich ihnen etwas.“ „Wo ist Schwester Christine?“ „Ihre Schicht ist vorbei. Ich weiß nicht wann sie wieder kommt.“ Nun wird mir auch noch die Aussicht auf ein Gespräch mit einer interessanten Frau vermasselt, dachte er sich vergrämt, und ließ es widerstandslos zu, dass er von der neuen Krankenschwester wie ein Säugling gefüttert wurde. Zum Glück sagte sie nicht, „soo, noch ein Löffelchen für Mami … und eins für Papi“, oder so etwas ähnliches sonst wäre er ausgetickt. Als er sein karges Mahl beendet hatte wollte er die Gelegenheit nützen um einige Details in Erfahrung zu bringen. „Was soll ich tun wenn ich aufs Klo muss?“ „Sie dürfen jederzeit das Bett verlassen und sich im Zimmer frei bewegen. Drücken sie einfach auf den Knopf“, und zeigte mit dem Finger darauf, „dann kommt jemand und wird ihnen behilflich sein.“ „Sie meinen, mir wird jemand den Hintern abwischen?“ „Ja genau. Dazu ist das Pflegepersonal da“, erwiderte sie in einem belehrenden Tonfall. „Es sei denn sie bevorzugen einen Einlauf!“ Auf Anhieb wusste Severin nicht was er darauf erwidern sollte. Keine der beiden Varianten schien besser zu sein als die andere. Er hatte zwar keine genaue Vorstellung davon was genau bei einem Einlauf gemacht wird, doch das Wort Einlauf allein schon verhieß nichts Gutes. Hintern abwischen oder Einlauf, fragte er sich, und wurde vorläufig von Krankenschwester von der Bürde der Entscheidungsfindung befreit. „Müssen sie jetzt aufs Klo?“ „Nein, ich wollte nur wissen …“. „Wenn sie soweit sind, drücken sie einfach auf den Knopf. Ich stelle ihnen etwas zu trinken hier her.“ Die Krankenschwester stellte ein Glas Wasser mit einem Röhrchen darin auf den Rollcontainer neben seinem Bett. „Können sie mir bitte die Karte zeigen die auf dem Tisch liegt?“ Die Krankenschwester deren Namen er gar nicht wissen wollte, kam seiner Bitte nach und zeigte ihm die Karte, die von einem Kind bemalt wurde. „Steht ein Name darauf", fragte er die Krankenschwester. „Nein", erwiderte sie nachdem sie die Karte, die so groß war wie zwei Zigarettenschachteln, ausgiebig betrachtet hatte. Auf die Karte wurde eine typische Kindervorstellung gemalt. Zwei große Strichmännchen die zwischen ihnen ein kleines Strichmännchen an der Hand halten. Ein Haus, ein paar Blumen und eine schwarze Sonne. Als er das Bild gesehen hatte, vermutete er sofort, dass Neila das Bild gemalt hatte. Zwei seiner Brüder hatten mehr als ein Kind, und ihm fiel auf Anhieb niemand ein wer sonst dieses Pärchen mit dem Kind sein könnte. „Hier ist noch ihr Medikament", unterbrach ihn die Krankenschwester in seiner Ermittlung, und verabreichte ihm eine Tablette die er mit Wasser runterschlucken musste. „So, jetzt werde ich ihnen noch den Harnkatheter entfernen, damit sie sich frei bewegen können." Bevor Severin wusste wie ihm geschah, klappte die Schwester die Decke um und legte sein bestes Stück frei. Mit einer Hand hielt sie seinen Penis und zog mit der anderen Hand den dünnen Schlauch aus seiner Harnröhre. Der ganze Vorgang ging so schnell vonstatten, dass er völlig überrascht und unfähig war eine Reaktion zu zeigen. Erstaunlicher Weise tat es auch nicht weh als sie den Schlauch herauszog. Gott im Himmel, was machen die nur mit mir, wandte er sich in Gedanken an seinen Schöpfer. Nachdem die Schwester auf dem Display der Maschine neben ihm etwas abgelesen hatte, entfernte sie den Clip an seinem Finger und schob die Maschine in den freien Gang zwischen den beiden unbenutzten Betten. Mittlerweile war es ihm schon egal was sie machten. Er befand sich in einer anderen Welt, wo er vieles zum ersten mal sah, roch und hörte. In dieser Krankenhauswelt hatte nicht er das Sagen, sondern andere bestimmten über ihn. Da die Krankenschwester es nicht für nötig befand ihm zu erklären was sie gerade gemacht hatte und warum, gönnte er ihr auch nicht die Genugtuung mit einer Frage ihm die Inhalte ihres Jobs erklären zu dürfen. Gerade als er im Begriff war die neue Krankenschwester als kompetent, überheblich und bar jeglicher Empathie abzustempeln, nahm sie sein Handy und legte es so auf den Rollcontainer neben seinem Bett, dass er im Sitzen gut würde hinein sprechen können. Sie klappte die Hülle so auf, dass das Display frei lag und im richtigen Winkel zu ihm zeigte. Im Stehen würde es ihm nun möglich sein das Handy zu bedienen und im Sitzen würde er telefonieren können. Auf diese Idee wäre er selber gar nicht gekommen. Er hatte sich schon gefragt was wohl in Schwester Christines Kopf vorgegangen sein musste als sie ihm das Handy auf Hüfthöhe neben seine Hand legte. Wahrscheinlich war sie so von ihm eingenommen, dass sie nicht mehr fähig war klar zu denken, ging es ihm kurz durch den Kopf. Severin wusste natürlich dass dies nur Wunschdenken war, doch man konnte ja nie wissen. „Jetzt können sie telefonieren. Wenn es nicht geht oder wenn sie etwas brauchen, melden sie sich einfach.“ „Ja mach ich, vielen Dank“, erwiderte Severin und blickte ihr nach bis sie die Tür hinter sich geschlossen hatte. Selbstkritisch musste er sich eingestehen, dass er die Krankenschwester falsch eingeschätzt hatte. Es war ihm sogar ganz Recht dass sie sich kühler und distanzierter gab als Schwester Christine, weil es ihm, trotz aller Befürchtungen, nichts ausmachte als sie ihm den Schlauch aus der Harnröhre zog. Ein Problem weniger stellte er erfreut fest. Das mit der Suppe schien auch seine Richtigkeit zu haben, denn er hatte keinerlei Hungergefühl. Entgegen seiner Annahme dass er nach drei Tagen bestimmt Hunger leiden würde, blieb der Hunger erstaunlicherweise aus, vorerst zumindest. Allmählich musste er sich doch eingestehen, dass das Krankenhauspersonal besser als er wusste was zu tun ist, und er gut daran täte sein Misstrauen ihnen gegenüber abzulegen und aufhören sich wie ein Arschloch zu benehmen. Er wollte raus, wieder frei sein, und um seine Genesung voranzutreiben würde er seine Gedanken positiv ausrichten müssen und sich nicht von seiner Destruktivität vereinnahmen lassen. Um es nicht bei den guten Vorsätzen zu belassen setzte er sich an die Bettkante und streckte die Beine mehrmals aus und wieder ein, bis er sich sicher war dass ihn seine Beine halten würden. Mit einem Ruck stand er auf und machte schnell einen Schritt nach vorne um einen Sturz zu vermeiden. Die Arme baumelten nutzlos an der Seite seines Körpers, doch das störte ihn vorläufig nicht. Die Freude darüber dass ihn seine Füße trugen und er ohne Einschränkungen gehen konnte, dominierte über den Ärger seine Arme nicht bewegen zu können. So würde es auch weiterhin ablaufen müssen, keine Zeit für Selbstbeweihräucherung und Trübsal blasen ermahnte sich Severin, und ging ins Badezimmer. Als er in den Spiegel sah, blickte er lange auf sein Spiegelbild, und fragte sich, wohin ihn seine weitere Lebensreise wohl führen würde. Sein Gesicht war gezeichnet von den Strapazen und Erlebnissen der letzten paar Tage. Sein Gesicht wirkte eingefallen, seine Hautfarbe hatte sich zu einem rötlich braunen Teint verändert und sein Dreitagebart ließen seine Gesichtszüge härter und zäher wirken. Seine blonden Haare waren fettig und strähnig obwohl er, wie er sich erinnern konnte, geduscht hatte als er von Temira zurückkam. Die dunklen Verfärbungen unter seinen Augen gefielen ihm nicht, denn sie wiesen auf etwas hin das er nicht zu benennen vermochte. Alles was er wusste war, dass sein Leben nie mehr so sein würde wie es einmal war. Innerhalb von nur zwei Wochen war sein eintöniges aber harmonisches Leben komplett aus den Fugen geraten, und irgendwie hatte er das Gefühl, dass er auf seinem Lebensweg an einer Kreuzung angekommen war und er sich nun entscheiden musste welchen Weg er einschlagen sollte. Schon seit Jahren gingen ihm immer wieder Gedanken durch den Kopf die mit Veränderung zu tun hatten. Er hatte diese Gedanken nie präzisiert oder willentlich in eine bestimmte Richtung gelenkt, da er zum einen nicht wusste was genau er anders machen sollte, und zum anderen sein Lebensstil angenehm und durchaus seine Vorteile hatte. Nun musste er erkennen, dass der Wind der Veränderung ihn wieder einmal gepackt und in eine Richtung verfrachtet hatte, die er nie für möglich gehalten hätte. Bei dem Gedanken an eine einschneidende Veränderung in seinem Leben wurde ihm mulmig, doch als er sich in seine blauen Augen vertiefte sah er darin ein Leuchten das von unerschütterlicher Zuversicht und strahlender Liebe zeugte. Die Liebe zum Leben war ausschlaggebend dafür, dass er sich, ungeachtet der Konsequenzen, für den neuen Abschnitt auf seinem Lebensweg entschied. Seine Lebenserfahrung führte ihm vor Augen dass die einzigen Konstanten in seinem Leben Veränderung und Ausdehnung waren. Wenn es überhaupt einen Sinn in meinem Leben gibt, sinnierte er, so kann es nur der sein diese Veränderungen zuzulassen und zu expandieren. Sich ausdehnen, neue Erfahrungen machen und lieben, darin erkannte Severin Freud den Sinn seines Lebens. Mit dieser Einsicht war er sehr zufrieden, weil er das Gefühl hatte, dass der Sinn seines Lebens seinem Wesen entsprach, und weil es sich richtig und gut anfühlte. Mit einem Grinsen im Gesicht zwinkerte er sich schelmisch zu, und wandte sich mit einer beschwingten Drehung von seinem Spiegelbild ab. Neugierig blickte er sich im Badezimmer um und lotete aus was für ihn machbar sein würde und was nicht. Severin kam sehr schnell zu der Erkenntnis, dass er außer beim Pinkeln auf die Hilfe von anderen angewiesen war, und diesen Umstand gedachte er zu ändern. Am Fußende der Betten hatte er genügend Platz um das Zimmer der Länge nach abzugehen. Während er hin- und herging brachte er seine Arme aus der Schulter heraus in Bewegung bis sie wie bei einem exerzierenden

Soldaten gleichmäßig hin- und her baumelten. Er verfügte zwar nicht über die Kraft das Schlenkern seiner Arme zu stoppen doch er konnte die Pendelbewegung seiner Arme verstärken. Nicht so dass er seine Arme rundum schwenken konnte aber immerhin soviel, dass seine Arme in eine waagrechte Position kamen. Jedes Mal wenn er Richtung Süden auf das große Fenster zuging blickte er sehnsuchtsvoll nach draußen und wünschte sich mehr als einmal von ganzem Herzen. dass es bald wieder regnen kommt, nicht um seinetwillen, sondern zum Wohle aller und für die sterbenden Tiere und Pflanzen. Während er durch das Zimmer marschierte, erkannte er, dass seine Situation für die Vergangenheitsbewältigung geradezu perfekt war, und beschloss sein Verhalten zu ändern. Sein Widerwille in einem Krankenhaus zu liegen, fremdgesteuert und von anderen abhängig zu sein, sein Misstrauen und sein kaum bezähmbarer Freiheitsdrang beschloss er für die Dauer seines Krankenhausaufenthalts loszulassen. Er ließ es zu dass sich seine Fragen wieder in sein Bewusstsein drängten, und beschloss sich jeder einzelnen anzunehmen. Einige Fragen wurden ohnehin schon beantwortet, zum Beispiel der Verbleib des Katheters in seinem Penis. Der Clip an seinem Finger war weg und aufs Klo konnte er auch selbstständig gehen. Er hatte die Möglichkeit zu telefonieren und um sich der nächsten Frage zu stellen, machte er sich daran seine Mutter anzurufen. Es war früher Abend und bestimmt war sie noch wach, dachte er, und wählte ihre Nummer an. Schon nach dem ersten Läuten nahm sie ab und fragte ihn wie es ihm geht. „Mir geht's gut soweit. Und wie geht's dir?" „Mir geht's ganz gut … außer dass mir schrecklich langweilig ist. Eine Zimmernachbarin wäre schon gut, um wenigstens ein bisschen Unterhaltung zu haben. Bis jetzt bin ich von eurer Krankheit verschont geblieben, Gott sei Dank!" Mit schlechtem Gewissen erwiderte er, „tut mir Leid dass ich dich einem Risiko ausgesetzt habe, aber ich habe nicht gewusst dass das Mädchen eine ansteckende Krankheit hat", was nur der halben Wahrheit entsprach. „Ist schon gut, bis jetzt hat's mich ja noch nicht erwischt. Mir tut's auch Leid dass ich die ganze Sache nicht geheim halten konnte. Als ich dich wecken wollte hast du geglüht vor Fieber. Ich wollte zuerst auch den alten Gemeindearzt anrufen, doch als du dich überhaupt nicht gerührt hast, habe ich solche Angst bekommen, dass ich den Notarzt angerufen habe." „Ist schon gut. Mach dir keine Sorgen. So ist es am besten für alle. Hat dir jemand etwas ausgerichtet", wollte er wissen um die Zuverlässigkeit von Schwester Christine einschätzen zu können. „Ja, eine Krankenschwester von der Intensivstation hat einer Schwester von dieser Abteilung einen schönen Gruß von dir überbracht." Toll, dachte sich Severin, auf die Frau ist Verlass. „Weißt du wie es dem Mädchen geht", wollte er von seiner Mutter wissen. „Ja, sie liegt auf der gleichen Station wie ich, aber ich darf sie nicht besuchen, und zu mir darf auch niemand", erwiderte seine Mutter. In ihrem Tonfall konnte er deutlich Enttäuschung und Bedauern über ihre Situation heraushören. „Ist das schlimm für dich?" „Bis jetzt geht's noch. Das Pflegepersonal ist sehr nett, und ich werde auf Staatskosten auf Herz und Nieren untersucht, ohne dass ich auf einen Termin warten muss. Ich wollte eh schon lange eine Vorsorgeuntersuchung machen lassen, hab es aber immer aufgeschoben." „Wann hattest du denn die letzte Vorsorgeuntersuchung", wollte Severin wissen. „Vor … ein paar Jahren, weiß nicht mehr so genau." „Dann wurde es ja höchste Zeit, dass du endlich gründlich durchgecheckt wirst." „Ja, eigentlich schon", erwiderte seine Mutter zögerlich. „Haben sie schon etwas herausgefunden", fragte Severin. „Außer dem was ich eh schon weiß, konnten sie bei mir nichts finden." „Was ist das was du eh schon weißt", fragte er besorgt. „Na ja, der Zucker, mein eingeschränktes Sehvermögen, das Cholesterin passt nicht, das Übliche eben." Severin ließ sich mit ihrer Antwort nicht so leicht abspeisen, weil er vermutete dass bei der Untersuchung noch mehr ans Licht gekommen war das sie ihm verheimlichte. „Ich weiß nicht was das Übliche ist. Verschweigst du mir etwas?" „Du weißt ja, die finden immer etwas, und bei so einer genauen Untersuchung finden sie eben mehr als sonst"." „Was haben sie noch gefunden", ließ Severin nicht locker. „Der Blutdruck passt nicht, mit dem Herz ist angeblich auch etwas nicht in Ordnung und morgen wollen sie eine Darmspiegelung machen. Aber sonst geht's mir gut. Neila geht's auch gut, körperlich zumindest." Severin respektierte es dass seine Mutter ihre Gebrechen nicht an die große Glocke hängen wollte und sie nach außen hin leichtfertig abtat. Da seine Mutter 78 Jahre alt war und er sich an keinen Tag erinnern konnte an dem sie über irgendeine Krankheit gejammert hatte, bohrte er nicht weiter nach. Schließlich hatte er ja auch seine Geheimnisse, und er hätte auch nicht gewollt dass ihn jemand drängt seine Geheimnisse zu offenbaren. Allerdings ging es bei seinen Geheimnissen nicht um seine körperliche Gesundheit, wie bei seiner Mutter. Etwas wollte er allerdings noch von ihr wissen. „Haben die Ärzte eine Erklärung dafür wieso du nicht von der Krankheit angesteckt worden bist?“ „Bis jetzt haben sie noch keine Erklärung dafür. Sie befürchten aber, dass sie auch bei mir noch ausbrechen könnte, obwohl sie noch gar nicht wissen welche Krankheit ihr habt. Übrigens, Neila kann wieder laufen“, sagte sie ihm aufgeregt mit unverhohlener Freude in der Stimme. Als seine Mutter den Namen Neila zum zweiten Mal aussprach wurde ihm plötzlich bewusst, dass er den Namen der Kleinen seiner Mutter gegenüber vor seiner Bewusstlosigkeit erwähnt haben musste. Allerdings konnte er sich nicht mehr daran erinnern. „Ja, sie haben es mir gesagt, dass sie wieder laufen kann. Das freut mich so sehr“, erwiderte Severin. „Wie ist denn das vor sich gegangen, dass sie plötzlich wieder laufen kann“, wollte er wissen. „Als die Rettung mit Blaulicht und eingeschalteter Sirene angefahren kam, wurde sie wach und schaute mit großen Augen auf das reflektierende Licht an den Wänden. Ich bin zur Haustür gegangen und habe ihnen aufgemacht. Als ich die Tür zu deinem Zimmer geöffnet habe sind die Sanitäter mit einer Bahre hineingegangen, und das hat Neila mitbekommen. Sie hat ja gewusst dass du nebenan liegst, vermute ich zumindest, denn als sie dich auf der Bahre hinaus getragen haben, war sie völlig aufgebracht. Sie hat geschrien, und als einer der Sanitäter die Tür vom Krankenwagen aufgemacht hat, kam Neila mit wackligen Schritten aus dem Haus und hat unverständliches Zeug geredet. Sie war außer sich, und ich bin mir sicher dass sie ohne zu Zögern in den Krankenwagen mit eingestiegen wäre, wenn sie schneller gehen hätte können. Als der Krankenwagen vor ihrer Nase weggefahren ist, blieb sie stehen und wurde ganz still. Sie ließ den Kopf hängen, und hat geweint." Als er hörte dass sein kleiner Alien um ihn weinte, kamen ihm ebenfalls die Tränen. Er war froh dass seine Mutter Videotelefonate hasste und ihn niemand mit Tränen in den Augen sehen konnte. Zum ersten Mal war er froh darüber, dass sich seine Mutter der Technik verweigerte und es beim gewöhnlichen Telefonieren beließ. „Ich habe sie fest umarmt, was sie auch erwidert hat, und habe sie getröstet. Bevor sie weggefahren sind habe ich dem Notarzt erzählt was passiert ist. Er hat gesagt wir dürfen das Haus vorläufig nicht verlassen, weil sie eine hoch ansteckende Krankheit bei dir und bei Neila vermuteten. Der Arzt meinte wir sollen das Nötigste zusammenpacken, weil wir bald abgeholt und ins Krankenhaus gebracht würden. Ich hab dem Arzt gesagt, dass das nicht geht weil ich Besuch bekomme. Er hat mir dann sehr nachdrücklich erklärt dass ich alle Termine für die kommenden Tage absagen muss. Ich bin richtig erschrocken und ich glaube Neila hat das gespürt. Sie hat sich im Gesicht gekratzt und an den Haaren gezogen. Um sie zu beruhigen habe ich ihr Malstifte und eine Karte gegeben. Darauf hat sie glaube ich ihre Familie gemalt. Auf jeden Fall hat sie die Karte nicht los gelassen bis wir im Krankenhaus waren. Zum Glück habe ich die Kleider von Kathi noch nicht weggeworfen, sonst hätte ich Neila in eine Decke einwickeln müssen.“ Kathi war die Enkelin seiner Mutter und hatte einige Jahre bei ihr im Haus gewohnt, bevor sie mit ihrem Freund in eine Mietwohnung gezogen war. „Und dann, was ist dann passiert“, fragte Severin neugierig. „Ich habe ihr die Haare nachgeschnitten. Ihre Frisur war auf keinen Fall krankenhaustauglich. Ich glaube dass sie sich die Haare mit einem Messer selbst abgeschnitten hat, oder jemand anderer hat sie ihr abgeschnitten. Auf jeden Fall waren ihre Haare grauenvoll zugerichtet, dabei hat sie doch so schöne Haare. Zuerst hat sie sich gesträubt dagegen, doch als ich den Spiegel vor sie hingestellt habe, schaute sie ganz verwundert hinein und hat glaube ich gar nicht registriert dass ich ihr mit der Schere die Haare geschnitten habe. Danach habe ich für sie und mich die Sachen gepackt. Ich war gerade fertig mit herrichten als wieder ein Krankenwagen mit Blaulicht angefahren kam, und uns mitgenommen hat. Die Nachbarn haben aus den Fenster geschaut, manche sind sogar aus den Haustüren gekommen und haben blöd zu uns rüber geschaut. Die werden sich jetzt bestimmt …“. „Die Nachbarn denken sich immer irgendetwas, lass sie denken und reden was sie wollen. Wenn sie dich fragen was passiert ist, dann sag ihnen einfach, dass es sie nichts angeht." „Du hast leicht reden, deine Nachbarn sind es ja nicht. Wenn mich jemand von der Familie oder meine Freundinnen fragen was passiert ist, dann kann ich ihnen nicht sagen dass es sie nichts angeht." „Du hast Recht. Tu einfach was du für richtig hältst. Also, wie ist es dann weiter gegangen?" „Wir sind dann nebeneinander im Krankenwagen gesessen und haben uns gegenseitig festgehalten. Sie hat immer so große Augen gemacht und sich vor allem gefürchtet. Vor dem Auto, den Sanitäter … einfach vor allem hatte sie Angst. Ich habe ihr immer zugeredet und sie zu beruhigen versucht. Äußerlich war sie auch ruhig, aber innerlich hat sie gezittert vor Angst. Ich hab ihr gesagt wie froh ich bin dass sie wieder laufen kann, und wie gut sie alles macht. Aber irgendwie hatte ich das Gefühl dass sie kein einziges Wort verstanden hat." Das kann ich mir gut vorstellen, dachte sich Severin als er die Schilderungen seiner Mutter hörte. „Als wir beim Krankenhaus angekommen sind, haben sie uns gleich in einen Rollstuhl gesetzt, und uns in die Quarantänezimmer gebracht. Als sie gemerkt hat, dass sie in ein anderes Zimmer muss, hat sie sich gewehrt und wollte aus dem Rollstuhl aufstehen. Sie wollte unbedingt dass ich die Karte die sie gemalt hat nehme. Ganz aufgeregt hat sie sie mir entgegen gestreckt und hat dabei wieder so unverständlich geredet. Ich dachte mir sie hat die Karte für dich gemalt, deshalb habe ich eine nette Krankenschwester gebeten, dass sie sie dir aufs Zimmer bringt. Als sie aufstehen wollte haben die Pfleger sie aber gleich wieder in den Rollstuhl zurück gedrückt, obwohl ich sie darum gebeten habe, dass sie Neila mit mir zusammen in ein Zimmer bringen. Sie haben gesagt, dass die Quarantänebestimmungen vorschreiben, dass wir vorerst gesondert voneinander untergebracht werden. Ich wollte mich dagegen wehren und habe sie gefragt ob diese Bestimmungen Vorrang haben vor dem psychischen Wohlergehen eines kleinen Mädchens in einer völlig fremden Umgebung. Darauf meinten sie lapidar, dass sie nur ihre Pflicht tun. Wie Schafe, zu blöd um sich eigene Gedanken zu machen, und einem stupiden Gesetz den Vorzug geben vor gesundem Menschenverstand. Vor meinen Augen haben sie sie einfach mit dem Rollstuhl ins Nebenzimmer geschoben, obwohl sie die Hand nach mir ausgestreckt und geweint hat. Diese dummen Holzklötze. Die Schwestern waren aber immer so nett und haben mich über Neila auf dem Laufenden gehalten. Sie sagen, dass sie wieder gut laufen kann und auf alles neugierig ist, als hätte sie es zum ersten Mal gesehen. Dann hat sie wieder Phasen wo sie völlig teilnahmslos im Bett liegt und nur auf die Decke starrt. Angeblich fehlt ihr überhaupt nichts. Außer Karies und zwei Löcher in den Zähnen ist sie kerngesund. Die Ärzte haben keine Ahnung was sie hatte … oder immer noch hat. Und jetzt sag, wie geht es dir?“ Severin war seiner Mutter dankbar für die ausführliche Zusammenfassung und antwortete ihr wahrheitsgetreu mit trauriger Stimme, dass bis auf den Umstand dass er seine Arme nicht bewegen konnte, es ihm soweit ganz gut geht. Auch in seinem Fall wüssten die Ärzte nicht welche Krankheit er habe, und dass sie sein Blut in ein Speziallabor geschickt haben. „Neila wird schon zurecht kommen. Ich glaube sie hat schon Schlimmeres als das hier durchgemacht“, versuchte er seine Mutter und sich selbst aufzumuntern, und verabschiedete sich von ihr. Wobei er sich nicht so sicher war ob Neila all das Neue so ohne weiteres würde wegstecken können. Einen Kulturschock, wie auch immer der sich äußert, müsste sie auf jeden Fall haben, dachte er, und schickte ihr aufmunternde Gedanken und seine Liebe. Genauso wie bei seinen eigenen Kinder. Da sie nichts mit ihm zu tun haben wollten, ihn nie besuchten und seine Anrufe ignorierten, blieb ihm nichts anderes übrig als ihnen auf medialem Weg seine Liebe zu schicken. Er hatte es längst aufgegeben Kontakt mit ihnen herzustellen, und mittlerweile kam er auch gut klar damit. Nur von Zeit zu Zeit spürte er schmerzhaft das Band das ihn mit seinen Kindern verband und vermisste sie. Der Schmerz kam oft völlig unerwartet. Er war zwar längst nicht mehr so heftig wie am Anfang als seine Kinder den Kontakt mit ihm einstellten, doch es tat immer noch weh. Eigentlich hatte Severin vor sich aktuelleren Themen zu widmen, doch da sich seine Kinder bereits in sein Bewusstsein gedrängt hatten, wollte er sich auch mit ihnen befassen. Jedes Mal wenn er das tat, suchte er die Schuld oder die Gründe für den ausbleibenden Kontakt bei sich selbst, obwohl seine Kinder es waren die seine Anrufe ignorierten, sie waren es die nicht den Anstand hatten sich bei ihrer Oma für die Weihnachtsgeschenke zu bedanken die er ihnen überbrachte. Dieser Vorwurf galt allen 4 Kinder, und er schämte sich dafür dass seine Kinder es nicht schaffften sich für ein Geschenk zu bedanken. Die mittleren zwei Kinder waren hauptsächlich diejenigen die ihn stressten und ihm Sorgen machten. Sie hielten Vereinbarungen und Verabredungen nicht ein, und hatten ihn schon mehrmals versetzt ohne sich vorher die Mühe zu machen ihm Bescheid zu sagen. Sie waren es die sich nur dann bei ihm meldeten wenn sie Streit hatten und die Situation bei ihnen zuhause eskalierte. Gegenseitig schlugen sie auf sich ein, beschimpften sich gegenseitig aufs Wüsteste, ja sogar auf ihre Mutter schlugen sie ein, sie nahmen Drogen und bekamen natürlich Schwierigkeiten mit der Polizei. Es kam sogar soweit dass sich das Kinder- und Jugendamt einschaltete, was jedoch genau gar nichts brachte. Die Familienhilfe wurde installiert, doch auch sie vermochte nicht die Situation bei seinen Kinder zuhause zu verbessern. Er selbst hatte seinen Kindern den Vorschlag unterbreitet, dass ein oder auch zwei Kinder zu ihm ziehen könnten. Ja er war sogar bereit einer seiner Töchter seine Wohnung zu überlassen damit sich die Situation bei ihnen zuhause entspannen konnte. Er wäre zum Wohl seiner Kinder ohne zu zögern in das Haus seiner Eltern gezogen, obwohl das das letzte war was er wollte. Unverständlicherweise hatten sie aber alle seine Angebote abgelehnt, obwohl seine Töchter immer sagten, dass alles besser wäre wenn sie alleine wohnen könnten. Alles nur Kindergeschwafel, obwohl sie schon Jugendliche und keine Kinder mehr waren. Sie waren schlicht weg unfähig zu ihrem Wort zu stehen, obwohl er eigentlich davon ausging, dass sie doch einige Jahre lang eine gute Kinderstube genossen hatten. Wie oft fuhr er zu ihnen nachhause und versuchte die Situation zu klären und seine weinenden Kinder zu trösten, obwohl er ihre Dramen so satt hatte, dass er mehr als einmal kurz davor war den Kontakt zu ihnen abzubrechen. Es gelang ihm jedoch nie diesen Schritt zu machen, bis schließlich der Zeitpunkt kam, als er feststellen musste, dass sich seine Rolle als Vater zunehmend in eine Rolle als emotionaler Müllkübel verwandelte, und er nicht mehr damit zurecht kam. Dieser Prozess ging über Jahre und saugte ihm zunehmend die Freude und Kraft aus dem Herzen und aus der Seele. Auch sein Körper litt unter der Situation. Schweren Herzens musste er sich irgendwann eingestehen, dass er nicht über die Kraft verfügte seinen Kinder ständig hinterherzulaufen und eine Abfuhr nach der anderen einzustecken. Oft fragte er sich wie die Mutter seiner Kinder das ständige Theater aushalten konnte. Wenn er noch mit ihnen zusammen leben und seine Kinder sich so aufführen würden wie sie es nun mal taten, hätte er sie ohne lange zu fackeln mit Sack und Pack aus der Wohnung geworfen. Da sich ihre Wege jedoch getrennt hatten, kam irgendwann der Zeitpunkt wo er sich um sein eigenes Wohlergehen kümmern musste, und er seine Versuche den Kontakt zu seinen Kinder aufrechtzuerhalten einstellte. Wann immer sie ihn brauchten, würde er für sie da sein, doch er ließ sich nicht mehr in ihre Dramen hineinziehen. Sie mussten nun selbst ihre Konflikte lösen, und als er ihnen das sagte, kam der Kontakt, bis auf seltene Treffen mit seiner ältesten Tochter und seinem Sohn, völlig zum Erliegen. Severin lag auf dem Krankenhausbett, starrte an die Decke und fragte sich, wie oft er sich schon die Frage stellte was er anders oder besser hätte machen können. Als sie noch zusammen wohnten war er ein guter Vater, streng, manchmal auch ungerecht aber die meiste Zeit über liebevoll und fürsorglich. Seine Kinder machten ihm gelegentlich den Vorwurf dass er sie verlassen hätte, doch diesen Schuh weigerte er sich anzuziehen. Er wohnte immer in ihrer Nähe und sie hatten immer die Gelegenheit zu ihm zu kommen, doch das taten sie schon viele Jahre nicht mehr. Seine Vertrauten denen er die Situation mit seinen Kindern schilderte, meinten immer, dass seine Kinder in der Pubertät sind und sie irgendwann wieder kommen würden. Doch das taten sie nicht, und jedes Mal wenn er sich dessen bewusst wurde spürte er einen stechenden Schmerz im Herz und in der Bauchgegend. Es war immer dasselbe, je ausführlicher er die Situation mit seinen Kindern reflektierte umso mehr vermisste er sie und umso heftiger wurde der Schmerz. Also beschloss er zum Selbstschutz das Nachdenken über seine Kinder einzustellen. Abschließend redete er sich ein, dass seine Kinder nur durch ihn auf diese Welt kamen und in erster Linie Kinder Gottes sind, deshalb bat er Gott darum dass er sich ihrer annimmt, und verdrängte sie aus seinem Bewusstsein. Inzwischen hatte sich auf sonderbare Weise ein neues Kind in sein Leben geschlichen, und auch das bereitete ihm Sorgen. Der Gedanke an Neila löste ihn aus seiner Erstarrung. Langsam drehte er den Kopf auf die linke Seite und blickte auf die Karte die sie für ihn gemalt hatte. Sollten diese drei Strichmännchen wirklich ihre Familie darstellen, ihre Eltern und sie? Severin setzte sich auf und schaute die Karte noch einmal genau an. Ein Mädchen in ihrem Alter malt keine Strichmännchen mehr, außer es hat nicht viel Gelegenheit seine Malkünste zu verfeinern, wovon in Neilas Fall auszugehen war. Wahrscheinlich gab es dort wo sie noch vor ein paar Tagen lebte gar kein Papier geschweige denn Buntstifte. Nach genauerer Betrachtung konnte er erkennen, dass eines der erwachsenen Strichmännchen kleiner war als das andere und eine Frau darstellte. Neila hatte mit bunten Farben die Figuren die ursprünglich schwarz waren übermalt, und eine der Figuren war etwas pinker als die andere, kleiner und hatte längere Haare als die andere Figur. Auf dem Bild waren noch einige grüne Grashalme, zwei kleine bunte Blumen und eine Hütte zu sehen. Selbst die Hütte hatte sie mit bunten Farben übermalt, nur die Sonne nicht. Sie liegt manchmal teilnahmslos in ihrem Bett und starrt an die Decke, hatte ihm seine Mutter erzählt. Was mochte wohl in dem Mädchen vorgehen, fragte sich Severin. Fern der Heimat, unfähig sich mitzuteilen oder die anderen zu verstehen, und alles um sie herum ist neu für sie. Nicht auf die Art neu wie es für ihn neu war als er zum ersten Mal nach Temira kam. Bei ihm war es das genaue Gegenteil. Auf Temira sah er nichts was er nicht schon einmal gesehen hatte. Für Neila war es komplett anders. Sie wurde praktisch überschwemmt mit neuen Eindrücken jeglicher Art. Neue Bilder, eine neue Sprache, neue Gerüche, unbekannte Geräusche, ja sie musste von neuen Sinneseindrücken nahezu erschlagen worden sein. Sie tat ihm in diesem Moment unendlich Leid. Das künftige Schicksal von Neila lag nun nicht mehr in seiner Hand. Er hatte sein Bestes getan um sie am Leben zu erhalten, jetzt bat er Gott, dass er sich auch um sie kümmert und sich ihrer annimmt. Sein Versprechen das er ihr auf dem Bergkamm gegeben hatte, dass er sie wieder in ihr Dorf zurückbringt, würde er wohl nicht so schnell einlösen können. Es war ohnehin anzunehmen dass ihre Angehörigen tot sind, aber warum eigentlich? Etwas in ihm weigerte sich zu glauben, dass ihre Eltern tot sind, wahrscheinlich die Hoffnung, doch die Tötungen die er auf dem Dorfplatz im Hinterland gesehen hatte, sprachen nicht gerade dafür dass ihre Angehörigen noch am Leben sind. Wie hypnotisiert blickte er auf die schwarze Sonne, und fühlte erneut wie ihn etwas in den Abgrund zog. Er wusste ganz genau was es war, nur war er noch nicht bereit sich diesem Trauma zu stellen. Neila war ihm ein leuchtendes Beispiel dafür wie man sich mit dem Tod im Nacken dennoch eine positive Lebenseinstellung bewahren kann. Severin gedachte es ebenso zu händeln, obwohl der Tod an seine Tür klopfte um mit ihm ein ernstes Wörtchen zu reden. Aber noch nicht jetzt, später. Früher oder später würde er sich seiner Verantwortung stellen müssen, das spürte er instinktiv, und um sich von dieser Vorstellung schnellst möglichst zu lösen checkte er seine Nachrichten. Es war ein kompliziertes Unterfangen mit seinen schlaffen Armen das Handy im Stehen zu bedienen. Doch es funktionierte, obwohl er sich mehr als einmal vertippt hatte. Unter Anrufe in Abwesenheit fand er den Namen seiner Brüder, seine Mutter und sein Chef versuchten ihn anzurufen, vier gute Bekannte und zwei Anrufe mit unbekannter Nummer. Kein einziger Anruf von einem seiner Kinder. Was soll's, ist ja mittlerweile nichts Neues mehr, versuchte sich Severin zu trösten, und würgte den aufkeimenden Schmerz augenblicklich ab. In den SMS Nachrichten fand er nur eine Anfrage von zwei seiner Brüder zum Kartenspielen, zwei Werbesendungen und eine Sturmwarnung von seiner Versicherung. Vor zehn Jahren noch konnte man sicher sein, dass eine Sturmwarnung der Versicherung per SMS auch Regen mit sich brachte, und zwar heftigen Regen. Damit war es schon lange vorbei. Die Stürme die jetzt über seine Heimat fegten brachten keinen Tropfen Regen mit sich und zerstörten unglaublich große Waldflächen. Dabei musste er an den Sturm auf Temira denken der auch viel Wald zerstörte, aber auch eine Unmenge von lebensspendendem Wasser mit sich brachte. Um seine Emails zu lesen und ins Internet zu kommen, musste er sich im WLAN des Krankenhauses einloggen, was gar nicht so einfach war. Im Stehen konnte er nicht alles lesen was auf dem kleinen Bildschirm stand und da er nur im Stehen die Tastatur bedienen konnte, hatte er sich immer wieder vertippt. In seiner Verzweiflung war er kurz davor den Knopf für das Pflegepersonal zu drücken, doch da es kurz vor Mitternacht war, sah er davon ab. Die Pfleger hätten sich einschleusen und die ganze Schutzausrüstung anziehen müssen, nur um ihm zu helfen sich ins WLAN einzuloggen. Darüber wären sie bestimmt nicht erfreut gewesen, und da er keinen Hunger und auch nicht scheißen musste, gab es keinen Grund das Krankenhauspersonal zu so später Stunde zu drangsalieren. Außerdem wusste er nicht wie lange er noch im Krankenhaus bleiben muss, und wollte deshalb nicht den Unmut des Personals auf ihn ziehen. Also musste er es weiterhin probieren. Nach mehreren erfolglosen Versuchen schaffte er es schließlich sich einzuloggen, und seine Emails zu lesen. Er gratulierte sich dafür, dass er vor Jahren beschlossen hatte sich von allen sozialen Medien loszusagen und mit dem Telefon nur noch über Anrufe, SMS und Emails zu kommunizieren. Wenn er auch noch andere Medien wie Twitter, Facebook und dergleichen hätte abrufen müssen, wäre er durchgedreht. Das umständliche Einloggen hatte ihn so wütend gemacht, dass nicht viel gefehlt hätte und er hätte sein Telefon zum Fenster hinaus geworfen. Zum Glück waren die Fenster alle geschlossen. Als er schließlich doch noch seine Emails abrufen konnte, weckte die Email von seinem Chef als erstes sein Interesse. Er hatte noch nie eine Email von seinem Chef bekommen, also musste der Inhalt wohl wichtig sein. Als er die ersten Zeilen gelesen hatte war ihm sofort klar um was es ging. Angeblich hatte ihn sein Chef schon mehrmals versucht telefonisch zu erreichen um einen Gesprächstermin mit ihm auszumachen. Da er aber nicht erreichbar war müsse er ihm nun auf diesem Weg eine bedauerliche Mitteilung machen. Die Auftragslage in der Firma stand nicht zum Besten, und da einige potentiellen Kunden ihre Aufträge zurückzogen weil sie arbeitslos wurden, sehe er sich gezwungen, so Leid es ihm tut, ihn zu kündigen. Selbstverständlich würde er die übliche Abfindung erhalten und er wäre froh wenn er noch ein abschließendes Gespräch mit ihm führen könne. Er schätze ihn sehr als verlässlichen und kompetenten Mitarbeiter und wünschte ihm für seine Zukunft alles Gute. Severin nahm die Nachricht mit gemischten Gefühlen zur Kenntnis. Einerseits fühlte er sich in seiner Ehre und seinem Stolz als Handwerker gekränkt und andererseits war er froh dass ihm sein Chef die Entscheidung abgenommen hatte sein Arbeitsverhältnis aufzulösen. Seltsam dass er sich gekränkt fühlte, dachte er. Besser hätte es für ihn gar nicht laufen können. Er bekam die volle Abfertigung, was seines Wissens, aufgrund seines langjährigen Arbeitsverhältnisses, ein volles Jahresgehalt ausmacht und er würde seinen Chef auch nicht mehr anlügen müssen. Zudem, und das war für ihn das größte Highlight, würde er sich nun an keine Zeitpläne mehr halten müssen. Er war frei tun und lassen zu können was immer er will. Gewiss, er würde noch ein paar Jahre Alimente für seine Kinder zahlen müssen und würde auf ein geregeltes Einkommen angewiesen sein, doch die Dauer der Unterhaltszahlungen belief sich höchstens noch auf ein paar Jahre. Die Aussicht darauf auch in finanzieller Hinsicht bald frei zu sein, war erbaulich, zumal er auf Temira eine recht ausgiebige Einnahmequelle gefunden hatte. Sollten sich die Goldvorräte auf Temira auf die Menge beschränken die er gefunden hatte, würde er trotzdem seiner Verantwortung als Vater, die einzige Verantwortung die er seinen Kindern gegenüber noch hatte, nachkommen können. Irgendeine Lösung würde er finden ohne seine neu gewonnene Unabhängigkeit aufgeben zu müssen. Severin hatte nicht vor sich um einen neuen Job zu bewerben. Als erstes würde er sich auf dem Arbeitsamt arbeitslos melden, was ihm zumindest vorübergehend ein Einkommen garantieren würde. Zum ersten Mal in seinem Leben würde er Arbeitslosengeld kassieren. Im ersten Moment als ihm gewahr wurde dass er nun den Status eines Arbeitslosen hat, fühlte er sich beschämt und nutzlos. Doch er machte sich schnell bewusst dass er mittlerweile 35 Jahre gearbeitet hatte und es keinen Grund für ihn gab sich dafür zu schämen dass er arbeitslos ist. In erster Linie ging er arbeiten um ein Einkommen zu haben, doch im Rückblick sah er seine Arbeit auch als Dienst an der Gesellschaft. Es stand ihm zu Arbeitslosengeld zu kassieren, nicht nur in arbeitsrechtlicher Hinsicht sondern auch in moralischer Hinsicht, und zwar mehr als den meisten anderen. Bis auf den Kratzer in seinem Stolz und in seiner Ehre war das Thema Arbeitsplatz für ihn erledigt. Der Kratzer würde bald heilen, und insgesamt betrachtet überwiegten eindeutig die Vorteile die die Kündigung mit sich brachten. Severin fühlte sich von einer großen Last befreit und war froh einen weiteren Punkt auf seiner To-do-Liste abhaken zu können. Die restlichen Emails waren hauptsächlich Werbesendungen die er sofort löschte. Die Nachricht der Autowerkstatt dass die jährliche Überprüfung seines Autos anstehend ist löschte er nicht. Zufrieden darüber dass er nun auch seine Nachrichten gecheckt hatte, ging er noch ein paar Mal auf dem Zimmergang hin und her und machte seine eigene Physiotherapie. Durch die Tatsache dass er seine Arme nach wie vor so gut wie gar nicht bewegen konnte ließ er sich jedoch nicht seine gute Laune verderben. Wer weiß wie lange sein Hochgefühl noch anhalten würde, dachte er sich, schaltete das Licht aus und legte sich ins Bett. Da er sich auf seinen rechten Arm legte und nicht dazu imstande war seinen Arm unter seinem Körper herauszuziehen, musste er noch einmal aufstehen. Beim zweiten Versuch setzte er sich zuerst auf die Bettkante und ließ sich dann ins Bett fallen. Nun lag er mit am Körper angelegten Armen wie ein Soldat im Bett, und war mit sich selbst und der Welt im Reinen. Mit Blick auf die Zimmerdecke dachte er an Neila, schickte ihr liebevolle Gedanken und schlief bald darauf ein.

Irgendwann mitten in der Nacht wachte er schweißgebadet auf. Der Albtraum der ihn heimsuchte war noch völlig klar und lebendig in seinem Bewusstsein. Er sah sich selbst an einer Kegelbahn stehen. Anstatt den Kugeln die normalerweise auf einer separaten Bahn zurück rollen, rollten Köpfe zu ihm. Unaufhörlich rollten sie heran und stießen aneinander, bis die Kugelbahn auf der ganzen Länge bis zum Kegelschacht voll war mit abgetrennten Köpfen. Im Traum stand er vor dem Abwurf und blickte voller Entsetzten auf die toten Köpfe, unfähig sich auch nur einen Millimeter von der Stelle zu bewegen. In seinem Traum war er die einzige Person, niemand sonst erschien auf der Bildfläche seines bizarren Traums. Um sich von den ekelhaften Bildern zu lösen setzte er sich auf die Bettkante und blickte auf die Uhr auf seinem Handybildschirm. Es war 2 Uhr morgens. Draußen war es bis auf das spärliche Licht einiger Straßenlampen stockdunkel. Instinktiv suchte er nach etwas das sein Interesse weckte und ihn von den gruseligen Bildern erlöste. Da er aber weder im Zimmer noch draußen im Freien irgendetwas von besonderem Interesse entdecken konnte, wollte er sich auf Youtube etwas reinziehen. Doch als er aufstand und sein Handy anwerfen wollte, wurde ihm die umständliche Fummelei an seinem Handy schnell zu blöd. Physiotherapie ist jetzt wichtiger als im Internet surfen, dachte er sich, und ging auf dem Zimmergang auf und ab. Wieder bewegte er seine Arme aus den Schultern heraus und glaubte auf Anhieb eine Verbesserung seiner Armfunktionen feststellen zu können. Schnell musste er jedoch feststellen dass lediglich der Wunsch Vater des Gedankens war, und er seine Arme genauso gut oder genauso schlecht bewegen konnte wie ein paar Stunden zuvor. Eigentlich hatte er nicht die geringste Lust mitten in der Nacht Physiotherapie zu machen, doch die Alternative war noch viel weniger lustvoll. Also ging er weiter den Gang hin und her und überlegte sich eine Strategie wie er sich seinem Trauma stellen sollte. Offensichtlich ließ ihn sein Unterbewusstsein oder was auch immer ihm den Albtraum beschert hatte nicht in Ruhe, und so beschloss er sich seiner Verantwortung zu stellen. Doch um sich den schrecklichen Ereignissen im Hinterland zu stellen würde er professionelle Hilfe brauchen. Nur welcher Psychotherapeut würde ihm seine Geschichte abkaufen und ihn für voll nehmen. Im schlimmsten Fall würden die Psychofritzen ihn wegsperren lassen, weil er womöglich eine Gefahr für andere darstellt. Wie würde ein Psychotherapeut wohl darauf reagieren wenn er ihm oder ihr erzählen würde, dass er eine Zeitreise gemacht hatte, fragte sich Severin. Und was würde sich der Therapeut wohl denken wenn er ihm erzählt, dass er während seines Aufenthaltes irgendwann im Mittelalter mit seinem Gewehr auf eine Amtsperson geschossen und damit eine Frau vor dem Scheiterhaufen bewahrt hat. Danach hatten Soldaten die schwer verletzte oder vielleicht auch tote Amtsperson über den Rücken eines Pferdes gelegt, und das ganze miese Pack ist wie vom Teufel mit der Gabel in den Arsch gestochen geflohen. Dummerweise sind sie später zurückgekommen, und haben alle Menschen im Dorf grausam umgebracht. Und das nur, weil er, Severin Freud, diesen widerlichen Drecksack angeschossen oder vielleicht auch getötet hatte. Diese Geschichte würde ihm kein Mensch glauben, wie sollte er sich dann Hilfe von jemandem erwarten, resümierte er erneut. Nein, von dieser Last würde ihn wohl niemand befreien können. Außer natürlich, sein bester Freund, der Schöpfer von allem was ist … der Verzeiher und Erlöser, Gott der Allmächtige … der Bewahrer von allem Übel. Noch bevor er seinen Sarkasmus auf die Spitze trieb ,wurde ihm gewahr, dass der liebe

Gott ihm nicht so mir nichts dir nichts die Schuld erlassen würde. Wobei sein Sohn, soweit er sich erinnern konnte, prophezeit hatte, dass demjenigen der um Vergebung bittet auch vergeben wird. Also bat Severin ihn auch um Vergebung, und zwar mit aller Ernsthaftigkeit die er aufzubringen im Stande war. Um sich besser zu konzentrieren legte er sich wieder ins Bett, und bat Gott um Verzeihung. Der Schuss den er auf eines seiner weniger gut gelungenen Kinder abgefeuert hatte, war wohl ausschlaggebend dafür dass die Soldaten tödliche Rache an den unschuldigen Menschen nahmen, und dadurch etliche Generationen von Menschen auf einen Schlag ausgerottet wurden. Apropos, dachte sich Severin, wenn dem so war oder ist, dann müssten ja wohl die Medien davon berichten, dass auf unerklärliche Weise dutzende wenn nicht gar tausende von Menschen wahrscheinlich auf der ganzen Welt einen rätselhaften und plötzlichen Tod gestorben sind. Den Schuss auf den üblen Drecksack bedauerte er in keinster Weise. Dass die Soldaten daraufhin die Siedler oder Dorfbewohner massakrierten war zwar nicht seine Schuld, aber indirekt doch. Weit mehr würden die toten Nachkommen dieser getöteten Dorfbewohner ins Gewicht fallen, und dazu musste man kein Rechengenie sein um sich auszurechnen, dass die Nachkommen über einen Zeitraum von circa 1000 Jahren wohl weit mehr als einige Dutzend sein müssten. Irgendwie wurde ihm das alles zu kompliziert, und so nahm er sich vor, gleich am Morgen eine Schwester zu fragen ob sie ihm die wichtigsten Nachrichten der letzten vier Tage berichten kann. Sollten wirklich vor vier Tagen tausende Menschen plötzlich gestorben sein, dann würde er sich noch einmal an Gott wenden müssen. Jetzt begriff er auch wieso er manchmal das Gefühl hatte dass ihm der Tod im Nacken saß und an seine Tür klopfte um ein ernstes Wörtchen mit ihm zu reden. Mit dieser düsteren Vorstellung im Kopf wollte er jedoch nicht einschlafen, und so fing er sein Gebet noch einmal von vorne an und versuchte bei der Sache zu bleiben. Um dem Gebet Nachdruck zu verleihen sprach er mit Gott nicht nur in Gedanken sondern in Worten. „Lieber Gott, Schöpfer von allem was ist. Als dein Sohn bitte ich dich von ganzem Herzen um Verzeihung, obwohl ich keine Reue verspüre dass ich diesen feisten Sack angeschossen habe. Ich weiß er ist auch eines deiner vielen Kinder, aber ich weiß auch aus eigener Erfahrung, dass sich Kinder manchmal von ihrem Vater lossagen und nichts mit ihm zu tun haben wollen. Wenn das für dich ebenso schmerzvoll ist wie für mich, dann … Ich weiß nicht was ich dann tun soll. Doch, ich weiß es, ich möchte dich gerne festhalten, ganz fest in die Arme nehmen. Aber wie soll ich das machen? Sobald ich hier rauskomme halte ich einen Baum ganz fest, weil das ja auch du bist, und ich dir gerne meine Liebe geben möchte. Gilt das auch? Dir wäre lieber wenn ich Menschen meine Liebe schenke!? Ok, mach ich. Vielleicht könntest du mir ja eine schöne Frau vorbei schicken, weil mit „Menschen Liebe schenken“ hab ich so meine Schwierigkeiten. Mit einer passenden Lebens- oder Seelengefährtin könnte ich mir das ganz gut vorstellen. Jetzt bin ich aber schon wieder abgeschweift, entschuldige, das passiert mir oft. Es tut mir Leid was meine Tat für Auswirkungen hatte. Wenn ich wirklich in den Lauf der Geschichte eingegriffen und eine Sünde begangen habe, dann ist es nur Recht wenn mich Gevatter Tod besuchen kommt. Aber … ich habe Angst. Ich habe Angst dass ich etwas Furchtbares angestellt habe. Du weißt dass ich nicht so gerne Angst habe, bitte hilf mir! Ich hab ja auch Neila gerettet und … ich bin auch nett zum Krankenhauspersonal. Ausgerechnet jetzt wo ich nicht mehr arbeiten muss und du die Weichen für mein Leben so gestellt hast, dass ich es mir gar nicht schöner träumen hätte können, ausgerechnet jetzt kommt der Tod zu mir!? Halt ihn bitte noch eine Weile hin! Ich möchte noch länger leben, bitte! Aber nicht mein Wille, sondern … dein Wille geschehe. Ich glaube dass ich gleich einschlafe. Wenn du willst, dann lass mich gut schlafen, und vielleicht kannst du mir ja im Schlaf mitteilen was dein Wille ist, ok!? Nur wenn du das tust, dann lass mich den Traum nicht vergessen. Pass bitte auf meine Kinder und auf Neila auf. Danke für alles. Ich liebe dich!“

In aller Herrgotts Frühe wurde er vom Klopfen an der Zimmertür geweckt. Die vermummte Person trat natürlich ins Zimmer ohne auf ein „Herein“ von ihm zu warten und schob einen Wagen vor sich her. Severin war kurz davor die aufdringliche Person aus dem Zimmer zu jagen, doch als sie „Guten Morgen Herr Freud“ zu ihm sagte, verflog sein Ärger sofort, weil er an der Stimme Schwester Christine erkannte. Für sie machte er natürlich eine

Ausnahme und ließ sie selbstverständlich gewähren, obwohl sie ihn schon wieder aus dem Schlaf gerissen hatte. „Guten Morgen Schwester Christine, oder soll ich sie mit ihrem Nachnamen anreden?“ „Sie dürfen mich gerne mit Christine anreden, einfach nur Christine“, erwiderte sie mit neutralem Tonfall. „Dann sagen sie bitte Severin zu mir und lassen das Herr weg, wenn das für sie passt.“ Christine erwiderte nichts darauf und nickte nur leicht mit dem Kopf. „Ich bringe ihnen das Frühstück. Haben sie Hunger?“ „Jetzt wo sie’s sagen … ja hab ich, und wie“, erwiderte er wahrheitsgemäß. „Das glaube ich. Sie haben seit vier Tagen kaum etwas gegessen. Ich werde ihnen beim Essen behilflich sein“, sagte sie und setzte sich ihm gegenüber auf einen Stuhl. „Sehr gut. Übrigens, danke noch dass sie den Gruß an meine Mutter weitergeleitet haben.“ „Schon gut“, erwiderte sie kurz angebunden. „In dem Fall hat es geklappt mit telefonieren“, stellte sie nach einer längeren Pause emotionslos fest, während er ein Stück vom Marmeladebrot kaute. „Mhmm“, war das einzige was er erwidern konnte. An ihrem Tonfall konnte er erkennen dass irgendetwas mit ihr nicht stimmte, und dass sie nicht gerade in Hochstimmung war. Auf Smalltalk würde sie in ihrem Zustand wohl nicht viel Wert legen. Vielleicht war auch er der Grund dafür wieso Christine irgendwie niedergeschlagen wirkte, weil sie ihn füttern musste, dachte er, und entschied sich dazu ihr nicht lästig zu sein. Etwas musste er allerdings wissen, und das duldete keinen Aufschub. Nachdem er das üppige Frühstück ohne zu schmatzen und zu kleckern mit großem Appetit verdrückt hatte fragte er Christine, „können sie mir sagen ob in den letzten Tagen etwas Außergewöhnliches geschehen ist?“ „Wo, hier im Krankenhaus?“ „Nein, allgemein, in Österreich, in Europa, auf der Welt. Ich tu mir schwer damit im Internet zu surfen, wegen … meinen Armen“, und blickte hilflos an sich herab. „Ich habe keine Ahnung was in den letzten 4 Tagen auf der Welt passiert ist“. „Sie Glücklicher“, meinte sie sehr ernst. „Wieso sagen sie das. Ist denn etwas Schlimmes passiert?“ Jetzt war Severin richtig neugierig doch er wurde von Schwester Christine hingehalten. Ob sie ihn absichtlich hinhielt konnte er nicht sagen, weil sie sehr beschäftigt wirkte. „Oh, sie müssen ja noch ihr Medikament nehmen.“ Oh, soviel ich weiß nimmt man Medikamente vor dem Essen, dachte sich Severin, behielt aber seine Skepsis für sich. Interessiert schaute er Christine zu wie sie das Tablett abräumte und auf den Wagen stellte, während er auf dem Zimmergang alibimäßig seine Übungen machte. Wieder brachte er seine Arme aus der Schulter heraus zum Schwingen und versuchte seine Armmuskeln zu bewegen. Erfreulicherweise konnte er seinen Unterarm schon etwas anheben, behielt aber seine Fortschritte für sich. Schwester Christine hatte ihn gebeten das Bett zu verlassen um es neu zu überziehen. Während sie ihre Arbeit verrichtete schaute er ihr möglichst unauffällig zu. Als sie das Leintuch auf der Matratze abgezogen hatte, stopfte sie es in einen Sack und band ihn mit einer Schnur zusammen. Dann öffnete sie eine Türe vom Rollwagen und warf den Sack hinein. Aus einem anderen

Fach zog sie ein neues Leintuch hervor und überzog damit die Matratze. Ihre Bewegungen waren fließend und das Überziehen schien ihr keinerlei Mühe zu machen, obwohl es kein Spannleintuch war. Im Nu hatte sie mit ein paar Handbewegungen das Tuch straff über die Matratze gespannt. Dazu hätte er dreimal so lange gebraucht, stellte er bewundernd fest. Als sie das Bett tiptop gerichtet hatte, entnahm sie aus einem weiteren Fach des Wagens Putzzeug und begann damit das Zimmer zu putzen. „Müssen sie das in jedem Zimmer machen", fragte er sie neugierig. „Nein, normalerweise macht das das Reinigungspersonal. Aber in einem Quarantänezimmer machen wir diese Arbeit mit, weil sich sonst zuviele Leute einschleusen müssten." „Was heißt das einschleusen", wollte er wissen. „Vor ihrem Zimmer gibt es eine Schleuse wo sich jeder der ihr Zimmer betritt Schutzkleidung anziehen muss. Das nennt man einschleusen." „Aha, und dann, was passiert mit dem Zeug das ihr anhabt, wird es verbrannt?" „Alles was ich anhabe ist Einwegkleidung und wird nur ein einziges Mal getragen. Wo und wie es entsorgt wird weiß ich nicht." „Dann sollte ich wohl nicht zu oft den Knopf drücken." Christine nickte nur während sie mit einem Putzlappen die Oberflächen vom Zimmerinventar abwischte. „Ist ihnen eingefallen ob in den letzten 4 Tagen irgendetwas Spezielles passiert ist, Christine?" „Verzeihen sie, ich war abgelenkt", versuchte sie sich für ihr Versäumnis zu entschuldigen. „Macht doch nichts. Entschuldigen sie dass ich so direkt frage, aber … geht es ihnen gut Christine?" „Nein tut es nicht", antwortete sie nach kurzem Zögern, machte aber keine Anstalten sich weiter dazu zu äußern, und putzte weiter. Severin war sich nicht sicher was er tun sollte. Sollte er sie in Ruhe lassen, oder sollte er sie in ein Gespräch verwickeln. Die Antwort war eigentlich naheliegend, doch was sollte er mit ihr reden. „Bin ich der Grund dafür dass es ihnen nicht gut geht?“ „Nein, wie kommen sie darauf?“ „Na ja, sie haben gesagt dass das Putzen normal jemand anders macht, und vielleicht ist ihnen ja auch die Nähe unangenehm während sie mich wie ein kleines Kind füttern müssen. Dann das ganze Einschleusenzeug …“ Nun hielt Christine zum ersten Mal in ihrer Arbeit inne und schaute ihm direkt in die Augen. „Nein, sie sind definitiv nicht der Grund. Das Einschleusen macht mir nichts aus und das Putzen auch nicht. Die Nähe zu ihnen finde ich überhaupt nicht unangenehm. Wenn das so wäre, dann hätte ich den falschen Job. Wir sind ständig in unmittelbarer Nähe zu den Patienten.“ Mehr gab sie nicht preis von sich. Wieso sollte sie auch? Für sie war er ein Fremder, und er konnte nicht von ihr erwarten dass sie seine Gefühle, die mittlerweile über Sympathie hinausgingen, erwiderte. Wahrscheinlich hat sie schon öfters die Erfahrung gemacht, dass Patienten sie anmachen wollen und gibt sich deshalb so distanziert, oder sie ist einfach nur professionell, dachte er sich. Severin ging im Zimmergang hin und her und machte nach wie vor seine Übungen. „Geht es mit den Armen schon besser?“ „Nein, deshalb kann ich auch nicht die Geschehnisse der letzten 4 Tage nachverfolgen“. „Ach so, tut mir Leid dass ich ihnen keine Antwort gegeben habe, aber mir ist bis jetzt nichts eingefallen ob auf der Welt etwas Außergewöhnliches passiert ist. Zumindest kann ich mich nicht daran erinnern. Außer natürlich dass die Dürre sich ständig weiter auf der Welt ausbreitet, aber ich vermute das wissen sie schon. Allerdings muss ich zugeben, dass ich die Nachrichten nicht mehr so genau verfolge. Die ständigen Berichterstattungen und die Bilder von ausgetrockneten Flüssen, Seen und verdorrten Wiesen und Wälder haben mir aufs Gemüt geschlagen, deshalb schaue, höre und lese ich keine Nachrichten mehr." Severin war froh dass Christine allmählich redseliger wurde und hörte ihr weiterhin zu ohne sie in ihrem Redeschwall zu unterbrechen. „Dennoch kommt man nicht an diesen ständigen negativen Meldungen vorbei. Es ist Dauerthema bei den Kollegen. Eigentlich überall wo man hingeht bekommt man etwas über die Dürre zu hören. Ehrlich gesagt kotzt es mich schon an. Als ob es nicht genug wäre, dass rundum uns herum die Natur stirbt, müssen die Leute auch noch ständig darüber reden, dass es einem noch schlechter geht. „Jaja", stimmte ihr Severin kopfnickend zu. „Ich hab mir schon überlegt ob ich auswandern soll", gestand ihm Christine. „Und wie weit sind ihre Überlegungen schon voran geschritten?" „Zuerst hab ich mich erkundigt wo es denn überhaupt noch auf der Welt regelmäßigen Niederschlag gibt, doch an den meisten Orten wo die Natur noch intakt ist möchte ich nicht leben. Außer vielleicht irgendwo im Himalayagebiet, aber da kommt man mittlerweile gar nicht mehr hin, auch nicht mit Geld.

Afghanistan, China, Pakistan, Indien, Nepal, alle Länder haben ihre Grenzen dicht gemacht und schützen ihr Wasser mit allem was sie haben." Mittlerweile hatte Christine ihre Arbeit unterbrochen und kam so richtig in Fahrt. Severin wünschte sich er könnte er ihr Gesicht sehen, doch sie musste die Schutzmaske tragen, und so blieb ihm nichts weiter übrig als seine Fantasie zu bemühen um sich ein ungefähres Bild von ihr zu machen. „Zu Beginn konnte man noch ohne weiteres in diese Länder einreisen, dann nur noch mit Geld, und inzwischen dürfen Fremde nur noch für berufliche Zwecke einreisen. In Länder mit Urwald, wo es genügend Regen gibt, möchte ich nicht leben, weil es da Schlangen gibt und sonstiges Getier an das ich mich unmöglich gewöhnen könnte. Ich hätte einfach schneller sein und mich früher entscheiden müssen, aber ich habe immer gehofft dass es irgendwann wieder regnet. Na ja, das war vergeblich. Und als ich mir sicher war, dass ich aus Österreich weg will, war es zu spät. Neuseeland, Australien, Hawaii, La Reunion und einige andere Länder wären perfekt gewesen um auszuwandern, doch die lassen auch niemanden mehr rein." „Wieso Australien", fragte Severin neugierig. „In Australien gibt es Regionen wo es regelmäßig und viel regnet. Die meisten Leute wissen das gar nicht, und glauben Australien ist ein Wüstenland, aber das stimmt nicht. Die Australier haben seit geraumer Zeit große Probleme mit illegalen Einwanderern, weil sie ihre Küsten nicht abriegeln können. Das trifft übrigens auch für andere Länder zu, vor allem auf Inselstaaten die unmöglich ihre ganzen Küsten bewachen können." Severin lauschte ihr ganz fasziniert weil sie vieles wusste, wovon er noch nie gehört hatte. „Und, das wäre doch eine Möglichkeit. Irgendjemand mit einem Boot könnte sie doch bestimmt an eine dieser Küsten schmuggeln." „Dazu bin ich zu feige, und mittlerweile kommt man nur noch sehr schwer in andere Länder. Allein schon nach Italien oder nach Deutschland einzureisen ist fast unmöglich. Die Österreicher, Italiener, eigentlich alle Alpenländer haben die alten Grenzposten auf den Bergübergängen wieder besetzt und sogar neue geschaffen. Ich weiß schon dass es Schmuggler gibt die Leute über die Berge führen oder Schleuser die Menschen ins angrenzende Ausland bringen, aber das ist erstens sauteuer und zweitens sehr gefährlich. Angenommen man erreicht unversehrt die Küste von Italien oder Deutschland, dann muss man zuerst einmal ein Schiff finden das genau das Land anfährt in das man will. Nein, nein, die ganze Auswanderungssache ist zu gefährlich geworden und für einen Normalverdiener nicht mehr erschwinglich. Ach ja, da fällt mir gerade noch etwas ein. Die meisten Länder machen mit illegalen Einwanderern kurzen Prozess." „Wie meinen sie das?" „Auf illegale Einwanderung steht die Todesstrafe, auch in ehemals zivilisierten Ländern." Über diese Mitteilung war er richtig entsetzt, weil er das zum ersten Mal hörte. „ Das kann ich kaum glauben. Davon habe ich noch nie gehört, dass illegale Einwanderer getötet werden. Vielleicht sollte ich wieder einmal fernsehen oder die Nachrichten lesen", sagte er mehr zu sich selbst. „Tun sie's nicht. Es lohnt sich wirklich nicht.

Ich weiß schon, sie haben längere Zeit nichts mitbekommen was in der Welt vor sich geht, aber glauben sie mir, vielleicht ist das besser so." „Wären sie eigentlich mit ihrer ganzen Familie ausgewandert", fragte er sie, und nutzte dabei hinterlistig die Gelegenheit um ganz unverfänglich zu erfahren ob sie vergeben ist. „Nein, das ist ja das Traurige. Ich hätte mich nur um mich alleine kümmern müssen, und trotzdem war ich zu feige um auszuwandern." „Verzeihen sie, ich wollte nicht in einer offenen Wunde herum stochern. Ist das der Grund wieso es ihnen nicht gut geht, weil sie nicht mehr auswandern können?" Es dauerte eine Weile bis Christine seine Frage beantwortete, doch dann meinte sie schließlich, „ja, mehr oder weniger." „Ich hatte einen Freund mit dem wollte ich über Italien nach Neuseeland auswandern. Alles was er gesagt hat klang so einleuchtend, logisch und vor allem machbar. Er klang nicht wie ein Aufschneider, er hatte gute Kontakte, sagte er zumindest, und ich sah mich schon auf einer grünen Wiese liegen und frisches Wasser trinken. Nicht dieses eklige, chlorhaltige, entsalzte Meerwasser das es überall zu kaufen gibt. Richtig gutes, gesundes Quellwasser." Als sie das gesagt hatte blickte sie auf den Boden und schwelgte wohl in Erinnerungen, dachte Severin, und wollte sie dabei nicht stören. Mit kaum hörbarer Stimme redete sie weiter. „Wir haben in meiner Wohnung extra ein Zimmer frei gemacht und haben die Auswanderung bis ins Detail geplant. Vor zwei Monaten war der Stichtag an dem wir aufbrechen und unser altes Leben hinter uns lassen wollten. Ich war so aufgeregt und habe mich so darauf gefreut nach Neuseeland zu kommen, oder es zumindest zu versuchen. Drei Tage vor dem Termin hat er mir eine Nachricht geschickt. Er ist nicht selbst gekommen und hat es mir erzählt, nein, er hat mich über scheiß Socialmedia darüber informiert, dass es ihm Leid tut und die Sache platzen lässt, weil er plötzlich Angst bekommen hat." „Seien sie mir nicht böse dass ich das sage, aber diese Reaktion ist für mich durchaus verständlich, wenn illegale Einwanderer getötet werden." „Zu der Zeit wussten wir das noch gar nicht. Diese Meldungen kursieren erst seit ein oder zwei Wochen im Internet, und in der Kantine reden die Kollegen erst seit ein paar Tagen darüber. Vor zwei Monaten waren wir immer auf dem Laufenden. Keine Neuigkeit im Netz ist uns entgangen, und damals war keine Rede davon dass illegale Einwanderer getötet werden. Er war einfach zu feige, und … ich auch. Alleine traute ich mich nicht, und jetzt sowieso nicht mehr." Severin konnte sie gut verstehen und fühlte mit ihr. „Und jetzt sind ihre Träume geplatzt, das ist bestimmt nicht einfach für sie. Und ihren Lebensgefährten haben sie auch verloren, nehme ich an." „Nein, den habe ich nicht verloren. Er war nie mein Lebensgefährte, nur jemand mit dem ich auswandern wollte. Und ja, mein Traum ist zerplatzt." „Das tut mir Leid", erwiderte er aufrichtig.

„Ich wünschte ich könnte sie ein bisschen aufmuntern. Tut mir Leid dass ich nichts Gescheites oder Hilfreiches dazu sagen kann." „Ist schon gut, machen sie sich keine Gedanken! Sie haben mir geholfen indem sie mir zugehört haben. Abgesehen davon, möchte ich nicht dass sie sich mit meinem Kummer beschäftigen. Sie sind momentan bestimmt mit sich selbst genug beschäftigt, da brauchen sie nicht noch eine Baustelle.“ Irgendwie hatte sie Recht, doch Severin war sehr froh, dass sie sich ihm anvertraut hatte. „Es ist schön mit ihnen zu reden. In letzter Zeit hatte ich nicht viel Gelegenheit mit jemandem zu reden, und das was sie erzählt haben fand ich sehr interessant. Danke für ihr Vertrauen. Ich werde das was sie mir erzählt haben selbstverständlich für mich behalten.“ Während er redete putzte sie weiter, und mittlerweile putzte sie manche Stellen schon zu zweiten Mal. „Ich glaube das weiß mittlerweile eh schon jeder im Krankenhaus. Hier wird ununterbrochen getratscht und Gerüchte verbreitet. Alle tratschen hier im Krankenhaus, die Ärzte, das Pflege- und Putzpersonal, die von der Hauswirtschaft ... alle verbreiten hier im Krankenhaus ihr Geschwätz. Ich möchte nicht lästern, aber manchmal kommt es mir so vor als ob die Wände Ohren haben. Über das Auswandern habe ich mit niemandem hier im Krankenhaus geredet, und trotzdem hat mich ein Assistenzarzt vor einer Woche darauf angesprochen. Er hat mich gefragt ob es wahr ist, dass ich im Sinn habe auszuwandern, was ich natürlich verneint habe. Wenn ich ihm gesagt hätte dass es stimmt, dann würden die Leute mittlerweile herum erzählen, dass ich auf den Mond fliegen will. Hier dichtet jeder noch ein bisschen dazu, und am Schluss wird aus einer harmlosen Mitteilung eine Sensation gemacht.“ „Wie bei stille Post“, hakte Severin ein. „So ähnlich, ja.“

Das Essen, der Kaffee und die Bewegung brachten mittlerweile seine Verdauung in Schwung, und Severin musste unbedingt aufs Klo um seine Notdurft zu verrichten. Duschen wollte er auch. Allerdings hatte er keine Lust sich von Christine den Hintern abwischen zu lassen. Waschen hätte er sich gerne lassen von ihr, aber der Gedanke daran, dass sie seinem Gestank vom Scheißen ausgesetzt wäre, war ihm peinlich. Dennoch sah er keine Alternative, er würde sich helfen lassen müssen, Schamgefühl hin oder her. Als Christine gerade dabei war eine Ablage zum zweiten Mal abzuwischen und in eine andere Richtung blickte, versuchte er verbissen seine Arme zu bewegen. Das einzige was er zustande brachte war seine Arme zu drehen und seine Unterarme ein wenig anzuheben. Es nützte alles nichts, seine motorischen Fähigkeiten reichten nicht aus um sich selbst zu waschen und den Hintern abzuwischen, also musste er wohl oder übel in den sauren Apfel beißen und Christine darum bitten. „Christineee … ich." „Müssen sie auf die Toilette", kam sie ihm geistesgegenwärtig zu Hilfe. „Ja … aber." „Ihnen ist es peinlich sich helfen zu lassen!" Dieses Mal war er echt überrascht, dass sie seine Not erkannte und ihm die Pein ersparte sie zu fragen ob sie ihn bitte waschen und den Hintern abwischen kann. „Ja, es ist mir peinlich." „Hören sie Severin, sie sind bestimmt nicht der erste Patient den ich gewaschen habe und auch nicht der letzte. Ich verstehe dass es ihnen peinlich ist, also machen wir kein großes Aufheben darum." Ohne zu zögern trat sie hinter ihn, zog ihm die komische Krankenhausunterhose ab und nahm ihm die

Verbände von seinen Händen ab. Den Krankenhauskittel der hinten offen und nur mit einer dünnen Schnur zusammengebunden war zog sie ihm nicht aus. Dann ging sie in das Badezimmer und forderte ihn auf mitzukommen. „Wenn sie ihr Geschäft erledigt haben dann rufen sie mich. Ich ziehe ihnen dann den Kittel aus und sie stellen sich unter die Dusche. Dann werde ich sie waschen, abtrocknen und frische Kleider anziehen.“ Severin musste innerlich schmunzeln als sie den Krankenhauskittel und die Wegwerfunterhose Kleider nannte, doch er blieb äußerlich ganz ernst und folgte den Anweisungen von Christine wie ein Ministrant. „Danach helfe ich ihnen beim Zähneputzen, dann fühlen sie sich wieder wie neu.“ „Vielen Dank“, erwiderte er und war froh und erleichtert, dass bis jetzt alles so reibungslos ablief. Als er sein Geschäft verrichtet hatte und verschämt in einem Winkel der Dusche stand rief er halblaut nach Schwester Christine. Ohne lange zu fackeln zog sie ihm den Kittel aus und drehte das Wasser an. „Passt ihnen die Temperatur so?“ „Perfekt“, antwortete er und stellte sich nackt unter die Brause. Als er überall nass war, drehte sie die Brause weg damit sie nicht nass wurde, schamponierte ihm die Haare und wusch dann jeden Zentimeter seines Körpers mit einem Waschlappen ab. Bei den Striemen an den Schultern und den mittlerweile verschorften Abschürfungen an den Händen ging sie ganz behutsam vor. Nachdem sie ihn gründlich gewaschen hatte spülte sie ihn mit der Brause ab. Als sie damit fertig war, drehte sie den Wasserhahn zu, trocknete ihn ab und zog ihm die frischen Kleider an.

Dann schlüpfte er in die weißen Hausschuhe die sie ihm hinstellte und ließ sich von ihr die Zähne putzen. „Soll ich sie noch rasieren?“ „Ich habe kein Rasierzeug dabei.“ Daraufhin öffnete sie eine der vielen Türen vom eingebauten Wandschrank und nahm Rasierschaum und einen Rasierer heraus. Als ob sie nie etwas anderes gemacht hätte, entfernte sie ihm den Viertagebart wie ein Profi und meinte ganz beiläufig, „so, jetzt sind sie wieder wie neu.“ Severin war unendlich froh dass ihn Christine mit ihrem professionellen Handeln davor bewahrte vor Scham im Erdboden zu versinken. Im Gegenteil, das ganze Prozedere lief so reibungslos ab, dass er sogar Gefallen daran fand. Nur einmal gab es einen kritischen Moment als sie seine Genitalien wusch und er befürchtete dass sein Glied erigiert. Zum Glück brannte ihn das Schampoo in den Augen und blockierte seine Synapse in seinem kleinen männlichen Reptiliengehirn. „So das hätten wir“, unterbrach sie ihn gerade noch rechtzeitig bevor seine einzige Synapse in seinem Reptiliengehirn wieder zu funken begann. „Das haben sie wirklich sehr professionell gemacht. Vielen Dank. Dafür werde ich mich revanchieren.“ „Ist schon gut, das müssen sie nicht. Das gehört zu meinem Job. Ich habe ihnen etwas zu trinken hingestellt. In circa einer Stunde ist Visite, dann wird ihnen jemand die Hände verbinden falls dies nötig sein sollte. Wenn sie noch etwas brauchen drücken sie den Knopf. Bis später.“ „Vielen Dank, bis später.“ Kurz bevor sie die Türe hinter sich zumachte , rief er ihr nach, „Christine, wären sie so nett und erkundigen sich bitte wie es Nei … dem Mädchen geht?“ „Ja, mach ich.“ „Danke, Christine.“ Beschwingt ging er zu seinem Bett, setzte sich auf die Bettkante und ließ sich ins Bett fallen. Christine hatte Recht, er fühlte sich wirklich wie neu und genoss es frei von jeglicher Verpflichtung mit offenen Augen im Bett vor sich hinzudösen. Severin war nicht jemand der unbedingt etwas tun muss damit ihm nicht langweilig wird. Es genügte ihm völlig sich mit seinen Gedanken zu beschäftigen und sein Dasein zu genießen. Er brauchte kein Fernsehen, kein Radio oder Internet um sich abzulenken, im Gegenteil, für ihn war es viel interessanter auf die Regungen seines Herzens und seiner Seele zu hören, und dazu brauchte er Ruhe. Nachdem er einige Minuten vor sich hindöste erinnerte er sich an das Gebet, in dem er Gott darum bat ihm seinen Willen im Schlaf mitzuteilen. Um sich besser konzentrieren zu können schloss er die Augen und spulte die Ereignisse des Tages im Kopf zurück bis zum Zeitpunkt als es an der Tür klopfte. Natürlich konnte er sich an nichts erinnern, er wusste nicht einmal ob er überhaupt geträumt hatte. „Auf dich kann man sich auch nicht immer verlassen“, sprach er leise vor sich hin, und meinte damit seinen Schöpfer. „Bittet, dann wird euch gegeben hat Jesus gesagt. Mir hast du keine Antwort gegeben. Ich sollte aber unbedingt wissen ob ich mir mit dem abgefeuerten Schuss Unannehmlichkeiten eingehandelt habe. Die Ungewissheit, ob ich dafür verantwortlich bin, dass Menschen getötet wurden und ich dadurch womöglich in den Lauf der Geschichte eingegriffen habe, halte ich kaum aus. Ich muss das wissen, bitte, gib mir eine Antwort." Mit der Bitte um eine Antwort bekam er sofort den Impuls selber im Internet zu recherchieren ob vor ein paar Tagen plötzlich eine große Anzahl von Menschen gestorben waren. „Mit meinen Armen ist das Surfen im Internet voll scheiße", antwortete er Gott. Dennoch hielt er den Impuls für die Antwort Gottes und machte sich daran sich selbst Gewissheit zu verschaffen. Als er auf das Display von seinem Handy schaute sah er 5 Anrufe in Abwesenheit. Verärgert erinnerte er sich daran, dass er den Ton ausgeschaltet und nicht daran dachte ihn wieder einzuschalten, dann hätte er sich das umständliche Hantieren mit dem Handy sparen können. Allerdings verflog sein Ärger sofort als er sah dass seine älteste Tochter ihn angerufen hatte, was sie normalerweise nie tat. Ihre Kommunikation beschränkte sich, abgesehen von einigen äußerst seltenen Gesprächen in Restaurants, auf das schreiben von durchschnittlich etwa 3 SMS pro Monat. Als er ihre Nummer wählte war er nicht sonderlich überrascht, dass sie seinen Anruf nicht entgegen nahm. Bedauerlich, dachte er sich, weil er gerne mit seiner Tochter geredet hätte. Eigentlich hätte er gerne mit allen seinen Kindern geredet, doch dieses Thema schob er schnell wieder von sich. Wie es sich gehört rief er die anderen Anrufer auch zurück, erzählte seinen Brüder und einer guten Freundin eine sehr verkürzte Version von dem was die letzten paar Tage geschehen war, und dass er wieder auf dem Weg der Besserung ist. Sobald er wieder draußen ist würde er sie besuchen kommen und sie näher informieren, und verabschiedete sich von ihnen.

Als letzten Anruf wählte er die Nummer seiner Mutter, die ihr Handy offensichtlich griffbereit hatte weil sie sich sofort meldete. „Endlich rufst du zurück. Wie geht es dir, ist etwas passiert?“ „Ich habe vergessen den Ton einzuschalten. Mir geht’s ganz gut, und dir?“ „Mir auch. Rate mal was gestern passiert ist!“ An ihrer Stimme hörte er dass nichts Schlimmes passiert war, im Gegenteil, es musste etwas sehr Erfreuliches gewesen sein. „Du darfst nachhause gehen!“ „Nein, noch nicht, sie sagen dass sie mich noch einen oder zwei Tage hier behalten, obwohl ich immer noch nicht krank geworden bin.“ „Dann hast du eine Zimmernachbarin bekommen.“ „Dann hat es dir jemand schon gesagt!?“ Severin konnte es noch nie ausstehen wenn jemand nicht gleich zur Sache kommt, und antwortete gereizt, „Was soll man mir mitgeteilt haben?“ „Neila ist jetzt bei mir im Zimmer! Warte, ich schalte auf Lautsprecher dann kann sie dich hören.“ „Weißt du überhaupt wie man auf Lautsprecher schaltet“, fragte er seine Mutter skeptisch und freute sich gleichzeitig über diese unerwartete Nachricht so sehr, dass ihm fast die Tränen kamen. „Ja sicher, Kathi hat mir gezeigt wie es geht“, antwortete sie überschwänglich. Kathi, seine Nichte, hatte eine gute Art ihre Oma in die Mysterien der modernen Technik einzuweihen, und wenn sie einmal begriffen hatte wie etwas funktioniert, wie in diesem Fall den Lautsprecher einzuschalten, dann machte seine Mutter auch begeistert Gebrauch davon. „Also, jetzt kannst du reden!“ „Hallo Neila Schatz. Geht es dir gut? Ich habe gehört dass du wieder gehen kannst. He Mama, hört noch jemand zu“, fragte er seine Mutter plötzlich mit ernsthafter Stimme. „Nein, wir sind allein.“ „Das freut mich dass du zu Mama aufs Zimmer gekommen und wieder gesund bist, jipiiii! Mein kleiner Alien ist wieder gesund“, rief er halblaut ins Telefon und geriet fast außer sich als er Neila sagen hörte, „Seein …“ Was sie nach dem Seein sagte konnte er nicht verstehen, doch er war sich sicher dass sie versuchte seinen Namen zu sagen. Nach einer kurzen Pause meldete sich seine Mutter wieder. „Sie lacht. Sie hat deine Stimme erkannt. Du solltest mal sehen wie sie alles mit großen Augen anschaut. Gestern stand sie die ganze Zeit neben dem Bett als ich den Fernseher eingeschaltet habe, und hat wie hypnotisiert auf den Fernseher geglotzt. „Ich hab dir doch gesagt dass sie die modernen Medien nicht kennt und du sie damit nicht überfordern sollst!“ „Ich hab *Vorarlberg heute* angeschaut“, erwiderte sie und erhob damit die täglich um 19:00 Uhr ausgestrahlte lokale Nachrichtensendung zu einem Weltereignis das man unter keinen Umständen verpassen darf. „Und, gibt es etwas das man wissen muss.“ „Nein, ich habe niemanden gekannt, und natürlich ging es wieder um dasselbe Thema, wie bald jeden Tag.“ Severin wusste dass *Vorarlberg heute* heilig war für seine Mutter, und in gewisser Weise konnte er sie auch verstehen, weil es nun mal die Lokalnachrichten sind und sie vertraute Orte und manchmal auch bekannte Personen im Fernsehen sieht, was für sie einem Wunder gleichkommt. „Was sagen die Ärzte zu Neilas Zustand?“ „Sie ist völlig gesund. Als sie sie zu mir aufs Zimmer gebracht haben ist sie auf mich zu gerannt und hat mich fast umgeworfen. Manchmal hüpft sie herum wie ein kleines Reh. Ich hab mich so gefreut als sie mich festgehalten und dabei gelacht hat. Jetzt gerade hört sie so aufmerksam zu als ob sie jedes Wort verstehen würde, dabei bin ich mir sicher dass sie nichts versteht." „Sei dir da lieber nicht so sicher. Du weißt schon dass nur etwa 10 Prozent unserer Kommunikation verbal passiert? Die restlichen 90 Prozent kommunizieren wir über Gestik und Mimik, über den Tonfall und in ihrem Fall bin ich mir sicher, dass sie auch noch über andere Antennen verfügt, wie wir auch. Nur ist bei ihr der intuitive Anteil viel ausgeprägter als bei uns. Ich bin mir sicher dass wir auch mit dem Herz und der Seele kommunizieren, nur wissen wir nicht viel darüber, trotzdem passiert es. Du kennst ja auch das Sprichwort, ein Bild sagt mehr als 1000 Worte!" „Jaja, das kenn ich", schaltete sich seine Mutter dazwischen. „Als ich sie im Rucksack …" Severin wollte seiner Mutter erzählen dass Neila gereizt darauf reagierte als er ihr vorwarf, dass sie in den Rucksack gepinkelt hatte, ohne vorher etwas zu sagen. Dabei hatte sie davor sehr wohl etwas gesagt, nur konnte er es nicht verstehen. Mit einem Schmunzeln erinnerte er sich wie vehement sie sich rechtfertigte als er Neila den Vorwurf machte und wie eindeutig die Botschaft bei ihm angekommen war, obwohl er mit seinem Verstand kein Wort von dem was sie sagte verstehen konnte. Allerdings zögerte er und sah schließlich ganz davon ab seiner Mutter diese Geschichte zu erzählen. Schließlich wollte er ja einen Gedächtnisverlust vortäuschen und er wollte seine

Mutter nicht in die unangenehme Lage bringen irgendjemand anlügen zu müssen. Und aus eigener Erfahrung wusste er wie schwierig es ist ein Lügengebäude aufrechtzuerhalten. Wobei er sein eigenes Verhalten bezogen auf die vergangenen zwei Wochen nicht als lügen auslegte, sondern lediglich als ein Verschweigen der Wahrheit, was er mit seinem Gewissen sehr viel besser vereinbaren konnte als eine Lüge. Dennoch war ihm bewusst dass er um die eine oder andere Lüge nicht herum kommen würde, und wer lügt braucht ein gutes Gedächtnis, das wusste er, und das belastete ihn auch. Seine Mutter holte ihn wieder in die lügenfreie Gegenwart zurück, allerdings mit keiner besonders erfreulichen Information. „Der Arzt hat gesagt, dass die Polizei mit dir reden will, wegen Neila." „Aha, und was wollen sie wissen", fragte er blöd, als ob seine Mutter wüsste was die Polizei ihn fragen will. „Keine Ahnung, ich nehme an wo du sie gefunden hast und so." „Ja, das war zu erwarten. Wollen sie von dir auch etwas wissen?" „Nein, sie wollen nur mit dir reden. Ich hab den Ärzten ja schon alles gesagt was ich weiß."

„Ok, solange ich in Quarantäne bin kommen sie sowieso nicht. Abgesehen davon weiß ich eh nicht viel was Neila anbelangt. Mama, dir ist schon klar, dass Neila wegkommen wird?" „Aber sie kann doch bei mir bleiben", antwortete seine Mutter entsetzt. „Das Haus ist groß genug. Ich kann für sie sorgen, sie in die Schule bringen, ich bin finanziell abgesichert, und …" „Ja, du hast ja Recht", unterbrach er seine Mutter. „Vielleicht kommt es ja auch so, aber mach dir nicht zu viele Hoffnungen." „Ich ruf gleich Herr Walser an, vielleicht kann er etwas machen, dass Neila bei mir bleiben kann." „Ja mach das. Ist vielleicht eine gute Idee." Herr Walser war in gewisser Weise der Familienanwalt. Er hatte die Schenkungsurkunden ausgestellt als seine Mutter ihm und seinen Brüder jeweils ein Stück Bauland überschrieben hatte, und er hatte auch von den meisten Familienangehörigen die Testamente aufgesetzt. „Neila, würdest du gerne bei meiner Mama wohnen?" Sie erwiderte nichts doch das hatte er auch nicht erwartet. „Ach ja, weißt du ob vor vier oder fünf Tagen etwas Außergewöhnliches in Europa oder auf der Welt passiert ist?" „Hmm ... da fällt mir nichts Spezielles ein. Wieso", wollte seine Mutter neugierig wissen. „Ach nur so. Es interessiert mich einfach." „Du solltest mal sehen wie sie auf das Telefon starrt. Als ob es ein Weltwunder wäre." „Das ist es ja auch. Stell dir mal vor wenn wir jetzt bildtelefonieren könnten. Dann würde sie sich wahrscheinlich gar nicht mehr auskennen." „Ja, ist bestimmt besser so", erwiderte seine Mutter, aber nicht weil es besser für Neila war sondern weil sich seine Mutter nach wie vor der Bildtelefonie verweigerte. „So, ich mach jetzt Schluss. Bis bald. Freut mich dass es euch gut geht. Tschau Neila, tschüss Mama!" „Tschüss, und melde dich wieder", forderte ihn seine Mutter auf. Als Neila nach 5 Sekunden nichts erwiderte beendete er das Telefonat, und versuchte im Internet herauszufinden ob es vor ein paar Tagen viele Tote gegeben hat die auf unerklärliche Weise gestorben sind. Es war sehr umständlich im Stehen den Text im Suchfeld einzugeben. Zum ersten Mal bedauerte er es, dass er nicht wusste wie man Sucheingaben per Sprachbefehl macht. Dieses Werkzeug hatte er noch nie zuvor gebraucht und es interessierte ihn auch nie wie es funktioniert. Jetzt wäre ihm dieses Wissen sehr zugute gekommen. Obwohl, etwas Gutes hatte seine technische Unversiertheit. Damit er die Eingaben machen und auch lesen konnte, musste er ständig aufstehen und sich wieder hinsetzen, was ein gutes Training für ihn war und er dadurch aktiv Physiotherapie betrieb. Mit dieser optimistischen Grundeinstellung gelang es ihm die Tatsache zu verschleiern, dass er ein technischer Vollkoffer ist, genau wie seine Mutter. Nach einer halben Stunde brach er seine ergebnislosen Recherchen ab, und fragte sich, wieso nichts Außergewöhnliches geschehen war. Christine wusste nichts, seine Mutter die Sensationsnachrichten bestimmt mitbekommen hätte wusste auch nichts, und im Internet war auch nichts zu finden. Die einzige Erklärung wieso es in den vergangen 4 oder 5 Tagen keine unerklärlichen Todesfälle gab war der, dass er mit dem Schuss auf den Typen gar nicht in den Lauf der Geschichte eingegriffen hatte. Demzufolge wären die Leute die von den Soldaten getötet wurden auch ohne sein Zutun getötet worden. Für Severin konnte es gar keine andere Erklärung geben, was für ihn bedeutete, dass er keine schwerwiegende Sünde begangen hatte und demzufolge auch keine Unannehmlichkeiten zu erwarten hatte. Es tat ihm zwar Leid dass die Leute getötet wurden, doch er trug keine Schuld daran. Als für ihn diese wacklige Theorie immer mehr zur

Gewissheit wurde, fiel ihm ein riesengroßer Stein vom Herzen und von der Seele. Ganz deutlich spürte er dass der Tod ihm nicht mehr im Nacken saß, und er glaubte fest daran, dass er bis auf Weiteres nicht mehr an seine Tür klopfen würde. Nun konnte er den größten Brocken auf seiner To-do-liste abhaken. Mit den Albträumen, sollten sie wiederkommen, würde er mit Gottes Hilfe schon irgendwie fertig werden, dessen war er sich sicher. Mit einem herrlichen Gefühl der Zufriedenheit ließ er sich erleichtert ins Bett fallen, und dachte in stiller Andacht an die Toten im Hinterland. Womöglich gehörten auch Neilas Eltern zu den Toten, dachte er sich, und wurde sich dessen gewahr, dass die Sache mit Neila immer noch völlig unklar war. Immerhin war sie jetzt gut aufgehoben und in guter Gesellschaft, obwohl ihr weiteres Schicksal weder in seinen noch in den Händen seiner Mutter lag. Vielleicht war die Taktik seiner Mutter einen Anwalt einzuschalten ja gar nicht so schlecht, sinnierte er. Die Frage allerdings ob Neila im Hinterland bei ihren Leuten, sofern es noch welche gibt, oder hier in Österreich in einem zivilisierten Land besser aufgehoben sein würde, musste er unbeantwortet lassen. Ehrlich gesagt hatte er auch gar keine Lust über ein neues Problem nachzudenken, weil er gerade ein Problem gelöst hatte und sich ausgesprochen wohl fühlte. Lange währte sein genießerisches Schwelgen in seiner Selbstzufriedenheit jedoch nicht, weil es an der Tür klopfte. Natürlich warteten die zwei Astronauten nicht auf sein „Herein“ und traten unaufgefordert ins Zimmer. „Guten Morgen Herr Freud, gut schauen sie aus." An der Stimme und an seinem Erscheinungsbild erkannte er sofort Doktor Strolz. Die zweite Person hatte er bis jetzt noch nie gesehen, vermutete aber aufgrund seines selbstsicheren Auftretens dass es kein Pfleger ist. „Guten Morgen Doktor Strolz, sie schauen auch gut aus." „Das ist Primar Platter", und deutete mit einer Handbewegung auf sein Gegenüber. „Guten Morgen Herr Freud, wie geht es ihnen heute?" Nach kurzem Überlegen antwortete er, „eigentlich ganz gut." In Wahrheit fühlte er sich nicht gut, weil die beiden zu einem ungünstigen Zeitpunkt kamen, und nicht auf seine Zustimmung zum Betreten des Zimmers warteten. Doch das behielt er besser für sich. „Ich kann auch meine Arme wieder bewegen." „Sehr gut, dann zeigen sie mal was für Fortschritte sie gemacht haben", forderte ihn der Primar auf. Mit der ganzen Kraft die er aufzubringen im Stande war versuchte er mit zusammen gebissenen Zähnen seine Arme anzuheben, und schaffte es gerade einmal seine beiden Unterarme 20 Zentimeter hochzuheben. Seine Arme zitterten heftig als ob er frieren würde, doch er ließ sich nicht von seinen kläglichen Bemühungen davon abhalten den beiden Ärzten zu demonstrieren was er noch konnte. Relativ mühelos drehte er beide Arme hin und her, bis ihn der Primar dazu aufforderte die Arme seitlich von seinem Körper wegzubewegen. Als er das probierte breitete sich das Zittern über seine Schultern bis zum Kopf aus, und er schaffte höchstens 10 Zentimeter. Severin sah seine Fortschritte nicht so optimistisch wie der Primar, der ihn für seine Fortschritte lobte und ihm Mut machte. „Das sind ja tolle Neuigkeiten. Hören sie Herr Freud, ich möchte mit ihnen ganz offen sprechen. Wir haben immer noch keine Ahnung was für eine Krankheit sie sich eingefangen haben. Es ist zwar die Auswertung der Blutuntersuchung vom Speziallabor noch ausstehend, aber ehrlich gesagt erwarten wir keine neuen Ergebnisse. Ein ganzes Ärzteteam hat ihre Symptome mit uns bekannten Krankheitsbildern verglichen, und es passt schlichtweg nichts zusammen. Wir sind sogar in Verbindung mit ausländischen Ärzten und haben ihnen ihre Symptomatik geschildert, doch bis jetzt konnte sie noch niemand irgendeiner Krankheit zuordnen. Was die ganze Angelegenheit noch rätselhafter macht ist die Tatsache, dass das Mädchen ihre Füße nicht bewegen konnte und jetzt wieder laufen kann, und sie konnten ihre Arme nicht bewegen. Wie es aussieht werden sie sie aber schon sehr bald wieder bewegen können, zumindest lässt ihr Genesungsfortschritt darauf schließen. Das Fieber ist vollständig abgeklungen, ihr Blutdruck ist im grünen Bereich, ihr Herz scheint nichts abbekommen zu haben und ihr Gehirn funktioniert tadellos.“ Seine anfängliche Skepsis gegenüber dem Primar verwandelte sich während seiner Ausführungen in Hochachtung, weil der Primar sich gut verständlich ausdrückte und es vermied im Fachjargon mit ihm zu reden. Dennoch behielt er seine Begeisterung und seine Freude über die Diagnose für sich, weil er befürchtete dass noch irgendetwas weniger Erfreuliches nachkommen würde. „Ihr behandelnder Arzt, Doktor Strolz, hat sie bereits gründlich untersucht und es werden noch weitere Untersuchungen folgen“, erklärte er ihm beiläufig, setzte sich das Stethoskop auf und hörte ihn gründlich ab. Damit der Doktor alle relevanten Stellen untersuchen konnte musste er sich aufsetzen und alle möglichen Fragen beantworten. Nachdem der Arzt seine Untersuchungen abgeschlossen hatte ging die Fragerei weiter. „Seit wann können sie die Arme wieder bewegen?“ „Seit gestern. Ich bewege meine Arme ständig, und es geht auch immer besser. Wird sich ein Neurologe meine Arme ansehen, oder durchchecken“, wollte er vom Primar wissen. „Vorläufig sehen wir keine Notwendigkeit darin“, erwiderte er geradeheraus. „Woher kommen die Striemen an ihren Schultern?“ Als Severin merkte, dass die Fragen des Arztes darauf abzielten sein Gedächtnis zu erforschen, fühlte er sich plötzlich in die Enge getrieben, weil nun der Zeitpunkt kam wo er lügen musste. „Ja weiß ich“, beantwortete er die Frage wahrheitsgetreu. „Herr Freud, wir möchten uns ein möglichst genaues Bild von ihrer Krankheit machen, deshalb brauchen wir möglichst detaillierte Informationen. Also, können sie ihre Antwort ein wenig präzisieren!?“ „Meine Mutter hat mir erzählt dass ich mit einem Mädchen im Rucksack mitten in der Nacht zu ihr gekommen bin. Was das mit dem Mädchen anbelangt, die Striemen an den Schultern und die Wunden an den Händen, fehlt mir völlig die Erinnerung. Ich zerbreche mir ständig den Kopf darüber was in den letzten zwei Wochen geschehen ist, aber diese ganze Zeit ist wie … verschwunden. Ich kann mich nur daran erinnern dass ich meinen Chef um Urlaub gebeten habe.“ „Wissen sie warum sie Urlaub nehmen wollten“, fragte ihn der Primar. „Ja weiß ich, weil ich ausgepowert war. Ich hatte keine Lust mehr zur Arbeit zu gehen. Ich habe ihm erzählt dass es meiner Tochter nicht gut geht und ich mich ums sie kümmern möchte. Ich habe ihn angelogen, weil ich ihm ja schlecht sagen konnte, dass ich unbedingt ein paar Tage frei brauchte. Ich war mit einem wichtigen Auftrag beschäftigt, und mein Chef hätte mir niemals frei gegeben. Also habe ich ihn angelogen. Ich weiß noch dass ich Sachen zusammen gepackt habe um ein paar Tage in der Natur zu verbringen und mich zu erholen. Aber ich habe keine Ahnung mehr wo ich hin wollte oder wo ich gewesen bin. Ich weiß auch nicht woher die Wunden an meinen Händen kommen, und das stresst mich extrem.“ Mit einem unschuldigen Hundeblick blickte er auf seine Hände und wartete auf die Reaktion vom Arzt. „Nun, wahrscheinlich ist das auch ein Symptom dieser mysteriösen Krankheit. Machen sie sich keine Gedanken. Erholen sie sich, vielleicht fällt es ihnen ja wieder ein wo sie waren und was genau passiert ist. Die Wunden an den Händen sind gut verheilt, ein neuer Verband ist nicht mehr nötig. Was die Dauer ihres Aufenthaltes hier im Krankenhaus anbelangt bin ich sehr zuversichtlich, dass sie schon bald wieder nachhause gehen können. Ach ja, die Polizei hat angefragt ob sie sie befragen dürfen, was derzeit nicht in Frage kommt, weil sie in Quarantäne sind. Als das Mädchen zusammen mit ihrer Mutter eingeliefert wurde hat uns ihre Mutter erzählt, dass sie das Mädchen in einem Rucksack zu ihr gebracht haben. Zu diesem Zeitpunkt waren sie schon sehr krank und sind später ins Koma gefallen. In so einem Fall haben wir eine Anzeigepflicht und haben der Polizei mitgeteilt was uns ihre Mutter erzählt hat. „Können sie sich an irgendetwas davon noch erinnern?“ „Nein. Wie gesagt fehlt mir komplett die Erinnerung bis zu dem Moment als ich gepackt habe. Was passiert denn jetzt mit dem Mädchen. Wissen sie schon wer sie ist, und wie geht es meiner Mutter“, wollte Severin wissen. „Die Kinder- und Jugendhilfe wird sich um sie kümmern. Wer sie ist wissen wir nicht. Die Polizei hat auch noch nichts herausgefunden, und zum Gesundheitszustand ihrer Mutter darf ich ihnen keine Auskunft geben. Am besten sie fragen sie selbst. Haben sie sonst noch Fragen?“ „Nein, vorläufig nicht. Danke.“ Nachdem die Visite vorbei war und die beiden Ärzte das Zimmer verlassen hatten, legte er sich wieder hin und sammelte in Gedanken die Fragen die sich durch das Gespräch mit dem Doktor für ihn ergaben. Er fragte sich jedes Mal, warum die Ärzte und das Pflegepersonal wie Astronauten angezogen waren, und er nicht, obwohl er es war der eine ansteckende Krankheit hat und nicht sie. Allerdings behielt er diese Frage für sich, weil er befürchtete dass er sich sonst auch so anziehen muss. Das mit dem Lügen hatte ganz gut geklappt, doch als der Primar erwähnte dass die Polizei mit ihm sprechen will, war es mit seiner Selbstsicherheit vorbei. Severin war durchaus bewusst, dass die Polizei genauer als der Primar würde wissen wollen was er in den vergangenen 2 Wochen getan hatte. Um sich für dieses Gespräch zu wappnen würde er sich ein Worstcase-Szenario vorstellen müssen, um eine passende Strategie festzulegen. Dieses bevorstehende Treffen mit der Polizei bescherte ihm sehr zwiespältige Gedanken und Gefühle. Einerseits fand er Gefallen an diesem Spiel und war sich relativ sicher, dass er sein Lügengebäude würde aufrecht erhalten können. Anderseits befürchtete er, dass er sich während der Befragung verhaspelt und die Polizei ihn als Lügner entlarvt, was wahrscheinlich zur Folge hätte, dass sie ihn des Missbrauchs an Neila verdächtigen würden. Eigentlich war das schon das Worstcase-Szenario, und das war gar nicht lustig. Bis dahin würde es aber noch lange dauern, redete er sich ein, und schob diese heikle Angelegenheit von sich. Sollte Neila hier in Österreich bleiben, dann würde sie die Schule besuchen müssen, und irgendwann würde sie der deutschen Sprache mächtig sein und sich mitteilen können. Dann würde alles ans Licht kommen. Wobei, wenn er es sich genau überlegte, würde ihr wohl niemand ihre Geschichte abkaufen, und bis es soweit ist, würde ihn niemand mehr finden, resümierte Severin. Vorläufig gab es kein Grund zur Sorge und das Wissen darum dass er nach dem Krankenhausaufenthalt jederzeit nach Temira reisen könnte, bescherte ihm ein gutes und aufregendes Gefühl. Als arbeitsloser Zeitreisender würde er all die Freiheiten genießen können von denen er immer schon geträumt hatte. Selbstständig sein, unabhängig, finanziell abgesichert, außerhalb der Regeln stehen und frei tun und lassen zu können was immer er will. Fehlte nur noch jemand mit dem er diese Privilegien würde teilen können, und da hatte er bereits eine Person ins Visier genommen, die zufälligerweise den Wunsch hatte auszuwandern. Mal schauen was passiert, dachte er, und schlief mit schönen Bildern von Temira im Kopf ein.

Als er durch das Klopfen an der Tür erneut aus dem Schlaf gerissen wurde, hatte er seinen Traum noch sehr lebhaft in Erinnerung. Allmählich ging ihm dieses nervige Geweckt werden voll auf den Geist und entschied sich etwas dagegen zu tun. Entschlossen drehte er sich um und wollte gerade seinem Ärger Luft machen als Schwester Christine ihn mit einem freundlichen „Hallo Severin" begrüßte, worauf sich sein Ärger größtenteils verflüchtigte. „Hallo Christine. Darf ich sie etwas fragen?" „Ja sicher!" „Können sie es nicht irgendwie einrichten, dass ich nicht immer geweckt werde. Ich erschrecke jedes Mal fast zu Tode wenn ich aus dem Schlaf gerissen werde und ich kann dann meine Arme nicht mehr bewegen. Also so richtig überhaupt nicht mehr bewegen, obwohl ich so tolle Fortschritte mache", log er sie schamlos an. Das allerdings war ihm scheißegal, er wollte einfach nicht mehr aufgeweckt werden, jetzt wo die Freiheit Einzug in sein Leben hielt. Abgesehen davon war es für ihn eine gute Übung seine Fähigkeit zu lügen zu verfeinern. „Ja ich weiß dass das lästig ist, aber ich zeige ihnen etwas." Daraufhin nahm sie einen folierten Zettel der auf einer Ablage lag und hielt ihm den Zettel direkt vors Gesicht. *Patienteninformation* war die Überschrift und darunter standen Informationen zu Essenszeiten, Geldautomat, Kapelle, Visite, Besuchszeiten, Fernsehsender, Pay TV und dergleichen mehr. „Danke, sehr nett dass sie mir das zeigen. Das ist ja wie in einem Hotel“, stellte er fest und ergänzte, „kann man hier auch ein Schild an die Tür hängen auf dem *Bitte nicht stören* drauf steht?“ Diese Frage meinte er durchaus ernst, doch Christine lachte leise in ihre Maske, das konnte er an ihren Augen erkennen. „Und, lässt sich da was machen“, hakte er nach um seinem Anliegen Nachdruck zu verleihen. „Nein, tut mir Leid. Wir müssen uns an den vorgeschriebenen Ablauf halten sonst funktioniert das hier nicht“, und machte dabei eine Kopfbewegung womit sie offensichtlich den ganzen Krankenhausapparat meinte. Severin hatte verstanden was sie meinte, aber er wollte auch dass seine Anliegen wenn schon nicht berücksichtigt so zumindest verstanden werden. „Heißt das dass sie Normen und Betriebsabläufe mehr Wichtigkeit beimessen als der Genesung der Patienten, Christine?“ „Ja“, antwortete sie kurz angebunden. „Können sie nicht ohne zu klopfen eintreten, weil sie ja ohnehin nicht darauf warten bis jemand „Herein“ sagt, und das Essen einfach auf den Tisch stellen wenn sie sehen dass der Patient schläft?“ „Doch das kann ich. Wollen sie das?“ „Ich möchte dass das die anderen machen. Sie könnten auch ohne Klopfen eintreten ... und mir ja leise etwas vorlesen bis ich aufwache“, antwortete er scherzhaft. Severin konnte nicht erkennen was Christine von seinem Vorschlag hielt weil sie den Stuhl heran rückte um ihn zu füttern. „Also ich für meinen Teil kann das schon machen, außer natürlich ihnen Vorlesen und sofern ich ihnen keine Medikamente abgeben muss, und das trifft auch für das übrige Pflegepersonal zu." Damit gab er sich vorerst zufrieden, weil er die Gesellschaft von Christine genoss und er sie nicht gegen sich aufbringen wollte. Beim Gefüttert werden achtete Severin besonders auf seine Körperhaltung um nicht den Eindruck zu erwecken dass er hilflos ist, und um seine Würde zu bewahren. Christine machte es ihm leicht seine Selbstsicherheit aufrecht zu erhalten weil sie ihm keine Sekunde das Gefühl gab dass er von ihr abhängig war. „Können sie sich wirklich nicht mehr daran erinnern wo sie das Mädchen gefunden haben und wie sie sie im Rucksack bis zu ihrer Mutter nachhause getragen haben", fragte sie ihn und unterbrach damit das vertrauensvolle Schweigen beim Essen. Severin war sich nicht sicher ob sie ihn nur fragte weil sie das Schweigen zwischen ihnen nicht aushalten konnte oder weil sie einfach nur neugierig war. Sein erster Impuls war das aufkeimende Gespräch mit einem kurzen Nein abzuwürgen, weil das Schweigen ihm Gelegenheit bot Christine besser wahrzunehmen. Das Essen war für ihn mehr eine Alibifunktion um ihr nahe sein zu können. Hunger hatte er nicht, aber er tat zumindest so als wäre er hungrig und aß jeden Bissen den sie ihm zum Mund führte. Dieses Mal hatte sie keine Handschuhe an. Bei jedem Bissen entdeckte er etwas Neues an ihr, ihre kleine Hand mit ihren langen schmalen Finger und den sauber gepflegten Fingernägel. Ihr zartes Handgelenk, der leicht parfümierte Duft ihrer Haare der sich mit ihrem angenehmen Körpergeruch mischte konnte er riechen, hinter der geschlossenen Schutzbrille sah er ihre langen schwarzen Wimpern, ihre grünbraunen Augen denen der Glanz fehlte und die feinen Fältchen an der Außenseite ihrer Augen. Das bisschen Haut das er von ihr sehen konnte war makellos. Severin musste sich während des Essens eingestehen dass er für diese Frau weit mehr empfand als ihm lieb war. Dieser Zustand verunsicherte ihn, weil durchaus die Möglichkeit bestand dass sie hässlich ist, und mit einer hässlichen Frau wollte er nicht auf Temira, auf welche Art auch immer, zusammen leben. In der Intimität des Schweigens spürte er zwischen ihnen nichts Trennendes und das hielt er für die beste Voraussetzung um mit einer Frau eine Liebesbeziehung einzugehen. Umso mehr störte es ihn dass sie mit ihrer Fragerei das Schweigen brach und ihn in eine unangenehme Lage brachte. Einerseits würde er mit einer schlichten Lüge der Fragerei ein schnelles Ende bereiten und andererseits hatte er das Bedürfnis irgendjemandem die Wahrheit sagen. Severin ließ sich Zeit mit der Antwort und kaute das Essen im Mund solange bis es fast flüssig war, weil er sie nicht anlügen wollte. Sie war ja schließlich auch offen zu ihm und hatte ihm etwas sehr Persönliches anvertraut, also verdiente sie dass er ihr die Wahrheit sagte. „Ich habe eine Zeitreise in ein mir unbekanntes Land gemacht. Dort lag das Mädchen versteckt unter einem Busch und war mehr tot als lebendig. Da sie in Gefahr war habe ich sie in den Rucksack gesteckt und habe sie zu meiner Mutter nachhause gebracht“, antwortete er ihr wahrheitsgetreu in einem Tonfall der einen aufmerksamen Zuhörer normalerweise nicht an seinen

Worten zweifeln lässt. „Soso“, erwiderte sie lakonisch und fütterte ihn weiter. „Können sie das für sich behalten Christine?“ „Selbstverständlich“, antwortete sie und machte keinerlei Anstalten zu zeigen wie sie diese Information aufgenommen hatte und was sie davon hielt. Da sie aber nur kurz und bündig geantwortet hatte und sie diese Geschichte wohl kaum glauben würde, nahm er an dass sie seine Antwort für bescheuert hielt. Severin war es nur Recht dass sie ihn nicht mehr weiter fragte, und konzentrierte sich wieder auf die Mahlzeit. Als er nichts mehr hinunter brachte blickte er ihr in die Augen und ließ es sie wissen dass sie die Fütterung beenden kann. „Danke Christine, ich möchte nichts mehr.“ „Ok“, erwiderte sie sehr distanziert. Etwas stimmte nicht, das spürte er genau. Ohne ein weiteres Wort zu sagen räumte sie das Geschirr zusammen, richtete sein Bett und schob den Wagen Richtung Tür. Gerne hätte er ihr noch gesagt, „bitte denken sie nicht schlecht von mir. Sie waren offen und ehrlich zu mir, und ich war offen und ehrlich zu ihnen. Bitte zweifeln sie nicht an meiner Aufrichtigkeit!“ Dazu konnte er sich jedoch nicht überwinden und das bedauerte er zutiefst. Die Enttäuschung war ihr trotz ihrer Schutzkleidung deutlich ins Gesicht geschrieben. Ihre Weigerung die Unterhaltung fortzuführen verhieß nichts Gutes, deshalb fragte er sie noch einmal ob sie zu ihrem Wort stehen würde bevor sie das Zimmer verließ. „Darf ich sie noch einmal bitten nichts von dem was ich ihnen gesagt habe weiterzuerzählen!?“ „Sie können sich auf mich verlassen. Ich werde bestimmt niemandem erzählen dass sie eine Zeitreise gemacht haben und auch sonst werde ich nichts was sie mir gesagt haben weitererzählen. Darauf können sie sich verlassen. Auf Wiedersehen Herr Freud.“ „Auf Wiedersehen, Christine“ erwiderte er und blickte ihr traurig nach als sie das Zimmer verließ und die Tür hinter sich schloss. Lange noch lag er im Bett und grübelte vor sich hin. Vielleicht wäre es doch besser gewesen wenn er Christine angelogen hätte. Es machte ihn traurig zu wissen dass die Wahrheit nicht immer frei macht. Manchmal ist es sinnvoller jemanden anzulügen als ihm die Wahrheit zu sagen, resümierte er. Wobei in seinem Fall die Wahrheit ein schwer verdaulicher Brocken war. Es war dumm von ihm ihr von der Zeitreise zu erzählen. Wer würde eine solche Geschichte schon glauben? Außer Kinder würde wohl niemand an die Möglichkeit glauben, dass man eine Zeitreise machen kann. Er selbst hätte am aller wenigstens daran geglaubt. Die Enttäuschung die er in den Augen von Christine gesehen und die Distanziertheit die sie ihn spüren ließ machten ihn traurig. Severin sah nur eine Möglichkeit Christine von der Wahrheit seiner Geschichte zu überzeugen, doch für diese Möglichkeit war es noch entschieden zu früh. Er kannte sie ja kaum und sie ihn auch nicht, er wusste nicht wie sie aussah und überhaupt … ! Was überhaupt, fragte er sich, und wusste sofort worauf seine Überlegungen hinausliefen. Er musste sich entscheiden ob und wen er nach Temira mitnehmen würde. Irgendjemanden wollte er in sein Geheimnis einweihen und nach Temira mitnehmen, das stand fest. Doch wer sollte dieser jemand sein?

Diese Frage geisterte immer wieder in seinem Kopf herum und forderte nun vehement eine Antwort ein. Seine Kinder führten ihr eigenes Leben und die Distanz zwischen ihnen war schon so groß, dass er sie auf keinen Fall mit nach Temira nehmen würde. Seine Geschwister lebten alle in mehr oder weniger stabilen Beziehungen, soweit er wusste. Also kamen sie als Begleiter auch nicht in Frage, obwohl er ihnen am ehesten zutraute den Vorgang des Zeitreisens für sich behalten zu können. Blieben nur noch zwei gute Bekannte übrig, ein Mann und eine Frau, die die Kriterien einer Freundschaft am besten erfüllten. Die Frau war seine Cousine und seine engste Vertraute. Mit ihr konnte er über Themen reden die er mit niemandem sonst besprechen konnte. Diese Themen bezogen sich meistens auf Spiritualität, auf die geistige Welt aber auch auf Alltägliches und er war zutiefst dankbar und froh darüber dass er sich mit ihr jederzeit über diese Themen austauschen kann. Sie hörte ihm immer zu und versuchte nie ihn von ihren Ansichten zu überzeugen. Der Informationsaustausch mit ihr war immer interessant, lehrreich, unterhaltsam und gesund. Die Freundschaft zwischen ihnen wurde auch nie von irgendwelchen sexuellen Bedürfnissen getrübt. Sie ist verheiratet und er würde sie niemals in Versuchung führen ihre Beziehung zu ihrem Mann zu gefährden, bekannte er vor sich selbst. Seinen einzigen Freund den er schon aus seiner frühesten Jugendzeit kennt würde er wohl eher nicht nach Temira mitnehmen. Er war wie der Gegenpart zu seiner Cousine. Bei ihm konnte er seine Verruchtheit, seine Oberflächlichkeit, seinen Sarkasmus und ganz allgemein seine dunkle Seite ausleben. Bei seiner Cousine konnte er seine helle und weiche Seite ausleben. Mit ihm hätte er niemals über seine Spiritualität reden können, weil er nicht an Gott glaubt, und somit kein Verständnis für die geistige Welt aufbringen kann. Sein Herz hat er trotzdem am rechten Fleck, dachte Severin, doch er würde niemals jemanden nach Temira mitnehmen der nicht an Gott glaubt und für den das Leben nur ein Zufall ist. All seine anderen Bekannten erfüllten seine Anforderungen auch nicht, und so blieb wirklich nur noch Schwester Christine übrig, obwohl er sie erst seit zwei Tagen kannte und ihm gerade die kalte Schulter zeigte. Wohl oder übel würde er seine nächste Reise nach Temira alleine machen, obwohl eine Gefährtin durchaus seine Vorteile hätte. Sie könnte ihm helfen, ihm Arbeit abnehmen, mit ihr könnte er Sex haben, mit ihr könnte er sich austauschen, streiten, nachdenken und vor allem könnte er mit ihr Freud und Leid teilen. Damit beendete er das Nachdenken über mögliche Begleiter nach Temira und potentielle Geheimnisträger über den Vorgang des Zeitreisens, und versuchte sich wieder an seinen Traum zu erinnern. Obwohl mittlerweile einige Zeit vergangen war konnte er sich noch genau an den Traum erinnern. In seinem Traum war Neila die Hauptperson. Er sah sie wie sie angepasst an die hiesige Kultur so lebte als wäre sie immer schon ein Teil der Gesellschaft. Sie hatte sich völlig der österreichischen Kultur angepasst. Sie hatte Freunde in ihrem Alter und sie beherrschte die deutsche Sprache als wäre es ihre

Muttersprache. Im Traum trug sie nicht mehr ihre altmodischen Kleider, sie blickte genauso hypnotisiert auf ihr Handy wie die meisten anderen Leute und sie fuhr mit einem Elektroroller. Sie nahm die Gebräuche, Regeln und Normen der Gesellschaft an, doch trotz ihrer enormen Anpassungsleistungen spürte Severin, dass Neila nicht glücklich war. Ihm war bewusst dass jeder Teenager die unvermeidlichen Kämpfe des Erwachsenwerdens ausfechten muss, doch Neila bedrückte etwas anderes, und er konnte sich nur zu gut vorstellen was ihr Trauma war. Neila wurde entwurzelt, ihrer Heimat, ihrer Angehörigen und ihrer ganzen damaligen Zeitepoche beraubt und dieses Loch würde sie niemals stopfen können. Es sei denn er würde sie eines Tages, so wie er es ihr versprochen hatte, in ihre Heimat zurückbringen. Allerdings war er sich nicht sicher ob sie das glücklich machen würde. Mit Entsetzen wurde ihm bewusst, dass er für ihr Trauma verantwortlich war. Die Tatsache dass er sie höchst wahrscheinlich vor dem Tod gerettet hatte änderte nicht viel daran, dass er seine Entscheidung Neila nach Österreich zu bringen anzweifelte und sich nicht gut dabei fühlte. Auf keinen Fall wollte er dass Neila unglücklich ist, doch der Traum offenbarte ihm genau das. Severin hätte sich gerne mit einer Psychologin unterhalten um besser verstehen zu können was Neila würde durchmachen müssen falls sie in Österreich bleiben sollte. Die Entscheidung was mit Neila nach ihrem Krankenhausaufenthalt passiert würden andere treffen, doch irgendwie würde er ihrer habhaft werden und sie in ihre Heimat zurückbringen können, sollte er irgendwann zu der Überzeugung kommen, dass Neila in ihrer Heimat besser aufgehoben ist. Was auch immer die Zukunft bringen sollte, er würde stets zu seiner Verantwortung stehen und alles tun was in seiner Macht steht damit Neila ein glückliches und erfülltes Leben würde führen können. Um mit der Ungewissheit, welches Leben für Neila das beste sein würde, besser zurecht zu kommen redete er sich ein, dass sie trotz ihrer Bürde mit einer neuen Kultur klar kommen zu müssen das außerordentliche Privileg genoss Teil zweier völlig verschiedener Kulturen zu sein. Welcher Art diese Privilegien sind würde sich noch herausstellen. Um auch dieses Problem von seiner Liste streichen zu können, betete er zu Gott und bat ihn erneut eine Auge auf Neila zu werfen. Das war das Beste was er momentan für sie tun konnte. Nach dem Gebet war Severin zufrieden und fühlte sich erleichtert.

Sein Krankenhausaufenthalt war sehr viel produktiver als er angenommen hatte. Hier hatte er Zeit und Muse um über seine offenen Baustellen nachzudenken. Abgeschottet von äußeren Einflüssen bot sich ihm die ideale Gelegenheit seine neuen Erlebnisse, die nicht alle schön waren, zu reflektieren und zu verarbeiten. Und er war zurecht stolz darauf dass er imstande war seine heiklen und komplexen Themen ohne fremde Hilfe selbstständig bis zu einem annehmbaren Ergebnis zu überdenken. Auch wenn er nicht für all seine Fragen eine Lösung fand, so gelang es ihm zumindest seine Themen soweit abzuhandeln dass er das Gefühl bekam sie meistern zu können.

Severin konnte es noch nie ausstehen wenn sich ein Thema ständig in seinem Kopf kreiste ohne dass er es zu fassen bekam und bis zu einem zufriedenstellenden Ergebnis durchdenken konnte. Baustellen sauber abschließen war in seinem Beruf ein Grundsatz dem er stets treu blieb, und so wollte er es auch in seinem Privatleben halten. Im Laufe der Jahre hatte er gelernt seine Lebensthemen solange zu bearbeiten bis sie ihn nicht mehr belasteten und sein Kopf und sein Herz wieder aufgeräumt waren. Wenn er bei diesen inneren Prozessen nicht weiter kam suchte er solange bis er jemand fand der ihm weiterhalf. Dabei nahm er Hilfe aus allen möglichen Ecken an. Oft reichte es ihm schon wenn ihm irgendjemand aufrichtig zuhörte, ein Arbeitskollege, ein Bekannter, Verwandte und natürlich auch Profis wie Psychologen oder Psychotherapeuten. In einigen Fällen halfen ihm auch Heilpraktiker, Schamanen oder dergleichen ein Lebensthema zu bereinigen. Im Laufe der Zeit eignete er sich ein umfangreiches Wissen über Heilungsmethoden aller Art an bis er immer mehr zu seinem eigenen Therapeuten wurde, zumindest was die Psyche und die Seele betraf. Klarheit im Bezug auf ein abgehandeltes und bereinigtes Lebensthema empfand er genauso als hätte er eine Baustelle abgeschlossen, erfüllend und zufrieden mit sich selbst. Allerdings brachten erledigte Aufgaben, wie er hier im Krankenhaus feststellen musste, auch ihre Nachteile mit sich, weil ihm langweilig wurde. Es gab vorläufig nichts mehr dessen er sich hätte annehmen müssen und er hatte auch keine Lust mehr über irgendetwas nachzudenken. Also machte er im Liegen ein paar Übungen um seine Arme wieder in Schwung zu bekommen. Obwohl er durchaus Fortschritte feststellen konnte und seine Arme wieder ein bisschen höher anheben konnte, verging ihm bald die Lust überhaupt irgendetwas zu machen, schaltete beim Handy den Ton aus und schloss die Augen. Severin befürchtete dass er wieder in eine Depression verfällt, weil er zu nichts Lust hatte. Um nicht erneut in dieses Loch zu fallen kreierte er Bilder von Temira in seinem Kopf, und stellte sich vor wie er in der Bucht schwimmt und das Fischernetz kontrolliert. Dabei wurde ihm gewahr dass seine zwei Angelruten noch im Wasser hingen und die Fische, sollten welche angebissen haben, langsam zugrunde gehen würden. Vielleicht wurden sie inzwischen von Raubfischen gefressen. Diese Vorstellung gefiel ihm besser als dass die Fische am Haken verenden. Dasselbe könnte auch den Fischen widerfahren die sich im Netz verfangen haben. Auf jeden Fall musste er bald wieder nach Temira, das stand fest. Sollten sie ihn nicht bald rauslassen aus dem Krankenhaus würde er sich selbst entlassen, beschloss er, und machte einen Gedankensprung zu der Weide wo er das Gold gefunden hatte. Es gefiel ihm mit seiner Phantasie zu spielen und sich im Bruchteil einer Sekunde von einem Ort zum nächsten zu begeben, je nach Lust und Laune. Und die Aussicht darauf Gold zu finden machte ihm definitiv gute Laune. Als er sich in seiner Vorstellung sah wie er in den Wasserläufen nach Gold suchte verselbstständigten sich die Bilder plötzlich und Severin fühlte sich wie ein Besucher in seinem eigenen Kopfkino. Mit seiner Ausrüstung im Rucksack durchquerte er mit aktiviertem Goldsucherblick die Weide und hielt auf den Bach zu der ins Meer mündet. Als er ihn erreichte sprang über die niedrige Uferböschung ins Bachbett und watete im kniehohen Wasser Richtung Osten zur Flussmündung. Der Fluss machte auf seinem Lauf einige Kurven und in einer dieser Kurven entdeckte er das erste Goldnugget. Sofort legte er den Rucksack auf der Uferböschung ab, nahm den Spaten und schaufelte ein wenig von dem abgelagerten Dreck-kiesgemisch in seine Goldwaschpfanne. Einen kurzen Moment lang verschwand diese Vorstellung und er sah sich mit einem Metalldetektor in der Hand im Fluss stehen. Es war ihm schon früher in den Sinn gekommen sich statt einer einfachen Goldschürferausrüstung einen Metalldetektor anzuschaffen, doch irgendwie fühlte sich das nicht richtig an. Da sich dieses Gefühl nun wiederholte verbannte er den Metalldetektor aus seiner Phantasie und schwenkte gemütlich die grüne Goldwaschpfanne. Severin hatte noch nie in seinem Leben Gold gewaschen. Alles was er darüber wusste hatte er irgendwann einmal im Fernsehen oder auf Youtube gesehen. Dabei standen die Leute auch im Fluss, gaben mit einer kleinen Schaufel Material in die Pfanne und schwenkten sie solange bis am Schluss nur noch das schwere Gold in den Rillen liegen blieb. Natürlich fanden diese Leute nicht bei jeder Waschung Gold, doch in seinem Kopfkino machte er richtig fette Beute. Obwohl er sich das alles nur vorstellte, geriet er immer mehr in denselben Goldrausch den er auch schon auf Temira gespürt hatte. Dieser Goldrausch katapultierte seinen Energielevel fast bis zum Anschlag und er fühlte sich phantastisch dabei. Gleichzeitig erkannte er auch die Gefahr die in diesem ekstatischen Goldrausch schlummerte, die Gefahr diesem Rausch zu erliegen. Selbst in seiner Vorstellung war nichts und niemand mehr von Interesse. Das einzige was zählte war Gold zu finden, und wenn er welches gefunden hatte, wollte er mehr, und immer mehr. Als er erkannte was die Goldsuche mit ihm machte versuchte er sich von der Vorstellung zu lösen, nicht weil er Angst hatte dem Goldrausch zu verfallen, sondern weil alles andere für ihn keine Wichtigkeit mehr hatte, was eigentlich auf dasselbe hinauslief. Er hatte das Gefühl verloren wie wunderbar das Wasser auf Temira schmeckt, wie schön der blaue Himmel ist, das imposante Gebirge wurde zu einem grauen harten Steinmassiv, der Wald war nur noch Wald kein Organismus der ihm Schutz bietet, frische Luft produziert, Brennholz liefert und manchmal betörend riecht. Severin wunderte sich dass er so intensive Gedanken und Gefühle zu den Bildern entwickelte wo doch nichts von alledem realistisch war … oder etwa doch. Auf jeden Fall war er gewarnt vor den Gefahren des Goldrausches, schob sie beiseite und wusch weiter Gold, solange bis er irgendwann in einen tiefen und festen Schlaf fiel.

Als er aufwachte war es noch hell. Er wunderte sich dass die Krankenhausleute ihn ausschlafen ließen und ihn nicht wie üblich geweckt hatten. Severin fühlte sich gut und hing in Gedanken seinem Traum nach der bruchstückhaft in seinem Gedächtnis hängen blieb. Der Glanz des Goldes das er gefunden hatte schimmerte von den Traumsequenzen in seinem Kopf bis in seine Krankenhausrealität und vermochte es noch immer sein Gemüt zu erhellen. Solange wie möglich labte er sich an diesem göttlichen Zauber des Goldes. Mit offenen Augen und einem zufriedenen Lächeln lag er im Bett und blickte an die Zimmerdecke. Severin fühlte sich toll, beschwingt, glücklich und zufrieden. Eigentlich hatte er vor im Internet eine Goldwaschpfanne zu bestellen, doch dazu hatte er keine Lust. Dieses Mal fühlte es sich richtig an keine Lust zu haben irgendetwas zu tun. Einfach nur sein war etwas das er nie gut konnte, ihm aber immer besser gelang. Er hatte sich ohnehin vorgenommen diese Phasen des genussvollen Seins zu verlängern und nicht mehr so oft seinem Tatendrang nachzugeben. Taten hatte er schon viele vollbracht, das Sein zu genießen musste er noch lernen. Das unausweichliche Klopfen an der Tür und die kurz darauf eintretende Pflegeperson unterbrachen seine Lernlektion, und er musste sich eingestehen, dass es ihm nicht ungelegen kam. Gut Ding braucht Weile, dachte er sich, und setzte sich auf. „Guten Abend Herr Freud. Ich bringe ihnen das Abendessen.“ An der Stimme erkannte er gleich dass es nicht Christine war. „Guten Abend. Sie kommen genau richtig. Ich habe einen Mordshunger“, was auch zutraf. Die Krankenschwester schob den Wagen auf dem ein Tablett stand ans Bettende und forderte ihn auf sich an den kleinen Tisch vor dem Fenster zu setzen. Severin stand auf und machte während der paar Schritte bis zum Tisch einige Armbewegung. „Geht es schon besser mit den Armen“, fragte ihn die Krankenschwester mit ehrlichem Interesse. „Wenn das so weiter geht, brauchen sie mich bald nicht mehr zu füttern“, erwiderte er und zeigte ihr stolz wie weit er seine Arme schon anheben konnte. „Es fehlt nicht mehr viel, dann kann ich wieder alleine essen. Ich schätze ihre Gesellschaft sehr, aber morgen möchte ich gerne das Frühstück selber zu mir nehmen.“ „Selbstverständlich, wenn sie sich das möchten machen wir das natürlich“, und verabreichte ihm sein Medikament. Erneut versuchte er eine gute Figur zu machen während die Schwester ihn fütterte. Es gab eine Lauchcremesuppe, Geschnetzeltes mit Sauce und Reis und ein Kompott als Nachtisch. Während sie ihn fütterte musste er sich beherrschen, dass er nicht zu gierig alles hinunterschlang. Als er fertig gegessen hatte war er von der Qualität des Essens schwer beeindruckt. Für eine Kantinenküche war das Essen sehr schmackhaft zubereitet, erläuterte er der Krankenschwester und bat sie der Küche ein Lob auszurichten. „Ja, mach ich. Ich werde ihr Lob an die Küche weiterleiten. Sie wissen ja, wenn sie etwas brauchen drücken sie den Knopf. Gute Nacht!“ „Danke, gute Nacht“, erwiderte er irritiert, weil es immer noch taghell war. Severin fühlte sich gut, eigentlich sehr gut, und hatte wieder Lust produktiv zu sein. Er nahm sein Handy, ignorierte die Anrufe in Abwesenheit und schaute sich im Internet zwei kurze Videos zum Thema Goldwaschen an. In den beiden Videos wurde gezeigt wie Leute mit einer einfachen Goldwaschpfanne in einem

Fluss Gold waschen. Der Vorgang war sehr simpel und wurde genauso dargestellt wie er es in Erinnerung hatte. Einfach Material und Wasser in die Pfanne geben, das Material mehrmals schwenken, und solange die oberste Materialschicht ausschütten bis am Schluss das Gold am Pfannenboden zu sehen ist. Perfekt, das kann sogar ich, dachte er sich, und bestellte online zwei einfache Goldwaschpfannen aus Plastik. Die Bestellung würde er in ein paar Tagen zugeschickt bekommen, spätestens dann wenn er wieder nach Temira aufbrechen würde. Mittlerweile konnte er die Unterarme schon soweit abwinkeln dass er das Handy im Sitzen schon relativ gut bedienen konnte. Jetzt musste er nicht mehr andauernd aufstehen und sich wieder hinsetzen um das Handy zu bedienen und den Bildschirm zu sehen, was er zum Anlass nahm seine Onlineshoppingtour fortzusetzen. Ein Boot brauchte er auch, und ein Holster für eine Pistole, die ihm sein Bruder in der Zwischenzeit hoffentlich besorgt hatte. Mit dem lästigen Gewehr auf dem Rücken würde er nie wieder den Berg hochklettern. Eigentlich wollte er die Strapazen der Bergkletterei überhaupt nicht mehr auf sich nehmen, deshalb schaute er sich im Internet aufblasbare Boote an. Am besten gefielen ihm die aufblasbaren 2-Sitzer Kajak die alle inklusive 2 Paddel, einem Reparaturset und einer Pumpe um die 300 Euro kosteten. Als er aber sah dass diese Kajaks ohne Zubehör zwischen 15 und 20 Kilo wogen und mit dem Zubehör zusammen nicht mehr viel Spielraum für anderes Gepäck bleiben würde, sah er vorläufig davon ab sich ein Schlauchboot zu kaufen. Wobei er das Boot gerne gehabt hätte um über das Meer ins Hinterland zu gelangen, falls es ihn überhaupt je wieder dorthin ziehen sollte. Dummerweise wurde er irgendwie das Gefühl nicht los, dass sein unerfreulicher Aufenthalt im Hinterland nicht sein letzter war. Vielleicht war die Idee mit dem Hubschrauber doch nicht so schlecht, dachte er sich. Wenn er nur schon daran dachte das ganze Zeug das er nach Temira mitnehmen wollte, durch die Schlucht bis zur Höhle zu schleppen, wurde ihm beinahe schlecht. Allein schon die Lebensmittel würden den Rucksack füllen und wie er eine Schubkarre, Schaufel, Spitzhacke und eine Motorsäge bis zum Terminal bringen sollte war ihm schleierhaft. Es gefiel ihm wieder aktiv zu sein, sich einer neuen Herausforderung zu stellen und nach einer Lösung für eine schwierige Aufgabe zu suchen. Alleine würde er den Materialtransport nur dann schaffen wenn er mehrere Male von zuhause bis zur Höhle und wieder zurückgehen würde, wozu er definitiv keine Lust hatte und auch nie haben würde. Die Strecke auf Temira vom Abflugterminal bis zu seinem Lager im Wald war im Vergleich dazu ein gemütlicher Sonntagsspaziergang.

Ein Hubschrauber … !? Dieser Gedanke ging ihm nicht mehr aus dem Kopf, und so beschloss er sich zu erkundigen wie so ein Transport mit einem Hubschrauber abläuft und wie viel so ein Flug kostet. Davor rief er aber seinen Bruder an und erkundigte sich ob er eine Pistole für ihn besorgt hatte, doch sein Bruder wollte nicht am Telefon über den Deal reden und lenkte das Gespräch sofort auf seinen Krankenhausaufenthalt. Severin erzählte ihm was der Arzt ihm gesagt hatte, und dass er davon ausging, dass er in den nächsten Tagen das Krankenhaus würde verlassen können. Er hatte durchaus Verständnis für die Reaktion seines Bruders, und gemahnte sich selbst vorsichtiger zu sein mit dem was er sagte. Schwester Christine hatte ihm erzählt dass die Krankenhauswände Ohren haben, und am Telefon über einen Waffendeal zu reden war nicht sehr schlau von ihm. Also hakte er das Thema vorläufig ab und erledigte die ausstehenden Telefonanrufe. Verärgert sah er dass seine älteste Tochter zurückgerufen und er den Anruf verschlafen hatte. Als er ihre Nummer wählte dauerte es nicht lange bis sie sich meldete, was für Severin einem mittelgroßen Wunder gleichkam. Als er ihre Stimmer hörte und sich herausstellte dass sie keine Hiobsbotschaft für ihn parat hatte wurde ihm sofort leichter ums Herz. Seine Tochter hatte von ihrem Onkel erfahren dass er im Spital liegt und machte ihm Vorwürfe dass er ihr und ihren Geschwister nichts davon gesagt hatte. Severin entschuldigte sich damit, dass er sie nicht beunruhigen wollte und sie ihn ohnehin nicht besuchen könnten weil er in einem Quarantänezimmer liegt. Ob seine Tochter die Entschuldigung gelten ließ wusste er nicht und war ihm auch egal, weil er ihr den eigentlichen Grund wieso er seine Kinder nicht informiert hatte verschwieg. Sie hatten in den letzten Jahren so gut wie nie Interesse daran bekundet den Kontakt mit ihm aufrechtzuerhalten, geschweige denn nachgefragt wie es ihm geht. Um sich eine weitere Enttäuschung zu ersparen ließ er seine Kinder im Ungewissen und erachtete es nicht für notwendig sie über seinen Krankenhausaufenthalt zu informieren. Allerdings verzichtete er darauf seine älteste Tochter mit diesen Vorwürfen zu konfrontieren weil sie sein einziges Kind war das zumindest gelegentlich den Kontakt mit ihm suchte. Darüber freute er sich sehr und ließ es sie auch wissen. Es erstaunte ihn, dass sie sogar über Neila Bescheid wusste und schilderte seiner Tochter die Kurzversion der Geschichte von Neila und ihm. Dass er sie auf Temira gefunden hatte und er im Sinn hatte bald wieder nach Temira zu reisen verschwieg er seiner Tochter. Sie informierte ihn im Gegenzug über ihren aktuellen Status, über ihre Arbeitssituation, über ihre Beziehung mit ihrem Freund und dass sie eine Mietwohnung in der Nähe ihres jetzigen Wohnortes gefunden hatten und sie bald mit ihrem Freund zusammen ziehen würde. Nachdem sie die aktuellsten Informationen ausgetauscht hatten, fragte Severin seine Tochter nach dem Befinden ihrer Geschwister und ihrer Mutter. Da sie die meiste Zeit über bei ihrem Freund wohnte wusste sie nicht viel über das Wohlergehen seiner beiden anderen Töchter und seines Sohnes, und versprach ihm sich bald wieder bei ihm zu melden. Als sie das Gespräch beendete war Severin überglücklich. Er fühlte sich leicht und beschwingt und nutzte seine positive Energie um seine Arme zu bewegen. Auch seine Schultern kreiste er in alle Richtungen so gut es ging und stellte erfreut fest, dass die Schmerzen deutlich nachgelassen hatten. Nicht mehr lange und ich bin wieder voll einsatzfähig, sprach er zuversichtlich zu sich selbst. Für den letzten Anruf ließ er sich Zeit, weil er während seiner Übungen feststellte dass auch seine Arme immer besser funktionierten und er bald bereit sein würde nach Temira aufzubrechen. In seinem Kopf begannen sich die Gedanken allmählich zu überschlagen und er wurde von einer positiven Unruhe erfasst. Wie ein Gehetzter ging er den Zimmergang hin und her und stellte im Kopf eine ungefähre Materialliste zusammen. Dabei musste er gar nicht lange nachdenken um zu dem Schluss zu kommen, dass er alleine niemals dazu imstande sein würde das ganze Material durch die Schlucht bis zur Höhle zu transportieren. Um seine Pläne umzusetzen würde er Baumaterial, Werkzeug und diverses Inventar für eine Hütte brauchen. Also kam nur eine Möglichkeit in Frage, das Material mit einem Hubschrauber so nah wie möglich zum Abflugterminal in der Höhle fliegen zu lassen. Schließlich verfügte er nun über ein sehr exklusives Urlaubsdomizil auf dem er auch exklusiv zu wohnen gedachte. Im Internet fand er schnell ein Hubschrauberunternehmen in der Nähe, und wählte die Nummer. Natürlich meldete sich niemand weil es schon nach 18 Uhr war. Severin ärgerte sich darüber dass er nicht schon vorher angerufen hatte, weil er ums Verrecken wissen wollte wie und zu welchen Konditionen Materialtransporte mit einem Hubschrauber durchgeführt werden. Wohl oder übel musste er sich bis zum nächsten Tag gedulden um sich zu informieren, und so machte er den letzten Anruf für diesen Tag. Als sich seine Mutter meldete fragte sie ihn vorwurfsvoll wieso er nicht schon früher angerufen hatte. „Ich habe den Ton ausgeschaltet beim Handy, damit ich nicht dauernd geweckt werde. Gibt es etwas Neues?“ „Wir werden morgen entlassen“, informierte ihn seine Mutter mit unverhohlener Freude in der Stimme. „Kann mich Neila hören?“ „Ja, sie sitzt neben mir und wie bei jedem Anruf schaut sie wie gebannt aufs Handy und fragt sich wahrscheinlich, wo derjenige sich versteckt der da redet.“ „Hallo Neila, ich bins, Severin … hallooo … Neila!“ „Seeerin …“, antwortete sie. Sie hatte schon wieder seinen Namen gesagt, doch die Worte die danach folgten hatte sie zu schnell ausgesprochen. Severin konnte nicht einmal ansatzweise eines der Wörter verstehen. „Sie lacht! Gestern hat sie im Schlaf geredet und als sie mitten in der Nacht aufgewacht ist hat sie geweint. Ich hab sie dann zu mir ins Bett geholt, dann hat sie sich langsam wieder beruhigt. Es ist schon komisch dass sie so eine seltsame Sprache spricht. Die Ärzte meinen auch dass sie noch nie jemanden so reden gehört haben. Sie gehen davon aus dass sie über einen langen Zeitraum, wahrscheinlich jahrelang, meinen sie, gefangen gehalten wurde und nie eine andere Sprache gehört hatte. Warum sie nur diese Sprache spricht, dafür haben sie noch keine Erklärung.“ Das kann ich mir vorstellen, dachte sich Severin, und hätte seine Mutter gerne eingeweiht in sein Geheimnis, doch sein Instinkt sagte ihm dass er sein Geheimnis besser für sich behalten sollte. Weniger weil er befürchtete dass sie alles ausplaudert sondern vielmehr weil er sie mit diesem Wissen nicht belasten wollte. Seine Mutter war erwachsen, und sie würde bestimmt irgendwie mit der Ungewissheit zurechtkommen wieso Neila diese seltsame Sprache spricht. „Weißt du schon wo Neila hinkommt?“ „Herr Walser hat mich heute Vormittag angerufen und gesagt, er habe sich mit der Kinder und Jugendwohlfahrt in Verbindung gesetzt. Die haben bereits von Neila gewusst und haben anscheinend einen Platz für sie in einer betreuten Wohngemeinschaft gesucht. Ob sie für sie schon einen Platz haben weiß ich nicht. Herr Walser hat ihnen erklärt, dass sie zu mir Vertrauen hat und ich sie gerne zu mir nehmen würde. Anscheinend wollen sie sie aber nicht in meine Obhut geben weil ich zu alt bin.“ Severin respektierte und schätzte das Anliegen seiner Mutter Neila zu sich zu nehmen, doch das Argument der Behörde war nicht vom Tisch zu weisen. Neila würde schon bald in die Pubertät kommen und nach allem was er gehört und gelesen hatte, werden entwurzelte Kinder sehr oft zu Problemkindern. Einen aufsässigen Teenager war das letzte was er seiner Mutter zumuten wollte, und hoffte dass Herr Walser, der Hausanwalt und Freund seines Bruders die Meinung der Behörde teilen würde. „Und, wo kommt sie dann morgen hin?“ „Ich habe bei der Visite den Oberarzt gebeten dass er mit der Behörde redet und dass er mein Fürsprecher ist. Aber er hat weder Ja noch Nein gesagt. Er werde es sich noch überlegen, meinte er. Dann ist mir die Idee gekommen dass sich Horst und Caroline ihrer annehmen könnten.“ Daran hatte er gar nicht gedacht, doch die Idee fand er super. Sein Bruder Horst und seine Schwägerin hatten alles Mögliche probiert um Nachwuchs zu bekommen, waren aber kinderlos geblieben. Sie sind finanziell abgesichert, haben ein schönes Haus, verfügen über ein gutes soziales Netz und sind erst knapp über Vierzig, wobei er keine Ahnung hatte wie alt seine Schwägerin war. Falls sie Interesse bekunden sollten Neila zu sich zu nehmen und ihnen die Obsorge zugesprochen würde, würde auch seine Mutter davon profitieren und natürlich auch Neila. Sollte Neila Schwierigkeiten machen würden sie schon irgendwie mit ihr zurecht kommen, und außerdem würde er selbst auch ein Teil dieses sozialen Netzwerks sein. „Die Idee finde ich genial, ehrlich. Was sagt denn Horst und Caroline dazu?“ „Als ich es ihnen am Telefon erzählt habe, waren sie zuerst einmal überrascht. Eine solche Entscheidung wollten sie nicht so auf die Schnelle treffen. Außerdem kennen sie Neila gar nicht. Das verstehe ich natürlich, aber ich habe ihnen gesagt, dass alle davon profitieren würden wenn sie sich vorstellen könnten Neila zu sich zu nehmen, vorausgesetzt die Behördenmenschen wären einverstanden damit.“ „Genau. Neila könnte eine Art Probezeit bei ihnen verbringen, und dann wird man weitersehen“, stimmte Severin begeistert dem Vorschlag seiner Mutter zu. „Wie auch immer. Morgen nach der Visite werden wir entlassen. Horst holt mich ab. Dann hat er Gelegenheit Neila kennenzulernen. Vielleicht kommt Caroline ja auch mit. Übrigens weiß Herr Walser von dieser Möglichkeit und hat sie, so viel ich weiß, bereits dem Kinder- und Jugendamt unterbreitet.“ „Dann läuft was, toll. Wie schauts eigentlich gesundheitlich bei euch zwei aus?“ „Neila geht’s körperlich nach wie vor tiptop, und mir auch.“ Severin wusste dass das gelogen war, aber auch sie sollte ihre Geheimnisse für sich behalten können, genauso wie er. „Wann darfst du gehen“, wollte seine Mutter wissen. „Das weiß ich nicht. Ich hoffe bald, sonst entlasse ich mich selbst.“ „Das darf man doch nicht“, erwiderte seine Mutter entsetzt. „Keine Angst, es wird schon gut. Also halt mich auf dem Laufenden, gute Nacht. Gute Nacht Neila!“ „Sie lacht wieder. Dann musst du auch mal das Telefon abnehmen wenn ich dich auf dem Laufenden halten soll“, erwiderte seine Mutter vorwurfsvoll, und wünschte ihm ebenfalls eine gute Nacht. Das waren gute Nachrichten. Allerdings machte er sich keine großen Hoffnungen dass Neila zu seinem Bruder würde ziehen können. Er war sich zwar fast sicher dass die Entscheidungsträger vom Kinder und Jugendamt zum Wohle von Neila entscheiden und nach der besten Lösung suchen würden, doch irgendwie traute er diesen Vögeln nicht. Hoffentlich kommt nicht mein Name ins Spiel, hoffte er. Damals hatte er sich mit einer Mitarbeiterin und dem Chef vom Kinder und Jugendamt angelegt, weil die Situation bei seinen Kindern zuhause eskalierte und die Behörde, seiner Ansicht nach, nicht angemessen reagierte und konkrete Hilfe verweigerte, was ihre Pflicht gewesen wäre. Severin unterbrach seinen Gedankengang und suchte im Internet nach den Schlagzeilen der letzten Tage. Er war sich fast sicher dass er etwas über ihn und Neila finden würde, da die Medien es für wichtig erachten aus jedem unbedeutenden Furz eine

Nachricht zu machen. Es dauerte nicht lange bis er fündig wurde. Eine Tageszeitung und sogar das Fernsehen berichteten über die Rettung eines kleinen Mädchens. Ein 50 jähriger Wanderer hatte das halbtote Mädchen, dessen Identität noch ungeklärt ist, gefunden. Im Rucksack habe er das circa 10 jährige Mädchen durch den Wald geschleppt und sie in ärztliche Obhut übergeben. Es stand nichts davon im Bericht dass er Neila zu seiner Mutter gebracht hatte. Von einer ansteckenden Krankheit stand nichts im Bericht und sein Name wurde auch nicht erwähnt. Also würde das Kinder und Jugendamt auch keine Verbindung zwischen ihm und Neila herstellen können. Vielleicht war er in dieser Hinsicht ein bisschen paranoid, doch die damaligen Konfrontationen mit denen vom Amt wurden in seiner Erinnerung plötzlich sehr lebendig, und es gelang ihm nicht den Groll den er gegen diese Leute hegte loszulassen. Womöglich könnte der Plan seiner Mutter, Neila in die Obhut seines Bruders zu geben, gelingen, wagte er zu hoffen. Es wunderte ihn dass die dubiose ansteckende Krankheit nicht erwähnt wurde. Noch nicht, und er hoffte inständig dass das so bleiben würde. Dabei fielen ihm wieder die Worte von Christine ein, dass die Wände im Krankenhaus Ohren haben. Auf Dauer würde es sich wohl herumsprechen dass Neila und er eine unbekannte ansteckende Krankheit überstanden haben. Bis dahin wollte er unbedingt aus dem Krankenhaus raus sein. Ein dringendes Bedürfnis lenkte ihn von seinen aufkeimenden Sorgen ab. Er war gerade im Begriff den Knopf zu drücken als er sich noch rechtzeitig an seine

Therapiefortschritte erinnerte, und ging recht zuversichtlich aufs Klo. Es klappte einwandfrei sich selbst sauber zu machen nachdem er seine Notdurft verrichtet hatte. Er war auch sehr zuversichtlich dass er sich schon sehr bald würde alleine waschen können. Das Schlimmste was passieren könnte wäre, dass er sich den Kopf nicht selbst waschen kann, alles andere wäre durchaus machbar. Wobei, vielleicht sollte er es lieber nicht zu forsch angehen. Schwester Christine ist eine äußerst professionelle Pflegerin, und würde ihn sehr viel genauer, hygienischer und … einfach besser waschen können als er sich selbst. Mit dieser ausgezeichneten Idee im Kopf schaltete er das Licht aus und legte sich zufrieden mit sich selbst ins Bett. Die Vorstellung von Christine gewaschen zu werden war ihm sehr angenehm und brachte Bewegung in seine Hose. Allerdings, und darüber wunderte er sich sehr, drangen zunehmend Gedanken an den Hausbau auf Temira in sein Bewusstsein und ließen seine Lüsternheit abklingen. In seinem Kopf entstand zunehmend ein Bild von seinem künftigen Blockhaus. Ja, es sollte ein Blockhaus werden, mit zugeschnittenen Baumstämmen, mit einem Holzherd, gut isoliert und mit dem üblichen Inventar. Allerdings hatte er keine Ahnung wie er alleine es schaffen sollte die schweren Baumstämme zu versetzen. Dazu würde er einen Kran brauchen, und wie er einen solchen auf Temira herstellen sollte war ihm schlicht ein Rätsel. Es würde ihm wohl nichts anderes übrig bleiben als die Wände mit Steinen aufzumauern. Die Balken für des Dach würde er schon irgendwie verlegen können. Auf jeden Fall würde er Balken, Bretter, Nägel, Schrauben und allerlei Werkzeug brauchen. Ein Stromaggregat, eine Motorsäge, Benzin, Kettenöl, und vieles mehr. Als ihm allmählich klar wurde wie viel Aufwand er betreiben müsste um ein Blockhaus, das in seiner Vorstellung immer deutlicher Gestalt annahm, zu errichten, verließ ihn zusehends die Zuversicht sein Vorhaben auch umsetzen zu können. Vielleicht sollte er doch lieber einen einfachen Unterstand errichten und auf den üblichen Komfort eines gewöhnlichen Hauses verzichten. Dieses Abwägen zwischen einem Blockhaus mit der notwendigsten Einrichtung und einem spartanischen Unterstand betrieb er solange bis er schließlich einschlief, ohne sich für eine der beiden Varianten entschieden zu haben. Mitten in der Nacht wachte Severin auf. Er hatte geträumt, und wusste noch ziemlich genau wovon der Traum handelte. Ganz deutlich blieben einige Traumbilder in seinem Bewusstsein hängen, und in all diesen Bilder sah er ein Blockhaus mit einer Terrasse und den Annehmlichkeiten einer modernen Wohnstätte. Allerdings fehlten in diesem Blockhaus ein Badezimmer, fließendes Wasser und Strom, doch mit diesen Mängel würde er leben können, oder müssen. Auf jeden Fall gefiel ihm das Bild von einem gemütlichen Häuschen, womit die Entscheidung ob er ein Haus bauen oder einen notdürftigen Unterstand errichten sollte gefällt war. Um 8 Uhr würde er das Hubschrauberunternehmen anrufen und sich über Materialtransporte erkundigen. Da er nicht mehr einschlafen konnte, schaltete er das Licht ein und suchte im Zimmer nach einem

Stift und etwas worauf er eine Skizze vom Haus zeichnen konnte. Da er nichts fand nahm er sein Handy und schrieb all die Sachen auf die er nach Temira mitnehmen wollte. Zuhause würde er sich die Liste ausdrucken und alles besorgen. Die meisten Maschinen bis auf das Stromaggregat hatte er in seinem Keller eingelagert, und das meiste Werkzeug das er brauchen würde hatte er bei seiner Mutter in der Garage wo er seit dem Tod seines Vaters gelegentlich irgendwelche Arbeiten verrichtete. Er würde sich noch vieles anschaffen müssen, vor allem Bretter, Balken, Nägel, Schrauben, einen Kochherd, ein Ofenrohr, und diverse Schläuche und Kabel um irgendwann einmal Strom und Wasser ins Haus zu bringen. Auch für ein kleines Badezimmer mit einer Dusche, einer Badewanne, einem Waschbecken, eventuell einer Waschmaschine und einer Toilette würde er Vorsorge treffen. Aus eigener Erfahrung wusste er wie aufwändig es ist im Nachhinein irgendwelche Leitungen zu verlegen. Die ganze Sache hatte aber einen gewaltigen Haken und zwar würde das Material und der Transport eine ordentliche Stange Geld kosten. Insgeheim hegte er zwar die Hoffnung dass er auf Temira Gold findet, viel Gold, doch falls sein bisheriger Goldfund einfach nur ein Glückstreffer war und er kein Gold mehr finden würde, dann würde er in arge finanzielle Schwierigkeiten kommen. Er verfügte zwar noch über einige Geldreserven, doch die würden sehr schnell aufgebraucht sein wenn er sich all das Zeug anschafft. Es würde ihm auch nichts nützen das Material in mehreren Etappen anzuschaffen, weil ihm dann bestimmt etwas fehlt wenn er mit dem Hausbau beginnt. Nein, er musste alles unter einmal in die Höhle schaffen. Als er sich dessen bewusst wurde sah er das nächste große Problem. Wie sollte er all das Zeug zum hiesigen Abflugterminal auf das Plateau der Geröllhalde schaffen? Das ist schlicht unmöglich, dachte er sich. Die Idee mit einem kleinen Bagger die Geröllhalde abzutragen war ihm schon auf Temira gekommen, doch irgendwie schien ihm dieser Gedanke absurd. Jetzt allerdings führte kaum ein Weg daran vorbei. Wenn er wirklich das ganze Zeug nach Temira bringen möchte, würde er die Geröllhalde abtragen müssen und zwar mit einem Bagger. Eine andere Möglichkeit gab es nicht. Was würde passieren wenn er es schaffen sollte einen ebenen Zugang in die Höhle zu schaffen? Würde es dann überhaupt noch möglich sein nach Temira zu reisen, fragte er sich bange. Wenn er sich durch die Erdarbeiten die Möglichkeit zerstört nach Temira zu reisen, würde er sich bis an sein Lebensende Vorwürfe machen. Allerdings wollte er auch nicht bis an sein Lebensende in einem notdürftigen Unterstand auf Temira wohnen. Vielleicht würde ja eines Tages das Zeitreisen unmöglich werden, was er schon einmal geahnt hatte, und dann möchte er auf einen gewissen Komfort auf keinen Fall verzichten. Er war ja schließlich kein hartgesottener Trapper sondern ein Kind seiner Zeit das nicht unbedingt gewillt war auf gewisse Annehmlichkeiten zu verzichten. Wie auch immer er es drehte und wendete, alle Möglichkeiten hatten ihre Defizite. Severin bekam Kopfweh von der vielen Grübelei, und es ärgerte ihn dass er keinen klaren Entschluss fassen konnte. Dabei wusste er als Handwerker ganz genau dass er sich für die Planung mehr Zeit nehmen sollte als für die Errichtung des Projekts. Doch dafür war er nicht gemacht. Er war nie ein penibler Planer, er war mehr der Macher dem es gefällt zu improvisieren. Allerdings drehte sich ihm der Kopf und er kam nicht mehr weiter mit seinen Überlegungen. Gerade als er im Begriff war seine Kopfarbeit einzustellen, kam ihm in den Sinn, dass bei den meisten Zeitreisen im Fernsehen die Leute nur nackt verreisen konnten wie zum Beispiel bei dem Film „Terminator". Er hingegen konnte mit allem verreisen das mit ihm in direkter Berührung war. Vielleicht müsste er die Geröllhalde gar nicht abtragen! Der Hubschrauber könnte das Material im Bachbett abstellen und er würde zwischen sich und dem ganzen Zeug mit einem Seil eine Verbindung herstellen. Ob dabei die Steine unterhalb des Seils mitreisen würden oder nicht wäre egal, Hauptsache er könnte ohne großen Aufwand und vor allem ohne viel Aufsehen zu erregen das Zeug nach Temira schaffen. Jetzt war er wieder voll im Rennen. Sein Kopf tat ihm immer noch weh, doch wenn es wirklich möglich sein sollte Material auf diese Weise nach Temira zu schaffen, dann wäre der ganze Transfer viel einfacher. Die Möglichkeiten wären beinahe unerschöpflich. Er könnte sich eine Luxushütte bauen und alle möglichen Maschinen, sofern sie nicht zu schwer sind, mitnehmen und sich die Arbeit um Vieles leichter machen. Was aber wenn es mit der Seilverbindung nicht klappt? Könnte es sein dass ihm bei der Reise die Hand ausgerissen wird?

Um auf diese Fragen eine Antwort zu bekommen würde er einen Versuch unternehmen und so schnell wie möglich nach Temira reisen müssen. Sollte sich herausstellen, dass eine gewöhnliche Seilverbindung zwischen einem Rucksack und ihm ausreichend ist um Material zu transportieren, dann hätte er mehr als einen Lottozwölfer. Wobei, den hatte er ohnehin schon, funktionierender Materialtransport hin oder her. Da sein Energielevel immer mehr absackte, fällte Severin kurzfristig den Entschluss die Sache besser langsam anzugehen. Schließlich gab es keinen Grund alles zu überstürzen. Er durfte sich Besitzer einer abbezahlten Wohnung nennen, er musste nicht mehr arbeiten gehen, er war gesund, er hatte die einzigartige Möglichkeit Zeitreisen zu unternehmen und er verfügte mit Temira über ein exklusives Urlaubsdomizil. Also, was soll diese ganze Stresserei wegen diesem Materialtransport, fragte er sich kurz bevor ihm die Augen zufielen. Wegen all dieser vagen Möglichkeiten und den vielen wenn und aber hätte er beinahe darauf vergessen sich für sein Schicksal zu bedanken. Wie konnte ich nur so töricht sein der Gier und dem Größenwahn zu verfallen, schalt er sich. Seine Überlegungen waren zwar durchaus vernünftig und sinnvoll, doch dabei übersah er beinahe, dass er sich ja schon in einer sehr exklusiven Lebenssituation befand. Er brauchte kein Blockhaus, kein Gold, auch nicht unbedingt eine Lebens- oder Seelengefährtin um glücklich und zufrieden zu sein, und dafür war er sehr dankbar. Im Gebet dankte er Gott dafür dass er so ein schönes Leben führen durfte und bat ihn ein Auge auf seine Kinder und auf Neila zu werfen. Als sein Kopf endlich zur Ruhe kam ließen seine Kopfschmerzen nach und Severin fiel in einen tiefen und festen Schlaf.

Wie jeden Morgen wurde er sehr verlässlich geweckt. „Tut mir Leid dass ich sie wecken muss“, sagte Schwester Christine nachdem sie ins Zimmer eingetreten war. Obwohl Severin noch nicht richtig wach war, hörte er die Veränderung in ihrem Tonfall. Gestern noch lag Enttäuschung und Distanziertheit in ihrer Stimme. Jetzt war sie wieder entgegenkommend und sie entschuldigte sich dafür dass sie ihn geweckt hatte. War das wirklich nur die Reaktion auf ihre Abmachung, dass sie ihn nur dann weckt solange er noch Medikamente bekommt? Als sie das Tablett mit dem Frühstück auf den Tisch abstellte drehte sich Severin im Bett um und setzte sich auf die Bettkante. „Guten Morgen“, erwiderte er im freundlichsten Tonfall den er so früh am Morgen zustande brachte. Als Christine ihm den kleinen Becher mit der Tablette hinhielt schluckte er sie artig und atmete Christines Geruch tief ein ohne dass sie es bemerkte. Zumindest ging er davon aus dass sie nichts davon mitbekam wie er sie olfaktorisch abcheckte. Er konnte Christine im wahrsten Sinne des Wortes gut riechen. Der Geruch von Seife und eines gut riechenden Parfums war unverkennbar, doch ihr eigener Körpergeruch war um einen Deut auffälliger und intensiver. Schon als er sie die letzten Male gerochen hatte stellte er mehr unbewusst als bewusst fest, dass sie nicht zu den vielen Menschen gehört die er nicht riechen, nicht schmecken und nicht ausstehen kann. Außer bei seinen Kindern als sie noch klein waren hatte Severin noch nie den Körperduft eines Menschen so bewusst und intensiv wahrgenommen wie bei Christine. Ihr Duft war angenehm, in keinster Weise abstoßend und wirkte eindeutig anziehend auf ihn. Als er am Tisch saß setzte sich Christine neben ihn und machte Anstalten ihn zu füttern, worauf er widerstrebend sein Veto einlegte. „Ich kann meine Arme schon wieder ganz gut bewegen. Das mit dem Essen müsste ich hin bekommen." Noch bevor er den letzten Satz beendete wurde ihm klar wie selten blöd er war. Mit dem Eingeständnis seiner Genesungsfortschritte hatte er sich wahrscheinlich die Möglichkeit versaut sich von Christine waschen zu lassen. „Was bin ich doch für ein selten dämlicher Trottel", schalt sich Severin in Gedanken. Während er sein Frühstück zu sich nahm wurde ihm klar dass er seine Arme wieder ein Stück weiter anheben konnte. Dennoch beugte er sich mit dem Kopf bis knapp über den Teller und aß seine Rühreier wie ein Schwerkranker, in der Hoffnung dass Christine ihn fragen würde ob sie ihn waschen soll. Das tat sie aber nicht. Aus den Augenwinkeln konnte er zusehen wie sie das Bett machte und ihm keinerlei Aufmerksamkeit schenkte. Umso überraschter war er als sie plötzlich anfing zu reden. „Haben sie das gestern ernst gemeint?" „Was meinen sie", fragte er mit halbvollem Mund. „Dass sie eine Zeitreise in ein unbekanntes Land gemacht und das Mädchen dort gefunden haben!" Diese Frage überraschte ihn völlig. Was sollte er ihr darauf antworten? Anlügen wollte er sie auf keinen Fall, aber er wollte ihr auch nicht die Wahrheit sagen. Eigentlich hatte er keine Ahnung was er sagen sollte und kaute demonstrativ sein Essen um Zeit zu schinden. Es überraschte ihn nicht sonderlich dass ihm Christine mit ihrer feinfühligen Art zu Hilfe kam und ihm vorläufig eine Antwort ersparte. „Das Mädchen das sie gerettet haben ist unter den Kollegen in aller Munde. Sie sagen dass sie eine Sprache spricht die niemand versteht. Wenn das Mädchen spricht klingt es anscheinend so als würde sie flüssig und sinnvoll sprechen. Die Neurologen meinen, dass sie keine eingebildete sondern eine erlernte Sprache spricht. Sie muss also die Sprache von jemandem vermittelt bekommen haben. Was das anbelangt kursieren viele Theorien, unter anderem, dass sie viele Jahre gefangen gehalten wurde und ihr Kidnapper sie von allen Reizen abschottet und ihr immer wieder dieselben Videos oder Hörnachrichten vorgespielt hat.“ Während Christine die Ablagen und Bettrahmen abwischte wollte er unbedingt etwas Konstruktives zur Konversation beitragen. „Diese Theorie klingt irgendwie plausibel.“ „Finden sie“, erwiderte sie halb fragend halb anklagend. Da sie gerade zu ihm schaute nahm er einen ausgiebigen Schluck Kaffee und stellte sich dabei so ungeschickt an, dass er dabei den Kaffee verschüttete. „Oh je, tut mir Leid“, sagte er, in der Hoffnung dass sie herkommen und die Sauerei aufräumen würde. Doch das Luder bewegte sich nicht vom Fleck und schaute ihn nur fragend an. „Es kursiert auch eine andere, eine völlig verrückte Theorie.“ „Ach ja. Gibt es wirklich eine Theorie die noch verrückter ist als die mit dem Kidnapper“, fragte Severin, und hoffte dass sein Beitrag zur Unterhaltung dieses Mal besser war. „Ja die gibt es. Diese Theorie ist eindeutig um einiges verrückter.“ Christine legte bewusst eine Pause ein und Severin ahnte schon was bald folgen würde. Da er mittlerweile darauf verzichtete von Christine gewaschen zu werden, versuchte er der Situation, die zunehmend unangenehmer für ihn wurde, zu entkommen. „Geben sie mir bitte einen Putzlappen, ich mach die Sauerei weg“, forderte er Christine höflich auf. „Lassen sie nur, ich muss sowieso alles putzen. Ist ihnen dieses Gespräch unangenehm?“ „Ja, ist es“, antwortete er nach kurzem Zögern. „Bitte sagen sie mir nur ob sie mich angelogen oder ob sie mir die Wahrheit gesagt haben!“ Severin fühlte sich immer mehr in die Ecke gedrängt und blickte demonstrativ zum Fenster hinaus, ohne ihrer Aufforderung nachzukommen. „Ich weiß dass sie mich nicht kennen und ich sie nicht, aber ich gebe ihnen mein Wort, dass ich alles was sie mir sagen für mich behalten werde. Falls sie mir meine Reaktion von gestern nachtragen, so bitte ich um Nachsicht. Obwohl ich das Gefühl hatte dass sie mir die Wahrheit gesagt haben, hielt ich diese Zeitreisegeschichte für Quatsch. Jetzt tu ich das nicht mehr. Bitte Severin, sagen sie mir ob sie mich angelogen haben oder nicht“, forderte sie ihn erneut auf. Es war keine einfältige Tratschweiberneugierde die aus ihr sprach, sondern ehrliches Interesse dafür die Wahrheit zu erfahren. Er traute ihr auch zu dass sie seine Geschichte für sich behalten würde. Kurz bevor er ihr erneut die Wahrheit sagen wollte hatte er einen guten Einfall worauf er seine

Absicht, ihr erneut sein Vertrauen zu schenken, unterdrückte. Schließlich bin ich nicht mehr allzu lange hier und ich möchte dieses Weib endlich einmal ohne Maske sehen, dachte er sich, und wollte mit seinem neu geschmiedeten Plan sicher stellen dass sie sich auch außerhalb des Krankenhauses treffen würden. „Ich kann verstehen dass das was ich ihnen gesagt habe verrückt geklungen hat. Ich schätze sie sehr und ich bin ihnen sehr dankbar was sie alles für mich machen, aber bitte Christine, fragen sie mich nichts mehr was das Mädchen anbelangt. Sie haben selbst gesagt dass die Wände hier Ohren haben." Damit hatte er sie genau dort wo er sie haben wollte, dachte er zumindest. Allerdings hatte er nicht damit gerechnet, dass sie nichts für Sensationshascherei übrig hatte und ihr offensichtlich auch nicht der Sinn nach einem Rendezvous stand, denn sie sagte eine Weile lang gar nichts mehr. Sein Plan war eindeutig fehlgeschlagen und vielleicht sollte er sie einfach direkt fragen ob sie sich mit ihm treffen möchte sobald er aus dem Krankenhaus entlassen wird. Eigentlich hatte er das Bedürfnis sich zu erleichtern, doch Christine hatte sich inzwischen ins Badezimmer vorgearbeitet und da wollte er sie nicht stören. Also erhob er sich, zog die Gardinen beiseite und blickte völlig überrascht auf den niedergehenden Regen. „Christine, kommen sie, schnell", rief er begeistert durchs Zimmer. „Es regnet!" Ohne ein Wort zu sagen stellte sich Christine neben ihn und schaute mit einem Lachen im Gesicht nach draußen. „Schön. Wunderschön", sagte sie ehrfürchtig. „Das letzte Mal hat es vor ungefähr einem Monat geregnet. Oh Gott, lass es bitte lange, lange regnen.

Das würde uns allen soo gut tun.“ „Ja, das wäre schön. Ein richtig fetter Regen, wie auf … Wie früher.“ Severin wollte sagen wie auf Temira, konnte sich aber gerade noch korrigieren. Obwohl Christine von dem nassen Schauspiel gefesselt war hatte sie bemerkt dass er etwas anderes sagen wollte weil sie ihren Kopf kurz zu ihm drehte und ihm in die Augen blickte. „Christine, darf ich sie in ein Cafe ihrer Wahl zu Kaffee und Kuchen einladen, oder auf ein Bier oder … was sie wollen?“ Das letzte Mal dass er eine Frau zu irgendetwas eingeladen hatte war vor 5 Jahren, umso erstaunter war er, dass ihm die Einladung zu einem Date so leicht über die Lippen gekommen war. Doch jetzt als er die Einladung ausgesprochen hatte, und sie sich zierte ihm zu antworten, wurde er plötzlich nervös. „Oder möchten sie lieber einen Tee … Wein, oder.“ „Nein, Kaffee und Kuchen ist gut“, unterbrach sie ihn und hatte wahrscheinlich keine Ahnung wie unendlich erleichtert er war, dass sie sein Angebot angenommen hat. Am liebsten hätte er sie geküsst und umarmt, doch er musste unbedingt aufs Klo. „Entschuldigen sie mich kurz, ich muss mal.“ Severin fühlte sich wie ein Jüngling und schwebte auf dem Zimmergang Richtung Badezimmer. Als er sein Geschäft erledigt hatte stand Christine immer noch am Fenster und blickte träumerisch nach draußen. „Können sie mir bitte Bleistift und Papier besorgen, Christine?“ Ohne sich umzudrehen antwortete sie ihm. „Ich bringe ihnen nachher etwas zum Schreiben.“ Severin bedankte sich und stellte sich wieder neben sie. „Denken sie es wird lange regnen?“ Severin hörte die Hoffnung und den Zweifel in ihrer Frage, und wollte ihr möglichst wahrheitsgemäß antworten. „In den letzten Jahren wurden meine Hoffnungen sooft enttäuscht, dass ich kaum mehr wage daran zu glauben dass es endlich wieder einmal richtig lange und ausgiebig regnet. Sie wissen ja selbst, dass es in den letzten Jahren nie ausgiebig geregnet oder geschneit hat. Haben sie noch Hoffnung dass der Regen wieder kommt?“ Christine ließ sich ausgiebig Zeit bevor sie ihm antwortete, aber nicht weil sie ihn auf eine Antwort warten lassen wollte sondern weil sie sich hinterfragen musste ob sie noch Hoffnung hegte. „Ja. Ein bisschen Hoffnung wird wahrscheinlich immer da sein. Aber der Großteil meiner Hoffnung ist mit meinen gescheiterten Auswanderungsplänen gestorben. Wissen sie was das Gute daran ist, dass es nicht mehr richtig regnet und die Natur stirbt?“ „Nein, was?“ „Ich liebe den Regen, die Natur und ganz allgemein das Leben viel mehr als ich es früher getan habe. Manchmal sehe ich eine Pflanze, ein wildlebendes Tier oder wie jetzt den Regen und habe das Gefühl Gott berührt mein Herz. Eigentlich sollte man solche Momente nicht mit Reden zunichte machen.“ „Ich kann ihnen versichern Christine, dass sie mit ihrem Gerede gar nichts zunichte machen, im Gegenteil. Es ist schön was sie gesagt haben und es berührt mich.“ „Danke“, erwiderte sie erfreut mit ihrer angenehmen Stimme. Diese Christine bringt mich in mehrerlei Hinsicht an meine Grenzen, noch bevor wir uns richtig kennen, wurde sich Severin gewahr. Ihm war bewusst dass wenn er eine Frau in sein Leben lassen will er sich öffnen muss, auch wenn dies bedeutet Gefühle die ihn bewegen dieser Frau gegenüber einzugestehen. Das war ihm nie leicht gefallen, doch er war lernwillig und guter Dinge, vor allem Dank der positiven Resonanz von Christine. Als der Regen nach wenigen Minuten aufhörte ging Christine kommentarlos ins Badezimmer und putzte weiter. Es war jedes Mal dasselbe. Zuerst sah es so aus als würde es ausgiebig regnen und plötzlich hörte es nach wenigen Minuten auf zu regnen. Das Wasser reichte gerade mal aus die Oberflächen nass zu machen. Um die Wasserquellen wieder sprudeln zu lassen reichte der Regen bei Weitem nicht aus. Es war jedes Mal schön wenn es regnete, und deprimierend wenn der Regen nach wenigen Minuten aufhörte.

Nachdem Christine das Badezimmer geputzt hatte räumte sie das Tablett vom Tisch und wischte den Boden. „Ich nehme an dass sie sich jetzt selbst waschen können." „Ich weiß nicht. Ich habe es bis jetzt noch nicht ausprobiert", erwiderte er wahrheitsgemäß und hegte doch noch einen Funken Hoffnung dass sie ihn waschen würde. „Versuchen sie es. Das ist die beste Therapie die sie machen können. Wenn sie nicht klar kommen dann helfe ich ihnen." Severin hatte zwar keine Lust zu duschen doch für die anstehende Visite wäre es sicher von Vorteil wenn er vorweisen könnte dass er sich bereits selbst waschen kann. „Ok, danke." Es war ihm recht dass Christine noch mit Putzarbeiten im Zimmer beschäftigt war solange er unter der Dusche stand. Dummerweise hatte Christine den Duschkopf auf einer Höhe an der Duschstange festgemacht wo er ihn gut erreichen konnte. Seine Chancen doch noch von ihr gewaschen zu werden schmolzen dahin wie Butter in der Sonne, bis er schließlich den Gedanken verwarf. Er kam ganz gut zurecht mit der Körperreinigung doch um seine Haare zu waschen und abzubrausen musste er sich hinknien. Das Abtrocknen funktionierte bis auf das obere Körperviertel auch gut. Gerade als er sich hinkniete um sich das obere Viertel seines Körpers abzutrocknen kam Christine ins Badezimmer, nahm ihm das Handtuch aus der Hand, befahl ihm aufzustehen und trocknete ihn ab. „Das geht ja schon ganz gut mit der Körperhygiene. Spätestens in ein paar Tagen sind sie wieder ganz der Alte. So, ich bringe ihnen nachher noch das Schreibzeug vorbei.“ Mit ein paar geübten Handgriffen trocknete sie seinen Oberkörper ab, dann ging sie wieder hinaus und verließ kurz darauf mit dem Wagen das Zimmer. Das Anziehen und Zähne putzen war kein Problem mehr. „Als ob Gott mein Herz berührt“, dachte er, und hing gedanklich und gefühlsmäßig noch eine Zeit lang den Berührungen von Christine nach. Er hatte sich getraut sie um ein Rendezvous zu fragen und sie hatte zugestimmt. Besser konnte der Tag gar nicht mehr werden. Als er am Fenster stand und ernüchtert feststellte dass vom Regen nichts mehr zu sehen war, trat Christine ins Zimmer und brachte ihm das Schreibzeug. „Und ihre Telefonnummer“, fragte er sie geistesgegenwärtig. „Die steht auf der Rückseite vom Blatt. Bitte behalten sie die Nummer für sich, ok!?“ „Das werde ich ganz bestimmt. Darauf können sie sich verlassen. Danke.“ „Bitte, gern geschehen“, erwiderte sie, drehte sich um und verließ das Zimmer. Severin freute sich wie ein kleines Kind am Weihnachtsabend als er Christines Nummer auf dem Zettel sah. Um sie nicht zu verlieren tippte er sie in sein Handy ein und speicherte die Nummer. Die erfreuliche Begegnung mit Christine verlieh ihm neue Energie. Voller Tatendrang setzte er sich an den Tisch und verfasste voller Elan zwei Materiallisten.

Materialliste 1:

- Kleider, Proviant, Grillrost, Pistole (inkl. Halfter, Magazine, Munition, Putzzeug), Barometer, Goldwaschpfanne, Handy, Bluetooth Lautsprecher, Abwaschzeug, Seil und Haken, Kräuterbuch, Magnesiumtabletten, Plane, Motorsäge, Benzin-Ölkanister … usw.

Materialliste 2:

- Schubkarre, Schaufel, Spitzhacke, diverses Werkzeug, diverse Maschinen, Balken, Bretter, Nägel, Schrauben, Ofen, Ofenrohr, Wasserschlauch, Elektrokabel, Stromaggregat, Solarpanel, Badewanne, WC, Wassertank, Spiegel, Kochherd, Töpfe, Geschirr, Besteck, Fenster, Türen, Dachrinnen, Duschtasse, Brause, Wellplatten für Dach, diverse Ketten und Haken, 2 Hühner, Saatgut, eventuell kleiner Bagger, Diesel, ausziehbare Leiter, Stehleiter, Spalthammer, Spaltkeile, Kajak incl. Paddel und Schwimmweste, Motorsägenwinde, usw …

Zuerst verfasste Severin eine Materialliste für die kommende Reise. Bei dieser Reise würde er ausprobieren ob seine Theorie vom Materialtransport funktioniert. Er würde zwei Rucksäcke mitnehmen. Einen würde er bei sich behalten und den anderen am Flussbett ablegen und mit einem Seil eine Verbindung zwischen ihm und dem Rucksack herstellen. Auf der zweiten Materialliste standen Gegenstände die er eventuell mit dem Hubschrauber vor die Höhle transportieren lassen würde. Vorerst machte er noch keine Mengenangaben sondern führte nur Gegenstände an die er gedachte nach Temira mitzunehmen. Alles was ihm in den Sinn kam schrieb er auf. Sollte es wirklich dazu kommen dass er mit einem Hubschrauber Material vor die Höhle bringen lassen würde, dann sollte auch nichts Wichtiges fehlen. Um Punkt 08:00 Uhr wählte er die Nummer des Hubschrauberunternehmens und erkundigte sich über einen Materialtransport. Ein Mann erklärte ihm sehr ausführlich zu welchen Bedingungen das Unternehmen Materialtransporte durchführt. Die Kosten würden sich pro Flugminute für die kleine Maschine auf 27 Euro und für die große Maschine 34 Euro plus An- und Abflug belaufen, je nachdem wo der Hubschrauber das Material aufnehmen muss. Die kleine Maschine, wie der Mann den kleineren Hubschrauber nannte, kann eine Tonne heben und die große 1,5 Tonnen. Severin schätzte dass der große Hubschrauber etwa fünf Mal würde fliegen müssen um das ganze Material vor die Höhle zu schaffen. Das würde ihn eine schöne Stange Geld kosten. Doch das war nicht das einzige Problem. Ein Hubschrauber darf mit angehängter Last kein Wohngebiet und keine befahrenen Straßen überfliegen. Das Material würde er in Bigpacks oder in Netzen verpacken und die langen Gegenstände mit Zurrgurten zusammen binden müssen. Das Unternehmen muss für einen Flug eine Bewilligung einholen, und er müsste dem Piloten die Koordinaten der Zielplätze angeben oder auf einer Karte einzeichnen. Das größte Problem sah Severin im Einholen der Genehmigung. Was sollte er angeben für was er das Material mitten im Saiblachtal braucht? Einen Platz um das ganze Material außerhalb vom Wohngebiet zu deponieren und transportfertig zu machen hatte er bereits im Hinterkopf. Der Platz gehört einem ehemaligen Arbeitskollegen mit dem er zwar selten aber immer noch Kontakt pflegte. Dieser Platz wäre schnell und gut erreichbar, ziemlich abgelegen und für sein Vorhaben ideal. Sein Kumpel würde ihm bestimmt erlauben das Material kurzfristig auf seinem Grund und Boden zu deponieren. Es widerstrebte ihm zwar ihn anlügen zu müssen doch daran führte nun mal kein Weg vorbei. Alles Material würde er selbst mit einem Anhänger holen und herrichten. Mit jeder Fuhre die er mit seinem Auto und dem Anhänger seines Bruders macht, würde er auf die große Waage bei der Zementfabrik fahren und das Gewicht aufschreiben müssen. Die einzelnen Fuhren für den Hubschrauber würde er penibel herrichten müssen um das Gesamtgewicht für den Hubschrauber nicht zu überschreiten. Für den Fall dass das Unternehmen eine Bewilligung bekommt und der Materialtransport zustande kommt, würde er jemanden brauchen der die Lasten am Transporthaken vom Hubschrauber festmacht. Dazu würde er wohl oder übel seinen Bruder der ihm die Pistole besorgte ins Vertrauen ziehen müssen. Ob er ihm die Wahrheit über Temira sagen sollte oder nicht, wollte er zu diesem Zeitpunkt noch nicht entscheiden. Severin war so vertieft in die Planung des Materialtransports, dass ihn das Klingeln seines Telefons erschreckte. Seine Mutter rief an und informierte ihn dass sie und Neila das Krankenhaus bald verlassen werden. „Vor dem Mittagessen kommt uns Horst abholen. Er freut sich schon darauf Neila kennenzulernen. Und stell dir vor, eine Frau von der Kinder- und Jugendbehörde kommt mit und prüft ob die Wohnsituation für ein Kind passt. Herr Walser hat es erreicht dass die Behörde die Möglichkeit in Betracht zieht, dass Neila bei Horst und Caroline bleiben kann. Vorausgesetzt sie sind damit einverstanden. Ist das nicht toll“, fragte ihn seine Mutter voller Überschwang. „Das ist wirklich eine tolle Nachricht.“ Die Frau würde mit der Wohnsituation bei Horst zuhause bestimmt einverstanden sein. Neila würde es gut haben bei seinem Bruder und seiner Schwägerin. Dass der Familienanwalt sich mit der Behörde in Kontakt setzte und so schnell bewirkte dass jemand von der Behörde das Haus, seinen Bruder und seine Schwägerin überprüft oder sich zumindest mit ihnen in Verbindung setzt, rechnete er ihm hoch an. Dass die Vögel von der Behörde so schnell reagierten lag wahrscheinlich daran, dass sie auf die Schnelle keinen Platz für Neila gefunden hatten und froh waren dass sich jemand um das Mädchen kümmern möchte. „Und was ist mit Caroline, möchte sie Neila nicht auch kennenlernen“, fragte er seine Mutter. „Sie kommt erst ab Mittag nachhause, weil sie noch arbeiten muss. Ich bleibe den ersten Tag bei Horst. Wir holen nur ein paar Sachen bei mir im Haus und bei Beate die noch Kleider von Sarah zuhause hat und Neila vielleicht passen. Sie wird sich bestimmt freuen wenn sie dich wiedersieht.“ Organisieren konnte seine Mutter immer schon gut. Es wäre ihm nie in den Sinn gekommen Beate, seine andere Schwägerin, zu fragen ob sie noch Kleider von ihrer Tochter Sarah hat, die mittlerweile … älter ist als früher. „Ich freu mich auch schon euch wiederzusehen. Sag allen einen schönen Gruß. Ich hoffe dass ich nicht mehr allzu lange hier bleiben muss. Tschau, tschau Neila! Wir sehen uns bald!“ „Ich glaube sie spürt dass eine Veränderung passiert. Normal lacht sie immer wenn sie deine Stimme hört. Sie ist schon seit dem Frühstück ganz ernst und redet kaum. Aber wir machen das schon. Ok, mach’s gut, bis bald.“ Dass seine Mutter in ihrem hohen Alter noch so begeisterungsfähig und willig war sich um Neila zu kümmern wunderte ihn jedes Mal. Schließlich kannte sie Neila gar nicht. Er hatte seiner Mutter völlig unerwartet Neila aufs Auge gedrückt und machte dann einen Abgang und ließ sie mit Neila allein. Wie sie das alles meisterte nötigte ihm Respekt ab. Irgendwie wurde er den Eindruck nicht los dass seine Mutter sich darüber freute wieder eine Aufgabe zu haben. Für jemanden da zu sein, für jemanden wichtig zu sein und gebraucht zu werden. Dass Neila die nahende Veränderung in ihrem Leben spürte glaubte er sofort, und er konnte es schon kaum erwarten sie wieder in die Arme zu schließen. Wobei er sich jetzt wahrscheinlich würde zurücknehmen müssen, um der Beziehung zwischen seinem Bruder, seiner Schwägerin und Neila nicht im Wege zu stehen. Severin hoffte inständig dass Neila ein neues Zuhause bekommt indem sie geliebt wird und sich wohl fühlt, alles andere wird sich mit der Zeit ergeben. Nachdem er sich gedanklich von Neila und allem Drumherum löste widmete er sich wieder dem Hausbau auf Temira. Gestern hatte er sich zwar vorgenommen die Sache langsam anzugehen, doch er fand zunehmend Spaß daran zu planen und versuchte eine Skizze von seinem vermeintlich zukünftigen Blockhaus zu zeichnen. Der freie Platz hinter dem großen Felsen, dort wo er sein jetziges Lager aufgeschlagen hatte, schien ihm der geeignetste Platz zu sein um das Haus zu errichten. Das Haus wäre vor Stürmen aus dem Süden geschützt, es wäre zentral gelegen, vom Wald vor fremden Blicken geschützt und er müsste nur 3 Hausseiten errichten. Entlang der glatten und beinahe senkrechten Felsseite würde er nur einen Holzrost anbringen, isolieren und mit Täferbretter verkleiden. Allerdings wollte er sich noch nicht festlegen was den Standort betrifft. Im Falle dass er doch Solarpanele für die Stromerzeugung und zur Warmwasserbereitung aufstellen würde, wäre vielleicht ein anderer Strandort besser. Sein jüngster Bruder ist Elektriker, er kennt sich mit solchen Sachen aus und wird ihn diesbezüglich beraten. Der zentrale Bereich des Hauses, die Stube und die Küche, wären im selben Raum. Ein separater Raum für das Badezimmer mit Toilette, ein separater Schlafraum mit einem Kleiderkasten und ein separater Raum als Gästezimmer. Gästezimmer klingt besser als separater Raum für nervige Mitbewohner. Der Kochherd wäre gleichzeitig die Zentralheizung. Die separaten Räume würde er in der kalten Jahreszeit mitheizen indem er die Türen aufmacht. Außer auf der Felsseite würde er auf jeder Hausseite Fenster einbauen um das Haus gut lüften zu können und um einen freien Blick auf die Natur zu haben. Keine Panoramafenster, ganz normale Fenster um sich im Haus geschützt und geborgen zu fühlen. Severin konnte es nie verstehen dass es Leute gibt die neue Häuser bauen und Fenster einbauen lassen die man nicht öffnen kann. Um Gestank oder Rauch aus dem Haus zu bringen und frische Luft ins Haus, und zwar dann wenn einem danach ist, gibt es nichts Besseres als die Fenster und Außentüren zu öffnen und Durchzug zu machen. Von den ausgeklügelten Lüftungssystemen mit Fenster die man nicht öffnen kann hielt er nichts. Die Außenwände würde er aufmauern, auf der Innenseite isolieren und mit Bretter verkleiden. Wobei er es schade fand eine gemauerte Wand aus Natursteinen mit Brettern zu verkleiden. Wahrscheinlich würde er sie doch nicht Isolieren. Sollte die Bude zu kalt sein im Winter könnte er die Wände jederzeit im Nachhinein isolieren. Durch den abgegangenen Erdrutsch hatte er Steine in Hülle und Fülle zur Verfügung. Sollte er das Haus wirklich hinter dem Felsen bauen müsste er nur ein paar Schritte gehen um die Steine zu holen. Als Mörtel würde er Lehm verwenden. Er hatte zwar nicht viel Erfahrung mit dem Errichten von Natursteinmauern, doch irgendwie würde er es schon hinkriegen. Der Kühlschrank den er mitten in der Mure gemacht hatte, tat auf jeden Fall seinen Dienst und schien ihm einigermaßen gut gemacht zu sein. Sollte er kein geeignetes Material finden um die Steine aufzumauern würde er sich eine Palette Fertigmörtel mit dem Hubschrauber vor die Höhle im Saiblachtal bringen lassen und die Säcke dann zur Baustelle transportieren. Vorausgesetzt natürlich dass der erhoffte Materialtransfer von Österreich nach Temira funktioniert. Während Severin in Gedanken den Hausbau durchging kritzelte er auf dem Blatt eine Skizze vom Haus. Er tat sich schwer damit das Bild vom Haus das er im Kopf hatte aufs Papier zu übertragen. Dabei fiel ihm ein dass einer seiner Arbeitskollegen, der inzwischen sein ehemaliger Arbeitskollege war, technischer Zeichner ist. Für ihn wäre es kein Problem ein kleines Haus zu zeichnen mit allen erforderlichen Maßen, mit allen Längen, Breiten und Höhen. Er weiß viel besser was beim Hausbau zu berücksichtigen ist, dachte er sich. Er selbst würde den Plan umsetzen und improvisieren wenn es nötig sein sollte, so wie immer. Seiner Erfahrung nach hatten fast alle Pläne irgendwelche Haken die er mit seiner jahrelangen handwerklichen Erfahrung, mit seinem Wissen und Können wettmachen musste. Der Gedanke gefiel ihm ausgezeichnet das Häuschen von jemand anders zeichnen zu lassen und warf den Zettel mit seinem Gekritzel in den Müllkübel. Als er sich Gedanken darüber machte wie er das Abwasser ableiten sollte klopfte es an der Tür. Kurz darauf traten drei Menschen mit Schutzanzügen ins Zimmer.

„Guten Morgen Herr Freud.“ Es ist zwar nicht mehr Morgen, aber was soll’s, dachte sich Severin, und erkannte die Stimme von Primar Platter.

„Guten Tag“, erwiderte Severin. „Wir sind heute zu dritt bei der Visite. Das ist Doktor Strolz den sie schon kennen, und das ist Doktor Leiner vom hiesigen Gesundheitsamt. Wir haben darauf bestanden dass er mitkommt, um sich ein Bild von ihren Genesungsfortschritten zu machen. Dankenswerter Weise hat er sich gerne dazu bereit erklärt sie zu besuchen.“ Während der Primar seine Begleiter vorstellte und mit der Hand auf den jeweiligen Arzt zeigte, nahm sich Severin vor sich von seiner besten Seite zu zeigen. „Sehr gut, danke dass sie gekommen sind Doktor Leiner.“ „Bitte, gern geschehen. Wie ich sehe geht es ihnen sehr gut.“ „Ich fühle mich auch gut, und meine Arme kann ich mittlerweile bis zum Hals hochheben“, erklärte er den anwesenden Ärzten stolz und hob seinen Arm zum Hitlergruß, was natürlich nicht beabsichtigt war. „Oh, tut mir Leid. Das war eine sehr unüberlegte Geste. Ich kann ihnen versichern dass ich mit diesen Naziidioten nichts am Hut habe. Ich wollte ihnen nur zeigen wie weit ich den Arm schon heben kann.“ „Ist schon gut Herr Freud. Ich denke wir haben ihre Geste in ihrem Sinne verstanden“, erwiderte Primar Platter und blickte dabei seine Begleiter an, die mit einem Kopfnicken seiner These zustimmten. „Ich werde sie heute noch einmal untersuchen“, sagte dieses Mal Doktor Strolz der bei ihm die Erstuntersuchung gemacht hatte. Severin rückte den Stuhl vom Tisch weg und ließ die Untersuchungen geduldig über sich ergehen. Er fragte sich zwar wieso er schon wieder mit dem Stethoskop abgehörte wurde, wieso Doktor Strolz wieder mit einem Holzstäbchen in seinem Mund herumfummelte und er Aaaaa sagen musste und wieso überhaupt die ganze Prozedur noch einmal gemacht wurde. Wahrscheinlich machten sie es deshalb weil der Typ vom Gesundheitsamt dabei war. Abwechselnd stellten ihm alle drei Ärzte Fragen zu seinem früheren und zu seinem aktuellen Gesundheitszustand, obwohl Doktor Strolz die Anamnese schon gemacht hatte und zwar ausführlich. Mit Fortdauer der Untersuchungen und der Fragerei verlor er zunehmend die Geduld und fragte sich, worauf das Ganze hinauslaufen sollte. Als ihm Doktor Strolz vor allen Anwesenden den Finger in den After führte um seine Prostata abzutasten und an seinen Genitalien herum fummelte wäre ihm fast der Kragen geplatzt. Zum Glück fragte ihn Doktor Leiner ob er sich mittlerweile an die Ereignisse vor seiner Einlieferung ins Krankenhaus erinnern könne. Da er darüber nachdenken musste ob ihm durch eine Lüge ein Nachteil entstehen würde, verpuffte der Ärger über das Gefummel in seinem Intimbereich augenblicklich. Vielleicht ist es gar nicht so gut eine Amnesie vorzutäuschen, dachte sich Severin, und ließ sich mit der Antwort Zeit. „Musste das sein“, fragte Severin Doktor Strolz. „Ja. Wir wollen nichts unbeachtet lassen. Ich weiß das ist unangenehm. Dafür können sie sich eine Gesundenuntersuchung bei ihrem Hausarzt ersparen.“ Severin hörte gar nicht auf die Erklärung von Doktor Strolz sondern sondierte in Sekundenschnelle seine Möglichkeiten. „Nein. Ich kann mich einfach nicht daran erinnern was in der Zeit passiert ist zwischen dem Packen vom Rucksack zuhause und dem Zeitpunkt als ich hier im Krankenhaus aufgewacht bin. „Können sie sich an das Mädchen erinnern das sie in ihrem Rucksack mitgeschleppt haben“, bohrte Doktor Leiner vom Gesundheitsamt nach. „Nein. Ich habe kein Bild von dem Mädchen im Kopf. Ich stehe immer vor dem Spiegel und schaue auf die roten Striemen an meinen Schultern und an den Händen und zerbreche mir den Kopf darüber woher sie stammen, was ich getan habe und warum.“ „Eine Amnesie ist nichts Ungewöhnliches. Es kann sein, dass die Erinnerung schon sehr bald wieder zurückkommt oder aber, dass sie nie wieder Zugang haben werden zu den Ereignissen in dieser Zeit. Das ist nichts was ihr Leben oder ihre Gesundheit beeinträchtigen wird.“ Primar Platter erlöste ihn mit seiner Erklärung von den lästigen Fragen von Doktor Leiner über seine Zeit als er auf Temira war und den weiteren Ereignissen bis zum Aufwachen im Spital. Beinahe hätte er den Primar gefragt ob es was nützen würde sich hypnotisieren zu lassen um wieder Zugang zu seiner Erinnerung zu bekommen. Das wäre jedoch ein schändlicher Fehler der ihm zum Verhängnis werden könnte, kam ihm gerade noch rechtzeitig in den Sinn. Andererseits war es gut dass ihm dieser Gedanke gekommen war, da er es nicht ausschließen konnte dass die Ärzte, oder noch schlimmer, die Polizei auf diese Idee kommen würden. Als er darüber nachdachte, fasste er den Entschluss das Angebot sich hypnotisieren zu lassen strikt zu verweigern. Sie würden ihn wohl kaum dazu zwingen können, und falls doch, würde er auf stur schalten und einen Anwalt nehmen. Mit dieser Option war Severin zufrieden und richtete seine Aufmerksamkeit wieder voll und ganz auf die drei Ärzte. „Das Antibiotikum wird heute abgesetzt", eröffnete Primar Platter seine Abschlussrede. „Ihre, allem Anschein nach, vorübergehende Lähmungserscheinungen in den Armen können wir uns nach wie vor nicht erklären, zumal die Bluttests, die CT und alle Untersuchungen nichts Auffälliges ergeben haben. Das Ergebnis der Blutuntersuchung im Speziallabor ist zwar noch ausständig, doch wir sehen keine Veranlassung sie noch weiter hier zu behalten." Nach seiner Ausführung drehte sich Primar Platter zu Doktor Leiner und fragte ihn ganz direkt. „Haben sie irgendwelche Einwände Doktor Leiner?" Severin hatte schwer den Eindruck dass Primar Platter lediglich eine Show veranstaltete und die Entscheidung bereits vor dem Eintreten ins Zimmer gefällt hatte. Doch er bemühte sich einen möglichst überraschten und freudigen Eindruck zu machen was ihm keineswegs schwer fiel, obwohl Doktor Leiner Anstalten machte die Entscheidung von Primar Platter in Frage zu stellen. „Von Seiten des Gesundheitsamtes gibt es keine Einwände. Allerdings bitte ich sie in nächster Zeit den Kontakt zu Menschen so gering wie möglich zu halten. Beim ersten Anzeichen einer neuerlichen Erkrankung von ihnen oder von Leuten mit denen sie Kontakt hatten, nehmen sie bitte sofort Kontakt mit uns oder dem Krankenhaus auf! Ich bitte sie diese Aufforderung sehr ernst zu nehmen weil sie und das Mädchen definitiv Anzeichen einer ansteckenden Krankheit hatten. Wir vom Gesundheitsamt haben beschlossen dem Antrag von Primar Platter zuzustimmen weil sie beide mehr oder weniger genesen sind. Aber es hat auch durchaus kontroverse Meinungen gegeben von Leuten die eine Verlängerung der Quarantäne gefordert haben.“ Die Aufforderungen von Doktor Leiner hielt Severin für durchaus sinnvoll und absolut annehmbar. Als Doktor Leiner eine kurze Redepause machte nützte Severin diese um ihn in seinem Redefluss zu unterbrechen, in der Hoffnung dass die 3 Götter in Weiß bald verschwinden, bevor es sich noch jemand anders überlegt. „Selbstverständlich werde ich das machen. Da ich gekündigt wurde werde ich den Kontakt zu Mitmenschen so gering wie möglich halten, wie damals während der Coronakrise. Geben sie mir bitte ihre Telefonnummern damit ich sie sofort informieren kann falls sich die Krankheit erneut zeigen sollte!“ „Bei der Abmeldung morgen um die Mittagszeit werden sie alle relevanten Informationen bekommen“, sagte Primar Platter. „Auch die Termine für eine Nachkontrolle, die sie bitte unbedingt einhalten sollten“, ergänzte der Primar. Das hingegen war für Severin nicht annehmbar. Temira hatte für ihn Vorrang vor den lästigen Untersuchungen. Allerdings war er sich im Klaren darüber, dass er wohl nicht um diese Kontrolltermine herumkommen würde. „Ich werde mich gleich wieder auf Arbeitssuche machen, sobald meine Arme wieder voll funktionsfähig sind. In meinem Alter ist es verdammt schwer heutzutage eine Arbeit zu bekommen. Da werde ich wohl nehmen müssen was ich kriege. Ich nehme an, dass sich der eine oder andere Termin verschieben lässt falls ich irgendwo zum Probearbeiten eingeladen werde!?" „In diesem Fall informieren sie uns einfach frühzeitig damit wir gemeinsam einen Ersatztermin festlegen können. Sie bekommen morgen auch eine Überweisung mit für eine Physiotherapie." „Ok, danke." Ab sofort war der Primar sein Freund. Offensichtlich hatte er es ihm zu verdanken dass er nur noch einen Tag im Krankenhaus bleiben musste. Er hatte sich für ihn eingesetzt und sich gegen die Typen vom Gesundheitsamt durchgesetzt. Das würde er ihm nie vergessen. „Haben sie noch irgendwelche Fragen", wollte Doktor Strolz wissen. „Nein. Ich freue mich dass ich morgen wieder nachhause darf. Sie haben mir alles sehr gut und verständlich erklärt. Ich möchte mich bei ihnen allen sehr bedanken für die ausgezeichnete Behandlung die ich hier genossen habe. Das halte ich nicht für selbstverständlich. Bitte richten sie auch dem Pflegepersonal meinen Dank aus!" „Das machen wir", erwiderte Primar Platter mit wenig Überzeugung. Nachdem sie sich gegenseitig verabschiedet hatten, drehte sich der Primar plötzlich um und kam ihm ein paar Schritte entgegen. „Ach ja, beinahe hätte ich vergessen ihnen auszurichten dass sie sich bitte bei der Polizei melden sollen. Tut mir Leid." „Schon gut. Ich werde sie gleich anrufen", log ihm Severin schamlos ins Gesicht. Nachdem die Ärzte das Zimmer verlassen hatten freute er sich wie ein Schneekönig über die tollen Neuigkeiten und legte sich ins Bett. Die letzte Meldung wegen dem Polizeianruf dämpfte seine Freude zwar, doch dieser Dämpfer dauerte nicht lange weil er fand, dass er im Lügen gute Fortschritte machte. Er würde auch die Polizei anlügen und zwar volle Kanne. Mit einem schelmischen Grinsen im Gesicht lag Severin im Bett und wartete auf das Mittagessen. Es dauerte höchstens 10 Minuten bis es an der Tür klopfte und Schwester Christine den Wagen mit dem Tablett ins Zimmer schob. „Hallo! Und wie ist es gelaufen bei der Visite“, wollte sie von ihm wissen. „Bestens. Ich darf morgen nachhause gehen!“ „Oh, das ist schön. Dann werden sie ja schon bald ihre Angehörigen und das Mädchen wiedersehen. Wie heißt sie eigentlich?“ Das war eindeutig eine Fangfrage. Severin schaute Christine verwundert an und fragte sich was sie mit dieser Frage bezwecken wollte. Schließlich wusste sie haargenau dass er allen die ihn über das Mädchen ausgefragt hatten erzählte, dass er sich an das Mädchen nicht erinnern kann. Allen außer seiner Mutter. Doch die lag in einer ganz anderen Station wo Christine keinen Dienst machte. Zumindest hatte sie ihm das erzählt. „Ich habe sie Neila getauft.“ „Wieso haben sie ihr einen Namen gegeben? Sie haben sie doch noch gar nie gesehen!?“ Als Severin keine Anstalten machte darauf zu reagieren, weil er Christine weder anlügen noch die Wahrheit sagen wollte, lenkte sie ein und verkniff sich weitere Fragen. Sie stellte das Tablett mit dem Essen auf den Tisch und schob den Wagen wieder Richtung Tür. „Entschuldigung. Ich habe vergessen dass ich ihnen keine Fragen zu dem Mädchen stellen soll.“ „Ist schon gut. Übrigens, haben sie morgen Abend Zeit mit mir etwas trinken zu gehen“, fragte er sie bevor sie das Zimmer verließ. Christine blieb stehen und drehte sich zu ihm um. Sie ließ sich Zeit mit der Antwort und Severin befürchtete schon dass er einen Korb bekommen würde, weil er ihre Frage nicht beantworten wollte. „Ab 20:00 Uhr hab ich Zeit. Ich dachte dass sie mich auf Kaffee und Kuchen eingeladen haben.“ „Ja“, dachte er sich und versuchte das Gespräch mit ihr am Laufen zu halten. „Natürlich, die Einladung steht nach wie vor. Haben sie ein Auto? Ich kann noch nicht Auto fahren. Obwohl, vielleicht geht es doch.“ Severin wollte sie fragen wo er sie abholen soll als sie energisch einlenkte. „Nein, nein. Lassen sie ihr Auto stehen bis ihre Arme wieder voll funktionsfähig sind. Ich komme sie abholen.“ „Das ist sehr nett von ihnen, danke.“ Schnell nahm Severin einen Stift und einen Zettel, schrieb seine Adresse auf und hielt ihr den Zettel hin. „Wissen sie wo das ist?“ „Nein, aber mein Navi wird es wissen. Um 20:00 Uhr komm ich sie abholen.“ „Ich freu mich schon. Haben sie morgen auch Dienst?“ „Ja“, erwiderte sie kurz angebunden. „Dann sehen wir uns ja noch. Danke für das Essen.“ „Nichts zu danken. Ich muss jetzt gehen, das Essen verteilen. Tschau!“ Als Christine das Zimmer verließ war er richtig happy obwohl er gern länger mit ihr geredet hätte, und machte sich über das Essen her. Nach dem Essen suchte er im Internet nach der Telefonnummer von seinem ehemaligen Arbeitskollegen und rief ihn an. Als sich die Mailbox meldete beendete er den Anruf. Wahrscheinlich war er am arbeiten, dachte sich Severin und nahm sich vor ihn am Abend noch einmal anzurufen. Dann wählte er die Nummer seines Bruders der sofort den Anruf entgegen nahm und machte mit ihm ein Treffen für den morgigen Nachmittag aus. Den Anruf bei der Polizei wollte er eigentlich auf den kommenden Tag verlegen, doch irgendwie war er doch ein bisschen nervös und wollte die unangenehme Angelegenheit so schnell wie möglich hinter sich bringen. Erst als er sich dazu entschloss den Anruf gleich zu erledigen wurde ihm bewusst, dass er nicht wusste bei welchem Polizeiposten er sich melden soll. Also wählte er die Polizeinotrufnummer 133. Ein Mitarbeiter der Landesleitzentrale nahm den Anruf entgegen und verband ihn nach einigen Erklärungen mit dem Polizeiposten Feldkirch. Erneut musste er dem Mann am Telefon die Umstände seines Anrufes erklären bis er endlich mit jemandem verbunden wurde der mit dem Fall vertraut war. Der Polizist am Telefon war froh dass er endlich angerufen hatte und wollte sofort einen Termin mit ihm vereinbaren. Da er den kommenden Tag bereits verplant hatte machte er mit dem Polizisten einen Termin für den übernächsten Tag aus ohne ihn darüber in Kenntnis zu setzen, dass er schon morgen aus dem Krankenhaus entlassen wird. Der Polizist sagte sofort zu und bedankte sich für seinen Anruf. Den Rest des Tages verbrachte Severin mit nachdenken, schlafen, essen und seit langer Zeit schaltete er zum ersten mal wieder einen Fernseher ein. Obwohl sich ein Teil von ihm massiv dagegen sträubte Nachrichten anzusehen gewann seine Neugierde die Oberhand. Er wollte wissen was es in Vorarlberg Neues gibt. Also zog er sich „Vorarlberg heute“, die Lieblingssendung seiner Mutter, rein und war nicht sonderlich überrascht dass es während dieser 15 minütigen Berichterstattung hauptsächlich um die Dürre ging, die sich immer weiter ausbreitete. Obwohl die Nachrichten deprimierend waren konnte er sich ihnen nicht entziehen. Als die Sendung fertig war, schaltete er den Fernseher ab und sprach mit Gott. „Bitte mach dass es wieder regnet. Lass nicht zu dass unsere wunderschöne Mutter Erde austrocknet und die Natur verödet. Ich verstehe den Sinn dieser Dürre nicht. Wenn du die Menschen durch die Dürre darauf aufmerksam machen willst dass sie bewusster und achtsamer mit Mutter Erde umgehen, dann gib den Ausbeutern und Umweltverschmutzer eine aufs Dach oder hol sie zu dir. Du musst doch nicht alle mit dieser Dürre bestrafen. Sind dir die Menschen wirklich wichtiger als die Erde? Sie ernährt uns doch alle, sogar diejenigen die sie zerstören. Bitte komm mir nicht mit dem Spruch dass deine Wege unergründlich sind! Wahrscheinlich hast du deine Gründe, und ich würde sie gerne verstehen. Willst du mit der Dürre die Menschen maßregeln und sie auf diese Weise dazu auffordern dass sie auf einander Acht geben und ihre Güter miteinander teilen sollen? Echt? Wow, dann traust du deinen Kinder einiges zu. Apropos, mit dem Teilen schaut es so aus, dass die Länder ihre Grenzen dicht machen und Eindringlinge töten. Aber das weißt du ja schon. Na ja, auf jeden Fall lass ich meine Bitte so stehen. Schau mal ob du etwas machen kannst, ok!? Ich danke dir dafür dass ich wieder fast gesund bin und dass es mir gut geht. Aus tiefstem Herzen danke ich dir für alles. Ich liebe dich!“ Nach dem Gebet fiel Severin in einen traumlosen Schlaf.

Als er aufwachte war es bereits nach 17:00 Uhr. Er setzte sich im Bett auf und wählte erneut die Nummer von Paul seinem ehemaligen Arbeitskollegen. Dieses Mal nahm er den Anruf gleich entgegen. Severin erklärte ihm sein Anliegen und bat ihn darum ihm einen Plan für ein kleines Steinhaus zu zeichnen. Nachdem Paul sein Bedauern zu seiner Kündigung ausgesprochen hatte, erklärte er sich sofort einverstanden und vereinbarte mit ihm einen Termin bei sich zuhause. Severin war schon einmal bei Paul zuhause auf einer Geburtstagsfeier und wusste dass er in seinem Haus ein Büro hat wo er hin und wieder für Leute Pläne zeichnet um sich etwas dazu zu verdienen. Natürlich würde es früher oder später in Umlauf kommen, dass er ein kleines Haus bauen möchte, und die Leute die ihn kennen würden sich fragen wo er das Haus bauen möchte. Im Wald, genau. Wer immer ihn danach fragen sollte dem würde er antworten, im Wald, und sonst nichts. Da es illegal ist im Wald ein Haus zu bauen, bräuchten die neugierigen Fragesteller auch nicht mehr zu wissen, und gelogen wäre es auch nicht. Severin stellte mit einem gewissen Unbehagen fest, dass die vielen Vorhaben und Pläne seine innere Ruhe und Ausgeglichenheit heftig erschütterten. Einerseits gefiel es ihm überhaupt irgendwelche Pläne zu haben doch andererseits fühlte er sich zunehmend gestresst. In seinem Kopf schwirrten die

Gedanken an den Hausbau unsortiert herum, der Termin mit seinem Bruder, mit Paul, mit der Polizei und das Treffen mit Christine und seinem Chef forderten zusätzlich seine Aufmerksamkeit. Der Gang zum Arbeitsamt stand ihm bevor, die Materialliste für die kommende Reise nach Temira musste er noch überdenken und vervollständigen, einen Termin für die Physiotherapie ausmachen, Neila und seine Mutter besuchen, das Fahrrad zurückbringen, diverse Besorgungen machen und lügen. Neben all diesen Aufgaben würde er sich auch noch in Acht nehmen müssen um sich nicht zu verplappern und seine Geheimnisse für sich zu behalten. Für einen Frührentner ein heftiges Programm, dachte sich Severin. Nicht einmal in seinen aktivsten Zeiten hatte derart viel um die Ohren. Um eine bessere Übersicht über die anstehenden Aufgaben zu haben erstellte er eine To-do-Liste die er vorne zu abhaken würde. Als die Liste fertig war wurde er ruhiger und fühlte sich beträchtlich wohler. Noch besser ging es ihm als er einen Punkt bereits durchstreichen konnte. Die Physiotherapie würde er bestimmt nicht machen. Zehn oder mehr Termine über einen längeren Zeitraum würde er schlichtweg nicht einhalten können, deshalb beschloss er auf die Physiotherapie zu verzichten. Sollte er wirklich alles realisieren was er sich vorgenommen hatte, dann wäre das ohnehin die beste Therapie für seine Arme. Außerdem regenerierte sich sein Körper auch ohne sein Zutun. Um sich von seinen Genesungsfortschritten zu überzeugen hob er beide Hände bis auf Kopfhöhe und stellte erstaunt fest, dass er seine Arme schon wieder ein Stück weiter hochheben konnte. Ausgezeichnet, wenn das so weiter geht kann ich spätestens nach einer Woche wieder kraulen, dachte er sich, und wartete am Tisch auf das Abendessen. Als es an der Tür klopfte und kurz darauf eine Krankenschwester mit einem Wagen ins Zimmer kam, erkannte er sofort dass es nicht Christine war. Es war ihm zwar bewusst dass Schwester Christine Frühschicht hatte, doch irgendwie beschlich ihn das Gefühl sie zu vermissen. Das Gefühl irritierte ihn, weil er schon lange niemanden mehr vermisste, abgesehen von kurzen Phasen in denen er seine 4 Kinder vermisste. Die Krankenschwester begrüßte ihn freundlich und stellte ihm das Tablett mit dem Abendessen auf den Tisch. Nachdem sie sich erkundigt hatte ob er irgendetwas braucht, was er verneinte, schob sie den Wagen wieder Richtung Tür. Er schaute ihr eine Weile nach bis sie das Zimmer verlassen hatte und fragte sich, wieso es ihm ausgerechnet Schwester Christine so angetan hatte. Schließlich kannte er sie gar nicht. Er wusste nicht wie sie aussieht und ob sie ihm überhaupt gefallen würde. Im gegenteiligen Fall war er sich ebenso unsicher. Vielleicht käme er für sie als Partner gar nicht in Frage, zumal er ziemlich sicher war, dass er um einiges älter war als sie und mit 4 Kinder am Hals nicht unbedingt die erste Wahl war als Partner. Um sich von diesen müßigen Gedanken zu lösen widmete er seine Aufmerksamkeit dem Essen, das ihm ausgezeichnet schmeckte. Nach dem Essen rief er seine Mutter an, die sofort den Anruf entgegennahm und fragte sie, wie es mit Neila gelaufen war. „Und, wie hat sie reagiert auf Horst und Caroline?“ „Als Horst uns im Krankenhaus abgeholt hat, war sie sehr zurückhaltend und schüchtern. Während der ganzen Fahrt hat sie mit großen Augen aus dem Fenster geschaut. Sie hat die ganze Zeit meine Hand festgehalten. Es kam mir vor als ob alles, wirklich alles für sie neu ist. Das Auto, die Menschen, die Häuser, alles. Als ob sie das alles noch nie gesehen hätte.“ „Wenn sie wüsste“, dachte sich Severin, und hörte seiner Mutter weiter zu. „Als Horst ihr das Haus zeigen wollte, hat sie meine Hand noch fester gehalten und ließ mich keine Sekunde los. Vielleicht hat sie geahnt, dass das Haus in Zukunft eine Rolle spielen wird in ihrem Leben, ich weiß es nicht. Sie ließ die Führung mehr oder weniger über sich ergehen und auch beim Essen hat sie sich nicht geöffnet. Als dann Caroline kam und sie begrüßte hat sie sich an mich geklammert. Die Frau von der Kinder- und Jugendbehörde die mit uns hergefahren ist, hat daraufhin gesagt, dass dieses Verhalten nicht ungewöhnlich ist bei Kindern die zum ersten Mal in eine neue Umgebung kommen. Ich hab mir nur gedacht, das arme Mädchen! Sie liegt jetzt neben mir auf dem Sofa und schläft. Ich habe angeboten, dass ich so lange hier bleibe wie es notwendig ist, und alle meinten dass das ok ist.“ „Das ist super Mama, dass du dich so gut um sie kümmerst, danke.“ „Ist schon gut. Ich hoffe dass das alles gut ausgeht und Neila hier ein neues Zuhause findet.“ „Ja, das hoffe ich auch. Vielleicht ist es gar nicht so gut wenn ich morgen vorbei komme.“ „Wieso, darfst du morgen das Krankenhaus schon verlassen“, fragte seine Mutter überrascht. „Ja, heute bei der Visite hat der Primar gesagt, dass ich gehen darf und der Doktor vom Gesundheitsamt hat auch zugestimmt. Ich muss nur zu regelmäßigen Kontrollen vorbei kommen und den Ärzten sofort mitteilen wenn sich die Krankheit, die kein Mensch kennt, wieder bemerkbar macht.“ „Das haben sie uns auch gesagt“, erwiderte seine Mutter. „Weiß eigentlich Horst und Caroline von der Krankheit die Neila und ich hatten?“ „Ja, ich habe ihnen alles erzählt.“ „Das ist gut. Und, sind sie trotzdem noch bereit Neila zu sich zu nehmen?“ „Grundsätzlich schon. Ob es wirklich soweit kommt, hängt von Neila ab. Wenn sie nicht bei Horst und Caroline bleiben will, dann kommt sie irgendwo anders hin.“ „Hast du ihr das gesagt“, fragte Severin besorgt. „Ja hab ich. Fragt sich nur ob sie es verstanden hat.“ „Ok, sag allen einen schönen Gruß! Ich rufe morgen Horst an und frage ihn ob ich vorbei kommen soll. Tschüss.“ Als seine Mutter ihm eine gute Besserung wünschte und das Gespräch beendete tat ihm sein Herz weh. Ohne es zu wollen versuchte er sich in Neilas Lage zu versetzen, worauf ihn eine tiefe Traurigkeit erfasste. „Was habe ich der Kleinen nur angetan“, fragte er sich mit nagendem Zweifel. Gewiss, ohne ihn wäre sie vielleicht, aber nur vielleicht gestorben. Genauso gut wäre es möglich gewesen dass sie die Krankheit überstanden und zu ihren Leuten zurück gefunden hätte. Severin erhob sich aus dem Stuhl, ließ sich ins Bett fallen und drehte sich auf den Bauch damit die Krankenschwester die das Tablett holte nicht sehen konnte, dass er weinte. Neila tat ihm unendlich

Leid und seine Zweifel und Schuldgefühle machten die Sache nicht besser. „Bitte Gott, sag mir dass ich nichts Falsches gemacht habe. Bitte!“ In seiner Verzweiflung flehte er Gott an und bat ihn um eine Antwort, die er aber nicht bekam. Mit diesen Selbstvorwürfen hatte er sich schon einmal abgeplagt, doch wie es schien kehrten sie mit voller Wucht zurück und trieben ihm die Tränen in die Augen. Plötzlich war für ihn nichts mehr von Bedeutung. Kein Hausbau, Temira nicht und auch nicht Christine. Das Bedauern um Neilas Situation erfüllte sein ganzes Wesen, und er konnte nichts dagegen tun. Auf seinem Kopfkissen zeichneten sich zunehmend nasse Flecken ab von seinen Tränen und dem Speichel der ihm durch das heftige Schluchzen aus dem Mund floss. „Ich bring dich zurück zu deinen Angehörigen“, murmelte er leise vor sich hin. „Oh Gott, es tut mir so Leid. Kleine Neila, Schatz, bitte verzeih mir, dass ich dich hier her gebracht habe. Das muss für dich ja alles wie.“ Severin konnte den Gedanken nicht mehr zu Ende denken, weil es plötzlich an der Tür klopfte und unmittelbar darauf jemand ins Zimmer kam. Von einer Sekunde zur anderen riss er sich aus seiner Trauer, weil er sich keine Blöße geben wollte. Die Krankenschwester hatte wohl gemerkt dass es ihm nicht gut ging und fragte ihn ob sie ihm helfen könne. „Nein, ist schon gut. Ich möchte nur schlafen, danke“, antwortete er möglichst gefasst und mit fester Stimme. Die Krankenschwester war offensichtlich feinsinnig genug um zu verstehen, dass er in Ruhe gelassen werden wollte. Severin konnte nicht sehen was sie machte. Er hörte nur wie sie ohne viel Aufhebens den Tisch abräumte, ihm eine gute Nacht wünschte und so leise wie möglich das Zimmer verließ. Severin war froh dass ihn die Krankenschwester aus seiner Trauer gerissen hatte. Jetzt gelang es ihm besser die Angelegenheit mit Neila mit mehr Objektivität zu betrachten und er bekam seine Emotionen wieder gut in den Griff. Das Abwägen was besser für Neila gewesen wäre, sie unter dem Gebüsch liegen zu lassen oder sie mit nach Österreich zu nehmen, führte zu keinem eindeutigen Fazit. Die einzige Einsicht die er hatte war, dass es sich erst später, wahrscheinlich viel später herausstellen würde, welche Entscheidung besser für Neila gewesen wäre. Jetzt war es nun mal so dass sie hier in Österreich war, dass sie wieder gesund und kräftig war und mit der für sie vollkommen neuen Lebenssituation irgendwie würde zurechtkommen müssen. Das Bedauern um Neila legte sich zwar immer noch wie ein dunkler Schatten um sein Herz, doch nun war er wieder fähig seine Gedanken anderen Dingen zuzuwenden. Obwohl er keine richtige Lust dazu verspürte zwang er sich die Besorgungsliste für die anstehende Reise nach Temira fertigzustellen. Da er das meiste ohnehin schon aufgeschrieben hatte war er bald fertig damit und schaltete den Fernseher ein. Severin spürte ganz deutlich wie die anstehenden Aufgaben in seinem Hinterkopf rumorten und seine Aufmerksamkeit forderten, doch das Fernsehprogramm brachte diese aufmüpfigen Quälgeister schnell zum Verstummen. „Fernsehen ist etwas Tolles“, dachte er sich, während er fasziniert einen Film über das Leben der

Tiere im Okavangodelta anschaute. Er konnte nie verstehen wieso es Leute gibt die sich hartnäckig weigern sich einen Fernseher anzuschaffen. Wenn man sich nicht jeden Tag irgendwelchen geisttötenden Unsinn im Fernsehen anschaut, kann Fernsehschauen etwas ungemein Inspirierendes und auch Lehrreiches sein. Das Fernsehen bringt einem die Welt ins Haus, dachte sich Severin, während er sich begeistert das farbige Naturschauspiel auf der Mattscheibe reinzog. Bis kurz vor Mitternacht blieb er wach und schaute fern, bis er schließlich einschlief und am nächsten Morgen erwachte als es an der Tür klopfte. Mit großer Genugtuung besänftigte er seinen Ärger über das unaufgeforderte Eintreten und das frühe Wecken wegen einem entbehrlichen Frühstück, indem er sich bewusst machte, dass dies das letzte Mal war. „Guten Morgen Severin, ihr letztes Frühstück im Hotel Spital“, sagte Schwester Christine mit hörbarer Freude in der Stimme. „Guten Morgen. Sie sind ja gut gelaunt! Sie können es wohl kaum erwarten bis es 20:00 Uhr ist, ha“, warf er ihr neckisch zu. Um sie nicht in Verlegenheit zu bringen auf seine Anspielung antworten zu müssen ergänzte er schnell, „ich konnte kaum schlafen wegen unserer Verabredung heute.“ Das war natürlich gelogen, doch diese Lüge hielt er für verzeihlich. „Ach, das tut mir aber Leid. Ich bin heute so gut gelaunt weil ich bald Feierabend und ein langes Wochenende vor mir habe.“ „Ich meinte das mit der Vorfreude auf die Verabredung nur als Scherz. So früh am Morgen hinkt mein Verstand ein bisschen hinterher und manchmal überlege ich zu wenig was ich sage.“

Mit diesem Einwurf wollte er sich rechtfertigen und natürlich auch herausfinden ob sich Christine auf die Verabredung freut. „Macht nichts. Ach ja, die Verabredung“, erwiderte sie, und ließ ihre Aussage unkommentiert im Raum stehen. „Jetzt dreht sie den Spieß um, dieses Luder“, stellte er erschreckt fest. „Was ist damit. Haben sie unsere Abmachung heute etwa vergessen“, fragte er sie vorwurfsvoll. „Nein, die hab ich nicht vergessen. Keine Angst, ich werde sie schon rechtzeitig abholen, um … wann haben wir ausgemacht?“ Resigniert musste Severin feststellen, dass er bei diesem Abtastspielchen eindeutig der Unterlegene war. Also entschied er ab sofort solche Psychospielchen mit Christine während der Kennenlernphase zu unterlassen. „Um 20:00 Uhr. Aber wenn es ihnen nicht passt können wir den Zeitpunkt gerne vorverlegen.“ „Nein, 20:00 Uhr passt.“ Als sie ihm die Manschette um den Arm legte und seinen Blutdruck maß, war ihm die Nähe unangenehm weil er seine Zähne noch nicht geputzt hatte und er befürchtete dass er Mundgeruch hat. Also sagte er kein Wort, und er war froh dass sie ihn nichts fragte. Während sie anschließend das Zimmer putzte und er gemütlich sein Frühstück zu sich nahm, versuchte er die Konversation wieder in Gang zu bringen. „Bevorzugen sie ein bestimmtes Restaurant?“, wollte er von ihr wissen. „Nein. Suchen sie eines aus!“ Die weitere Konversation ging über belangloses Geplauder nicht hinaus, doch die Begegnung mit Christine empfand er wie immer als sehr angenehm und spannungsfrei. Als sie das Zimmer fertig geputzt hatte, räumte sie das Tablett vom Tisch, verabschiedete sich von ihm und verließ das Quarantänezimmer. „Noch 13 Stunden, dann weiß ich endlich wie sie aussieht“, sagte er in Gedanken zu sich selbst. Dann ging er ins Badezimmer und widmete sich ausgiebig seiner Körperhygiene. Dieses mal musste er sich nicht mehr hinknien um seine Haare zu waschen. Mit großer Freude stellte er fest, dass seine Arme beinahe voll funktionsfähig waren. Er konnte seine Arme nur noch nicht kreisen, alles andere funktionierte tadellos. Nach dem Rasieren wollte er die Nägel schneiden und suchte im Badezimmerschrank nach einem brauchbaren Werkzeug. Plötzlich entdeckte er seine Kulturtasche in der seine elektrische Zahnbürste und all sein anderes Zeug darin war. Es ärgerte ihn, dass es offensichtlich niemand für notwendig befunden hatte ihn darüber in Kenntnis zu setzen. Bis jetzt hatte er immer die Krankenhauszahnbürste und den Krankenhausrasierer verwendet. Spätestens beim Packen hätte er seine aufhängbare und faltbare Outdoor-Kulturtasche mit integriertem Spiegel aus Edelstahl schmerzhaft vermisst. Diese Kulturtasche, die völlig zurecht diesen Namen trägt, war ein fixer Bestandteil seiner Outdoor- und Reiseausrüstung und sie hatte ihm stets gute Dienste erwiesen. Wenn er nicht im Schrank nachgesehen hätte, wäre er womöglich davon ausgegangen dass er die Kulturtasche auf Temira gelassen hatte und hätte dann irgendwann festgestellt, dass die Tasche auf unerklärliche Weise verschwunden war. Demzufolge hätte er auf Temira davon ausgehen müssen, dass jemand sein Urlaubsdomizil entdeckt hatte, was wiederum zur Folge hätte, dass er besondere Schutzmaßnahmen ergreifen müsste, für nichts und wieder nichts. Nein, diesen Fehler konnte er Christine unmöglich durchgehen lassen. Schließlich hätte sie, seiner Ansicht nach, wissen müssen dass sich die Kulturtasche im Badezimmerschrank befindet. Verärgert schnitt er seine Nägel und rief danach seine Mutter an, die den Anruf gleich entgegen nahm. „Hast du meine Kulturtasche ins Krankenhaus mitgebracht?“ Da seine Mutter nicht gleich verstand um was es ging, wiederholte er seine Frage. „Die Tasche mit den Toilettensachen, der Zahnbürste und dem ganzen Zeug, hast du sie mit ins Krankenhaus gebracht?“ „Ach so, ja, das hab ich ganz vergessen dir zu sagen. Die Tasche war in deinem Rucksack. Ich hab sie geputzt und hab sie den Sanitätern die dich abgeholt haben mitgegeben. Warum, was ist damit?“ „Ich habe die Tasche heute zufällig im Kasten gefunden. Ich hab gar nicht gewusst dass sie da ist. Nicht so schlimm. Und, wie war die erste Nacht im Haus mit Neila?“ „Eigentlich ganz gut. Ich musste zwar bei ihr bleiben, aber immerhin hat sie alleine in einem separaten Bett geschlafen. Ich habe daneben auf einem Gästebett geschlafen. Die Frau vom Kinder- und Jugendamt ist bald nach dem Mittagessen gegangen. Nachdem sie auch Caroline kennengelernt hat, hat sie gemeint, dass die Wohnsituation für Neila perfekt sei. Wie das Zusammenleben der drei funktioniert, das könne man in diesem frühen Stadium des Kennenlernens noch nicht sagen. Auf jeden Fall versprach sie Horst und Caroline eine Familienhelferin beizustellen und dass man

Neila im Notfall irgendwo anders unterbringt. Horst und Caroline meinen, dass es wichtig für sie ist auf einen Notfallplan zurückgreifen zu können. Das gibt ihnen Sicherheit.“ Das klang sehr vernünftig für Severin. „Und wie hat sich Neila gehalten?“ „Nachdem sie vor dem Abendessen aufgewacht ist, ist sie immer mehr aufgetaut. Sie hat sich sogar von Caroline an der Hand durchs Haus führen lassen. Die beiden können es irgendwie ganz gut miteinander. Sie hat sich später auch von Horst in den Arm nehmen lassen. Beim Abendessen hat sie wieder wie ein Bauarbeiter gegessen. Es ist eine richtige Freude ihr beim Essen zuzusehen, wie sie begeistert und mit Genuss das meiste zu sich nimmt. Nach dem Abendessen sind sie zu dritt spazieren gegangen. Ich bin im Haus geblieben. Dann hat sie noch ein bisschen ferngesehen. Schlafen wollte sie nicht alleine, und sie wollte auch nicht, dass Horst oder Caroline in ihrem Zimmer schlafen. Also habe ich bei ihr im Zimmer geschlafen, dann hat sie sich beruhigt. Ich glaube dass ich heute nachhause gehen kann. Daheim gibt es viel Arbeit zu erledigen. Die Drei werden schon irgendwie zurecht kommen.“ „Das hört sich gut an. Mein Gott, das wäre ja fantastisch wenn das mit den Dreien klappen würde. Ich komme vielleicht heute noch einen Sprung bei dir vorbei. Tschüss!“ Der Bericht seiner Mutter ließ seinen Ärger verrauchen und heiterte ihn wieder auf. Er wünschte sich inständig dass die Drei zusammenfinden würden, wobei er sich immer noch nicht sicher war, ob dies das Beste für Neila sein würde. Aber auf dieses Thema wollte er sich nicht mehr einlassen. Es würde sich noch früh genug wieder melden und seine Aufmerksamkeit fordern. Da es ihm nicht gelang die negativen Gedanken mit positiven zu überdecken, würgte er jeden weiteren Gedanken zu Neilas Schicksal entschlossen ab. Gegen 11:00 Uhr kam Doktor Strolz zur Visite. Wie bei der ersten Visite war er alleine. Severin führte ihm die Fortschritte vor die er gemacht hatte, indem er seine Hände bis knapp über den Kopf hochhob. Doktor Strolz nahm seine Genesungsfortschritte überrascht zur Kenntnis und fand nach wie vor keine Erklärung, weder für die Lähmung der Arme noch für die Genesung. Die Visite brachte für Severin keine neuen Erkenntnisse zu Tage, außer dass er endlich grünes Licht bekam das Krankenhaus zu verlassen. Nachdem Doktor Strolz die gestrigen Ausführungen der anwesenden Ärzte noch einmal wiederholte, legte er ihm drei Zettel auf den Tisch die er durchlesen und zwei davon unterschreiben musste. Einer dieser Zettel war eine Krankmeldung. Ohne dass er zu irgendeinem Zeitpunkt darauf bestanden hatte krankgeschrieben zu werden, stellten sie ihm eine Arbeitsunfähigkeitsbescheinigung für 2 Wochen aus. Im ersten Moment wollte er Einspruch gegen die Arbeitsbeschränkung erheben, doch dann besann er sich und erkannte sehr schnell den Vorteil einer solchen Bescheinigung. „Zwei Wochen Krankenstand, ausgezeichnet“, dachte er voller Freude, und wunderte sich dass er nicht selbst darauf gekommen war danach zu fragen. Auf einem anderen Zettel waren zwei Termine für die Nachuntersuchung angeführt die er seltsamerweise mit seiner

Unterschrift bestätigen musste. Erleichtert stellte er fest, dass der erste Termin erst in 3 Wochen ist. Bis dahin würde er von Temira wieder zurück sein. Der zweite Termin war auf den 15. Oktober angesetzt also erst in eineinhalb Monaten. Wo er dann sein würde wusste er zu diesem Zeitpunkt noch nicht, und er dachte auch nicht länger darüber nach. Auf dem dritten Zettel musste er bestätigen dass ihm erklärt wurde, was im Falle einer Wiedererkrankung zu tun ist. Severin fand es äußerst seltsam dass er diese zwei Zettel unterschreiben musste, doch da er so schnell wie möglich das Krankenhaus verlassen wollte, fragte er nicht weiter nach und unterschrieb die Zettel. Schließlich hatte er ja nichts unterschrieben was ihm irgendwie zum Verhängnis werden könnte. Gut gelaunt schnappte er seine wenigen Habseligkeiten, bedankte sich bei Doktor Strolz und verabschiedete sich von ihm. Als er nach 6 Tagen endlich das Quarantänezimmer verlassen durfte und durch die Schleuse trat, fühlte er sich wieder frei. Langsam durchschritt er den Flur der Intensivstation und spähte in die offenen Zimmer, in der Hoffnung Schwester Christine ohne den Schutzanzug anzutreffen. Doch er sah weder Christine noch sonstiges Pflegepersonal von dem er sich verabschieden und bei dem er sich für deren Arbeit bedanken hätte können. Als er sich daran erinnerte, dass er seine Dankbarkeit schon zweimal übermittelt hatte, beschleunigte er seine Schritte, durchquerte zügig die Flure bis zum Lift, und fuhr mit dem Lift ins Erdgeschoss. Bei der Anmeldung ließ er sich eine Aufenthaltsbestätigung geben und durchschritt mit federnden Schritten den langen Flur bis zum Ausgang. Als er durch die automatische Schiebetüre ins Freie trat, fühlte er sich richtig glücklich und dankbar. Während er bei der nahegelegenen Busstation auf den verschiedenen Tafeln nach dem Bus suchte der durch das Dorf fährt in dem er wohnt, stellte er mit Schrecken fest dass er kein Geld dabei hatte. Severin hatte bewusst darauf verzichtet sich abholen zu lassen, weil er mit dem Bus nachhause fahren wollte, und nun stand er da und konnte sich nicht einmal ein Busticket kaufen. Ohne Geld fühlte er sich irgendwie nackt und hilflos, doch dadurch wollte er sich seine Freude über die neugewonnene Freiheit nicht trüben lassen. Als der richtige Bus ankam, stieg er entschlossen ein und kauerte sich auf einen Sitz in der Nähe des hinteren Eingangs. Sollte ein Kontrolleuer ihn wegen Schwarzfahrens anzeigen wollen, dann würde er es wohl oder übel hinnehmen müssen. Dazu kam es aber nicht. Während der dreißig minütigen Fahrt ließ sich kein Kontrolleur blicken, und als er endlich an der richtigen Haltestelle ausstieg fiel ihm ein Stein vom Herzen. Die Fahrt kam ihm unendlich lange vor und in jedem Fahrgast sah er einen potentiellen Kontrolleur. Es wäre höchst peinlich gewesen im Bus vor allen Leuten des Schwarzfahrens überführt zu werden. Gott sei Dank hatte sich diese Befürchtung nicht bewahrheitet, dachte er sich, während er gemütlich auf dem kurzen Weg durch seine Heimatgemeinde nachhause schlenderte.

In und auf seinem Briefkasten hatte sich inzwischen einiges an Post und den unvermeidlichen Werbesendungen angesammelt. Als er einen ordentlichen Stapel auf dem Arm hatte entdeckte er auf den ersten Blick, dass mehr als zwei Drittel seiner Post, wahrscheinlich noch mehr, nur Werbematerial war. Und wenn sich nur bei ihm innerhalb von wenigen Tagen ein 10 Zentimeter hoher Stapel unnützes Werbezeug anhäuft, wie hoch würde dann der Stapel sein von all den vorarlberger Haushalten oder den Haushalten von ganz Österreich? Dafür gehen unzählige Bäume drauf, obwohl die meisten Leute den Werbescheiß ungelesen wegwerfen, entrüstete sich Severin. Was für eine verdammte Sauerei, dachte er sich. Als er die Haustüre aufsperrte und über die Schwelle trat, empfand er sofort ein Gefühl der Vertrautheit und Geborgenheit das sich wie eine wärmende Decke über sein aufgebrachtes Gemüt legte. Unter dem ganzen Stapel Post befanden sich lediglich zwei Briefe, einer von seinem Chef und einer von der Versicherung. Den Rest entsorgte er unverzüglich im Altpapier. Auf den Oberflächen hatte sich mittlerweile eine dünne Staubschicht angesammelt, doch zum Putzen hatte er keine Lust. Mit einem tiefen Freudenseufzer ließ er sich auf seine gemütliche Couch fallen, und genoss sein unbeschwertes Dasein in seinem kleinen Königreich. Er liebte seine Wohnung obwohl sie nicht groß und schon gar nicht prunkvoll war. Aber er fühlte sich wohl in seinem Zuhause und das war für ihn das wichtigste. Vielleicht kam das Wohlbefinden daher weil er viel selbst gemacht hatte. Die Fenster hatte er selbst eingebaut, bis auf den gefliesten Badezimmerboden hatte er alle Böden selbst verlegt, die Wände gemalt, die Zargen und Türen selbst gemacht und eingebaut und natürlich hatte er auch die meisten Möbel selber gemacht und auch eingebaut. Nachdem er vor mehr als zehn Jahren die Geomantie Ausbildung gemacht hatte, war er dazu fähig seine Wohnung und das dazu gehörende Grundstück zu entstören und vor negativen Einflüssen aller Art dauerhaft zu schützen. Ab diesem Moment gab es keinen Tag mehr an dem er sich nicht wohl gefühlt hatte in seiner Wohnung. Am meisten aber gefiel ihm die Zweckmäßigkeit seiner Wohnung. Sie war gut und solide gebaut, sie wurde perfekt schallgedämmt, weil er von seinen Nachbarn die links und rechts von ihm wohnten nur dann etwas hörte wenn die Eheleute miteinander stritten und sich gegenseitig anschrien, doch das empfand er immer als unterhaltsam nie als störend. Die Außendämmung des ganzen Wohnblocks funktionierte in Kombination mit den Isolierglasfenstern ausgezeichnet. Bei Höchsttemperaturen im Sommer wurde es bei geschlossenen Raffstoren nie so heiß in seiner Wohnung dass er es nicht mehr aushalten konnte. Die Fußbodenheizung war idioteneinfach zu bedienen und funktionierte perfekt. In der Tiefgarage war sein Auto gut aufgehoben und das dazu gehörende Kellerabteil bot ausreichend Platz um im Sommer seine Skier, im Winter den Liegestuhl, Maschinen und anderes Zeug einzustellen. Der einzige Nachteil den seine Wohnung hatte war der, dass er, wenn er auf der Terrasse saß, jedes Wort seiner unmittelbaren Nachbarn hören konnte. Das bisschen Rasenmähen und das Stutzen der Hecken die sein Grundstück begrenzten machten ihm nichts aus. Das waren die einzigen Arbeiten die er regelmäßig außerhalb seiner Wohnung verrichten musste. Um alles andere kümmerte sich sein Nachbar der als Hausmeister für die Hausverwaltung arbeitete und mit dem er gut zurecht kam. Die monatliche Zahlung an die Hausverwaltung für die Hausmeistertätigkeiten waren und würden aber immer ein Quell des Unmuts für ihn sein. Für den Luxus keinen Flur und auch sonst nichts bei der Wohnanlage wischen, putzen oder im Winter schneefrei machen zu müssen, musste er zahlen und zwar nicht wenig. Über diesen inneren Zwiespalt zwischen den monatlichen Zahlungen für Hausmeisterarbeiten und dem Luxus im Außenbereich bis auf das Rasenmähen und Heckenschneiden nichts machen zu müssen, würde er wahrscheinlich nie hinweg kommen. Doch damit konnte er gut leben. Ein weiterer Wohlfühlaspekt war, dass er genau wusste wo sich alles befindet. Er fand immer alles und zwar auf Anhieb, und es gab niemanden der seine Ordnung durcheinander brachte oder ihn sonst irgendwie störte. Die etwa 65 Quadratmeter große Wohnung erfüllte seinen Zweck und war leicht und schnell zu putzen. Sollte es sich ergeben dass eine Frau in sein Leben tritt, würden sie ganz sicher nicht zusammen in seiner Wohnung wohnen. Die künftige Frau seines Herzens müsste eine eigene Wohnung haben, und wohl oder übel mit der getrennten Wohnsituation einverstanden sein. Während Severin auf der Couch vor sich hindöste musste er an Christine denken. Was sollte er machen falls sie hässlich ist, oder falls sie ihr Interesse bekundet nach Temira mitzureisen? Er überlegte sich einige Handlungsoptionen doch das Klingeln seines Handys brachte seine Überlegungen zu einem schnellen Ende. Es war sein Bruder der anrief und ihn aufforderte bei ihm vorbeizukommen. Da er wusste um was es ging, machte er sich unverzüglich auf den Weg und fuhr mit seinem Auto zu seinem Bruder der im selben Dorf wohnte. Bevor er an der Türe klingelte rief er seinen ehemaligen Chef und seinen ehemaligen Arbeitskollegen an und vereinbarte noch am selben Nachmittag einen Termin mit ihnen. Als er seinen Bruder sah freute er sich über das Wiedersehen. Gemeinsam gingen sie ins Jagdzimmer im Keller wo sie ungestört waren. Sein Bruder hatte ihm eine Selbstladepistole besorgt und erklärte ihm die Funktionsweise die sein Bruder auch nur von der Theorie her kannte. Die Pistole hatte er von einem Bekannten illegal erworben und der versicherte ihm dass das Teil funktioniert. Sein Bruder sah keine Veranlassung den Worten seines Kumpels zu misstrauen, also vertraute Severin seinem Bruder dass er ihm ein funktionstüchtiges Schießeisen besorgte. Da beide keine Waffenbesitzkarte hatten, konnten sie die Waffe an keinem öffentlichen Schießplatz ausprobieren und verzichteten auch darauf die Waffe irgendwo anders auszuprobieren. Sein Bruder hatte sich mit dem illegalen Erwerb der Waffe ohnehin schon strafbar gemacht und wollte sich nicht durch irgendwelche illegalen Schussübungen weiter strafbar machen. Severin hatte durchaus Verständnis für die Haltung seines Bruders weil Vorarlberg klein ist und die Zeiten nicht unbedingt die besten waren um illegale Sachen abzuziehen. Denunzianten gab es immer mehr und breiteten sich wie ein Geschwür im ganzen Land aus. Severin seinerseits verzichtete darauf die Waffe auszuprobieren weil er vor seiner Abreise nach Temira auf keinen Fall unnötige Aufmerksamkeit auf sich ziehen wollte. Er nahm die Waffe dankend an von seinem Bruder, bezahlte ihm € 1800 für die Waffe, ein Holster, 4 Magazine mit je 12 Schuss, 2 Packungen Munition und Reinigungszeug, und hoffte dass er das Ding nie würde anwenden müssen. Selbstverständlich würde er auf Temira die Pistole ausprobieren, und sollte sie nicht funktionieren würde er den Kumpel seines Bruders aufsuchen und ein ernstes Wörtchen mit ihm reden. Die Waffe mit dem ganzen Zubehör war ziemlich schwer und brauchte viel Platz in seinem Gepäck, doch die Pistole würde ihm Sicherheit geben. Angesichts der schrecklichen Vorfälle im Hinterland könnte es durchaus möglich sein, dass er die Pistole eines Tages würde einsetzen müssen, was Gott verhüten möge. Noch einmal würde er nicht davon rennen vor Soldaten die mit Schwerter ausgerüstet sind. Als ihn sein Bruder fragte ob er ein Problem habe weil er plötzlich eine Pistole brauchte, erwiderte er nur, dass er imstande sein möchte sich zu verteidigen falls er, aus welchem Grund auch immer, angegriffen oder überfallen werden sollte. Severin versicherte seinem Bruder, dass sollte er wegen der Waffe mit dem Gesetz in Konflikt kommen, niemals jemand erfahren würde woher er die Waffe hat. Damit gab sich sein Bruder zufrieden und Severin war froh und dankbar dass sein Bruder nicht mehr weiter bohrte mit seinen Fragen und ihm vertraute. Nachdem sie den Deal abgeschlossen hatten tranken sie zusammen ein Bier und quatschten über die nicht alltäglichen Ereignisse der vergangenen Woche. Sie sprachen über ihn, über die Mutter, über die neue Situation ihres Bruders und ihrer Schwägerin die Neila zu sich genommen hatten und natürlich stellte ihm sein Bruder die unvermeidliche Frage ob er sich wirklich nicht mehr an das Mädchen erinnern konnte. Severin wollte seinen Bruder nicht anlügen zumal er ihn noch als Transporthelfer für den Materialtransport mit dem Hubschrauber brauchen würde, doch die Alternative kam zu diesem Zeitpunkt ebenso wenig in Frage. Also log er auch ihn an und erzählte ihm, dass er keinerlei Erinnerungen an das Mädchen habe. Damit gab sich sein Bruder zufrieden und sie vereinbarten unverbindlich, dass sie sich bald wieder zu einem längst fälligen gemeinsamen Kartenspielabend treffen würden. Als Severin durch die Haustür trat beschleunigte er seine Schritte, öffnete die Beifahrertür und schob die Tasche mit der Pistole und dem Zubehör unter den Beifahrersitz. Da es schon Nachmittag war, fuhr er zu seiner ehemaligen Arbeitsstätte um das Gespräch mit seinem ehemaligen Chef, Herbert Zauner, hinter sich zu bringen. Als er sein Auto auf dem Firmenparkplatz abstellte und auf den mittelgroßen Schreinerbetrieb blickte, wo er so viele Jahre gearbeitet hatte, überkamen ihn sehr zwiespältige Gefühle. Einerseits empfand er es als Erleichterung und war froh darüber nie wieder zu einer bestimmten Uhrzeit zur Arbeit kommen zu müssen. Andererseits hatte er in diesem Betrieb seinen Lebensunterhalt verdient. Die Arbeit hatte er eigentlich immer gerne gemacht, mit seinen Arbeitskollegen kam er fast immer gut aus und bei seinem ehemaligen Chef genoss er großes Ansehen. Wobei, so groß konnte das Ansehen wohl nicht gewesen sein, sonst hätte er ihn nicht gekündigt. Wie auch immer, die Jahre die er hier arbeitete waren im großen und ganzen sehr zufriedenstellend, lehrreich, herausfordernd, lustig und manchmal auch stressig. Das Arbeitsklima war mehr oder weniger immer harmonisch worauf Herbert Zauner, mit dem er von Anfang an per Du war, immer großen Wert legte. Herbert erlaubte ihm wann immer er danach fragte die Werkstatt am Wochenende zu benutzen um seine Möbel anzufertigen oder für Bekannte und Verwandte irgendwelche Arbeiten zu verrichten. Das Material bekam er stets zu fairen Preisen und für den Gebrauch der Maschinen und Werkzeuge musste er auch nicht viel zahlen. Die meisten Leute die er kannte schimpften über ihren Arbeitgeber und ihre Arbeitssituation, doch dazu hatte er nur selten einen Grund. In den letzten Jahren nahm der Zeitdruck zwar immer mehr zu, was mit ein Grund dafür war, dass sich Severin beruflich verändern wollte, obwohl er seinen Job gerne machte. Er wusste nur nie was er stattdessen machen sollte. Jetzt wusste er es. Er würde selbstständiger Zeitreisender, Goldgräber, Frührentner und Abendteurer werden, oder eigentlich war er das alles schon. Als er sich dessen bewusst wurde, musste er beinahe laut lachen. Seine berufliche Veränderung vollzog sich in erstaunlich kurzer Zeit, und dafür war er sehr dankbar. Auf Temira würde er genügend Möglichkeiten finden seine Zeit sinnvoll auszugestalten und seine handwerklichen Fähigkeiten anzuwenden, dessen war er sich sicher. Als er näher zur Eingangstüre kam hörte er das vertraute Kreischen der Säge und das hohe Surren der Hobelmaschine. Dass er nie wieder hier arbeiten würde empfand er als seltsam. Er fühlte sich irgendwie melancholisch, empfand aber keine wirkliche Trauer und er hatte auch nicht das Gefühl etwas Wertvolles verloren zu haben. Wahrscheinlich war es einfach nur so, dass die Veränderung die er wollte so schnell und abrupt eingetreten war, und er einfach nur Zeit brauchte um diese Veränderungen zu verarbeiten. Früher oder später würde er bestimmt diese Veränderungen verarbeiten, redete er sich in Gedanken aufmunternd zu, öffnete die Tür und ging durch den schmalen Gang zu Herberts Büro. Bevor er anklopfte warf er einen Blick durch das große Panoramafenster nach rechts in die große Montagehalle wo zwei ehemalige Arbeitskollegen am arbeiten waren. Fast 20 Jahre hatte er hier gearbeitet, Lehrlinge ausgebildet und unzählige Möbel angefertigt. Er wusste in- und auswendig wo sich jedes Werkzeug befand, wie man die vielen Maschinen bedient und er wusste wo und was alles im Lager herumstand. Als er sich von den Gedanken an die Vergangenheit losriss, klopfte er an die Bürotür seines ehemaligen Chefs und trat nach einem auffordernden „Herein“ ins Büro. Herbert stand hinter seinem Schreibtisch auf und begrüßte ihn freundlich. Nachdem er ihn nach seinem Wohlbefinden und dem seiner Tochter fragte, erklärte er ihm noch einmal mit einem verlegenen Unterton die Gründe wieso er ihn gekündigt hatte. Für Severin war es das erste Mal dass er gekündigt wurde und irgendwie genoss er Herberts Verlegenheit, dem es sichtlich unangenehm war dieses Abschlussgespräch zu führen. Herbert fragte ihn ob es ihm recht wäre wenn die Kündigung mit Ende des Monats, also am 31. August vollzogen wird. Da im Arbeitsvertrag keine Kündigungsfrist vereinbart wurde könne er als Arbeitgeber jederzeit per Ende Monat die Kündigung aussprechen, was ihm allerdings nicht recht sei. Selbstverständlich könne er, angesichts seiner treuen und wertvollen Dienste, noch drei Monate im Betrieb arbeiten. Das wollte Severin auf keinen Fall und lehnte das Angebot dankend ab. Da er sich bereits darauf eingestellt hatte überhaupt nicht mehr zur Arbeit gehen zu müssen, legte er Herbert die Arbeitsunfähigkeitsbescheinigung auf den Schreibtisch und heuchelte sein Bedauern darüber, dass seine aktive Zeit in seinem Betrieb vorbei war. Als Herbert las dass die Krankmeldung bis zum 6. September gültig war, entschuldigte er sich, und setzte den letzten Arbeitstag auf den 30. September an. Im ersten Moment erschrak Severin über diese unerwünschte Arbeitsverlängerung, und bot seinem Chef an, den ursprünglichen Termin für die Kündigung zu akzeptieren. Also vereinbarten sie gemeinsam die Kündigung wie ursprünglich geplant per Ende August zu vollziehen, was ihm Herbert zur Vorlage beim Arbeitsamt auf einem Zettel schriftlich bestätigte. Als er ihm zusagte dass er ihm demnächst ein volles Jahresgehalt als Abfertigung auf sein Konto überweisen würde, spürte Severin wie sich eine große Sorge in Luft auflöste. Mit dem Jahresgehalt wären seine finanziellen Rücklagen wieder gut aufgestockt wodurch er die bevorstehenden Anschaffungen würde tätigen können, ohne in finanzielle Schieflage zu geraten. Allerdings ließ er sich seine Freude darüber nicht anmerken und bediente weiterhin das schlechte Gewissen seines ehemaligen Chefs. Er ließ ihn wissen dass er stets gerne hier gearbeitet hatte, und er es bedauere dass er den letzten Auftrag nicht wie gewohnt zuverlässig abschließen konnte. Daraufhin erwiderte Herbert, dass er selbst den Auftrag erledigt hatte, was er jetzt aufgrund der angespannten Auftragslage angeblich öfters würde machen müssen. In einer Gesprächspause nützte Severin die Gelegenheit und unterbreitete Herbert sein aktuelles Vorhaben. Aufmerksam hörte sein Chef seinen Ausführungen über den geplanten Hausbau zu und versprach ihm die gewünschten Materialien zu einem angemessenen Preis zu verkaufen. Severin zählte ihm das ganze Material auf das er für den Hausbau brauchen würde. Diverse Bretter, Dachlatten, diverse Schrauben und Nägel, Spanplatten, Dampfsperren, Dachpappe, eine alte Nagelpistole und einiges mehr. Severin war sich sicher dass Herbert zu seinem Wort stehen würde und ihm all die Sachen zum Einkaufspreis weitergeben würde. Am Schluss fragte er ihn ob er ihm die 5 Fenster und die 4 Türen die seit Jahren in tadellosem Zustand im Lager herumstanden verkaufen könne. Ohne zu zögern sagte Herbert auch zu diesem Anliegen Ja und versprach ihm, dass er die Fenster und Türen zum halben Preis haben könne. Als Severin seine Anliegen alle vorgebracht hatte stand er auf, bedankte sich und verabschiedete sich. Kurz bevor er die Bürotür hinter ihm zumachte, drehte er sich noch einmal um und fragte, ob er sich noch von seinen ehemaligen Arbeitskollegen verabschieden und sobald die Hausplanung abgeschlossen ist die Materialliste verbeibringen dürfe. „Selbstverständlich“, antwortete Herbert entgegenkommend, worauf Severin die Tür hinter sich zumachte und sich, wie es sich gehört, von seinen ehemaligen Arbeitskollegen verabschiedete. Als er ins Auto gestiegen war rief er Paul, seinen ehemaligen Arbeitskollegen, an und informierte ihn dass er in ein paar Minuten bei ihm sein würde. Paul war als einziger Mitarbeiter seiner Firma in der privilegierten Situation den Großteil seiner Arbeit zuhause machen zu dürfen. Als Technischer Zeichner brauchte er nur ein Büro um nach den Angaben der Kunden die jeweiligen Pläne zu zeichnen. Genau wie er genoss Paul großes Ansehen bei ihrem gemeinsamen Chef, der ihm voll und ganz vertraute. Während der vielen Jahre in denen Severin nach den Plänen von Paul Küchen, Möbel oder Innenausbauten machte, zeigte sich Paul als kompetenter, detailbesessener Planer der so gut wie nie einen Fehler machte. Im Gegensatz zum anderen Planer der erst seit 3 Jahren bei der Firma Zauner arbeitete, war Paul ein Vollprofi. In ihm sah er den richtigen Mann um seine Vorstellungen von einem kleinen Haus im Wald umzusetzen. Als er bei seinem Haus ankam wartete

Paul bereits auf ihn und begrüßte ihn freundschaftlich. Paul führte ihn zu seiner gemütlich eingerichteten Pergola wo er bereits Bier, Zettel und Bleistift hergerichtet hatte. Mit dem Bier würde er sich in Acht nehmen müssen, weil er eine verbotene Fracht im Auto mit sich führte. Auf keinen Fall wollte er es riskieren alkoholisiert Auto zu fahren und womöglich eine Kette von unerwünschten Ereignissen auszulösen. Eine Alkoholkontrolle könnte ihm schnell zu Verhängnis werden und sein bevorstehendes Treffen mit Christine gefährden. Im schlimmsten Fall würde die Polizei die Pistole unter seinem Autositz finden und ihn mitnehmen. Dann wäre nicht nur das Treffen mit Christine sondern auch seine Reise nach Temira gefährdet. Allerdings hatte ihm schon das Bier bei seinem Bruder ausgezeichnet geschmeckt und gemäß dem Motto, „auf einem Fuß kann man nicht gehen", genehmigte er sich ein zweites Bier. Dabei würde er es allerdings bewenden lassen, beschloss er, und erzählte Paul die Umstände seiner Kündigung. Nachdem die beiden das einleitende Geplauder hinter sich brachten, schilderte Severin seinem Gastgeber sein Bauvorhaben. Das Haus sollte einen kombinierten Wohn- und Kochbereich haben, ein separates Badezimmer, ein separates WC, ein Schlafzimmer und ein Gästezimmer. Das Haus sollte einstöckig sein, also ein Bungalow mit der Option irgendwann vielleicht das Dach anzuheben und einen Stock drauf zu bauen. Jeder Raum müsste ein Fenster haben um im ganzen Haus Durchzug machen zu können. Die Außenwände würde er mit Steinen aufmauern weil er das Haus mitten im Wald bauen würde wo es keine Gelegenheit gibt mit einem LKW Material anzutransportieren oder mit einem Kran schwere Bauteile zu versetzen. Das Haus müsste vorerst nur für maximal 2 Personen Platz bieten, über separate Zimmer verfügen damit jeder einen Rückzugsort hat und die beiden Bewohner sich nicht gegenseitig auf die Nerven gehen. Von den Grundmaßen her sollte das Haus ohne Terrasse so klein wie möglich, um die 80 Quadratmeter gehalten werden. Auch die Grundflächen der Zimmer sollten so groß wie nötig und so klein wie möglich gehalten werden. Beim Planen sollte Paul auch Verkabelungen für Strom- und Wasserleitungen einzeichnen, falls er irgendwann eine Photovoltaikanlage zur Erzeugung von Strom aufstellen sollte. So viel wie nötig und so wenig wie möglich, nach diesem Motto sollte er den Plan erstellen. Nachdem sie gemeinsam noch einige Detailfragen geklärt hatten, vereinbarten sie einen Termin in ungefähr 3 Wochen. Paul hatte noch andere Aufträge zu erledigen, doch bis spätestens in 3 Wochen würde er einen Vorentwurf fertig haben und ihm dann auch den Preis für seine Arbeit nennen können, was Severin ausgezeichnet passte. Als Paul ihm ein weiteres Bier anbot lehnte Severin dankend ab. Sie plauderten noch eine halbe Stunde und natürlich fragte ihn Paul wo er denn das Haus bauen wolle. „Ein Bekannter hat mir angeboten sein Haus im Wald mit dem dazugehörenden Grund zu verkaufen. Das Grundstück befindet sich in Tirol, circa 150 Kilometer von hier entfernt. Das Haus ist am Verfallen und er ist nicht mehr dazu imstande das

Haus zu renovieren. Es war ein glücklicher Zufall dass wir uns auf einer Geburtstagsfeier bei gemeinsamen Bekannten getroffen haben. Irgendwann nach ein paar Bier hat er mir das Angebot gemacht und da habe ich natürlich sofort zugesagt.“ „Und wie transportierst du die Steine für Außenwände an“, wollte Paul wissen. „Stell dir vor, direkt oberhalb vom Haus ist eine Mure abgegangen die 10 Meter vor dem Haus zum Stillstand kam. Jetzt liegen da genug Steine um 10 Häuser zu bauen.“ „Das klingt nach viel Arbeit, Steine aus einer Mure zu lösen und Stück für Stück zur Baustelle bringen.“ „Das wird viel Arbeit, ich weiß. Aber ich hab ja jetzt genug Zeit und vielleicht hilft mir ja jemand.“ Zum Glück wechselte Paul das Thema wodurch Severin von der Notwendigkeit erlöst wurde seinen sympathischen Gastgeber derart schamlos anlügen zu müssen. In der Pergola war es so gemütlich dass er am liebsten noch länger geblieben wäre, doch sein dichter Terminplan erforderte es den angenehmen Hock frühzeitig zu beenden. Als sich die beiden voneinander verabschiedeten, fuhr Severin nachhause und versteckte die Tasche mit der Pistole im Kleiderkasten. Danach rief er seinen Bruder Horst an und fragte ihn ob es ihm recht ist wenn er auf einen Sprung vorbei schaut. Er wollte Neila unbedingt noch einmal sehen bevor er wieder nach Temira reist. Da sein Bruder sofort damit einverstanden war holte er sein Elektrofahrrad aus der Tiefgarage und fuhr damit zum Haus seines Bruders das höchstens einen Kilometer von ihm entfernt war. Die zwei Bier die er getrunken hatte beeinträchtigten seine

Fahrtüchtigkeit in keinster Weise. Im Gegenteil, er fühlte sich beschwingt und freute sich sehr darauf vor allem Neila endlich wiederzusehen. In wenigen Minuten hatte er das Haus seines Bruders erreicht und noch bevor er auf dem gepflasterten Vorplatz ankam, sah er wie Horst die Haustüre aufmachte und Neila an ihm vorbei auf ihn zu rannte. Wenn er nicht frühzeitig abgebremst hätte, hätte er Neila überfahren. Als er das Fahrrad auf den Ständer stellte und seinen kleinen Alien begrüßen wollte, sprang sie ihn an und klammerte sich an ihm fest. Völlig überrascht hielt er sie fest und erwiderte ihre Umarmung. „See … in …“, rief sie voller Freude in sein Ohr. Als sie erneut seinen Namen aussprach machte sein Herz einen Freudensprung und ihm kamen beinahe die Tränen. Gleichzeitig bedauerte er es dass er alles andere was sie sagte nicht verstehen konnte. „Hallo Schatz. Es freut mich so sehr dass du gesund und munter bist.“ Er wusste dass er vor den Zuschauern, Bruder, Schwägerin und Mutter, nicht so tun konnte als würde er sie kennen. Schließlich gab er vor keine Erinnerung an das Mädchen zu haben. Selbst seine Mutter ließ er in dem Glauben obwohl sie im Krankenhaus mehrmals miteinander telefonierten. Da sie etwa gut 15 Meter von den Zuschauern entfernt waren nützte Severin die Gelegenheit mit Neila ungestört zu reden, wohlwissend dass sie wahrscheinlich kein einziges Wort verstehen würde. „Du musst mir jetzt genau zuhören. Du darfst bei Horst und Caroline wohnen wenn du willst. Das ist mein Bruder und meine Schwägerin“, und zeigte mit dem Finger auf sie. „Und meine Mutter kennst du ja schon. Ich weiß, dass hier alles neu ist für dich. Wir haben zusammen eine Zeitreise gemacht, du und ich. Ich habe geglaubt dass es das Beste für dich ist wenn ich dich hier her bringe, weil du sehr krank warst. Bitte verzeih mir dass ich dich von deiner Heimat und deinen Angehörigen weggebracht habe. Du vermisst bestimmt deine Eltern, deine Mama und deinen Papa, und es tut mir so Leid dass ich nicht für dich sorgen kann und du wieder an andere, fremde Leute weitergereicht wirst. Aber ich bin mir sicher dass sich Horst und Caroline gut um dich kümmern und dich lieben werden. Ich verspreche dir hier und jetzt, dass wir eines Tages gemeinsam in deine Heimat zurückkehren werden, sofern es in meiner Macht liegt. Aber bis es soweit ist wünsche ich dir von ganzem Herzen, dass du hier ein schönes Leben hast. Mach bitte das Beste daraus! Jetzt muss ich mich verstellen und so tun als würde ich dich nicht kennen, tut mir Leid“, flüsterte er ihr ins Ohr während er mit einer Hand Neila festhielt und mit der anderen das Fahrrad Richtung Haus schob. „Kannst du dich wieder an sie erinnern“, war das erste was ihn seine Mutter fragte. „Hallo zusammen. Sie kennt meinen Namen, aber ich verstehe nicht was sie sagt. Offenbar ist sie wieder völlig gesund. Schade dass ich mich nicht an sie erinnern kann“, log Severin und registrierte aus dem Augenwinkel wie Neila ihn musternd anschaute. Für einen Moment beschlich ihn das Gefühl, dass sie ihn mit ihrem vorwurfsvollen Blick tadeln wollte. Er hielt sie immer noch an der Hand und übergab sie demonstrativ an Caroline während er Neila bestätigend zunickte. Neila ließ es mit gesenktem Kopf über sich ergehen, dass er sie an Caroline weiterreichte. Severin fühlte sich wie ein Verräter und als er Enttäuschung in der Haltung von Neila zu erkennen glaubte, verspürte er einen schmerzhaften Stich in seinem Herzen. „Verflucht, was mach ich hier nur“, schalt er sich in Gedanken, und betrat mit den anderen das Haus. Die erbärmliche Lügerei war ihm in diesem Moment zutiefst zuwider und er überlegte sich ernsthaft ob er allen Anwesenden nicht die Wahrheit sagen sollte. „Ich habe eine Zeitreise in die Vergangenheit gemacht in ein unbekanntes Land, und dort habe ich Neila halbtot unter einem Busch liegend gefunden“. In Gedanken spielte er diese Möglichkeit durch, wie schon sooft, und kam erneut zu der betrüblichen Einsicht, dass es wohl besser wäre die Wahrheit für sich zu behalten. Auch wenn dies bedeutete dass er nicht nur sich selbst sondern auch anderen, vor allem Neila, mit dieser Lügerei Schaden zufügte. Die Wahrheit würde nur Chaos auslösen, und die Folgen wären wahrscheinlich viel fataler als die Folgen seines üblen aber notwendigen Lügenkonstrukts. Als sie alle zusammen am großen Tisch auf der Terrasse Platz genommen hatten, stellte Severin klar, dass er Fragen zu den vergangenen zwei Wochen satt hatte und bat die Anwesenden diesbezüglich um Verständnis. „Neila kommt mir zwar vertraut vor, aber die Zeit zwischen dem Packen des Rucksacks vor zwei Wochen und dem Aufwachen im Krankenhaus vor 6 Tagen ist wie ausgelöscht. Jedes Mal wenn ich vor dem Spiegel stehe und die Striemen an meinen Händen und an den Schultern sehe, frage ich mich was passiert ist. Aber bis jetzt habe ich noch keine Antwort darauf gefunden. Also bitte, verkneift euch die Fragen an diese Zeit, ok, danke.“ „Wie geht es dir eigentlich“, fragte ihn Caroline, seine Schwägerin, und ergänzte ganz beiläufig, „ich habe gehört dass du auch gekündigt worden bist.“ „Wieso auch, wer ist noch gekündigt worden“, wollte Severin wissen und fragte sich woher seine Schwägerin überhaupt wusste, dass er gekündigt wurde. Weil er, soweit er sich erinnern konnte, niemandem davon erzählt hatte. Allerdings fand er sehr schnell eine Erklärung, eine sehr simple Erklärung dafür wieso die Anwesenden von seiner Kündigung wussten. Schließlich wohnte er in einem Dorf wo solche Ereignisse über Mundpropaganda sehr rasch und effektiv verbreitet werden. „Mein Bruder ist auch entlassen worden und in unserer Nachbarschaft weiß ich von 5 Leuten dass sie auch entlassen wurden“, antwortete seine Schwägerin.“ „Jaja, schlechte Zeiten. Wobei, mich stört es nicht sonderlich dass ich gekündigt wurde. Mir geht's jetzt gesundheitlich wieder ausgezeichnet, und das ist für mich das Wichtigste. Es gibt Schlimmeres als nach 35 Jahren Arbeit eine Zwangspause einzulegen. Morgen geh ich aufs Arbeitsamt und melde mich zum ersten Mal in meinem Leben arbeitslos. Mit dem Arbeitslosengeld komme ich bestimmt gut über die Runden, und wenn ich nicht gleich eine neue Arbeit finde werde ich es überleben.“ Um die Aufmerksamkeit von sich abzulenken lenkte Severin das Gespräch bewusst in eine andere Richtung. „Und, hat sich Neila bei euch gut eingelebt?“ Bevor er eine Anwort erhielt fragte ihn sein Bruder Horst, „wie bist du eigentlich auf diesen Namen gekommen?“ „Keine Ahnung. Ich kann mich nicht mehr daran erinnern“, antwortete Severin kurz angebunden. „Zuerst war Neila noch sehr auf Mama fixiert. Später ist sie dann ein bisschen aufgetaut und wurde zugänglicher. Sie hat sich sogar von mir durchs Haus führen lassen“, erklärte Caroline voller Stolz. „Wir waren froh dass Mama hier geblieben ist, weil Neila nur bei ihr schlafen wollte“, meldete sich sein Bruder zu Wort. „Sie wird bestimmt noch einige Zeit brauchen um sich bei euch einzuleben, aber hier hat sie es gut, und ihr werdet bestimmt viel Freude mit ihr haben“, meinte seine Mutter. Das weitere Gespräch drehte sich hauptsächlich um Neila. Severin warf ihr immer wieder einen Blick zu, die aber alle unerwidert blieben. Einerseits war er froh dass Neila ihre Zuneigung zu ihm unterdrückte, andererseits fühlte er sich unsagbar schlecht dabei. Neila saß mit gesenktem Kopf zwischen Horst und Caroline und musste es über sich ergehen lassen wie alle anderen über sie redeten. Severin konnte ihren Anblick kaum ertragen. Wie ein verschüchterter Außenseiter saß sie mit unergründlicher Mine am Tisch, und würdigte ihn keines Blickes. Als sich sein schlechtes Gewissen und das Bedauern um Neilas Situation wie eine große Last immer schwerer auf sein Gemüt drückte, beschloss er kurzerhand die Situation frühzeitig zu verlassen. Nachdem er den von Caroline selbstgemachten Kuchen gegessen und den Kaffee ausgetrunken hatte, verabschiedete er sich unter dem Vorwand noch einiges erledigen zu müssen.

Das war zwar nicht gelogen aber auch nicht die Wahrheit. Sein Bruder forderte ihn auf noch zu bleiben, doch Severin blieb standhaft und verließ früher als er es selbst erwartet hatte das Haus seines Bruders. Als er Neila die Hand zum Abschied reichte verharrte sie in ihrer teilnahmslosen Haltung und schenkte ihm keinerlei Beachtung. „Tschüss Neila. Machs gut. Ich komm dich bald wieder einmal besuchen, wenn ich darf“, und blickte dabei seine Schwägerin an. „Jederzeit kannst du auf Besuch kommen, das weißt du“, erwiderte sein Bruder bevor Caroline Gelegenheit hatte sich zu äußern. Als er etwa 10 Meter weit weg war vom Haus drehte er sich auf dem Fahrrad um und winkte noch einmal zurück, in der Hoffnung mit Neila doch noch einen versöhnlichen Blick austauschen zu können. Sie war aber nicht zu sehen und Severin blickte wieder nach vorne auf die Straße. Unwillkürlich rannen ihm Tränen über die Wangen und er konnte rein gar nichts dagegen tun. Das Treten und die Aufmerksamkeit die er dem Fahren widmen musste lenkte ihn ein wenig von seinem inneren Schmerz ab. Nach dem missglückten Treffen mit Neila fühlte er sich schwach und traurig, und noch während er auf dem Nachhauseweg war, überlegte er sich ob er das Treffen mit Christine besser absagen sollte. Als er die Wohnungstür aufsperrte umfing ihn ein Gefühl der Geborgenheit und Sicherheit, doch die Traurigkeit blieb und raubte ihm die Energie. Völlig entkräftet ließ er sich auf die Couch fallen und versank in den Tiefen seiner düsteren Gedanken und Gefühle. Seine Schuldgefühle Neila gegenüber lasteten wie eine zentnerschwere Last auf ihm. Wie ein Standbild beim Fernsehen sah er ständig das Bild von Neila vor sich wie sie teilnahmslos mit gesenktem Kopf am Tisch saß, und ihn ignorierte. Wie gerne hätte er sie in der Arm genommen und ihr seine ganze Aufmerksamkeit geschenkt. In der kurzen Zeit die sie miteinander verbrachten hatte er sie lieb gewonnen wie ein eigenes Kind und er war sich sicher dass auch sie ihn lieb gewonnen hatte. Vielleicht sah Neila in ihm sogar so etwas wie einen Vater, oder zumindest einen Vaterersatz. Während der gefährlichen Flucht vor den Soldaten hatte er sich um sie gekümmert und auf dem weiteren Weg nach Österreich empfand er immer mehr für sie. Bis ihm schließlich klar wurde, dass er sie wie eine eigene Tochter liebte und dass er alles, wirklich alles für sie getan hätte damit sie wieder gesund wird. Durch Gottes Hilfe hatten sie es geschafft den Weg vom Hinterland nach Österreich zu überleben und beide, Neila und er, wurden wieder völlig gesund. Durch dieses gemeinsame Schicksal entstand ein Band zwischen ihnen das immer stärker wurde, und in kurzer Zeit wurde aus dieser Verbundenheit eine Liebesbeziehung wie zwischen einem Vater und seiner Tochter. Diese unschuldige und heilige Liebe hatte er verraten, und es fühlte sich an als hätte er sein eigenes Kind für immer verloren. Neila lebte nun bei seinem Bruder und seiner Schwägerin anstatt bei ihm. Die Trauer über diesen Verlust überwältigte ihn vollkommen und stürzte ihn in einen tiefen Abgrund. Es fühlte sich an als könne er nie wieder glücklich werden in seinem Leben. Severin wurde von heftigen Weinkrämpfen geschüttelt und die Tränen flossen unaufhörlich aus den unergründlichen Tiefen seines Herzens. Die Tatsache dass die Umstände ihn dazu zwangen so zu handeln wie er es tat, verschaffte seiner schmerzhaften Trauer keinerlei Linderung. Wenn die Liebe da ist, kennt sie keine Beschränkungen, sie achtet nicht auf irgendwelche äußeren Umstände und wirkt unerbittlich. Dem einen mag sie zur Freude gereichen, dem anderen fügt sie kaum aushaltbare Schmerzen zu. Als die Tränen endlich versiegten war Severin völlig entkräftet und leer. Zum Glück erbarmte sich der Schlaf seiner und erlöste ihn vorübergehend von seinen Qualen.

Irgendwann wurde er von der Türklingel aufgeweckt. Severin hatte keine Lust aufzustehen und nachzusehen wer draußen ist. Als kurz darauf sein Handy klingelte schaute er entsetzt auf die Uhr und wusste sofort wer es war. Es war 3 Minuten vor Acht und das konnte nur bedeuten dass Christine anrief. Wie von einer Tarantel gebissen sprang er auf und nahm nach mehrmaligem Läuten das Handy ab. Als sich Christine meldete ging er mit schnellen Schritten zur Haustüre, verharrte einen kurzen Augenblick vor dem Spiegel im Gang um sich die zerzausten Haare zu richten und öffnete die Tür. „Hallo Christine, bitte entschuldigen sie dass ich sie habe warten lassen." „Hallo. Komme ich ungelegen?" Christine hatte wohl bemerkt dass er sich noch nicht hergerichtet hatte und dass er verquollene Augen hatte. „Nein, sie kommen überhaupt nicht ungelegen", antwortete Severin mit gebrochener Stimme und bat sie einzutreten. Für einen feinfühligen Menschen wäre es keine große Herausforderung gewesen die Trauer in seiner Stimme heraus zu hören und Christine war definitiv feinfühlig. Ohne Umschweife fragte sie, „ist etwas passiert Severin? Soll ich lieber ein andermal kommen?“ Severin ließ sich Zeit mit der Antwort während er ihr voraus durch den Gang in den kombinierten Koch-Wohn und Essraum vorausging. „Ja, es ist etwas passiert. Aber ich möchte nicht dass sie gehen. Bitte nehmen sie Platz! Darf ich ihnen etwas zu trinken anbieten?“ „Kommt drauf an wo wir den Kaffee und Kuchen zu uns nehmen.“ „Ach ja, der Kaffee und Kuchen. Tut mir Leid, ich bin ein wenig von der Rolle, und …“ „Und sie haben die Einladung vergessen, stimmts“, ergänzte Christine mit deutlich hörbarer Enttäuschung in der Stimme. „Nein, ich hab die Einladung nicht vergessen.“ Severin zögerte einen Augenblick weil er sich fragte ob er seine Lügerei weiterführen oder mit Christine offen und ehrlich kommunizieren sollte. „Ich habe Neila heute Nachmittag getroffen. Sie ist bei meinem Bruder und bei meiner Schwägerin. Das Treffen ging nicht sehr erfreulich aus, und um bei der Wahrheit zu bleiben, ich bin nachhause gekommen, habe mich hingelegt und habe verschlafen, bis sie angerufen haben. Dass ich nicht angemessen auf unsere Verabredung vorbereitet bin, dafür bitte ich sie um Entschuldigung. Wenn sie mir 5 Minuten Zeit geben mach ich mich schnell ausgehfertig, ok?“ „Entschuldigung angenommen. Und um bei der Wahrheit zu bleiben, ich habe schon als sie die Tür aufgemacht haben bemerkt dass es ihnen nicht gut geht. Es gibt Wichtigeres als Kaffee zu trinken und Kuchen zu essen, deshalb bitte ich sie dass sie es sich noch einmal überlegen ob sie wirklich mit mir ausgehen oder lieber zuhause bleiben wollen. Wir können unsere Verabredung verschieben und ich werde es ihnen auch bestimmt nicht nachtragen.“ „Danke für ihr Verständnis. Wenn ich ehrlich bin würde ich gerne ein paar Schritte gehen. Haben sie Lust auf einen Spaziergang? Wir können ja danach irgendwo einkehren.“ „Ok. Das hört sich gut an“, erwiderte Christine. „Möchten sie etwas Trinken?“ „Sie haben nicht zufällig frisches Bergquellwasser“, fragte Christine ironisch und ergänzte gleich darauf, „das war nur ein Scherz. Haben sie einen mit Wasser verdünnten Fruchtsaft, irgendeinen, spielt keine Rolle was für einen.“ Severin hielt kurz inne und überlegte angestrengt wo er die Wasserflasche hingestellt hatte in der noch ein Rest Wasser von Temira war. Als er den Kühlschrank öffnete sah er auf den ersten Blick die Flasche die er auf Temira dabei hatte und in der noch drei Finger hoch Wasser war. „Ich habe Trauben, Birnen und Apfelsaft. Welchen wollen sie?“ „Traubensaft bitte.“ Severin drehte ihr den Rücken zu damit Christine nicht sehen konnte was er tat. Er schenkte sich einen Schluck vom Traubensaft in ein Glas und nahm einen Schluck. Als er erfreut feststellte dass der Traubensaft noch genießbar war, nahm er die Flaschen mit den Getränken und stellte sie auf den Tisch. „Sie können ihren Traubensaft entweder mit entsalztem Meerwasser trinken oder mit etwa 8 Tage altem Gebirgsquellwasser, wie sie möchten.

Das Quellwasser müsste noch genießbar sein. Auf jeden Fall wird es auch in einem Monat noch besser sein als dieses Wasser“ und zeigte mit seiner Hand auf die Flasche mit dem Meerwasser. „Das ist nicht ihr Ernst“, fragte Christine verblüfft mit ungläubiger Stimme. „Doch Christine, das ist mein vollster Ernst. Und unterwegs werde ich ihnen auch sagen woher ich das Wasser habe.“ Um sie zu überzeugen dass er die Wahrheit gesagt hatte, holte er für sich auch ein Glas, schenkte sich ein wenig von dem Quellwasser ein und trank es genüsslich vor ihren Augen. „Das Wasser ist noch gut. Trinken sie! Leider ist das alles was ich noch habe.“ Christine füllte sich das Wasser ins Glas und trank es beinahe andächtig und ohne Fruchtsaft. „Tatsächlich, das ist wirklich Quellwasser.“ „Das ist Bergquellwasser, wie sie es gewünscht haben“, ergänzte Severin stolz. Christine zuzusehen wie sie anfangs zögerlich an dem Wasser nippte und dann das Wasser mit geschlossenen Augen voller Genuss in kleinen Schlucken trank erhellte sein düsteres Gemüt auf zauberhafte Weise. „Genießen sie das Wasser. So etwas werden sie wahrscheinlich nicht mehr so schnell wieder bekommen. Ich mach mich schnell fertig.“ „Ok. Lassen sie sich ruhig Zeit“, erwiderte Christine halb geistesabwesend. Als Severin im hell erleuchteten Badezimmer in den Spiegel schaute erschrak er über seine rot unterlaufenen Augen. „Mit dieser Heulerei muss ich aufhören“, ermahnte er sich in Gedanken. Da er aber ohnehin nicht vorhatte unter Leute zu gehen, und sich vor Christine nicht schämte, waren ihm seine verquollenen Augen bald egal. Während er die Zähne putzte musste er sich eingestehen dass er sich Christine ganz anders vorgestellt hatte. Sie hatte schulterlanges, brünettes Haar das sie sich andauernd hinter die Ohren streifte was irgendwie anmutig wirkte. Ihr Gesicht konnte er nur als schön beschreiben und ihre hellbraunen Augen glänzten wieder. Im Krankenhaus meinte er dass ihre Augen glanzlos waren, doch vielleicht lag das auch nur an ihm dass er den Glanz in ihren Augen nicht sehen konnte. Sie hatte ein gut riechendes Parfum aufgetragen, nicht soviel dass es penetrant roch, sie war sportlich elegant gekleidet und verfügte über einen gut proportionierten Körper. Ihr Humor gefiel ihm ausgezeichnet und überhaupt sah er in Christine eine wunderschöne Frau für die es sich lohnte seine Traurigkeit zu überwinden und sich von seiner besten Seite zu zeigen. Mit dem guten Wasser von Temira hatte er offensichtlich wieder etwas Boden gut gemacht bei ihr, denn der Anfang ihres Dates war alles andere als gut für ihn gelaufen. Nachdem er den Mund ausgespült hatte trug er dezent Parfum auf und bemühte sich ein freundlicheres Gesicht zu machen. Er spürte die Traurigkeit immer noch wie eine schwere Last die er nicht abschütteln konnte, doch die Freude über Christines Anwesenheit vermochte es seine Trauer zu überdecken und sich der Situation gemäß zu verhalten. Es war schon eine Zeit lang her dass er Damenbesuch hatte, deshalb dachte er die ganze Zeit seit er sie im Krankenhaus zum ersten Mal gesehen hatte er müsse sich mehr Zeit lassen um seine Worte und seine Taten gut zu überdenken um keinen Fehler zu machen.

Erstaunlicherweise fühlte er sich in Christines Anwesenheit sehr unbefangen und er wusste eigentlich immer was er sagen oder tun sollte, ohne groß darüber nachzudenken ob es richtig oder falsch war. Bei ihr hatte er, zumindest bis jetzt, immer das Gefühl er selbst zu sein. Nie verspürte er eine Notwendigkeit sich verstellen zu müssen und er hoffte inständig dass er den Mut aufbringen würde, ihr die Wahrheit über Temira und über Neila zu sagen. Ihm war klar dass Christine früher oder später Fragen über Neila stellen würde, und während er in den Spiegel schaute prüfte er seinen Entschluss sie nicht anzulügen und ihr die Wahrheit zu erzählen. Bei diesem Gedanken wurde ihm allerdings ein wenig mulmig, weil er unmöglich davon ausgehen konnte dass sie ihm glauben würde. Wie auch immer, ich lass es einfach auf mich zukommen und dann werde ich sehen was passiert, dachte sich Severin und verließ das Badezimmer. „Ich habe ihnen vergessen zu sagen dass sie toll aussehen, und dass ich mich sehr darüber freue sie wiederzusehen.“ „Danke. Ich freue mich auch den großen, tapferen Herr Freud endlich privat kennenzulernen.“ Sie sagte das keineswegs mit einem ironischen Unterton, dennoch konnte er nichts mit dieser Erwiderung anfangen. „Wieso sagen sie das? Ich meine das groß und tapfer.“ Na ja, sie wurden in den Medien als Held erwähnt und im Krankenhaus waren sie, das Mädchen und ihre Mutter lange Gesprächsthema Nummer eins. Endlich hatten die Leute einen Grund über etwas anderes zu reden als andauernd über die Dürre. Ich meine, natürlich haben nicht immer alle über die Dürre geredet, aber das Thema war und ist ständig und überall präsent und da waren sie eine willkommene Abwechslung." „Aha, davon habe ich nur am Rande etwas mitbekommen. Wollen wir gehen? Oder möchten sie vielleicht noch etwas essen, oder trinken." „Nein, ist schon gut, danke. Das Wasser war herrlich. Tut mir Leid, ich konnte mich nicht zurückhalten. Jetzt ist die Flasche leer." „Schon gut, freut mich dass es ihnen geschmeckt hat." „Oh ja, das hat es. Wo haben sie das Wasser überhaupt her?" Oh je, das fängt schon früh an, dachte sich Severin und überlegte sich eine wahrheitsgetreue Antwort ohne Christine gegen sich aufzubringen. Nachdem er die Haustüre zugesperrt hatte und sie über den Vorplatz auf die Straße gingen antwortete er ihr, „ich sage es ihnen nur wenn sie mir versprechen dass sie nicht gleich ins Auto steigen und nachhause fahren. „Ok versprochen!" „Ich weiß es nicht wie das Land heißt wo das Wasser herkommt. Ich habe dem Land den Namen Temira gegeben. Temira steht für *Terra miraculum*, weil es tatsächlich wunderschön ist dort." „Sie haben mir im Krankenhaus erzählt dass sie eine Zeitreise gemacht haben und irgendwann in der Vergangenheit in einem unbekannten Land gelandet sind. Dort haben sie angeblich das Mädchen halbtot gefunden und sie von dort nach Österreich mitgebracht. Stimmt das soweit?" „Mit ihren Fragen bringen sie mich in Verlegenheit, wissen sie das?" „Ach ja, und ich fühle mich bei ihren Erklärungen verarscht und denke mir dabei dass sie mich für dumm verkaufen wollen. Also sind wir wohl quitt." Im Gehen fiel es ihm leichter die Wahrheit zu sagen, doch er konnte sich nicht erklären wieso das so war. Da sie mittlerweile schon ein gutes Stück zusammen gegangen waren, war seine Befürchtung, dass sie sofort wieder umkehren und nachhause fahren würde kaum mehr vorhanden. „Ich habe sie kein einziges Mal angelogen. Alles was ich ihnen gesagt habe hat sich genauso zugetragen. Ich halte sie für einen Menschen mit viel Einfühlungsvermögen. Hatten sie wirklich das Gefühl dass ich sie angelogen habe?“ „Im ersten Moment schon, und auch nachdem sie mir diese unglaubwürdige Geschichte erzählt haben, habe ich ihnen nicht geglaubt. Das mag wohl daher kommen, dass diese Geschichte völlig unglaubwürdig klingt. Wobei ich ehrlicherweise eingestehen muss, dass sich die Hinweise verdichten, dass sie doch die Wahrheit gesagt haben. Zum einen halte ich sie nicht für einen Schwindler und auch nicht für einen Idioten der unter dem Münchhausensyndrom leidet. Zum anderen ist da das Mädchen mit ihrer seltsamen Sprache die niemand versteht, und natürlich das Quellwasser das man weit und breit nirgends kaufen kann. Aber gut, das könnten sie sonst wo her haben. Dann waren da, oder sind immer noch die deutlich sichtbaren Spuren von vielem Weinen in ihrem Gesicht zu sehen, und sie sagten dass sie eine unerfreuliche Begegnung mit dem Mädchen hatten. Sie haben sie Neila genannt, als ob sie sie schon lange kennen würden. Sie haben aber allen erzählt dass sie keine Erinnerung an das Mädchen haben.“ „Außer ihnen. Ihnen habe ich das nicht erzählt“, warf Severin ein. „Ja, das stimmt. Außer mir. Wieso eigentlich?“ „Weil sie mir sympathisch sind, weil ich mich in ihrer Gegenwart wohl fühle und weil ich sie nicht für eine billige Klatschtante halte die alles was man ihr anvertraut unreflektiert weiterposaunt. Ich wollte sie nicht anlügen weil sie mir ihre Geschichte anvertraut haben mit dem Auswandern und weil ich sie für einen besonderen Menschen halte. Außerdem haben sie mir versprochen, dass sie das was ich ihnen anvertraue für sich behalten!“ „Oh, ich bin also keine billige Klatschtante! Danke für die Komplimente. Das mit dem Versprechen gilt auch weiterhin.“ Das gefiel ihm auch so sehr an ihr, dass sie bei ernsten Themen witzig sein konnte was für die Fortsetzung des Gesprächs keineswegs hinderlich war. Im Gegenteil, mit ihrem Witz nahm sie dem heiklen Gesprächsthema die Schwere und Severin konnte ihr, ohne sich überwinden zu müssen, seine Geheimnisse im Zusammenhang mit der Zeitreise bedenkenlos anvertrauen. Severin erzählte ihr fast alles, sogar die Situation als er im Hinterland auf den Amtsträger geschossen hatte und die Siedler bald darauf abgeschlachtet wurden. Christine stellte immer wieder Fragen die aus ehrlichem Interesse entstanden und nicht dazu dienen sollten seine Geschichte als Lüge zu entlarven. Es tat unendlich gut sich jemandem anzuvertrauen und als sie bei der Zementfabrik wo am Wochenende niemand arbeitet angekommen waren, zeigte er mit der Hand Richtung Schlucht. „Von hier ist der Abflugterminal, wie ich ihn nenne, ungefähr eine Stunde entfernt.“ „Wann werden sie das nächste Mal nach Temira zu reisen?“ „Übermorgen. Vielleicht auch morgen schon. Ich muss noch einige Sachen erledigen, und wenn ich das Gefühl habe dass ich nichts Unerledigtes zurückgelassen habe, werde ich verreisen." „Ich möchte mitgehen! Wenn ich darf." Severin hatte sich zwar insgeheim gewünscht eines Tages mit einer Frau nach Temira zu reisen, doch jetzt als es soweit war, fühlte er sich überrumpelt. Als Christine merkte dass er zögerte, versicherte sie ihm noch einmal dass sie niemandem was sagen würde. „Nehmen sie mich mit", forderte sie ihn auf. „Ok, ich nehme sie mit, aber sie müssen sich zuvor überlegen ob sie damit klar kommen würden wenn sie aus irgendeinem Grund, zum Beispiel dass die Abflugterminals nicht mehr funktionieren, nicht mehr nach Österreich zurückzureisen können. Sie säßen dann für immer in der Vergangenheit fest und das halte ich für gar nicht so abwegig, deshalb müssen sie sich das gut überlegen, ok!" „Ja mach ich … versprochen." Es war Christine anzumerken dass der Gedanke in der Vergangenheit festzusitzen sie sehr in Anspruch nahm. „Jetzt habe ich lange und ausführlich über mich erzählt. Jetzt sind sie dran." „Nein! Wann hat man schon mal die Gelegenheit eine Geschichte zu hören in der sich die Gegenwart in der Vergangenheit abspielt. Das Gegenteil, dass sich die Vergangenheit in der Gegenwart abspielt, bekommt man viel zu oft zu sehen und zu hören. Wenn es ihnen recht ist, würde ich ihnen gerne weiter zuhören. Mein Leben ist nicht so aufregend und sie haben mich mit ihrer Geschichte so gefesselt, dass ich ihnen gerne weiter zuhören möchte." „Ok, aber nur unter der Bedingung dass sie Du zu mir sagen. Sie sind der erste Mensch dem ich diese Geheimnisse anvertraut habe, da wäre es mir ehrlich gesagt lieber wenn ich dich duzen darf.“ „Sehr gerne. Ist mir lieber als dieses Gesieze.“ Während sie wieder zurückgingen Richtung Wohnung erzählte er ihr auch intimere Details. Er redete über seine Schuldgefühle und sein schlechtes Gewissen als nach dem Schuss auf den Amtsträger so viele Menschen von den Soldaten getötet wurden. Vor allem aber fand er in Christine endlich jemand mit dem er über Neila reden konnte. Severin erklärte ihr auch dass er sehr darunter litt, dass er sie in eine völlig fremde Umgebung unter lauter fremde Leute gebracht hatte, dass er ihre Liebe verraten hatte und dass Neila ihn dafür verachtete. Als er Christine davon erzählte rann ihm eine Träne aus dem Auge was ihm äußerst unangenehm war. „Sie brauchen sich, ich meine du brauchst dich für deine Tränen nicht zu schämen. Nicht vor mir. Ich weiß zwar nicht wie es sich anfühlt ein eigenes Kind zu lieben, aber ich kann mir vorstellen, dass es eine ganz besondere Liebesbeziehung ist die umso schmerzvoller ist wenn sie in die Brüche geht. Wobei ich nicht glaube dass deine Beziehung zu Neila zerbrochen ist. Eines Tages wird sie verstehen, dass du nicht anders handeln konntest. Wieso nimmst du sie eigentlich nicht zu dir?“ „Weil wir hier in Österreich sind. Als sie ins Spital gekommen ist wurde ihr Fall den Behörden gemeldet. Sie ist jetzt bei der Polizei und bei der Kinder- und Jugendbehörde aktenkundig, auch wenn niemand weiß wer sie ist und woher sie kommt. Ich schließe es zwar nicht gänzlich aus dass die

Behörde Neila in meine Obhut geben würde, doch die Chancen sind sehr gering. Abgesehen davon verreise ich bald. Selbstverständlich habe ich schon oft daran gedacht sie nachhause zurückzubringen zu ihren Angehörigen, falls überhaupt noch jemand lebt von denen. Was glaubst du wohl was passieren wird wenn Neila und ich plötzlich weg sind?" „Sie werden dich verdächtigen und im schlimmsten Fall für einen Kindesentführer, oder schlimmer noch, für einen Kinderschänder, oder für beides halten", antwortete Christine auf seine platonische Frage. „Genau, das habe ich mir auch gedacht. Dann könnte ich mich hier nicht mehr blicken lassen, und das kommt für mich nicht in Frage, weil meine Familie hier lebt und weil hier meine Heimat und mein Zuhause ist. Außerdem habe ich Kinder die mein Verschwinden wahrscheinlich nicht sonderlich bedauern würden, aber sie würden bestimmt unter den Anschuldigungen gegen mich leiden müssen." Wie viele Kinder hast du denn?" „Vier. Sie leben bei ihrer Mutter. Weißt du wovon ich immer mehr überzeugt bin?" „Nein, weiß ich nicht." „Ich glaube dass Gott mir Neila anvertraut hat um sie hier her zu bringen, damit sie in Geborgenheit und Sicherheit leben kann. Bei meinem Bruder und meiner Schwägerin wird es ihr bestimmt gut gehen. Vielleicht ist es ihr Schicksal in einem zivilisierten Land in unserer Gegenwart zu leben, zu lernen und ihr Wissen an uns weiterzugeben. Warum und wieso weiß ich nicht." Nachdem er das Gesagte in einem Moment des Schweigens überdacht hatte relativierte er seine Privattheorie. „Eigentlich ist das eher

eine selbstkreierte Vorstellung, weil ich mit dieser Vorstellung besser zurechtkomme. Ich versuche mir andauernd einzureden dass alles was in den letzten zwei Wochen passiert ist Gottes Wille war. Momentan ist mir diese Vorstellung aber kein Trost. In der kurzen Zeit die wir durchlitten haben habe ich Neila lieb gewonnen. Ich empfinde für sie als wäre sie meine eigene Tochter, und bei diesem entsetzlichen Treffen bei meinem Bruder musste ich so tun als würde ich sie nicht kennen. Sie muss sich denken dass ich sie verstoßen oder verraten habe, und das hat sie mir auch deutlich zu verstehen gegeben indem sie mich völlig ignoriert hat. Diese beschissene Situation habe ich einfach nicht mehr ausgehalten und dann habe ich mich einfach vom Acker gemacht und Neila dort gelassen. Deshalb ist es mir vor deiner Ankunft so dreckig gegangen und habe eine oder zwei Tränen vergossen, bis ich irgendwann eingeschlafen bin."
Als Severin sich gegenüber Christine offenbarte hakte sie sich plötzlich an seinem linken Arm ein. Die unerwartete Berührung empfand er als tröstlich, sie war eine Wohltat für seine geschundene Seele und er fühlte sich unendlich wohl in ihrer Nähe. „Danke dass du mir zugehört hast. Mir geht's jetzt wieder besser." „Bitte, gern geschehen. Ich danke dir für dein Vertrauen. Ich kann deine Beweggründe verstehen, und nach allem was du mir erzählt hast glaube ich auch dass diese Rettungsaktion kein Zufall war. Du warst eben zur richtigen Zeit am richtigen Ort und hast getan was du für richtig gehalten hast. Dafür musst du dir keine Vorwürfe machen und bestimmt auch

nicht dafür, dass Neila nun, so wie es aussieht, bei deinem Bruder aufwächst. Dass du darüber Trauer empfindest kann ich gut nachvollziehen, und ich würde bestimmt nicht mit dir eine Zeitreise machen, wenn dir das Mädchen egal wäre. Du wirst sehen, alles wird wieder gut, bestimmt. Als sie das zu ihm sagte war es für ihn als würde ihm Absolution erteilt, und der Druck in seinem Brustkorb wurde immer weniger. Am liebsten wäre er mit Christine bis zum Nordpol gegangen, weil er sich sogar dann bei ihr wohl fühlte wenn sie eine Weile schwiegen. Irgendwann fragte sie ihn etwas das er sich selber schon gefragt hatte, doch bis zu diesem Zeitpunkt hatte er sich noch keine klare Antwort auf die Frage gegeben. „Bereust du es dass du Neila gefunden hast und dass sie offensichtlich zu einer wichtigen Person in deinem Leben geworden ist?“ „Mein Kopf sagt ganz klar Ja. Wenn ich sie nicht gefunden hätte wäre mir vieles erspart geblieben. Vor allem diese grausamen Schmerzen die ich fühle seit ich sie bei meinem Bruder zurückgelassen habe. Trotz dieser Schmerzen sagt mein Herz ganz klar Nein, weil ich Neila liebe. Somit ist die Antwort eigentlich klar. Nein, ich bereue es nicht dass ich sie gefunden habe.“ Christine erwiderte nur ein zustimmendes „Ok“, und lehnte für kurze Zeit ihren Kopf an seine Schulter. Severin interpretierte diese Geste zwiespältig. Zum einen sah er sie als Anerkennung für seine Antwort und zum anderen meldete sich sein Reptiliengehirn mit der eindeutigen Botschaft ihr an die Wäsche zu gehen. Zum ersten Mal war er sich nun unsicher wie er sich Christine gegenüber verhalten sollte. Severin fragte sich ob er die Situation ausnützen und sie küssen sollte, oder ob er sich zurückhalten und abwarten sollte wie sich ihre Beziehung entwickelt. Da er sich aber nicht um den Genuss ihrer Nähe bringen wollte indem sie womöglich vor einem plumpen Annäherungsversuch zurückweichen würde, entschied er sich für zweiteres. Auf keinen Fall wollte er es riskieren sich um das Vergnügen ihrer vertrauten Zweisamkeit zu bringen, und unterdrückte jeden weiteren Gedanken an einen Annäherungsversuch. Einträchtig schlenderten sie die Straße entlang und sprachen über Gott und die Welt. Unter anderem fragte er sie auch wieso sie ihm im Krankenhaus nicht gesagt hatte dass sein Kulturbeutel im Badezimmerkasten lag. Der Grund dafür war, dass sie keine Ahnung davon hatte, aber sie würde sich erkundigen wer den Beutel in den Kasten gelegt hatte ohne es für notwendig zu erachten irgendjemanden zu informieren. Etwa 10 Gehminuten von seiner Wohnung entfernt kamen sie zu einem Gasthaus in dem es zwar keinen Kuchen gab dafür aber gutes Vorarlberger Bier. Als sie das Gasthaus betraten bemerkte Severin wie einige Gäste Christine lüstern nachgafften. Severin konnte es ihnen nicht verdenken weil man nicht alle Tage eine derart anmutige und schöne Frau wie Christine zu Gesicht bekommt, und schon gar nicht in einem Dorfgasthaus. Zwei von den Gästen die am Stammtisch saßen kannte er und grüßte sie. Christine hatte derweil an einem Tisch außerhalb der Hörweite der Gäste Platz genommen und bestellte bei der Kellnerin die vom Tresen her zu ihnen schaute zwei Bier.

Früher war Severin oft zu Gast hier, als er noch Fußball spielte und ein großer Förderer der hiesigen Gastronomie war. Doch das war lange her. Als seine Kinder in kurzen Abständen auf die Welt kamen, hatte er das Interesse an feucht fröhlichen Kneipenaufenthalten schnell verloren. Mittlerweile war er nur noch in Gasthäuser anzutreffen um zu essen, was bei ihm als alleinstehendem Mann relativ oft vorkam. Obwohl Christine gut 15 Jahre jünger war als er hatten sie in puncto Ausgehverhalten schnell Anknüpfungspunkte gefunden. Nach dem zweiten Bier waren sie schon so vertraut miteinander als würden sie sich schon jahrelang kennen. Als die bevorstehende Reise nach Temira zum Gesprächsthema wurde, musste sich Severin zusammenreißen um Christine möglichst genau aufzuzählen was sie alles für die Reise besorgen und mitnehmen musste. Als er einige Gegenstände nannte stand Christine auf und holte bei der Kellnerin ein Blatt Papier und einen Kugelschreiber und schrieb alles was er aufzählte penibel auf. Nachdem sie mit der Liste fertig war schaute Christine ihm lange in die Augen, sodass er fast schon befürchtete sie würde es sich anders überlegen und doch nicht mit ihm nach Temira reisen. „Ich hab es mir überlegt", sagte sie mit leicht holpriger Stimme. „Ich gehe mit dir nach Temira. Wenn wir aus welchem Grund auch immer nicht mehr nach Österreich zurückreisen können, dann wäre das sehr bedauerlich, und zwar in vielerlei Hinsicht. Aber ich möchte auf keinen Fall mit dem Wissen sterben dass ich eine Zeitreise hätte machen können und die Möglichkeit nicht genutzt habe. Dieses

Abenteuer, falls es wirklich Zustande kommt, werde ich mir auf keinen Fall entgehen lassen." Um sie dazu zu bewegen leiser zu sprechen legte er den Zeigefinger über seine Lippen worauf sie nur noch im Flüsterton miteinander redeten. „Ich gehe mit. Morgen gehe ich zu einem Arzt der Notfalldienst hat und lasse mich eine Woche krank schreiben. Ich weiß zwar noch nicht welche Krankheit oder Schmerzen ich beim Arzt vortäuschen soll damit er mich für eine Woche krank schreibt, aber mir wird bestimmt etwas einfallen. Die Krankmeldung scanne ich und schick sie per Email an meine Abteilung im Spital. Da ich erst einmal krank war, werden sie mir bestimmt glauben. Wenn es für dich noch ok ist, werde ich mit dir in die Vergangenheit reisen." „Ja, für mich ist es nach wie vor ok. Ich freu mich schon darauf. Pack morgen alles zusammen damit wir eventuell schon morgen Abend um ca.19 Uhr aufbrechen können." Nach einer Weile fasste sich Severin plötzlich an den Kopf. „Oh scheiße!" „Was ist", fragte Christine erschrocken. „Ich muss mich arbeitslos melden und das kann ich erst am Montag." „Das passt mir eh viel besser", warf Christine erfreut ein. „Dann kann ich noch ein paar Sachen einkaufen und muss sie nicht von meinem Bruder ausleihen. Vor allem möchte ich einen eigenen, unbenützten Schlafsack. Zum Arzt kann ich auch am Montag gehen. Perfekt, dann gehen wir am Montag Abend. Wir müssen ja nichts überstürzen. Aber wehe wenn ich auf dem Zeug sitzen bleibe ohne es ein einziges Mal benützt zu haben, dann …" „Keine Sorge. Wenn alles klappt wirst du alles brauchen.

Ich hole dich um 19 Uhr mit dem Auto ab und wir gehen zu Fuß von mir zuhause los. In ungefähr 1,5 Stunden sind wir am Abflugterminal wenn alles gut geht, dann haben wir noch einen Zeitpuffer bis es dunkel wird. Wenn dir neben all den Besorgungen und Erledigungen noch Zeit bleibt, empfehle ich dir, dich um deinen Nachlass zu kümmern und eventuell einen Abschiedsbrief zu hinterlassen. Gut dass mir das in den Sinn gekommen ist. Das muss ich nämlich auch noch machen. Meinen Kindern möchte schon ein paar letzte Worte hinterlassen. Außerdem denke ich dass die Hinterbliebenen ein Recht darauf haben zu wissen wo ich bin." „Ein Testament habe ich damals als ich ausreisen wollte machen lassen. Einen Abschiedsbrief werde ich wohl oder übel schreiben müssen. Aber wo soll ich den platzieren?" „Ich lege meinen Abschiedsbrief einfach auf den Esstisch zum Testament und den anderen Hinterlassenschaften." „Das kann ich nicht machen. Wenn meine Mutter in der nächsten Woche in die Wohnung kommt, stöbert sie bestimmt in der Wohnung herum und findet den Abschiedsbrief. Das wäre gar nicht gut. Dieses Theater möchte ich mir lieber nicht vorstellen. Ich gebe den Brief lieber meiner besten Freundin, und sage ihr sie soll ihn erst aufmachen wenn ich nach einer, nein, besser nach zwei Wochen noch nicht zuhause bin. Ich lüge sie zwar nicht gerne an aber ich sage ihr einfach dass ich im Gebirge unterwegs bin wo ich keinen Handyempfang habe. Wenn sie Gebirge hört will sie eh schon nichts mehr wissen." Christine war richtig euphorisch und die Begeisterung mit der sie die Reisevorbereitungen plante machte sie in Severins Augen noch attraktiver. Nachdem sie noch einige Details für die Reise geklärt hatten bezahlte Severin, nach mehreren energischen Einwänden von Christine, die Rechnung und verließ mit seiner zukünftigen Reisegefährtin das Gasthaus. Auf dem Weg zu seiner Wohnung redete hauptsächlich Christine, und er überlegte sich wie er sie dazu bewegen könnte, dass sie bei ihm übernachtet. Das Thema erledigte sich aber von selbst als sie beim Auto ankamen. Mit einer heftigen Umarmung und einem Kuss auf die Wange verabschiedete sie sich von ihm, stieg in das Auto ein und fuhr davon. Severin war völlig überrumpelt von Christines unerwartet schnellem Abgang. Gewiss, sie hatten das Abschiedsgeplänkel schon auf dem Nachhauseweg hinter sich gebracht und seine Reaktion war vom Alkohol ein wenig beeinträchtigt, doch das hätte er sich nicht erwartet. Er war nicht einmal dazu gekommen Einspruch zu erheben weil sie in alkoholisiertem Zustand mit dem Auto fuhr. Severin schalt sich dafür weil er nicht geistesgegenwärtig genug war um sie aufzuhalten. Nicht weil er sie verführen wollte, zumindest nicht nur deswegen, sondern weil er um sie besorgt war, und weil der Zeitpunkt der richtige war um etwas Wichtiges zu erledigen. Um den Fehler auszubügeln nahm er das Handy und rief sie an. Als sie den Anruf entgegennahm fragte er sie ob sie noch einmal zurückkommen könne weil er ihre Hilfe brauchte. Christine verlangte keine Erklärung für sein Ansinnen und erklärte sich sofort bereit zurückzufahren. Währenddessen holte Severin das gestohlene Fahrrad, mit dem er mit Neila im Rucksack zu seiner Mutter gefahren war, aus seinem Kellerabteil, schob es die Tiefgarageneinfahrt hoch und lehnte es an die Hauswand. Kurz darauf kam Christine an und wollte wissen was passiert ist. „Entschuldige dass ich dich nicht vorher schon gefragt habe, aber mir ist noch etwas Wichtiges in den Sinn gekommen das ich erledigen möchte. Kannst du mich bitte bis zur Zementfabrik fahren und dürfte ich das Fahrrad in deinen Kofferraum laden? Jetzt wäre ein günstiger Zeitpunkt um das Fahrrad das ich mir ausgeborgt habe unbemerkt zurückzubringen. Obwohl, du weißt schon, dass du nicht mehr fahren solltest!?" „Ich glaube nicht dass ich die erlaubte Alkoholgrenze überschritten habe. Klar fahr ich dich zur Zementfabrik! Lad das Fahrrad ein!" Severin nahm das Angebot dankend an, lud den sperrigen Drahtesel in den kleinen Kofferraum und stieg ein. Während der Fahrt hielt er das Fahrrad fest und erklärte Christine wieso er das Fahrrad in der Nacht zurückbringen musste, und dass sie womöglich bei ihrer Rückkehr von Temira erneut das Fahrrad entwenden würden um gemütlich damit nachhause zu fahren. Christine hatte Verständnis für die Rückbringaktion doch von dem Vorschlag als Sozius mit dem Fahrrad mitzufahren war sie nicht sehr angetan. Außer Sichtweite des Hauses wo er das Fahrrad entwendet hatte, blieben sie auf dem Parkplatz der Zementfabrik stehen. Severin entlud das Fahrrad, fuhr damit etwa 300 Meter bis zum Haus zurück, schob es durch die Wiese und stellte es wieder dort ab wo es gewesen war. Da es bereits nach Mitternacht war und kein Licht im Haus brannte konnte er davon ausgehen dass er ungesehen und ungehört das Fahrrad zurückstellen konnte. Als er sich wieder auf der Straße befand und die Distanz zwischen ihm und dem Haus größer wurde, löste sich seine Anspannung und verschwand gänzlich als Christine neben ihm anhielt und ihn einsteigen ließ. "Du bist ein ehrlicher Dieb!" „Jaja, und du bist jetzt meine Komplizin. Dafür steht fast die gleiche Strafe wie auf Diebstahl." „Wenn die mich wegen dem drankriegen sage ich einfach dass ich von nichts weiß, und der Herr Freud meine Gutmütigkeit böswillig ausgenützt hat. Vorsätzliche und hinterlistige Irreführung von unbescholtenen in der Pflege tätigen Landesbediensteten und nachweislicher Diebstahl eines lebenswichtigen Transportfahrzeugs. Darauf steht Gefängnis", sagte sie neckisch mit einem Schmunzeln im Gesicht. Severin konnte gar nicht anders und gab ihr einen dicken Kuss auf die Wange und berührte mit seinen Lippen gerade noch ihren Mundwinkel. Im Dunkeln konnte er nicht genau sehen ob Christine mit dem Kuss einverstanden war, doch er meinte einen Anflug von Verlegenheit in ihrem Gesicht gesehen zu haben. Da sie nichts dazu sagte beließ er es bei dem harmlosen Kuss. „Ach ja, bevor ich's vergesse, kannst du eigentlich klettern", fragte er sie. „Nein, kann ich nicht. Wieso?" Mittlerweile war sie bei Severins Wohnung angekommen und da Christine erwähnt hatte dass sie noch heute Nacht etwas erledigen müsse, hielt er sich kurz. „Um ins Hinterland zu kommen muss man klettern, wie du weißt. Ich möchte an den gefährlichen Stellen Haken und Seile anbringen, weil noch einmal mach ich diesen Horrortrip ganz bestimmt nicht. Also, gute Nacht und vielen Dank. Es war ein sehr schöner Abend mit dir. Bis bald, schlaf gut!" „Nichts zu danken. Ich fand den Abend mit dir auch sehr schön. Ich hab es wirklich genossen … vielen Dank, bis Montag. Gute Nacht!", erwiderte sie und fuhr davon. Bevor er die Wohnungstür öffnete sah er im Briefkasten noch einmal nach ob er nichts vergessen hatte als er ihn leerte. Da der Briefkasten leer war ging er durch die Wohnung und schaute auf der Terrasse nach weil der Postbote und die Paketdienste dort öfter Päckchen für ihn deponierten. Dann sah er hinter dem Grill das Päckchen mit den bestellten Goldwaschpfannen, öffnete es und machte mit einer der Pfannen einen Probeschwenker. Allein schon der Gedanke ans Goldwaschen machte ihn wieder munter. Da er aber am kommenden Tag noch viele Vorbereitungen für die bevorstehende Reise machen musste steckte er die Pfanne in den Rucksack und ging zu Bett. Als er im Bett lag fühlte er sich immer noch beschwingt und freudig erregt von dem höchst erfreulichen Verlauf seines ersten Dates seit Jahren. Da er nicht einschlafen konnte ließ er den vergangenen, abwechslungsreichen Tag Revue passieren, und blieb trotz der erfreulichen Begegnung mit Christine mit seiner Aufmerksamkeit bei Neila hängen. Er stellte sich vor wie aus seinem Herzen ein weißer Lichtstrahl leuchtete der auf Neila gerichtet war. Auf diesem Wege schickte er ihr Liebe, Kraft und Zuversicht. Ohne die Aktion bewusst abzubrechen schlief er ein und träumte von Christine wie sie im Bikini auf Temira in der Lagune badete.

An mehr konnte er sich nicht mehr erinnern als er am frühen Morgen aufwachte. Für einige Minuten ließ er den Traum nachwirken, und machte sich anschließend daran die Sachen für die bevorstehende Reise in die Vergangenheit herzurichten.

ISBN 978-3-7541-1454-4
9 783754 114544 00001
www.epubli.de